天府长歌

长篇小说

李林樱 著

四川人民出版社

图书在版编目（CIP）数据

天府长歌/李林樱著. —成都：四川人民出版社，2022.8
ISBN 978－7－220－12347－4

Ⅰ.①天⋯ Ⅱ.①李⋯ Ⅲ.①长篇小说－中国－当代 Ⅳ.①I247.5

中国版本图书馆CIP数据核字（2022）第058816号

TIANFU CHANGGE
天府长歌

李林樱 著

出 版 人	黄立新
责任编辑	唐 婧
版式设计	张迪茗
封面设计	李其飞
责任印制	祝 健
出版发行	四川人民出版社（成都市三色路238号）
网 址	http://www.scpph.com
E-mail	scrmcbs@sina.com
新浪微博	@四川人民出版社
微信公众号	四川人民出版社
发行部业务电话	（028）86361653 86361656
防盗版举报电话	（028）86361653
照 排	四川胜翔数码印务设计有限公司
印 刷	成都东江印务有限公司
成品尺寸	165mm×230mm
印 张	35.5
字 数	617千
版 次	2022年8月第1版
印 次	2022年8月第1次印刷
书 号	ISBN 978－7－220－12347－4
定 价	118.00元

■版权所有·侵权必究

本书若出现印装质量问题，请与我社发行部联系调换
电话：（028）86361656

自　序

经过五年的酝酿、构思和艰难的探索，终于完成了《晓月残阳》的创作，这是我献给家乡的一颗赤子之心，虽然它并不是自己满意的成功作品，但套一句人们常说的话吧，"我已经尽力了"！

我热爱生我、养我的家乡。19世纪末20世纪初那个国贫民弱、风云激荡的年代，我的祖辈们为了寻找救国、救民的真理，许多人勇敢地参加了保路运动、辛亥革命乃至五四运动，自幼我便听到了许多关于他们的故事。而我本人的童年则是在抗日战争的烽火和日本侵略者的"无差别"轰炸中度过的，"跑警报"是家常便饭。侵略者的残暴、汉奸的无耻，前方战士和游击队员的英勇，后方老百姓节衣缩食、筚路蓝缕支援前线的壮举……这一切，都深深地镌刻在我童年和少年时代的记忆里。我一直希望把它们忠实地记录下来，让我们的后代能记住前辈的苦难、探索、奋斗和牺牲，让历史的悲剧不再重演，让中华民族能傲然屹立于世界民族之林。

我衷心地希望有一天能真正实现祖先们的理想——世界大同，以及当代人的理想——建设人类命运共同体。对侵略者的心理活动我常常感到困惑，因此，在揭示他们反人类的暴行时，也试图在作品中剖析战争发生的深层次原因，包括人性的变异和撕裂——贪婪、狂妄、自私和残暴等。

前些年，由于主要从事报告文学的创作，很多时候都必须亲自到第一线去采访、体验和观察，一直无法停下脚步来进行长篇小说的构思。近年来，随着年龄的增长、体力的衰退，很难长期坚持去现场采访了，于是决定静下心来创作长篇小说《天府长歌》。

我希望通过出身不同、文化程度不同的几位女主人公的生命历程，反映20世纪初直到抗日战争胜利这段历史时期，多灾多难的四川人民（包括重庆人民）

所经历的苦难和牺牲，反映他们从迷惘、彷徨、探索到奋起的精神成长历程，特别是受压迫最深的四川女性的觉醒和奉献；歌颂普通民众和仁人志士们的民族气节和牺牲精神，以及在反侵略战争中逐渐增强的民族凝聚力。

全书分上、下两部。历史背景上部是20世纪初到抗战前夕的"成都事件"；下部是抗日战争时期，包括波澜壮阔的激战前线，万众一心、努力支援前线的大后方——让我备感自豪的是，在这场反侵略的伟大抗争中，最主要的"大后方"是我的家乡、号称"天府之国"的四川，这是抗战中出人、出钱、出粮最多的地方。

书中也反映了国民党政权的软弱和腐败。

书中情节有的来自我家祖辈（包括母亲、父亲、表叔、外祖父等）的故事，也有的是我自己的亲身经历。

为创作此书，我曾到重庆、成都、大足、荣昌、隆昌、自贡、宜宾、南溪、仁寿、三台、西充、通江等地，对历史事件的亲历者和有关人员进行了采访，并且阅读了大量档案和历史资料，也收集和阅读过许多稗官野史和掌故传说，这一切都融入了小说中，对小说的创作有很大帮助，特在此表示衷心的感谢。

（注：文中的《蜉蝣·风》一文是我孙女谢冰妍高中时的习作，她现在就读于北京大学。）

李林樱

目录

上部

楔子　传奇酒寨
　　一　金莲盛开　　　　　　　　　　　　003
　　二　壮烈"九姑坟"　　　　　　　　　008

第一章　仰望星空
　　一　宋氏三杰　　　　　　　　　　　　013
　　二　少女之梦　　　　　　　　　　　　017
　　三　女子学校　　　　　　　　　　　　028

第二章　慷慨悲歌
　　一　龙头大爷　　　　　　　　　　　　040
　　二　暴风雨　　　　　　　　　　　　　048
　　三　喋血讨袁　　　　　　　　　　　　056

第三章　彷徨·探索
　　一　惊雷　　　　　　　　　　　　　　066
　　二　思想界的"清道夫"　　　　　　　069
　　三　春色　　　　　　　　　　　　　　074
　　四　新风　　　　　　　　　　　　　　080

第四章　诸侯之战
　　一　惨案　　　　　　　　　　　　　　090

二　皇城巷战 095
　　三　芙蓉城 100
　　四　防区·割据 107
第五章　似水流年
　　一　读书会 111
　　二　诗歌和太阳 117
　　三　爱的"把戏" 129
第六章　孤女
　　一　浑王和英雄 136
　　二　第五个老婆 142
　　三　孽缘 149
　　四　解甲 157
第七章　地火
　　一　前驱 164
　　二　追求 171
　　三　孽海 180
第八章　国忧
　　一　从戎 192
　　二　"宋赶场"和"宋草鞋" 199
　　三　"努力餐" 210
第九章　市井女人
　　一　大杂院里 215
　　二　江奶姆 223
　　三　天理良心 229
第十章　危急·危急·危急
　　一　山雨欲来 235
　　二　"成都事件" 236

下部

第一章 最后关头
- 一 怒吼 247
- 二 壮士出川 254
- 三 忧国忘家 259
- 四 壮丁同胞 266

第二章 铁马秋风
- 一 前线 274
- 二 中国"飞鹰" 283
- 三 流不尽英雄血 287

第三章 后方
- 一 沦陷区同胞服务队 293
- 二 为了前线 301

第四章 国之大难
- 一 野兽！野兽！ 308
- 二 出师未捷身先死 311
- 三 孤城血战 316
- 四 伤兵医院 321

第五章 突围——宜昌大撤退
- 一 少将和孩子们 330
- 二 川江号子 337
- 三 卢作孚 342
- 四 逆流而上 348
- 五 守藏之责 356

第六章 "无差别"轰炸
- 一 跑警报 360
- 二 重庆之屠杀 367

三　浴火重生 370

　　四　"一元献机" 376

第七章　特种工程

　　一　民工们 384

　　二　凋零的"樱花" 390

　　三　盟友和"飞虎队" 392

　　四　飞越驼峰 396

第八章　民之魂

　　一　全民献金 402

　　二　盐都之歌 408

　　三　突兀的"抢米事件" 416

　　四　献粮、借粮 422

第九章　薪尽火传

　　一　天堂"坝上" 427

　　二　异心 434

　　三　地图上找不到的地方 440

　　四　歧路 453

第十章　魂魄毅兮

　　一　鏖战石牌 463

　　二　一百零一次 470

　　三　夫妻坟 475

第十一章　胜利与溃败

　　一　一寸山河一寸血，十万青年十万军 483

　　二　总司令之死 486

　　三　"再次迁都?" 488

第十二章　乱世乱象

　　一　陪都歌舞几时休 493

　　二　"万民伞"和"永不叙用" 497

　　三　抓壮丁 501

四　被老鼠咬碎的"梦" ... 507
第十三章　物是人非
　　一　"六腊战争" ... 512
　　二　沦落的舞女 ... 518
　　三　破碎的爱情 ... 522
第十四章　梦断残阳
　　一　一片降幡挂城头 ... 538
　　二　遥寄英灵 ... 544
　　三　历史的十字路口 ... 549
　　尾　声 ... 551
附记：感谢四川人民 ... 556

SHANG BU 上 部

楔子　传奇酒寨

一　金莲盛开

　　四川东北部有大巴山，此山与岷山和秦岭相连，像一匹矫健的骏马从天际迤逦奔腾而来，绵延千里。余脉被当地人称为"走马岭"，据称走马岭上至今仍有拴马桩及被骏马踏出的蹄印，岭上茂密的森林郁郁葱葱，极像骏马的马鬃。走马岭不很高，海拔两千余米，但仅山脊有一路可通，由于易守难攻，明末清初天下大乱时，乡民曾在此扎寨为营，至今仍可见寨门。

　　走马岭脚下有嘉陵江支流秀江，江边常常栖息着"翠鸟"——这种小鸟叫声清朗，羽毛绿如翡翠，十分美丽。走马岭马头周围簇拥着形似莲花的八个秀美山峰，嵯峨环列，冈峦起伏，在大自然鬼斧神工的雕饰下，既酷似莲花的花瓣，又酷似风姿绰约、形态各异的八个美女，亭亭玉立，空灵秀逸，有的在俯首沉思，有的在凝神眺望，于是当地人称之为莲花峰或美女峰。晚上，江水静静地流淌，朦胧的月光在江畔的沙洲和翠林边慢慢地移动，莲花峰忽隐忽现，真是诗人和画家笔下绝妙的风景了。

　　莲花峰花瓣中心有一片平坝，酷似花心，著名酒乡酒寨便恰好坐落在这花心上。

　　耆老们称，每隔十几年或几十年莲花峰上便会有金莲盛开，有时是黎明，有时是黄昏，花高一丈多，金光闪闪，璀璨夺目，整片山峦，整个天空都被照亮，云兴霞蔚，极为艳丽。更为奇特的是，有时还会伴有阵阵悠扬悦耳的鼓乐声。当地许多人都看见过、听到过，但只能远观，一旦走近，金莲花和鼓乐声便会倏忽消失。而金莲花盛开时，国家必有大事发生，于是乡民们一见金莲开花，便会远远地跪下顶礼膜拜，祈求上天的保佑。

　　莲花群峰树柯垂缦，无石不奇，无洞不幽。林木婀娜多姿，高大茂密，多银杏、松树、杉树、柏树、楠木、香樟、青冈等乔木，还有各种各样的灌木，有的千年古松已达三五人合抱，有的古松竟是从石头里长出来的，虬枝如龙，树干上长满了苔藓和地衣。更让人们啧啧称奇的是，海棠本无香，诗人曾感叹地称之为"海棠无香千古恨"，但莲花峰得天独厚，竟生长着一种发出异香的海棠花，有的深红，有的浅红，重重叠叠，灿如云霞。有一老树每花竟有二十余瓣，花香浓郁，明艳异常，当地人称之为"海棠仙子"，乡民们在树枝缠上红绸，在树下摆着香烛，顶礼膜拜……

莲花峰一年四季有不同的美景。春天，遍山的杜鹃花、海棠花、野杏花、七里香你追我赶，竞相开放，红的火红，白的雪白。树叶绿得发亮，小草青得耀眼，野花在草丛中探出了笑脸，高高低低，红红白白。山山水水都被温暖的花香浸透，引来无数蜜蜂嗡嗡地忙碌，大大小小的蝴蝶往来飞舞。村姑们的头发上、衣襟上常常插着一朵朵海棠，挂着一串串七里香……早晨，到处是悦耳的鸟鸣，有的独奏，有的合唱，有的枝头跳跃，有的展翅高飞。在翠鸟清脆的鸣叫声中，秀江边上来了一群群放鸭的人，手中举着长长的竹竿，一大群鹅黄色的幼鸭游弋在清流里……夏天，山外到处是阳光的炙热，而山里高大茂密的林木却悠闲地张开双臂抵挡住了烈日的烘烤，让烈日只在树梢抹下一缕金黄，在树下留下一片阴影。一股股清泉从石缝中流出，泉水清澈得能看见溪底卵石缝隙中的水藻。山岩上到处挂起了缥缥缈缈轻纱般的瀑布。嫩绿、新绿、翠绿、碧绿、墨绿，高高低低，重重叠叠。阳光下的绿色活泼、跳跃，生意盎然；阴影中的绿色浑厚、稳重；雨中的绿色湿润、娇艳……行走在林中，只觉得一切都轻快而又宁静，阵阵蝉声仿佛更凸现了山林的凝重和幽深。秋风起后，天气渐渐凉了，秀江碧绿得宛如一条长长的翡翠带，经霜的枫叶变得通红，像燃烧的火焰。但山里最多的是金色的黄叶，红黄相间，灿烂辉煌，黄叶随着秋风或漫天飞舞，或缠绕在人们的脚下。忽浓忽淡的山岚和庙宇的钟声缥缥缈缈。夜晚，钟声、风声、蟋蟀声、松涛声、落叶声汇成了一曲神秘的交响曲……冬天，大片大片的雪花追逐着旋风旋转、飞舞，大雪之后的早晨出现了美丽的静谧，山谷里美丽的云海忽隐忽现，白云轻盈地翻腾、飞行，一会儿和雪融合在一起，一会儿又隐没不见。树林和山峰到处一片银白，泉水堆积出了重重叠叠、晶莹剔透的"冰莲花"。有的山峦顶上是白色的，而山腰下却是深灰色，黑白相映，既单纯又极华美。雪霁后，阳光普照时，山峦上的积雪和树枝上的冰挂都镀上了一层耀眼的金红，闪闪烁烁，宛如童话中的仙境……

莲花峰上有许多玲珑剔透的洞穴,高低错落,相互连接。洞底的小孔连接山外,有股股细小的清泉流出。泉是森林的眼睛,日夜流淌,到山下汇成一条清澈见底的小溪后便流到了酒寨。酒寨寨前有一奇特的巨石,比一间小屋还大,兀然挺立,形状极像一个大大的、天然的酒瓮,叮咚的泉水从巨石中部注入"酒瓮",久旱不干,久雨不涝,四时不竭。寨子中的人们取"瓮"中的水酿酒,酒味极其香洌,为别的地方所不及,"酒寨"便因此得名。

关于"酒瓮"、泉水和"酒寨"还有一个传说。

据说很久很久以前,这里只是一个干旱的、无名的贫穷小村,仅有三四十户人家,根本没有"酒寨"之名,人们只忙于从山下的秀江背水上山,种点庄稼勉强糊口,从来没有想到过要去酿酒,外面也很少人知道这里还有个小村。

那一年,小村突然遭遇大难。一天凌晨,随着天崩地裂的一声巨响,在天昏地暗中,莲花诸峰剧烈地晃动起来,岩石崩裂,崩坍的岩石陡地堵住了秀江的河道,大地像波浪一样地起伏着,地底下还发出了打鼓样的嘣嘣怪声。顷刻之间,坍方、滑坡和泥石流便向这个小村袭来,天地颤抖,飞沙走石。房屋倒塌,人们有的被抛起后又落下,有的被埋进了瓦砾堆里,全村鸡飞狗跳,喊爹叫娘,哭声震天……

强烈的地震发生了。

地震发生时,住在村口勤劳的宋幺哥已起身喂牛,妻子宋幺嫂坐在床边正抱着刚满周岁的儿子喂奶,随着轰轰隆隆一阵巨响,一块巨石滚了下来,他们的两间茅草房顷刻倒塌,宋幺嫂和儿子被埋,余震仍然不断……宋幺哥冲过去奋力刨出了妻子和儿子。所幸埋得不深,压得不重,妻子仅受了轻伤,怀中搂着的儿子毫发无损,只是受到了惊吓,哇哇地大声啼哭……

这时,大地仍然在痉挛般发出轰轰隆隆的声音,山路也一会儿裂开一会儿合拢。宋幺哥是一个古道热肠、急公好义的至诚人,顾不上抢救家里被埋的什物,只对老婆说了声"看好娃娃",便冲到乡邻们倒塌的房屋边,冒着危险,招呼大家赶紧救人。

受到惊吓的人们全都手足无措,有的号啕大哭,有的想向外逃跑,宋幺哥说了声"救人要紧",便带头到废墟中寻找幸存的人。没有工具便用手刨,用肩扛,用棒棒撬,用门板抬……在他的带领下,大家救出了被埋在巨石下、七十多岁被砸断了腿的杨大爷、被埋在瓦砾堆里满脸是血的三岁小女孩儿芳芳、肋骨被砸断三根的张大哥……他三天三夜没有合眼,从废墟里共刨出了八个人,其中五个人生还。当最后一个人被刨出来时,双手鲜血淋漓的他一下子瘫倒在山路边,连说话的力气都没有了。

妻子宋幺嫂在自家茅屋的废墟里刨出了装粮食的坛子和一些红苕,坛子已经被砸烂了,但还剩下半坛子苞谷面和一些红苕,她便用苞谷面和红苕熬了一些稀饭端去送给那些失去了爹娘的娃娃和家破人亡的乡亲。

宋幺哥喝了一碗红苕稀饭,缓了口气后,又带着几个年轻汉子上山采草药,为受伤的人们疗伤。

灾难终于过去了,但地震却让整个小村包括宋幺哥家都更加贫穷了。原先的茅草房已经倒塌,宋幺哥和宋幺嫂便从山上砍了些树枝和竹子,在地震中滚下的巨石旁边勉强又搭起了两间茅草房。

地震中滚下的这块巨石比一间小屋还大,极像一个水瓮。这天晚上宋幺哥做了一个奇怪的梦,梦见自己站在巨石旁,一个慈眉善目、白须白发、穿着白袍的老爷爷拄着拐杖站在那里,含笑对他说:"我是酒神,你这娃娃心肠好,地震时救了人,我送你一坛好酒吧,以后你就以烤酒为生!"老爷爷告诉了他烤酒的方法,然后举起手里的拐杖向巨石点了点,宋幺哥突然闻到了一股浓烈的酒香,惊疑间老爷爷不见了,他也醒了……

小村没有水井,饮水和浇庄稼都靠到山下背水。第二天早晨,宋幺哥和往常一样,鸡叫头遍就起了床,背起水桶想到山下的秀江去背水。出门后,他突然看见莲花峰上闪出一片金光,把天空和地面都照得透亮——原来是金莲开花了!惊喜间他又听见耳边有汩汩的水声,低头找了找,原来竟有一股小碗粗的清泉从房屋旁的"水瓮"里流出,泉水翻滚着,清花亮色逗人喜爱。他用手捧着尝了尝,竟有些回甜……他突然想起了昨晚的梦和老爷爷的话,便赶紧叫醒了宋幺嫂……

从这天起,宋幺哥和宋幺嫂便开始用巨石里的泉水酿酒。酿出的酒果然甘洌异常,而且和凡酒不同,健康人喝了后神清气爽,精神百倍,患病的人喝了后沉疴立愈。小村里那些在地震中受了伤卧床不起的人,喝了这酒后都很快恢复了健康。

宋幺哥夫妻二人开起了烧酒坊,"酒好不怕巷子深",一传十,十传百,不久便远近闻名,家里也逐渐富裕起来,人丁兴旺,成为村里的大姓。而他们行善得到好报的故事也被人编成了"唱本"在四乡流传。

宋幺哥把烤酒的方法传给了大家,于是小村的人们纷纷用巨石下的泉水酿酒,酒坊越来越多,名声越来越响,远近客商都慕名前来买酒,村里的酒甚至常常供不应求,而小村也有了"酒寨"之名。

靠酿酒,酒寨的人们过上了好日子,宋幺哥和村民们都十分感谢那位托梦的"酒仙",于是便集资修了一座"酒仙庙"。一位读书人还在宋氏酒坊的大门上写下了这样的对联:

酿成春夏秋冬酒
醉倒东西南北人

酒寨富裕起来后,聚到这里的人越来越多,几十个人的小村庄竟变成了三千多户的大寨子,宽阔达六七里。寨子里有青石板铺就的长街,干净光滑,还有许多弯弯曲曲的小街小巷。街边有清澈的泉水潺潺流过,两边有木板穿斗房,也有一些漂亮、幽静的院子,院子有大门、照壁、天井,甚至还有小姐们居住的绣楼,一般都有五六进之多。这些院子的门楣、栏杆、窗棂都由手工打磨雕刻而成,十分精美,房屋的屋顶和檐角都十分考究,雕刻着神龙凤凰和各种飞禽走兽,还有"二龙戏珠""五福呈祥""喜上眉梢"等各种吉祥图案,彩绘着"八仙过海""唐僧取经""麻姑祝寿"等故事……石板街上人来人往熙熙攘攘,有坐商,也有远道而来的行商。

笔直的青石板街、窄窄的小巷、深深的庭院……让酒寨有了一种独特的韵味。

酒寨人在高处坐南向北修成了占地三亩多的祠堂,是个四进三重堂组成的四合院,十分气派。有木雕的花窗、精致的飞檐,墙上还有壁画和牌匾。正堂门上方悬挂着巨幅匾额"慎终追远",两旁有对联:"古祠与莲峰齐寿;先贤为胜地争光。"进入门厅后,一重堂为家族聚会场所,二重堂为家族议事地方,三重堂供奉祖先牌位神主,是家族祭拜的地方。整个祠堂共有二十四条回廊、六十四根檐柱,大小二十八间房屋。每根檐柱上都刻有人物走兽、历史故事,每块柱石上都刻有花鸟虫鱼。这里既是每年春秋两祭祭祀祖先的场所,又是议事和教化族人的地方。祠堂里还摆着专供施舍的棺木、蓑衣、斗笠等,供穷苦人家使用。

祠堂前立有两块巨大的石碑：一块是"禁碑"，这是酒寨的"乡规民约"，上面刻着"禁忤逆，禁侵占，禁赌博，禁欺压，禁争讼，禁妄伐"十八个大字。另一块则是"读书碑"，碑文中云："一年之计，莫如树谷；十年之计，莫如树木；终身之计，莫如树人。族中以十亩之地，永作课读之用，除种此地以补不足外，可就此地为家塾，以教后代子孙。"因此，酒寨人普遍重视读书，世世代代都重视教育，曾多次联合凑钱到山外的秀江县城去请老师来教育寨里的孩子们。老师来了后家家户户都奉为上宾，逢年过节或操办红白喜事时总是争相宴请。

酒寨几乎每家都有专门的书房，再穷的人家也有几本藏书，富裕一些的藏书更多，《论语》《孟子》《唐诗三百首》之类几乎家家都有。父辈们再苦再累也支持娃娃们读书。和别的地方不同，酒寨的娃娃们一般很少在农田里做活路，早早地就被送进了寨子里的家塾。

酒寨的祠堂还有一个特别之处，虽然这里宋姓人最多，祠堂也是宋姓子孙修建的，但并不由宋姓族人独有，开明的宋姓祖先曾规定，凡对酒寨有贡献的异姓祖先皆可入祠，于是这个祠堂里面供奉的还有杨姓、张姓等祖先的牌位。这个规定是明智的，和"禁碑"中的"禁侵占""禁欺压""禁争讼"一样，它加强了酒寨人的乡谊和团结。在春分和秋分两次祭祀时，酒寨各族的子孙都会肃衣整冠地依次向祖先虔诚敬礼，整个祭祀场面十分宏大隆重。

二　壮烈"九姑坟"

酒寨成了巴蜀大地上著名的酒乡，浓烈的酒香浸透了酒寨的空气，也浸透了这里的山山水水。这里出产的烧酒不但性烈，而且独具特色和妙处——喝了之后并不上头，不会让人头痛和肠胃不适，只有一种醺醺然似醒非醒飘飘欲仙的感觉，以至获得了"酒寨美酒冠天下"的美誉。不但酒徒们迷恋它，连不惯喝酒的人也禁不住诱惑，偶尔会尝试几杯。

酒寨不仅酒美，而且景色极其秀丽，依山傍水，秀江的清流里有莲花诸峰的倒影，寨子里蜿蜒的小溪边芦苇摇曳，蛙声阵阵，碧绿的水面上常有成群的野鸭游弋，微风吹过，水面荡起丝丝波纹，水草漂浮，水鸟翻飞，鱼儿调皮地跃出水面，昆虫们在草丛里热闹地嬉戏……

在美景、美酒的抚育、滋润下，淳朴的酒寨人记住了先人的名言："忠厚传家久，诗书继世长"，相信"人在做，天在看"这个简单的道理，男人们豪爽、义气、粗犷、刚强，女人们貌美如花，却又外柔内刚，于是几百年来酒寨便是一个既出英雄好汉又出美人的地方。"酒寨男人赛猛虎，酒寨女人一枝花"远近闻名。

酒寨女人既美且烈，柔情似水却又十分刚烈，像带刺的玫瑰，于是有人把"酒寨女人一枝花"改为"酒寨女人玫瑰花"。

明末清初，天下大乱，山区的棒老二（土匪）多如牛毛，打家劫舍、强奸妇女、杀人越货是家常便饭。为了躲避战火，酒寨的士绅和乡民重修了酒寨，建起了坚固的寨墙，寨墙筑在悬崖峭壁上，高一丈五尺，沿墙有四道门：太平门、日月门、安定门、清远门，全用条石垒成，有双重门杠，碗口粗的门杠深深地插进寨门两边的墙里。寨墙上有六十四个枪眼，顺着山势把整个酒寨绕了一转。从山下望去，所有的房屋都被寨墙和密密匝匝的树木遮住。除此之外，酒寨还组织起了自己的民团和练兵场，修筑了可以藏兵、运兵的地下坑道。正是依靠坚固的寨墙和勇猛的民团，再加上寨子内有上千亩良田和四时不绝的水源，可攻可守，耕战结合，才多次避开了战火的洗劫。

由于张献忠两次入川，再加上发生了特大旱灾和瘟疫，四川"十室九空"，人口减少了十分之九，许多地方竟人烟断绝，豺狼虎豹成群，甚至出现了老虎跑到街上吃人的现象，连"喧然名都会"的成都，也连续五六年绝了人烟，街上荆棘遍地，麋鹿纵横，虎豹出没。《清代四川史》上曾有这样的记载："一位官吏叫张懋尝的，主仆八人至荣昌上任，城中四处无人，天尚未黑，群虎蹿出，八人之中有五人葬身虎口。"

鉴于这种状况，清初不得不大量移民，有了"湖广填四川"之举。但酒寨却靠自己的勇敢、顽强和刚毅，在乱世中奇迹般保全了下来。

酒寨著名的"九姑坟"出现在清咸丰年间。

咸丰年间白莲教起义后，从云南一路杀入四川，义军人员良莠不齐，有的人本来就是土匪，沿途烧杀抢掠，百姓伤亡不计其数。进川后，辗转来到川东北大巴山地区，当地浑水摸鱼、别有用心的地痞流氓，和一些杀人越货的棒老二，见白莲教声势很盛，便纷纷入教，想借此大捞一把，达到自己的目的。

酒寨人对此早有警惕。寨中宋姓族长宋英杰，曾在武当山一道长门下学习凌霄剑法，后来又学习了玄虚刀法，练得了一身好武艺，曾中过武举。此人疾恶好善，肝胆照人，有侠者之风。见朝廷腐败，便不愿入朝做官，只以保卫家乡为己任，在酒寨组织和训练了一支团练队伍，希望在乱世中保得一方平安。宋英杰和酒寨团练的威名镇住了山区的小股土匪，一些宵小之徒也不敢暗中觊觎。

好山好水好酒的酒寨自古便出美人，宋英杰家的女儿、侄女、媳妇个个都貌美如花，特别十六岁的小女儿宋凤仙更是美艳绝伦。县城里一个外号"坐地虎"的烂友儿王猛，人长得猥琐邋遢，伙同一群无赖成天提劲打靶，偷鸡摸狗，估吃霸赊，打锤割孽，游走于花街赌场，是一个人见人厌的混混。这年二月十九日赶"观音会"时，他偶然看到了赶会的宋凤仙，觉得宛如看见了"九天仙女下凡尘"，竟张开嘴巴看得呆了，恨不得一把抱在怀里。回去后便赶紧遣媒婆带着重金来酒寨说媒。

宋英杰早就晓得此人的斑斑劣迹，自然一口回绝，几个团练还笑着告诉媒人："回去后告诉王滚龙，不要癞疙宝想吃天鹅肉了！"

王猛被拒后心里十分恼怒，想到宋凤仙的美貌，心里更十分不舍，于是暗地里赌咒发誓，不娶得宋凤仙誓不罢休。当白莲教的队伍来到大巴山地区时，他便认为自己的好运来了，于是赶紧带领一帮"提起脑壳耍"的烂龙地痞加入了白莲教队伍。以后王猛便在白莲教"义军"中大讲酒寨如何如何富足——简直是金子堆成山，美酒酿成海，只要能进得酒寨，人人都可以大发横财，一辈子吃穿不愁。他还特地编出了几套顺口溜令手下的一干混混在队伍中间传唱和煽动：

"金子堆成山，好酒流成河，杀进酒寨去，人人都快活！"

"酒寨美女多，个个赛嫦娥，杀进酒寨去，抱个仙女做老婆！"

"酒寨女子个个俏，还有金银大元宝，只要进得酒寨去，女人元宝任你挑！"

如此等等。

在王猛的蛊惑和煽动下，周围几个县的棒老二和打滥仗的烂友儿们都聚集起来了，抱着发财和霸占美女的梦想，匪徒越聚越多，疯狂地对酒寨发起进攻。整个寨子四周都是黑压压的匪徒，匪徒的狂叫声、土炮的呼啸声、撞击寨门的轰隆声……响成一片，地动山摇，让酒寨陷入了一场浩劫。第一天，匪徒从早到晚攻打了一整天，几百个团丁拼死抵抗着几千匪兵的进攻，寡不敌众，死伤大半。晚上，酒寨的男人们都扛着锄头、镰刀上了寨墙，猎枪、石头、砖瓦、木棒乃至菜刀都成了抵抗的武器，又是从早到晚打了一整天，又死了好多人……第三天，王猛找来了几大包炸药，还安装了投石机，擦黑时分，随着轰轰隆隆的几声巨响，南边的清远门被炸开了一个大缺口，王猛带着一群匪徒嗷嗷地吼叫着冲进了酒寨……

宋凤英和一帮年轻的姐妹聚在自己的"绣楼"上，大家都提着心站在栏杆边，紧盯着寨门的方向……陡地，随着几声惊天动地的巨响，整个酒寨仿佛都震动起来，厮杀声、爆炸声和匪徒们的狂叫声越来越近、越来越响……她们明白，酒寨已经遇到了一场天塌地陷的苦难，这些年轻貌美的姑娘和媳妇虽然悲伤、害怕，但经过认真的商量，早就打定了主意——决不能让匪徒们的阴谋得逞，决不能受到棒老二们的凌辱！宋英杰曾让团丁带信，让她们赶快进入坑道躲避，但她们商量后认为，"万一被匪徒们堵在了坑道里咋办？岂不是成了瓮中之鳖，白白地遂了匪徒们所愿"？于是便相约着梳好了头发，换上了新衣，当听到寨门确实已经被攻破后，便都从容地走上了不归之路……

满身血迹的王猛提着一把大刀冲进酒寨后，带着狂喜和兽欲领着一群匪徒闯进了宋家大院，并且笔端端地冲到了姑娘们居住的绣楼上。但眼前突然出现的景象却让王猛和匪徒们陡地停下了脚步——原来，在黯淡、摇曳的烛光中，酒寨九个花朵般的年轻女人都整齐地、高高地悬挂在绣楼的房梁上，摇晃的烛光让她们的影子忽高忽低，忽左忽右……

这样的情景，不但大出王猛的意料，也让所有的匪徒都感到脊背发凉。王猛"啊"地叫了一声，满脸冷汗，狂喜和兽欲一扫而光，一种说不清、道不明的感觉从心底升起，杀人不眨眼的他，这时竟感到一种深深的恐惧紧紧地攫住了自己。匪徒们平时虽然凶残，但也很迷信，和他一样，在摇曳的灯光中，觉得四面八方好像都有了索命的鬼影，有人便大叫着慌忙向楼下逃跑了！

这时，天上突然轰隆隆地响起了一阵炸雷，霎时间天昏地暗，伸手不见五指，呼啸的狂风一下子刮灭了房里的烛火，哗啦啦一声巨响，绣楼前碗口粗的大树竟被连根拔起，天上亮起了闪电，雷声好像就响在匪徒们的头顶上，暴雨夹着狂风铺天盖地卷来——天老爷震怒了，发威了！

电闪和雷声让绣楼上的一切变得更加可怕，仿佛有无数的鬼影正扑向匪徒们索命，伤天害理而又迷信鬼神的匪徒们更加心虚，大家都争先恐后地向楼下逃去，拥挤中，有的滚下楼梯摔断了手脚，有的竟活活被别的匪徒踩死。他们中不少人只不过是到处吃欺头、占便宜、打秋风的滚龙油子，一遇事便虚火，莫得抓拿，再加上又迷信鬼神，于是便顾不上抢劫财物，也不听王猛的招呼，竟纷纷向寨外逃跑了。

而听到九个年轻女人集体自缢的壮举后，酒寨的男女老少反倒从寨门被攻破后的慌乱中镇定下来，同仇敌忾，都下了必死的决心。女人们静静地搂着娃娃，男人们红了眼，在宋英杰的指挥下，呐喊着不顾死活地向匪徒们冲去。俗话说"众志成城""哀兵必胜"，匪徒们本是乌合之众，被酒寨人的气势压倒，不敢恋战，淋着瓢泼的大雨，纷纷向寨外退去。团丁和百姓们乘胜追杀，混乱中，匪徒们滑倒后又互相践踏，死了不少人。

在溃退中，一道闪电刚巧照到了王猛脸上，被追杀的宋英杰看到，手起刀落，结束了这个无耻之徒的性命。

酒寨保住了，宋英杰在战斗中身负重伤，不久后逝去。

浩劫之后，人们在风景秀丽的莲花峰上郑重地安葬了九位慷慨赴义的年轻女子，全寨男女老少都为她们服丧。这九个并列在一起的坟茔便被称作"九姑坟"，每逢清明和她们的忌日，全寨的人都会郑重地前来祭奠。

当地人传说，安葬那天，莲花峰上的金莲曾突然开花，而每逢月白风清的夜晚，走近九姑坟，便常常会听到墓里传出悦耳的丝竹之声。

第一章 仰望星空

一 宋氏三杰

斗转星移，朝代更迭，酒寨的人和事都已经有了很大变化，但酒寨人的性格以及这里的乡风似乎并没有多大改变。清末民初，宋姓子孙中出现了三位出类拔萃的人物，族人骄傲地称之为"宋氏三杰"。

这"宋氏三杰"都是当年为保卫酒寨负伤牺牲的宋英杰族中后裔，一名宋墨林，另两位是他的堂弟宋修名和宋云飞。在推翻帝制、建立共和的革命浪潮中，他们都立于历史潮头。

宋墨林五官清秀，儒雅俊朗，挺直的鼻梁，高高的额头，双眼细长；宋修名比他小一岁，中等身材，谈锋犀利，双眼炯炯有神，为人处世极其精明干练；宋云飞身材魁梧，浓眉大眼，性情耿直豪爽，紧闭的嘴角显示着性格的坚毅果敢。

宋墨林和宋修名都出身于耕读之家，世代重视读书，祖上曾考中秀才、举人乃至进士。八国联军占领北京，签订《辛丑条约》后，赔款高达全国十二年的财政收入，清王朝深深感到"局面难撑"，被迫实行"新政"——废科举，兴学堂，练新军，提倡和奖励私人资本兴办工商业。湖广总督张之洞和两江总督刘坤一联名上奏，提出了"兴学育才"的教育改革，建立近代学校教育体制，取消八股和科举考试，奖励学子出国留学。宋墨林和宋修名先就读于张之洞出任四川学政时创办的"尊经书院"。这个以"中学为体，西学为用"为方针的书院曾培育出大批杰出人才，包括戊戌"六君子"之一的杨锐，被孙中山授予"大将军"称号的彭家珍，以及在辛亥革命时期叱咤风云的吴玉章、张澜、罗纶、蒲殿俊……在尊经书院，两人双双考取了到日本官费留学。留学期间两人参加了孙中山领导的"同盟会"。归国后，宋墨林多次参加和策划推翻清廷的武装起义；而宋修名却积极投身经商，担负着筹集革命经费的重任，经常来往于上海、香港乃至南洋等地，发动华侨为革命筹款。

宋云飞呢，年龄比他俩都小一些，孔武有力的他自幼习武，喜欢广交朋友，参加了反对清廷的秘密帮会袍哥，还是"信义总社"的总舵把子，保路运动中组织过同志军，为反对袁世凯称帝，参加了熊克武的"护国军"。

"宋氏三杰"和当时的许多年轻人一样，是世纪之交中国的热血男儿，他们是忧国忧民、舍生忘死的革命者。

在"四万万人齐下泪，天涯何处是神州"的感叹中，光绪策动的"百日维新"失败，"戊戌六君子"谭嗣同、康广仁、林旭、杨锐、刘光第、杨深秀献出了鲜血和生命，其中杨锐和刘光第是四川人，成为中国为宪政民主牺牲的第一批烈士。

宋墨林和宋修名到日本后，眼界大开，接触到了西方的科学民主知识和各种政治学说，亲眼看见了日本在明治维新后如何走向富强。他们一面学习，一面大量阅读各种书刊，曾读过卢梭的《民约论》、孟德斯鸠的《万法精理》，以及法国革命史、美国独立史等西方启蒙思想家的作品，并深受四川同乡邹容所著《革命军》等书的影响。

秘密出版的《革命军》共两万多字，作者邹容是一个十九岁的热血青年。这部作品气势磅礴，激情似火，在留学生中广为流传，被称为"革命的檄文、战斗的宣言"。邹容自称是"革命军中马前卒"，在书中大声疾呼：

"我中国今日不可不革命；我中国欲与世界列强并雄，不可不革命；我中国欲长存于二十世纪新世界上，不可不革命；我中国欲为地球上名国、地球上主人翁，不可不革命……

"嗟夫！天清地白，霹雳一声，惊醒数千年之睡狮而起舞，是在革命！是在独立！皇汉人种革命独立万岁！中华共和国万岁！中华共和国四万万同胞的自由万岁！"

每每读到这些激情澎湃的文字，宋墨林和宋修名都心潮起伏，被感动得热泪盈眶，一种誓死报国的激情，往往让他们通宵不寐。

年轻的邹容拒绝参加科举考试后，是自费到日本留学的。在日本时曾怒斥清廷派去监视留学生的走狗，并剪去了他的辫子，以致触怒了清廷，被迫回国。回国后章太炎因为《革命军》一书作序被牵连入狱，邹容得悉后挺身而出，主动进入监狱陪伴章太炎，入狱后多次遭受严刑拷打，终于死在狱中，年仅二十一岁。

民国政府成立后，南京举行了四川烈士追悼大会，孙中山亲临祭奠，并以大总统名义签发命令，追赠邹容和在广州起义中就义的喻培伦、为剪除清廷顽固派头领良弼献身的彭家珍三位来自四川的革命者为"大将军"，在《蜀中死义诸烈士文》中称："唯蜀有才，奇魂磊落，自邹迄彭，一仆百作，宣力民国，厥功允多。"抗日战争时，陪都重庆有了邹容路，还建了邹容烈士纪念碑，这是后话。

在日本，宋墨林和宋修名结识了许多青年革命者，当从《民报》上了解到孙中山关于"三民主义"的论述时，两人便毅然加入了同盟会。

孙中山曾说："扬子江流域将为中国革命必争之地，而四川位居上游，更应及早图之。"当时四川留日学生有几百人，加入同盟会的有一百多人，日本与清廷勾结，颁布《取缔清韩留日学生规则》后，留学生们愤而归国，回国后许多人在各地担任了学堂的监督（校长）和教习（老师）。

辛亥革命前，四川共举行过五次起义，但由于各种原因都先后失败了。同盟会员们"自备资斧，准备牺牲"，有的捐出了全部家产，有的遭到清廷的追捕，长期在外面颠沛流离。宋墨林和宋修名也长期在外奔波，宋墨林曾参加过多次起义，在酝酿广州起义时，他结识了四川内江人喻培伦和大足人饶国梁。年仅二十三岁便慷慨赴难的饶国梁留下了这样的诗句："到处青山在，好收白骨藏。"二十六岁的喻培伦在日本攻读的是化学和摄影，广州起义时，他曾制造了上千枚炸弹，起义失败后英勇就义。

宋墨林在广州起义中也受了重伤，以后和一些革命党人一起辗转赴汉口治疗，四川发生保路运动时，他正在汉口，一面养伤一面秘密宣传革命。当时，全国的革命领袖孙中山在美国，黄兴在香港，宋教仁在上海。而湖北新军的协统黎元洪职务虽不高（仅相当于以后的旅长），却精心练兵，不但不克扣军饷中饱私囊，还大力提倡官兵学习文化，对军中的革命党也比较宽容，宋墨林等便设法把《猛回头》《警世钟》《革命军》《扬州十日记》等禁书传入军中。通过革命党人的工作，湖北新军一万七千来人中，坚决主张革命的占了三分之一，而坚决反对革命的旗兵不到一千人。清政府将铁路收归国有后，一些官兵更公开号召推翻清朝，最后终于导致了武昌起义的爆发。

武昌起义后，湖北在全国率先成立了军政府，在群龙无首的情况下，不是革命党人的黎元洪被推为都督，宋墨林在军政府中任职，出任了教育长——后来称教育司司长。他自幼身体比较羸弱，广州起义时又多处受伤，虽然经医治后保住了性命，但却留下了咯血的后遗症，还患上了肺结核病。他长期在外面奔走，很少和妻子儿女相处。辛亥革命后，老父和老母均已去世，他便把妻子和年幼的女儿宋岚接到身边。儿子宋峰经他的安排，到成都去上学了。

尽管工作异常繁忙，但宋墨林仍然十分重视对子女的教育，特别对女儿宋岚。因为他明白，中国的女人比男人受到了更多的压迫和束缚，受教育的机会更少，而要让中国真正成为一个发达的文明国家，必须解决占人口一半的妇女问题。

女儿宋岚的聪颖颇出宋墨林的意料，因此受到了更多的怜爱。

宋岚自小便秀外慧中，小小年纪绣花、挑花一学就会，还喜欢画画，画出的花样子曾被很多姐姐、婶子拿去做帐檐、鞋面。到武汉后，宋墨林挤出时间教她读书写字。他惊喜地发现，没有多久，小姑娘的一手毛笔小楷便写得端正秀丽，居然有了卫夫人的影子。教她读诗，小姑娘竟能过目不忘，一本《唐诗三百首》不多时便背熟了一大半……以后又教她选读了《诗经》、《楚辞》、"四书"、《史记》……

更让宋墨林高兴的是，女儿极喜学习，不需父亲督促，便会自己找书看，经常手不释卷，主动向父亲讨教。

于是，宋墨林常笑着夸奖女儿："岚儿真是我家的女神童啊，要是个男娃娃，该被人叫作'千里驹'了！"

除了教女儿读书写字，宋墨林还常常抽空给她讲故事。讲得最多的是中国的巾帼英雄们，包括替父从军的花木兰，击鼓战金兵的梁红玉，为推翻封建王朝、实行共和献出生命的"鉴湖女侠"秋瑾，等等。教她读《木兰辞》，让她背诵秋瑾的诗"拼将十万头颅血，须把乾坤力挽回""金瓯已缺总须补，为国牺牲敢惜身""休言女子非英物，夜夜龙泉壁上鸣"……父亲郑重地对她说："古人说'天行健，君子以自强不息'，'君子'既包括男人也包括女人。岚儿，你要记住，女人和男人都是人，是平等的，女人不是靠男人养活的寄生虫，也不比男人低一等。为了改变低人一等的命运，女人要立志，要读书，要学习，不能只是围着锅台转，看男人的脸色，而是要为社会服务，为国家出力。外国的许多女人都做到了这些，中国也应该这样，你要立志长大后成为中国的新女性！"

宋岚牢牢记住了父亲的教导和秋瑾的一首诗："身不得，男儿列；心却比，男儿烈！"

民国初年，办学之风大盛，许多地方都希望能按西方及东洋模式兴办新的学堂，宋墨林主管教育，因此工作异常繁忙，不仅在办公室，就是在家里也常常有人来和他谈论创办新式学校的问题，从小学到大学，从男学到女学。抱着"教育救国"的理想，他对办学的事总是十分热心。为了解决棘手的办学经费问题，他不但向国民政府力争，还亲自挨家挨户地动员一些有实力的军政要员和社会贤达进行捐助，尽管曾遭受了许多白眼也毫不退缩；为了提高教学质量，他组织了一些有真才实学的人认真编写新的教材，并且试行对一些教师进行培训……而对前来向他求助的学校监督和教习们，他不但不会推诿，不会摆架子、打官腔，而且总是异常尊重，不但会仔细倾听他们的意见，还会千方百计地想法帮助……在他的大力推动下，湖北省和武汉地区出现了一批优秀的新式学校。

这一切，在年幼的宋岚心中都留下了极深的印象。

然而，幸福的日子并不长久，仅仅三年多后，日夜忙碌的宋墨林便积劳成疾，旧伤复发，大口大口地咯起血来，多方医治无效后去世！临死前，他曾断断续续地嘱咐小女儿："岚儿，你要记住，要记住爹的话……要努力学习知识……一定要去学校上学，做个新女性啊……"

宋墨林的去世让宋家塌了天，妻子宋张氏哭得死去活来。宋墨林虽然在国民政府任职，但薪水并不高，当时一些见风使舵的"革命党"已经在新政府里浑水摸鱼地为自己大捞好处，而宋墨林却始终抱着"建立一个富强民主国家"的理想，清廉正直，克己奉公，因此家境仍然十分清贫。宋张氏东挪西借，到处求爹爹告奶奶，好容易在亲友和同人的帮助下，历尽千辛万苦，才把丈夫的灵柩从汉口运回了四川秀江县的酒寨，埋进了祖先的坟茔。

二　少女之梦

宋墨林去世后不久，他的家里便发生了一件轰动酒寨的奇事，小姑娘宋岚为了去女子学校上学，和娘争吵起来，后来竟赌气"醉死"在自家屋里的酒坛边，差点丢了一条命……

事情的经过是：父亲的去世让宋岚十分悲伤，她第一次遭遇了可怕的"死亡"和"永别"。恍惚中，她实在无法想象那个慈祥的、睿智的、疼爱她的父亲竟已经被装进了一口冷冰冰的黑色棺材里，从此便永远地离开了她……再也无法见面了……

许多天，这个聪慧、早熟的小姑娘瞪着一对失神的大眼睛，不言不语，悲伤和恐惧紧紧地攫住了她，一个问题顽固地在她的头脑里盘旋："爹爹不在了，我以后该咋个办、咋个办哟？"

和柔弱的、惯于逆来顺受的娘不同，宋岚的性格里更多地遗传了父亲的叛逆和倔强。四五岁时，母亲要给她裹脚——那时四川和中国许多地方一样，评价一个女人美不美，面庞和身材都不是最重要的，最重要是看有没有一双尖尖的小脚，"三寸金莲"是审美的极致，是最高的标准，一双小脚是男方挑选新娘最重要的条件。只要有了一双傲人的小脚，婚姻的幸福便多了几分保证。大脚女人常会被人讥笑。川西还发生过这样的惨剧：一位大脚姑娘串通媒人向男家隐瞒了实情，结婚那天，下轿的时候，宾客们看到了姑娘长裙下的大脚，便轰然地纷纷嘲笑起来，丈夫又羞又怒，竟抓起一把菜刀狠狠地向姑娘的脚板砍去……可怜的姑娘痛得晕死过去，最后因流血过多死亡，而娘家的爹妈还忍气吞声，只觉得女儿丢了脸，根本不敢理论……

宋张氏小时和别的姑娘一样，是四五岁时便开始缠脚的，因此缠出了一双菱角样的尖尖小脚，不但站不稳，走起路来更痛得钻心。为了缠脚，她曾受过许多"酷刑"，包括脚趾被扳断，在长长的裹脚布里裹上碎玻璃、碎瓦砾——让脚上的肌肉流血、腐烂，最后只剩下一把骨头……她也曾在痛得死去活来时喊爹喊娘，当娘的虽然心疼女儿，但为了她将来能找个好婆家，不至于抬不起头，也只得狠下心来"痛下杀手"。

但宋岚却坚决不肯缠脚，小小年纪的她不只缠脚时倔强地大哭大闹，双脚死命乱蹬，按都按不住，让宋张氏不得不常常要求别人帮忙，而且每一次，大人们满头大汗地把她的脚用布条一圈一圈地缠紧后，只要大家一松手、一转过背，她就会想方设法地把裹脚带扯开，即使白天有人盯住没法下手，晚上睡觉后也会扯下……宋张氏想打她，一来是下不了手，二来是自己裹了一双小脚，根本撵不上精灵的小姑娘。后来还是宋墨林拍了板，不叫女儿缠脚，宋张氏只得罢了，但心里总是不安。直到辛亥革命后全国都提倡放脚、剪辫子，秀江县还成立了个"放脚会"，宋张氏的心才放下了。

父亲去世后，宋岚回到酒寨，常常回忆着爹生前对自己讲过的许多道理和故事。父亲为她揭开了外面世界的一角，也为她打开了一扇通向未来的窗户，这是酒寨人很少见识过也很少知道的。这个早熟的、心事重重的小姑娘开始失眠了，许多个夜晚她都坐在窗前呆呆地望着对面黑黑的高崖，仰望着天上闪烁的星星，心里想着，这些星星真像人们的眼睛，它们眨着眼睛在望着我……这天和地该有多大呢，这么多美丽的星星，它们到底有多少颗，离我们又有多远呢？每个星星都有我不晓得的秘密吧？外面的世界到底是啥样子呢？什么是人？人又从哪里来？为啥活着？为啥女人天生就不如男人？我这一辈子到底应该咋样过？

在省城上学的哥哥宋峰，给妹妹寄来了一些书报，包括《女报》《女权》《女界报》《妇女杂志》之类，上面有许多批判专制制度、批判包办婚姻、倡导女界文明、主张妇女权利的文章。宋峰还告诉妹妹，《女界报》的主笔就是一位女人，名叫曾兰。

父亲的教诲和哥哥寄来的书报，点燃了宋岚心中希望的火种，让她更深切地感觉到酒寨生活的枯燥和乏味。她觉得，这里的人们似乎总是过着千年如一的刻板生活，虽然"革命"了、"共和"了，但人们仍然按照着固有的习惯和传统生活着、思索着。在对待女人的态度上更加明显，生了儿子，全家欢天喜地，而生下女儿后，男人会骂几声"赔钱货"，不但公婆和男人都不喜欢，产妇就像是犯了罪，有人甚至会把刚出世的婴儿丢在尿桶里活活溺死……

这个心灵手巧而又早熟的姑娘和寨子里别的女娃娃不同，她既不喜欢穿着一身新衣服去赶场、走人户，也很少和别的女娃子打堆摆龙门阵，而是特别喜欢读书。在做完娘安排的女红和家务后，她总是捧着一本书，几乎到了"手不释卷"的地步。这个特别的爱好和习惯不但让亲朋好友和四邻团转的人们诧异，也引起了一些人的议论和讪笑，让宋岚娘心里越来越不安。

宋岚爱自己的娘，但年幼的她并不真正懂得娘头顶上那片黑暗的天空，并不明白娘的羽翼早已被折断，也不理解长期的无助让娘养成的怯懦，她很难理解娘那自甘牺牲的性格。她不希望自己也和娘一样，一辈子都只守着一个家、一个酒寨，大门不出，二门不迈，小小心心，逆来顺受。

春天到了，莲花峰上的海棠和七里香开出了一片片粉红和雪白的花朵，杜鹃花更是一片火红，院坝里竹林边的玉兰树也已经开花。白玉般的花朵在蓝天映衬下分外耀眼。这天下午，宋张氏端了根矮板凳坐在树下绣花，绣的是一幅帐檐，上面是鸳鸯戏水和喜鹊闹梅。原来，镇上有个姑娘要出嫁，按当地的规矩，嫁妆得有姑娘自己绣的枕头、铺盖面子、床单、帐檐、桌布，等等。宋张氏的针线活极好，周围团转的人们便常来找她帮忙，而她也借此贴补一些家用。

宋张氏穿着青色土布上衣，脑后的"纂纂"上缠着为丈夫戴孝的白色头绳。她是一个典型的贤妻良母，一辈子克己待人，和许多贤妻良母一样，严遵"三从四德"的古训，在家从父，出嫁从夫，夫死从子。她不是为自己而是为别人活着的，对公婆她极为孝顺，与妯娌她和睦相处，事事都小心谨慎，逆来顺受。怀上宋岚时，丈夫在外，家里经济拮据，她织布、养蚕、刺绣、喂猪，贴补家用，有点好东西全都孝敬了公公婆婆，自己吃的多半是红苕稀饭、瓢儿菜稀饭、苞谷糊糊之类，能够推半斤豆子做连渣菜便是打了牙祭。她每顿几乎都是靠自家做的胡豆瓣下饭，由于海椒吃得太多，娃娃在胎里中了毒，宋岚生下后竟长了一头黄水疮，找寨里的草药医生王大爷吃了多服草药，直到三岁后才慢慢地把胎毒打尽。

虽然才三十多岁，但愁苦和劳累已经让这个面貌清秀的寡妇额头上有了皱纹。

一面绣着花，她一面想到了男人、儿子和女儿。她虽然不懂啥子叫"革命"，但却晓得男人宋墨林是个"干大事"的人。她曾听说宋墨林童年在私塾读书时，每天总是拂晓便去学堂，老师还没开门，他便悄悄地从狗洞爬进去自习；晚上为了省下灯油钱，曾到附近庙里大殿上的神灯下借读……他十六岁考上秀才，后来去省城上学并被送到日本留洋，这一切都在亲友中传为佳话。从日本回来后他闹起了"革命"，宋张氏晓得这是男人在为国家、为天下人操心，因此更加敬他、爱他，认为有这样的男人，自己咋样辛苦都值得。

但是，女儿毕竟是个女人啊，也应该去上学吗？

酒寨虽然有"读书碑"，有重视教育的乡风，但和别的地方一样，认为读书——特别是上学堂去读书，是男人的"专利"，老祖宗说"女子无才便是德"，女人们是不应该抛头露面出去"做学问"的。

而宋张氏也明白，女儿爱读书、想上学，是受了她爹的影响。

宋墨林在世时长期在外面闹"革命"，很少回家，年轻的宋张氏常常是独守空房。丈夫去世后，养育子女的重担更压在她一个人的肩上，儿子宋峰在省城成都上学，虽然由于成绩好，上了优级部，按学堂规定，伙食费减免了，但书籍文具费、制服费以及保证金仍然要花不少钱，光是保证金就是十块大洋。为了供儿子上学，祖上遗留的二十来亩地已经卖了一多半，只剩几亩地勉强糊口，"手长衣袖短"，自己不得不常常帮人做些女红来贴补家用。但儿子是宋家人的指望，是传宗接代的人，只有儿子成了才，她死后才有脸见地下的丈夫，她再苦再累，也要咬牙把儿子供出来。

女儿宋岚呢，这女娃子人才（长相）好，长得乖，是寨子里的"盖面菜"，丈夫在世时特别喜欢她的"聪明伶俐"，称赞她有"过目不忘"的本领，近两年已经有人来提亲了。但这个女子的性情却让当娘的宋张氏很不放心，她心高气傲，一心想到学校读书。去年，几个留过洋的老师在县上办起了第一所女子学校，女儿听到后，更铁了心要去上学。但是，要供女儿到外面上学，这钱从哪里来？更重要的是，酒寨历来没有女人出去上学的先例，族里的姐儿妹子没有一个是进了学堂的，最多就是在私塾里认几个字，读几天《三字经》《百家姓》《列女传》之类。老辈子们常说女孩儿家只要脾气柔顺，能伺候好丈夫、公婆，再加上饭菜和针线活路都拿得起就足够了，千万不要跟有些人一样，到外面去野，未必"牝鸡司晨"，女人还想和男人一样抛头露面到外面去跑码头？这样的女人不但会被长辈们斥责，被姐妹妯娌们耻笑，将来还会嫁不出去，当娘的也会被人戳背脊骨，说她治家无方，任凭妹仔儿胡闹，丢尽了祖宗的脸。听说宋岚想去上学，一些尖嘴磨舌的人已经在她面前你一言我一语地议论："哪有女娃子出去上学的？到外面抛头露面，岂不是伤风败俗，羞死先人？""女娃子惯侍（溺爱）不得呀，以后出了丑，会让人弹驳，咋向宋家人和她死去的老汉儿交代？"

然而女儿却不管这些议论，反而向娘说起了秋瑾、花木兰、梁红玉等人的故事，还常常说："爹告诉过我，男女是平等的，女人和男人一样，也要自强、自立，知识和教育是改变妇女命运的力量，要是爹还在世，一定会让我去上学的！"

其实，宋张氏的内心深处也是矛盾的，她并不完全赞同长辈和妯娌们的那些闲话，丈夫在世时曾经常对她说女人和男人一样，不但应该有文化、有见识，也应该到外面去为社会做一些有益的事，还常常叹息着，中国女人受到的压迫实在太深太深了！

宋张氏明白，丈夫说得对，中国女人受到的压迫实在是太深太深了，守寡的女人日子更不好过，特别是家境并不富裕的女人，不但要时时操心柴米油盐，还要时时注意周围团转传来的闲话。俗话说"寡妇门前是非多"，宋张氏生怕由于自己的一点点不慎，给那些吊起嘴巴乱说的人抓到把柄，让坟墓里的男人也不光彩。但女儿却不懂得娘的心思和苦处，天天都闹着要去上学。

这一天，看见娘正在玉兰树下绣花，宋岚便也来到玉兰树下，从地上捡起一片雪白的玉兰花瓣，放在鼻子下面闻了闻，又对娘说起了上学的事："娘，现在实行共和了，到处都在办女子学校，爹在世时曾说过，要我去上学读书，现在学校快开学了，您看我是不是应该去报名了？"

宋张氏听了后心里一沉，手里的绣花针差点扎了手指拇，她明白，倔强的女儿是很难被说服的，于是停下手里的活路，想了想后柔声回答道："乖女儿，听娘的话，花木兰、梁红玉都是说书人讲的古话，哪个见过？那个秋瑾呢，倒听你老汉儿说起过，是个'奇女子'，但还不是被杀了头？娘舍得让你去学她？再说，如今家里哪里还有钱供你上学呢？你难道不晓得给你爹治病和办丧事就拉了一屁股两肋巴的账，娘既要想办法还账，又要供你哥在省城读书，还要对付我们两娘母的日常家缴，几十担谷子的田土已经卖了一多半，你让娘到哪里去找钱呢？"

宋岚听了娘的话摇摇头胸有成竹地回答道："娘，家里的困难女儿都晓得，我不会让娘作难的，我会一边上学一边挑花、绣花、纺纱、做鞋，自己挣学费。"

宋张氏明白，这不是女儿在夸口，伶俐的女儿已经跟自己学得了一手好针线，不只学会了绣花、挑花，还会抛开那些老古板的花样，自己动心思，描出一些又新奇又好看的图样，再把一根根细细的丝线劈开，用截、沙、浸、晕等不同的针法去绣，绣时还讲究啥子光线和色彩，以至于她绣出的东西总和别人大不相同，活灵活现的，就像是摘下了一朵朵鲜花贴在绣品上，被大家公认是个"巧姑娘"，周围团转莫得哪家的女娃子赶得上。俗话说"不怕不识货，就怕货比货"，赶场时那些识货的、舍得出大价钱的买主便总是把她绣的枕头、床单、帐檐、铺盖面子、桌布等一抢而光，有的还要提前订货。

因此，让宋张氏不肯答应的其实并不是学费，更重要的是亲友们的议论和反对，爷爷、叔叔、婶婶、嫂嫂、弟媳们早就打过招呼，要宋张氏把自己的女儿管好，不要让妹崽儿的心耍野了，最好是早点放个人户，让她本本分分地做个好媳妇儿，给先人们争光。听说宋岚要上新式学校，大家都一致反对，说"啥女子学校？还不是伤风败俗的地方，体面的宋家女子哪能到那种地方去？真要去了就是给祖宗八代丢脸，让亲朋好友都抬不起头！如今你男人已经不在了，你一个妇道人家，心里要有个打米碗，不要反倒受了女儿摆布！"

在这样的情形下，懦弱柔顺的寡妇宋张氏尽管内心里也有矛盾，但又怎敢答应女儿呢？

宋岚已经央求好多回了，但说来说去娘总是不松口，今天仍然是这样。最后宋岚焦躁起来，提高了嗓音，抱怨娘"封建""重男轻女"，忘记了爹临死时的嘱咐，并且撒娇地声称："不管你们咋个反对，我就是要去上学，我不能像您一样，一辈子只看见酒寨这一方天，只晓得侍候男人和儿子！"

听了这话，宋张氏也有些生气了，把手里的帐檐重重地放下，轮眉看着宋岚，好一会儿后才叹了口气说："你想逼死娘吗？看来我也留不住你了！正好，昨天大爷爷亲自过来说媒，说是一个姓王的有钱人家看上了你的人才。这王家是康熙年间入川的，祖辈是穷人，后来靠设厂造纸兴了家，成了秀江县的绅粮，有田土五千多挑谷，少爷出入骑白马，有马夫和保镖……大爷爷说，王家老爷晓得宋家老爷仙逝不久，经济困难，不要陪嫁，只要人。我看这王家不错，又有大爷爷保媒，明天就去回话，早点把你打发算了，省得你天天来找我吵，让亲戚们笑话！"

听说"明天就去回话，早点把你打发算了"，宋岚像挨了当头一棒，她的心仿佛一下子掉进了冰窖里，哇的一声大哭起来，顿足说了声"我不嫁"，便转身跑进了房……宋张氏不再理她，只默默地发了一会儿呆，又换了根丝线，紧了紧花绷子，低下头继续刺绣。

听说"明天就去回话，早点把你打发算了"，宋岚真是又惊又怕。她曾听说过包办婚姻给酒寨女人们带来的种种悲剧：素不相识、连面都没见过的人们被父母亲用一纸婚约糊里糊涂地绑在一起，一辈子不懂得啥叫幸福；一位名叫小蓉的美丽姑娘被嫁给有钱人家一个只会吃、喝、嫖、赌的败家子，受尽虐待，年纪轻轻上吊自杀；一位名叫小蕙的女子，因为家穷去人家"寄饭"（当童养媳），她十二岁，男人才五岁，小小年纪的她，成了男人全家的保姆、丫头和出气筒，割草、喂猪、栽秧、打谷、洗衣、煮饭，再加上挨打挨骂被罚跪，最后投河自尽……

而可怜的表姐也是服毒自杀的。

身体单薄、皮肤微黑、细眼弯眉的表姐，母亲早死，后娘是个凶恶的女人，对前房的子女百般虐待，表姐从小便是个胆小、寡言少语的受气包，只晓得背地里悄悄流眼泪。表姐夫是高等学堂的学生，婚姻是父母定下的，结婚后相当一段时间两人只是名义上的夫妻，以致想抱孙子的婆婆娘常常当面背后骂表姐："枉自是个女人，连男人都不会侍候！"表姐听了后只是红了脸埋头干活，不敢开腔。

在宋岚的印象中，表姐似乎只是一个影子或是角落里的一只耗子，脚步极轻，很少开口说话，目光怯怯的，好像随时都怕自己会得罪人，会挨骂。

后来表姐和表姐夫终于有了孩子，表姐夫也当了官，他们住在了一起，但表姐仍然不快活，她仍然很少说话，眼神仍然是惶恐和忧郁的。她没有上过学，男人的话常常让她听不懂，只是心里明白男人并不喜欢自己。男人的客人很多，但吃饭时她从来不敢和客人们同席——怕闹笑话，让男人丢脸，更不会陪男人外出应酬。慢慢地，她发觉有个女客人常到家里来，听说也上过洋学堂，男人一看见她便很高兴，声音和眼神都变了样，两人在一起谈论国家大事，在一起开玩笑，平时很少露出笑容的男人竟会发出响亮的笑声……

凭直觉她明白，自己的男人喜欢这个女客人，她的心像被刀子在绞，但她晓得自己是莫得资格嫉妒的，只能咬着牙忍受。

她心疼自己的男人，晓得他身体不好，事情又多，每天回家后还在写、还在看公文，她很想帮帮他，但却莫得这本事，即使想问问，也不晓得该问些啥。他俩一天说不上三句话，她只能在灶头上忙碌或是缝缝衣服、纳纳鞋底……

终于，她再也无法忍受这种痛苦了，在一个漆黑的夜晚，吞下了一整瓶安眠药，昏迷前走到娃娃们的床前，最后一次看看他们，给他们盖好了踢开的铺盖……抢救后在短暂的清醒中只留下一句话："给娃娃找个心肠好点的后娘……"

女人们的悲剧实在太多太多了，就是有名的"九姑坟"，难道不也是一场巨大的悲剧？她既佩服这九个女人的刚烈和勇敢，也为她们深深地惋惜，难道女人为了保持自己的尊严就只能走这一条路？难道女人永远只是供男人们享乐的战利品？

父亲给她灌输了女人要自强的思想，现实中她却看见了太多女性的悲惨命运。不仅有不自由的婚姻，有童养媳和表姐的自杀，还有被少爷强奸的丫鬟、被迫当妾做小的姨太太、没有生儿子便被咒骂、被虐待的少妇……三纲五常、三从四德束缚着中国人——特别是中国女人——的灵魂和行为。在中国，女人好像从来就不在"人"的范围之内，连骂人的话也是"妇人之见""妇人之仁"……她幻想自己能摆脱这命运的轮回，女学堂的出现让她看见了曙光，她希望自己能和父亲、兄长这些男人一样，走出家庭，挺起腰杆，抬头做人。

但是，父亲已经永远地离开了她，任凭她怎样呼唤、怎样想念、怎样哭诉都不会回来了！挚爱的哥哥也已经远远地飞走，只把她留在了古老的酒寨里。爷爷、叔叔、姑妈、姨妈们严厉的目光和鄙薄的冷笑在她眼前浮动，教训的声音在她的耳边回响……能反对他们吗？小小的她哪有那么大的力量？她觉得自己好像被锁进了一间没有窗户的黑屋子里，很累很累了，却找不到房间的门在哪里……

她明白，柔弱的母亲根本保护不了她，好像也不愿意保护她，母亲更在意的是亲戚们眼里宋家宝贵的"名声"。

更可怕的是，母亲要让她嫁人了！一想到要受人摆布进到一个陌生人的家里，成为陌生男人的"女人"，宋岚便浑身发冷，有了一种生不如死的感觉。

怎么办呢？

她似乎看到了"长辈们"不屑的目光，耳边仿佛响起了他们的议论……她知道自己并没有错，她不应该和酒寨别的女人一样任人摆布，她应该走另一条路，像父亲和兄长希望的那样。

但是，没有人帮助她，在传统的纲常伦理面前，年仅十来岁的她实在太渺小太渺小了！

绝望中，她想到了小蓉、小蕙、表姐和别的女人……她是不是也必须和她们一样，永远地离开这个让人绝望的世界呢？

思来想去，她终于下了决心，毅然走进了摆放杂物的厢房……

以美酒闻名的酒寨家家户户都贮有烈酒，不只是饮用，也是为了待客和腌制咸菜、腊肉香肠之类。然而这里虽然产酒，女人醉酒的并不多，姑娘醉酒，特别是小姑娘醉酒则更为稀罕。好学稳重的宋岚平时本是滴酒不沾的，这时她却毅然走到半人高的酒坛边，拿起旁边舀酒的舀子，揭开盖子，舀了满满一缸烈酒便向嘴里灌去……一股说不出的辛辣从喉咙一直辣到肠胃里，让她十分难受，但她努力忍住，不顾一切地舀了一缸又一缸……最初只觉得面庞发红，一颗心在胸口里咚咚地狂跳，全身像大火在燎，后来心跳得越来越快，越来越快，好像要跳出胸口了，憋得她几乎不能呼吸……终于，在一阵天旋地转中失去了知觉，软软地倒在了酒坛边……

家住隔壁、宋岚五岁的堂妹宋琬玉手里拿着一本《唐诗三百首》笑吟吟地走了进来，对宋张氏说："伯娘，岚姐姐呢？我要找她问几个字。"

宋张氏抬头看看这个长得粉嘟嘟的小姑娘，叹口气柔声回答道："你不好好学学绣花、缝补，不学学家务活，也跟着岚丫头疯，喜欢读书了？妹崽儿家读那么多书有啥用呢，二天还不是要嫁人！"

宋琬玉只是歪着头憨憨地笑，腮边露出了两个可爱的小酒窝，望着宋张氏没有开腔。

宋张氏望着这个又憨又可爱的小姑娘叹了口气道："刚才你岚姐姐为上学的事在和伯娘怄气哩，跟我吵了一架，冲进屋去了！"说着把嘴向里屋努了努。

宋琬玉便捧着书本走进了里屋，见里屋没人，就走进了旁边的厢房。一进厢房，她便闻到了熏人的酒气，接着看见了倒在酒坛边的岚姐姐。走到跟前，看见岚姐姐面色惨白，紧紧地闭着双眼，嘴角边、脸上、颈子上都有一些吐出的秽物，衣衫上也粘上了秽物和泥土……她慌忙丢下手里的书本，摇晃着宋岚的手臂，大声喊叫着"岚姐姐，岚姐姐"，岚姐姐没有答应，她便赶紧跑出厢房对院坝里的宋张氏喊叫道："伯娘，伯娘，你快来，快来看看呀，不晓得岚姐姐咋个了！"

小琬玉的声音已经被吓岔了，宋张氏听到后，赶紧把手里的帐檐丢在小板凳上，扭动着一双小脚赶了过来，边走边问道："你说啥？岚姐姐咋啦？"

琬玉说不出话，只用小手指着厢房。宋张氏进去后，看见了睡在地上动也不动的宋岚，脸色白得像张纸，双眼紧闭，伸手摸摸手和脸，都已经冰凉冰凉，搂过头掐掐人中，也莫得反应……想把女儿抱起来，但裹了一双小脚的她，站也站不稳，用尽全身力气也莫想抱动。宋张氏顾不得女儿脸上、身上和地上的秽物，喘着气坐在地上勉强把女儿上身扶起来靠在怀里，含着眼泪气喘吁吁地对站在旁边的宋琬玉说："快，快去找你娘来！"说着忍不住哭了起来。

宋琬玉飞跑着去了。

不一会儿琬玉娘王凤英赶了过来。

王凤英比宋张氏年轻几岁，性情直爽，人长得高高长长、伸伸展展，一双曾经裹过的脚已经放开，变成了两只半大脚——城里人叫作"改组派"的，走路干活自然比宋张氏利索。再加上丈夫是嗨袍哥，组织过"同志军"，家里经常人来人往闹热得很，王凤英跟着他见过好些世面，因此为人处世比许多酒寨女人能干、有斩杀。

王凤英风风火火地跑来，伸手摸摸宋岚的额头，翻翻她的眼皮，一面让宋张氏拿来湿帕子揩净姑娘脸上和身上的秽物，一面叫琬玉赶紧去请药铺里的王大爷。琬玉去后，她又让宋张氏找出一身干净衣裤，把宋岚从地上抱起来，换了衣裤，轻轻地放在床上。

王大爷是王凤英的远房叔父，既懂得医理，是乡坝头有名的太医，又很有见识，和一般老古董不同，琬玉去请后便赶来了。他摸了摸脉，掰开嘴巴看了看舌苔后对两个女人说："这女娃子喝了好多酒，怕有一两斤吧？还是烈酒！换个人怕是莫得救了，多亏她身体底子好，暂时还能扛住，时间长了还是不行，要赶紧灌下药催吐。我这里正好有个催吐的偏方，赶紧拿去捡药，这几味草药我那药铺里都有……"说着便提笔开了个药方。

开了药方后王大爷又摇摇头埋怨宋张氏道："咋能让一个小女娃子喝这么多酒呢？这是要出人命的！你这个当娘的要把细点啊……眼时女娃子跟前千万不能离人，嘴里吐出的东西要全部给她掏出来，谨防哽到喉咙管儿，那就没命了！"

宋张氏红着眼睛低着头应道："老辈子说得是，难为你老人家了！"

王凤英让琬玉跟着王大爷去药铺捡回了药，马上熬了。服药后宋岚大吐了一通，又昏昏沉沉地睡下，脸色慢慢地好看一些，出气进气也均匀了。

看见宋岚已经没有大碍，王凤英便让女儿琬玉先回去守着家门，自己和宋张氏在堂屋的竹椅里坐下摆龙门阵。女儿走了后，说话砍截的王凤英，一张嘴便直截了当地问道："今天你们家到底出了啥事，为啥岚儿会灌酒？岚儿平时是个乖女娃子，从没见她烂过酒，今天咋会醉成这样，险些出了人命？"

宋张氏叹了口气，低头扯起围腰抹了抹眼泪道："为上学的事，她在和我赌气哩！"说着便把这些日子两娘母的争吵简单说了一遍。

王凤英听了后摇头道："我的老姐子啊，说句不好听的话，这就是你的不对了。女娃子有志气，想去读书，想长点本事有啥不好，你为啥不答应呢？"

"唉，妹子，我是怕那些尖嘴磨舌的人说闲话啊！你想想，这团团转转哪家亲戚老表的姑娘是去了学堂的？她爹死后，宋家那些亲亲戚戚的眼睛都盯着我哩，早就嘱咐过我，男人没有了要把儿女待好，儿子既在外面读书，女子就该早点嫁人……你让我咋办呢？"宋张氏低声回答道。

王凤英拍了拍宋张氏的肩膀，感叹道："日子是自家过的，你听他们的闲话干啥？你就是太好说话了，所以他们才拿捏你！你该好生想想，如今世道不同了，提倡男女平等，县城里好些女娃子都在上学，听说大地方还有女人留洋哩。前两年闹同志军，听琬儿她爹说，川西坝子就有妇女同志军，还攻打过省城。我就喜欢'男女平等'这句话。你也不想想，要是岚儿她爹在世会咋样？会不准她上学？岚儿自小精灵，又极喜欢读书，你硬是不准她上学，还想早点把她嫁出去，万一逼出个三长两短，你就不后悔？"

一席话把宋张氏说得哑口无言，好一阵才低头叹息道："我也是莫办法，家里实在恼火得很啊！她哥在成都上学，还想到北京上大学，家里只有几十挑谷子的田，都卖一多半了！"

"这话不假，供娃娃读书是不容易……我想起一件事，前几天赶场时在茶馆里听人说，乡里要办个女子学校，校长是留过洋的。我让琬儿她爹再去打听打听，要是真办成了，岚儿和琬儿能在近处上学，就花不到好多钱了。岚儿还对我说过，要自己做些针线，赶场时卖了交学费……有这么懂事的女儿，换了我，睡着了都会笑醒，还怄啥气呢？"

宋张氏虽然还在顾虑族里长辈、妯娌们的闲话，但女儿的行为也扎扎实实地让她吓了一跳。女儿毕竟是娘身上掉下来的肉，要是逼得她真出了事，自己不晓得会有多心痛，再说，又咋个对得起九泉之下的男人？王凤英说得对，思前想后，她不愿再拦阻女儿了，不顾一些族人的反对，终于点头让女儿去上学了。

宋家女子为上学的事几乎寻了短见，立马传遍了酒寨。有人夸她不愧是宋墨林的姑娘，有志气，将来会有出息；更多的人仍然是反对和讽刺，他们叹息着世道变了，也埋怨宋张氏把个女儿惯侍得无法无天。但不管咋样议论，却没有人公开出面反对，连老族长宋茂行老太爷都说："老皇历翻不得了，随她去吧！"

三　女子学校

宋岚到女子学校读书了，她早早地就做好了上学的准备：用家机蓝布做成了漂亮的书包，一面绣了枝红梅，一面绣了丛兰花；用卖针线得来的钱买了墨盒、墨锭、毛笔、本子，还留了一些钱准备开学时买书、交学费……开学的前几天，她夜夜兴奋得睡不着觉，开学的那天，鸡叫头遍就起了床，悄悄去灶房烧了水洗脸，仔仔细细地梳好了乌黑的头发，编好了长长的辫子……

娘听见响声便问道："岚儿，天还没亮，你在干啥哩？"

宋岚看了看窗外，天上那颗明亮的启明星还在眨着眼睛，便轻轻笑了一声回答道："娘，你再睡会儿，我起来帮你做早饭哩！"

早饭后，她穿了件平时过年时才会上身的毛蓝布新衣和一双黑色的新布鞋，背着书包，在一些人惊奇和迷惑的目光注视下去到新开办的女子学校了。她肌肤雪白，已经褪去了一些童年时的稚气，开始有了少女的矜持和娉婷，几个老太婆在背后叹息着、撇着嘴、摇着头议论:"可惜这么好个女娃儿,咋能让她去学堂?""二天哪个敢要?该早点找个人户打发了啊!"

在她们看来,许配个好人家是女人一生中最重要的大事,但是,有几个女人在出嫁后能得到真正的幸福呢?

女子学校的校舍很简陋,甚至有些破烂,和别的许多学校一样,借用了一座旧寺庙——火神庙。不晓得为啥,秀江县和四川许多县一样,老百姓对火神似乎都特别敬畏,县城和许多乡镇都有大大小小的火神庙,现在多为学校借用了,庙里的和尚大部分已经还俗。由于长久没有修缮,火神菩萨的金身满是灰尘,一些地方的彩绘已经脱落,露出了里面的泥胎。借用为校舍后,学校便把菩萨和几个小鬼的金身都"请"到了大殿的角落里,用一方白色的土布盖了起来,请他们暂时"休息",不再劳心费力地管理凡间的闲事。

这里没有光线明亮的教室,也没有像样的教学设备,课桌是一些旧式的"连二"或方桌,学生坐的是高高矮矮的长板凳,上课和自习时都是几个人挤在一张长板凳上,只有黑板是崭新的,黑油油地骄傲地发着亮光。但当宋岚第一次踏进这简陋的学校时,心里仍然有说不出的兴奋,要知道,她是酒寨第一个踏进新式学校的女孩儿啊!她仿佛看见了父亲在对她微笑,耳边又响起了父亲的嘱咐:"岚儿,记住,女人也是人,要自强,要学习,要做一个对社会有用的新女性……"

学校的校长黄骏飞是一位儒雅睿智见识卓越的年轻人,他相信先哲的话"国家的命运系于教育青年",因而立志投身教育,办起了新式学堂。开学这天,他穿着一身深灰色哔叽西装,蹬着黑皮鞋,郑重地打上条红色领带,亲自站在火神庙的大门前笑容可掬地迎接着每一个学生,请教师们把她们领进教室。

许多女学生是黄骏飞说服了当地一些开明士绅后,才得以入学的。黄骏飞和许多热血青年一样,放弃了科举和仕途而立志投身救国救民。出身于书香门第的他,父亲是当地的宿儒,曾设塾授课。黄骏飞在成都高等学堂就读后,被选派到日本官费留学。从日本回来后,各地办学之风大盛,许多人主张"教育救国,唤起民众""教育,乃蜀中之希望,国家之希望",担任临时政府教育总长的蔡元培主张"改'忠君、尊孔、尚公、尚武、尚实'的教育宗旨为'注重道德教育,以实利教育、军国民教育辅之,更以美感教育完成其道德教育'",黄骏飞深表赞同。于是回乡变卖祖产,又四处奔走,在一些亲友的襄助下,创办了高等小学和女子学校。创办女子学校的目的是，倡导妇女解放，让女人也能学习知识，在社会上有独立的机会，以改变千百年来中国妇女深受封建压迫的状况。

第一堂课是校长向学生们介绍学校，七位老师全部到场。黄骏飞指着老师们幽默地说："我们这里是'八仙过海'。"原来，学校连他自己共有八位老师，有的是留洋归来的青年才俊，有的是当地的文化名人。黄骏飞对女学生们说："学校刚办起来，各方面还不正规，目前只有三个班、三十多名学生，课程有国文、算术、体操、图画，以后可能还要增加博物、史地……如今你们进学校了，这便是打破了'女子无才便是德'和'三从四德'的封建老规矩。学校的口号是'打破旧习惯，创造新生活'，希望你们记住这个口号，努力学习，不要妄自菲薄，要相信自己，相信教育和知识可以改变中国妇女的命运。我相信，男学生们能做到的你们女学生也能做到。我希望你们每个人都能成为时代需要的新女性，做一个对国家、对社会有用的人！你们要记住，中国四万万同胞中，女同胞就有二万万，如果这二万万人不努力，中国咋能富强呢？"

讲话后，黄骏飞又一一向学生们介绍了七位老师，其中教体操的还是位年轻的女教师何香谷。留学归来的教师西装革履，戴着新式的金边眼镜；当地的文化名人穿的是蓝洋布或雪青纺绸长衫，脚上或踏着青色圆口布鞋，或穿着发亮的皮鞋；活泼的女教师何香谷穿的是月白纺绸衫子和青色鸡皮绉裙子。

黄骏飞认为，要办好学校，首先得有好的教师，因此他对老师的选择极其严格、极其郑重，聘请的多是具有进步思想和真才实学的中青年，他曾说："早在两千多年前的汉代就已经要求教师既是'经师'又是'人师'了，老师不只要教导学生认认真真读书，还要教导他们清清白白地做人！"

为了让教师们安心教学，他宁肯卖掉祖产，也不拖欠老师们的薪水。

对学生，学校实行了奖学金制度，品学兼优的学生可免除学杂费，并奖励图书，如果考试进入前三名而操行又是甲等，便可获得奖学金。入学考试时，宋岚名列第一，因此免除了学杂费，还捧回了一堆新书，娘看了后很欢喜，觉得减轻了负担，大大地松了一口气。

对学校设置的几门课程，宋岚都很有兴趣。国文自不用说了，父亲既培养了她的兴趣也给她打下了不错的基础，加上自己的努力，已经能写出一些通顺的文章。算术呢？虽然过去没有学习过，但知道这门功课的重要，便用心学习起来，无论珠算、笔算都进步很快。至于图画，从小就喜欢绘画的她，曾悉心临摹过父亲买来的《芥子园画谱》，如今老师又讲授了一些西洋画的技法，自然兴趣更浓，进步更快，画出的一些小品居然清新可喜，常常被老师贴到墙报上供大家观摩了。

唯一有些害怕的是体操（体育）。最初，不只宋岚，绝大多数女生都最害怕上体操课。原因是，过去她们全是些斯斯文文、规规矩矩的"闺秀"和"淑女"，说话不敢高声，笑起来不敢露出牙齿，有的还被迫裹了脚（民国后放开了），现在却要像"儿马婆"一样飞叉叉地跑步、跳高、跳远、做姿势怪异的体操……确实既难为情又笨手笨脚。幸运的是，体操老师何香谷像"八仙过海"中的何仙姑，脾气极好，很有耐心，又极其幽默活跃，在她的启发和示范下，女学生们终于逐渐摆脱了恐惧、羞涩和各种束缚，年轻人活泼好动的天性慢慢地被激发出来，全都活跃了不少，火神庙里常常回响着姑娘们清脆响亮的笑声了。

最初，女生中还有人是女扮男装，穿着长袍马褂、戴着瓜皮小帽羞羞答答地来上学，但在老师们的帮助下，先后逐渐恢复了女儿家的本来面目。

宋岚最喜欢的是国文课。

过去在私塾学习，一般有两种读书的方法：一种是先读《诗经》，以后便读"四书"（《大学》《中庸》《论语》《孟子》）；另一种是先读《三字经》《百家姓》《千字文》《千家诗》等，然后读"四书"。读书是私塾的主要功课，一般是老师坐着，学生站在旁边，老师先读，学生仿读，然后学生再回到自己的座位上高声朗读，一直读到能背诵为止。每天要上一段或一篇新课，上课前要先站在老师面前背诵过去的课文。老师在读过的课文中任意挑选，学生背不上便要挨手板心或脑壳上挨"界方"，挨了打是不准哭的。有的学生由于屡屡出错，该挨的手板心竟叠加到几百个之多……而有时，由于种种原因，老师还会来个"满堂红"——不问青红皂白，人人有份，个个都要伸出手来挨打。

在私塾读书，一般要从清晨一直读到二更，除了午饭、晚饭，以及大小便外，不准休息。一年到头，除了清明、端阳、中秋各放三天假，过年放假半月，以及家里有婚丧大事外，均不得请假。

虽然花了大量时间苦读，但由于只是囫囵吞枣地背诵，学生们并不明白书中的含义——也许一些老师自己也不甚了了，虽然有人坚持，认为这种死记硬背的方法对学生积累知识和进行写作都大有裨益，但实际上收获有限，也很难引起学生们的兴趣。

过去宋岚在家里学习时，虽然也诵读了一些古文和古诗词，但父亲总是会仔细地给她讲解每一篇文章、每一首诗词的意义乃至写作上的特点，对一些生僻的字、生僻的词和引用的典故，讲解得更加详细。父亲去世后，她和别人一样，也只能囫囵吞枣地背死书了，对不认识的字、不懂的地方，只能自己慢慢地猜、慢慢地想，从一知半解中悟出一些道理。

幸运的是，在女子学校里她遇到了国文老师蔡仲瀚。

蔡仲瀚是秀江县著名的青年才俊，留学归来，学贯中西。瘦削的、高高的身材，五官端正，轮廓分明，常穿一套白色西装或一袭白色长袍，气度极其文雅，黄骏飞曾开玩笑地称之为"皎如玉树临风前"。他博学强记，幽默风趣，知识广泛，思想进步。学校的国文课根本没有现成的课本，授课时，他便会一字不差地背诵出古典和当代的许多名篇，用漂亮的板书写在黑板上，让学生们抄写后再进行讲解。讲解时，他声情并茂，满含激情，不会刻板地限于课文本身，而是旁征博引，举一反三，娓娓动听地讲出许多隽永有趣的故事，在不经意间进行着精辟的分析和论述，并结合当今的时事进行评说，让学生们不但听得津津有味，而且开阔了视野，对课文有了更深刻的领会。

第一天上课时，他便对学生们说：

"你们进学堂了，你们勇敢地打破了'女子无才便是德'的老规矩，老师真诚地欢迎你们，祝贺你们，希望你们都能成为新时代的新女性，成为对社会有用的人！"

在讲解古诗《木兰辞》时，他讲到了秋瑾从日本回国前写的诗："不惜千金买宝刀，貂裘换酒也堪豪。一腔热血勤珍重，洒去犹能化碧涛。"也讲了四川保路运动中的女袍哥、女同志军……在讲授文天祥的《正气歌》时，他给学生们介绍了许许多多民族英雄的故事，认为正是有了他们"杀身成仁，舍生取义"的浩然正气，我们的国家、我们的民族才能自立于世界民族之林；联系历史，他又讲到了自鸦片战争以来西方列强对中国的侵略，以及中国的仁人志士们前仆后继的抗争，包括戊戌政变、三民主义、保路运动、广州起义，等等。

不只讲解古文，他还特地从报刊上选出一些有见地的好文章教授学生。他选了梁启超的《少年中国说》、黄花岗七十二烈士之一林觉民的《与妻书》……他声情并茂地背诵了梁启超在《少年中国说》中的一段话："少年智则国智，少年富则国富，少年强则国强，少年进步则国进步，少年胜于欧洲则国胜于欧洲，少年雄于地球则国雄于地球……"当讲到被誉为"面貌如玉，肝肠如铁，心地光明如雪"的"奇男子"林觉民在广州起义后被捕牺牲，年仅二十四岁时，他满含热泪，学生们也泣不成声了！

他还给学生们讲过一些外国的文学作品，包括莫泊桑的《项链》、易卜生的戏剧《玩偶之家》等。结合《项链》，他向学生们揭示了贪图虚荣的可怕，勉励大家要努力克服自己的虚荣心，不要过分追求穿着打扮以及家庭的财富、地位。结合《玩偶之家》，他让学生们理解，如果没有经济上的独立，如果不能做个对社会有用的人，女人便只能是"玩偶"和"花瓶"。他痛心疾首地告诉女学生们，中国男尊女卑之残酷惨烈实在已经超出了人类公认的底线，女人们都是"无声"的奴隶，作为新时代的女性，必须勇敢地"打破旧习惯，创造新生活"。

他在教授语文课的同时，向学生们灌输了爱国、民主和自立自强的思想，让她们懂得了许多做人的道理。许多新的思想、新的知识都是这些"闺秀"过去闻所未闻的，让她们激动，也让她们振奋。于是，他的国文课充满了吸引力，不但能增长学生们的知识，而且在潜移默化中培养着她们的品性和能力，甚至影响了她们的一生。

根据校长黄骏飞的安排，女子学校每周有一次"时事讲话"，由黄骏飞或蔡仲瀚向学生们讲解国内外发生的一些大事。在黄骏飞的支持下，蔡仲瀚又在女子学校里建立了个小小的图书室，给大家购买了一些具有新思想的书刊和优秀的文学作品。图书室里有《新青年》《妇女杂志》，以及邹容的《革命军》、陈天华的《猛回头》《警世钟》……这些报刊书籍宛如一阵阵清风吹进了女学生们被长久压抑的灵魂，为她们闭塞的头脑打开了新的世界。

这个小小的图书室是宋岚最喜欢的地方。在这里，她不但读到了那些具有新思想的报刊，接触到了新思想、新道德、新文化，还第一次读到了许多中外的文学名著，这些作品中优美的文字、曲折的情节、复杂的人物、奇异的想象……让她着迷，让她惊奇和狂喜，完全把她俘虏了！

宋岚如饥似渴地学习着，在写作方面，除了学校规定的作文，她还常常写些小诗文在学校的壁报上刊出。她的作文中常有一些不凡的见解，而她的诗文虽然还有些稚嫩，但其中却不乏佳句，她曾写了这样一篇寓言体的小说，名字是《蜉蝣·风》：

蜉 蝣

太阳将要升起，碧色的湖面上闪动着亮晶晶的光晕。雾气氤氲着清凉，我睁开眼睛，舒展翅膀，歪着头欣赏这崭新的世界。

一条小舟拨开浓雾驶来，舟上有一位面容娇美的姑娘，她裙裾翩翩，眼神在疲惫中露出热切的盼望。水雾凝结在她的睫毛和黑发上，让粉荷含露般的她更加动人。她手执灯笼，专注地望着前方。我扇动双翅，追逐着她手中的那一点点亮光。

湖心的桥上伫立着一位英俊的少年，他皱眉望着湖面的浓雾，眼睛里也充满了渴望，可是浓雾像屏风一样挡在他们的眼前，让他们什么也看不见……我感到惋惜，我绕着姑娘的船桨飞来飞去……

姑娘开始焦急起来，我也疲惫地歇在木桨上。突然，一阵风吹来，姑娘手里的灯笼熄灭了，但四周反而明亮许多，太阳升起了，风吹散了雾气……姑娘和少年终于互相凝视，脸上都浮现出惊喜。姑娘重新拿起船桨，划开水面发出悦耳的声音。

湖水粼粼，风卷起涟漪染着透明的金色，映照着他们热烈而坚定的眼神，里面装着我从未见过的东西，但不知怎的我感到了幸福。真应该感谢风呀，要是没有他，也不知道姑娘与少年能不能相会了。

风很有礼貌，也很有见识，他岁数比我大许多，经历着与我完全不同的世界——一个我从不知道的世界。

他说他来自大海。大海就是流动的天，海浪就是破碎的云；他也去过冰雪覆盖的北方，冰和我的翅膀很像，雪花是沉重的柳絮；他去过草原，那里长着无垠的青草，回荡着牛羊的呼喊；他还去过巍峨壮丽、荒无人迹的高山……风让世界在我的心里一点点明晰起来。虽然我从未离开过这片湖泊，但我已然沉醉在风的故事里了。我突然有些难过，因为我想要了解这个世界……

风说他最终还是回到了江南。我问他多少岁了，他说自己也数不清，是从天际而生，向着无尽奔去，本该从不停歇。为什么是"本该"呢？我问风。风说是因为一个老朋友，他还说我很像他的那个老朋友。

傍晚，夕阳西下，太阳把湖泊染成了它的颜色，远远的天边，有荷花的香味。我有点累了，风就温柔地把我托起来。我从没有到过这么高的地方，星星出来了，星星真好看啊，像那小姑娘明亮的眸子，也像她点亮的灯火。

我困了，风把我轻轻地放在水面一片小小的莲叶上，给我温柔地道着晚安……尽管我对世界知道得不多，尽管善良的风始终小心翼翼地避开这个话题，但我还是知道——我和朝霞一起出生，随黑夜而湮没，朝生暮死，就是我的一生。

谢谢你，风，是你让我看到了这个世界。风，再看我一眼，当你看见柳条的时候，请记起我的尾；当你看见冰的时候，请记起我的翼。在你无穷无尽的旅途中，要偶尔记起我。

脸上凉凉的，下雨了。

风

我从热带的海面而来，我自上古便出生在人间，天地是我的床榻，日月是我的伙伴。我来自冥冥之中，要到虚空里去。我对这个世界谈不上什么感情，只是流浪在天地之间，看着万物的生长、老去，陷入无尽的轮回。我保持着这样的心情，直到我在那个温柔的南方遇见了一只小小的蜉蝣。

她是多么美丽啊，明亮的眼睛胜过所有的星星，轻薄的双翼比万物都要柔软，细小的声音比黄鹂还要动听。她是那么纯洁天真，诚恳地央求我讲讲我的历险故事。我答应了。在她快乐的笑声中，我似乎从来没有离这个世界这样近——我总是遥远地俯瞰着它，总是在不停地奔跑，尽管并不知道要去到哪里。我活了许多年，但从未打算欣赏这个世界。

但是见到蜉蝣后，一切都不同了。我不由自主地停了下来，缓缓地流连在湖畔的柳枝间。小小的蜉蝣用她纯净的心灵向我讲述着这个世界的美好——原来这个世界竟这样令她幸福！这一天，好像比我曾经度过的千万岁月还要长，我第一次觉得，世间的万物竟如此可爱。于是，我想邀请她和我一起走，我们可以去到全世界任何地方。我开心地把这个想法告诉了她，没想到她却用细细的嗓音回答我，她不能和我一起走。她说，世上的东西并不都是永生的，这一天对她来说就是一生……

她为什么可以那样释然？眼睛里没有惊恐，而总是荡漾着湖水一样明亮的光？

我带着她飞往天空，她看见了漫天的繁星，高兴得手舞足蹈。后来她说她困了，要睡了……我多么不愿意让她走啊！我抱着她，直到她平静地望着我，闭上眼，像羽毛一样飘了下去。

她的样子多像睡着了啊，仿佛随时都会醒来，可是她没有醒来。

我哭了，泪水化作雨，打在焦渴的土地上，农民们感激地祷告着，大地的伤痕终于被治愈。

从这天起，我的旅途变了样子，我第一次开始爱这个世界，第一次真真切切地感受到生命。我第一次留恋，也第一次感受到时间的流逝。我好像有了情感、喜怒哀乐，我开始感到孤独。我也知道，在永恒的结束到来之前，世间万物对我来说都是短暂的。我爱上的任何事物都会离我而去，留给我的只有无尽的痛苦和孤独。

但就算没有结局，我仍然有勇气前来。

她来之前，春夏秋冬都没有颜色；她出现了，春花、夏雨、秋月、冬雪，都是她的影子……

我们看起来是截然不同的，我们有着全然不同的经历和眼界，但其实我们是相同的，我们一样孤单，也一样热爱这个世界。

这一天，我重返南国，这里的景物好像并没有改变，但其实已经过了几个轮回。在这里，我看见一个眼睛明亮如星辰的女孩，我看见了她眼里闪烁的爱情。我动容了，于是我为她拨开浓雾，注视着她与少年的相会。

但我恍然间好像又看见她了，那只蜉蝣。

是她吗？我真的看见她了！

这篇小说在女子学校引起了小小的轰动，而宋岚别的一些诗文也常常受到老师和同学们的称赞，于是在课外蔡仲瀚便花了更多时间辅导她，除了单独给她添讲一些文章，也选出一些题目让她写作，然后帮助她修改、提高。

宋岚知道自己上学的不易，从酒寨到学校要走七八里弯弯曲曲、坡坡坎坎的山路，山区地方雨水又多，雾气又大，一到下雨天便到处灰蒙蒙的一片，小路变得无比溜滑，双脚常常深深地陷进稀泥凼凼里，不管怎样小心，也会绊得满身泥巴。再加上，夏天还常常会打雷，轰隆隆，哗啦啦的炸雷声好像就盘旋在人们的头顶上。雷声夹着雨点，宋岚常常是一身水一身泥像泥猴儿一样地走进学校。当娘的自然十分心疼，一到下雨天便一再阻拦道："岚儿，今天就不要去上学了，就在家看书吧，不懂的地方天晴了再去问老师，老师不会怪罪你的……"

但是，宋岚从心底里喜欢学校，也珍惜自己难得的上学机会，因此不管下多大的雨，打多响的雷，从来也没有请过假、缺过课。想到家里的困难，她常常中午不吃饭，一直饿到下午放学以后……

然而，在封闭的小县城，女人们的社会地位仍然十分低下，女孩子们上学仍然受到讥笑和歧视，没过多久，女子学校的女学生中就出现了悲剧。

这一天，天真烂漫、眉清目秀、和宋岚很要好的女学生何春红突然揩着眼泪吞吞吐吐地对校长黄骏飞说："校长，我……我……要退学了！"

黄骏飞诧异地问道："你的学习成绩不错，女娃儿能有机会上学是很不容易的，为啥要退学呢？是家里有困难吗？"

何春红低着头揩着眼泪，没有回答。

黄骏飞耐心地追问道："如果家里经济上确有困难，可以告诉老师，我们会帮助你的。你们是秀江县的第一批女学生啊，不容易，千万不要半途而废啊！"

听了黄骏飞的话，何春红哽咽着断断续续地说："校长，我……我也想读书……可是……可是家里不……我……我读不成了……"说着忍不住号啕大哭起来。

经过黄骏飞仔细盘问，姑娘终于说出退学的原因是，一位师长看上了她，要娶她去当七姨太……

当时，军阀混战的四川，军阀们强迫年轻的女孩子当小老婆是司空见惯的事，黄骏飞听了后又难过又生气，立即和老师们商量，大家四处奔走，寻找各种关系，希望能让那位师长老爷打消念头。在奔走中，他们才打听到，这位师长本是土匪和兵痞出身，快五十岁了，雷公嘴，黑黑的面皮，一脸大麻子，极其好色，被他强娶的都是十四岁以下的小姑娘，他不但已经娶了六个姨太太，还时常在寻找新的"猎物"，更特别喜欢女学生。此人性情极其凶残，曾经怀疑一个十六岁的姨太太给他戴了"绿帽子"，竟不顾对方已经怀有身孕，不由分说，掏出手枪便打死了她。

黄骏飞托人向这位师长的副官疏通，师长知道后便凶神恶煞地放出话来："老子看上了的女人，哪个不是乖乖地送上门来？哪个龟儿子想管闲事，老子认得他，老子的枪却认不得他，若不信就来试试！"

黄骏飞亲自去找秀江县县长，希望他能出面说情，但县长叹着气回答道：

"老弟,不是我不想帮忙,不给你面子,现在这世道是'秀才遇到兵,有理说不清'啊,我一个小小的县长,在师长大人眼里算个啥?我敢提起脑壳去管这种闲事?"

何春红自己也曾多次哀求父母,请求他们千万不要答应这门亲事,甚至哭着下跪说:"爹,娘,求求你们了,可怜可怜女儿吧,女儿情愿一辈子不嫁人,当老姑娘服侍你们,等两位老人归天后女儿就去出家,当尼姑修行,请菩萨在阴间地府也保佑你们……"

但是,父母亲只是叹息着摇头,母亲从地上拉起女儿后抹着眼泪告诉她:"女儿啊,你也是娘的心头肉啊,爹妈也晓得这是在把你往火坑里推,但凡有一点办法我们都不会答应。可人家是师长,鸡蛋碰不过石头,我们还有一家人,还有你弟弟妹妹,得罪不起啊……只好委屈你了……苦命的妹仔,他看上了你,也是你的命啊!"

在那位军阀要来抬人的头天晚上,何春红上吊自杀,一个花朵般的美丽女孩儿就这样被黑暗吞噬了!

消息传到女子学校,女学生们都哭了,宋岚只觉得心里像刀绞般难受,又像被一块大石头紧紧地压住,透不过气来……女子学校专门为何春红举行了追悼会,在会上黄骏飞悲愤地说:"我是校长,但我却没有办法保护自己的学生!"蔡仲瀚紧握着拳头大声说:"这不是校长个人的问题,而是这个吃人的社会!是黑暗的社会杀死了何春红!如果不砸烂这个吃人的社会,一定还会出现更多的何春红!"

蔡仲瀚的话一直在宋岚的耳边回响,她问自己:"什么叫吃人的社会?怎样砸烂这个吃人的社会?什么时候中国的女人才能够真正掌握自己的命运呢?"

当时,闭塞的四川仍然有不少妇女在缠脚,县城里能够上学的女孩儿也不多,因此女子学校的学生们只要走上大街,便常常有人投来诧异和不屑的目光,而一些烂友儿也会涎皮赖脸地跟在后面,挤眉弄眼地说些下流话,甚至想动手动脚,吓得女学生们根本不敢在大街上行走。黄骏飞觉察到这些情形后十分气愤,决心要为女学生们争得她们应有的权利。

听说著名民主人士、有"川北圣人"之称的张澜先生,在南充担任当地的女子中学校长后,曾公开宣布"开女禁",并亲自带领女学生们走上大街,黄骏飞便效法他,在秀江的女子学校里也宣布"开女禁",把女学生们集合起来,鼓励她们："不要害怕，要勇敢地争取自己做人的权利！"他和蔡仲瀚、何香谷等老师一起，利用上体操课的时间，坦然地把女学生们带到了大街上，何香谷响亮地喊着口令，黄骏飞亲自在前面领着大家昂起头，合着"一二一"的节拍，迈着整齐的步伐行走……

最初，曾有一些人在背后做眉眼、说吊话，甚至还有人贴"飞黄"（匿名传单）反对，但校长带着学生上街的次数多了，"见怪不怪，其怪自败"，反对的人也就销声匿迹了。从此以后，女学生们终于可以理直气壮地走上大街。

在黄骏飞的倡导下，女子学校成立了"学生自治会"，鼓励学生们做社会工作。学生自治会成立的那天，请来了男校的代表和来宾，让宋岚作为学生代表在台上讲话。第一次站在台上的宋岚紧张得声音发抖，眼睛根本不敢往台下看，手和脚都不晓得应该放在啥子地方，但总算顺利地背完了讲稿，引来了一阵掌声……

会后还进行了体育表演。这些昔日"大门不出，二门不迈""笑不露齿"的闺秀，在大庭广众中表演了体操、秋千、踢毽子……她们活泼的身姿、欢乐的神情，让来宾们大开眼界、惊叹不已。

学校给宋岚打开了一个新的世界，而立志当一个老师的想法，也开始在她的心底萌芽了。

第二章 慷慨悲歌

一 龙头大爷

正当宋岚已经习惯在女子学校里愉快地学习时，堂妹宋琬玉的家却遭遇了不幸，"宋氏三杰"之一、宋琬玉的父亲宋云飞参加反对袁世凯的护国军后，战败受伤，被官府以"乱党"的名义惨杀了，被害前还遭受了剜眼、剁臂、点天灯等酷刑，至死，这个顶天立地的硬汉子都没有说一句告饶的话。

宋云飞的遇害轰动了整个酒寨乃至川东的十几个县。

夫妻俩是心灵相通的，在还没有接到宋云飞被害的消息时，王凤英便曾梦见他满身是血地站在自己面前，当她扑上去想要拉住他时，他却马上不见了……当男人被害的确切消息传到酒寨后，泼辣、能干的王凤英咬着牙、忍着剜心的剧痛只想为男人报仇，但咋样才能报仇，又到哪里去、找哪个人报仇呢？跟他出去的兄弟伙多半都不在人世了，她又能找哪个帮忙呢？

就这样，白天黑夜，她都在苦苦地想，吃不下饭，也睡不着觉，没几天便瘦成一把骨头了。

王凤英尊敬自己的男人，也疼爱自己的男人，他是她的天，她的希望，她的未来，他死了，她好像也跟着死了……要不是还有个没有成人的女儿，她真想跟着他去了。

她也曾咬着牙，想要努力丢开对男人的思念，但宋云飞的影子总是缠绕着她，要丢开不想，实在办不到。

过度的思念、过度的悲伤，终于让王凤英瘦得脱了形，一病不起。这天早上，女儿小琬玉醒来后看见太阳都照进院坝里了，但娘还没有起床做饭，仍然睡在床上，双眼紧闭，连喊了几声"娘，娘"，娘没有回应，用小手摇了摇，娘不动……于是便哇地大哭着赶紧去找隔壁的伯娘宋张氏。

自从宋云飞遇害后，宋张氏便时时过来劝慰王凤英，听琬玉哭着说："伯娘，伯娘，娘不晓得咋个了，你快过去看看吧……"便赶紧跟着琬玉来到王凤英的床前。

只见王凤英面色蜡黄，气息微弱，摸摸额头并不发热，宋张氏便对琬玉说："琬儿，赶紧去请王爷爷，请他老人家快点来！"

琬玉飞跑着去了。

王爷爷就是王太医，是王凤英娘家的叔叔，马上赶来了，号了脉，扎了针，王凤英醒来了。王太医便对她说："凤英，你这病是由于忧思太重引起的，要想治愈，除了服药更要紧的是自己调理，凡事要想开些，人死不能复生，琬玉还这么小，你不能丢下她不管啊！……云飞是个好娃娃，他死得冤，大家都想为他报仇，但得等待时机。俗话说善有善报，恶有恶报，不是不报，时候不到，袁世凯倒行逆施，总会得到报应的！……今天我跟你说了这么多，就是要你明白这些道理！"

说着便开了药方，又让琬玉跟着他去取了些补中益气的丸药。

王太医走后，宋张氏赶紧帮着熬好了药，煮好了稀饭，让琬玉喝了碗稀饭又服侍她娘喝了头道药后，便坐在床边握着王凤英的手说："岚儿爹走的时候，我和你一样，也觉得天都塌了，也曾经不想活了，但后来想到峰儿和岚儿，爹死了不能再让他们莫得娘啊！他们是墨林留下的骨血，我再苦再累也要把他们拉扯成人，所以又硬撑着往前走。王大爷说得对，你家琬儿也是她爹留下的骨血，你这当娘的咋能忍心撒手？爹娘都走了，丢下她一个小女娃娃咋办？好妹子，想开些，好好活下去，把琬儿养大成人，听太医的话，'君子报仇，十年不晚'，你要等着看看那些恶人的下场！"

连服了几服药，在宋张氏和亲友们的开导下，王凤英咬着牙，强迫自己努力减少对男人的思念，随着时间的逝去，她的忧伤终于慢慢变淡了一些，身体也慢慢复原了。

宋云飞为什么会被官府惨杀？

他本是当地哥老会"仁义总社"的总舵把子，武艺高强，极有人缘。

清朝末年发源于四川的袍哥组织（又称"哥老会""汉留"）已经流传到了云南、贵州、陕西、甘肃、湖北、江西乃至广东、广西等省，四川各地更普遍建立了"袍哥"的秘密组织。

"袍哥"之名来自三国时刘备、关云长、张飞三人在徐州失散后,曹操极想让关云长能为自己所用,便倾心结纳,领他去见汉献帝,封了个"寿亭侯";又特地做了一件簇新的战袍送他。但关云长只把新袍穿在里面,外面仍然是旧袍,曹操问他原因,他回答道:"这件旧袍是兄长刘备送我的,我看见它就如同看见我兄长了……"袍哥组织便以这件事为学习榜样,于是有了"袍哥"之名。

袍哥仿"桃园结义",宣扬"五伦"(君臣、父子、兄弟、夫妇、朋友)"八德"(孝悌忠信礼义廉耻),"义"字为最高道德标准,关公是供奉的主神。兄弟对大哥绝对不能拉稀摆带,绝对不能喊黄掉底。

受天地会影响,袍哥以"反清复明"为口号,最初主要面向下层社会,主张"不择襟襟片片",即不论贵贱一律平等对待,并拒绝官吏、皂隶入会。后来,随着时代的变迁,豪绅、地主、官吏、皂隶都逐渐加入,但仍规定参加袍哥组织必须"家事清,己事明",还应有引进、保举、承行三家拜兄。而"汉奸卖客"(投降清廷,陷害汉族同胞者)及"下九流"仍不准加入。"下九流"指的是一流戏子,二流端公,三流打更,四流烟(为人烧烟的烟娃),五流吹(吹鼓手),六流弁,七流阍(看门人),八流婢,九流升冠(理发的)。但以后仅小偷、男旦、理发的、为人烧烟者,以及在浴室给人捶背按摩的不能加入了。

新入会者要"歃血拜盟"——饮血酒。

辛亥革命后,袍哥组织由秘密转向公开,在保路运动中,四川人民不顾清政府的镇压,坚持了半年之久,终于将四川政权夺回民众手里。保路运动的基础上层是"士绅社会",下层是"哥老组织",辛亥革命后,袍哥更有了地位显赫的"公口"和"码头"。为了约束从各地来省的几万"同志军",以及胁迫流落四方的巡防军等,在当时极为混乱的情况下,军政府的权威又一时无法确立,便不得不依靠袍哥组织,并利用其帮规。军政府公开设立"大汉公"为总公口,都督府大门上挂出了"大汉公"等公口牌子,都督尹昌衡以袍哥掌旗大爷的身份四处拜码头……

袍哥内部一般有仁、义、礼、智、信五个公口,也称"堂口"或"码头",以"仁"字的地位最高,有钱有势及社会中层大多集中在"仁"字公口;智、信两堂大多是社会下层。各场镇一般都会汇集几个堂口组成"联合总社"。在几个大爷同时存在的地方,威望最高的就是"总舵把子"。

袍哥大爷一般都是在地方上"吃得开"的人,有上层的支持,有号召力,经济上比较富裕并舍得花钱，舍得给兄弟伙"好处"。

袍哥还有清水与浑水之分。早期清水袍哥主要由学界、退职政界或社会贤达掌握，多是当地有钱有势的人，主要属"仁"字公口；浑水袍哥多属"义"字公口，武人居多。以后随着演变，袍哥的组织慢慢分化，一些有识之士投身于民主革命，而多数龙头大爷和舵把子却变成了军阀、官僚或他们的帮凶，有的甚至成为土匪或毒贩，而浑水袍哥更逐渐成为土匪袍哥的专门组织，一般袍哥都对他们侧目而视，敬而远之了。

保路运动是辛亥革命的前奏和导火线，四川人民用保路运动打开了辛亥革命的闸门。当时，孙中山曾多次邀请哥老会等会党领袖共商武装起义大事。宋云飞受到了堂兄宋墨林、宋修名的影响，读到过陈天华的《警世钟》、邹容的《革命军》，知道了鸦片战争、八国联军、甲午惨败等历史，在宋墨林、宋修名和一些革命党人的鼓动下，他曾自筹经费远赴日本和孙中山见面，孙中山和他有过这样的对话：

孙中山："宋君到此有何打算？"

宋云飞："天下兴亡，匹夫有责。今豺狼当道，列强虎视眈眈，瓜分之祸不免，国家危在旦夕，男儿欲求报国之门。"

孙中山："当前国弱势危，根子在于清廷腐败，报国之举正在于此。"

宋云飞："何以为计，请先生明示。"

孙中山："必须团结一心，前仆后继，驱逐鞑虏，恢复中华，创立民国，平均地权。"

宋云飞："谨受教，为复兴中华，将力行之，虽肝脑涂地终不悔。"

孙中山向宋云飞详细解释了同盟会的宗旨以及三民主义的内涵。

在东京，宋云飞还结识了章太炎、黄兴、宋教仁等大批革命人士并加入了同盟会，以后孙中山便委托他负责联络四川东部以及云南、贵州等地的会党，利用这种在民间极为普遍、与社会各阶层都能广泛联系的组织，发动民众，聚集力量。

宋云飞和熊克武等革命党人一起回到了四川。回川后，宋云飞牢记孙中山的嘱咐，积极联络各方人士，在农历五月十三日关公单刀会的日子，便把拥有几千人的哥老会组织信义总社成立了，他被大家推选为总舵把子。以后他便以自家的酒馆为据点，用信义总社的名义秘密宣传孙中山的三民主义，号召打倒满清。

浓眉大眼，体格魁梧的宋云飞，秉性刚直。他出生时足有八斤重，哭声响亮，又正巧遇到雨过天晴，天上出现了一道绚丽的彩虹，于是接生婆向娃娃的老汉儿道喜说："宋大哥，你看彩虹当空，你这个儿子怕是大有来头，将来有大出息哩。你看他长得多拽实，哭声又这么响亮，将来是要干大事的人哩！"

宋云飞的父亲知道这不过是接生婆说的恭维话，因此并没有放在心上，只微笑着回答了句："多谢你的吉言，难为你了！"拿出一吊铜钱打发了她。

为什么取名"云飞"？原来，儿子出生后，中年得子的父亲心里十分欣喜，一直想给儿子取个响亮的好名字，一天他读书时，偶然翻到了刘邦的《大风歌》："大风起兮云飞扬，威加海内兮归故乡，安得猛士兮守四方！"心里一动，便给儿子取名"云飞"了。

他没想到，本想"耕读传家"的他，儿子后来竟真的成了"猛士"。

宋云飞的父亲曾考中过秀才，家里却极其清贫，没有田地，只有不少诗书，宋云飞小时喜欢读书，五岁时看见父亲在看书便说："爹，我也要读书，你教我吧！"

见儿子小小年纪便喜欢读书，父亲心里很是喜欢，便开始教他认字、读书、写字。七岁时，他已经会背诵《三字经》《百家姓》和《千家诗》了，字也写得很好……但这一年父亲却染上痨病，去世了！

父亲去世后，寡母只得靠帮人缝补浆洗为生，宋云飞莫法继续读书了，小小年纪的他也帮着母亲砍柴、打猪草。他身体健壮，力气也大，十二三岁时便跟着亲戚学打铁的手艺。眼看天下大乱，盗匪蜂起，为了求得自家平安，宋云飞便让儿子去操扁挂，在邻县一位亲戚的武棚里学习武艺。这位亲戚曾中过武举，看见宋云飞身体好悟性高，觉得是可塑之才，便悉心传授。他学习了青城独门内功以及大小神拳、九龙大刀等，刀枪棍棒、骑马射箭都不在话下。两年后回家他继续拜访一些习武练拳的人，在自家院坝里还摆上了沙袋、石锁、刀剑、棍棒之类。

十五岁时，宋云飞已经长得比当年的父亲还高，腰粗膀圆，能只手举起一扇石磨盘，二三十人轻易近不了他的身，经人介绍便参加了哥老会，十六岁又考上了武秀才。以后大家都以为他会再到省上去考武举，然后再到京城去参加会试，以便谋取一官半职，但他却说："听一些留日返乡的人说，外国列强一心想瓜分中国，国势已经危如累卵，考取一官半职又有啥用？"于是再没有去参加考试。

宋云飞性格豪爽，好说公道话，好打抱不平，常扶危济困，又酷爱喝酒，极喜欢交朋友，因此人缘极好。有人甚至把他比作当年的梁山好汉"及时雨"宋公明，二十几岁便被推举为当地"义"字公口的舵把子了。

县衙曾让他去当衙门里堂勇的管带，缉捕盗匪，他干了几天后不干了，说是"不愿当贪官们的鹰犬"，回家开了个酒馆，自己酿酒，用酒寨的好酒结交四方豪杰，于是熟人越来越多。

而让宋云飞名头更加响亮的却是一次偶然的事件。

酒寨周围的莲花诸峰虽然秀丽却也险峻，再加上草深林密，便栖息了大量野生动物，明末清初曾有虎豹出没，康熙年间湖广填四川时，还有老虎到县城吃人，后来老虎没有了但仍有豹子。最近一些日子，豹子竟下山来咬死了酒寨农家的几只狗和几只羊，搞得人心惶惶，都不敢上山砍柴了。宋云飞见此情形便准备上山除害。

也是艺高人胆大，他瞒了娘，也没有对任何人说，这一天，自己早早地吃了早饭，穿了件蓝布紧身衣，腰上扎了根板带，便背着猎枪、大刀，带着干粮、绳网和两只猎狗独自进了山。进山后他仔细搜索着豹子的踪迹。

上山不久两只猎狗便兴奋地狂吠起来，顺着猎狗们的叫声，宋云飞搜索到枝叶繁茂的一簇刺蓬边，一阵微风吹来，突然闻到了一股淡淡的腥味……宋云飞警觉起来，马上缩住脚步端起了猎枪……陡地，一个黑影腾空向他扑来，他急忙一转身，要躲过黑影的袭击，但一只浑身带着黑点的花斑豹已经扑到了他的背上，险些把他扑倒。他赶紧沉住气，把脚牢牢蹬在地上，挺直了腰，这时花斑豹的前胸已经顶在了他的后背上，两只锋利的前爪抓住了他的两肩。随着粗重的咻咻声和肩上的剧痛，浓烈的腥味扑进了他的鼻孔里。宋云飞忍住剧痛，急忙丢下手里的猎枪，一运气，两只手铁钳一般抓住豹子的两只前爪，再一转身，猛地将这只花斑豹凭空抡了起来，轰的一声重重地摔在旁边的山石上……豹子吼叫着，翻过身又张牙舞爪地向他扑来，宋云飞一闪身，抽出大刀，手疾眼快，一刀正砍在了豹子的背上，鲜血喷了出来，豹子负痛，吼叫着再次扑来，宋云飞闪身避开，转过身又飞起一刀正劈在这畜生的颈子上……由于用力太猛，豹子的头颅几乎被砍下，躺在地上蹬蹬腿不动弹了。

于是宋舵把子孤身斗豹的故事迅速传遍了周围的十几个县，一提起他的大名，不只秀江县，川东一带的袍哥都无人不知，无人不晓。

光绪年间，面对列强的入侵和洋教士们享有的各种特权，老百姓十分不平，多次发生了"打教堂"的事件，并发生了反洋教的武装起义，宋云飞是起义头目之一，清政府便悬赏一千两白银抓他。宋云飞被捕了，关进了秀江县的大牢，妻子王凤英请求兄弟伙想法营救，于是两百多个挑夫迅速集结，拿起扁担直奔县城。沿途的百姓听说"宋大哥有难"，纷纷自发地拿起菜刀、扁担加入，一路上竟浩浩荡荡地聚集了两千多人。到了县城后，知县吓得躲了起来。众人得到城内百姓的帮助，搞清了监狱内部的情形，午夜时分一些人便越墙而入，绑了值班的狱卒，打开了监门……

一行人浩浩荡荡地出了县城后，沿途到处都有人放着火炮（鞭炮）、抬着滑竿迎接。

从此，宋云飞的名头更加响亮，清廷曾几次想捉拿他，但因忌惮他的影响，怕激起民变，便暂时没有理落。

后来，陈天华的《警世钟》、邹容的《革命军》和同盟会的《民报》等被堂哥宋墨林、宋修名带回了家，宋云飞读后又听了他们讲的许多道理，于是想的不只是袍哥间的"义气"和"路见不平，拔刀相助"了，去东京面见孙中山后，他曾激动地对宋墨林和宋修名说："再不起来革命，再不打倒满清政府，我们真要亡国灭种了！"从此以后，他每天在酒馆里不再摆闲龙门阵，而是讲起了"革命"，讲起了列强的侵略和孙中山的三民主义。他不但在自己的酒馆里讲，还利用袍哥的集会到忠义堂和一些乡场上去讲。官府曾派了两个差役前去监视他，哪晓得，听了几回他讲的道理后，这两人竟大受影响，不但不监视他，反而帮他维持秩序了。

宋云飞加入同盟会后，酒馆和袍哥总堂口的忠义堂都成了同盟会联络的秘密机关，不久便联络了好几百号人。

有天晚上，天上出现了彗星，当地人称之为"扫把星"，说是"扫把星出现，该应天下大乱"，四乡便有了传言："这是宋大哥的星宿出现了，马上就要造反了！"不仅秀江县，连川东一些县都传得沸沸扬扬。

县官听到风声后，决定再次缉拿宋云飞，并称"已禀告上峰，抓到后立即就地正法"。谁知衙门里的三班六房一多半是袍哥，差役头目也是袍哥，得到消息后赶紧飞跑着去通知宋云飞："大哥，水涨了，赶快走！"宋云飞便连夜离开秀江县去外地了。

官府派了差役和兵丁到宋家抓人，扑了个空，家里翻了个底朝天，连水缸、泡菜坛子都打得稀巴烂，也没找到人，只是把宋云飞留给老母和妻子的几十两银子席卷一空。

但是，这次搜捕却让宋云飞体弱多病的老母着实受到了惊吓，此后便一病不起，没几天去世了。宋云飞得信后赶回了家，大哭一场，借一个会馆设了灵堂。为躲避官府的追捕，小殓、大殓、和尚道士们念经做法事、接待送殓的亲朋乃至扎灵堂、雇吹鼓手、伺候茶酒都由老婆王凤英出面安排。宋云飞是"义"字堂的龙头大爷，名声又那么响亮，因此前来祭奠的人络绎不绝，祭幛、祭礼摆满了大厅。

官府得知后也想了条毒计——料定按老规矩，棺木要入土的头天晚上，宋云飞必定要回来为母亲守灵，于是这天晚上便调来大批人马把会馆围得水泄不通，领头的把总高声叫喊："今晚我们单请宋云飞宋大爷，跟别的人无关，大家不要乱动！只麻烦宋大爷移动贵步，跟我们走一趟！"

前来祭奠的人面面相觑，一时间鸦雀无声，大家心里都在想，这一下糟了，宋云飞今天凶多吉少，逃不出官府的魔掌了！

但是，没想到，兵丁们扑进会馆后，刚才还在灵前磕头的宋云飞却突然不见了踪影，兵丁们旮旮旯旯搜遍，哪里还有宋云飞的影子？

宋云飞到哪儿去了呢？有人说"宋大爷会飞檐走壁"，有人说"宋大爷会土遁"，其实，他只是在官兵们包围会馆时，纵身一跳，抓住了堂上横匾后的横梁，再一个鹞子翻身躲在了横匾后面……

母亲去世后，宋云飞便对天发誓："今后唯有以死报国，以赎不孝之罪！"他和同盟会的熊克武等商议，准备联络成都、重庆、叙府、泸州的同盟会员一齐动手，在端阳那天举行起义。但成都的革命党人认为，端阳举事太过匆忙，来不及准备，主张改在十月初九夜晚趁官员们庆贺慈禧的寿诞时举事。哪晓得此事被人告了密，四川总督府突然改变了当晚的朝贺地点，并实行全城戒严，起义失败。第二天许多革命党人被捕被杀害。

以后宋云飞又参加了叙府、泸州、广安等地的起义，但和当时全国其他地方一样，由于种种原因，起义都先后失败了。

二 暴风雨

1911辛亥年，四川爆发了轰轰烈烈的保路运动，这是推翻满清王朝的先声，是辛亥革命的导火线。宋云飞率领川东十几县的同志军，参加了保路运动。

鸦片战争以后，列强瓜分中国的态势便逐渐形成，义和团失败后，清廷的内政外交更基本为列强控制。列强在亚洲吞并了印度、瓜分了东南亚、霸占了印度支那后，加紧了瓜分中国的步伐，疯狂地掠夺路权、矿权、财权，全国九千六百多公里铁路中，被列强控制的多达八千九百多公里。通过借洋款修路，许多铁路落入列强手中，成为抽取中国血液的管道。

四川自古便称"蜀道难"，诗仙李白曾慨叹"蜀道之难，难于上青天"。群山环绕的禁锢，让四川在经济、文化、政治各方面都落后于中原及长江中下游地区，四川人甚至被人讥之为"川耗子"。直至清末，全省仍既无公路更无铁路，于是，一些有识之士主张，四川经济发展的关键在于解决封闭，首要问题是修筑铁路，以打破自然环境的封锁和禁锢。

20世纪初，随着西风东渐，修建川汉铁路的呼声在川人中日益高涨，视"川汉铁路为大利所在"，是四川发达、进步的关键。

四川总督锡良在光绪二十九年（1903）五月奏请自设川汉铁路公司，"以辟利源而保主权"，得到了光绪的批准，"川汉铁路总公司"在成都正式成立。

川汉铁路预定从宜昌经重庆到成都，全长一千一百七十五公里，由川人负责修建。公司以"不招洋股，不借外债"为律条，股份有"认购之股""抽租之股""官本之股""公利之股"几个部分，而最主要是"抽租之股"，占总股本的四分之三以上。硬性规定，凡业田之家，无论祖遗、自买、当售、自耕、招佃、收租十石以上者，均按该年实收之数"按租出谷，百分取三"，不只抽业主，还抽佃户。到辛亥年，这种形式的"租股"已占铁路公司全部股金的八成，征收对象不仅包括大中小地主，也包括广大自耕农和佃农。于是全川几千万人都或多或少地与铁路有了切身的利害关系。

由于开始筹款的对象主要是商人，因此叫"商办"。

公司的章程规定，股权属入股人所有，可以转售，可以分红。

当时，其他各省的铁路公司有的由富商经办，有的百姓集股不多，而川汉铁路在四川却是"无论贫富贵贱、男女老幼，人人皆经投资，人人皆认自办"，与其他各省大不相同。

铁路公司成立之初，公司的权柄仍然掌握在官吏们的手中，于是有的官员把铁路公司当成了自家的"钱袋子"，大量挪用、贪污。进士出身的留日学生蒲殿俊等人发现后，便极力主张将公司改为"商办川汉公司"，这个主张得到了广大民众和各州县的支持，在士绅和民众的力争下，1909年铁路公司终于成为商办。

英、法、德、日、美早就把目光投向了正在建设的粤汉铁路和川汉铁路，于是互相勾结，阻止中国自建，强迫清廷向列强借款修路。而昏庸腐败、只知镇压人民的清政府也已沦为帝国主义的帮凶，光绪去世后，宣统三年（1911）五月九日经邮传大臣盛宣怀等奏请，宣布了"铁路国有政策"，悍然将川汉铁路等几条铁路收归国家，向英、法、德、美诸国借款，由美、德等工程师设计修筑。

清政府不仅借外债修路，将路权丧失，还不允退还川民股款，又派出官员强行接收了铁路的宜万段。

当时，川汉铁路公司已经筹集到股银一千五百多万两，修筑路基三百余里，宜昌至秭归一段已可通车运料，除用于工程建设和被官员挪用外，还剩下股银七百多万两。盛宣怀、端方等官员，将广东、湖南、湖北的股本大部退回后，却把四川的七百万两股金变成一张空头支票，分文不予退还。

川民多次北上向清政府反映意见，但清廷却把他们称为"乱民"，有的被警厅拘押，有的被押解出境。

清廷的卖国行径本已引起全川震怒，而股银不肯退还无疑火上浇油，让川人不得不誓死反抗。带头反对的是四川咨议局的议绅和川汉铁路公司董事局的董事，以及一些铁路公司驻省的股东代表。如进士出身的蒲殿俊，举人出身的罗纶、张澜，翰林院庶吉士颜楷……他们当时都是以士绅的资格在成都办教育当老师，门生故吏遍及全川，一言九鼎而又正气凛然，众望所归，能成为百姓的"马首"。

保路运动上层依靠的是"士绅社会"，下层依靠的却是"哥老会"。广州起义失败后，同盟会领导的革命力量受到重创，革命暂时走入低谷，但四川的民族主义情绪却持续高涨，帮会的力量大大扩展，哥老会甚至深入到了军队之中，从队长到伙夫，十有八九是袍哥。在哥老会的支持下，川人长久在地下积蓄的烈火终于爆发，"文明争路"逐渐发展为"武装暴动"。

为反对铁路收归国有，四川保路同志会正式成立，四川咨议局副议长罗纶在会上振臂高呼："存亡所系，吾川人皆愿继之以死！"参加成立大会的许多人痛哭流涕，纷纷表示"收路国有，川人可从；收路为他国所有，川人死不能从"，决定"拼一死以破约保路"。

有人曾说，省城成都看得见的地方是休闲、安宁，而看不见的地方却有着炸药和烈火。

成都剧烈地动荡起来。"不当亡国奴"的民族意识深入民心，连妇妪们都晓得争路是为了"不当亡国奴"。保路同志会创作的《四川借款合同歌》传遍全城："……说亡国真可叹，且把埃及事儿略略传……"以埃及、波兰、印度及朝鲜借钱亡国为例，说明"他们亡国为的是哪件？只为失去了财政路政权"，号召只有"团体结得坚，废合同才是生死关"。

保路同志会成立仅仅四天，成都一地签名入会的便有十万人。以后又派人到各州县宣传、发动，全省一百四十二个州县以及下属的镇乡也很快成立了保路同志协会或分会，并办起了民团。秘密的哥老会在保路运动中得到了公开活动的机会，官府慑于民众的力量，再不过问，在外地躲避官府追捕的宋云飞便趁机回到了秀江县。

成都爆发的保路运动让宋云飞受到了很大鼓舞，认为这正是推翻满清王朝的大好时机。回到秀江县后，他立即联络全县哥老会首领到酒寨开"攒堂大会"，大会开得十分热闹，"宋大爷"一呼百应，经大家商议，决定立即成立秀江县保路同志协会和民团。成立大会在县城的禹王宫举行。

那一天，十来万人口的秀江县，参加大会的竟有四五千人，不少人是从遥远的乡场赶来的。整个禹王宫被挤得满满当当，人人手里都拿着一面五颜六色的小纸旗，上面写着"反对盛宣怀出卖铁路主权""反对苛捐杂税"等口号。主席台上还扎了两个大纸人，一个头顶上写着"盛宣怀"，一个头顶上写着"赵尔丰"（四川总督），都用绳子绑在台边的柱子上。

开会前突然下起了大雨，会员们都淋着雨、蹚着水赶来，其中还有一些穿着长裙的妇女和白发苍苍的老人……姑姑嫂嫂、婆婆大娘互相搀扶着，好多人的裙带都打湿了。

秀江县的女人们本来是很少抛头露面的，哥老会也不准女人入会，但在保路运动中，成都的女人不但入了会，有的还参加了民团，消息传到秀江县，于是县城的女人们也学了样。秀江县的妇女主要是宋云飞让妻子王凤英去发动的，开成立大会那天，连从来没有出过酒寨的一些裹着小脚的女人也赶到县城来开会，多是已经嫁人的婆娘，也有少数没有出嫁的大姑娘。连很少出门的宋岚娘宋张氏也被王凤英说动，和女人们邀邀约约地参加了大会。

学校的师生们高高地举起手里的小彩旗，带头喊起了口号："打倒卖国贼！""还我铁路！""还我主权！"人们激动地响应，有的拍起了巴巴掌，有的跟着喊口号，如雷的口号声在禹王宫轰响。宋云飞威风凛凛地站在台上，声音洪亮地对大家说："保路同志协会的宗旨是维护路权，因为路权不但关系着我们每个四川人、每个秀江人的利益，更关系着国家的存亡。如今的中国已是国弱民贫，洋鬼子们正一心一意想尽办法瓜分中国，把持铁路权正是瓜分中国的一部分。古语说得好，天下兴亡，匹夫有责，如今路存省存，路亡省亡，我们绝不能让卖国贼们把铁路的主权让给外国人！虽然保路可能会遭遇各种不测，包括坐牢甚至砍脑壳，但云飞誓死不变！袍哥人家，不得拉稀摆带！"

小学校的一位老师在会上宣读了自己创作的《告全国父老书》，书中有："借外债，丢主权，铁路命脉给外国，主权丧失尽，亡国之痛迫眉睫……最可耻，冠盖们，奉承外人如先人。最可怜，吾国民，敲精吸髓难生存。耻贻朝廷，痛杀国民，奋起抗争，只争朝夕！……"

会后开始游行，游行到街上的十字路口，在人们的欢呼声中，一把火烧掉了纸扎的盛宣怀和赵尔丰像。

会上还宣布成立秀江县保路同志军，由宋云飞担任司令。为对付清政府的弹压，会后宋云飞立即让同志军们找来了扁担、梭镖、砍刀、腰刀、羊角叉、铁鞭、铜锤、宝剑之类，他亲自带着大家在打谷场上操练，同时又秘密联络同盟会人，策划武装起义。

光绪的变法诏书中曾有"庶政公诸舆论，铁路准归商办"，因此在保路运动中，百姓每家每户的门口都摆上了木板刻制的德宗景皇帝（光绪）牌位，并把诏书中的这两句话刻在了牌位两侧。秀江县的知县张仁甫本打算对成立保路同志会进行干涉，县里各界人士便公推宋云飞作为代表去和他"说话"。见面后宋云飞首先用光绪诏书上的"庶政公诸舆论，铁路准归商办"质问他："如今朝廷要把铁路收归国有，不准商办，是不是违背了先皇帝的诏书？请问先皇帝归天后他的话是不是不再算数？"肥头大耳的张仁甫被质问得面红耳赤，嗫嚅着"此事……

此事……"地回答不出一句话，没奈何，只得坐着轿子去重庆向上峰告状。同志会便在他去重庆的大路上每隔两百多步就用板凳搭起一座小桥，桥上供着光绪的牌位，下面还设有"当今皇帝万岁万岁万万岁"的"万岁牌"，搞得这位知县大人每到一座板凳桥前都必须下轿跪拜行礼，待牌位撤去后才能前行，尴尬之余，不得不绕小路去了。

长期被禁锢在闺中，不准抛头露面，处于社会最底层的妇女们在保路运动中走出家门大声呐喊起来，成都竟出现了"四川女子保路同志会"，秀江县也成立了女子保路同志协会。妇女们纷纷向保路同志会捐款，有的还捐出了珠花、金戒指等首饰，宋岚和许多女生捐出了自己刺绣的桌布、帐檐、枕头等绣品，一些小女娃娃捐出了零用钱。有位女人知道丈夫加入同志协会并成为同志协会的工作人员后，便对他说："妾闻先生入保路同志会誓死力争，存亡本不可知，倘有不测，先生以身殉国，妾誓以身殉先生，保路同志会是妾死所也，虽有遗腹弗恤也。"

一位开茶铺的年轻人，本来已经订婚，读了《保路同志会报告》后，号啕大哭地对老丈人说："时事如此危急，还讨啥子婆娘啊？我要卖掉家产报效国家！"

县里二十多座寺庙的五十八位僧人联合起来捐银二百两，并要求参加保路同志协会。

商铺门前讲"圣谕"的盲人、沿街打道筒唱竹琴的瞎子，都在宣传保路。曾有四位盲人互相搀扶着来到保路同志协会，捐出了四个银圆，同志协会的工作人员不愿意收，他们便恳切地说："我们也晓得同志会不愿收这捐，但这是我们几个人摸骨看相一文一文攒起来的，是我们的一片心意啊……"

秀江县的三十多个小学生组成了"学生保路同志会"，沿街宣传演说，宋云飞派人劝阻他们，要求他们"努力读书，成为人才，以备将来报国之用"，但小学生们仍然执意要参加集会，并提议初等小学堂学生每日捐钱一文，高等小学堂学生每日捐钱两文，积少成多，助修商办川汉铁路。

总之，无论是绅士大户，还是贩夫走卒；无论是有功名的举人秀才，还是新式学堂的洋学生；无论是白发苍苍的老人，还是稚嫩的幼童；无论是堂堂男子汉，还是娇弱的女子；无论在县城，还是边远的乡村，秀江县到处都有人在议论破约保路，到处都有人在奔走、呼吁。学堂、街头、茶馆、戏台、军营、水陆码头、行会……到处都有人在演讲，演讲者多为有声望的绅商、学者、名士……

腐败的满清政府企图用强硬手段将百姓制服，不但继续强令接收川汉铁路公司的股金，而且斥责"保路"是"乱党"所为，发出两道上谕要求"严重对付，以遏乱萌而靖地方"。电报到达成都后，群情大哗，引起全市商人罢市、学生罢课，紧接着重庆也响应，很快波及全川，包括偏僻的秀江县。

清政府又决定派端方领兵入川"严厉镇压"，于是川汉铁路特别股东会毅然宣布，"自本日起实行不纳正粮、不纳捐税"，"不担任外债分厘"以抵利息。紧接着全川十余州县皆相约不纳钱粮，不上捐输，学堂停课，商民罢市。

保路运动愈演愈烈，然而清王朝仍然执迷不悟，竟接连令饬川督赵尔丰"切实弹压"，"查拿首要，先行正法"，否则，"贻误大局，定治该署督之罪！"于是，"成都血案"发生了！

罢市半个月后，农历七月十五日，正是传统的"鬼节"，这一天，赵尔丰以"礼请"保路会各部长、股东会正副会长到督院看邮传部对川路的回电并商量要事为名，诱捕了保路同志会会长蒲殿俊、副会长罗纶，以及股东会会长颜楷、副会长张澜等九人。

赵尔丰原计划将九人立即正法，砍刀、手枪、步枪都已齐备，马上就要行刑，但驻守成都的旗营将军玉昆突然赶到，对赵尔丰正色说："蒲、罗诸人是正绅，颜楷乃当朝翰林侍讲，非叛逆，欲加戮，须先请旨。"赵尔丰不敢妄动，只得将九人暂时拘押起来。

九人被捕，而且要被砍头的消息迅速传出，全市震动，各条街道都鸣锣示警，老百姓纷纷向督院跑去救人。大家头顶木板制作的光绪牌位，潮水般从四面八方直奔总督衙门请愿，齐扑扑地跪在衙门前喊道："请把蒲先生、罗先生放出来……"赵尔丰下令向百姓开枪，一阵枪声响过，督院前血流遍地，当场便打死了三十多人，受伤的不计其数，但是民众仍然不愿散去，赵尔丰又下令用大炮轰击，成都知府于宗潼闻讯后大哭起来，扑向大炮，以自己的身体遮住炮口，才制止了大炮轰击的灾难……

第二天，城外的百姓闻讯后裹着白布示哀赴城下，又被击毙了几十人……

这场屠杀，让督院前的一条街都被染红，死的全是穷苦的下层百姓，年龄最小的十二岁，最大的七十多岁。

赵尔丰宣布全城戒严，这天晚上下起了大雨，百姓冒死去收殓遗体、救助受伤的人，许多人捧着光绪皇帝的牌位在街上哭吼："天哪，天哪，赵屠户杀人如麻，今天又在成都'开红山'啦！"

同盟会员曹笃时任四川通省茶务学堂校长，曾多次参加各地的起义，有"曹大力士"之称。为了把成都发生大屠杀的消息迅速传递出去，以避免更大的牺牲，当晚三更时分便和同盟会员龙鸣剑一起缒城而出，直奔锦江九眼桥边的农事实验场，去找农场场长、同盟会员张国琛商议。

当时赵尔丰已经手谕邮政局停止收发一切函件，怎样才能把消息及时传出呢？曹笃无意中低头看到了地上丢弃的两块木板，陡地触发灵感，于是兴奋地说："我们可以把消息写在小木板上，再把木板丢进门外的河水里，保险不多几天就会传遍各州县！"

于是三个人便连夜用杉木板子做成了几百个小木板，写上"赵尔丰先捕蒲罗后剿四川，各地同志速起自保自救"两行字，在木板上仔细地涂上了桐油后放进了门外的锦江中……

木板顺水东流，一天一夜沿河百里都被传遍，后来甚至武汉都有人捞起了它。

这就是著名的"水电报"，又被称为"飞笺"。

消息越传越广，不但传遍了川西，也传遍了全川，保路的烽火终于发展成为大规模的武装起义，为满清王朝敲响了丧钟。

早在蒲、罗、颜、张等被捕前，宋云飞在秀江县已经动员百姓罢市罢课、停止交纳赋税，并开始筹集资金，准备购买枪械，还在同志军和团练中秘密发展了一些人参加同盟会。看到"水电报"后，他知道自己一直担心的事终于发生了，怎样对抗"赵屠户"疯狂的屠杀？怎样"自保自救"？看来，只有举行武装起义了！于是便紧急召集了保路同志军和袍哥兄弟们。

一接到宋云飞的片子，同志军和袍哥们便直奔秀江县保路同志协会的办公地点——县城里的禹王宫。

宋云飞脱去了长袍，头上裹着青布包头，上身穿着藏青色家机布紧身，腰上系了根茶色湖绉带，别了把牛耳尖刀，下身蓝布长裤，小腿上结结实实地缠上了蓝布裹腿，脚上穿了崭新的双麻耳草鞋，英姿飒爽地站在台上对大家说："清朝无能，腐败卖国，还无故屠杀爱国百姓，今天，我以秀江县同志军司令的名义，带领全县同志军宣布起义！我愿捐出我的酒馆以及全部家当提供起义经费！"

一听说要起义，全场马上炸开了锅。

有人拍拍胸口大声说："司令，你老人家放心，袍哥人家人是一个，命是一条，拉稀摆带的事干不来！"

有人吼道："他狗日的赵屠户，太寡毒了，把我们四川百姓不当人，还有啥盛宣怀、端方，老子要和他们拼了！"

一些学堂的学生闻讯也跟着跑了来。

宋云飞把大家编成了三个大队，指定了每个大队的首人。看看同志军手里的扁担、梭镖、羊角叉……他皱着眉摇了摇头，摆摆手大声说："这些武器不行，要想有方向（搞头），还得去县衙！"

当时县衙的堂勇有一二十支五子快、九子快，还有牛儿炮，这些都是"硬火"，宋云飞早就看上了它们，于是便领着人们呼啸着向县衙冲去了。

在这支并不"正规"的队伍里，有人穿着对襟短衫，头缠白帕；有人穿着中山服；还有个别人穿着长袍马褂……高高矮矮，胖胖瘦瘦，虽然很不整齐，但却"士气高昂"，一路高喊着"保卫路权""打倒清政府"，潮水般向县衙涌去。

冲到县衙时，本想有一场恶斗，哪晓得堂勇们竟一枪没放就乖乖地把枪炮交出，领头的总爷还向宋云飞拱拱手客气地说："宋司令，弟兄们都听你指挥，武器满盘在这里，你老人家点点吧！"

缴获县衙的枪炮后，同志军士气大振，乘胜冲进了县衙后堂，在一张八仙桌下面找到了头戴瓜皮小帽、身穿青布长衫和马褂、浑身瑟瑟发抖、面无人色的知县张仁甫。两个同志军把他拖了出来，张仁甫吓得几乎瘫倒在地，宋云飞挥挥手让放开他后说："你莫怕，冤有头债有主，同志军为的是保路，只要你不和大家作对，我们也不会为难你，把县印交出来吧！"

张仁甫哆哆嗦嗦地把县印交出来后，同志军释放了他，他便坐着一乘二人轿逃跑了。他的逃跑，无疑给宋云飞和起义队伍留下了后患。

继荣县在四川率先宣布独立后，秀江县也宣布独立，成立了军政府，禹王宫里开起了庆祝大会，全城到处都挂出了写着"汉"字的白旗，人们喜笑颜开，火炮声彻夜不停。

宋云飞率领秀江的同志军和各地的同志军一起奔向成都，和巡防军在成都附近展开了激战，围攻成都十余天。

消息传到北京，摇摇欲坠的满清王朝惊恐之余，不得不急令督办铁路大臣端方率湖北新军入川进行镇压。新军离开湖北后，1911年10月10日（农历辛亥年八月十九日）爆发了武昌起义。起义取得成功，吹响了埋葬中国两千多年专制制度的号角。

惊慌的清政府急令赵尔丰释放被拘押的蒲殿俊等人,而带兵入川的端方到资州后,也被自己率领的新军起义后杀死。

秀江县成立军政府后不久,重庆蜀军政府宣告成立,以后成都成立了大汉四川军政府。一个多月内,全国各省纷纷响应。

1911年12月25日,中华民国南京临时政府成立,选举孙中山为中华民国临时大总统;1912年1月1日,孙中山在南京宣誓就职,中华民国成立。

这是当时亚洲建立的第一个民主共和国。

清廷的宣统皇帝颁布了退位诏书,中国延续了两千多年的专制制度到此终结。

四川人在欣喜之余曾编出了这样的对联:

　　君宣统,臣宣怀,宣上宣下,宣倒满清十八行省;
　　兄尔巽,弟尔丰,尔来尔去,饵出民国一统江山。

两年后,在张澜、颜楷等人的联名提议下,川汉铁路公司在成都少城公园内修建了"辛亥秋保路死事纪念碑"。这座纪念碑在抗日战争的日机轰炸中曾受到损坏,经修复后,仍然屹立在蓝天白云下,纪念着牺牲了的先烈们,也向后人默默地诉说着那段可歌可泣的往事。

三　喋血讨袁

武装起义后,宋云飞便带着同志军转战在川东一带,迅速集结了五六千人的队伍,这支队伍良莠不齐,最初曾被官府和一些士绅讥笑为"乌合之众"。

秀江县知县张仁甫逃走后,一面向州衙告急,要求出兵平叛;一面打了个烂条——收买了当地一个天不管地不收的烂友儿,给他一百两银子,让他想法打进同志军内部,把水搅浑。于是这个烂眼儿便去收罗了一些专门钻茶铺、钻客店、钻私烟馆的婊子舍物儿,让她们带上鸦片烟以给同志军洗补衣服之名,去跟同志军们鬼混并勾引他们抽鸦片。一来二去一些不成器的人便上了当,和这些女人打得火热,开始嫌同志军生活清苦,特别烟瘾发作时竟开始在街上估吃霸赊吃欺头，做出了一些败坏同志军声誉的事。

一天半夜，一个小队长竟带了几个士兵去抢了邻县的一家酒店，打了店老板，抢得一大坛子烧酒、半边猪和一些散碎银两，临走时还威胁店老板："老子们是同志军，连皇帝老儿都不怕，你敢去告，老子们便杀了你全家！"

哪晓得这店老板也是入了哥老会的，被打、被抢后咽不下这口气，便向当地的龙头老大禀报，龙头老大到同志军司令部找到了宋云飞，要同志军拿话来说。当地被知县收买的几个二杆子也趁机煽动了一些百姓到司令部前吵闹，说"同志军仗势欺人，欺压百姓"，质问："宋司令是咋个带兵的？是不是也想骑在百姓头上？"……

宋云飞最恨官府的兵丁、差役欺压百姓，没想到自己的队伍里也有了这种败类，他气得脸色铁青，当即向那位龙头大爷拱手道歉："大哥，都怪小弟治军不严，实在对不住了！"又向百姓说："请诸位父老乡亲放心，宋云飞在这里赔礼了，一定给大家一个交代！"说着立即命人抓来那个抢劫酒店的小队长和两个士兵。

最初那个带头抢劫的小队长还绷起面子，横起眼睛看着众人，做出一副死猪不怕开水烫的样子。宋云飞瞪着他大声呵斥道："同志军是干啥的？是为民请命，为百姓撑腰，反对清政府出卖国家、欺压老百姓的！如今你却带头去欺负百姓，身为小队长，不但不以身作则遵守军纪，反而带领士兵去打人、抢人，这与土匪和官府的爪牙何异？同志军容不下你这样的败类，执行军纪理应枪毙！"

那位小队长见宋云飞动了真气，还听说要枪毙，便吓得面色惨白，浑身发抖，扑通一声跪在地下不断地磕头告饶："宋司令，饶命呀，属下再也不敢了……宋司令，饶命呀……"

宋云飞没有再理他，只摆了摆手。

宋云飞当众道歉后，酒店老板已经挽回了面子，见此情形，心里便有些不安，于是出面打圆场道："宋司令，这几位兄弟是不守规矩，你老人家是该惩治惩治，但话明气散，看见宋司令治军这么严，我的气也消了。兄弟们打仗辛苦，这一坛酒、半边猪就算我的一点小意思，慰问慰问兄弟们，再不追究了……"

宋云飞摇摇头回答道："谢谢老哥的好意，但同志军是有军纪的，应该视百姓为自己的父母，决不能祸害百姓。我也想饶了他们，但军法无情。抢你的东西我们照价赔偿，你受到了惊吓我当众道歉，但对于他们我只能按军法处置！"

他又扭头对那个小队长说:"你放心地走吧,不要担心你的婆娘儿女,我不会把你的丑事说出去,我会照顾他们的!"想了想又对两个士兵说:"你俩算是从犯,看在酒店掌柜的面子上,今天就饶你们不死,每人四十军棍!"

带头打人、抢劫的小队长被枪毙了,而宋云飞也没有食言,只对他的家属说,男人是打仗时牺牲的,给了抚恤,以后还常常差人去问有没有困难,随时给予帮助。自这件事后,宋云飞花大力气对同志军进行了整顿,在整顿的过程中,查出了知县和那个烂友儿的阴谋,军政府便把那个烂友儿执行了枪决。

整顿后,这支队伍在百姓中有了很好的口碑,重庆的蜀军政府认为宋云飞是个人才,便保送他到成都陆军武备学堂学习,这所武备学堂是由同盟会控制的,目的是进一步培养革命军事人才。

宋云飞按军政府的要求,将同志军队伍遣散后,便告别了妻子王凤英和女儿琬玉,揣着变卖家产剩下的二十多个银圆、提着简单的行李坐马车到了成都。

在武备学堂里,宋云飞如饥似渴地学习各种军事知识,包括《孙子兵法》和教官们讲解的种种战例,也掌握了当时一些新式武器,除了手枪、步枪,还有轻重机枪、八二迫击炮、六〇炮,等等。而最让他欣喜的是,在这里,他结识了许多志同道合的革命党人。

但是,一种担忧甚至愤慨却时时缠绕在宋云飞的心头。他原本一心盼望着清王朝被打倒后中国会出现欣欣向荣的崭新面貌,国家会实现宪政,百姓会获得民主,中华民国将是一个富强的国家,谁知一切似乎并没有变化……特别让他不安的是,无数仁人志士抛头颅、洒热血得到的革命果实瞬间竟被袁世凯窃取,中华民国成立后仅仅一个多月,军阀袁世凯就当上了临时大总统,孙中山被迫辞去了临时大总统职务。

这件事让他受到了极大打击,武备学堂的师生们也愤愤不平。

其实,袁世凯就任的原因极其复杂,归结起来一是他陈重兵于长江北岸,威胁着没有自身武装的革命政府;二是因为列强对中国的事务进行干涉,支持着他们的代理人袁世凯;三是革命党内部妥协势力抬头。

过去,宋云飞对袁世凯并不了解,只晓得此人是个大军阀,以后出于对中华民国前途的担忧,便通过各种渠道开始了解此人的来历。

原来,袁世凯曾两次参加乡试,均落第,以后野心勃勃的他便弃文从武。光绪八年朝鲜发生兵变,袁世凯在平叛中崭露头角,后又受到了李鸿章的赏识,一路提升,被光绪委以督办军务的重任,并前往天津小站接管定武军。

在光绪策划维新变法期间,袁世凯乘机大耍两面派手法,表面上多次致书维新人士力主变法,因此在维新举步维艰、光绪处于困境时,康有为自然便想到了"手握重兵"而又"力主变法,与一般武夫迥异"的他,派人到小站试探,他仍一再表示对维新完全拥护,而当光绪问他:"苟付汝以统领军队之任,能矢忠于朕否?"他答:"臣当竭力以答皇上之恩,一息尚存,必思效忱。"但同时却暗地联络礼亲王、兵部尚书、军机大臣等反对派,并向天津总督衙门的荣禄告密。其结果便是光绪被禁,六君子赴难,维新变法失败。从此以后,袁世凯大得慈禧的宠信,青云直上,把持朝政,权掌北洋,以至民间流传着这样的歌谣:"六君子,头颅送;袁项城,顶子红;卖同党,邀奇功;康与梁,在梦中,不知他,是枭雄。"

青云直上后,袁世凯更加肆无忌惮地争权夺势,以致引起了一些官僚王公的不满,纷纷上书弹劾。袁世凯利用手中的权力,与列强勾结,大量出卖路权、举借外债,也引起了百姓的不满。慈禧死后,传说光绪遗诏"必杀袁世凯",康有为、梁启超等维新派人物通电讨袁,溥仪的监国摄政王载沣等也认为袁世凯"跋扈不臣,万难姑容",袁世凯见形势不妙便借口足疾,金蝉脱壳,去到彰德……

武昌起义后,革命大潮席卷全国,清廷一筹莫展,便再次起用袁世凯为湖广总督。袁世凯再次大耍两面派手法:一方面向载沣保证,誓死保卫社稷,杀身成仁;另一方面又摆出了拥护新政、拥护立宪的姿态,甚至联合各北洋将领通电"支持共和",让天真的革命党人把他当成了同盟者。鉴于他手握重兵,竟答应只要他赞成共和、促成清帝退位,便推举他为中华民国总统……

以后袁世凯成功地逼迫载沣辞去了摄政王之职,又逼隆裕太后自诏不再干预朝政,并诱使隆裕颁布了退位诏书,终于顺利地攫取了辛亥革命的果实。

了解到这些来历后,宋云飞义愤填膺,忧心忡忡地感叹,此后国家的前途、民族的前途危矣!

事实证实了宋云飞的担心。

当上总统后,袁世凯认为不再需要戴着假面具演戏了,立即公开反对革命,在北京建立起了专制独裁的北洋政府,废除了孙中山颁布的《中华民国临时约法》,解散了国会,并准备向列强贷款两千五百万英镑镇压革命军。

《中华民国临时约法》是由革命党人宋教仁起草的,规定"中华民国之主权属于全体国民"，"人民有言论、著作、刊行及集会、结社之自由"。聪明睿智、才华横溢的宋教仁是个不可多得的人才，不但善写文章，而且极善演讲。在日本留学期间就创办了杂志《二十世纪之支那》，后来改为《民报》，是同盟会的机关刊物。回国后他又担任了《民立报》的主笔，除自己写出大量脍炙人口的好文章外，还翻译了大量介绍西方现代政体的书籍。孙中山在南京成立临时政府时，宋教仁被任命为法制院长，负责新政府的立法工作。袁世凯就任临时大总统后，他被改任农林总长了，不久便辞职。以后他努力团结各方面的革命力量，促进同盟会与许多小党派合作，组建了国民党——这是中国最早的政党，孙中山被选为理事长，委任宋教仁为代理理事长。

宋教仁早就察觉了袁世凯的阴谋，便到苏、鄂、皖、赣、湘等地大力宣传国民党的政治主张，以至民主宪政的舆论空前高涨，终于让国民党1913年2月以绝对多数赢得国会大选。

宋教仁被国会多数党推举为内阁总理后赴京组阁，对他恨之入骨的袁世凯悍然派人在上海火车站暗杀了他……牺牲时年仅三十一岁！

巨星陨落，宪政制度终于在中国流产，梁启超曾说：这是中国民主政治"不可规复之损失，非直为宋君哀，实为国家前途哀也。"

听到宋教仁被暗杀的消息，宋云飞流下了眼泪，他咬着牙，紧捏双拳，恨不得马上将袁世凯之流碎尸万段，他向武备学堂的学长们说："我们能不能组织一支敢死队去刺杀袁世凯，挽救革命？"但有的学长认为："如今袁世凯既掌握着北洋派的势力，又手握国家政权，在军事、财政、外交各方面都占据上风，而革命的力量并没有真正组织起来，基本是一盘散沙，此时贸然行动无异以卵击石。"有的说："袁世凯戒备森严，刺杀未必能够成功，即使成功了，北洋军阀中还会出现第二个、第三个袁世凯，那时又当如何？"冷静下来前思后想，宋云飞明白这些话都有道理，只能暂时隐忍下来，等待时机。

自此以后，在血雨腥风中，专制的魔影重新笼罩着中国大地，袁世凯变本加厉地镇压革命力量：通令解散国民党，宣布国民党为"乱党"；免除了革命党人担任的江西都督、广东都督、安徽都督、湖南都督，委派自己的心腹取而代之；软禁了副总统兼湖北都督黎元洪……以后又把目光转向川、滇、黔，四川军政府原先的都督尹昌衡被派去"进征"西藏，后又被诱骗到北京下狱；副都督张培爵被迫辞职，后被杀害；袁世凯的心腹陈宧任四川军务会办并率兵入川，以后又委任亲信胡景伊担任四川"代理都督"……

国民党人奋起反击了。孙中山在广州组织了护法军政府，发动了反对袁世凯的"二次革命"；黄兴在南京起兵；江西、江苏、安徽、广东、福建纷纷宣布独立……但由于帝国主义的介入，再加上同盟会没有真正属于自己的武装，而各地军政府的都督多为新军出身，并不是革命党，无心支持革命军，讨袁军先后失败……

此后袁世凯更公开蔑视共和与法律，走上了复辟帝制的道路。

响应孙中山二次革命的号召，四川的熊克武、杨庶堪、但懋辛、余际唐等举起了反对袁世凯的大旗，熊克武在重庆宣布独立，成立了讨袁军。宋云飞闻讯后立即中断了在武备学堂的学习，匆匆赶到重庆毅然参加了讨袁军，被委任为团长。为了联络秀江乃至川东一带的革命力量，组织起一支队伍，他便秘密回到了秀江县。

当时，秀江县曾被打倒的专制势力已重新抬头，在保路运动中被他放走的知县张仁甫不但官复原职，而且大肆镇压革命民众，不少被他怀疑的"乱党"分子都被抓了起来并遭受了上夹棍、跪抬盒、站吊笼、跪火链子等酷刑，有的已被折磨致死，有的被砍头示众……一听说"宋大爷回来了"，哥老会的兄弟伙和普通百姓便纷纷前来找他。

张仁甫的爪牙也知道了宋云飞的行踪，于是张仁甫便让县警察局的警察们前去捉拿，但这些警察里也有不少袍哥和同志军，他们早就送去了消息，当警察们扛着枪吆喝着来到酒寨宋云飞的家里时，已经不见他的人影。

由于全部家当已经捐给了保路同志军，宋云飞的酒店早已没有了，田产也变卖了，家里只剩下三间旧瓦房，平时只靠老婆王凤英纺纱织布和做些针线活路勉强度日……

一见警察们扛着枪闯进了家门，小姑娘琬玉便吓得哭了起来，王凤英丢下手里织布的梭子揽过女儿，站起来大声质问道："私闯民宅，你们想干啥？"

领头的警官睃了她一眼，勒眉恨眼地吼道："我们找的是乱党宋云飞，让他跟我们走一趟！"一面说一面瞪着眼睛在房里四处张望。

王凤英用围腰揩揩眼泪大声说："你们要找宋云飞，我还要找他哩，当年保路的时候大家都有份，组织同志军也是大家的主意，说是要打倒满清，如今满清已经被打倒了，琬玉她爹莫说立功受奖反倒被你们逼走了，成了啥子'乱党'，丢下我一个妇道人家和一个小女娃子苦熬苦撑……我正想给你们要人呢，你们反倒又来抓人……我也不想活了，你们就把我们两娘母抓去吧，抓到牢里倒有人管饭，免得在家气死饿死……"说着一把鼻涕一把眼泪地号啕大哭起来，小琬玉看见妈妈哭了，也在旁边跟着大哭。

警察们面面相觑，警官曾想抓走王凤英，但有人悄悄给他递了点子："宋云飞是秀江县的袍哥大爷，是舵把子，袍哥们讲义气，你抓了王凤英，袍哥们不会答应；再说，她一个妇道人家，抓了又有啥用？反倒惹了麻烦！"警官想了想后，只得率领警察们悻悻地反身回城复命。

宋云飞进入了酒寨周围的群山之中，在民众的掩护下，官府根本无法找到他。他在秀江和附近的几个县本就极有威望，一听说他回来了，一些同盟会员、同志军和袍哥便纷纷前来联络。宋云飞召集大家开了秘密会议，详细介绍了袁世凯的罪行，发动大家分头和各地的团丁、袍哥、同志军联络，重新组织队伍，参加"讨袁军"。经过他的发动，很快便拉起了六千多人的队伍。至于武器呢？熊克武拨付了一部分，又从警察和兵丁的手里夺取了一部分。

熊克武举事后，兵分三路准备进攻袁世凯政权掌控的省城成都，宋云飞的步兵团被派往中路，主攻隆昌、荣昌、合江等地，抗击北洋军。最初在百姓的拥戴下，进展十分顺利，迅速攻占了隆昌、荣昌等地，截断了成、渝两地的交通，使全川震动。

袁世凯对"天府之国"的四川十分重视，立即派出重兵。先命亲信胡景伊和陈宦率北洋军从湖北、陕西两路入川；后又派曹锟率北洋军赴川东；与此同时又调滇军和黔军进攻四川……正当熊克武的讨袁军西达资州、北抵顺庆、南围泸州之时，风云突变，陕军已攻入夔府，进抵万县，下川东告急；滇军进入叙府，南路告急；黔军攻入綦江并至重庆郊外……北洋军凭借军事上的绝对优势，首先占领了重庆，切断了熊克武讨袁军的后路，然后再将讨袁军分别包围，各个击破。

四川都督胡景伊捕杀了讨袁军军官四十多人，袁世凯布告全国通缉讨袁军将领，熊克武等被迫化装乘船流亡上海，他们在川的老家全部被抄。

宋云飞的部队挺进到璧山时，便陷入了胡景伊部的重重包围之中，正在奋力突围时，却传来了重庆陷落的消息，宋云飞团指挥部及各部队之间的联络完全中断，于是一时之间军心大乱。在北洋军的包围中，战斗十分惨烈，宋云飞团死伤惨重。

眼看突围无望，为避免全部牺牲，讨袁军中有的团长便下令把枪支弹药收集起来交给当地支持革命的团总，请他们代为保管，然后把饷银分给了士兵，让他们赶快散去，隐蔽起来，自谋生路；有的军官——包括参谋长和一些营长，不愿当北洋军的俘虏，纷纷举枪自尽了！

宋云飞明白，敌众我寡、实力悬殊的讨袁军已经陷入了绝境，在连续不断的战斗中，自己六千多人的队伍也只剩下了两千多人，怎么办？这些人跟着自己抛妻弃子、出生入死，万不能让他们都白白地丢掉性命！考虑再三后，为避免被全歼，他痛苦地做出了决定——和兄弟队伍一样，也把剩下的士兵遣散，然后自己设法去找熊克武或孙中山，继续革命。

于是他把队伍集合起来，望着这些衣衫褴褛、伤痕累累的穷人弟兄，沉重地说："重兵包围，形势险恶，凶多吉少，为了保存力量以后能够东山再起，我决定暂时解散队伍，把饷银和路费发给大家，受伤的弟兄还有医药费，弟兄们先回家去，待形势好转以后，我们再图相聚！"

但是，长期的朝夕相处、患难与共，特别是宋云飞的义气、豪爽和对下属的体恤已经感动了很多人，再加上队伍中还有好些人原是秀江县乃至酒寨的同乡，有的还是和宋云飞一起长大的毛根儿朋友，于是纷纷表示：

"宋团长不走，我们也不走，你到哪里，我们跟到哪里！"

"老子出来的时候就把脑壳拴在了裤腰上，打死一个狗日的北洋军够本，打死两个赚一个，怕啥？"

"宋团长，官府早就把老子当成'乱党'了，现在回家去，岂不是羊入虎口，狗日的能放过我？与其窝窝囊囊地死在那些龟儿子手里，还不如和他们拼了！"

"袍哥人家遇事就打缩脚锤，岂不叫人耻笑？出来时大家一起出来，回去时也该一起回去！"

……

总而言之，绝大多数人都不愿意走，经过宋云飞一再说服，只有少数身受重伤和上有老母、下有幼子的人拿着饷银走了。对受了重伤的，宋云飞还拿出了自己的片子，拜托各地的袍哥给予照拂。

剩下的人从璧山拼死杀出了一条血路，突围到隆昌，然后又辗转到了泸州、富顺，一路被袁世凯派来的各路军队追杀，打了数不清的恶仗。这时熊克武讨袁军的各部都已溃散，在既无粮草又无救兵的情形下，这支百姓自己组织、曾经战功赫赫的队伍，最后终于被胡景伊的部队包围后消灭，最后的战斗是十分惨烈、残酷的……

事后，宋云飞的妻子王凤英曾到部队转战过的地方寻找他的遗骨，但始终没有找到……只是当地有两种传说：一种是官府曾抓住了这支队伍的一个首领，当时他已经满身是血，多处受伤，但胡景伊认为他是个人才，仍想让他投降，答应只要投降便可以送他到成都治疗，但这个首领拒绝了，最后被砍去双手，剜去双眼，跪了火链子，点了天灯，头颅还曾挂出示众。另一个传说是，打最后一仗的那天，一个浑身红光的人突然骑着一匹白马冲出了重围，他刀枪不入，枪炮对他无可奈何，白马飞驰着，越跑越快，越跑越远，最后就看不见影子了……于是许多人说，宋云飞并没有死……

至于王凤英呢，她是相信第一种传说的。她知道自己的男人，明白他的为人，别人都死了，他绝不会一个人还活着的。她也想过，要是真没有死，他为啥不回家也不带信来呢？……她曾经多次梦见过他，总是一身是血地站在她的面前，当她扑上去时，他马上不见了……人们常说，亲人间是心灵相通的，王凤英想，他是在向我托梦啊！他被袁世凯的官兵打死了，我应该为男人报仇，只要能替他报仇，我就是死了也心甘，但是，我一个妇道人家有啥办法去给他报仇呢？他的兄弟伙跟他出去的，多半也不在人世了，哪个能帮我呢？

王凤英本来是一个泼辣、能干的女人，但男人的死对她的打击实在太大太大。她爱他、尊敬他，他是她的指望、她的未来，他死了，她好像也跟着死了……乡邻们为了安慰她，向她议论起了关于宋云飞的一些传说——特别是出生时天上突然出现的彩虹，对她说："这都是命中注定的啊，宋大爷是天上的星宿下凡，到时候就归位了，这是天老爷安排好的，凡人强求不得啊……"

这种想法暂时麻痹了她，也安慰了她，大病一场后终于帮助她度过了最初一段最伤心的日子。

然而，让人们没有想到的是，病好后这个泼辣、能干的女人竟像变了一个人——过去从不求神拜佛、到庙里烧香磕头的她，竟然到尼姑庵里当起了"居士"，虽然还没有削发为尼，但却吃上了"长素"，说话时"阿弥陀佛"不离口，早晚都要虔诚地诵经念佛，还常常用因果报应这一类的话劝解人们。

为什么会发生这样的变化？

一些人说，是宋云飞的惨死让她伤透了心，她是在为宋云飞超度亡魂哩。

但暗地里，酒寨人中还有另一种传说，说是王凤英不但性情刚烈，而且自幼学过一些武术，男人惨死后她立志为他报仇。去寻找宋云飞的遗骨时，她探听到了一件事——原来宋云飞团在突围时，胡景伊部的官兵们并不知道哪个是宋云飞，武艺高强的他本是可以顺利突围的，但却被同宗的一个烂友儿出卖了，为了自己保命，这个叛徒向官兵指认了宋云飞……王凤英回到酒寨后便不动声色地找了个借口，邀这个烂友儿到家喝酒，灌醉后亲手用一根白布条把他勒死，尸首丢在莲花峰的山谷里。自此以后她便皈依信佛，成为"居士"了……

讨袁军的失败以及一系列阴谋的成功，让袁世凯这个野心家被胜利冲昏了头脑，和日本秘密签订了卖国的"二十一条"后便紧锣密鼓地准备复辟帝制，宣布取消民国后，便自称洪宪大皇帝，策划举行"登基"大典。

这一举动激怒了全国，蔡锷首先在云南宣布独立，组织"护国军"，通电讨袁，发动护国战争，全国各地纷纷响应，最后连袁世凯的亲信胡景伊也不得不宣布独立。在举国上下愤怒的声讨中，这个阴谋家只当了八十三天皇帝便不得不宣布取消帝制，一命呜呼了。

第三章 彷徨·探索

一 惊雷

新旧交替的 20 世纪初，整个中国处于风雨飘摇之中，迷惘、彷徨、探索、震惊和奋起交织在一起。

宋岚的哥哥宋峰先在成都读中学，他的父亲宋墨林一直主张国家必须实行宪政，并希望用法律来保证宪政的实施，于是让儿子上了法政学校。四川法政学校的校长先是保路运动中差点被赵尔丰"正法"的颜楷，颜楷曾留学日本法政大学，辛亥革命后辞高官不就。继颜楷任校长的是熊晓岩，此人是老同盟会员，著名法学家。

宋峰的长相遗传了父亲宋墨林的很多优点，儒雅俊朗、仪表堂堂，举止彬彬有礼，外表像个谦谦君子，但性格却极其刚毅，在父亲的影响下，自幼便懂得"位卑未敢忘忧国"的道理。上中学时日本的大东亚侵略计划披露后，成都留日学生将这一侵略计划寄回了母校，舆论哗然，宋峰读到后引起了心灵上的极大震动。当时正逢日本要求在成都设立领事馆，成都人民强烈反对，举行了反日大游行，宋峰便组织法政学校的同学们参加了这次游行。

继签订"二十一条"后，北洋政府又和日本签订了卖国的《中日军事密约》，《中日军事密约》引起留日学生的愤怒，两千多名留日学生罢学归国，在上海成立了"学生救国团总部"，四川学生热烈响应，成都十二所大中学校联合成立了"四川学生救国筹备会"，宋峰是参加筹备会的代表之一，他和各校学生一起进行热烈讨论后通过了两条决议：一、电京请政府取消《中日军事密约》；二、去电无效则组织学生军。会议发表了《救国警告书》，书中呼吁："国事危在旦夕，内政未修，外交失利，疮痍满目，弱肉强食……我们一定要不辞声嘶力竭，唤起吾之国魂！""呼吁全川各地立即组织学生救国会，共谋国家前途！"宋峰和学生们还集体创作了一首《慷慨悲歌》："莽莽神州，济济多士，大厦将倾，俦为干栋。悠悠国魂，飘摇靡止。谁其招之，青年学士。青年学士，无党无偏。拼将热血，主张国权。拼将毅力，挽回国权。青年青年，其共勉旃。国家于汝，有厚望焉。"

就在青年学生们为国家的前途命运呐喊时，规模更大、影响深远的五四运动爆发了。

第一次世界大战后，中国作为战胜国，派代表出席巴黎和会，但"弱国无外交"，列强根本没有把贫弱的中国放在眼里，原定的五个席位突然减少为两个。更重要的是，中国代表团提出取消"二十一条"和列强在华特权被无理否决，而在列强操纵的"十人会"上，竟公布了英、法、美、日、意与日本达成的秘密协定——让日本继承战败国德国在中国山东的权益！

这是何等的荒谬，何等的屈辱！中国代表顾维钧强烈反对，据理力争，拒绝签字，但日本态度十分强硬，十分蛮横，英美法等纷纷向日本让步。

一个国家的主权居然由别的国家随意决定，这是赤裸裸的侵略行为，在法国创办了"巴黎通信社"的四川新都人周太玄立即将消息传回国内。消息激怒了中国人民，一致要求我国代表拒绝签字，但北洋政府的亲日派高官曹汝霖、陆宗舆、章宗祥等却甘冒天下之大不韪，主张向日本妥协。

北京大学的学生们首先愤怒而响亮地喊出了"外争主权，内除国贼"的口号，各校随即响应。北大学生发出通电，1919年5月4日联合各高等学校在天安门前集会并游行示威，要求政府和大总统徐世昌拒绝在和约上签字，并严惩卖国贼。

游行队伍到签订"二十一条"的曹汝霖住宅时，见院子里有一箱火油，有人便点燃了火，这件事后来被人称为"火烧赵家楼"。见有人出来，学生们以为是曹汝霖便打了他（后来才知道当时曹汝霖正躲在卧室夹层的箱子里，被打的是章宗祥）。巡警赶来拘捕了几十个学生……

北大校长蔡元培和各校校长闻讯后立即赶到警察总监处具保，学生们被释放。但以后学生们仍然坚持宣传、演讲，声势越来越大，警察便再次拘捕了更多的学生……拘捕所已经挤不下，北大北河沿的校舍也作为临时拘捕所了……

消息传到全国，各地纷纷支持北京学生的爱国行动，学校相继罢课，并组织了学生联合会；远在国外的留法学生还组织了敢死队，包围出席和会的代表，要求拒绝签字……北京、天津、上海等地工商界准备罢工、罢市……

在北京担任《川报》和成都《群报》驻京通讯记者的四川温江人王光祈，5月4日亲身参加了"火烧赵家楼"的游行，当天晚上，便就这次事件写了简短的报道传回四川，几天后，又写了篇详细的长篇通讯，由于当时通信不畅，5月17日才在《川报》头版头条刊出，主编李劼人加上了措辞激烈的"编者按"。这篇通讯宛如在成都的青年学生中投下了一颗炸弹，早餐时，宋峰便拿着报纸登上桌子向同学们朗读，读了后，大家纷纷要求立即拍发通电声援北京，声讨卖国政府，要求罢免亲日派曹汝霖、章宗祥、陆宗舆……呼吁全国各界行动起来，拒绝在《巴黎和约》上签字。饭后便上街游行，随后通电全省各县，又联络各校的爱国组织，筹备成立"四川学界外交后援会"。

北京的学生开始罢课了，成都的学生也罢了课，六十多所公私学校在少城公园召开了"学界外交后援会成立大会"，参加的学生有六千多人。不仅学生们积极参加，连附近的小南街、祠堂街和一些小巷里都挤满了情绪激动的市民。

宋峰是法政学校参加"外交后援会"的代表之一，他和同学们一起激动地宣布："头可断，身可碎，万不可以我大中华之国土国权断送与日本！"会后不但参加了游行，还到督军署和省长公署向督军熊克武和省长杨庶堪请愿。熊克武和杨庶堪都是同盟会员，表示支持学生运动，后来熊克武还发出了《拒绝欧会签字》的通电。

成都、重庆和四川各地的学生及各界民众为声援北京学生，商界罢市，学校罢课，游行、集会、演讲，连军界、政界的一些头面人物也明确表态，反对北京政府出卖国家主权。学生与各界人士在少城公园召开了国民大会，军警出面帮助维持秩序。

鉴于日货充斥市场，沉重打击了弱小的民族工业，宋峰和同学们商量后决定首先应该抵制到处倾销的日货，大家当场便砸掉了自己平时使用的日本造洋瓷面盆、洋瓷杯子，烧掉了自己的洋布衣服和其他日本用品……校园里到处都有人在激动地高呼："提倡国货，振兴实业，誓与彼断绝国民外交！""誓以实际行动反对日帝亡国灭种的侵略行为！"紧接着，宋峰便组织同学们到街头和四乡进行宣传，并组织了多支"仇货检查队"，对悬挂了日本牌号的行栈、店铺一律取缔，对各商号的日货进行清查，限期销售后不准再进……

学生们的爱国行为得到了绝大多数商家的响应，不少商家主动表示了"决不再进日货"的决心。

全国反日情绪高涨，日本帝国主义便和军阀勾结，向民众举起了屠刀，福建军阀甚至开枪打死了为抵制日货游行示威的几十名百姓。成都学生得知后到皇城广场集会，散发了《致国人书》，高唱着《警世歌》："莫亡国耻，莫买日货！振作精神，报仇雪恨！"这宣传一直持续到第二年的春天。

在全国民众的声讨中，北京政府不得不罢免了亲日的曹汝霖、张宗祥、陆宗舆三人，中国代表团也拒绝在《巴黎和约》上签字。而第一次参加这种大型政治活动的宋峰，也开始思考起了国家积贫积弱的根本原因，并且和父亲宋墨林一样，希望能够改造这个社会。

当"五四"的狂飙刮到了秀江县后，各校也联合成立了"学生爱国分会"，女子学校参加了分会。分会通过了学生爱国简章，向秀江县社会各界发出了救亡公告，公告中称："近来吾国受列强欺凌，外交失败，亡国之祸已在眉睫，苟不奋起挽救，必将步朝鲜等国之后尘。吾侪既为国民之一分子，安能醉生梦死，自当奋起以尽国民之责。"

学生爱国分会组织了罢课、游行、集会、街头宣传和到集镇宣传。

秀江县女子学校的学生和教职员在校长黄骏飞的带领下，高举着"打倒帝国主义""收回山东主权"等口号的彩旗，走出了学校的大门……身材高大、气宇轩昂的黄骏飞正气凛然地走在前面，一面走一面高呼着口号，女学生们表情严肃，踏着整齐的步伐齐声应和。男校的游行队伍也来了，于是男生和女生的队伍会合在一起，共同发出了响亮的怒吼声……

这是宋岚和女学生们第一次参加游行。以后黄骏飞还鼓励女学生们组成了宣传队，向街上和乡下的民众宣传反帝爱国思想，揭露帝国主义侵略中国的罪行。

二　思想界的"清道夫"

宋峰在法政学校读书时，教员中有一位是被士林称为"异类"的吴虞，此人对宋峰有很大影响。

吴虞被人称为"成都言新学之最先者"，四川新都人，幼时读私塾，后来进入尊经书院，戊戌维新后他转而不事科举到日本留学，进入日本法政大学。在日本期间，他认真研究了欧美各国的宪法、民法、刑法，熟读了卢梭、孟德斯鸠、斯宾塞等人的著作，和儒家的传统学说进行了"比较对勘"，又耳闻目睹了章太炎主笔的《民报》和梁启超主编的《新民丛报》里关于革命与保皇的论战，特别是章太炎对儒家思想的批判，于是产生了反孔"非儒"的思想。

从日本归国后，他一面在学校任教，一面在报刊上发表文章，痛斥"圣贤误人之深"，批判目标直指被称作"至圣先师"的孔子，要求"言论自由"。他还公开支持立宪派的活动，出资参加创办立宪派的报纸《蜀报》，并为之撰稿。特立独行的他，遭到了一些旧式文人的反对，清政府曾勒令严加查处并开除教职。

吴虞出身于一个地主家庭，母亲病故后，父亲再娶，从此便一意享乐挥霍无度，祖田和成都文庙后街的宅院都被变卖，再加上后母带来的女儿举止轻浮，行为不检，于是吴虞和父亲便发生了冲突，吴父大为不满，竟四处控诉儿子"忤逆不孝"。苦闷中，吴虞写了《家庭苦趣》一文。谁知此文竟捅了马蜂窝，非礼非法的本是父亲，但古训"家丑不可外扬""天下无不是之父母"，早已对他不满的四川教育会会长徐炯（此人后来曾领衔对袁世凯呈"劝进表"，拥护袁世凯称帝）便纠集了一批卫道士，召开会议，将吴虞斥为"禽兽"，宣布"逐出教育界"，并联名向官府告状，要求严惩这个反叛家庭、大逆不道的"名教罪人"。吴虞编撰的《宋元学案粹语》例言中，引用了著名学者"非圣无法"的评论，又触忤了清政府，于是四川总督严令"移交各省逮捕"并"就地正法"。幸而一位在衙门供职的留日同学给他报了信，他才逃脱。以后不得不到嘉定五通桥的亲戚、哥老会首领家中躲了近一年，直到保路运动发生，官府自顾不暇，才回到成都。

武昌起义后，军政府成立，通缉令无形取消，吴虞先后在成都任《西成报》总编、《公论日报》主笔、《政治公报》主编等。被无端逐出教育界的经历，使他更加深刻地认识到封建制度对国人的危害，因此写了一系列文章批判旧文化、宣传新思想，成为五四新文化运动的先声。

吴虞站在四川，面向全国，点燃了思想启蒙的火炬，沉重打击了旧思想、旧道德、旧礼教，让四川的封建卫道者们如临大敌。袁世凯当权后他作为"士林败类"，文章又被禁。

袁世凯称帝失败后，陈独秀在上海创办了《青年杂志》，以后又迁到北京出版改名《新青年》，成为新文化运动的阵地。吴虞在《新青年》上发表了《家族制度与专制主义之根据论》，一方面承认孔子在其时代是个伟人，另一方面说明自己反孔非儒的原因是封建统治者借孔学"扬专制之余焰""阻碍文化之发展"。陈独秀对吴虞的观点和文章十分欣赏，胡适也称之为"四川省只手打倒孔家店的老英雄"，很快将他的文章在《新青年》的显著位置刊出。以后他又接连写了《礼论》《吃人的礼教》《说孝》等一系列文章，并点名批判了尊孔复辟派，锋芒直指封建的宗法制度，把儒家的伦理学说和政治上的专制制度、社会组织上的家族制度，当作三位一体的东西，加以剖析和鞭挞，并认为"家族制度为专制制度之根据"，从而击中了中国封建宗法社会的要害。

因此，有人称他为"中国思想界的清道夫"。

宋峰在法政学校读书时，吴虞正在这里教授法制史和国文课，宋峰喜欢听他讲课，也喜欢读他的文章，认为他是成都新文化运动中的杰出代表，对他被称作"名教罪人"并被逐出教育界感到十分滑稽和不平，于是经常课后到他的家里请教。而吴虞也很喜欢这个诚恳、好学的学生，总是耐心地给予指点。

"五四"后，全国各地宣传新文化、新思想的报刊如雨后春笋，宋峰如饥似渴地阅读着这些报刊，新思想潮水般涌来，他敞开胸膛努力吸收着一切新的东西。和许多年轻人一样，只要是新的、进步的东西都热爱，分不清也不想区分什么是马克思主义、无政府主义……不管是马克思、恩格斯，还是卢梭、尼采、达尔文、克鲁泡特金……只要是新的统统拿来，作为反抗旧制度、旧礼教，解放个性、解放人类的武器。

一个星期天的上午，宋峰又按事先的约定去到吴虞的家里，想请教有关民主宪政的几个问题。

吴虞的家在成都城西的栅子街，名为"爱智庐"。成都有外城、少城、皇城，少城又名满城，原是满人居住的地方，栅子街原是满城的里仁胡同，民国时因街口设有木制栅栏（四川人叫"栅子"），故改名"栅子街"。栅子是为了防盗，当时成都许多街道普遍使用。"爱智庐"是一个四合院，院子里绿树成荫，繁花掩映，不但有翠竹，还有四季常青的雪松、龙柏以及几株高大的香樟和银杏，此外还有珍珠梅、蜡梅、红梅、紫荆、垂丝海棠，等等，然而最让人注意的却是，有大大小小上百盆兰花，花园里、走廊上、纱窗前，那些精致的陶盆、瓷盆、紫砂盆里都种着兰花。春天，银杏已经绽开了嫩绿色的、小扇子般的叶片；垂丝海棠正在开花，一丛丛粉红色的蓓蕾和花朵十分娇艳；微风拂过，兰花送来一缕缕幽香，这"王者之香"虽不浓烈，却不同凡俗，仿佛一直进入了人们的内心深处。

叩了叩黑漆大门，帮佣的周大娘来开了门，看见是常来的熟客宋峰便笑着说："宋先生，快请进，老爷在书房里等你哩！"

吴虞已经多次嘱咐周大娘不要叫他"老爷",而要叫"先生"或"老师",但周大娘总是改不了口。

还没走进书房,便听见里面有年轻女子清脆的说话声和笑声。

宋峰在书房门口叫了一声:"吴老师!"

吴虞在里面回答道:"快进来,快进来,正等你哩,我要给你介绍一位北京来的客人!"

走进书房,宋峰的眼前陡地一亮,一位秀色可餐的姑娘含笑站在玻璃书柜前,黑白分明的一双眼睛正望着自己。她穿着一套浅红西式衣裙,微微弯曲的短发上系着一条玫瑰色缎带,在窗外绿色的新竹映衬下春意盎然,极像一幅美丽的图画。吴虞望着宋峰笑道:"这是我的侄女李菡蕾,在北京上学,妈害了病,想女儿了,才特地回来探视的。"

李菡蕾明眸闪了闪,笑靥迎人地伸出手来,大方地和宋峰握了握。

周大娘用瓷盘端来了刚泡好的峨眉雀舌,吴虞坐在藤椅上,端起茶碗呷了一口,摆摆手示意两个年轻人也在旁边的椅子上坐下,他叹了口气道:"四川的风气真是太闭塞、太落后了,去年,北京已经开始实行男女同校,而成都三个剪了发的女学生却无法存身!警察厅竟堂而皇之地贴出告示,攻击妇女剪发'实属有伤风化,应予出示禁止,以挽颓风'。"说着感慨地摇了摇头,又叹了口气。

宋峰也知道这张荒唐的告示,还知道告示上的后两句话是:"嗣后妇女已剪者,赓即蓄留;未剪者不得再剪。如敢故违,定以妇女坐罚处罚家长。"于是便说:"吴老师,这则告示实在太荒唐了,许多学校都在校刊上进行了驳斥,我们还围绕男女合校、经济独立、社交公开、婚姻自主这些问题展开了讨论,要求学校改变国文、伦理、修身等课程的内容,实行男女合校、公开社交、剪发自由等。四川外国语专门学校的《半月报》连续出版了两期'男女问题专号',由于上面刊登了《禁止妇女剪发的谬论》,已经被当局勒令停刊了!"

吴虞也知道《半月报》被停刊一事,因为他也在外国语专门学校兼课,于是又摇摇头叹了口气。

李菡蕾笑着插了嘴:"叔叔,没想到成都还有这样的规定,幸好我没在成都上学,要是在成都,怕也是大逆不道,连爸爸妈妈都要受到牵连了!"

吴虞望着她点了点头:"当年你父亲让你去北京上学,这个决定是对的,走出夔门才能打开眼界,才能接触到更多的新东西。不要说你,就是我也准备离开四川到外面去看看了，最近北京大学的蔡元培先生来信邀我到北大任教，我也准备离开成都了。"他望望宋峰又说："宋君，你是个勤奋的、有头脑的青年，今天约你来就是想告诉你这件事，我希望你也能到外面去接触更多的新思想、新事物，你愿不愿意离开成都转学到北大去呢？按你的学习成绩是没有问题的，如果愿意，我可以托北大的朋友们帮忙。"

听了这话，宋峰兴奋得涨红了脸，到北大读书是许多学生的梦想，但是，一向稳重、踏实的他，兴奋之后却犹豫起来，没有马上回答。

"北大的校长蔡元培是个了不起的人物，"吴虞又说，"他二十一岁中举人，第二年会试中贡士，二十四岁为进士，两年后补翰林院编修，他主张'教育救国'，弃官办学，并与人秘密创立了光复会。以翰林弃官而闹革命他是第一人。他自己才华横溢，写文章倚马可待。出任北京大学校长后，在大学里开'学术'与'自由'之风，提倡学术自由，科学民主，校内实行学生自治，教授治校，学术上倡导思想自由，兼容并包，主张'教育者，养成人格之事业也'，'大学生当以研究学术为天职，不当以大学为升官发财之阶梯。'他开创了我国的新式教育，正是由于敬佩他的人品和治校理念，我才答应到北大任教的。"

"前些日子蔡元培先生还曾辞职哩，"李菡蕾大方地看了宋峰一眼补充道，"5月4日那天北京本来有十三所大学的学生参加了游行，都是为了爱国、为了争取国家的主权主动前去的，但北洋政府却诬陷是蔡元培先生在指使学生闹事，还说如果蔡元培不辞职，将严惩学生，于是蔡先生辞职了。回到杭州后他曾发表宣言，宣称'绝对不能再做那政府任命的校长'，'绝对不能再做不自由的大学校长'。后来许多北大的教职员和学生去信去电要求他回校，还有一些代表远赴杭州苦苦挽留，最后他才重回北大，做'北大师生的校长'……"

当然，年轻的李菡蕾没有料想到，五四运动后第二年的冬天，军阀张作霖、曹锟等又以反对男女同校为名，向蔡元培再次发难，逼得他远赴国外考察后终于再次辞职。

宋峰对蔡元培先生也十分景仰，在一些报刊上也曾读到关于他治校理念的介绍，知道北大是个群英荟萃的地方，老师中既有陈独秀、李大钊、胡适、鲁迅、钱玄同、刘半农、沈尹默等新派人物，也有老派的黄侃、刘师培、辜鸿铭等。有人穿着西装，也有人长袍马褂，甚至脑后还拖了根辫子。"思想自由，兼容并包"，马克思主义、无政府主义、三民主义、国家主义……都有各自不同的代表，让他想到了春秋战国时期的百家争鸣。而被誉为"百年第一刊"《新青年》的出现，更是中国觉醒的开始。如果能到北大读书，当然是平生的幸事，但是，一想到早逝的父亲、并不富有的家庭和操劳过度的母亲，宋峰却又犹豫起来。于是便说："蔡元培先生出任北大校长后，开了'学术'与'自由'之风，让北大成为中国知识界向往的地方。在北大出现的《新青年》，它是一盏明灯，一种启蒙，回答了许多让我们这些年轻人焦虑和困惑的问题。吴老师，谢谢你，到北大受教，当然是学生梦寐以求的，只是家父早逝，在成都上学已经让家母心力交瘁，到北京去恐怕家里的经济条件更难以承受了！"

听了宋峰的回答，吴虞沉吟了一下，喝口茶后摇摇头说："我倒觉得经济困难不是根本，当前正流行勤工俭学，不少青年学子自愿远赴法国一面做工一面学习，你也可以采用这种办法。北京和成都的报刊都不少，你不是已经在报刊上发表过文章吗？以后可以多写一些，我还可以向一些主编推荐，我想，用稿酬养活自己是可以办到的。至于赴京的路费和学费呢，你不用担心，我可以帮助你！"

吴虞的话让宋峰的心情豁然开朗，他突然想到了妹妹宋岚，心里便有些惭愧。他知道，为了减轻家里的负担，妹妹早已在"勤工俭学"了，靠的是做女红的收入，于是便说："吴老师，感谢你的教诲，学生的顾虑确实太多，太缺乏奋斗精神了！至于赴京的路费和学费，学生自己可以筹措，不用老师费心。前些日子我写了几篇短文，在报上刊登后已经寄来了稿酬，再加上家母寄来的膳食费，省一省也就够了！"

吴虞笑了："你不用和老师客套，也不能太苛待自己。路费的事你不用担心，学费可以争取减免一些，只是应该向令堂禀告一下，以免老人挂念。好，就这样吧……"说着望了李菡蕾一眼，"你不是想去望江楼吗？在成都，你一个人去还是不大方便，今天下午就让宋君陪你去吧！"

说话间已经到了晌午，周大娘已经准备好了午饭，都是家常菜，一盘香肠、腊肉，一盘麻婆豆腐，一盘豆瓣鱼，一盘野鸡红，一大钵煮过腊肉的青菜汤，味道都很好。宋峰已经多次在吴虞家吃饭，便不客气，吃得很饱。

三　春色

午饭后，宋峰和李菡蕾两人便坐了黄包车去到东门外的望江楼。

望江楼在锦江边。成都一名蓉城或芙蓉城，又名锦城或锦官城。

蓉城之名是因为后蜀的孟昶在城墙上和城墙的斜坡上广植木芙蓉，环城四十里，每当深秋，芙蓉盛开，花色深红、浅红，灿若云霞。而锦城和锦官城却是因为成都盛产蜀锦，春秋战国时已初具规模，汉代已设立锦官。李冰领导蜀先民建造伟大的水利工程都江堰后，又"穿二江成都之中"，让郫江和流江"双过郡下"，唐代又让郫江改道绕过城北、城东，至城南与流江汇合。二江汇合后称为锦江，为什么被称为"锦江"？原因是，汉代以来蜀锦织成后"濯于江水，其文分明，胜于初成，他水濯之不如江水也"。诗人刘禹锡曾这样赞叹锦江的美景："濯锦江边两岸花，春风吹浪正淘沙。女郎剪下鸳鸯锦，将向中流匹晚霞。"

成都自古"喜遨游"，锦江便提供了重要的遨游场所。早在秦汉时就流行着春季二江观鱼，夏季二江垂钓、飞舟竞渡和游江。唐宋时地方官更把游乐列为施政的重要内容，天宝末年西川节度使举行的一次乘舟游乐，官船上锦帆高悬，大宴宾客，甲板上舞姬绣衣罗裙，轻歌曼舞，两岸观看的百姓人山人海。

锦江游乐不同季节规模不同。农历二月二龙抬头，为踏青节，是游江的开始，称"小游江"，几十只官船披红挂绿，绵延数里，头船锣鼓喧天，两岸人声鼎沸。农历四月十九日是大游江，传说这天是唐时曾招募勇士保卫成都的浣花夫人生日，除了官船，民船也参加。锦江上大小彩船来来往往，江面还有龙舟竞赛，岸上搭有戏台，船上岸上都丝竹声声。

明清以后，繁华逝去，但民间的游江风俗仍然以各种形式保留下来。正月初五"送穷日"许多人要到江边游玩并抱一块鹅卵石回家，称之为"捡元宝"；农历四月初八传说是佛祖的生日，有"放生会"，居士们会购买各种水生动物放生，往往上游放生，下游打捞，从九眼桥到望江楼人来人往，热闹非凡；当然最热闹的是五月端阳的龙舟赛，这一天，各县都要派自己的龙舟队来，齐聚望江楼下一较高低。

除了游乐，锦江最重要的功能则是航运了，它是成都对外联系的通道。自李冰开凿二江便"皆可行舟"；楚汉垓下决战时，"蜀汉之粟万船而下"；直到唐代，成都仍是杜甫诗中的"门泊东吴万里船"；元代，按《马可·波罗行纪》记载，锦江"此川之广，不类河流，竟似一海"；民国以后，尽管锦江的航运有些萎缩，但成都到嘉定每年上下的船筏仍在两千艘以上。

宋峰和李菡蕾站在波光粼粼的锦江边上，宋峰极目四望，只觉水碧天青，沃野平畴，垂柳依依，几枝粉红色的桃花在绿色中探出了笑脸，碧光闪烁的河水中还漂浮着一只只木船和几只小小的渔舟，有人向江中撒开了渔网……于是想起了高骈的诗句："蜀江波影碧悠悠，四望烟花匝郡楼。不会人家多少锦，春来尽挂树梢头。"李菡蕾也赞叹道："真是景色如画啊！"

蓦地，江边传来了一阵笑声，原来有人在洗衣、淘米、洗菜，甚至放鸭，牧童骑着牛下河饮水……河上有青石板铺成的桥，许多小船便从桥洞下悠悠地漂过……

望着江上的风景，李菡蕾对宋峰说："宋兄，你知道我为什么要到望江楼来吗？其实就是为了看看锦江。我喜欢锦江，也喜欢川西坝子的农村，特别是春天的早晨，一层薄雾轻轻地盖在田野上，绿绿的麦苗、金黄的菜花……'林盘'上飘出了缕缕炊烟，碧绿的麦苗上常常有几只白鹭飞过……这一切真是太美了！"说到这里她望着宋峰自嘲地笑了，"我是不是有些可笑？你们谈的是德先生、赛先生，我却在谈这些，你会不会觉得我是个小布尔乔亚？"

宋峰望着这个天真、活泼的姑娘摇了摇头，恳切地回答道："我也喜欢锦江和川西坝子的农村，这里得到了都江堰灌溉之利，自古就被称作'水旱从人，不知饥馑'的'天府之国'，农民的日子比我的家乡好过多了！"

两人说着话便走到了望江楼的薛涛井边。这望江楼在成都虽然比不上杜甫居住过的草堂，但也是个有名的地方，一千多年前成都士绅为纪念唐代女诗人薛涛，便集资在锦江南岸修建了木楼，命名"崇丽阁"，民间称之为"望江楼""吟诗楼"。据说这里是薛涛曾经居住过的地方，除了作诗，她还汲井水制出了漂亮的小幅诗笺，有深红、桃红、松花、云母等不同颜色，色彩绚丽，号"薛涛笺"，受到文人雅士的喜爱。薛涛井井水清冽，既可泡茶，也可酿酒。

由于长久没有人管理，小园一派萧瑟，亭阁歪斜，杂草丛生，四周的围墙也成了颓垣断壁，园外是茅屋农舍，园内除了薛涛井边有两家小茶铺外，几乎没有游人。

登上崇丽阁，可以看到江景，锦江上有的木船挂着白帆随风而去，也有一些上水船，纤夫们拖着纤绳逆水而行……阁上风很大，两人不一会儿便下来了。

宋峰看出李菡蕾已经走得累了，便邀她在薛涛井边竹林里的一个小茶馆里坐下，泡了两碗茉莉花茶，要了一盘素火腿（薛涛豆腐干加花生米）。老板说茶是用薛涛井水泡的，呷了一口，倒也清香甘冽。

李菡蕾揭开了盖碗茶的茶盖笑着说:"只成都喝茶这么讲究,时兴这种盖碗茶,北京人是用大碗喝茶的……"话题一转她又道:"想不到如今望江楼竟是这样凄清,薛涛生前生后都是红颜薄命了,这也是中国女人共同的命运吧!"说着,活泼开朗的她,竟露出了伤感的神色,叹了口气。

李菡蕾说得不错,薛涛幼年随父入蜀后,因能歌善诗,被当时的节度使韦皋看中,入了乐籍,以后曾与许多文人往来,出过诗集《锦江集》,韦皋还给予了她"校书郎"的官衔。她和唐代旅居成都的大诗人白居易、元稹、刘禹锡、张籍、杜牧等都交往甚密,相传和元稹还曾相爱,当然这段爱情佳话是以悲剧结束的,而她的晚景也十分凄凉……

可能是受到了薛涛爱情悲剧的影响,如今这望江楼竟成了成都一些年轻人殉情的"名楼",失恋后特意在这里投江自杀。

听了李菡蕾的感叹,宋峰便接口道:"是的,中国妇女受到的压迫实在太深太深了,她们也有过反抗,甚至还出现过像武则天那样的女性,但是在上千年形成的封建制度和伦理道德压制下,她们的反抗是何等无力啊!"

"你知道叔叔的夫人曾兰吗?也是个奇女子,也曾在报刊上发表文章,和叔叔一起批判专制制度,只可惜过早去世了!"

"曾兰?《女界》的主笔,她是吴老师的夫人?"宋峰惊奇地问道。他读过《女界》,还曾把它寄给妹妹宋岚,想不到这张报纸的主笔竟是吴虞的夫人,而且已经去世!他曾多次来到吴虞的"爱智庐",但从来没有见过师母,吴虞也从来没有提起过她,他也曾有过好奇,也曾想过要问候师母,但出于礼貌,始终没有触及。

"是啊!婶婶是个才女,也是个美女……"

"我曾拜读过曾兰先生的大作,想不到她已经仙逝,吴老师至今一人独居,想来伉俪间感情甚笃吧?"

"当然哪,婶婶出生在文庙前街,当时曾、吴两家只有一墙之隔,十五岁时她嫁到了吴家。过去叔叔被通缉到嘉定躲避时,两人几乎是一日一信,一个月来往信函竟有二十多封。你没注意叔叔的'爱智庐'里到处都是兰花吗?婶婶名叫曾兰,这些兰花就是纪念她的。婶婶幼年曾进入家塾,听说读《昭明文选》时,她不喜欢《三都赋》《二京赋》《子虚赋》《上林赋》等赋,却喜欢老庄和《史记》《汉书》《晋书》《南史》《资治通鉴》等书。结婚后,跟着叔叔,她接触到了新的思想,辛亥后第二年成都办了第一张妇女报纸《女界》,婶婶被邀担任主笔,她在成都最先提出了妇女解放问题,抨击了儒家种种男尊女卑的观点,主张学习西方,提高女权,重视女子教育。她还写过小说《孽缘》,反映包办婚姻下女性的悲惨命运,这篇小说先在成都发表,后来又刊于上海的《小说月报》,听叔叔说,这还是中国女性的第一篇白话小说哩。"

"太可惜了,这么一位难得的、有见识、有才能的女子,怎么竟会天年不遂呢?"听了李菡蕾的介绍后,宋峰动容了,忍不住叹息着问道。

"还不是因为军阀混战!"李菡蕾气愤地回答,"民国以后四川军阀连年内战,还在成都打起了巷战,为躲避战祸,叔叔一家搬到了西门外的万佛寺暂住,婶婶本来孱弱,到万佛寺后染上了病,药石无效,那年初冬竟去世了,刚四十岁!婶婶的去世,对叔叔的打击实在太大了!"

说着,两人都叹息起来,同时也为吴虞担心。

谈话间,两个心无城府的年轻人互相都有了好感。李菡蕾曾听过吴虞对宋峰的称赞,见面后觉得他人既长得英俊,风度又极儒雅,谈吐也不俗。宋峰呢?过去他认识的一些女孩子,都是矜持、文静、羞羞答答的,从没见过像李菡蕾这样活泼、开朗的姑娘,于是也留下了深刻的印象。

望江楼归来,看看天色已经不早,该是吃晚饭的时候了,宋峰便问道:"我请你去半边桥吃担担面和龙眼包子好不好?"

担担面和龙眼包子都是成都著名的小吃,李菡蕾也很喜欢,但善解人意的她知道宋峰的经济并不宽裕,不愿让他破费,但也不愿伤了他的自尊心,便摇摇头回答道:"我该回去了,回去太晚,要挨骂的,叔叔会等我吃饭。你还是赶紧向伯母禀告到北京上学的事吧,明天我们再见面!"

于是宋峰叫了辆黄包车把李菡蕾送回栅子街吴虞的家后,两人便分手了。

在父亲的影响下,李菡蕾自幼耳濡目染便向往着自由恋爱和婚姻自主,她还相信世界上绝对有"一见倾心"的浪漫,并且随时希望有这样的男子出现,让自己能够享有爱情的甜蜜。认识宋峰后,少女的心被打动了,她问着自己:"这是不是一见倾心呢?"

然而宋峰对李菡蕾却不敢有什么"非分"的想法,因为按家乡的习俗,在母亲的主持下,他在酒寨早已定了亲,经过"纳采"(送礼求婚)、问名(问女子名字及出生日期,男女双方要合"八字")、纳吉(送礼订婚)和应征(送聘礼)

这些繁复的过程后，只等决定婚期准备结婚了，母亲已经多次催促儿子早点把婚事办了，让她早点抱上孙子，让宋家有后，以了却她心里的一件大事。

定亲的姑娘是远房的一位表妹张美芳，人长得清秀整齐，织布、绣花样样得行，只是没有文化，和宋峰在一起时两人很少说话，也找不到啥话来说。宋峰和宋岚在外读书，姑娘常到宋家来探望他们的母亲宋张氏，陪她摆摆龙门阵，和她一起做针线，家里做了啥好吃的，也不忘给宋张氏送过来，因此很得宋张氏的欢心，只盼着儿子早点结婚。

宋峰知道，这个姑娘并不是自己理想的终身伴侣，但他不愿拂逆寡母的意愿，也不愿伤害这位老实的姑娘，就将将就就地默认了，只是心底里常常感到遗憾和矛盾，夜深人静时，会自己问自己：难道我这一辈子必须忍受这样一个没有爱情的婚姻？

关于到北京上学的事，他觉得老师吴虞的话确有道理，也是自己内心的愿望，于是便特意回到酒寨，把这事告诉母亲。

酒寨还是原先的老样子，一样的青石板路，一样的条石寨墙，一样的小酒馆和小茶馆，乡亲们还是一样的贫穷。由于军阀们搞起了"防区制"，捐税一年几征还要预征，乡下人便越来越穷了。只是宋岚见哥哥回来了，十分高兴，一见面就笑嘻嘻地说："哥，我有件喜事正想写信告诉你哩！"

一年不见，宋峰发现这个豆蔻年华的妹妹又长高了一些，亭亭玉立，是个美丽的大姑娘了，便笑着问道："你这么高兴，是啥喜事呢？"

"昨天黄校长把我叫到了办公室，对我说：'你学习成绩很好，又很努力，我和蔡老师想推荐你去重庆的二女师继续深造，不晓得你愿不愿意……'"

"你咋样回答的？"

"哥，能去二女师我当然高兴呀，可是想到上学的开销我又犹豫了，我亲眼看到为了让我们能上学读书，娘是咋样日夜操劳的，她天天熬更守夜地纺纱、织布、绣花、缝衣、做鞋脚，不到四十岁头发已经白了一多半……家里的田地已经快卖光了，娘哪里还有钱供我去重庆读书呢？所以我不敢答应……"

"放弃这个机会也太可惜了！现在正提倡勤工俭学，去法国留学的都是半工半读，你想过没有呢？"

宋岚笑了："哥，黄校长和蔡老师也是这样说的，黄校长还说，师范学校可以免交学费，生活费学校也有补助，我自己再俭省一点，就根本花不了啥子钱；

学习一年后,他和蔡老师还可以介绍我去当一段时间的小学教员,把薪水存起来后再继续上学。我觉得这法子不错,哥,你说呢?"

"这法子确实很好,小妹,你很幸运,遇到了真心育人、真心助人的好老师,你就下决心去重庆上学吧!我也准备转学到北大去,也是靠半工半读。我准备更勤奋一些,课余时间用心多写几篇文章,也可以给报社当通讯记者,自己挣学费和生活费,不让娘再着急、操劳了!"

宋张氏听儿子说要北上读书,最初心中确实不舍,也担心实在无法负担这笔开销,但听儿子讲了勤工俭学的打算后,不但放下心来,而且还有些高兴,心里想:"他爹在世时,便是个一心想干大事的人,心里想的全是国家、民众,儿子很争气,和爹一样,女儿看样子也是会有出息的……我虽是辛苦,但也算对得起他爹和宋家的列祖列宗,死后有脸见他们了……"

而唯一让她挂牵的是儿子的婚事,于是便说:"你要去北京读书,娘不拦你,但能不能先把婚事办了再去呢?你和美芳都不小了,按乡坝头的规矩,早就该当爹当娘了!"

宋峰摇了摇头:"娘,儿子还在上学,还没有出去做事,结了婚拿啥养活妻子儿女?美芳愿意等呢,就等我大学毕业以后;要是不愿等呢,就由她,我也不愿耽搁了她……"

宋张氏是讲究"夫死从子"的人,一贯不愿逼迫儿子,见宋峰说得坚决,这件事只得撂下了。

在黄骏飞和蔡仲瀚的推荐下,宋岚去到了重庆的二女师,学习一年后,黄骏飞果然推荐她到一所小学任教。教师待遇不低,中学教师月薪是四十元大洋,小学教师月薪也有十几元,省吃俭用一年可以存下不少钱。就这样,宋岚断断续续地一面学习一面工作,艰难地过了四年……

四年后,宋岚到成都进了成都大学预科。在这段时间里,她的哥哥已经大学毕业,为支持妹妹到成都上学,还寄来了一百元大洋。

四 新风

五四运动像一声春雷,打破了中国沉闷、死寂的空气,新文化运动的浪潮涤荡着整个中国。

有人认为，中国近代民众有三次觉醒：一是甲午后的戊戌变法，二是辛亥革命，三是五四运动。

宋峰刚到北大时，《新青年》的编辑们还没有明显地产生分化，不仅北大，整个北京的学界和文化界都异常活跃，胡适的《文学改良刍议》和陈独秀的《文学革命论》产生了巨大影响，在他们的倡导和推动下，新文化运动以雷霆万钧之势席卷着思想界和文化界，成为中华文明史上划时代的大事，造就了许多文化巨人，其中的杰出代表就是鲁迅。

鲁迅创作出了白话文小说《狂人日记》《孔乙己》《药》《阿Q正传》等一系列影响巨大的作品。在《狂人日记》中以"吃人"为题揭示了封建礼教对"人"的吞噬，并发出了"救救孩子"的沉痛呼声；在《阿Q正传》中，对专制主义、特权社会培育出的畸形的中国国民性，进行了深刻的鞭挞和剖析，塑造出了在文学史上不朽的典型……

"文学革命"的重要内容是提倡白话文，经过许多人的倡导和努力，白话文很快就代替了文言文的地位，濒临死亡的文化"复活"了，无声的中国变成"有声的中国"，连北洋政府教育部都规定，小学教材一律采用白话新课本了。

这一切都让年轻的宋峰受到了巨大影响和鼓舞。到北大后他也完全用白话文进行写作了，他还和一些同学共同组织了"新声社"，办起了刊物《新声》，思考着文化的前途与民族的命运。

对国民实行思想启蒙是当时一代进步知识分子的共识，宋峰和北大的许多同学都痛心地认为，中国之所以长期积贫积弱、饱受列强欺凌，根本原因就在于我们的"国民性"有问题。鸦片战争时，有人给英军带路；八国联军时，看见外国军队攻进皇宫还有人笑着看热闹……他们同意鲁迅的主张——必须"改造国民性"。当然，他们也认为，中国国民性并不是天生卑弱，而是几千年来的封建制度和伦理道德，扼杀了个人独立的人格，让人们变成了驯服的、没有思想的"奴隶"。因此，他们强烈地呼吁，中国需要的不是驯服的"奴隶"，而是有尊严、有个性、有独立意志的人，"自由平等的国家，不是由一群奴才建造起来的"。

《新青年》为青年们打开了一扇窗，它呼吁着科学和民主，也呼吁着人权的觉醒、人格的独立。于是青年们便给予了热情的响应，宋峰主持的"新声社"和刊物《新声》，正是在《新青年》的影响下，为研究思想革命和社会改革而成立的。

《新青年》创刊初期，主要的作者和编者都主张民主、人权、科学和个性精神，对国家和民族的前途深深地忧虑，怀抱着政治革新的理想，但"五四"后不久，编辑和作者就产生了分化，有的人已否定了民主和人权，放弃了思想自由的原则。随着编辑中产生的分化，《新青年》也不得不从北京复归上海了。

然而尽管如此，到北大后宋峰仍然感觉到沉睡的中国正在觉醒，而对他影响最大的是鲁迅的作品。阅读鲁迅的作品时，宋峰感觉到的辛辣、深刻和沉痛是阅读别的作品无法比拟的，让他感受到了这位伟大作家的呐喊与彷徨，希望和绝望，从而在心灵上产生巨大的震动。

《阿Q正传》在《晨报》副刊上刊出后，轰动一时，许多人都在猜测，"谁是阿Q？"爱好文艺的人更没有不谈论"阿Q"的，人们常常会用阿Q来形容许多现象和许多人。而宋峰也感到了鲁迅对国民精神的深刻透视和反省，不由得也问自己："我也是个阿Q，也在用精神胜利法麻痹自己吗？"

在这段时间中，李菡蕾和他有了更多的交往。

当时，部分青年学生已经开始追求自由恋爱和自由结婚，美丽、率真的李菡蕾便毫不掩饰自己对宋峰这位"老乡"和"宋哥哥"的好感，经常在星期天来找他，有时约他去逛颐和园或北海，有时约他去看电影。宋峰也曾想推托不去，但这位聪明的女孩子总是会想出各种办法让他无法拒绝——当然，内心深处他可能也不想拒绝，于是不知不觉间两人便越来越密切地交往起来。

这一天，同寝室的顾建文给宋峰开起了玩笑："宋兄，你的艳福不浅啊，有那么漂亮、那么活泼的女朋友！郎才女貌算是天作之合啊！"

顾建文来自重庆，个子不高，皮肤微黑，眼睛不大但极有神采。他性格直率，思想激进，在学校和一些同学组织了个"新潮社"，研究马克思主义，宣扬建设民主宪政社会，并主张，要建设民主宪政社会必须以现代伦理价值为基础，坚决扬弃传统伦理道德。他在北大的青年学子中有相当号召力。

听了顾建文的话，宋峰一惊，想想便明白，自己确实在不知不觉间和李菡蕾太过接近，可能已经掉进感情的旋涡了，以致引起同窗的误会。自己是早就定了亲的人，怎么能让李菡蕾产生什么误解和希望？于是沉默一会儿后便回答道："你误会了，我们只是同乡而已。我在家早就定了亲，妈已经多次催我回去结婚，我怎么会对李菡蕾产生什么非分之想呢？"

"你定亲了？是自由恋爱还是父母之命？"

"算不上自由恋爱,她是我远房的表妹,见过面,她没有上过学,但勤快、温柔,家母很喜欢她。"

"令堂喜欢?你呢?是你和她结婚,还是令堂和她结婚?"顾建文的语气咄咄逼人。

"家父早逝,为供我读书,寡居的家母付出了许多辛劳,我实在不愿拂逆她……再说,由男方提出退婚,对女方的伤害太大,特别在我们家乡……"

"你爱她吗?"

"我没想过,爱情对于我可能太奢侈了!"

"真没想到自诩为'新派人物''现代青年'的宋君还这么守旧、这么软弱!"顾建文摇头叹息着,"妻子是你的终身伴侣,你不爱她,她会幸福吗?你孝心可嘉,但却不应该用自己一生的幸福作为交换啊!"

"但是,你我都知道,新文化运动中的旗手们在生活中,面对传统的伦理道德时,反抗也并不激烈,胡适、鲁迅不是都应允了包办的婚姻吗?"

顾建文又摇了摇头:"我认为这正是传统文化给这些旗手戴上了沉重的枷锁,不是我辈应该效法的。总之,解除没有丝毫爱情的婚姻关系,对于婚姻双方来说,并不是痛苦,而是一种解脱。我提醒你,这件事你必须郑重考虑!你我都知道,包办婚姻造成了多少人间悲剧,难道你还想再当一次祭品?听说令尊也是一位参加过辛亥革命的维新派人物,他会满意你的选择?令堂难道又希望你一生都不幸?"

顾建文的话让宋峰无言以对,也让他不得不郑重考虑自己的终身大事了。

这个星期天,李菡蕾意外地并没有主动来约宋峰,一个人坐在学校的图书馆里,宋峰竟意外地感觉到了深深的寂寞和失落,眼睛虽然还盯在书本上,但上面的字迹好像都变得模糊了,什么也没有印进脑海里……他无法自己欺骗自己了,明白这是为了什么。合上书,走出图书馆,徘徊在校园的小径上,只觉得心乱如麻,本想去李菡蕾就读的师范学校找她,但想来想去,还是没有去……

又是一个星期天,李菡蕾又约他在北海见面了,十来天没见面,少女红扑扑的面庞竟变得有些苍白,还消瘦了好些,只是一双美目仍然明亮、清澈。她目光灼灼地望着宋峰,直截了当地问道:"听同学说你已经定亲了,是吗?"

宋峰尴尬地点了点头。

"你爱她?"

宋峰涨红了脸，低头沉默着，没有回答。

李菡蕾凄然说："可见你并不真正爱她……想不到你也是封建婚姻的维护者，也信奉父母之命，媒妁之言！"

宋峰嗫嚅着分辩道："我并不是要维护封建婚姻，只是家父去世很早，家母很辛苦，我不想让她再为我操心……"

"我想令堂也希望你结婚后能琴瑟和谐、白头到老吧？"李菡蕾并不理会宋峰的尴尬，"你们能做到吗？你不爱她，这样的夫妻岂不是同床异梦、貌合神离？"

宋峰语塞了。

李菡蕾又带着一腔幽怨含泪说："家父来信催我回去，说是家母病重，明天我就走了。宋兄，回去后我会想你，会给你写信的，请你好好想想我的话吧，希望你想清楚后能够告诉我……"

说完这句话，李菡蕾便掏出手帕揩着脸上的泪水，转身快步离去了，宋峰张了张口，想叫住她，却没有叫出声……

李菡蕾回到四川后，马上寄了信来，告诉他："妈患上了难治的肾病，我得在家陪陪她老人家，短期不能北上了。"以后每两天宋峰便会收到一封长信，信中并没有正面倾诉对他的思念，但字里行间却处处都可以感觉到她的柔情。面对这些娟秀的字迹，宋峰眼前又浮现出了李菡蕾那娇俏的面庞和深情的目光，真是"相思千万里，一书值千金"啊……在一个个不眠的夜晚，他忆起了服安眠药自杀的表姐，表姐竟用这种决绝的方式表达了对婚姻的绝望，看来婚姻真的若非天堂便是地狱啊，表姐的内心该有多少委屈、悲伤和无奈？是传统的封建婚姻葬送了善良、老实的表姐，也让表姐夫终生背上了负罪的十字架，难道我也要步他们的后尘，重蹈覆辙，再次上演这样的家庭悲剧？

宋峰意识到，自己的婚姻和表姐表姐夫的婚姻确有许多相似的地方，都是出于长辈的意愿和谋划，根本没有尊重哪怕是征求一下年轻人的意愿，也没有考虑双方到底合不合适，更没有想过婚后他们幸不幸福，考虑的只是传宗接代，而女人只是生孩子和做家务的机器罢了。这样的婚姻是他需要的吗？会出现什么样的后果呢？他不寒而栗了。

经过痛苦的反复思考，他不得不咬着牙下了决心：退婚！

但是，他不敢猛然把这个打算告诉母亲，怕母亲伤心；同时也想到，在中国农村，女方被男方提出退婚，会被认为是一件很丢脸的事，会让人看不起，甚至会让她以后难以嫁人……怎么办呢？他必须想出一个对母亲和女方都伤害最少的办法……思来想去，他只有向妹妹求援，于是便把自己所有的想法都写信告诉了妹妹。

在重庆读书的宋岚已经不是一个幼稚、天真的小姑娘了，她很理解哥哥的感受和各种想法。她早就觉得张美芳虽然温柔、贤惠，却不是哥哥理想的配偶，文化和见识上的巨大差距，会让他们很难产生"心心相印"的感觉，这桩婚姻既不会让哥哥感到幸福，也不会让张美芳得到妻子应该享有的尊重和爱恋。特别想到表姐的自杀，更让她对这桩婚姻的前景担心。于是，宋岚接到宋峰的来信后，便立即请假回到了酒寨。

宋张氏看到爱女突然回家，心里很高兴，但也有些诧异，便问道："学校放假了？你咋有空回来了？"

宋岚没有正面回答母亲的问话，只撒娇地说："我想娘了，也想吃娘做的咸菜和腊肉了！"

听了女儿的话，宋张氏笑了："死女子，娘还不晓得你的板眼儿，莫得要紧事你舍得请假回来？这么大了还馋嘴，我像你那么大自己都当娘了！"

说着便放下手里的针线活路，赶紧去灶房里取出了一块半肥半瘦的腊肉，洗干净后放锅里烧火煮了起来，又从坛子里拈出了几小碟节节菜、红豆腐之类的咸菜，还特地蒸了几个女儿爱吃的艾粑和叶儿粑。

川东一带乡坝头的主食是米和红苕，间或吃些麦面。麦面是各家各户自己用石磨磨成的，做成了麦粑、发麦粑等，场镇上才有卖"水面"（切面）和"干面"（挂面）的。而一般贫困人家则多吃糊糊、红苕、泡菜和咸菜。川东一带的女人极其善做咸菜，不论贫富，都会用萝卜、青菜、大头菜等普通蔬菜做成美味的榨菜、节节菜、萝卜干，等等，还常常自制水豆豉、豆瓣酱、红豆腐之类，一般做一次便可食用一年。中上人家杀了年猪后都会自己腌制腊肉、香肠，来了人客，推点豆花、煮块腊肉，便是上等的待客佳肴。

艾粑和叶儿粑都是川东人自制的点心。艾粑是在坡上采摘艾叶洗干净后切碎，丢在热水锅里，水开后把艾叶捞出，用力挤出水后再切细，与糯米粉和在一起用力揉，揉一个多小时后用洗净的气柑（柚了）叶或叶儿粑叶包成圆柱形上锅蒸熟。叶儿粑不只川东，川西也常做这道点心，有咸味和甜味两种。咸味的是把芽菜和猪肉（或腊肉）剁碎后炒成馅，甜味的是把冰糖、花生、核桃、芝麻的碎末用文火炒化凝成，外面都是用饭米和糯米混合的米粉团包裹，搓捏成圆柱状后再用叶儿粑叶子包好，最后上锅蒸熟。一般年轻人都喜欢吃咸味的。有了艾粑和叶儿粑，宋岚便不再吃饭了，只吃了两个粑。

晚上，两娘母坐在床边摆起了龙门阵。宋岚先有意提起了表姐的自杀，并且故意问道："娘，您说表姐不愁吃不愁穿，有儿有女，男人又有出息，还在外面做事，惹得好多人都眼气，她咋就想不开竟会寻了短见呢？"

宋张氏叹了口气回答道："家家都有本难念的经啊！女人嘛，不怕家里穷，不怕活路重，最怕的是男人对自己冷淡。你表姐外人看了风风光光，但细想来，她心里一定很苦，没文化，男人嫌她上不得台盘，搭不上话，跟外面的女人有说有笑，跟她冷眉冷眼地一天说不上三句话……这种日子不是一天两天、一月两月，而是长麻吊线莫个尽头。你说，这日子咋个过得下去？……唉，表姐也是个苦命人啊！"

"表姐夫是不是脾气不好，对表姐很凶呢？他打过表姐吗？"

"平心而论，表姐夫其实也是个讲理的人，外面莫得女人，也没听说过他打过骂过表姐，他也有他的苦吧？他是个体面人，心里想的是外面的大事，而表姐晓得的只是柴米油盐，两人有啥好说的呢？"

"娘，想起表姐和表姐夫，我就好担心一件事……您说，二天哥和美芳姐会不会也跟他们一样呢？……"

"呸呸呸，背时女娃子，你说些啥子啊？"宋张氏打断了女儿的话，认真地反驳起来，"你哥和美芳姐咋会跟他们一样呢？你美芳姐模样长得乖，性格也好，还有一手好针线，对老人又孝顺，周围团转哪个不夸我有福气，说了个好媳妇儿？你哥是个孝顺娃娃，为人厚道，断不会嫌弃她的……"

"娘，尽管您夸美芳姐千般好、万般好，可我还是不放心。表姐难道长得不好？难道莫得一手好针线？还生了一儿一女哩。她为啥过不下去要吃安眠药呢？哥虽然孝顺，虽然为人厚道，但表姐夫也不是不讲理的人呀……"

"我和你爹也是父母之命，媒妁之言，不也和和美美地过了一辈子？"

"娘，你们是你们，时代不同了，老皇历翻不得了！哥的这门亲事是他十二三岁时大人们定下的，现在他长大了，又在北京读了大学，这些年外面早就时兴了自由恋爱、婚姻自主，哥长得仪表堂堂，有文化、有本事，难道莫得女娃子喜欢他？他虽然并不想嫌弃美芳姐，但强扭的瓜不甜，他们真能心心相印、相亲相爱地过一辈子吗？"

宋张氏不作声了，好一阵后叹口气说："那咋办呢？婚事早定下了，也是他们的命啊！"

宋岚摇了摇头，坚决地说："娘，不能怪命！现在他们只是定了亲还没成亲呢，要想办法还来得及，我不能眼睁睁地看到哥和美芳姐走表姐和表姐夫那条路……老实告诉您吧，我就是为这事特地请假回来的，哥来信了，说是想退婚！"

"你哥要退婚？"宋张氏吃了一惊。

"是的。"

"唉，你们倒是一个比一个行势（能干），这事他说出口倒很轻巧，可是叫美芳咋办呢？你难道不晓得，男家要退婚在乡坝头可是件了不得的大事，以后妹仔儿咋抬头见人呢？"

"虽然暂时会有人议论，会有人说闲话，但总比断送他们一辈子强。再说，现在外面已经越来越开通，结了婚都有人离婚，何况他们还没结婚。美芳姐会明白这些道理的，我要跟她好好摆一摆……"

"美芳这妹仔儿对我一直很好，真像我的亲女儿一样，我不忍心哪！"宋张氏一阵心酸，便撩起围腰揩了揩眼睛。

宋岚也沉默了，她也明白，美芳确是个好姑娘……两娘母你望望我，我望望你，突然，宋岚拍拍手说："娘，我倒有个主意，干脆让美芳姐提出退婚，你再认她做个干女儿，这样既不会伤她的脸面，也算对得起她！二天再帮她找一个合适的人家，准备一份齐整的嫁妆，像嫁自己的亲女儿一样……娘，您看，这样行吗？"

宋张氏沉吟了好一阵才点点头说："让我再想想吧，不能亏了这女娃子啊！"

这一夜，宋张氏翻来覆去地想了又想，第二天早晨终于对宋岚说："岚儿，你和你哥都长大了，翅膀硬了，当娘的管不了你们，就依你说的办吧！"

早饭后，宋岚正想去找张美芳，张美芳却来了，进门就说："岚妹妹，听说你回来了，我来看看你。"说着递过一幅刚绣好的帐檐儿，"这是送给你的，绣得不好，你不要笑话啊！"

白洋布上绣的是一枝鲜艳的红梅和两只张嘴鸣叫的喜鹊，"喜鹊闹梅"是寓意吉祥的，绣工十分精致。

宋岚连连道谢后，便把张美芳拉进了自己的房里。

两人肩靠肩地坐在床边后，宋岚便笑着轻声说："美芳姐，娘很稀罕你，说你比我这个女儿还孝顺，想收你做干女儿哩！"

张美芳听后心里一沉，脸色陡地变了，她虽然没有上过学、读过书，但和酒寨的许多姑娘一样，绝顶聪明又极其好强，也是个外柔内刚的人，于是便紧盯着宋岚问道："收我做干女儿……干女儿？……啥子意思？"

宋岚嗫嚅着，一时竟不知怎样开口了。

宋岚吞吞吐吐的神情让张美芳更加疑惑起来，于是继续追问道："岚妹妹，告诉姐姐，你刚才说的话到底是啥子意思？"

宋岚伸手揽住张美芳的肩膀轻声回答："就是这个意思啊，娘夸你相貌好、脾气好，又能干，对她又孝顺，比我这个亲女儿强得多，所以想收你做干女儿哩……"

张美芳扳过了宋岚的脸，紧紧地盯着她的眼睛追问道："岚妹妹，你要老实对姐姐说，这是你娘的意思还是你哥的意思？"

宋岚垂下眼帘，躲开了张美芳咄咄逼人的目光回答道："美芳姐，你还不明白吗？这……这是哥的意思……"

张美芳的眼圈红了，拼命忍住快要流下的眼泪："岚妹妹，打开窗子说亮话吧，你哥到底是咋说的？你得一五一十告诉我！"

宋岚明白，她不应该，也不忍心含含混混地欺骗这个善良、贤惠的姑娘，必须尽早把实情告诉她，于是便尽量委婉地说："美芳姐，你听了不要怄气哈，哥说他大学毕业后不想马上结婚，想在外面做事，还想留洋哩，他怕耽误了美芳姐，想退了婚，让美芳姐另外找个好人家……而对外面的人呢，就说是美芳姐你家要求退婚的……"

听了这话，张美芳低下头好一阵子没有开口，后来终于掏出手帕使劲揩了揩眼睛回答道："岚妹妹，难为你们还想得这么周到，我和爹娘都多谢了……其实我早就翻来覆去地想过，你哥是洋学堂的大学生，我呢，只是个乡坝头的野丫头，两人原本就不般配，就没有这个缘分……俗话说强扭的瓜不甜，长痛不如短痛，要退婚，我也同意……我也不想嫁了后让男人瞧着不顺眼，逼得去上吊、吃毒药……伯娘对我好，喜欢我，我也晓得，请你转告她老人家，我不会让她老人家坐蜡的！"说完，便掩面跑出去了。

张美芳回家后向爹娘说了宋峰要求退婚的事，爹娘大怒，大骂宋峰是当代的

"陈世美",让张家丢了脸,高矮要去找宋张氏拿言语,还要去找族长和袍哥龙头大爷主持公道,讲道理,被张美芳死死地拦住了。她对爹娘说:"这事怪不得宋家伯娘,宋家伯伯早死了,儿子在北京读了大学,现在外面时兴的是自由恋爱、婚姻自主,她一个寡母子哪里能当儿子的家?爹,娘,我早就想过了,女儿没做啥见不得人的事,只怪自己没像宋岚那样死活都要去上学。女儿没文化,和文化人不般配,长痛不如短痛,早点退了婚倒干净!爹,娘,你们千万不要去闹了,闹起来反倒丢脸,外人要是问起来,就说是我们自己觉得不合适,高矮要和宋家退婚的……"

宋张两家悄悄地解除了婚约,宋峰收到宋岚的信后,一方面心里放下了一块大石头,感到特别高兴;另一方面也觉得有些对不住张美芳。但恋爱中的他是不会长久感到内疚的。毕业后,在李菡蕾的要求下,他回到了四川,在一所中学当起了校长,不久后便和李菡蕾结了婚。

让宋峰和李菡蕾都感到十分遗憾的是,他们曾经十分敬仰的吴虞老师"五四"后竟慢慢掉队了,他在北京有了狎妓之行还写了不少艳诗,以致受到抨击,搞得声名狼藉。他们为老师感到惋惜,但也有同情,认为也许是爱妻曾兰的早逝让他在悲伤和寂寞中产生了一种变态吧?

而宋张氏一直觉得对不住张美芳,后来在张美芳出嫁时,她果然让宋峰寄钱回来,给这个"干女儿"准备了一份丰厚的嫁妆。

第四章 诸侯之战

一 惨案

宋岚在重庆二女师半工半读地学习了四年,在黄骏飞和蔡仲瀚两位老师的帮助和推荐下,她每隔一年都会休学半年去一些小学教书,半年后有了一些积蓄又复学读书。省吃俭用的她终于有了一些积蓄,便离开家乡去到省城成都了。

为什么要到成都?因为这里有四川新成立不久的大学——成都大学(四川大学前身),而且这所大学和其他高等学校不同——要招收女生。这个崭新的大学自然对宋岚产生了极大的吸引力,经过考试,她被成都大学预科录取,一年后便可升入中文系本科了。

离开重庆前,这里曾发生了一件大事,这件事让宋岚痛彻心扉,遗憾终生。

原来,她十分敬重的、曾在秀江县女子学校教授国文课的蔡仲瀚老师在重庆的"三·三一"惨案中被杀害了!

这"三·三一"惨案是怎样发生的?

辛亥革命后,北方各省的政权仍然掌握在军阀特别是北洋军阀手里,随时伺机推翻南方革命政权,于是1926年国民革命军出师北伐。最初,国共两党表面仍在合作,而这一反对帝国主义和北洋军阀的战争也受到了广大民众的拥护。1927年北伐军胜利进入南京后,支持北洋军阀的英、美帝国主义开始进行干预了,悍然在军舰上炮轰北伐军,部队和南京平民均伤亡惨重,史称"南京惨案"。消息传到四川,四川民众群情激愤,共产党人吴玉章、杨伯恺等便在3月31日这天在重庆通远门打抢坝组织民众大会,声讨英、美帝国主义的罪行。上万民众踊跃参加,其中包括很多大学和中学的师生。当时蔡仲瀚已经离开秀江的女子学校,和黄骏飞一起到进步人士创办的中法大学重庆分校任教,他是大会的组织者之一。

师生们和普通民众一起，高呼着"打倒帝国主义""打倒军阀""国民革命万岁"等口号进入会场。

当时，四川的军阀队伍已经纷纷"易帜"，换上了"国民革命军"的招牌，但实际上对共产党、对革命十分仇视，于是一场精心策划的大屠杀发生了——当主席团成员到达会场，大会即将开始时，会场入口处陡地响起了砰砰砰的枪声，紧接着，会场四面八方都被密集的枪声覆盖，顷刻之间，会场变成了屠场……

人们从意外的震惊中终于意识到了处境的危险，有的在愤怒地抗议，有的在哭喊，有的在向外奔跑……但无情的子弹仍然在飞泻，许多人倒在了血泊里……

主席台更是枪弹射击的重点目标，当时蔡仲瀚正在主席台上，全身多处被子弹击中……

不仅会场被血洗，一些学校和报社也被暴徒捣毁，全市被枪杀两百多人，受伤七百多人。一些人深夜失踪，一些老师被剜心剖腹弃尸荒野，白色恐怖笼罩着整个山城。

这是"四·一二"上海发生"清党"和"政变"的前奏。

惨案发生时，宋岚为准备考大学的事正离开重庆回到了酒寨，因此躲过了此劫。惨案发生后她回到重庆，听到了蔡仲瀚不幸遇难的消息，心口上好像被插了一把刀，当场几乎晕倒。强忍悲痛，她要到蔡老师的遗体前向他做最后的告别，但没有人能告诉她遇难者们的遗骨到底去了哪里。她到中法大学重庆分校想向黄骏飞老师打听，但是空空荡荡的学校已是满目萧然，教师和学生都不知道流落到哪儿去了……

这场大屠杀极大地刺激了宋岚，在以后的许多日子里她彻夜失眠，女子学校里那些刻骨铭心的记忆总是闪现在眼前。她曾经希望自己大学毕业后能回到蔡老师的身边，和他一起工作，继续聆听他的教诲，但现在竟天人路隔，永无相见之日了……在悲痛中，她苦苦地思索着为什么像蔡仲瀚这样优秀的年轻人仅仅因为反对帝国主义的侵略，反对暴虐腐败的军阀，竟会成为被屠杀的对象；同时她也无法理解那些长期打内战、刮地皮、欺压老百姓的军阀，怎会一夜之间就变成了"国民革命军"的高级将领，还在光天化日之下，明目张胆地向老百姓举起了屠刀？

这是为什么？难道这一切就是"革命"？

父亲宋墨林在世时，因为她年纪尚小，便没有向她谈论起政治和革命，只是鼓励她要自强自立，她正是按父亲的希望努力的，但民国后的一切却让她迷惑和失望了。袁世凯称帝、张勋复辟、段祺瑞独裁、曹锟贿选、巴黎和会上国家受辱，以及二次革命、护法战争、北伐战争、军阀混战，等等，这一切在历史舞台上轮番上演，让人们应接不暇，一种深深的困惑和无奈便浸透了她的心灵……特别是这一次蔡老师的遇难和上千人的死伤，更加重了她的困惑和失望，于是她再也不愿谈论什么"主义"和政治，只希望自己能潜心研究古今中外的文学作品，能学有所成了。

女儿要远赴成都，宋张氏自然十分不舍，眼看儿子、女儿长大了，翅膀硬了，都远远地飞走了，只剩下她孤孤单单地在酒寨守着宋墨林的坟墓和几间老房，但她也明白世道变了，自己已经无法阻挡，只千叮咛万嘱咐要女儿凡事小心谨慎，并且记住多给她写信。

幸而隔壁的王凤英和琬玉姑娘还经常过来陪陪她。琬玉自小便长得乖巧可爱，爹爹宋云飞惨死后她没有办法去上学，只是寒暑假宋岚回家时抽空教她识字，读一些唐诗宋词和白话文。

宋岚考上成都大学预科时，和前些年不同，女子上学已经不是什么稀罕事。除成都大学开始招收女生并实行了男女同校外，读"陪嫁书"这一特殊习俗竟开始在巴蜀大地上流行起来——上过学的男人自然希望老婆也接受过新式教育，而没有多少文化的军阀、绅粮们也认为娶上有文凭的女人脸上有光。于是为了学习新派人物，为了让女儿出嫁时身价更高，一些乡下的土老肥和城里的体面人家纷纷送女儿进学校。这也是一种"投资"，出嫁时在女家陪嫁的抬盒里常常会摆出一张初中或高中的文凭……

当然，女大学生还是凤毛麟角，与"读陪嫁书"的并不可同日而语。

成都大学是四川大学的前身，校长是保路运动中的风云人物张澜。

张澜是四川南充人，早年曾以廪生资格就读于成都的尊经书院，后到日本东京弘文书院攻读师范，明治维新后日本的富强以及对教育的重视给他留下了深刻印象，回国后便在家乡开始兴办新式学堂，创办了小学、中学和女子中学，开四川女子教育之新风。辛亥革命时期他曾担任川北宣慰使、嘉陵道尹、四川民政长（省长），有"川北圣人"之称。五四时期他正在北京，新文化运动和蔡元培在北京大学的所作所为对他有很大影响，在筹建四川第一所综合大学——成都大学——的过程中，他发挥了重要作用。

张澜被人称作"布衣校长",就任校长后他提出了"打开夔门,广纳英才,欢迎中外学者来川讲学"的口号,派出专人到省外聘请国内外知名专家到校讲学和任教。在延聘教师时,张澜既注意到"蜀学宿儒",更欢迎吴虞、李劼人等新派人物,吴虞从北京回川后,便受聘到成都大学中文系任教了。当时曾有人反对聘请吴虞,说:"吴又陵(吴虞号'又陵')不忠不孝,怎能为人师表?"他反驳道:"吴虞是有名的反孔英雄,学校正需要有这种人讲学!"

张澜学习蔡元培的办学思想,主张学术自由和思想自由,校内各党各派、各种学说兼容并包。重庆"三·三一"惨案后,军阀刘湘曾下令逮捕了中共成都大学特支书记,但由于张澜力争,最后不得不将此人无罪释放。事后张澜还以校长名义出了一张布告,宣称:"大学为最高学府,包罗众有,学生对于各种主义之学说,均可尽量研究,以求真理之所在。"

成都大学的校歌是:

> 岷山峨峨开天府,
> 江水泱泱流今古。
> 聚精会神生大禹,
> 近揆文教远奋武。
> 桓桓熊熊起西土,
> 锵锵鸣凤叶东鲁。
> 和神人,歌且舞,
> 领袖群伦吾与汝。

成都大学是四川高等学校中第一个招收女生的,宋岚进校时,各系都已有女生了。

从川东到成都没有平坦、宽阔的马路,也没有车。清康熙时,四川有了条直通京城的驿道东大路,但这只是条狭窄的土路,土路上常常会响起嘚嘚的马蹄声,马背上有人高喊着:"闪开,闪开,八百里加急!"民国后川东人要上"成都省",士绅们主要靠坐轿子和滑竿,而一般穷苦人家主要靠步行了。

由于交通不便和民风闭塞,秀江县除了少数经商、挑力和要到外面求学谋事的人外,男人们很少愿意远行,女人们更不用说了,除了偶尔在县内走走亲戚、赶赶香会外，一般是不会出门的。出门的时候还要选择黄道吉日，有"七不出门，八不归，九九出门多是非"之说。

因此，宋岚独自一人要到"成都省"上学，自然会让母亲十分担忧，也遭到过亲戚们的劝阻。但是，性格倔强、已经在重庆见过世面，又当过小学教员的她，早已不是一个胆小羞怯的小姑娘，她对母亲说："娘，现在女儿已经长大成人，世道也不一样了，北京、上海那些地方不光女学发达，好些女人和男人一样，都在外面做事，还有人出国留洋哩！女儿要去成都上大学，只不过是为了多学些本事，以后能够自立，能够服务社会，能够给自己和女人们争口气，对得起老师和爹的教导……"

宋张氏也晓得，倔强的女儿打定主意后是九头牛也拉不转来的，女儿不愿意依赖男人养活，她也同意，但当妈的对儿女总是会有说不尽的担心，随着女儿长大成人，她的忧虑又多了一层："俗话说女大十八变，这丫头真是越长越好看了，都说她长得像画儿上的人似的，已有好几家差人来说媒了，只是这丫头坚决不答应……女娃子长得这么乖、这么打眼，千里迢迢，一个人孤身在外，会不会出啥事呢？"

她把自己的担忧告诉了女儿，但女儿只笑着回答："娘，您放心，大学是文明的地方，我会注意，不会出事的！"

宋张氏还是不放心，到处打听有没有乡亲要到成都去，终于打听到酒寨有两个姓郑的远房表亲是生意人，要到成都进货，她便特地上门拜托，请他们在路上务必费心照料女儿，两人都爽快地应承了，宋岚便跟着他们上了路。

为了省钱，一路上大家多是步行，实在太累了宋岚就会坐一会儿滑竿，两个郑表叔会骑一站马。虽然是民国了，但由于连年的军阀混战，民生凋敝，沿途的景况十分凄凉。由于庄稼收成不好，一些穷人只得靠抬滑竿或出租溜溜马为生。军阀们强迫百姓种鸦片，并且通过买卖鸦片烟赚大钱，以致四川鸦片泛滥，一些穷人也染上了鸦片瘾，在路上往往可以听见他们在向过路的人们哀告："先生，请坐滑竿吧，相因（便宜）得很，只打发几个烟饭钱……"

他们中的一些人抬上一两年滑竿后就倒在路边，再也起不来了……

沿途每十几二十里便有一个么店子，这里有店面破旧、楼板嘎吱吱响着的栈房，门口挂个长方形白纸号灯，上面写着"未晚先投宿，鸡鸣早看天"，栈房的主人扯着嗓子长声吆吆地高喊："先生，请坐，有回锅肉、粉蒸肉、红烧肉、河水豆花、刚上气的'帽儿头'（大碗米饭）……"说是栈房，但住宿的地方只是稻草上铺张草席或篾席，不管男人女人都是几十个人一起睡通铺，只是女人在另一间房里。冬天，可以自己到柜台上去取铺盖，席子上、铺盖上虱子、臭虫起堆堆……

栈房里也有"上官房"，是供达官和有钱人住的，宋岚实在不愿和陌生的女人们挤在一张通铺上，只得多花钱去住"上官房"。哪晓得这"上官房"里仍然只有一张破板床，铺盖和席子都已经发黑，幸而她自己带了铺盖卷，打开铺了，但只要一睡下，前来光顾的臭虫仍然一个接一个地牵线线，不一会儿，身上便有了指头大的疙瘩……

酒寨到成都不过八百来里，却走了十天。

二　皇城巷战

成都大学预科在皇城里。

成都城中有城，大城、皇城、少城三城相重，自秦代张仪、张若创筑成都城后，城址除有所扩展外，和它的城名一样，已沿袭两千多年未迁移和改变，这在中国的大城市中是绝无仅有的。

皇城在成都市中心，这里唐代有摩诃池和节度使府，杜甫流寓成都时曾陪节度使严武在此泛舟，五代前蜀后蜀曾在此大修宫室园囿，是皇家宫苑所在地，有凤楼龙阁，雕梁画栋，还有碧波荡漾的摩诃池水，苏东坡曾在《洞仙歌》一词中写过"冰肌玉骨，自清凉无汗。水殿风来暗香满。……"北宋灭蜀，又经过元时的破坏，这里的宫殿先后被毁，成为野草丛生、狐兔出没之地。明朱元璋封其子朱椿为蜀王后，在这里重建了蜀王府，并且确立了南北中轴线，建成了东西对称的庞大建筑群。作为仅次于皇宫的亲王府邸，它的建筑格式、布局基本上仿照皇宫，类似北京的紫禁城，只不过规模小了许多，成都百姓便称之为"皇城"，前面的牌楼、拱桥、空坝统称为"皇城坝"。张献忠入蜀时，藩王府是大西国皇宫，后被他焚烧。康熙时，省会由保宁迁还成都，在这里的荒坝上修建了考试的贡院，王府正殿殿基上修建了至公堂，前殿殿基上修建了明远楼。辛亥革命时，皇城成为军政府所在地，准许人们随便参观，于是，皇城坝便成为一个小摊贩、小饮食店聚集的地方，由于聚集的回民众多，这里的牛肉食品最为有名。

大学的女生宿舍在皇城一间老旧的平房里，房里住了四个女孩子，都是中文系的——当时成大中文系招收的女生最多，除宋岚外，还有宋轻雪、姚梦茹、王丽珠。四个女孩子住在一间屋里，年龄相差不多，又都在中文系，于是每天凑在一起叽叽喳喳、嘻嘻哈哈，好不热闹。而最让宋岚感到意外和高兴的是，那个名叫宋轻雪的漂亮女孩儿也是酒寨人，父亲竟是被人称作"宋氏三杰"之一的宋修名。

宋修名是老同盟会员，长期在外经商，辛亥革命前，以此为革命筹措经费，和宋岚的父亲宋墨林既是亲戚又是挚友。辛亥革命后，看见许多志同道合的同志已为革命牺牲，而百姓在"共和"体制下仍然受着专制统治的痛苦，军阀混战，连年不止，一些过去标榜"革命"的人，竟成为新的官僚政客，政治腐败，争权夺利，他不愿同流合污，便拒绝到国民政府任职，成为一个真正的商人了，经常往返于海外，长期未回过酒寨。他去世后，两个儿子都留在了国外，而妻子邓毓秀是成都人，想念家乡，便带着小女儿宋轻雪回到了成都。

仔细算起来，宋轻雪是宋岚的堂妹。

进大学时，宋岚已经是一个美丽、文雅的大姑娘了，眼睛里没有了天真和稚气，但仍然清澈得像一泓秋水，全身自然流露出一种超尘拔俗的优雅。比宋岚小两岁的宋轻雪，和宋岚一样，也是个亭亭玉立的美人，但两人的美却各不相同。宋岚有细长的柳叶眉，肤白如雪，充满了一种古典美，刚强的性格隐藏在温柔、娴静的外表后面。而宋轻雪却热情、活泼、泼辣，高高的鼻梁、红红的嘴唇，腮边有两个逗人的酒窝，微微上翘的眼睛里常常像跳动着火焰。当时年轻的女性都时兴束胸，而她却从不束胸，再加之又喜爱游泳、打球，因此高耸的胸部和细细的腰肢，让她的全身充满了一种西洋少女般的健康美。

这宋氏姐妹二人很快便成为学校里男生们注意的中心，人们曾背后议论，这两人到底哪个更美，哪个算是学校的"校花"呢？结果有人主张是宋岚，而有人主张是宋轻雪……

同寝室的王丽珠，圆圆的脸、细长的眼睛、小鼻子、小嘴，长着一张可爱的娃娃脸，一副小鸟依人的模样，是成都本地人。另一位女生姚梦茹则是成都附近的新繁县人，稍稍胖一些，皮肤白皙，腮帮上有一些雀斑，人很直爽，极爱说话，是几个人中的"大姐"。女孩子们凑在一起，夜晚躺在床上总有摆不完的龙门阵，而且最喜欢摆"鬼"，似乎越是吓人大家便越喜欢听。姚梦茹的鬼龙门阵最多,常常是"故事会"的主角,这天晚上在大家的央求下,她又绘声绘色地讲了起来:"你们晓不晓得,这女生宿舍就曾经闹过鬼!听说这地方过去是坟地,埋过好多好多死人,一个军阀的小老婆就埋在这里。这小老婆是冤死的,有段时间她每晚都会出来,于是半夜房间的窗子外面总会响起高跟鞋走路的咔咔声——是旗人穿的那种高跟鞋,木头底子的。走到宿舍的窗子边就停下了,等一会儿又会'咔咔咔咔'地走回去……好多人都听见过哩,胆大的开门一看,门外啥都莫得……

"在我们学校校医室的住院部,有个女生还曾经亲眼看见过吊死鬼哩!一天晚上,这个女生独自一人睡在病床上看《聊斋志异》,突然,觉得门缝缝在动,不一会儿,一个女人竟从窄窄的门缝缝里挤了进来,双手拿着根绳子,望着她笑……这位女生大吃一惊,赶紧坐了起来,但转眼间那女人就不见了……这女同学平时胆子很大,心想是不是自己眼花了,便又躺下去继续看书,但心思已不在书上,眼睛总忍不住要瞟向门缝缝。不一会儿,门缝缝又动了,那个女人又挤了进来,手里仍然拿着根绳子,仍然望着她笑……女生猛地又坐了起来,但转眼间那女人又不见了……这时,我们这位大胆的女同学也感到害怕了,本想马上跑到隔壁的房间去,但她知道,隔壁的病房里也只有一张单人床,而且床上睡了两个人——是顶顶要好的两位女同学,她去了,睡在哪里呢?再说,她又怕被人耻笑是'神经病',自己吓自己,于是又躺回床上……哪晓得,门缝缝第三次动了,这次从门缝缝里挤进来的不光是个女人,背后还跟了个男人,两人手里都拿着绳子,女人不再笑,而是瞪着眼睛满脸怒容……吓得这位女同学大叫一声,跳下床连鞋都没穿便夺门而出,跑到隔壁拼命捶门,当隔壁的同学把门打开时,她浑身发抖,话都说不出来了……"

"太吓人了,这是真的吗?"王丽珠的声音发抖了。

"这是人们编的《聊斋》吧,哪有这样的事?"宋轻雪道。

"哪是编的《聊斋》?是真事,好些老同学都晓得的!听说这校医室住院部以前也是坟地哩!"姚梦茹认真地解释。

这些故事听得姑娘们毛骨悚然,虽然不十分相信,但还是害怕。因为她们都知道,被军阀随便枪毙的姨太太和老百姓确实不少。曾在军阀混战中打进成都,被北洋政府任命"督理四川军务善后事宜"的杨森,便有妻妾多人,其中被公认的便有十二人,有个姓曾的姨太太十四岁时被迫嫁给他当了七姨太,以后在上海读书时和一个男同学产生了感情，被杨森知道后，便命人将两人都打死了……

而现实中发生的一切，却比鬼故事中的情景更让人恐怖。

民国后，四川军阀为争夺地盘长期混战，混战中，省城成都多次发生巷战，大学所在地皇城便屡遭兵祸，说这里本是坟地，埋了许多死人，并非虚话。

四川是中国的缩影，辛亥后，在外国势力的操纵下，中国军阀间混战不止，直皖战争、直奉战争、江浙战争、中原大战……打得热火朝天。而四川自滇军、黔军以"护国军"名义入川始，短短二十年间军阀间的战争竟达四百七十余次。滇军曾驻扎在成都的皇城，士兵哗变后在城里大肆抢劫，川军和滇军在城内展开了巷战，川军用大炮轰击皇城，滇军便向民房泼上洋油乘风纵火，还向救火者开枪，以致被烧死打死的百姓不计其数，人烟稠密的皇城坝及皇城坝附近的街道都成为一片焦土。

除了滇军，黔军也曾在成都和川军巷战十余天。

苦战半年，川军终于将盘踞川省五年的滇黔军驱赶出境，但以后自己内部又有了刘湘、杨森的"速成系"，邓锡侯、田颂尧、刘文辉的"保定系"，以及熊克武的"一军系"，几大系之间乃至几大系内部忽战忽和，忽敌忽友，各有"防区"，互争地盘，混战不已。当时成都商业场内一布店贴出了这样的春联：

冷淡商场，可怜几日未开张，好比猿猴空跳舞；
凄凉国事，只为频年都打仗，闹得鸡犬不安宁。

在军阀混战中，成都曾三次发生巷战，在每次的巷战中市中心的皇城都成为争夺的目标，而地处皇城的四川大学（1931年底国立成都大学、国立成都师范大学、公立四川大学合并为国立四川大学）校本部和文学院也就在劫难逃了。

在军阀田颂尧和刘文辉的一场大战中，大学文学院旁由煤渣长期堆积而成的"煤山"是当时成都市区内最高的地方，于是便不幸成为两军争夺的"制高点"，刘文辉的二十四军占据了大学的前门，田颂尧的二十九军占据了大学的后门，准备围绕煤山进行争夺。四川大学文学院院长、教育院学长等教职员和一批学生共三百多人，便被围困在炮火之中。

军阀混战让学校早已被迫停课。这一天，姚梦茹接到家里来信，让她回家相亲，王丽珠则是想趁停课时回家去取换洗衣服，于是两人便回了家，只有宋岚和宋轻雪还留在学校里。在宿舍的书桌前，宋岚整理着近日的课堂笔记；宋轻雪认真地阅读着鲁迅的《呐喊》，准备在读书会上发言。

陡地，在她们周围响起了乒乒乓乓的声音，打破了宿舍里的宁静。最初她们以为是附近的商铺或住户在放火炮，但这声音越来越响，越来越密，还带着尖锐的呼啸声和轰隆的爆炸声……随着震耳的巨响，宿舍的房顶和墙壁都颤抖起来，瓦片、泥土、石灰哗哗地落下，桌上、床上、身上都有了灰尘……两人放下手中的书本，惊恐地面面相觑，从未经历过的恐怖向她们袭来……

这时，一个身材挺拔的男生突然跑到门边焦急地对她们大声喊叫道："外面在打仗，宿舍快倒了，危险，你们赶快出来，快，快！快到操场上去！"

宋轻雪认识这个男生，是英文系的乐云辉，校篮球队队长。

两人听到喊声便冲出了宿舍，跑到了外面的操场上。当时操场上已经聚集了不少人，有老师，也有学生，大家议论纷纷，有的大骂军阀，有的被吓得变脸变色，个别女生还哭了起来。从大家的议论中，宋岚和宋轻雪才明白，原来皇城一带已经是军阀巷战中的主战场。

枪声和炮声一直没有停歇，教室和宿舍都在不断地倒塌，硝烟弥漫中，师生们停留在这里显然十分危险，于是文学院院长向楚便对大家说："皇城已沦为战场，我们必须设法尽快离开，诸君有何建议，请尽快提出！"

惊慌的师生你看看我，我看看你，一时之间都没了主意，想不出一个妥当的突围办法……后来还是乐云辉开了口，他镇静地、胸有成竹地大声说："枪炮无眼，盲目地乱跑乱冲肯定不行。我刚才仔细地听了听，发现这枪炮声虽然响得很厉害，但其实是有规律的——每隔一段时间便会停止一二十分钟，向老师，我们便可以利用这一二十分钟赶紧突围……"

向楚沉吟了一下点点头道："乐君说得很有道理，这倒是一个办法……"说罢便和别的教师商量起来。

惊慌的教师们哪里还想得出更好的主意呢，纷纷表示同意了。

于是向楚便对大家说："现在我们就按乐君的办法突围吧……只是突围时千万不能乱跑，以致自相踩踏。乐君，你就暂时担任总指挥，指挥大家突围吧！"

"向老师，时间紧急，我也不推辞了……"乐云辉点头道，"我们这三百来人中，男学生占大多数，老师不多，女生也不多，这样吧，男生四人一组，每组负责保护一位老师或一位女生，枪声一停，我会跑在前面，大家便跟着我冲出去……"

说着,他立刻把男生们分了组,并且落实了各组保护的对象。

按照乐云辉的建议,师生们突围成功,没有伤亡,也没有踩踏。让人遗憾的是,学校大部分校舍在战火中成了断壁残垣,仅川大图书馆奇迹般地没有被炮火击中,一批珍贵的图书典籍得以保存。但许多学生包括宋岚和宋轻雪的书籍衣物都在战火中被毁,事后也没有任何人向她们道歉或赔偿。

在这次军阀混战中,不仅皇城,成都许多街巷的民房也成了废墟,刘文辉部死亡六千多人,田颂尧部死亡四千多人,而百姓死亡八千多人,另有两万七千多人被迫逃往他乡。

战乱中,乐云辉镇定沉着、机智勇敢的表现,给师生们留下了深刻的印象,一些女生便对他产生了特殊的好感,其中包括眼界甚高的宋轻雪,她对宋岚说:"想不到这个外貌俊秀文雅的人,危急中竟能处变不惊,指挥若定,真是难得!"

姚梦茹和王丽珠返校后,大家谈起了这次巷战,宋岚便说:"梦茹常爱讲鬼故事,但阳间的恶鬼比阴间的可怕多了,我们真是往鬼门关闯了一番哩……"

在当年四川大学的《本大学大事记》上曾有这样一段话:"十一月十六日,开始停课,是日午后二时,川战爆发,四川二十四军据本大学前门,二十九军据本大学后门,互为攻守。本大学东偏煤山一带,斗争尤烈,文学院院长向楚、教育院学长邓胥功暨教职员学生之留校未及走避者三百余人均被围困于校内……"

为躲避这场浩劫,是年学校不得不提前两月放假。

三　芙蓉城

成都为宋岚翻开了生活中新的一页。

到成都后,虽然有一些惊险甚至恐怖的遭遇,但省城特有的风情既让她好奇,也深深地吸引着她。

过去,在物产并不富饶、土地有些贫瘠的家乡时,她曾有些不解地问过自己,为什么四川自古就被称作"天府之国",而到了成都之后,她才明白,真正的"天府之国"其实并不是整个四川,而是在享都江堰灌溉之利的成都平原。正是由于两千五百多年前蜀郡守李冰领导古蜀的先民们修建了都江堰,这个水患频仍的地方才变成了沃野千里、水旱从人、时无荒年的"天府"。

她读过许多赞美成都的诗篇,李白的"九天开出一成都,万户千门入画图";杜甫的"晓看红湿处,花重锦官城";陆游的"成都海棠十万株,繁华盛丽天下无"……

她知道,成都又名"芙蓉城"——成都城区对穿九里半,周绕四十里,后蜀孟昶曾在成都城墙上遍种芙蓉,深秋时灿若锦绣,于是有了"芙蓉城"之名。

她感觉到,这个被都江堰哺育、热的时候并不过热、冷的时候并不过冷的地方,物产极为丰富,被称作"既丽且崇"的城市,似乎总是弥漫着一种"慵懒"、悠闲、潇洒和多情的气氛,与秀江乃至重庆都很不相同。她想,可能"少不入川"的说法就缘于此吧?

望着少城公园里的"辛亥秋保路死事纪念碑",她想起了曾领导同志军围攻成都,后来在反袁中惨死的堂叔宋云飞,在回忆的痛楚中,从宋云飞她又想到了家乡酒寨。

和富饶的成都平原相比,酒寨无疑是贫穷而落后的,但她仍然对家乡感到深深的眷恋,她怀念莲花峰上的岚影、秀江碧波中的孤帆、铺满青石板的小街和弥漫在空气中的酒香;思念着寺庙中简陋的女子中学和那些循循善诱的老师,思念虽然贫穷但淳朴刚烈的人们,也想念茅屋里的温暖和母亲慈爱的目光……

为了实现对人生新的追求,为了像父亲希望的那样,成为新时代的新女性,她不得不离开了这一切,但她从来没有忘记,即使在梦中也常常和它们相聚……

痴痴地望着矗立云天的"辛亥秋保路死事纪念碑",宋岚又有了一个新的疑问——她确实很难想象,在锦城悠闲甚至慵懒的人们中竟会爆发出石破天惊的壮烈,甚至影响了中国历史的进程……她想,也许在悠闲的外表下面,成都人灵魂深处却有着对家乡深沉的挚爱,以及勇于牺牲的血性,正如《蜀都赋》中的另一句话:"刚悍生其方,风谣尚其武",正因如此,在历史的紧要关头,才会爆发出那种轰轰烈烈的行为吧?

城中有城的成都,最吸引宋岚的是它的"少城"。

何谓"少城"?土生土长的成都女孩儿王丽珠曾向她解释:"少城在清代又名满城,康熙时,一支两千多满蒙人组成的队伍到成都驻防,为了保持满汉不通婚、互相少来往,这支队伍最初驻扎在城外,后来旗人越来越多,清廷便规划出了一座城中之城,这就是满城——满人居住之城。旗兵不能随便离开满城,汉人也不准进入。辛亥后八旗兵解散,满城的城墙也被拆除,满人的特权消失了,满城的名称也逐渐消失，汉人可以随便进入了，于是这里便出现了许多汉人建造的、具有明清特色的小院，这里的大街小巷都是绿树环绕，鲜花盛开，十分清幽，确是居住的好地方，许多汉族的新贵和有钱人都在这一带建房居住了。"

的确如此，宋岚课余时，曾多次挽着宋轻雪徜徉在少城的街道和小巷里，迷恋和惊奇于它们的美丽。这里不但有夹道的绿荫，而且这绿荫还各有特点，有的桂蕊飘香，有的槐花满目，有的芙蓉环绕，幽静的"公馆"鳞次栉比。这些"公馆"都是一些美丽的小院，大门后面有影壁，影壁后面是种了花木的院子，院子里总是种着竹子、梅、兰、菊、桃、李、柚子、枇杷、海棠、紫荆、银杏、桂花之类。就连一些穷人家住的房子，天井里也有几十株花草。往门里看去，许多人家在客厅或廊下还摆着盆景，有苍松翠柏的，有梅兰菊竹的。家家户户都有自己的水井，井水不仅绝不会干涸，而且水质清冽，可以饮用。木质的房屋是穿斗式榫卯结构，有精致的雕花木门、裙板、玻璃推窗，宽敞明亮。有的公馆面积很大，是两进、三进或四进。民国初年四川省副都督夏之时在少城东胜街居住的一个大院就有四进，院内还有一座二层楼房以及水池、球场等，俨然一个小公园了。

行走在这些大街小巷上，宋岚不仅觉得心旷神怡，而且仿佛听到了历史的脚步声。这样的感觉让她着迷。

初到成都时，宋岚曾经十分惊讶地发现，这里的大街小巷居然会有那么多茶馆，而且每个茶馆都从早到晚热热闹闹地挤满了人，这是家乡秀江和重庆所没有的，让她不但惊奇而且反感。后来在成都住久了，她才逐渐明白，原来成都人几乎把茶馆当成了自己的第二个家，一碗馨香的、漂着白色小花的茉莉花茶，让他们在喧嚣的城市中能得到平静、闲适和安逸，茶馆里既可以品茗吟诗、亲友聚会，又可以"拿言语""讲道理"，还可以打麻将、说书卖唱乃至谈生意……除此之外，茶馆还是许多袍哥的"堂口"。

对民俗和民间文化饶有兴趣的她，开始研究这独特的"茶文化"。她发现，成都茶馆里的座位绝对不会是硬邦邦、冷冰冰的一张板凳，而是平稳、贴身的靠背竹椅或靠背藤椅，坐在上面即使闭目养神也不会摔倒。茶具则更为讲究，绝不仅仅是一个粗陋的大碗或茶缸，而是特殊的"三件头"——包括瓷碗、瓷盖和铜制（或锡制）的托盘，这托盘被成都人称为"茶船子"。幺师前来掺茶时，更宛如在炫耀地"耍把戏"：左肩搭条白毛巾，左手卡着一大摞黄铜茶船和细瓷茶碗，右手提着亮晶晶的紫铜茶壶，走到茶桌前，潇洒地左手一抖，当啷一声撒开了茶船子，转眼间，每位茶客面前都摆好了一个，随着咔咔咔咔几声，茶碗巴巴适适地落在了茶船子上，幺师再卖弄地提起铜壶，从几尺远的地方一个"雪花盖顶"，每个茶碗便都掺满了滚烫的开水而且滴水不漏，最后还来一个"海底捞月"，拇指把茶盖从碗底一挑，稳稳地盖在了茶碗上……

王丽珠曾告诉她："有的成都人早晨四五点就起床到茶馆吃茶，还有一种'鬼茶馆'专门从凌晨卖到天亮。晚上，茶馆里常有人说评书、弹扬琴、唱清音、讲圣谕……好些人在茶馆里一坐就是一整天，深夜都舍不得回家哩……"

同班的男生赖弘文是宋岚的追求者之一，和王丽珠一样，也是成都本地人，知道宋岚对成都的民俗很感兴趣后，便热心地告诉她："成都的茶馆还有一个特殊的'身份'——它们是袍哥'码头'的办公室和联络点，各公口的舵把子们会在这里办公。在人来人往的茶铺里集会既不容易惹人注意，又便于接待，还不会连累家人。袍哥如果在本地翻了船，仓皇逃来时，就会到码头去'亮底'（投靠告帮），茶馆就是他们'亮底'的地方。保路运动中，各码头都在茶馆里插上了同志会的旗子；民国后，在茶馆里设立袍哥码头的更多，有的还设了两三个码头哩……"

除了极喜欢坐茶馆外，宋岚发现，成都人还有一个特点就是"喜遨游"——特别喜欢游乐，各种节日之多让来自外地的她似乎应接不暇，有时甚至觉得，潇洒的成都人似乎天天都在挖空心思地想出各种花样儿玩耍。以过年为例吧，便有许多和别处不同的讲究：除夕中午要吃晌午，这是团年饭；除夕晚上要穿上新衣点上香蜡，烧上纸钱敬神，并吃"年饭"，然后全家一起守岁；三更后再给所有的牌位点上蜡烛鸣放鞭炮，高喊："出天方啰！"黎明就相互拜年……正月初一要游武侯祠、望江楼及方正街丁公祠，名曰出行；初五、初九、十五日再游武侯祠；初七名曰"人日"游草堂；正月十六日登城墙漫游，名曰"游百病"。此外，还有正月的灯会——从正月初八起，各大街的牌坊灯便要竖起来，初九名"上九"，全城各家各户都挂出了灯笼，商家们更争奇斗妍，有的是玻璃彩画灯，画的是"三国""西厢""红楼""聊斋"等。灯火璀璨，摊贩齐聚，人群熙熙攘攘，热闹非凡，这灯会一直持续到正月十五日耍了龙灯后才结束。而过年之后紧接着便是二月初二的游锦江，二月十五日开始的青羊宫"花会"，四月初八在望江楼和沙河堡"放生"，端午节在望江楼下观看龙舟竞渡，九月初九到鼓楼或望江楼登高，等等。

对于"游乐"和"节日"，年轻好动、渴望自由的学子们倒是并不反感，甚至是很欢迎的。而在所有的游乐活动中，年轻的女大学生们最感兴趣的当然是"赶花会"了，于是到成都后的第一个初春，农历二月一个风和日丽的日子，宋岚、宋轻雪、姚梦茹和王丽珠便一起去"赶花会"。

成都人有"二四八月乱穿衣"之说，虽然只是农历二月，全国许多地方还是春寒料峭的日子，但成都已是繁花满眼，红梅、绿梅、粉梅盛开，茶花还没有凋谢，杏花、桃花、海棠乃至芍药又竞相开放，气温上升到既可以穿夹衣也可以穿单衣的程度，时髦的"摩登儿"们已经争相"亮膀膀"了。为了赶花会，四个女孩子也都稍稍地打扮了一下，喜欢素雅的宋岚和平时一样素衣黑裙，但在乌黑的头发上破例地扎了个娇艳的绯色蝴蝶结，衣襟上插了朵绯色蔷薇花；宋轻雪则特地穿了件软缎印花旗袍，脚下是银色缎面高跟鞋。姚梦茹看着她俩打趣道："你们这一对姊妹花，在班上是班花，在学校是校花，在花会应该是会花了！"

赶花会的习俗已经沿袭了一千多年。为什么花会的会址是在城外的青羊宫？原来，成都的文化基因中有许多和道教相近的地方，相传附近的鹤鸣山是道教的发源地，青城山是道教的名山，而青羊宫则是著名的古道观，农历二月十五日是道教教主太上老君的生日，青羊宫要举行庆典，而二月十二日是百花的生日，这两个庆典恰巧遇在了一起，于是"喜邀游"的成都人便从二月十五日开始在青羊宫赶花会了。

不但赶花会，成都还有"青羊宫内会神仙"的传说。相传太上老君曾牵着青羊来到这里，年年李老君生日时，各洞神仙都会来此聚会。于是赶花会时，一些人便会到青羊宫内拜神仙、摸铜羊——据说这铜羊有病的摸了可以治病，无病的摸了可吉祥平安。几个女学生当然都不相信这些，只是混元殿旁"神仙馆"前的一副对联引起了宋岚的兴趣，上面写的是：

　　舍得钱换得钱　生财有道
　　朝求仙暮求仙　祸福无门

宋轻雪也注意到这副对联了，于是点点头和宋岚相视一笑。

花会的会场并不豪华，但却充溢着市井的热闹。在临时用篾席搭成的一排排席棚里,有许多丝绸、瓷器、字画、古董、玩具、竹编和日用百货的小摊,席棚外则是买卖花树、盆景以及农具种子的地方。赶花会自然应该买花,宋岚看中了一盆素心兰,但想了想,这里离学校太远,又根本没有一条真正的道路,出城门后沿途都是窄窄的、坡坡坎坎的田坎,便罢了。宋轻雪也想买花,但她穿的高跟鞋已经让她苦不堪言,几乎崴断了鞋跟,也只得罢了。

对于好吃的成都人说来,花会上自然免不了各种小吃,钟水饺、赖汤圆、担担面、叶儿粑、荞凉粉、甜水面、三合泥、珍珠丸子、夫妻肺片……应有尽有。除了小吃,一些名餐馆,如"朵颐""沙利文""海棠春""姑姑筵"等也都在会场上设了临时餐馆。

除了吃的用的,花会上还有演出场所,耍猴戏的、耍把戏的、放西洋景的、打柳连柳花鼓的、演皮影戏和木偶戏的、拉二胡唱小曲的……全都聚集在一起。除此之外,卖打药的、吹糖人的、捏面娃娃的、转糖饼的,等等,也都前来凑热闹。

花会上还有一个特别的项目名叫"国术打擂",又称"打金章",是一些武术名家和四川军政当局举办的。见张贴的广告上有"女子打擂"和"学生打擂",几个女孩子便都动了好奇心,特地前去观看。

走过二仙庵,穿过八卦亭,看见在一片草坪上搭了个一人多高的"擂台",土筑的,擂台前有不大的空坝,用竹栅栏围着,几个人买了入场券便进去了。

让她们失望的是,进去后才知道,这里根本没有啥"女子打擂"和"学生打擂",广告上的宣传只不过是为了招揽看客而已。

擂台上有一个手执小铜铃的主裁判和一个手执蓝白小旗的"执旗裁判",四角上也各有一名裁判。实行的是"三打二胜",参赛者用抓阄或抽签的办法确定对手。比赛时先赛资格,再赛蓝章——优胜纪念,复赛银章——取十名,最后再复赛金章,即金质奖章,并决出一、二、三名。得了金章的,顿时身价百倍,擂主要把金章挂在他们的胸前,然后打马游街,并差专人前往获奖者的家里或工作单位张贴烫金大喜报,亲友要为他们设酒宴祝贺……获金章后便可去川军队伍里当武术教官,或当巨商大官的保镖,也可以自己开武馆。

当然,江湖险恶,打金章不可能绝对公平,帮会、袍哥乃至官府各种势力往往插手,有的塞包袱,有的拉交情。报上曾载,有一年一个农民参加了比赛,对手是一位川军手枪连连长,事先连长曾找过这位农民拿言语,要他在擂台上主动认输,事后会给予重酬,但这位耿直的农民没有答应,于是当他获胜后,便被一群丘八提着手枪追杀,终于惨死……

几个女孩子在打金章的场子里看了一会儿后,觉得兴趣不大,便走出场子到别处游玩。

其实,赶花会和赶庙会等一样,最大的热闹不是别的,而是"人看人"——特别是"男人看女人"。前人对花会曾写下了这样的诗句:"二月春风涨曲尘,青羊仕女艳于春","青羊仕女艳于春"和"长安水边多丽人"一样,应该是花会最突出的特点了。

气候温和的成都,赶花会时年轻的女人们都脱去了臃肿的冬衣,穿着最漂亮的衣服前来。一些时髦的"摩登儿"还会仔细地涂脂抹粉、描眉画目,用火钳子烫了卷发,踏着高跟鞋,穿着"亮膀膀"的绸缎或乔其纱旗袍,戴着金项链、金膀圈、金耳环,矜持地昂着头在花会上招摇过市,成为花会上最独特、最引人注目的风景。

女人们争奇斗艳,男人们自免不了"猎艳"的心理,姚梦茹便说出了从家人处听来的一个笑话:一位女人穿着一身薄薄的妃色乔其纱衣裙在前面走,从后面看去,裙裾飘飘,袅袅婷婷,宛如仙女,一群年轻男人欣赏之余便一齐快步赶上前去,盼望着欣赏天姿国色……哪晓得回头一望竟大失所望,于是互相说了句"不堪回首"便散了。

而宋岚和宋轻雪等几个女大学生,人既长得漂亮,风度又极其优雅,一些庸脂俗粉根本无法和她们相比,自然就成为人们注意的中心。有人指指点点,有人悄悄议论,女人们的目光里有羡慕和嫉妒,男人们的目光里更复杂得多,几个穿着笔挺西装的年轻男士甚至公然上来搭讪,客气地"请教""蜜斯们"的姓名和住址,表示愿意请她们喝茶或吃饭,以致几个女学生不得不"落荒而逃",赶快离开了花会……

宋岚本和女孩子们约好,赶花会后要沿浣花溪去工部草堂,有带篷顶的渡船停在浣花溪畔,只要招招手便会载人过去。溪水清澈,有的地方水下的游鱼都看得清清楚楚,不少人在溪边的树荫下钓鱼。但看看日已西斜,郊外又不便行走,草堂之行终于作罢,只待以后再专程前去瞻仰了。

四　防区·割据

宋岚远赴省城后，宋张氏便常常惦念着孤身在外的女儿，于是便拜托到成都进货的郑二表叔抽空来看看她。这位郑二表叔曾经陪宋岚一路到成都，这天下午便专程来到四川大学了。

川大的女生宿舍是不允许外人随便出入的，于是他们便在简陋的学生会客室里见了面。

母亲带来了亲自腌制的、女儿极喜欢的香肠、腊肉、豆瓣酱、红豆腐和各种咸菜，望着表叔从麻布口袋里掏出的这一大堆东西，宋岚的眼睛湿润了，她明白，这些东西都是并不富裕的母亲省吃俭用、千辛万苦积攒下来的，包含着多少浓浓的母爱啊！

她请表叔在会客室的藤椅上坐下后，又从温水瓶里倒了开水，用瓷杯泡了杯茉莉花茶，双手捧着恭恭敬敬地放在藤椅边的条桌上，微笑着说："实在麻烦表叔了，给我带来这么多东西，还难为您一直送到了学校，本该让我自己去取的！"

郑二表叔有一张酱红色的长方脸，眼皮似乎总是下垂着，像打瞌睡的样子，但有时猛一睁开，目光却十分犀利。他本是个庄稼人，后来却做起了生意，常常往来于成都、重庆和秀江之间，在乡坝头算是个有出息、有见识的人。他听了宋岚的话便摆摆手回答道："我是看到你长大的，客气个啥？如今乡下人也开通了，你一个女娃子能到省城上大学，给家乡争了光啊！"

"郑表叔，家乡现在咋样，听说秀江县已经是田颂尧的防区了，捐税重吗？有没有预征呢？"宋岚问道。

原来，自讨袁时滇军和黔军趁机进入四川后，便全部控制了川南的盐场、重庆的商埠，自署官吏，截留税款，这便给四川的防区制开了先例。滇军、黔军退出四川后，四川的军阀们向督军衙门要粮饷，督军衙门无法支付，就允许各地的驻军在驻防地区就地筹款军用，于是便正式形成了四川特有的"防区制"，一直延续到民国二十三年（1934）中央军入川前。

"防区"即"割据"，大小军阀各霸一方，成为独立王国，军阀是防区内的"土皇帝"，民政、财政、教育、交通、建设、税收等一律听命于他，地方官吏也被军队控制或任命。于是军阀和地方官吏互相勾结，对百姓横征暴敛，土豪劣绅也与军队勾结,采取加收附加税等办法,坐地分赃。

更厉害的是,军阀们还竟相实行税收"预征",有的一年预征两三次,有的一年预征七八次,于是有的已经预征到了"民国八十年"(1991),而有的更预征到了"民国一百年"(2011)!

为了争夺富庶之地或扩大防区,军阀间便不断地打仗,这就是四川军阀混战的根源。

听了宋岚的问话后,表叔端起杯子喝了口茶摇摇头感慨地回答道:"如今的捐税多如牛毛,有七八十种了,比满清时还多,就连每年庆祝'双十节'点了彩灯,警察局也要征啥子'灯油捐',秀江县有个先生曾贴了副对联,上联是'千古未闻双十节',下联是'一家要出两三元'……秀江县的预征已经从今年征到民国六十八年(1979)了!"

"真是民不聊生啊!"宋岚叹息道。过年回家时,她曾亲眼看到过,母亲为了上税怎样四处借贷,也曾看到每逢赶场的日子,地保便要到四街敲锣,向百姓催要粮款,如果拒绝不交便要被抓。一些穷苦百姓只得把衣服、铺盖都抱到当铺去换钱交税,当铺常常挤得水泄不通。有时,当铺缺钱了,关了门,一些妇女便抱着要送进当铺的衣物在街头号啕大哭,一把鼻涕一把眼泪地哭诉:"天老爷,这日子咋过呀!"

她曾读到过在上海读书的四川巴中学生在刊物《朝曦》上写的一副讽联:"说声派捐税,团长派,保长派,估派滥派,指名官派,胡乱鬼派,硬起心肠由你派;讲到收洋钱,场上收,乡下收,明收暗收,不怕手收,只怕天收,尽防尸骨无人收。"

郑二表叔从腰上抽出烟杆和烟荷包,点燃叶子烟后吸了两口,又喝了两口茶,叹口气说道:"是啊,百姓的日子难过啊!如今棒老二多如牛毛,上不起捐税的人,有的逃跑,有的为匪。一些人一会儿是丘八一会儿是土匪,'军匪一家',只晓得向百姓派款派粮抽税,恨不得荞麦皮里也要榨出油来!土匪头子被招安后,摇身一变就成了旅长、师长……现在乡坝头一些日子比较过得的老实庄稼人,晚上根本不敢睡在家里,怕被抢,怕被'拉肥猪'、被撕票……大侄女,你是大学生,你说说,国民政府为啥不管呢?"

"唉,如今有枪便是草头王,哪个敢管他们?再说,地方上的官吏本就是军阀任命的,他们还不是狼狈为奸,共同欺压老百姓……"

"是啊，可我们酒寨的百姓也不是好惹的，我给你摆个抗捐的龙门阵：前些日子田颂尧又想出了个新花样儿，要收啥'国防捐'，县长便向各乡摊派，先是叫各乡的团正到县政府开会。在会上，一听说又要收捐，团正们都不开腔，大家鼓起眼睛，你望望我，我望望你，晓得这是个烧红了的炭圆儿，不好捏，后来我们酒寨的宋团正——老族长宋茂行的儿子——说话了……"

"他咋说呢？"团正是乡里的行政、军事长官，宋团正也是宋岚家的亲戚，和惨死的宋云飞曾是朋友，宋岚知道这是条敢作敢为的硬汉子，在酒寨很有威望。

"宋团正说，啥子叫'国防捐'？依宋某愚见，应该是中国和外国打仗，为了保家卫国要补充军费，才收国防捐。如今我们是哪个跟哪个在打仗呢？二十九军是不是中国人？二十四军、二十一军是外国人吗？自伙子打自伙子还要交国防捐，这好像说不通吧，名不正则言不顺，我们咋向下面解释呢？

"宋团正说得有理，这番话正说到了大伙儿的心坎儿上，于是团正们七嘴八舌议论起来，都同意他的话，县长下不来台，只得凶眉日眼地瞪着宋团正，恨恨地说，过两天他要亲自到酒寨'点团'——就是召开全乡大会。

"宋团正赶回酒寨后，连夜召集甲长、牌首和士绅们开会，大家都支持抗捐。他又派人和附近的几个乡联系，各乡都有自己的民团，都有几十百把个团丁，见宋团正打了头阵，便都同意抗捐。

"县长带着田颂尧的一连丘八来'点团'了，宋团正的办公地点本在火神庙，但这天火神庙里清风雅静，连个人花花都莫得……县长晓得宋团正在躲他，便派了个挎盒子枪的马弁去宋家叫他。哪晓得刚到宋家门口就被两个彪形大汉不问三七二十一缴了械，宋团正还对这个马弁说：'请你带个信，帮我们问问县长，要文来还是武来。文来呢，我们两个单独谈；武来呢，他只有一连人一百来条枪，我们却有三百多团丁、三百来条枪，还有庄稼人的锄头、扁担、大刀……'

"酒寨的民团有军号，还有团锣，一时间号响锣鸣，吓得县长脸上红一阵白一阵，只好应承愿意'文来'……和宋团正交涉时，他抬出了田颂尧的二十九军，但宋团正回答，现在已经有六个'团'带信来愿意一致行动，以后恐怕会变成全县抗捐，邻县说不定也会响应，军队要是前来弹压，激起大规模民变，后果如何，还请县长三思……

"听了这一席话，县长只得灰溜溜地走了，我们酒寨人总算出了胸坎儿里的一股恶气！"

表叔讲得眉飞色舞，宋岚听得也很开心，但她仍然为母亲和酒寨的乡亲们担心，担心县长和田颂尧都不会善罢甘休，更大的报复可能会落在酒寨头上。幸而不久后田颂尧被别的军阀打败，离开了这片防区，"国防捐"也就不了了之。

第五章　似水流年

一　读书会

在张澜学术自由、思想自由的办学方针指导下，成都大学及后来的四川大学出现了许多活跃的学术团体。在活跃、热情的宋轻雪倡议、组织下，中文系成立了"新文学读书会"，讨论和研究中国的文学革命和新文化运动。

在重庆"三·三一"惨案的刺激下，宋岚只感到无奈和失望，再也不想介入什么"主义"和"政治"，只让自己埋头读书，潜心研究，偶尔兴之所至，会给大学的刊物写点短诗和散文。

宋轻雪和宋岚却迥然不同，她没有那么多的困惑和失落，"三·三一"惨案和随之而来的"清党""政变"不仅让她震惊和悲痛，更多的是愤慨，她曾直言不讳地说："辛亥革命本来就是一场不彻底、不成功的革命，许多投机分子假借革命之名混进了革命队伍，但当时机来临时，他们便立即背叛了孙中山和三民主义，向真正的革命者举起屠刀！中国要想真正实现自由、民主，必须再来一场革命，而且是彻底的革命！"

"三·三一"惨案的消息传到成都后，成都国民党左派和市工会、农会、学联等单位便联合组成了"重庆三·三一惨案成都后援会"，当时即将中学毕业的宋轻雪不但积极参加"后援会"的活动，而且成为代表之一，向驻守成都的刘文辉、邓锡侯两军长请愿，要求国民政府惩办凶手，还参加了"后援会"组织的游行。当然，这些声援和抗议在随之而来的"清党"和"政变"中，都没有起到任何作用。

"四·一二"后，成都的军警曾以"共产党"之名秘密逮捕了成都大学一位李姓学生，校长张澜得悉后，立即委派教授前往质询和抗议，理由是：第一，被捕的李某系成都大学在校学生，即应逮捕也应事先通知学校，由学校交人；第二，如说李某是共产党员，应有证据，他破坏社会秩序的犯罪事实也应有证据；第三，此种无犯罪证据的非法捕人行动，已使成都大学学生人身自由无保障，以致人人自危，不能安心读书，影响了学校教育正常进行。根据这三条理由便要求将李某立即释放，否则学校将把事实真相公诸社会舆论评议。

在张澜的力争下，通过各方面的努力，李某被保释了。但这件事在张澜和成大学生的心里却留下了巨大的阴影，并成为以后导致张澜辞职的原因之一。

"新文学读书会"要讨论和研究中国的"新文学"，包括文学革命和新文化运动，自然离不开鲁迅。鲁迅的作品哺育和引导了一代中国知识分子——特别是年轻人，让他们在彷徨和迷茫中看到了明灯，找到了方向。因此，读书会多次对鲁迅的作品进行了研究和讨论。

手不释卷的宋岚曾读过许多作家的作品，有的语言隽永，文字优美；有的充满了忧郁和感伤；有的具有喜剧的幽默和夸张；有的气势磅礴，雄伟豪放；有的虚幻奇异，天马行空……但只有鲁迅的作品让她震撼，也让她深思，而且每读一遍都会有新的、不同的感受。思想的深邃、语言的精练以及包含在其中的犀利、辛辣和沉痛都深深地打动了她，她认为他和屈原、杜甫等一样，是中国文化史上的巨人。

在读小说《孤独者》的时候，当读到耳边总有一种声音"隐约像是长嗥，像一匹受伤的狼，当深夜在旷野中嗥叫，惨伤里夹杂着愤怒和悲哀……"宋岚便想，这难道不正是鲁迅先生自己的写照吗？

她记住了鲁迅先生在《灯下漫笔》中的一段话："中国人向来就没有争到过'人'的价格，至多不过是奴隶，到现在还如此，然而下于奴隶的时候，却是数见不鲜的。"中国的历史"一、想做奴隶而不得的时代；二、暂时做稳了奴隶的时代"，"而创造中国历史上未曾有过的第三样时代，则是现在的青年的使命！"

在读书会上，大学生们热烈而坦率地争论起了对鲁迅不同的看法。

姚梦茹说："我总觉得鲁迅先生有时过于偏激，譬如在和新月派进行论争时，他把梁实秋称为'丧家的''资本家的乏走狗'；在和林语堂论争时，他说'我不爱幽默，认为是以制作笑声来掩盖血腥的现实'……他也讽刺过'男人扮女人'，他自己在古典文学方面的造诣极深，却劝告青年不要读古书，这一切，是不是太极端、太尖刻，以至放弃了一些本来应该团结的同盟军？"

王丽珠吞吞吐吐地微笑着轻声附和道："我也觉得鲁迅先生可以再温和一些，

像胡适那样宽容而平静不好吗？……"

宋轻雪立即激烈地反驳道："没有沉痛的深入骨髓的剖析，没有辛辣的讽刺，那就不是鲁迅了！鲁迅先生为什么弃医从文？因为他认为'文艺是国民精神所发的火光，同时也是引导国民精神前途的灯火'，从一开始他就是抱着改造国民思想的目的从事写作的。他认为，'所谓中国的文明者，其实不过是安排给阔人享用的人肉的筵宴'，主张'扫荡这些食人者，掀掉这筵席，毁坏这厨房'。正是由于他对中国传统文化的深入研究，才发现了传统文化中的糟粕，发现了古书中有许多可恶的、毒害人甚至'吃人'的东西，青年们很可能上当受骗，因此才异常决绝地劝诫大家不要读古书。他可能在某些地方有点极端和偏颇，但是我认为，对于麻木的中国人，矫枉必须过正。同时我还同意他那句话：'从喷泉里出来的都是水，从血管里出来的都是血'，'有缺点的战士终究是战士，完美的苍蝇也终究不过是苍蝇'！"

姚梦茹笑着推了宋轻雪一下："好个宋轻雪，真是个雄辩家！你是在讽刺我吗？"

"轻雪不是在讽刺你，这确是鲁迅先生的原话。"宋岚插嘴道，"我也曾和姚梦茹一样，认为鲁迅先生似乎过于尖刻，但当我仔细读了他更多的作品后，才发现在那冷冰冰的面孔下，汹涌着怎样的热情、沸腾着怎样的热血啊！呐喊与彷徨、希望和绝望、确信与质疑的矛盾一直贯穿在鲁迅先生的心中，他曾万分沉痛地说，中国的历史一个是想做奴隶而不得的时代，一个是暂时做稳了奴隶的时代，这短短的一句话，何等简练而又何等深刻、沉重，你们仔细想想，难道不是这样吗？对麻木的阿Q们，他是哀其不幸而又怒其不争。他总是把希望寄托于青年人，认为创造新的时代是青年们的使命……"

"这位学妹说得很好！"一个浑厚的男低音插了嘴，原来这是英文系的乐云辉来参加"读书会"了。这个身材高大的年轻人，浓浓的眉毛，炯炯有神的眼睛，轮廓分明的五官，平时不苟言笑，但笑起来时会露出一口整齐、漂亮的白牙，瞬间脸上宛如掠过了一道阳光，把周围都照亮了。他在大学里很活跃，也很有号召力，不但是校篮球队队长，而且在皇城师生被军阀巷战围困的紧急关头，曾镇静地、有条不紊地带领大家突围。他和宋轻雪就是在这次事件后熟悉起来的，经宋轻雪的邀请，参加了读书会。随他前来的还有另一个英文系的学生赵俊扬，一个面孔白皙、戴了副金丝托立克眼镜的年轻人。

"我喜欢鲁迅先生的作品!"乐云辉开门见山地说,"他不是好斗,而是在为民族精神的自新战斗,他将矛头指向贫弱、麻木的国民精神,也绝不容忍那些所谓的正人君子包括屠夫们的帮凶愚弄民众!他的风格犀利、坚决,对国民性劣点的研究、揭发、攻击、肃清始终不懈,他主张直面人生,而且一直是这样做的。《狂人日记》不只是一篇小说,更是一篇宣言、一篇檄文,揭露了封建礼教'吃人'的本质,发出了'救救孩子'的呐喊,这应该是中国文学史上第一部彻底反封建的小说吧?在《阿Q正传》中,他再次对传统文化进行了尖锐、深刻、辛辣的批判和剖析,他的笔触直接指向了贫弱麻木的国民精神,犀利甚至尖刻地指出正是封建传统文化,正是几千年的专制制度,培养出了中国畸形的'国民性',瞒、骗、怯弱、贪婪以及特殊的'精神胜利法'……他一直在为改造国民性战斗!"

"我同意乐君的看法!"宋轻雪微笑着看看乐云辉,"阿Q无疑是文学史上一个伟大的典型,请问在座诸君,我们的身上——也包括我自己,哪个又没有阿Q的影子呢?鲁迅先生面对被压制、被消遣、被侮辱、在黑暗的社会中被毁灭而不知道反抗的人们,他是多么沉痛、多么悲哀啊!"

"其实,"宋岚举起了手,"鲁迅先生不只剖析别人,也在深刻地反省自己。他曾说:'我知道我自己,我解剖自己并不比解剖别人留情面。'又说:'中国现在的人心中,不平和愤恨的分子太多了。不平还是改造的引线,但必须先改造了自己,再改造社会,改造世界,万不可单是不平。至于愤恨,却几乎全无用处。'这些话都是我们应该牢牢记住的。"

"我同意蜜斯宋的话,我们都应该反省一下自己了!"西装革履的赵俊扬夸张地拍了拍手,还给宋岚送去了一个讨好的微笑。

"我们还应该记住,鲁迅先生曾说,人固然应该生存,但为的是进化;也不妨受苦,但为的是解除将来的一切痛苦;更应该战斗,但为的是改革!鲁迅先生对青年人是寄予厚望的,他曾说:'扫荡这些食人者,掀掉这筵席,毁坏这厨房,则是现在的青年的使命!'让我们都担当起这个使命吧!"乐云辉浑厚的男低音十分有力。

宋轻雪拍起了手,宋岚点了点头。看看宋岚,赵俊扬也拍了拍手。

姚梦茹看着大家,举起双手笑道:"好了,好了,我的看法不对,我投降,我投降!"

读书会上讨论的另一个热点是鲁迅笔下的妇女，女学生们对这方面更感兴趣，在讨论这个问题时，出于种种考虑，她们没有邀请男生参加。

爱读书的宋岚被大家推举在会上做主题发言——这也正是她一直在关注和研究的题目。她重新认真阅读了鲁迅有关女性的作品，研究了鲁迅塑造的各种女性形象，包括祥林嫂、子君、爱姑、单四嫂子、华大妈、四铭太太，等等，发现她们虽然生活在不同的环境中，有的蒙昧顺从，有的开始觉醒，有的逆来顺受，有的开始反抗，但是她们仍然无法掌握自己的命运。最让她震撼的典型是祥林嫂，祥林嫂曾经激烈地企图反抗，但其结果不仅肉体上，而且精神上、灵魂上也被封建礼教彻底地撕裂和摧毁……子君是另一个敢于反抗的青年女性，但结果也是一场无可奈何的悲剧。

是的，中国的女性好像一直被排斥在"人"的范围之外，不但政治上、道德上、法律上、经济上如此，连日常所用的语言中也打上了深深的烙印，诸如"妇人之见""妇人之仁""头发长见识短"等。大诗人白居易早就感叹过："人生莫作妇人身，百年苦乐由他人……"

鲁迅在许多作品中，都揭示了男权文化的阴影，对中国妇女的命运寄予了深深的同情。在《我之节烈观》一文中，他向封建礼教猛烈开火，控诉了封建统治者利用"节烈"这一精神枷锁迫害和侮辱女性的罪行，讽刺说："总而言之，女子死了丈夫，便守着，或者死掉；遇了强暴，便死掉……皇帝要臣子尽忠，男人便愈要女人守节。"他大声疾呼："要除去于人生毫无意义的苦痛，要除去制造并赏玩别人苦痛的昏迷和强暴"，提倡男女平等，妇女解放，并尖锐地指出："中国女子倘不得到和男子同等的经济权，我以为所有好的名目就都是空话。"

讨论进行得很热烈，女大学生们从《伤逝》中的子君，谈到了易卜生的娜拉，以及现实中的种种问题，她们感慨地意识到，尽管发生了辛亥革命，尽管发生了五四运动，但古老的中国仍然是一个男权中心的社会，封建思想和封建伦理仍然左右着妇女的命运，社会上仍然存在着许多荒谬的现象：

一些人结婚时在大门上贴上了这样的对联："宁立平等地，不结自由婚。"

有的母亲在定亲前会搓几个纸团，写上几个姑娘的名字，让儿子拈，拈到哪个算哪个，说这是"撞天婚"。

结婚时虽然新郎官穿上了西服，但新娘仍然要盖上红盖头、坐上花轿。女人的主要作用仍然是传宗接代，如果结婚几年没有生娃娃，男人便有权娶小老婆。

女人如果不堪虐待想要离婚，便会被视为"不守妇道"，被人看不起，无法抬头……

王丽珠摇着头，可怜巴巴地叹息着："自古就是红颜多薄命啊！"

"想想看，为什么自古以来'红颜'就薄命？"宋轻雪反问道，"就是因为自古以来男女便不平等，女人不能和男人一样受教育，一样在经济上独立，女人只是男人们的'玩偶'，是他们发泄性欲和传宗接代的工具！这一点鲁迅先生是看得很清楚的，他曾在文中写过娜拉出走后会怎样，认为没有独立能力的娜拉将不是堕落就是不得不重新回来，《伤逝》中子君的遭遇绝不是偶然的！"

"是的，由于几千年封建伦理的影响，又没有经过西方文艺复兴时代对人的解放，中国女人受到的压迫比西方更甚。"宋岚接嘴道，"男人们不但在精神上、人格上歧视女人，把她们当成玩物，还在肉体上进行摧残，以满足他们病态的审美需要，包小脚不就是这种体现？请问世界上还有哪个国家对女人采用过这种酷刑呢？"

"除了'红颜薄命'，还有'红颜祸水'哩……"姚梦茹挑起了另一个话题。

"这又是男人给女人强加的罪状！"善辩的宋轻雪马上接了嘴，"孔夫子早就说过，唯女子与小人难养也，男人们自己宠爱美人，自己醉生梦死不理朝政，信任奸佞，甚至'从此君王不早朝'，弄得祸起萧墙甚至亡国，但男人们不反省自己的过错，不认真检讨发生祸乱的真正原因，却把罪名推到女人头上，这就是'红颜祸水'的由来！马嵬坡前的悲剧不就是这样发生的？"

似乎为了印证这次讨论会上的一些看法，不久后大学里便发生了一件轰动一时的悲剧。

一位姓曾的女同学上中学时，是学校的校花，她酷爱游泳，在泳池里便得了个"美人鱼"的外号。上大学后在参加一次运动会时，十八岁的她，被坐镇四川的一位大军阀看中了。

这位大军阀最喜欢观看运动会，目的不是支持"运动"而是为了"猎艳"，他认为女运动员们"健"与"美"兼而有之，最对他的胃口。他已经有不少小老婆了，但仍然在不断地寻找新的"猎物"，以致他到底有过多少女人、生了多少子女他自己都闹不清楚。在成都的老百姓中流传着这样一个笑话：有一次，他又看上了一个年轻的女运动员，于是亲自为她颁奖，并且仔细地询问她的姓名和她父亲的名字，谁知这位女运动员却回答道："我是你的女儿，你就是我的爸爸呀！

难道你不晓得?"

军阀看中的这位姓曾的"美人鱼"身材高挑、苗条而又凹凸有致,面庞上带着天然的、健康的红晕,从泳池中出来,宛如出水芙蓉,好色的军阀一眼就看中了,于是便威胁她的父母,强把她娶回来当了又一房姨太太。

"美人鱼"心里极不情愿,同学们也为她惋惜和不平,但一切都是"枪杆子"说了算,书生们的意见又有啥用呢?

"美人鱼"在学校里原本就有一位男朋友,被强娶后两人仍暗地里来往,为了表示爱情的坚贞,她哭着把一只祖母绿的戒指送给了他,并约定伺机私奔。谁知这事被监视她的一个副官告了密,军阀便向她追问戒指的下落,然后掏出手枪当场打死了她,还命令副官第二天去处死她的"情人"。军阀一位部下同情两个年轻人的遭遇,连夜把消息告诉了那位男同学,男同学的家人立即把他送走,才逃出了军阀的魔爪……

这件事在大学里轰动一时,在成都也家喻户晓,残酷的现实似乎再一次印证了"红颜多薄命"那句古话。然而,情窦初开而又接受了自由、民主思潮的女大学生们,既渴望着自由,也渴望着爱情,尽管混乱、复杂的现实生活常常会粉碎她们的渴望,但努力自立自强的她们,已经不愿轻易放弃自己的追求了。

二　诗歌和太阳

一位哲人说,"爱情是生活中的诗歌和太阳",大学得风气之先,相对整个中国来说,是个更浪漫、更开放的地方,特别对向往着自由和爱情的年轻人更是如此,尽管现实往往有形和无形地压制着他们的追求,但青春时期的他们,异性有着不可抗拒的吸引力,他们会顽强地闯进各种禁区,对各种压力进行着反抗和还击。

中文系的学生更是如此,他们读了许多古典名著,也读了更多外国经典,而爱情又总是这些作品共同的、不朽的主题。

宋岚同室的女孩子们先后都有了自己的男朋友。姚梦茹的男友是和她青梅竹马一起长大的表哥;王丽珠的男友是学校"诗社"里的一位才子;宋轻雪的男友自然是英文系才华横溢、豪放直爽、活动能力极强的乐云辉——虽然两人都不承认在"耍朋友",但同学们却一致认为他们是一对让人羡慕的"才子佳人"。于是在学校的林荫小道上有了许许多多成双成对的身影,在锦江的波影中有了许许多多山盟海誓。只有宋岚还形单影只,仍旧是独来独往,大家都说,不是没有人追求她,而是她眼光太高,太孤傲,有的男生甚至给她取了个"冷美人"的外号。

确实,被一些人誉为"校花"的她,自进大学后便有了众多的追求者,有的大胆地寄来情书,有的殷勤地送来鲜花,还有人痴痴地等在女生宿舍外面……但是,对寄来的情书她会原件退回,对送来的鲜花她虽会插进瓶里却从未表示谢意,而对等待的人们她仿佛视而不见……

这是为什么?原来,她始终忘不了一个人——秀江女子学校的国文老师、已经被军阀屠杀了的蔡仲瀚。她忘不了这位玉树临风而又博学强记的年轻老师怎样带领她走进了文学的殿堂,让她认识了文学、知道了中国的文学革命,又怎样启发了她对教育的热爱,并且和黄骏飞老师一起,帮助她扫除了求学道路上一个又一个障碍……

早在女子学校上学时,她对他便有了一种特殊的情愫,但是,幼稚的她根本不敢承认自己的情感,更不敢告诉任何人。在重庆二女师上学后,她曾经梦想过,将来如果自己学有所成一定要去找他,如果那时他还是单身一人,她就会勇敢地袒露自己的心迹。但万万没有想到,还没有等到那一天,他便已经惨死在刽子手们的屠刀下,永远地离开了这个世界,永远地离开了她……

每当望着蔡仲瀚送她的笔记本和上面龙飞凤舞的题诗:"莫重男儿薄女儿,平台诗句赐蛾眉。吾侪得此添生色,始信英雄亦有雌!"一种痛彻肺腑的感觉便会攫住她,让她几乎喘不上气来,这种感觉她不能也不愿向任何人诉说。

在宋岚众多的追求者中,赵俊扬和赖弘文是最锲而不舍的两个人。

赖弘文是中文系的同班同学,成都人,身上常常穿着一件雪青纺绸长衫,脚下是擦得发亮的黑皮鞋。上学报到那天见到宋岚后,他当时便在心里赞叹道:"真是'一顾倾人城,再顾倾人国'啊!"于是便忙着帮宋岚提行李、打开水……此后更常常找一些文学方面的问题和宋岚讨论,并送上自己写的一些诗文请她"指教"和"点评"。知道宋岚对成都的民风民俗很感兴趣后,便常常向她卖弄自己这方面的知识,向她介绍有关成都的历史和掌故,并多次邀请她和他一起"到城里四处走走、看看",但都被宋岚委婉地拒绝了。

而赵俊扬呢?不但和赖弘文一样锲而不舍,而且比他更动心思。

是校园里一次偶然的相遇,让赵俊扬把宋岚惊为"天人",从此便挖空心思地进行追求。先是在图书馆里，假装和她偶遇，走向前去彬彬有礼地自我介绍道："同学，我是英文系的赵俊扬，请问你呢，是哪个系的？"当时宋岚正埋头翻阅关于楚辞的注释，于是便漫不经心地看了他一眼，回答道："我和你不同系，不是英文系的。"说着便拿着借阅的书籍走向了图书管理员。

赵俊扬打听到宋岚是中文系的学生后，便特意去参加中文系组织的读书会，虽然自己对中国文学并没有多大兴趣，对讨论的题目也毫无研究甚至一窍不通，但还是做出了一副热心的神情，每逢开会必早早地赶来，有时还要发表一些无关痛痒、不着边际的评论，而宋岚发言时，他总要热心地随声附和。

虽然宋岚对赵俊扬的追求表现得很冷淡，但赵俊扬却绝不放弃并常用一句古语勉励自己："锲而不舍，金石可镂。"他外表文雅俊朗，皮肤白皙，高高的鼻梁、浓浓的眉毛，还有着四川人少有的高挑、挺拔的身材。父亲是郫县的绅粮，有一千多挑谷子，在成都少城的奎星楼街买了个小院，日子过得悠闲而安逸。大学的男生们有的穿中山服，更多的穿长袍，而"顾影自怜"的他，总是一身笔挺的毛料西装，在校园里得到了一些女生的青睐，被宋轻雪玩笑地踏屑为"绣花枕头"。

学校举办晚会了，嗓音很好的宋岚有一个独唱节目，白衣白裙的她，亭亭玉立于台上，宛如一枝美丽、高雅的白莲花，一亮相便引来了一阵热烈的掌声。她演唱的歌曲是刘半农作词、赵元任作曲的《教我如何不想他》：

  天上飘着些微云，地上吹着些微风，啊，微风吹动了我头发，教我如何不想他？

  月光恋爱着海洋，海洋恋爱着月光，啊，这般蜜也似的银夜，教我如何不想他？

  水面落花慢慢流，水底鱼儿慢慢游，啊，燕子你说些什么话？教我如何不想他？

  枯树在冷风里摇，野火在暮色中烧，啊，西天还有些儿残霞，教我如何不想他？

歌声清亮、圆润、婉转，更重要的是充满了深沉的感情和内心的渴求，那样热切，那样悲伤，好像从心灵深处迸发出的呼号，听着听着，男同学们只痴痴地望着她,而女同学有的眼睛湿润了,有的低下头掏出了手帕……歌声打动了所有的人,当她唱完最后一个音符时,会场竟寂静得鸦雀无声,好一会儿后才爆发出了掌声,还有人在高呼着"再来一个!再来一个!"

宋岚没有"再来一个",在这首歌曲里,她已经投入了对蔡仲瀚的全部思念,耗尽了她的全部情感,实在不愿"再来一个"了。

歌声也打动了赵俊扬,当然他并不知道宋岚内心深处到底在想念谁。从这一天开始,他对宋岚更展开了公开的、固执的追求。他用中文和英文写了一封又一封情书,把《罗密欧与朱丽叶》中的一段段话用英文书写后送给她:

"起来吧,美丽的太阳!赶走那嫉妒的月亮……你脸上的光辉会遮盖了星星的明亮,正像灯光在朝阳下黯然失色一样;你的眼睛会在太空中大放光明,使鸟儿误认为黑夜已经过去而开始歌唱……"

"我在夜色中仰视着你,就像尘世中的凡人,瞻望着天使驾着白云缓缓地飞过一样……"

他还把"自己创作"的一首诗《你走在美的光彩中》送给她:

> 你走在美的光彩中,像夜晚
> 皎洁无云而且繁星满天;
> 最美妙的光泽
> 在你的面容和秋波里呈现。
>
> 啊,那乌黑的头发,那鲜艳的面颊,
> 那迷人的微笑,那容颜的光彩,
> 如此纯洁而珍贵,
> 恬静的思绪里充溢着真诚的爱!

后来,过了很久,宋岚在阅读《拜伦诗选》时才发现,这首诗的原作是拜伦,赵俊扬只稍稍修改后便自称是"拙作"送给了她……

赵俊扬的眼睛像猎狗一样,时时刻刻都在追随着宋岚;课后常常捧着一束鲜花站在女生宿舍门口,眼神里是狗一样的忠诚;她要去图书馆,会发现他早就为她占下了最好的座位;她去食堂吃饭,他早已准备好饭菜在等着她;天热了,他会体贴及时送来消暑的金银花露；下雨了，他会及时送来雨伞……她和女同学们在校园里散步，花丛树荫间会有他的身影；为了她，他甚至特地选修了不少中文系的课程……

总而言之，他几乎变成了宋岚的影子，最初，这些殷勤的举动常常被赖弘文和女生们讪笑，但久而久之，这个漂亮男生的深情和细心却让许多女生开始感动和羡慕，并让别的追求者——包括赖弘文——甘拜下风了。

赵俊扬不仅对宋岚殷勤，而且对与她同室的女生乃至经常和她接触的女同学，也处处显示着体贴和大方。夏天，在给宋岚送来解暑的金银花露和洁白、馨香的黄桷兰（白兰花）时，同室的女生总是每人都有一份；五月端午和八月十五日给宋岚送来"稻香村"的粽子和"淡香斋"的月饼时，也从没有忘记同室的女生……于是，这个潇洒、体贴而又大方的男生便赢得了许多女生的好感，她们常常有意无意地在宋岚面前夸赞他，甚至还有人显露出嫉妒，就连眼界甚高的宋轻雪也笑着说："这个人虽然谈吐一般，见识也不见得出众，但确实漂亮、大方、体贴，这些也是优点，对岚姐更是体贴入微，有婿如此，算不算也是人生的一种幸福呢？"

她曾悄悄问过宋岚："岚姐，这个大少爷对你似乎很好，你会喜欢他吗？"

宋岚只微笑着回答："无所谓喜欢不喜欢，我还没准备好谈恋爱呢……"她说的是实话，虽然也有了一些女孩子被人追求时感到的骄傲和喜悦，但赵俊扬确实还没有赢得她的芳心，并不是她理想中的恋人。

然而赵俊扬的追求却一直顽固地持续着。

一个乍暖还寒的早春，宋岚突然患了病，胸痛、喉咙痛、发高烧，宋轻雪和几个女同学把她送到了校医室，校医诊断后说是"猩红热"。猩红热是一种急性传染病，需要住院、隔离，大家便赶紧雇了黄包车把她送到四圣祠的西医医院去了。

宋岚等人刚到四圣祠医院，赵俊扬便闻讯赶来了，来了后着急地问宋轻雪："蜜斯宋在哪里？她到底害了啥病呢？要紧吗？"

见他跑得满头大汗，又没戴口罩，宋轻雪便说："医生正在给岚姐检查哩，校医说她害的是猩红热，要传染，需要住院、隔离，你赶快去买个口罩戴上吧，在她住院期间你就不要再来了。"

赵俊扬从西服的上衣口袋里掏出一方绣花手绢，揩了揩额头上的汗珠摇头道:"我咋能不来呢？我身体好，不怕传染。蜜斯宋的家不在这里，一个女孩子孤身一人来到成都，又害了病，我们应该多照顾照顾她啊！"说着并没有忙着去买口罩，而是和宋轻雪等一起在诊室门外的走廊上焦急地等候着医生的检查结果。

赵俊扬说得恳切而焦急，他的表现让宋轻雪也感动了，以后在宋岚面前便很少再故意挖苦或讽刺他。

经四圣祠的医生检查后，认为宋岚患的并不是猩红热，而是重感冒并诱发了轻度肺炎，不需要隔离，但需要卧床休息，于是便开了些口服和注射的药物，取药后大家把她送回了学校校医室的住院部。

学校的女生宿舍有严格的规定，男生们是不能随便进入的，而校医室由于"住院"的全是病人，管理就没有那么严格。虽然条件简陋——病房里只有一张床、一个茶几和两把椅子，但每间房只住一个病人，于是赵俊扬每到探视时间，不管自己有没有课都会捧着一束带露的鲜花早早地赶来。病中的宋岚不想说话，他便只是默默地给她端茶送水，或是默默地坐在床前的椅子上深情地凝望着她。在她的病情减轻一些后，他便给她带来了一些新出版的报纸、杂志，挑选出一些轻松有趣的文章读给她听，或讲一些社会上的逸闻趣事逗她开心……知道她高烧后胃口不好，便买来了各色新鲜水果，还特地坐了黄包车到老南门买来开胃的"洞子口凉粉"，到南署袜街买来"矮子抄手（馄饨）"，到长顺街去买"治德号"的小笼蒸牛肉……生怕抄手在路上冷了，还装在温水瓶里，抱在手上，一直送到宋岚的床前……

宋轻雪和同学们常来看望宋岚，每一次都会碰到赵俊扬，他的体贴引起了许多病人的羡慕，也让宋岚感激，但感激并不等于爱情，她仍然没有接受他。

知道宋岚的父亲曾参加辛亥革命并在国民政府主管学务后，有一天，赵俊扬便主动向宋岚谈起了自己的父亲，告诉她："家父原是前清的秀才，戊戌变法时是主张君主立宪的，宣统元年各县设立民意机构咨议局，家父被选为议员了，他参加过保路运动，还在家乡办起了学校，后来年纪大了，便在成都买了房子，以戏曲、诗文自娱了。"

其实他的父亲赵实夫和当时许多乡绅一样，本想借办学为名抬高自己的身份，于是便参与了当地筹办小学，但后来觉得花钱太多，又太麻烦，加之又想寓居成都，便退出了。

赵俊扬的话让宋岚想起了自己的父亲宋墨林，父亲虽然主张的不是君主立宪，但在"推翻满清""教育救国"的主张上，和赵俊扬的父亲似乎是一致的，于是对这位老人产生了敬意，由此对赵俊扬也增加了一些好感。

而赵俊扬俊朗的外貌又常常会让她想起另外一个人——藏在心灵深处的老师蔡仲瀚，两人都有"玉树临风"的美誉，而且在眉眼间还有某些相似之处，只是蔡老师沉稳、内敛，赵俊扬却过于张扬以至流于浅薄了……

虽然感到了赵俊扬的张扬和浅薄，但病中的人是脆弱的，俗话说"烈女怕缠郎"，持久的、锲而不舍的追求和细致入微的体贴，仍然慢慢地让宋岚有些感动，对他的态度便有了一些微妙的变化。当她从校医室搬回女生宿舍时，对赵俊扬已经不再"冷若冰霜"。善于察言观色的赵俊扬受到了鼓舞，追求得便更加执着和热烈了。

端午节这天学校放假，姚梦茹、王丽珠和男朋友一起回了家，宋轻雪也和乐云辉一起离开了学校，说是要去看电影，临走时，坏笑着和宋岚开起了玩笑："岚姐，本想约你和我们一起出去耍，但想了想，还是怕赵俊扬骂我'讨人嫌'，所以就不敢多事了，把机会留给他吧！"

果然，赵俊扬来了，郑重地邀请宋岚到自己家里过节。

到男同学家过节，是需要郑重考虑的，宋岚沉吟了一下便摇头拒绝道："我这人不善交际，怕见生人，你请回吧，我就不去了。"

赵俊扬着急地说："我早就禀告过家父了，还特地向他介绍了令尊的情形，家父对令尊十分景仰，听说你一个人在成都上学，就命我务必邀请你到寒舍过节，你若不去，在家父面前我真不好交代了！"

说着，额头上已经急出了汗珠。

宋岚见他说得恳切，又见他急得脸红筋涨的样子，心里有些不忍，想了想便答应了。

两人走出校门，赵俊扬本想喊黄包车，但宋岚拦阻说："又不太远，还是走路吧，一边走还可以一边看看街景哩。"

喜欢闹热的成都人，街上充溢着节日的气氛。娃娃们穿着簇新的小绸衫或洋布衫，胸襟上挂着一串串小玩意儿——各种香包和彩色丝线缠成的小粽子。一路上有许多挑着菖蒲和陈艾叫卖的小贩，传说菖蒲和陈艾都是避邪的，晾干后还可以给娃娃治病和熬了水给他们洗澡，陈艾熬水可以治肚子痛，用以洗澡可以让娃娃少生疮，因此家家户户都要买一大把挂在大门边。商店里摆着大堆大堆的皮蛋、咸鸭蛋和各色粽子，粽子有洗沙（豆沙）馅儿的、腊肉馅儿的、鲜肉馅儿的、红豆馅儿的，等等，还有一种"白味碱水粽子"，是没有馅儿的，买主拿回家煮了后自己蘸红糖熬成的糖稀食用，乡坝头特别时兴这种粽子。中药铺纷纷摆出了驱虫的雄黄，买一包雄黄便赠送一个香包，香包是用零碎的花布或绸缎缝成的，有"大小鸡心""猴子抱金瓜""猴子抱娃娃""孔雀开屏""仙女下凡"等不同的样式，小巧精致，里面放了香草，也是驱虫的。

一些妇女在节前便用绸缎的边边角角做成各种精致小巧的香包，放上了香料，又用红、绿、黄、紫各色丝线缠出了一串串指头大的彩色小粽子，在街上叫卖，这些都是端午节讨人喜欢的小饰物。看见这些小饰物，宋岚便想到过去在家时也是这样，端午节前十几天自己就会和一群女娃娃忙碌起来，到处寻找做衣服剩下的边边角角，有时还会到裁缝铺去讨要，用它们做出各种可爱的香包，再缠出一个个小小巧巧的彩色粽子，挂在自己身上或是互相赠送……

赵俊扬看见宋岚在注意这些小饰物，便挑了一串做得特别精巧的"孔雀开屏"送给她。

想到自己要到陌生人家做客，宋岚便在"淡香斋"买了两盒点心，又在街上挑了一篮刚上市的新鲜桃子作为礼物。赵俊扬抢着要替她付钱，被她坚决制止了，赵俊扬便替她把桃子和点心挎在手弯里。

赵俊扬的家在少城的一条小巷里。成都有许多这样的小巷，窄窄的、深深的，笼罩着绿荫，十分清幽。巷子里常常会响起叫卖担担面、蒸蒸糕乃至"磨菜刀磨剪刀"的声音。春天会看见伸出墙外的玉兰、杏花和海棠，早早地向人们宣告春的到来；夏天，每个院子的花草都发出了醉人的清香，枝蔓缠绕的蔷薇花、月月红、金银花伸出墙外，上面飞舞着飘忽的蝴蝶、忙碌的蜜蜂，鲜红的、浅粉的、雪白的、金黄的花朵让整条小巷都生动起来，而白色的茉莉和栀子又让空气里添上了醉人的馨香；秋天，这是桂花的季节，不仅小院，连整条小巷、整个街道都被浓郁的花香浸透，走过时，深深地吸一口气，只感到浓烈的花香沁人心脾，熏人欲醉；即使是寒冷的冬天，也有傲雪的梅花在枝头含笑，蜡梅的馥郁、红梅的娇艳，让蓉城的冬天也充满了生机勃勃的色彩。

赵家住的院子坐南朝北，门楼不大，但门槛很高，两扇黑漆大门上吊着铜丝衔环，由于是端午节，大门上便挂了一大把菖蒲和艾叶。进大门后，左边有个不大的车棚，里面放了辆车身蒙着蓝色绸子、车把和铃铛锃亮的私包车，这是赵家人出行时坐的。右边有耳门，从耳门进去便是个大的四合院，花木繁茂，有一丛绿色的修竹、两株桂花、一株蜡梅、一株红梅、一株紫荆、一株高大的白果树和一个金银花棚，树下有一个巨大的红砂石雕花金鱼缸。青石板砌成的甬道两边有正在开花的茉莉和栀子。房屋是穿斗结构，盖着青瓦。上房一排三间房，中间是堂屋，正中供着祖宗神龛，堂屋旁边有后门，通往后面一个小小的天井，天井正中有水井，旁边有厨房、厕所、杂物间和仆人们的住处。上房左间是主人夫妻的卧室，右间是儿子赵俊扬的寝室。院子左右各有两间厢房，一间是书房，一间是客房，另两间留给赵俊扬的哥哥姐姐偶尔回家时住。房间里都铺有地板，有漂亮的雕花木门、木质裙板和玻璃推窗。

赵俊扬的父亲和儿子一样，身材很高，但比儿子瘦得多，颧骨高耸，须发斑白。赵俊扬平时总是穿着笔挺的西装，还打着领带，皮鞋锃亮，而他的父亲却是典型的中式衣着，身上穿着一件宽大的白色大绸长衫，脚上蹬着一双棕丝织成的凉鞋，手里拿着把蒲扇。赵俊扬的生母已经去世，继母钱氏还很年轻，身材微胖，眉眼也还周正，只是穿着打扮有些俗气，脸上涂了厚厚的脂粉，身上穿着高领高衩的紧身大花丝绸旗袍，脚上是绣花缎鞋，门牙旁边的犬齿上镶了颗金牙，只要一笑便向人金灿灿地发出亮光——这是当时一些富家女人的时兴打扮。

赵俊扬向父亲和继母郑重地介绍了宋岚，宋岚含笑向两位长辈问好并大大方方地鞠了躬，赵俊扬送上了宋岚买的点心和鲜桃，还特地说明道："我本来是不愿让宋小姐破费的，可是她太讲礼了，说今天不能空着手来看望长辈们，点心是她专门到'淡香斋'去买的，桃子是她亲自挑选的，刚上市，新鲜得很哩！"

钱氏一面接过礼物一面鼓起眼睛下死眼看了宋岚几眼，笑道："宋小姐太客气了，你是我们家俊扬的同学，听说还是朋友，哪用得着带啥东西呢？你能来，我们高兴还来不及哩！"

说话间，赵父也已经仔细打量过宋岚了，见她白里透红的的面庞上干干净净，完全没有脂粉的痕迹，穿的是一件白色绣花夏布上衣、一条黑色鸡皮绉裙子和一双白色半高跟皮鞋，亭亭玉立，秀色可餐，既优雅又美丽，既大方又不失稳重，便在心里暗暗点头："俊扬这娃娃倒有眼光，这女孩儿确实不错……"于是也含笑说："宋小姐，听俊扬说你家在川东，孤身一人在成都上学，以后欢迎你随时来家里耍，你和俊扬既是同窗，就不用客气了！"

钱氏见老爷喜欢，便又扭着胖胖的腰身凑到宋岚跟前，拉着她的两只手说："宋小姐，你长得真像画儿上的人儿一样啊，听俊扬说，你是学校的校花哩，啧啧，看看这眉毛、这眼睛、这水色，还有这身身儿，加上这气派……难怪我家俊扬总是夸你呢，我还心想，天底下哪有那么乖的人儿？今天才算是信服了！我们俊扬眼光高，给他介绍过好多人，他都没答应，难怪呢，有宋小姐比着，他哪里还看得上别人？"

这一串肉麻的、连珠炮似的夸赞，弄得宋岚极难为情，不晓得应该怎样回答才好，只红着脸说："伯母太夸奖了，我哪是啥子校花？都是这位赵俊扬同学乱说的，请您不要相信……"

赵俊扬虽然很得意，但也看出了宋岚的尴尬，于是扶爸爸坐下后，又请继母和宋岚坐下说话，还大声叫用人赶快送上好茶，最后低声请钱氏去厨房经佑一下用人们准备的午饭，这才打断了钱氏的话。

赵父向宋岚问起了家里的情形，当听说宋父参加过武昌起义又曾在民国政府任职时，便点头称赞说："宋小姐也是大家出身了，怪不得和犬子这么投缘哩！"

宋岚欠身回答道："听说伯父早年曾在家乡办过学堂，让人十分钦佩。我在秀江的女子学校读书时，就遇到过几位好老师，让我终身受益，也让我有了当老师的梦想。家兄大学毕业后，也在一所中学任校长。"

赵父点点头，捋捋颌下的胡须高兴地说："这正如梁启超所言，'自强于今日，以开民智为第一义。亡而存之，废而举之，愚而智之，弱而强之，条理万端，皆归本于学校！'蔡元培也是主张教育救国的，他曾经弃官办学哩……"

听了他的这几句话，宋岚心想，赵俊扬这位父亲倒是个谈吐不俗的人物，儿子该也会受到他的影响吧？由于对赵父良好的印象，便对赵俊扬也增加了好感，而这正是赵俊扬所盼望的。

说着话，已经到了晌午，用人们摆上了午饭。午饭准备得丰盛而精致，除了自制的盐蛋、皮蛋、用芦竹叶包的云南火腿粽子、蜜枣粽子之类，还有家常海参、干煸鳝鱼、宫保鸡丁、金钩玉笋、鱼香茄饼、开水白菜这些传统川菜名肴，并配上了虫草雅鱼汤，最后是一碟微辣爽口的泡菜。依照成都过端午节的惯例，吃饭前要先喝一口雄黄酒——这是为了避毒虫和毒蛇，娃娃们还会把雄黄酒涂一点在额头、手心和肚脐等处，许多大人会用雄黄酒在娃娃的额头上写一个"王"字，据说这样一来，毒虫和毒物就会远远地逃避了。

酒寨出生的宋岚本来会饮酒，但第一次到赵家做客自不能放肆，何况雄黄酒本来就是不能多喝的，因此只微微地抿了抿便把酒杯放下。只是钱氏和赵俊扬两人左右开弓不断地为她拈菜，不断地劝她多吃一点，面前的碗堆得冒了尖尖还在不停地拈……最后她只得在桌下轻轻踢了赵俊扬一脚，悄声说："不要再拈了，让我自己吃吧！"赵俊扬知趣，连忙对钱氏说："还是让蜜斯宋自己来吧，喜欢吃啥就拈啥，随意，我们就不要越俎代庖了！"

饭后，赵俊扬知道父亲有睡午觉的习惯，便说："爸、妈，今天锦江有龙舟赛，我想陪蜜斯宋去看看，你们休息吧，看完后我就送蜜斯宋回学校了。"

宋岚起身告辞，赵父和钱氏都一再挽留她消夜以后再走，但她含笑回答道："伯父、伯母，听说成都的龙舟赛很闹热，我也想去看看，再说，明天一大早就有课，我也要早点回学校去，就不再打扰伯父、伯母了！"

钱氏让用人提来了一篮盐蛋、皮蛋和粽子，把篮子交给赵俊扬说："这是给宋小姐的，她家不在成都！"宋岚连忙谢过，赵俊扬接过篮子后，钱氏又要叫家里的私包车送他们，被宋岚坚决拒绝了——她实在不愿和赵俊扬挤坐在一辆车上，招摇过市，过于亲密。赵俊扬明白她的心思，便帮忙打和声道："妈，你不要劳烦了，我和蜜斯宋还想随便走走，看看街上的闹热哩！"

于是钱氏便一直把他们送到了大门外，临行时还拉着宋岚的手一再嘱咐道："宋小姐，你要常常来耍啊，缺啥就赶紧告诉俊扬，叫他给我说，千万不要见外啊！"

钱氏的殷勤感动了宋岚，心想："这个继母虽然有些俗气，但为人处世还是很周到，难怪赵伯伯会娶了她……"

农历五月端午，成都已经进入夏季，天气很热了，下午便更加闷热，赵俊扬执意叫了两辆黄包车，两人分别坐了后往九眼桥赶去——龙舟赛在九眼桥下的锦江江水中举行。

成都是一个被水哺育了的城市，素有"二江抱城，河湖错列，树木葱茏，繁花似锦"之称。府河、南河二江在合江亭汇合后称为"锦江"，顺流而下，五月端午的龙舟赛便在九眼桥下的锦江举行。

成都有许多大大小小的河流。冬天，河水清澈见底，各种游鱼穿梭在水底的鹅卵石间，还有指头大的贝壳、拳头大的螃蟹、数不清的小虾和慢慢爬行的乌龟……春天，一些河水虽然已经变成了细细的小溪，但仍然清澈，河边的树根下出现了许多不深不大的漩坑,螃蟹就藏在树根和石缝里,调皮的娃娃们便把漩坑的水舀干,在这里抓螃蟹。夏天,洁净而并不汹涌的河水是游泳的好地方,有的地方戏水的人竟多得像"下饺子"一样。秋天,是捕鱼的好季节,白漂鱼会成群地在河边嬉戏,阳光照耀下银光一片,小河里用撮箕一撮,便是十来斤鱼、虾……

锦江岸边一边是农田,一边是城市,江上有青石板铺成的一座座桥梁,九眼桥是其中之一。

龙舟赛是由帮会、袍哥组织的,早在端午前几天,各龙舟队便已经下河开始训练,河的两岸已经布置了许多花船,一条条船连接起来,摆上茶水、糖果、糕点之类。端午这天正式比赛,两岸人山人海,锣鼓喧天。各龙舟队集合后,先焚香烛祭拜龙王,然后拈阄依次排列在江面上,鸣放火炮后出发。比赛项目一是"夺标",二是"抢鸭子"。龙舟一般是长四丈八尺的木船,船上扎了龙头龙尾,绘上龙鳞,船的前头有一个指挥,中间有一个鼓手,尾部有个舵手,十几个桡手分坐船的左右。指挥的人穿着对襟白色上衣、白色长裤,腰上系着鲜艳的红绸,头上扎着红绸巾,手里拿着小红旗,面向桡手一边舞动一边唱着龙舟号子。有的唱:

二月二龙抬头呀……五月五龙在江中游呀……八月八龙王嫁龙女呀……腊月十五玉帝请龙王哟……

桡手们"呀,呀,呀……哟""嘿、嘿、嘿哟嗬"地应和,鼓手咚叭咚叭地敲着节拍。

有的唱词则颇有文采:

岷江江水流不断,唱的歌声代代传,江岸落花白一片,荒凉一景少人烟,险滩名叫五里滩,撞破木船万万千!

桡手们高喊着"哟喂……哟喂……划起来"应和。

"夺标"以先划到者为胜,三次定输赢。"抢鸭子"是为了比水性,每只鸭的头顶都拔了毛,伤口处还涂了盐,于是鸭子便不断地潜入水中。参加"抢鸭子"

的多是会"踩水"的人，踩着水有的水齐胸部，有的水齐腰部，哪个抢到了鸭子，鸭子便归哪个。

划龙舟的、抢鸭子的在水里使劲，看闹热的在岸上使劲，掌声、叫喊声、锣鼓声响彻云霄，天气又十分闷热，在赵俊扬的努力下，两人好不容易挤到了江边，但看了一会儿后，宋岚觉得自己的内衣已经被汗水湿透，贴在背上十分难受，经不住噪声和热浪的袭击，便对赵俊扬说："太热了，不想看了，我们回学校吧！"

两人挤出了人群，在岸边的树荫下顿时觉得凉快了许多，宋岚笑道："有人还说'蜀犬吠日'哩，他们大概不晓得四川的夏天，太阳也火辣辣地要晒死人！"

赵俊扬笑了，掏出手帕想替宋岚擦擦脸上的汗珠，宋岚一偏头躲开了，微嗔道："你干啥？动手动脚的！"

赵俊扬伸手想去握宋岚的手，宋岚急忙把双手背在身后正色道："你再这样，我就一个人走了！"

赵俊扬涎着脸道："对不起，岚妹妹，说句心里话，我只是太喜欢你了，今天你看到了吧，我们全家都很喜欢你哩！"

宋岚低头笑了笑，没有说话。

三　爱的"把戏"

回到学校，赵俊扬一直把宋岚送到女生宿舍门口，把钱氏送的东西留下后擦擦汗说："我得赶紧去洗个澡，晚饭想吃点啥？一会儿我再来陪你！"

宋岚摇摇头："不用了，中午吃得太多，不想吃晚饭了，我还有篇习作没有完成，晚上就不出去了。"

回寝室后，同室的姚梦茹告诉她："你哥刚来过，说是回成都了，问你到哪儿去了，我说可能和男朋友出去耍了，他给你留下一大包东西，还说他最近要去外县，让你抽空去他那儿打一头哩。"

宋岚听后白了姚梦茹一眼，认真地说："姚梦茹，你再乱说，我哪有啥男朋友？赵俊扬也只不过是同学和一般朋友而已。"

姚梦茹笑笑道："他可不是这样想的哟！"

宋岚摇了摇头，没有和姚梦茹再争论下去，她打开了哥哥留下的袋子，里面也是盐蛋、皮蛋、粽子，除此之外还有自己爱吃的五香花生米，加上赵家送的东西，真是好大一堆，心里想，这些东西可以和女孩子们分享好多天了。

前些日子，宋岚曾接到哥哥宋峰的来信，告诉她一位北大姓顾的同窗说服了他，让他去从政，这位同窗在军政两界都有些关系，极力保举他出任茗县县长，目的是希望他能实实在在地探索基层治理的途径，寻找富民治国之道。这位姓顾的同学还说，在不久的将来，中日两国必将一战，届时，"天府之国"的四川将成为战争中的大后方，地方基层的治理十分重要……听了姚梦茹的话，宋岚心想，哥哥可能真的要去赴任了。

于是第二天课后她便去了哥哥家。

宋峰住的是李菡蕾家陪嫁的一个两进小院，院子不大，但很安静，除厕所、厨房外有三间正房、两间厢房，还有一个种了桂花、梅花、石榴和海棠的小院坝。进门后，看见嫂嫂李菡蕾苗条的腰身已经粗了起来，肚子也微微隆起，显然是怀了身孕，悄悄地问了问，果然如此，于是便高兴地搂着李菡蕾笑道："好，好，大喜事，大喜事，妈早就盼着抱孙子，我也该升级当姑姑了！"

李菡蕾也笑道："听说你也有了喜事——有男朋友了，啥时候能喝喜酒呢？"

宋岚红了脸："嫂嫂，你不要相信同学们的玩笑话，那个男生只是一般的同学，并不是啥男朋友，喝喜酒还早哩。我来找你和哥哥，就是想听听你们的意见，请你们帮我拿拿主意……"

"按说你年纪也不小了，要是在过去，娃娃怕都要上学了，明年你就大学毕业，有了自立的能力，也该考虑自己的终身大事了……"

于是两天后的一个星期天，在宋岚的陪同下，宋峰和赵俊扬便在少城公园的鹤鸣茶社见了面。

少城公园门票五分，团体票三分。这个公园始建于宣统年间。辛亥年，驻防成都的满族将军玉昆，为解决清廷筹备立宪、废除旗民的供给制度后旗民的生计问题，便和省劝业道道台商量，在祠堂街建一公园，开放专供满蒙人居住的少城，准许旗民在公园开业谋生，收取门票，任人参观游览。于是便利用部分水田、荒地，又拆迁了三条旗人居住的胡同，种了些花木，建了几座楼阁，形成了公园的雏形。民国后又进行了扩建，引进了金河水，并在园内修建了"辛亥秋保路死事纪念碑"。杨森主理川政期间，邀卢作孚任教育厅厅长，卢作孚便在园内创建了通俗教育馆、博物馆、图书馆、音乐演奏厅、游艺场、动物园、运动场……并引金河水凿渠，有了荷花池、假山、餐厅、茶社，成为许多成都人游玩和聚会的地方，在这里，曾举行过许多具有历史意义的集会。

这一天，宋岚和哥嫂一起来到了少城公园，宋峰仍然和平时一样穿着一身朴素的布料中山服；李菡蕾因为怀了身孕，便穿着宽大的、没有腰身的豆青色薄绸长裙，没有穿高跟鞋，只穿着绣花缎面平底鞋。她没有一些人"害娃娃"时的妊娠反应，脸色仍然白里透红，气色很好；宋岚和平时一样，是一般女学生的装束，白色上衣，黑色裙子，黑色平底皮鞋，和许多女孩子一样，在衣襟上挂了一串发出幽香的黄桷兰。

只有赵俊扬"卓尔不群"，平时便特别注意外表的他，为了这次见面，更特地精心打扮了一番。不顾天热，穿了套崭新的白色薄料西服，白绸衬衣上打了条玫瑰色领带，上装口袋里露出了一角玫瑰色手帕，脚上是白色进口皮鞋。

见他穿得这么讲究，额头上又在不断地冒汗，宋岚忍不住扑哧笑了，说道："大热天，你何必穿得这么周吴郑王呢？把外衣脱了吧！"

宋峰也劝道："不必客气，天太热，还是脱去外衣，松开领带，随便一些好。你看，我们都是很随便的。"

赵俊扬终于把外面的白色西装脱去了。

几个年轻人随意地喝着茶、摆着龙门阵，但赵俊扬一直有些拘谨，和平时在学校里风流倜傥的表现不同。宋峰问起了赵俊扬毕业后准备在哪里就业，有哪些打算，赵俊扬迟疑地回答道："我想和家父商量商量后再做决定，家父曾想让我到学校教书，可是我却更想到政府做事……"

宋峰又问了一句："你为啥更想到政府做事呢？"

赵俊扬摇了摇头，吞吞吐吐地说："我也说不清楚……好像觉得在学校教书太死板吧，见到的只有教员和学生，莫啥发展……到政府做事上上下下接触的人多一些，见到的世面也要大一些……"

"十年树木，百年树人，要是真能做到桃李满天下，也就不枉此生了。学校接触面可能窄一些，但也比较单纯，到政府做事就会复杂得多啊！"

"宋兄说得对，所以我还没拿定主意，还要再好好想想，也请宋兄多多指教……"说着便岔开了话题，"宋兄，常听令妹说起您，您在北京上大学，是见过大世面的人，我早就想向您请教了。我和令妹是同学，彼此认识已近三年，我对令妹是心仪已久的！"

"家父去世得早,家妹一人在成都上学,家母常常嘱咐我要多多照顾她,可我因为长期不在成都,杂事又多,对她实在照顾不够,多亏同学们对她的照拂啊。"

"那是应该的,应该的,能够对宋小姐稍尽绵薄,正是我求之不得的荣幸……今天当着宋兄的面,我想说说心里话……"说到这里,赵俊扬顿住了。

宋峰端起茶碗喝了一口,望着他,等他说出"心里话"。

"是这样的……家父说我年纪不小了,亲戚家比我小的表弟表妹都已经成亲,有的已经有了孩子……而我……我和宋小姐已经交往了这么久,能不能……能不能更进一步呢?"

听了这话,坐在旁边的李菡蕾调皮地笑着看看宋岚,宋岚脸红地低下了头,没有说话。

宋峰看看宋岚后对赵俊扬说:"这完全是你们两个人的事,外人是无权过问的,包括我这个哥哥,最多也只能提提建议,究竟如何得由你们自己决定,你说呢?"

这时宋岚盯了赵俊扬一眼插了嘴:"哥,我们都还没毕业,忙啥哩?"

"岚妹这话也对……执子之手,与子同行,毕竟是人生中的一件大事,你们再好好想想吧。你们还有一年多毕业,现在正是一生中最好的年华,还是应该多花些精力在学习上啊……"

赵俊扬沉默着勉强点了点头,他内心里并不同意宋峰和宋岚的话,但知道初次见面万万不能得罪了这位未来的"大舅子",于是再次岔开了话题:"宋兄说得很对,教育是立国之本,家父也有这样的想法,他老人家曾致力于教育事业,办过学校,希望宋兄能和家父见见面,你们双方一定是十分投缘的!"

"作为后生晚辈,我也应该向令尊请教的。"宋峰客气地回答。

看看已到晌午时分,赵俊扬便邀请大家到"聚丰园"去吃顿便饭,并且介绍道:"聚丰园的老板李九如原先本是清朝一个官员的厨师,后来自己开了饭馆,辛亥那年他还联络三合园、枕江楼、荣乐园等一百多家饭店成立了'筵席帮',也算是成都饭馆行业的名人了。现在聚丰园不只有中餐,还推出了西餐,有了冰激凌、冰糕之类,在成都也是开风气之先。天气正热,我们可以到那里去品尝品尝冰激凌,消消暑哩……"

说到饭馆,赵俊扬的话多了起来,终于摆脱了先前的局促。

听了他的话，宋峰还来不及回答，宋岚便抢先说道："吃冰激凌不妥吧？如今嫂嫂咋能吃这些东西呢？还是去枕江楼吧，听说那里环境好，菜也不错……"

赵俊扬立即附和道："对不起，是我考虑得不周到，蜜斯宋说得有道理，还是枕江楼更好！"

大家同意了。

枕江楼在南河的万里桥边。万里桥是成都的名桥，元代曾是一座美丽的廊桥，《马可·波罗行纪》中曾描写过它。但它之所以著名，其实是因为和成都人十分敬重的诸葛亮有密切关系——相传在联吴抗魏时，诸葛亮曾在此送费祎去东吴，并说："万里之道，从此始也。"于是，"千载之间，人事几经兴废，而桥独以孔明故，传之亡穷"了。

万里桥边的枕江楼碧瓦朱栏，窗明几净，十分雅致，不少文人雅士乃至达官贵人都来此聚会。这里有道名菜"活醉虾"，是将活虾从泡在河里的竹篓里取出，放在装有葱段的盘子上，盖上碗，另外兑好花椒、海椒、酱油等作料，上桌时掀开碗淋在虾上……不过，这一天，考虑到李菡蕾的情况，大家并没有点这道名菜，只点了"糖醋脆皮鱼""鸡豆花""肝腰合炒""熊掌豆腐"和几样小菜。会账时，宋峰坚持付了钱。

事后，宋岚向哥哥问起了对赵俊扬的印象，宋峰回答道："只匆匆见了一面，不好说，看样子，他确实是个极漂亮也极聪明的人……"迟疑了一下又补充道："至于人品到底咋样，没有深交还是说不准……不过，妹妹，哥还是有些担心，不晓得你注意到没有，他似乎太注重外表了，看人的眼光也有些闪烁不定……这也许是我多虑了！哥只嘱咐你，婚姻大事务必郑重，因为关系你一生的幸福啊！"

而自从宋岚见过父亲，自己又见过宋峰后，赵俊扬对宋岚的追求便更加直接，常常假借父亲的名义，要求两人尽快确定关系——订婚甚至结婚，而宋岚不但不松口，还似乎有了微妙的变化，有些若即若离。赵俊扬猜想，可能是宋峰给妹妹说了些不利于自己的话，但他表面上并没有表现出丝毫不满，不但对宋峰怀孕的妻子大献殷勤，经常送一些安胎的补品，还通过父亲的关系，让李菡蕾生产时住进了加拿大医学博士启尔德在四圣祠街创办的西医医院。这个医院有成都第一台X光机，还有紫外线治疗机、电疗机等，是用现代方法接生的地方，可以更好地保证母子平安。他的这些做法让单纯的李菡蕾很是感激，以致常常在丈夫和小姑子面前帮他说话。

对宋岚呢？赵俊扬更加穷追不舍。他对她的感情除了爱慕其实还有一种虚荣心。他知道，不少男生如赖弘文等都极喜欢这个绝顶聪明、绝顶美丽而又朴素勤学的好女孩儿，他一定要战胜他们，从而完全地拥有她，让人们羡慕，而绝不能把她让给别人。为了她，他放弃了英文系的许多选修课，却增加了中文系的选修课，受到英文系教授的批评也满不在乎。他知道她并不在意时髦的衣着和打扮，却极喜欢读书和看电影，于是星期天不是买来电影票便是陪她去书店购书，自己手里也常常捧着一本厚厚的英文书。她爱花，于是夏天的每天清晨，他都会在她的书桌上摆上一串馨香的、带着露珠的黄桷兰或茉莉花；秋天，会摆上一束桂花或菊花；冬天，就是一枝枝蜡梅了。

他千方百计打听有关她的一切，包括她的生日。从姚梦茹口中打听到宋岚的生日后，他便开始了精心的准备。

在她生日的这天，一大早他就捧着一大把红玫瑰守在女生宿舍门口，一看见宋岚出来便迎上前去，一面鞠着躬送上鲜花，一面深情地说："蜜斯宋，Happy birthday！"

看见同宿舍的女生们都在含笑注意着自己和赵俊扬，宋轻雪还调皮地笑着说了句："好浪漫呀！"宋岚脸红了，接过玫瑰花后只轻声说了句："谢谢，我们要去上课了！"说着转身便走。

赵俊扬立即跟了上去，用央求的口吻低声说："蜜斯宋，花里还有一封要紧的信哩，请你务必看一看……"

赵俊扬走后，宋岚觉得捧着一大把鲜花去教室十分不妥，便对女同学们说："你们先走吧，我回去一下……"说着又回到宿舍。她把花束解开准备插进瓶里时，果然发现花丛中有一个精致的粉红色烫金信封，厚厚的，心想这大概又是赵俊扬的情书，不晓得又会抄下多少名著中的名句了。好奇地打开，原来里面是一张白绸手绢，抖开手绢，上面有八个殷红的字："天长地久，至死不渝。"仔细看看，这些字不像是用颜料或红墨水写成，到底是什么呢？回想到赵俊扬刚才的神情，她惊疑地想："难道是血书？"再看看，确实像是血书！

这天课后赵俊扬又在教室门口等她，坚持约她到学校旁边的芙蓉餐厅吃饭，说是给她贺生。到餐厅后两人找了张僻静的桌子坐下，赵俊扬点了菜后便深情款款地望着宋岚轻声问道："我写的血书你看到了？"

"你……你为啥要这样做呢？"宋岚的声音有点颤抖。

"岚妹，这是我的心……只希望你能接受……"

说着赵俊扬举起了自己的左手，食指和中指上都缠着纱布："我用针扎过，但流的血不多，我就用小刀割了……"

"你……你……怎么这样？以后……以后再不准这样了……"宋岚的眼睛红了。

赵俊扬伸出右手紧紧握住了宋岚的一只手，低头轻轻吻了吻道："岚妹，只要你明白我的心，一切都值了！"

赵俊扬热烈、疯狂而又体贴入微的追求，在大学里让不少女孩子羡慕，也让宋岚不能不受感动，并且让她迷惑了。人们常说"找一个自己爱的人不如找一个爱自己的人"，在一种被人宠爱的、让人眩晕的幸福感中，她无法理性地思考了。

莎士比亚曾说："智慧和爱情只能在天神的心里同时存在，人类是不可能兼而有之的。"而培根说得更加透彻："就是神在爱情中也难保持聪明。"当然宋岚绝没有想到，"血书"其实只是赵俊扬玩的一场"把戏"，他根本没有割破自己的手指，天晓得"血书"上的血是从哪儿弄来的。

只有一件事宋岚始终没有让步，就是坚持必须在大学毕业后才能谈婚论嫁，因为从小父亲就让她有了一种根深蒂固的想法——女人必须和男人一样自强自立，不能当"花瓶"和"寄生虫"，不能只会在家里传宗接代，伺候公婆、丈夫和孩子。

第六章 孤女

一 浑王和英雄

这年寒假,宋岚特意回到了酒寨,由于交通十分不便,她已经快两年没有回家了,上个寒假和暑假都是住在嫂嫂的小院里,因而十分想念母亲。这次回家,她准备把赵俊扬的事仔仔细细地告诉母亲,除此之外,从母亲的来信中,还意外地得了个令她十分吃惊的消息——堂妹宋琬玉竟和表叔杨宏涛结了婚!

杨宏涛比宋琬玉年长十好几岁,已经多次结婚离婚,而且按辈分,宋琬玉是他的侄女,宋岚知道,在乡下,对辈分的排列是十分在意的,为啥这两人竟会结婚呢?母亲在信上只简单地提到了这桩婚事,并没有表示出任何欣喜之情,到底发生了什么呢?她十分不安了。

她自来便很喜欢琬玉这个美丽、聪明的小堂妹,叔叔宋云飞在反袁战争中惨死后,她和母亲便更加怜惜这个可爱的小姑娘了。琬玉曾十分羡慕堂姐能上学、能去省城,宋岚也很想帮助她,但因为家境困难,没有办到。宋岚曾打算自己毕业后有了薪水就把粗通文墨的堂妹接到成都,帮助她继续上学读书,想不到如今却发生了这样的事。于是更急于回家把事情的原委弄明白了。

看见女儿回来了,宋张氏自然十分高兴。她年纪轻轻就守寡,还让儿子女儿都读了大学,忍受了多少孤独,多少辛苦,曾经多少眼泪往肚子里吞啊!如今才四十多岁,但头发白了,眼睛也花了,不再能做挑花、绣花这些细活,只能帮人做做鞋脚、缝缝衣服了……

不光忍受辛苦,丈夫的早逝,还让她背上了个"克夫"的罪名——这是个命中注定既无法洗清也无法弥补的罪名。为了答应女儿上学,族里又有多少人议论过她、耻笑过她、责骂过她,骂她"败了宋家的门风",她受了多少委屈啊!更深夜静的时候,独自守着一盏孤灯,没有地方诉说,没有人安慰,更没有人可以依靠,她流过多少眼泪啊……如今,儿子终于成家立业,在大地方体面地做事,还有了孙子;女儿也快大学毕业,成为人人称赞的"才女"——她肩上的重担终于可以卸下,可以扬眉吐气,可以向死去的男人交代了!

儿子曾经多次要求娘搬去跟他们一起住,但是都被她拒绝了。她不愿意离开酒寨,不但喜欢这里的山山水水,而且这里还有她年轻时的记忆,有苦难,也有欢乐;更重要的是,这里还有丈夫宋墨林的坟墓,她得守在这里,而且将来他们是要合葬的。

对于赵俊扬和女儿的婚事,宋峰和宋岚都写信告诉过她,她说不出啥意见,儿子信上说曾经见过赵俊扬,她相信儿子的眼光,她觉得女儿年纪已经不小了,该放人户了,一起长大的姑娘们都已经结了婚,做了娘,女儿也该有自己的家了……

看见快两年不见的母亲又苍老了许多,白发更多了,额头上的皱纹也更深,宋岚一阵阵心酸,强忍住眼泪亲热地搂着母亲说:"娘,翻过年我就毕业了,我和哥已经商量好,我毕业后一定要把您接到成都去,和我们住在一起,您苦了一辈子,哥和我都应该好好孝顺孝顺您了!"

宋张氏揩揩眼泪,抚摸着女儿漆黑的短发笑着回答道:"你哥每次打信来,都说要接我去,去跟他们一起过,我没答应。娘老了,在乡坝头住惯了,舍不得离开;再说,你们爹的坟还在这里,我要经常去看看他,陪他说说话,我走了,剩他一个人,好孤单啊!"

听了这番话,宋岚流泪了。

两娘母正摆着知心龙门阵,左邻右舍的女娃娃们听说宋岚回来了,都来看望,隔壁宋琬玉娘王凤英也来了。

宋岚拿出了给乡亲邻里们带回来的礼物,给女娃娃们带的是梳篦、头花、领花之类,给王凤英带了把精致的牛角梳子,给堂妹宋琬玉带了段粉红色印花洋布衣料。听说宋琬玉刚结婚,宋峰便托妹妹带回了床大红软缎绣鸳鸯的铺盖面子,算是给婚礼补办的贺礼。

见宋琬玉没有来,宋岚便问道:"伯娘,咋没看见妹妹呢?我真想她哩!我和哥给她带了点东西,听说她和杨表叔结婚了,是吗?他们咋就突然结婚了呢?"

王凤英和宋张氏对视了一眼,两人都叹了口气。

王凤英回答道:"阿弥陀佛,"自从成为居士后,她说话时便总是先要念声佛了,"这都是命中注定的冤孽啊!都怪她长得太乖,也怪我把她惯侍坏了,对不起她爹,给宋家丢脸了!岚妹儿,你妹妹命苦啊!她的事你不要问我,还是去问她自己吧,东西也请你自己交给她!"

"她在哪里呢?"

"她跟杨宏涛搬到城里了……"

说着,王凤英眼圈红了,起身离开宋张氏和宋岚,回去了。

其实,宋琬玉和表叔杨宏涛的结合,既有偶然也有必然,局外人感到诧异的地方,对他们两人却并不是问题。原因是,相貌英武、仪表堂堂的杨宏涛在当地算得上是条响当当的硬汉子,打死过野猪,制伏过土匪,二十一岁便当了团长,算得上个英雄人物,而宋琬玉自小便深受父亲影响,喜欢军人,崇敬英雄。

杨宏涛此人和一般军官不同,不吸毒、不赌钱,但有个最大的缺点是好色——他从不嫖娼,喜爱的是漂亮的良家妇女,而且还有个喜新厌旧的毛病,只要看中了,必要不顾一切、千方百计地娶回家来——不是当小老婆而是当正式的太太。每看上一个新人,新太太来了,他便会给上一笔离婚费,和原先的太太正式离婚,因此他已经离过四次婚,娶过四次老婆了。前三个老婆都没有生育,只第四个老婆生了一个儿子。由于这个缺点,有人便在背后称他为"花花太岁",但对这些,单纯、幼稚的宋琬玉不但没有放在心上,相反还产生了一种好奇和吸引力。

酒寨的宋、杨两家都是大姓,都出了不少名人。杨家也算是书香门第,父亲曾中过武举。器宇轩昂、身体壮实的杨宏涛,自小便喜欢舞枪弄棒,八岁时父亲死在军中后,他便和母亲相依为命,除了到私塾读书,下学后便帮寡母做活路,八九岁时就会砍柴、割牛草、打猪草了。十六岁时已经长得牛高马壮,还跟一位游方和尚学了武艺。

有了些武艺后,杨宏涛少年好事,喜欢提劲打靶管闲事,十处打锣九处在,一些滚龙便奉他为头领,常在外面惹事。

看见儿子任性胡闹,不听教诲,成了个浑王,母亲十分忧心。那年过端午节时,他又去外面和滚龙们胡闹了一转才回家。回家后,母亲便对他说:"娃娃,你赶紧到后山坡上去砍一根黄荆条子回来,要杆子粗壮、叶子多的,今天是端午,我要给你熬药汤洗澡,解解你身上的毒气……"

杨宏涛便照办了。

哪晓得，当他脱得光不溜丢准备洗药水澡时，娘竟拿起了黄荆条子狠狠地往他的身上抽打，一边抽打一边骂道："你不给死去的老汉儿争口气，只晓得到处闯祸，平时当娘的一教训你，你就会一趟子往外跑，今天我看你还往哪儿跑！"

直打得杨宏涛背上皮开肉绽、血骨淋当跪在地上告饶："娘，我错了……我错了……二天再也不敢惹你生气了……"娘才住了手。

俗话说"黄荆棍儿出好人"，再说，杨宏涛本来也是个孝顺的娃娃，见娘真的生了气也很后悔，此后便改掉了提劲打靶的毛病，不再和一帮滚龙一起胡闹了。

酒寨周围，群山环抱，森林茂密，人烟稀少，打猎和砍柴的人踏出了一条羊肠小道，小道两边都是密不透风的灌木丛，长满了黄荆、刺梅一类的灌木。由于庄稼人在山坡上种了些苞谷，便招来了野猪。野猪最爱吃苞谷，而且边吃边糟蹋，其中一头最凶恶的野猪，头顶上长了一簇白毛，一个晚上就可以把一户人家的几亩苞谷地糟蹋得颗粒无收，还咬死过猎狗。于是，在快要收苞谷时，酒寨许多人家只得在地边搭个茅草棚棚、带几条狗守夜。杨宏涛家也种了苞谷，他便扛着猎枪，跟着大人们去守夜了。

这天夜里，月亮又圆又亮，照得庄稼和茅草棚棚透亮，二更过后狗们突然狂吠起来，人们赶快点燃火把到处查看，有人喝骂着，有人举起猎枪轰了几枪……杨宏涛眼尖，在火光中，突然看见面前十来丈远的地方有个黑影，再仔细一看，原来正是只野猪，于是便大喊一声："野猪在这里！"接着砰的一声开了枪，想不到竟击中了野猪的一条腿……几条猎狗跟着扑了上去。

野猪皮厚，中枪后只跟跄了一下反而向猎狗们扑来，一只猎狗被它扑倒了，肚皮也被它的獠牙撕开了。人们有的举着火把，有的开了枪，但都没有击中要害。枪声中，野猪向山上的树林里跑去，眼看就要钻进树林，杨宏涛便又扣动了扳机……这一枪竟打在了野猪的脑壳上，野猪马上从山坡滚了下来，人们赶上去看，这畜生已经一动不动了。大家发现，这正是那头最凶恶的、头顶上有一簇白毛的野猪，足有两百来斤重……

自这事以后，杨宏涛在酒寨便出了名，得了个"神枪手"的外号，人们夸他："小小年纪就有这样的胆量和枪法，和他爹一样，也是个当武将的材料！"

因为家里穷，也因为自小便喜欢学习武艺，杨宏涛便跟着本家哥子去当了兵。当兵后参加过北伐，讨伐过北洋军，由于打仗勇猛，屡立战功，二十一岁就当了团长。

军阀混战时，滇军曾攻进了秀江县城，当时城里的一部分川军和家属来不及撤走，只得化装成老百姓躲在城里。滇军进城后，曾以通敌为名，枪毙或用刺刀捅死了几十个百姓，还大肆奸淫抢劫，以致民众恨之入骨。杨宏涛受命组织了支敢死队，化装成做买卖的小贩，在手推的鸡公车里暗藏着武器，混进了城，天黑后和城里留下的川军取得联系，里应外合向滇军大举进攻，在枪声大作中滇军猝不及防，队伍大乱，不得不撤出了秀江县城。

这一仗，让杨宏涛再次立功，此时英姿飒爽的他，举手投足间都透露出一股豪侠之气，和当年酒寨那个淘气、稚气的少年已经大不相同了。

而让杨宏涛成为秀江县家喻户晓传奇人物的一件事，则是收服了土匪头子汪老二。

军阀混战期间，官逼民反，四川土匪多如牛毛，百姓睡觉都不得安稳，生怕半夜被"拉肥猪"（绑票），家里有年轻姑娘的，晚上更不得不把她藏在秘密的夹壁里，生怕被棒老二拉去当"压寨夫人"。酒寨周围的莲花峰地势险峻，又和大巴山连接，绵延几百里，再加上森林茂密、山洞密集，便成为一股悍匪聚居的场所。聚居的土匪，最初是抢劫山上的寺庙和香客，把庙里的粮油、神龛上的供品和功德箱里的钱全部抢光，以后胆子越来越大，不但大白天抢劫香客，还绑架、奸淫进香的妇女，以致和尚和百姓纷纷告状，杨宏涛便奉命率部进剿。

杨宏涛先派了几名脑筋灵醒、善于随机应变的士兵，化装成做生意的小贩，去仔细打探土匪的情形，探听到土匪的巢穴在山顶的一个小寨子里。这个小寨子原本是清末百姓避乱时修建的，四周是悬崖峭壁，依山筑有石墙护栏，寨门是半尺多厚的木寨门，关闭后外人很难进入。如今土匪又把寨子四周都用厚厚的条石围了起来，确是易守难攻。这股土匪共三百多人、百来条枪，但除了少数惯匪外，大部分是被生活所迫的穷苦百姓。

弄清这股土匪的底细后，杨宏涛仔细思索一番，决定先不采取强攻的办法，而是进行分化和招安。于是先用部分兵力打了几场小仗，消灭了山上的一些零星散匪，然后调来两个营把土匪山顶上的寨子团团围住，最后便通过当地袍哥的舵把子，向土匪头头带信，说是自己要上山拜会，商谈双方合作之事。

土匪头子早就听说过杨宏涛的大名，心里已有几分怯意，在重兵包围之下，便不得不答应了。

杨宏涛换了一身长袍马褂,腰上别了支手枪,带两个副官上了山。看守寨门的土匪按规矩想要搜身,杨宏涛大眼一瞪,一个副官便立即纵身跳上了一丈多高的寨墙,飞身下墙到了寨内,接连打翻两个土匪后正要去打开寨门时,土匪头子汪老二赶来了,喝叫小土匪们赶快开门,把杨宏涛迎了进去。

土匪摆出了酒宴,汪老二是学过一些武功的,便想给杨宏涛一个下马威,于是暗暗运气,弯下腰大吼一声,伸出双手把摆着酒菜的圆桌高高举起,在大厅里绕了一周后轻轻放下,桌上的汤菜竟一滴也没有洒出。众匪徒拍手叫好,汪老二也面露得意之色,向杨宏涛抱拳说了句:"在下献丑了,请团长指教!"杨宏涛微微一笑,没有说话,只不动声色地用双手的大拇指和二拇指端着大圆桌的桌沿,轻轻一声"起",便将一张大圆桌平平地端了起来,在大厅里绕了三圈后轻轻放下,仍是汤菜一滴未洒。匪徒们相顾失色,汪老二抱拳连连说:"佩服!佩服!"杨宏涛只摆摆手微微一笑,说了句:"雕虫小技,让汪寨主见笑了!"

饭后和几个土匪头领共同商量招安的事,四个头领中,汪老二犹豫不定,三当家表示愿意,四当家想回家,只有二当家万虎坚决反对。他为啥反对呢?原来,万虎本是个惯匪,平时仗恃自己有几分武功,经常带头抢劫百姓、奸淫妇女,劣迹斑斑,民愤极大。此时他鼓起一双血红的色眼吼道:"想不到大哥也成了尿包,竟想投靠官府!老子今天把话撂在这里,哪个敢交枪就不再是兄弟,老子就给他抹脱,哪个狗日的敢投降,老子就毙了哪个!"

杨宏涛早就晓得这个匪徒的劣迹,早就想收拾他了,听了他的话后便腾地站了起来,浓眉倒竖,一拳捶在桌子上,两个副官也跟着站了起来⋯⋯杨宏涛向他们摆摆手,他要亲自教训这个畜生。

在电光石火的一瞬间,万虎已经抢先出了手,一个"黑虎掏心"当胸一拳向杨宏涛打来,杨宏涛并没有躲让,只暗暗运气让万虎的拳头好像打在了石头上,震得手臂发麻⋯⋯几个回合后,杨宏涛一个"双风灌耳",直取对方头部,万虎闪避不及,被打得眼冒金星,于是退后一步嗖地从腰上抽出了九节鞭,一甩手,铁扣叮当直逼杨宏涛上部,杨宏涛施展步法,扭动身躯,潇洒地避开了九节鞭的进攻;万虎又立即改攻杨宏涛的下盘,杨宏涛飞身一跃,轻飘飘地落在了厅中的大梁上;万虎气急败坏地举鞭向梁柱扫去,杨宏涛却早已回到了地面⋯⋯万虎的鞭头击进了木柱,趁他拔鞭时,杨宏涛便抢前一步,一脚把他扫倒,一脚踏住冷笑道:"这样的功夫还敢说大话,也只能是'背鼓上门——讨打'了!"

汪老二和众匪徒对"国民革命军"向来不服气，也不是真心愿意被招安，本想借万虎出手探探杨宏涛的深浅，以便再做打算，因此一直采取"坐山观虎斗"的态度，没有人上前劝解。哪晓得杨宏涛几个回合三下五除二就制服了山寨里武功最高的万虎，于是都大眼瞪小眼，晓得"来者不善"了。

倒在地上的万虎忽地从腰上拔出了手枪，指向了杨宏涛，但杨宏涛早就防了他这一手，而且出手更快，叭的一声，这个冥顽不化、凶恶成性的棒老二便被击毙了！

杨宏涛掏出手枪的同时，两位副官也掏出枪指向了厅中的众土匪……

莲花峰上的这股土匪被顺利招安，为百姓除掉一大祸害，杨宏涛的名声也就更加响亮了。

二　第五个老婆

杨宏涛的第四个老婆名叫孙秀琴，有几分姿色，小城里有人说她像电影明星胡蝶，她便更加得意。她曾上过小学，有些文化，家里在做小生意，是个"眼眨眉毛动"的厉害角色。结婚后时时要心眼防着杨宏涛，生怕这个见异思迁的男人又有了打猫儿心肠。结婚后两年多，孙秀琴既会讨好男人，又生了个儿子，因此杨宏涛也很将就她，于是她的防范便减轻了许多。这年，一位堂弟在成都娶亲，来信邀她去吃喜酒，她也想去成都逛逛繁华的春熙路，做几身漂亮衣服、买些首饰，再到处耍耍，便带着奶妈和娃娃高高兴兴地去了。

哪晓得，这一走，家里就出了事。

农历七月初七在秀江县一带既是乞巧节，又是土地会。土地在神仙中本是地位最低的，但由于和一般百姓关系密切，百姓便觉得他更亲切，为了求他保佑，便为他专门办了个庙会。白天敬了土地，晚上便敬巧神——当娘的会在院坝里摆上供果，让还未出嫁的女儿对着天上的织女星祭拜，乞求她给自己慧心巧手，把针线活做得更好。一些商家还会趁机举办"夜市"，摆出各色花布、丝线锦带和女红用品，妇女们精心打扮后便来"逛夜市"，挑选自己喜欢和需要的东西。

这天晚上，王凤英正带着女儿豌玉在夜市上买绣花的丝线和花绷子，杨宏涛因家里无人便带着个勤务兵在夜市上闲逛，无意间碰到了王凤英两娘母。乡坝头的人都是竹根亲，算起来，杨宏涛和王凤英死去的男人宋云飞也是远房表兄弟，王凤英早就认识他，于是便互相招呼起来……杨宏涛向王凤英问好后，一下子便注意到了旁边的宋琬玉，只觉眼前一亮，心里一动，眼睛落在她的身上便再也不愿离开了。

过去杨宏涛虽然已经娶了四任老婆，但遵照"兔子不吃窝边草"的规矩，他是从来没有对酒寨的女娃子们动过心思的，由于很早就当了兵后来又搬到县城居住，因此和酒寨的亲戚们来往不多，也没有发现宋云飞家竟有个这么漂亮的小侄女。

王凤英注意到了杨宏涛失魂落魄的眼神，也晓得他有个好色的毛病，便有意对宋琬玉说："妹仔儿，这是杨表叔，你小时见过的，你爹的表弟！"

宋琬玉望望杨宏涛，微微弯腰敬了礼，清脆地叫了声："表叔！"

杨宏涛"呵呵"一笑，摆摆手说："不客气，不客气，不要叫表叔，就叫我的名字，杨宏涛！"

"阿弥陀佛，那哪行，岂不坏了规矩！你是大团长、大英雄，表叔就是表叔，哪能乱叫呢？"王凤英连忙说。

宋琬玉早就从人们的闲谈中听说过杨宏涛的大名，也听过关于他的许多龙门阵，于是又好奇地抬头看了看他，见他正目不转睛地紧盯着自己，于是脸红了。

这种自然流露出的羞涩，在夜市的灯光下显得更加动人，而十八九岁又本是女孩子一生中最好的时光。不施脂粉、璞玉般的宋琬玉有着一张极为受看的鸭蛋脸，两道弯弯的眉毛，一双水灵灵、黑白分明的眼睛，笑起来就像两个豌豆角儿，小嘴边还会露出两个逗人的小酒窝，一口雪白、整齐的牙齿书上称之为"贝齿"，而乡下人却称是长了"一口糯米牙"；身材不高，但已经发育完全，有凹有凸，胸前的衣襟已经被两个小小的乳房顶得鼓鼓的；乌黑的头发没有像一般乡坝头的女娃娃那样留条辫子，却学表姐宋岚和城里女学生们的模样剪了短发，发尖微微卷曲，额上留了短短的披毛（刘海儿）；上身穿了件粉红洋布短衫，下身是宋岚送她的一条黑色绸裙。整个人不像乡下女娃娃，倒像城里的女学生。

杨宏涛心想，真是女大十八变，几年不见，没想到这女娃娃竟变得这么好看，真是酒寨出美女啊！

不仅杨宏涛在注意宋琬玉，夜市上许多人也在指指点点，像磁石似的，她走到哪里，便有一群人跟到哪里，不少逛夜市的人都在议论，这是哪家的女娃子？只怕要赛半城了！

于是，杨宏涛当时就下了决心，一定要把宋琬玉娶回家来。他自幼性格倔强，后来又一直出没在枪林弹雨中，母亲去世后，他为人处世便更加随心所欲，想到啥就非要办到啥不可，关于和宋琬玉的"辈分"合不合，这根本不是他需要考虑的问题。只是和一些军阀、兵痞不同，他并不愿强迫对方，而是希望能得到对方的真心，能心甘情愿地跟了他。至于那个第四任老婆孙秀琴呢？等她从成都回来就离婚，儿子归自己，为了补偿，会多给她一些离婚费，让她衣食无忧……

翻来覆去想了半夜，第二天一大早，杨宏涛就特地打发副官去城里的大商店买了两截上等衣料，一截是黑地金花的织锦缎，一截是紫红色金丝绒，又买了人参、鹿茸等补品和萨其马、花生酥、西式蛋糕之类的点心，杨宏涛骑着马，让勤务兵捧着这些礼品来到了王凤英家。下马进门后捧上礼品，他赔笑说："军务繁忙，我们好多年没见面了，兄弟是极敬佩云飞哥的，今天特地来探望你老人家。"说话时他特地避免了称呼王凤英为"表嫂"，"一点薄礼，不成敬意，请你赏脸，织锦缎是送给你老人家的，金丝绒是送给琬玉妹妹的……"

他把宋琬玉称为"妹妹"了。

从头天晚上在夜市相见，王凤英就有些担心，今天看见他带来的东西，又听到了他对自己和琬玉的称呼，心里更像压上了块大石头。琬玉的两个哥哥都因病早死，只留下了琬玉这根独苗苗，男人宋云飞惨死后母女俩便相依为命，琬玉从小便乖巧听话，长得又好，真真是娘的心头肉。当娘的只盼望妹仔儿能嫁个老实、本分、吃穿不愁的好人家，一辈子平平安安地过日子，再给她生几个外孙儿……而杨宏涛呢？虽说是个团长，有钱有势，但一来是表叔，辈分不合，妹仔儿真嫁了他难免背后被人耻笑，男人宋云飞本是个顶天立地的汉子，女儿万不能给他丢脸；二来哪个不晓得杨宏涛是个"花心萝卜"，见一个爱一个，没有长性？说不定几天新鲜劲儿一过又看上了别人，妹仔儿又要被他一脚踢出门；三来呢，自己的男人就是当兵后惨死的，打仗时子弹不长眼睛，她不愿意女儿以后也跟自己一样……因此听了杨宏涛的话后便作古正经地推辞道："阿弥陀佛，表弟，你听表嫂说，你表嫂是个乡坝头的女人，哪有资格穿啥子织锦缎？男人早死了，就是穿上了，又给哪个看哪？你侄女琬玉年纪还小，哪用得着穿啥子金丝绒？阿弥陀佛，你的好意表嫂心领了，东西还是拿回去吧，你要是不拿回去，表嫂就会连觉都睡不着了！"

杨宏涛笑了："你老人家真会跟我开玩笑，也太见外了，根本就没有把我当成亲戚嘛！这点东西就会叫你睡不着觉？笑话！你和琬玉妹妹没资格穿，哪个还有资格穿呢？说句老实话，琬玉妹妹穿金戴银都是该当的，像她那样的人才，秀江县能有几个？……琬玉妹妹呢？咋没看见她？"

听杨宏涛一口一个"琬玉妹妹"，王凤英自然更加明白了他的心思，于是回答道："琬玉到伯娘家描花样子去了，说是晌午不回来吃饭了。"

"闲话不说了，我今天还有事，不搅扰表嫂，告辞了……"杨宏涛有些扫兴，便起身告辞。王凤英要把送来的东西退还他，他坚辞不收，女人不便和男人撕扯，只得罢了。

下午，宋琬玉回来了，王凤英指了指杨宏涛送来的各种东西后对女儿说："妹儿，这杨宏涛怕是看上你了，我们孤儿寡母的咋个办哟？要不娘去找族长摆摆，请他老人家帮我们打个条……"

宋琬玉红了脸，低下头半响说了句："族长管得了他吗？"

王凤英叹了口气："是啊，这年头有枪便是草头王，族长哪管得了团长哟！"

原来，杨宏涛亲自上门给琬玉家送礼，当时在寨子里就噪喝了，宋琬玉在伯娘家就已经听说。大家都看出了杨宏涛在打啥主意，有人说琬玉有福气，有人在替她担心，人们说，杨宏涛有枪有钱，性子又犟，从来说一不二，他看上的女人哪个都跑不出他的手板心，琬玉这女子怕要当团长的小老婆了！

听了人们的议论，宋琬玉心里有一种说不清道不明的滋味。和许多年轻女娃娃一样，她也在憧憬爱情和未来的婚姻，在她的眼里，英俊的、穿着笔挺军装、有许多传奇故事的杨宏涛，和自己的爹一样，都是了不起的男人。爹打死过花豹，杨宏涛打死过野猪；爹二十多岁当了团长，带着队伍南征北战，还打过袁世凯；杨宏涛二十一岁当了团长，多次带着队伍进山剿匪……她想，如今酒寨里哪个男人有杨宏涛那样的气派？他看上了自己，她并不害怕，相反，还暗暗高兴。她晓得自己长得好，自十二三岁起就有不少人来做媒，不少人来提亲，乡坝头的女娃娃十五六岁就该嫁人了，就因为自己一直看不上那些眼浅皮薄眼光短、见识少的人，所以一直犟着不答应。如今想不到竟遇到个杨宏涛！那些提亲的男人哪个赶得上他呢？至于辈分不辈分，她和杨宏涛一样，都不当回事！

只是，有一件事让她担心，杨宏涛结婚和离婚的次数毕竟太多了，听说第四个老婆已经为他生了个儿子，还听说他很喜欢她……他会为自己再一次离婚吗？如果不离婚，难道宋云飞的女儿去当别人的小老婆？这是她无论如何不会答应的！她虽然年轻，但也听到过许多小老婆的悲惨下场，堂姐宋岚回家时也经常嘱咐她，女人不能自轻自贱，要把自己当个人而不是男人的玩物……杨宏涛要真喜欢她，就必须堂堂正正地娶她！

王凤英看着花朵儿一样的妹仔儿只低着脑壳不作声，便叹口气自言自语道："你不愿意吧？娘也不愿意！娘明天就去找族长，还要去找袍哥仁字号的宋大爷，这些人过去和你爹都是朋友，求他们劝劝杨宏涛，说啥也要让他放过你，阿弥陀佛，他到底是你的表叔啊！"

宋琬玉终于抬起涨红的小脸说话了："娘，娘，我没说……没说……你不要去找族长和宋大爷……他们也管不了他……女儿也不管啥辈分不辈分，寨子里也有辈分不合就成亲的……我只想问他一句话：娶了我是做大还是做小？要是做小我不干，打死也不干！"

王凤英心里一紧，暗暗叹息："真是女大不中留啊！"于是问道："要是做大呢，他愿意离婚呢？"

宋琬玉又不作声了。

"唉……"王凤英长长地叹了口气，"阿弥陀佛，真是冤孽啊！你真是喜欢他，愿意嫁给他？"

宋琬玉红着脸轻轻地点了点头。

"你是愿意了？……唉，你要是真愿意，娘也不想拦你！……杨宏涛这样的男人确实招女人喜欢……只是喜欢归喜欢，宋云飞的女儿万不能当别人的小老婆，不然，你地下的爹也不安生！他要真来提亲，娘就当面锣对面鼓，把这话跟他说清白，要问他到底是啥主意……还有一件要紧的事，你们没合过八字，也不晓得八字合不合……"

过了一天，杨宏涛又到宋家来了，这一次更加郑重，完全是当地下聘礼的架势，十六个士兵两人一组，抬来了八个长三尺、宽一尺半的抬盒，抬盒里放着红纸捆扎的各色丝绸锦缎和一对金手镯、四个金箍子、一个金项链和两百块现大洋，还雇了吹鼓手，一路吹吹打打。杨宏涛下马进门后便向王凤英恭恭敬敬地行了个军礼，朗声说："琬玉娘，三天后我要奉命去剿匪，今天是给琬玉妹妹下聘礼来了，请你老人家成全！"

远远地听到杨宏涛再次上门的消息后，王凤英就让女儿躲进了里屋，听了杨宏涛的话后便沉下脸摆摆手回答："阿弥陀佛，你是有老婆的人，想让宋云飞的女儿去做小？再说，你们还没合过八字哩，好些事都没扯清白，哪能就急急忙忙地下聘？"

"当兵的哪还相信啥八字？我和琬玉妹妹总算是有缘，前天夜里竟碰巧遇见了她！今天再次来求你只想问清楚，你和琬玉妹妹到底愿不愿意？愿意了，就是八字合上了；不愿意，我也绝不勉强！"说着，摆了摆手，让士兵和吹鼓手放下聘礼后先走了。

王凤英便招呼他在堂屋的竹椅上坐下，然后直截了当地问道："你说得砍截，我也不绕圈子，你是个有家有室的人，听说还有个儿子，眼下你又看上了琬玉，是不是想让她做小呢？"

"你老人家把我杨宏涛想成啥了？我能这样委屈琬玉妹妹吗？"说着四下望了望，"今天有些事我想当面向你老人家和琬玉妹妹讲清楚，能不能请她也出来听听呢？"

王凤英想了想后点点头说："也好，让她自己也听听。"说着便喊了声，"琬儿，你出来！"

琬玉早就在门后偷听，娘一叫就半低着头出来了。王凤英注意到，女儿进屋后已经重新梳过头，别上了岚姐送的漂亮发夹，换上了前天晚上在夜市上曾穿过的那件粉红上衣和黑绸长裙，嘴角边还隐隐露出了浅浅的笑窝，于是在心里叹了口气："这个死丫头不晓得厉害，真喜欢上这个色鬼了！"

见宋琬玉含羞带笑地走了出来，杨宏涛心花怒放，忙起身叫了声："琬玉妹妹！"琬玉含笑点点头便挨着娘坐下了。

杨宏涛望望王凤英又望着宋琬玉朗声说："我杨宏涛曾结过四次婚，但从来没强迫哪个女人当我的小老婆，因为我不喜欢搞三妻四妾那一套，喜欢哪个了，就会正大光明地娶了回来当老婆！今天要是琬玉妹妹答应了，我回去后立马就和孙秀琴离婚，她是个爱钱的女人，我也不会亏待她，会多给她一些钱的……"

"她要是不答应离婚呢？"王凤英问道。

"这事也由不得她了！"

"阿弥陀佛，四个老婆都离婚了，要是过几天再看上了别的女人，你是不是又要和琬儿离婚呢？"王凤英沉下了脸。

杨宏涛窘得满脸通红，看了一眼宋琬玉忙道："你老人家的顾虑有道理，我承认，过去我是有个喜新厌旧的毛病，为啥会这样？不瞒你们说，过去我娶回来的那些女人，没有一个是我真正愿意拿命去换、愿意和她白头到老的……她们跟琬玉妹妹根本莫法相比！……'宋氏三杰'之一的宋云飞一直是我杨宏涛万分景仰的人物，而自从前天晚上在夜市上看到琬玉妹妹后，我就在心里对自己说，这才是我杨宏涛真正想要的女人，这才是我白头到老的妻子！从今天起，我再也不会见异思迁，绝对不会做对不起琬玉妹妹的事！如果你们不信，我愿意当天赌咒……"

这番话说得情真意切，不只感动了宋琬玉，也感动了王凤英，王凤英终于点了点头说："那就等你把孙秀琴的事搁平以后，再来和我商量吧！"

"孙秀琴到成都亲戚家去了，说是过几天才回来。我已经接到命令，要马上去华蓥山一带剿匪，几天后就出发，剿匪回来后我会马上和孙秀琴说清楚，请你老人家放心！"

"剿匪就要打仗，要打好久？危不危险？"王凤英有些担心，宋琬玉也偷偷地瞟了杨宏涛一眼。

杨宏涛注意到宋琬玉含情脉脉的眼神了，不觉心里一荡，忙回答道："不要紧，都是些生毛子，只会欺负老百姓，我会尽快收拾了他们，尽快赶回来！"

临出发的前一天，杨宏涛又来宋家辞行。这天是农历七月十五日，传统的中元节，信佛的王凤英和隔壁宋岚娘宋张氏邀约着到庙里去烧香了，只宋琬玉一人在家，在院子里的橘子树下低头绣一幅鸳鸯戏水的枕头。酒寨的女娃娃们早早地便会自己准备嫁妆，这枕头也是宋琬玉准备当嫁妆用的。

杨宏涛早就打听到，中元节这天信佛的王凤英必定会去庙里，因此早饭后便穿了一身便装从城里骑马赶到酒寨，把马寄放到熟人家里后，轻手轻脚地走进了宋家，进门后便反身闩上了院门。

宋琬玉听见了脚步声，抬头见是杨宏涛，而且他正在闩着院门，不觉羞红了脸，忙站起身来，不晓得咋办才好，心里咚咚地跳着，本想让座，觉得不妥，于是转身进堂屋定定神后，端了一杯茶出来，捧给杨宏涛后轻声叫了声："表叔……"

杨宏涛看见宋琬玉雪白的面颊上洇出了两片红晕，白里透红，像山上含苞待放的映山红，水灵灵的眼睛里既有一些羞惧而又含着柔情，不由得心醉神迷，接过宋琬玉捧过的茶杯放在凳子上，便猛地抓住了她的一双小手，呼吸急促地说："琬玉妹妹，不要再叫我'表叔'，叫我'宏涛''宏涛'！……"

宋琬玉使劲想挣脱他的手，但铁钳一样的大手她哪里挣得开？她满脸娇羞的神情反倒更刺激了杨宏涛的欲望，于是猛地一把将她搂进怀里，颤声说："好妹妹，想死我了，嫁给我吧！"

　　宋琬玉挣扎着说："你……你放开我……"但杨宏涛却搂得更紧，她想推开他，但他的嘴唇却狠狠地贴在了她的嘴唇上，在一阵晕眩中，在他滚烫的胸膛里她终于停止了抵抗。像野兽叼着自己的猎物一样，杨宏涛叼着她进了里屋……宋琬玉再一次想挣脱他的怀抱，但在他强壮的怀抱里只觉得浑身酥软，再也无法挣扎了……

　　事后，杨宏涛对宋琬玉说："琬妹，请你等等我，剿匪回来我就离婚，就会正式娶你，决不会辜负你！"

　　宋琬玉含泪点了点头。

　　他们都没有想到，这次的纵情会带来什么样的后果。

　　王凤英从庙上回来，发现女儿的神情好像有些不对，说话时总是低着脑壳，眼睛不敢看娘，好像有啥事瞒着，心里一紧便问道："杨宏涛又来过？"

　　琬玉点了点头。

　　"他又说啥？"

　　"没说啥，只说他明天要走了，回来后就离婚……"

　　"来了多久？"

　　"没多久……说了几句话就走了……"

　　"他没欺负你？"

　　宋琬玉红了脸轻声道："没有……"

三　孽缘

　　没想到，杨宏涛这一去竟两个多月没有回来，只来信说，华蓥山的土匪剿灭后又奉命开拔到了别的地方，还是剿匪；还说，他已经升任了旅长。但宋琬玉发现，自己每月必来的"亲家"竟两个月没有来，而且还开始了恶心、呕吐。王凤英是有经验的人，看见这些异常现象便怀疑女儿是不是和杨宏涛有了勾扯而且怀了孕。经过一再盘问，宋琬玉被迫说出了那一天和杨宏涛发生的事……

　　虽然王凤英一直在怀疑女儿有事瞒着自己，也生怕不懂事的女儿会上了杨宏涛的当，但事情坐实之后，她还是大吃一惊："真是冤孽啊！"当娘的不但觉得丢脸，而且还万分担心：孙秀琴不是个省油的灯，戳穿这事后定会搅得波翻浪滚，一场天大的祸事怕要落到琬玉这个"背时死女子"头上了！

咋办呢？思前想后，王凤英实在是没抓拿了，万般无奈之下，她把这事悄悄告诉了隔壁的宋张氏。但老实的宋张氏听了后也吓了一跳，只是摇头叹气，为她两娘母担心，根本想不出对付的办法。两个女人焦眉愁眼地只盼望着杨宏涛能够赶快回来……

但是，杨宏涛没有回来，他的老婆孙秀琴却回来了。

原来，孙秀琴是个极有心机的女人，去成都前已经在家里留下了"耳报神"，杨宏涛看上了宋琬玉，想要再次离婚的消息已经由"耳报神"写信告诉了她，接到信后她便连更三四地从成都赶了回来。

回来后，跳下轿子一进家，她便马上命两个勤务兵到酒寨去捉拿宋琬玉，理由是宋琬玉不守妇道，举止轻佻，不顾伦理，趁她不在家，竟大胆勾引有妇之夫的表叔！

孙秀琴仗着自己有几分姿色又生了个儿子，在家便一贯有几分骄横，杨宏涛懒得和她争吵，有时也让她三分，她便更得意了。勤务兵们不敢违抗她的命令，便来到宋家，要把宋琬玉押走，王凤英虽号啕着拼死阻拦，但一个妇道人家哪里拦得住两个身强力壮的男人？乡亲们也只是围观，除了宋张氏嗫嚅着帮王凤英说了几句话外，根本没有人出手相救，有的是怕事，有的本就觉得侄女和已婚表叔相好有悖伦理，有伤风化，他们不敢惹杨宏涛，只巴心不得教训教训这个不懂事而平时又眼界甚高的宋琬玉。

孙秀琴本来盼咐把宋琬玉绑到县城，但勤务兵们见了花朵儿一样的宋琬玉后却起了怜惜之心，觉得这事恐怕是自己的旅长起意，不能单怪这个年轻、柔弱、如花似玉的女娃子；再则，他们也怕杨宏涛真对这个女娃子有心，回来后要找他们算账，因此只押走了宋琬玉，并没有捆绑她。

孙秀琴见了宋琬玉后，见这个女娃子既年轻又着实好看，不禁醋意大发，二话不说，扑上去连连打了几个耳光，又咬着牙使劲揪着宋琬玉细嫩的脸包儿凶神恶煞地高声骂道："不要脸的烂舍物儿（娼妓）！你不是会勾引男人吗？今天我就要让你晓得勾引男人的下场！"

拳打脚踢后，宋琬玉的脸被打肿了，嘴角流着血，身上也多处有伤，但她咬着牙既不流泪也不告饶……

打累了，骂乏了，孙秀琴觉得气还没出够，又喊丫头梅香和女佣周嫂剥去了宋琬玉浑身上下的衣裤，然后让勤务兵把一丝不挂的她拖到猪圈，扔了进去……

可怜正在"害娃娃"的宋琬玉已经好几天没有好生吃过饭，今天既受到了巨大的惊吓又被长时间打骂，终于晕过去了！当时已是深秋，天气已经转凉，赤身露体蜷缩在猪粪上的她，在一阵寒风的吹拂下又慢慢苏醒过来……身上沾满了刺鼻的猪尿猪屎，耳朵里听着猪们的哼哼声，她浑身发抖，但没有流泪，也不想寻短见，她只有一个想法：一定要咬牙等着杨宏涛回来！而且为他吃苦，她并不后悔！

她咬牙坐了起来，挪到了猪圈角角上稍微干净一点的地方，蜷缩着，不只冷，不只脸上和身上在火辣辣地疼痛，肚子里也忽地翻江倒海、刀绞般痛了起来，痛得她死去活来，也不晓得到底过了多久，她又晕了过去……下身也开始流血了……

女佣张大娘来喂猪的时候，看见了晕过去的宋琬玉，也看见了她身子下殷红的鲜血，摇头说了句："阿弥陀佛，造孽啊！"便赶紧丢下猪食桶去掐宋琬玉的人中，见宋琬玉睁开眼睛后又去厨房端来一碗开水喂了喂，然后去上房告诉孙秀琴："太太，猪圈里的那个女娃子怕不行了，身上在流血哩，人也死过去了……怕要出人命啊，要不要让她穿件衣裳，再找个太医看看？"

孙秀琴"呸"的一声，啐了一口，秋风黑脸地骂道："出人命怕啥？这种不要脸的烂舍物儿还不该死？这样子死了，还算是便宜了她！"

就这样，宋琬玉在猪圈里被关了一天一夜，晚上，见周围莫人，好心的张大娘便悄悄送来一碗稀饭，又拿来一床御寒的破棉絮；白天，怕被孙秀琴看见，又把破棉絮收走……宋琬玉根本吃不下东西，又流血不止，眼看真的就要死在猪圈里了！

自女儿被押走后，王凤英便四处托人求情，也找过族长宋茂行和袍哥大爷们，但大家都晓得这是个烧红了的"炭圆儿"，不好捏，因而不愿出头，最后王凤英只得自己来到杨宏涛家门外，哭着要当面向孙秀琴赔不是，请孙秀琴"大人大量，高抬贵手，放过这不懂事的女娃娃"……但孙秀琴听说她来了，只黑起脸让用人带出一句话："她王凤英不吐泡口水自己照照，生了这么个舍物儿，不严加管教，还有脸来求情！要不是看她男人宋云飞的面子，我连她王凤英也一起抓！"

女儿在猪圈里关了一天一夜，娘在杨家门外哭了一天一夜，千盼万盼，这天后响杨宏涛终于回来了。

还没到家，刚到街上，有人就拦住了杨宏涛，悄声说："你的太太抓了宋琬玉……"在家门外，又碰见了披头散发的王凤英，王凤英嗓子都哭哑了，见他后只哭着说："我家妹仔儿遭你害惨了，你要是再不回来，只怕就见不着她了！"

杨宏涛着急地想问清原委，但王凤英只晓得妹仔儿头天早上就被两个勤务兵抓到了杨家，别的啥也不晓得，最后只重重地说了句："妹仔儿已有了身孕，是你的……"

听了这句话，杨宏涛脸唰地白了，急忙对王凤英说："快，快跟我进去！"说着扶着王凤英快步冲进家门。他明白，孙秀琴并不是个良善的女人，宋琬玉落到她的手里，只怕凶多吉少。

孙秀琴没有料到杨宏涛今天就会回来，正坐在梳妆台前，让女佣周嫂给她打开发髻，梳理长长的头发。这女人头发很好，又黑又多又长，只是不晓得听了哪个人的话，说是头发不能经常洗，洗了会掉发，还会患上偏头风，于是便很少洗发了。平时还不觉得，但只要一打开发髻，几间屋都会闻到头发熏人的臭味，熏得周嫂几乎要吐，但她不敢吭气，只是一听说要给她梳头，就赶紧往太阳穴上抹些万金油，要压压头发的臭气……

周嫂梳着头发，小丫头梅香也站在旁边拿着纸捻子伺候着。孙秀琴抱着白铜水烟袋一面扑哧扑哧地吸着水烟，一面在心里盘算着咋样处置宋琬玉，心想必须彻底清除掉这个祸害，让杨宏涛彻底死了心……发髻刚刚盘好，就听见院子里响起了橐橐的皮靴声，还有女人的哭声，孙秀琴心里一惊——"莫不是他回来了？"连忙起身把水烟袋递给梅香，又照了照镜子，然后走出了堂屋……看见果然是杨宏涛回来了，身后还跟着一把鼻涕一把眼泪的王凤英，便赶紧笑吟吟地迎上前去，一面接过杨宏涛手里的马鞭，一面拍打着他身上的尘土，亲亲热热地说："老爷，你到底回来了，刚才我还在念叨哩，打仗是提起脑壳耍的事，我好担心哟，夜晚连觉都睡不着！看看，你瘦了，也晒黑了……"

她早已看见了杨宏涛身后的王凤英，却假装没有看见，没有打招呼。

杨宏涛黑着脸，使劲甩开了孙秀琴的手，怒吼道："你好大的胆子，趁我不在家，就把宋琬玉抓起来了！现在人在哪里？"

孙秀琴一张涂满胭脂水粉的脸变得咔白了，嘴唇抖动着："在……在……你先进屋歇息，洗把脸，我这就去喊她……"

"你少给我打假叉！"杨宏涛的眼睛箭一样地盯着孙秀琴的眼睛，"不要支支吾吾，我不用歇息，也不想洗脸，你只告诉我，到底把宋琬玉咋了？"

"我……我敢把她咋样呢？"孙秀琴说着便扭脸对梅香使了个眼色，"快，梅香，你快到后面去告诉宋家妹仔儿，就说旅长回来了，要见她！"

梅香迟疑着，不晓得到底该咋办；再说，平时孙秀琴对下人一贯刻薄，她也不想帮她圆谎。

杨宏涛吼了起来："你鬼鬼祟祟地干了些啥？不用叫她去，我自己去！"说着便转了身。

孙秀琴猛地跪在了杨宏涛的脚下，抱着他的腿哭了起来："老爷，都是我一时糊涂，抓了宋琬玉，您大人大量，看在我们夫妻一场，看在娃娃面上，就饶了我这一回吧！"

杨宏涛瞪眼道："你把她关在了哪里？"

孙秀琴不敢回答了。

杨宏涛着急地怒吼起来："你还不说实话，看老子毙了你！"说着，一脚踢开了孙秀琴，还掏出了手枪。

站在旁边的周嫂开腔了："老爷，在……在……猪圈那边……"

杨宏涛顾不得再问别的，立马向猪圈跑去，王凤英也跟在了后面。

来到猪圈，看见宋琬玉一丝不挂、一动不动地躺在猪圈里，双眼紧闭，脸包儿肿胀，颜色咋白，上面有几个乌黑的拇指印，身上满是乌红的血迹和黑绿色的猪尿猪屎……王凤英心痛得也几乎晕了过去，号啕着扑上前去，几把扯下自己身上的外衣裹在女儿身上，不顾女儿满身的猪尿猪屎便紧紧地抱在怀里，哭叫着："苦命的妹仔儿呀，你到底招了哪个、惹了哪个，被人下了这样的毒手啊！妹仔儿，娘来了，你睁开眼睛看看娘啊，你要有个三长两短，叫娘咋个活下去啊！"

宋琬玉迷迷糊糊地听见了娘的哭声，便睁开肿胀的双眼看了看王凤英，喘息着低声叫了声"娘"……眼泪便簌簌地流了下来。

一旁的杨宏涛自是又痛又悔又怒，觉得自己实在对不起这个娇小、美丽、柔弱的女娃娃，十分后悔自己考虑不周，没有及早对她加以保护，以致"羊入虎口"，竟落到了这种地步！而对孙秀琴呢？自是十分愤怒和痛恨，他没有想到这个女人的心肠竟如此歹毒、手段竟如此毒辣，而且还如此肆无忌惮……他勉强压下心头的怒火，抢前一步，从王凤英怀里把满身血迹和猪粪的宋琬玉抱到自己怀里，快步抱进上房的一间客房，轻轻地放在床上，命女佣们赶紧提来几大桶热水，找来几身干净的衣裤，请王凤英帮着把宋琬玉一身擦洗干净，又命勤务兵跑步去请秀江县医道最好的孙太医立即前来为宋琬玉诊治。

孙太医是县里精于岐黄、有家学渊源的名医，号了脉，看了舌苔后便惋惜地说："病人受到了惊吓，又受了伤，还着了凉，下身见红，已经小产，肚子里的娃娃是保不住了……病人现在身体十分虚弱，必须好好调理，千万不能再让她怄气！好在她年纪还轻，服药再加上调理，是会慢慢恢复元气的。"说着便开了内服和外用的药方，杨宏涛立即吩咐勤务兵去捡了药。

药捡回来后，王凤英在琬玉的外伤上涂了药，又亲自把汤药熬好，杨宏涛守在旁边经佑着宋琬玉喝下，又特地让周嫂告诉厨房的张大娘赶快熬点鲫鱼汤，做些银耳莲子羹之类的清淡饮食，给宋琬玉补补身子……

杨宏涛回家后，已经过了两个多时辰，一直守在宋琬玉身边，连水都没有喝一口，衣服、靴子也没顾上换。宋琬玉对着他，一句埋怨的话也没有说，只默默地流泪，这让杨宏涛更加心痛，于是坐在床边握着她的小手反复地说："琬玉妹妹，对不起，实在对不起你，是我考虑不周，是我错了……我一定好好收拾收拾那个恶婆娘，给你出口气！"

宋琬玉服药后，小腹的疼痛减轻了一些，脸上也有了一丝血色，但仍然浑身疼痛，仍然在发烧……见她迷迷糊糊地睡着了，杨宏涛便起身对王凤英说："您老人家就在这里陪着她吧，我要去找孙秀琴算账！"

说完便去自己的房里找孙秀琴。

孙秀琴虽然蛮横，但对杨宏涛一直是畏惧的，想到自己对宋琬玉的处置，心里便七上八下十分害怕，特别得知宋琬玉已经怀孕而娃娃又小产后，便更加害怕。她晓得杨宏涛是很爱娃娃的，两人亲热时曾多次对她说过："我巴心不得你给我多生几个娃娃，十个、八个才好哩！"现在宋琬玉的娃娃小产了，他一定十分心痛，也十分恼怒……不过，虽说害怕，但孙秀琴并不后悔，心里仍然咒骂着："你这个烂舍物儿，竟来勾引我的男人，我饶不了你！"

只是，眼下这一关咋过？她想来想去，觉得最好的办法还是利用儿子，儿子是杨家的根，也是她的护身符，杨宏涛虽然秉性刚烈，但极爱儿子，是舍不得让儿子受委屈的,于是便把一岁多的儿子阳阳紧紧地搂在怀里。

杨宏涛进来了,一屁股坐在窗前的藤椅上,睁圆眼睛瞪着孙秀琴,出着粗气,没有说话。

孙秀琴立即搂着儿子跪在了他的面前,哭着说:"老爷,千错万错,都是我的错,我错了,我不该吃醋,不该去抓琬玉妹子,我是一时糊涂了……也不晓得她已经有了身子……要是早晓得,就是借给我个胆子,也不敢去碰她呀!……老爷,一日夫妻百日恩,您看在几年的夫妻情分上,也看在儿子面上,就饶了我这一回吧,以后我再也不敢了!"说着,大声哭了起来,儿子阳阳也跟着哭了起来。

杨宏涛吼了声:"梅香,叫奶妈把娃娃抱走!"奶妈把阳阳抱走了。

杨宏涛望着孙秀琴冷笑道:"哼,你还想有'以后',老子现在就告诉你,莫得啥子'以后'了!你站起来,用不着给老子下跪,下跪也莫用。你吃醋,老子不怪你;你把宋琬玉抓起来,我也可以原谅;但你的做法实在太歹毒,竟把人打伤后赤身露体地丢进猪圈里,这是人干的事吗?你仗着自己生了个儿子竟敢这样胡作非为!我要再晚回来几天,她宋琬玉还有命吗?你生了个儿子就了不起,她肚子里是啥?难道不是我杨宏涛的骨血?"

孙秀琴仍然跪着,低头哭着说:"老爷,我错了……"

杨宏涛从腰上掏出手枪,啪的一声重重地摔在藤椅旁的茶几上,吓得孙秀琴打起抖来,哭着说:"老爷,饶了我吧,饶了我吧,我再也不敢了……"

杨宏涛冷笑一声道:"哼,我真想一枪毙了你!但老子从来不杀女人,你还是赶紧收拾收拾东西滚吧!你跟了我两年多,娃娃留下,屋里的东西喜欢啥就拿啥,另外,我还给你两百大洋。以后你再嫁我再娶都两不相干了!你愿不愿意都得这样办,这也是你木匠戴枷——自作自受,不用再和我纠缠,再纠缠也莫用!"

孙秀琴晓得杨宏涛的脾气,明白再纠缠也莫用,于是便站了起来,一面抽抽搭搭地抹着眼泪,一面开始收拾东西,第二天,杨宏涛让勤务兵雇了乘轿子,把她送回娘家了。

吃了几服孙太医开的中药后,宋琬玉烧退了,身上也不痛了,只是仍然十分虚弱,王凤英想领她回家调理,但杨宏涛高矮不答应,他对王凤英说:"去剿匪前我就答应过琬玉妹妹,回来后离婚并正式娶她为妻,没想到竟会发生那么多事,让她受了那么多罪,真是对不起她……如今我和孙秀琴已经离婚,我给琬玉妹妹也下过聘,事情已经闹嘞了,就让她在这里住下吧,城里看病方便一些,过些日子，我还想送她到重庆的大医院看看哩！"

王凤英想了想后便道："阿弥陀佛，有句话我一直藏在心里，我们家琬玉年纪小、不懂事，当娘的不得不替她打算，打开窗子说亮话吧，你跟琬玉是当真的还是人们说的'逢场作戏'？是不是过几天看上更漂亮的女人了，又要和她离婚？她跟你时还是个黄花女儿，你要是又甩了她，叫她以后咋做人呢？"

杨宏涛急忙辩白道："您老人家想些啥哟，我杨宏涛也算个顶天立地的男子汉，能这样昧良心吗？过去我是娶过几个老婆，对这些女人我是没当过真，正如你老人家说的'逢场作戏'，但对琬玉妹妹我是认真的，况且她还为我受了这么多罪！还是那句话，要是将来我负了她，就遭天打五雷轰！等她身子好了后，我要闹闹热热地办个婚礼，让她体体面面地进门！"

于是宋琬玉便在杨府住下了。

半个多月后，这一天孙太医号脉后，皱了皱眉对杨宏涛说："旅长，请借一步说话！"

两人来到了外间，孙太医轻声说："旅长，病人小产时吃的亏太大，恐怕这一辈子都不能再有生育了！在下一直想尽力挽回，无奈无扁鹊、华佗之术，只能实言相告了！"

杨宏涛心里一沉，追问道："真的无法可施？"

孙太医摇了摇头，看看杨宏涛又说："旅长可以带她到大地方的医院看看，不晓得会不会有办法……"

杨宏涛不敢把这件事告诉宋琬玉和王凤英，只以检查身体为名把宋琬玉带到了重庆的教会医院，洋医生检查后也遗憾地告诉他："这位女士小产时生殖系统受到了严重伤害，终身无法生育了！"

杨宏涛气得在心里大骂孙秀琴，本想把这事隐瞒下来，但考虑到"长痛不如短痛"，还是把实情告诉了宋琬玉。宋琬玉知道后大哭了一场，杨宏涛安慰她道："不能生娃娃有啥关系？我喜欢你又不是为了你能生娃娃！娃娃我已经有了，一个就够了，养那么多干啥？只要有你，只要我俩能白头到老，这一辈子我也就心满意足了！"

他果然为她举办了一个隆重的婚礼，军政两界不少人前来祝贺，秀江县和酒寨有头有脸的乡亲，包括族长、总舵把子都被邀参加，王凤英觉得，总算给琬玉和宋家挽回了一些面子。

四　解　甲

　　让许多人想不到的是，和宋琬玉结婚后，刚被提拔为旅长的杨宏涛竟突然退役，解甲归田。回家后，当时秀江县和附近的两个山区县都有兵痞、盗匪啸聚，"拉肥猪""抱童子"等事经常发生，以致人心惶惶，民众总是生活在恐惧之中，于是三个县的地方人士经过商议便联合成立了"三防局"，并一致推举杨宏涛担任"三防局"局长。秀江县的袍哥又推举他为当地的总舵把子。

　　从母亲和乡亲们那里大致了解了杨宏涛和宋琬玉相恋和结婚的经过后，宋岚心里有喜有悲。高兴的是，这个可爱的小堂妹能够勇敢地冲破传统伦理的束缚，终于和自己的真爱共结连理；难过的是，她小小年纪，竟已经历了那么多的磨难，简直是九死一生，而且还留下了终身无法治愈的伤痕……

　　从宋琬玉她又想到了自己，不禁庆幸起来，庆幸自己能够走出酒寨封闭、狭小的天地，上了大学，有了自立的能力……想到这些，她便从心底里感激黄骏飞和蔡仲瀚这些老师的帮助和教导，也十分惦记他们。如今蔡仲瀚老师已经遇难，而黄骏飞老师呢？他还好吗？该不会也遭遇了不测吧？她想利用这次回家过年的机会去拜望他，再一次聆听他的教诲并且当面致谢。

　　过年，酒寨和别的地方一样，历来是一件大事，一进腊月，许多人家便开始杀年猪、办年货、做新衣、打扬尘。腊月二十三俗称"过小年"，要送灶神上天，按当地的习俗，过年从这一天便已经开始了，宋岚回家的第三天正是腊月二十三，她便带着自己和哥哥宋峰的礼物，进城去看望宋琬玉了。

　　杨宏涛的宅子在县城一个僻静的小巷里，是一栋中西合璧的建筑，进大门后便有一座砖砌的两层小楼，楼下除了正中放轿子或滑竿的门厅，左右各有一间厢房，左间是客房，右间是奶姆和儿子阳阳居住的地方；楼上有两间客房、一间客厅。小楼后面是一个小院，院子里有两个大大的砂石金鱼缸和几盆兰草。走过小院便是三间上房，正中是堂屋，左边的厢房是杨宏涛夫妇的卧室，右边是书房和接待客人的地方。堂屋旁边走过一道小门便是厨房、储物间、厕所和女佣们居住的小屋，还有一个大大的花园，里面有水井、凉亭，种了牡丹、芍药、茉莉、栀子以及桂花、梅花、紫荆、翠竹等，花园旁边有轿夫、花儿匠们居住的小屋。花园尽头处是个猪圈，这是曾关押过宋琬玉的地方。

小年这天，杨宏涛去调解袍哥间的一些纠纷，一大早就出门了，宋琬玉在厨房旁边的小屋里忙碌着，指挥张大娘、周嫂和梅香制作冬天的各色咸菜和过年的一些点心，包括榨菜、节节菜、红豆腐、糍粑、米花糖、苕丝糖、花生糖等。宋琬玉虽然年轻，但聪明勤快，年幼丧父后早就学会了干各种家务活，样样事都拿得起放得下，家务料理得井井有条。小年的前一天她已经把娘王凤英从酒寨接来，这天王凤英也在小屋里帮忙。

听说宋岚来了，宋琬玉向娘招呼了一声便笑着迎了出来。宋岚本以为，在她面前出现的应该是一个受尽委屈、愁眉苦脸的小媳妇儿，谁知竟是一位满面春风、打扮入时的少奶奶。近两年没见，宋琬玉已经大大地变了样子，再不是那个天真烂漫的小姑娘了。她的身材丰腴了一些，乌黑的短发时髦地微微卷曲着，粉嘟嘟的脸上虽然没有涂脂抹粉，但眉毛是修过的，还淡淡地涂了一点口红，身上穿着织锦缎粉底牡丹花薄棉旗袍，脚上是一双紫红色呢面棉鞋，面庞清秀中透出妩媚，似乎更加明丽动人了。

一见宋岚，宋琬玉便扑了过来，紧紧搂着宋岚高兴地说："岚姐姐，岚姐姐，你啥时候回来的？咋不早点告诉我好打发人去接你呢？快，快请到屋里坐！"

说着，嘴角边甜甜地露出了两个笑窝。

宋岚握着宋琬玉的手，望着她亮晶晶的眼睛，低声问道："琬玉妹妹，你过得好吗？我好担心你哟！"

琬玉笑着回答："你担心啥，你看我现在不是很好吗？"说着亲热地挽着宋岚的手走进了自己的卧房，让她在窗前的椅子上坐下，又亲手斟了杯茶送到她的手上。

宋岚从肩上取下绣花挎包，拿出自己送的衣料和哥哥送的铺盖面子递给宋琬玉说："在成都就听说你结婚了，这是我和哥哥的贺礼，菲薄了些，你不会笑话吧？"

宋琬玉一面回答"岚姐姐，你说这话就见外了"，一面抖开衣料看了看，又在身上比了比，高兴地说："好漂亮啊，我喜欢，谢谢了！"把衣料收起来后又低声说："岚姐姐，你不怪我吧？本来我也想听你的话，打算二天去成都读书、做事的，哪晓得偏偏遇到了这个杨宏涛！也是前世的冤孽吧？一见面，他喜欢我，我也喜欢他……你晓得，我爹是带兵打仗的，我自小就喜欢带兵打仗的人……为他受再多的苦，我也不会后悔！……只是小产后我再也不能生育了，这件事让我很伤心,是我得到的报应吧?……"

说到这里,宋琬玉眼圈红了,从怀中掏出手帕,揩着眼泪。

宋岚心里也很难过,叹了口气后勉强安慰她道:"我不相信有啥报应,孙秀琴的手段的确太毒辣了,哪里是人做的事?事情既然已经这样,你也不要太难过,听说杨宏涛离婚时留下了儿子,娃娃还小,虽然不是亲生的,但只要你对他好,好好地培育他,将来长大后他也会孝顺你的!"

"娃娃倒很乖,我也很爱他……我倒不指望二天他能孝顺我,只是宏涛只有这一根独苗苗了,我是得好好生生地培育啊,让他进学堂读书,二天也能上大学!"

两姐妹说了一阵知心话,杨宏涛回来了。解甲回家后,他再没有穿军装,而是穿着一件蓝花缎面羊羔皮长袍,外罩黑花缎马褂。见宋岚来了,便客气地向她问起宋张氏的身体以及宋峰一家的近况,并请宋岚代他向他们问好。还说从小就听说宋岚的父亲——也就是他的表哥——曾参加过打倒清王朝的起义,是个了不起的人物,只可惜去世太早……

宋岚倒有些尴尬,不晓得应该怎样称呼他,是应该叫"表叔"还是应该叫"妹夫"呢?想了想后,觉得叫"妹夫"还是不妥,便按过去的老规矩,仍然称之为"表叔"。杨宏涛倒很豪爽,对她的称呼并不介意。

谈话间宋岚便问道:"表叔,你刚荣升旅长,前途无量啊,为啥突然要解甲归田呢?"

杨宏涛叹息说:"当年我毅然参军,为的本是在国家内忧外患之际,想继先父遗志,做点利国利民的事,哪晓得后来却在为军阀混战卖命,成了残害百姓的工具。为了争权夺利,昔日的兄弟变成了你死我活的仇敌,老百姓也苦不堪言,怨声载道。不管当团长还是当旅长,还不都是为虎作伥?所以我不愿再干下去了。再说,琬玉身体也不大好,娃娃又小,他们都需要我照顾,所以思前想后便决心辞掉一切职务回家。回想过去的一切,真像是做了一场梦……"

在感慨中他又说:"四川的军阀混战始自滇军和黔军借'护法'之名进驻四川。他们自委官吏,强提税款,屠杀四川同志军。那个野心勃勃的'云南王'唐继尧是个'土皇帝加小丑'的角色,我曾亲眼看到过,此人到重庆准备召开五省联军会议时,其排场之大,超过了满清许多王公贵族,简直就是个封建帝王!他的仪仗队前导的骑兵骑的是青、皂驹和青、白驹配对的战马,身背骑枪,腰挂战刀，足蹬皮靴，头戴法式尖顶头盔；随后是'饮飞军'，这是唐继尧的近卫军，服装和骑兵一样，只是武器不同，右手执方天画戟，左手执十响驳壳枪；再后面是掌旗官，骑着骏马，背着十响驳壳，掌一面杏黄色滚金丝穗的大旗，上面绣了一个斗大的'唐'字；接着是唐继尧的八抬绿呢大轿，有绣龙金黄褥靠垫，轿顶镶上了五岳朝天锡顶；轿后跟着一匹黄骠马，配紫金鞍；再后面又是保驾的'饮飞军'……"

宋岚早已忍不住笑，听到这里，终于大笑起来："看来，这'土皇帝加小丑'的绰号取得真好！想不到此人竟如此无耻，如此狂妄，而又如此滑稽！"

杨宏涛也笑了起来："还有哩，他的行营吃、住都极考究，各种行头、餐具、食料等达一百驮以上，将领们吃的是西餐，住处的天花板和墙壁都用白布衬挂，地上铺了青松毛，壁上还附庸风雅地挂着名人书画……据说所有的行头都有两套，以备轮流打前站布置。其实他的目的不只是炫耀，也是示威……"

"他享用的都是民脂民膏啊！哪里还有一点'革命者'的影子？成都曾打过三次巷战，一次川军和滇军，一次川军和黔军，还有一次则是四川军阀刘文辉部和田颂尧部，我们学校在皇城，都被波及！"

"是啊，滇黔二军被赶出四川后，四川军阀间便开始了混战。四川军阀中势力最大的是'速成系'和'保定系'。由于刘湘曾就读于四川陆军速成学堂，便以他为首，形成了'速成系'。刘湘外表木讷、老实，内心却极其精明，是个'装猪吃象'的角色，他不嫖、不赌、不抽鸦片，据有川东防地，根据地是重庆，自称有海、陆、空、神四大军种，其实海、空、神都不起作用，反倒闹了许多笑话……"

"有啥笑话呢？你也讲给我们听听呀！"宋琬玉在旁笑着插了嘴。

"他曾经从美国买回来一架飞机，高薪聘请了一个德国人来做试飞表演，哪晓得这个德国人竟把炸弹丢进了前来观看的军队学员中，当场就炸死了一百多人！后来，刘湘又从法国买回一架'新式战斗机'，试飞那天竟一头栽进了扬子江……"

宋琬玉哈哈大笑后又问："海军呢?"

"开头他只在几只小船上装了两门陆军用的小钢炮，常常打了一炮后就会发生故障，后来他又从法国买回了两艘快要报废的商船，在上面安装了小钢炮和重机枪……这算啥'海军'呢？只能用来走私鸦片烟罢了！"

"关于'神军'笑话就更多了,我在成都也听说过哩!"宋岚道。

"岚姐姐,你也把这'神军的笑话'摆给我听听吧!"宋琬玉央求道。

宋岚笑笑说:"听说这个'神军'的创办人叫啥'刘神仙',其实就是个江湖上招摇撞骗的术士,以算命、卜卦为生,自称发功运气时会从两腰和肚脐眼处冲出一股真气,这股真气会在头顶上结成一颗红珠,只要时时刻刻想到这颗红珠,便可随心所欲……其实这只是骗人的鬼话,想不到竟有许多人相信,不久就创立起了个'孔孟道',有了教徒一万多人。刘湘不但自己加入了'孔孟道',还让部属潘文华、唐式遵、王缵绪、王陵基、范绍增、杨森等军阀也都加入。'刘神仙'提出要建一支'神军',刘湘欣然允诺……以后居然还让他当了军事委员会的委员长,打仗时先做一番法事,拿乱语当军令……终于闹了个一败涂地,众将领大为不满,一致要求杀了这个'神仙',最后刘湘悄悄把他送出四川了……"

听到这里,大家都笑了起来,宋琬玉一面笑一面说:"世上哪有啥神仙啊,就是真有神仙,也不会来帮凡人打仗呀,刘湘是军长、是大官,他咋就这么糊涂呢?"

"这就叫'利令智昏'呀!"宋岚道。

宋琬玉望望杨宏涛又问道:"你刚才说还有个啥子'保定系',这又是咋回事呢?"

"保定系指的是从保定军官学校毕业的一批军阀,有刘文辉、邓锡侯、田颂尧一干人。刘文辉本来是刘湘的小六叔,他先靠刘湘的帮助站稳了脚跟,以后又想了很多办法扩充武装、发展实力,终于成为能与刘湘抗衡的川中军界人物。他和田颂尧在成都巷战,目的是为了抢夺四川兵工厂。为了聚敛钱财,他令部队在雅安、西康一带大种鸦片,并特地组织了一支贩运烟土的队伍……俗话说,一山不容二虎,刘湘和刘文辉都想独霸四川,将来恐怕会有一场恶战哩!"

杨宏涛说得不错,不久后,四川果然爆发了"二刘大战",这是四川最激烈的内战,双方出动十几万人,刘湘大胜,刘文辉退驻西昌,这是后话。

三个人摆了一阵龙门阵,宋岚见琬玉过得很好,神情快乐,也长胖了一些;从言谈举止中,察觉杨宏涛对她的确很好,于是放心了,便要告辞回家。但杨宏涛和宋琬玉都不答应,宋琬玉还噘着嘴说:"岚姐姐,今天过小年,你到我这里来不吃饭就走,酒寨人晓得了还不骂死我!你不要嫌弃,我娘在这里,她做菜的手艺你是晓得的,我也学会了几手,连宏涛都夸我哩!走,跟我到灶房去,我们再说说话!"

　　说着,便系上围腰,挽着宋岚去了厨房。

　　王凤英已经在厨房里忙碌着,宋琬玉去了后便让娘回屋歇歇,又打发张大娘去喂猪,自己忙了起来。她手脚麻利,不一会儿炒的、烧的、蒸的、凉拌的都准备齐全,炒了宫保鸡丁、回锅肉、金钩玉笋,烧了泡菜鱼,拌了麻辣鸡片,蒸了自制的香肠、腊肉,还特意做了一大钵白玉豆腐汤。虽然都是些家常菜,但却色、香、味俱全。

　　宋岚明白,这白玉豆腐汤听起来似很简单,看上去清淡素雅,其实做起来却极为麻烦,用料也十分精细。先要把豆腐洗净,用干净纱布包好挤压过滤,加入精盐搅拌成泥状,再把肥猪肉剁茸,在豆腐泥中加入水豆粉、鸡蛋清、肥猪肉茸,拌匀后入笼蒸熟,取出后凉凉,切成片,再摆入笼中加热;除了豆腐外,还要把时令鲜菜叶洗净,在锅里汆一下捞起后放在大汤碗中铺底,再把加热后的豆腐片扣在上面。最后便是将海味和鸡鸭熬制的清汤中加入盐、胡椒粉、味精,烧热后浇在豆腐片和鲜菜叶上了。

　　宋琬玉手里忙着做菜,嘴里还和宋岚摆着龙门阵。菜上桌子后,杨宏涛便让梅香去请王凤英出来吃饭。这时,奶姆把娃娃阳阳领了进来,阳阳方面大耳,长得很像杨宏涛,一进来便向宋琬玉举起两只小手叫道:"娘,抱,抱……"宋琬玉笑着把他抱了过来,喊了声"乖乖"便在小脸上亲了亲。杨宏涛让娃娃快叫"表孃孃",娃娃倒不认生,看了看宋岚,奶声奶气地叫了一声。宋岚抱过了他,把早就准备好的红包掏出来放在他的小手上,琬玉让阳阳说"谢谢",阳阳也学着说了。奶姆接过去,把他放了桌旁特制的儿童座椅里,端来了半碗饭和一碗鸡蛋羹,琬玉便夹了些没有海椒的金钩、豆腐和新鲜蔬菜放在一只小碗里,让奶姆经佑阳阳吃饭,嘴里还哄着:"乖乖,快吃,吃了好长胖胖……"

　　把娃娃安顿好后,四个大人入座了。杨宏涛打开了一瓶泸州大曲,斟在了四个杯子里,分别放在了四个人面前,先站起来对王凤英说:"娘,谢谢您老人家把琬玉这么好的女孩儿嫁给了我,我和琬玉敬您老人家了,祝您老人家长命百岁!"说着宋琬玉也站了起来,两人都仰头干了一杯,王凤英也把面前的酒喝了。

　　杨宏涛把杯子斟满后又转向了宋岚,宋岚连忙说:"琬玉妹妹,你晓得我是不会喝酒的,你们自己喝吧,我多吃点菜就是了!"

　　杨宏涛笑着摇了摇头:"酒寨的女娃子哪有不会喝酒的?今天是小年,你又是第一次来我家，琬玉还是你的好姐妹，哪能不喝酒？"说着先把自己杯里的酒干了。

"你既这样说，我也不得不奉陪了！只是，我虽是酒寨的女娃子，但喝酒却真的不行，琬玉妹妹是晓得的。我就喝这一杯吧，我祝你和琬玉妹妹相亲相爱，白头到老！"说着，站起来喝了酒。

杨宏涛还想再给宋岚的杯子里添酒，琬玉便帮忙解围道："宏涛，不要再劝岚姐姐了，我晓得，她平时是不喝酒的。你也不要喝得太多，喝多了会伤身……"说着便连忙给两人碗里拈菜。

原来，宋岚自从少年时为上学的事灌醉自己差点丧命后，心理上便对喝酒产生了畏惧和反感，这一切宋琬玉是晓得的。

宋岚尝了琬玉做的菜后，觉得味道真是不错，宫保鸡丁色泽棕红，鸡丁细嫩，还有一股淡淡的荔枝味；回锅肉本有"川菜第一菜"之称，有人又称之为"过门香"，在琬玉的炮制下，红绿相间，香味浓郁，微辣回甜；泡菜鱼由于用了特制的泡菜烹鱼，滋味独特，不但腥味全无，而且更加鲜美；白玉豆腐汤则更不用说了……于是便称赞道："想不到琬妹儿变得这么能干了，我该向你好好学学啊！"

杨宏涛看着琬玉，点头微笑道："我娶了琬玉就有口福了，只要来我家吃过饭的人，哪个不夸她的手艺呢！真要感谢琬玉娘，教导出了这样的好女儿，我再敬您老人家一杯吧！"说着又站起来向王凤英敬酒……

临走时，杨宏涛不顾宋岚的推辞，坚持要用自己的轿子送她回酒寨，宋琬玉拿出了一截湘云纱衣料和一截翠蓝织金色菊花的软缎衣料送给她和她的嫂嫂李菡蕾，还包了一大包腊肉、香肠、腌鸡、板鸭之类放在轿子里，送给宋岚娘宋张氏。

在杨宏涛这里，宋岚还有一个意外的收获，就是获悉了原秀江女子学校校长黄骏飞的消息。过去她常常给黄骏飞和蔡仲瀚两位老师写信，谈自己的学习心得，向他们请教学习中遇到的各种问题，逢年过节更要写信问候，但自"三·三一"惨案发生后，蔡仲瀚老师牺牲，黄骏飞老师不知去向，从此便断了联系，让她常常耿耿于怀，每一想起心里便十分难受。想不到杨宏涛不但和黄骏飞相识，而且对军阀屠杀民众的行为十分反感，他告诉宋岚，"三·三一"惨案后，黄骏飞便离开了特务横行的重庆，去合川投奔老友卢作孚了。

于是，宋岚便决定寒假期间去合川看望黄骏飞老师。

第七章 地火

一 前驱

腊月三十这天，酒寨各家都要贴春联、贴门神，并迎接从天上回来的灶神，宋岚为讨娘高兴，也特地用红纸自拟了副春联贴在大门上，上联是"杏花疏雨，和风送暖，酒香满寨春色好"；下联是"秀江澄波，莲峰滴翠，风流人物此间多"；横批用了个俗语"万象更新"。

娘在灶房里杀鸡、剖鱼，准备团年饭，她也去帮忙了。两娘母还按老规矩，在吃团年饭前先敬天祭祖，在祭祀宋墨林时，宋张氏又流泪了，宋岚连忙安慰母亲道："娘，哥在北京上了大学，我也快大学毕业了，爹会高高兴兴回家过年的，您就不要难过了！"

三十晚上要守岁，有的人家年夜饭要从天黑吃到半夜，半夜还要喝"分岁酒"，喝了后小辈便向长辈行礼辞岁，长辈便给晚辈发"压岁钱"。子时交过便要开财门，走神方。正月初一凌晨还要烧"子时香"，早上要在正门前放火炮，然后小辈开始拜年，长辈给"拜年钱"……宋岚母女俩把这些俗礼大都免了，宋张氏找了几根木头丢在火塘里，宋岚陪娘坐在火塘边说了阵闲话后母女俩便上床安歇。

初一这天，宋岚去族长宋茂行和几位长辈家里拜了年，按当地的风俗，初一到十五亲朋间还要互相请吃"春酒"，每家一天，轮流做东，在家中掷"升官图"、打麻将，也有人上坟踏青，玩龙灯、狮灯、车灯，赶庙会，叫花子会扮成财神送宝上门。春酒一直要吃到正月十五闹元宵、烧火龙才完。

宋岚家由于宋父早逝，儿女又都在外地，因此宋张氏已多年没有请过"春酒"了。初二这天，宋岚和母亲一起去给父亲上了坟，烧了纸，初五她便去了合川县，探望过去女子学校校长黄骏飞老师。

宋岚去探望黄骏飞，一方面因为她一直十分感谢黄骏飞、蔡仲瀚两位老师对自己的栽培，以及在困难中对她的帮助；另一方面，大学快毕业了，今后应该干什么呢？她也想向黄老师讨教，听听他的意见。

合川离秀江不远，过去到合川一般人不是步行便是坐滑竿或鸡公车（独轮车），有钱人会坐轿子，而现在，新成立不久的民生公司，竟已经开通了重庆到合川的航线，而且和别的轮船公司只经营更赚钱的货运不同，民生公司是要经营客运的。于是宋岚便带上送黄老师的礼物——母亲亲手做的苕丝糖、花生糖、麻圆、年糕……坐上了民生公司的轮船。

这是她第一次坐上轮船，因此处处感到新奇，觉得与坐小木船的感觉大大不同。农历正月，嘉陵江正是枯水季节，轮船不大，但很整洁，航行时也很平稳，不像坐小木船时那样拥挤、杂乱、颠簸——随时有让人担心发生倾覆的危险。船上有不少往来合川到重庆一线做小生意的人，有的挑着担子，有的背着背篼；由于正值过年期间，也有不少"走人户"的百姓，其中还有一些穿着新衣新鞋的婆娘和妹仔儿。男人们抽着叶子烟，摆着龙门阵；女人们互相说着悄悄话。虽然民国成立已经快二十年了，但四川乡下包尖尖脚的女人仍然有，独自出远门的女人很少，于是对宋岚这个漂亮的女"洋学生"，许多人便投来好奇的目光。

坐在船上，望着滔滔的江水、隐隐的青山、墨绿色的树丛和天空飘浮的白云，宋岚心旷神怡，不但没有步行的劳累，也没有坐滑竿的不适，还没有坐木船的危险，于是心里便暗暗地感谢起了创办民生公司的卢作孚，并且对这个人充满了敬意与好奇。

合川县是一个只有十来万人口的小县，上岸后经过打听，她找到了民生公司的所在地——破旧的药王庙。

望着年久失修，阴暗潮湿，墙脚下长满青苔的药王庙，宋岚暗暗吃惊，她实在没有想到，堂堂的民生公司，竟在这样的地方办公。

对自己得意门生的到来，黄骏飞感到十分高兴。两人首先谈起了遇害的蔡仲瀚，心里都十分沉重。宋岚特地问起了蔡老师的陵墓所在地，说是想前去祭拜，黄骏飞神色凄然地回答："蔡老师的墓地就在合川。他被乱枪打死后，凶手们本想把他和别的人集体掩埋，后来经过许多人交涉、抗议后，才把他的遗体找了出来，送回了家乡合川，你想去祭拜，我可以陪你去……"

黄骏飞的回答让宋岚悲喜交集，她没有想到，原来蔡仲瀚的墓地也在合川，真是不虚此行！于是第二天一大早，宋岚便买了纸钱、香蜡、鲜花，跟着黄老师去墓地了。

蔡仲瀚的坟墓在一个荒凉的、渺无人烟的小山坡上，墓碑上只有"蔡仲瀚之墓"和"一九〇〇年至一九二七年"两行字，墓地上长满了一人高的野草，只有墓前两棵柏树碧绿青翠。一阵山风刮来，野草簌簌地抖动，宋岚忍不住流泪了。点了香烛，烧了纸钱，痴痴地注视着"一九〇〇年至一九二七年"这一行字，回想到蔡老师对自己的关心和帮助，再想到他的英年早逝，宋岚心如刀绞，终于痛哭失声了……

黄骏飞含泪安慰她道："死者已矣，重要的是，我们这些生者应该怎样继承他们的遗志，让他们能含笑九泉……"

扫墓归来，黄骏飞便问宋岚："你快大学毕业了吧，以后有啥打算呢？"

"现在四川到处都是军阀混战，毕业后到底干啥，学生一直有些迷茫，来合川就是想向老师请教的……"

"宋岚，我想，我们不管干啥，从事什么职业，都应该做到不愧于人，不畏于天。我知道，你自小便是一个有志气的女孩子，如今既然学有所成，便应该用自己的知识报效国家了。只要我们能各出所学，各尽所知，国家的富强便有了希望……你知道我为啥到合川来吗？其实避祸并不是主要原因，主要原因是挚友卢作孚的人格深深地打动了我！他现在不在合川，有事外出了，你愿意听听他的故事吗？他的故事不仅对年轻人，对每一个中国人都是有启迪的，能有卢作孚这样的人，是国家之幸、民族之幸啊！"

于是，在简陋的药王庙里，他向宋岚详细介绍了有关卢作孚的方方面面。

在宋岚的想象中，民生公司的经理卢作孚应该是一位身躯魁梧、声音洪亮乃至颐指气使的人物，但黄骏飞却说："卢作孚气质儒雅，极其平易近人，中等身材，面容清癯，眼睛炯炯有神，穿着极其朴素，经常穿着一双布鞋和一套三峡土布中山服。他出身穷苦，父亲长年在外挑运麻布贩卖，由于不识字，也不会算账，便上了许多当，于是决心再苦再累也要让儿子认得几个字，卢作孚六岁时便被送到私塾发蒙读书。八岁时，他和哥哥到瑞山书院上学了……

"瑞山书院在合川城外的一座山上，卢作孚的家在城内，两兄弟每天必须穿过城门才能到达学校，城门晚上是要关闭的，两兄弟每天天不亮就起床，胡乱吃点东西后便挎上装着书本和纸笔墨砚的篮子出了门，往往走到城门口时天还没亮，城门也没开，两个孩子便就着城门口灯笼微弱的亮光，一边读书一边等着打开城门……

"卢作孚小学毕业后，家里再也无力供他继续读书了。虽然瑞山书院的校长和老师们都愿意资助他继续上学，但倔强的父亲不愿欠下人情……从此，卢作孚再没有进过任何正规的学校……"

听到这里，宋岚同情地叹了口气，她没有想到，鼎鼎大名的卢作孚出身如此穷苦，而求学之路又如此艰难。

黄骏飞继续说："辍学后，年仅十五岁的他便离开合川，跟着一群做生意的人步行十几天后到了成都。当时，四川的许多县在省城都设有'会馆'，以方便家乡人，凡是本县人在会馆里都可以免费落脚住宿，卢作孚便住进了合川会馆。以后又进了一家收费低廉的补习学校，专攻数学。两个月后觉得补习学校的教学内容太过肤浅，便离开学校开始自学了。

"他忍饥挨饿地挤出一些钱购买书籍和文具……几个月内便把当时能找到的中文数学书籍全部学完，以后又自学英文和英文数学书籍，仅仅半年多又把当时能找到的英文数学书全部学完。在这段时间里，他解开了大量数学难题，十六岁时便一面自学一面开始收教中学补习生。以后他陆续编著了《代数》《三角》《解析几何》《应用数题新解》等书籍。二十一岁时，他编著的《应用数题新解》一书在重庆出版并正式发行……"

"这个卢作孚先生，真是个天才式的传奇人物啊！"宋岚由衷地赞叹道。

"他最让我敬仰的，不只是他的聪明和他的毅力，而是他身上的浩然正气。他忧国忧民，除了自学数学，还研读了国内外各种社会科学和自然科学理论。孙中山先生的民主革命学说对他产生了极大影响，不到十八岁他便参加了同盟会，成都发生保路运动时，他是积极参与了的。

"袁世凯窃取了辛亥革命的果实后，让他的亲信登上了四川都督的宝座，紧接着便大肆搜捕和屠杀革命党人，卢作孚被迫离开成都到江安县教书，一年后去了上海……

"沿扬子江东下时，卢作孚发现，一路上来来往往的大小轮船，在桅杆上挂的都是外国旗帜，日本的、英国的、美国的、法国的、意大利的、挪威的、荷兰的、瑞典的……中国自己的轮船少得可怜，在川江上航行的多是一些老旧的木船。横贯中国的大动脉竟变成了外国人的天下，这种现象深深地刺激了卢作孚，让他感到痛心和屈辱，于是便萌发了一种想法：一定要尽一切努力，把内河航行权从帝国主义手里夺回来！这个理想以后便促进了民生公司的成立。

"他曾对我说，当时他坐的是'蜀通'轮，这是一艘中国船，船上的舱位分了好几等，头等舱在顶层，是专供'高等华人'和外国人享用的。为了省钱，当时他住的是'统舱'，实际上就是一个货舱，没有床位，旅客自带席子、铺盖在甲板上睡觉。茶房对统舱的旅客十分粗暴……于是他又有了一个想法：将来我一定要恢复中国旅客的人格尊严！

"去上海，是为了继续寻找救国救民的真理，但是，他再一次失望了，和四川一样，一些所谓的'革命者'其实只不过是一些投机分子，他们在上海过着纸醉金迷的糜烂生活，卢作孚和他们断绝了来往，孤身一人在图书馆和大书店里如饥似渴地学习。他的生活来源仅仅是一点微薄的稿费和家里偶尔寄来的一点钱，住的是亭子间，吃的是开水加烧饼……有一次，身上分文俱无，整整饿了三天，当房东发现时，躺在床上的他已经无法站立了！

"在上海，他进一步体会到了中国的殖民地色彩。这里有许许多多外国租界，在租界里，外国人颐指气使，俨然是这块土地上的主人，有自己的军队、警察和法律，公园的大门上甚至挂出了'华人与狗不得入内'的警示牌！

"一年后，他回到了四川，回川后曾经在学校教书，也在李劼人创办的《川报》担任编辑、记者和主笔。五四运动后，他看到了青年和民众的力量，于是反复地思考，究竟应该怎样才能挽救国家的危亡？带着这个问题他再次去到了得风气之先的上海。

"这一次，他不仅从书本上学习知识，而且进行着大量的实地考察。职业教育家黄炎培先生让他参观了自己创办的中华职业教育社和中华职业学校；上海商会介绍他参观了各种工厂。通过实地考察和反复思考，他逐渐形成了自己的思路。

"他曾经利用担任川南道尹公署教育科长和四川省教育厅厅长的机会，先后在泸州和成都办起了通俗教育会和通俗教育馆，希望通过民众教育打破旧思想、旧道德、旧文化，但是军阀混战和纷乱的政治环境却让这些理想无法实现，许多实验都半途而废。为了解决进行社会改革所需的费用，他便萌发了必须首先兴办实业的想法……"

"兴办什么实业呢？"听得入神的宋岚问道。

"是啊,兴办什么实业呢?经过和朋友们商量、分析,大家都认为,四川经济不发达、科学文化落后最重要的原因便是'蜀道难',所谓'蜀道之难,难于上青天',兴办实业首先就应该解决交通问题。于是他确定了实现社会改革的顺序第一是交通,第二是实业,第三是文化教育。

"四川没有一条铁路,连一条像样的公路都莫得,唯一通往省外的动脉只有一条扬子江,于是,卢作孚便决定首先兴办航运……"

"他为啥不兴办铁路或公路,而选择了航运呢?"宋岚又问道。

"兴办铁路或公路,一开始便需要大笔资金,而他手中的资金实在太少;而从事航运,最初的投资少得多。航运对外可以沟通长江中、下游,甚至直达海洋;对内可以沟通全省……当然,除此之外他还有一个重要的想法,就是一定要把内河航行权从帝国主义的手里夺回来——这是他第一次去上海时,便萌生的强烈愿望。

"卢作孚不是个纸上谈兵的人,确定目标后,他便回到了家乡合川。为啥要回到合川?原来,合川虽然是一个小县,但却处于嘉陵江、渠江和涪江的交汇处,商贸繁荣,有开发航运的天然条件。当时长江上游的航运业几乎完全被英国和日本的轮船公司垄断,这些外国轮船在中国的土地上偷运军火、偷运鸦片,还经常故意在江面上浪翻中国的木船……中国轮船只剩下了二十多艘,全都濒临破产倒闭,已经陷入了转租卖船的绝境……

"在这样的形势下,怎样发展航运业呢?卢作孚找到了一个绝佳的突破口,他不去和陷入困境的同行竞争,而是开辟一条重庆到合川的新航线,并大胆地改变以货运为主的老传统,实行以客运为主,定期航行。"

"是啊,我来合川就坐的民生公司的轮船,确实很好,方便多了……不过,兴办航运虽然投资比公路、铁路少一些,但还是要钱啊,卢先生有这笔创业的资金吗?"宋岚又提出了一个问题。

黄骏飞笑了:"这就亏得他的母校瑞山书院了!书院的老师陈伯遵先生出任了合川县视学(教育科长),他和校友们为公司筹集了八千元资金,但当时在上海订造一艘载重七十吨的小轮船就要三万五千元,最后还是靠陈老师出面,通过借贷教育基金才解决的。

"民生公司成立了!为了省钱,公司的事务所就设在这个破破烂烂的药王庙里,前殿是电灯厂,后殿是办公室。事务所一共只有六七个人,总经理月薪三十元，协理十五元，其余人员十元。当时大军阀杨森正驻扎在万县，看中了卢作孚的才干，曾一再邀请他去担任市政佐办代行督办职务，月薪五百元，但都被卢先生婉言谢绝了。"

"卢先生真是个了不起的人啊！"

"他的公司为啥叫'民生实业股份有限公司'，而且第一艘船也命名为'民生'？原来，这源自孙中山先生提倡的民生主义；而'实业'则表示公司是一个以发展实业为目的的综合性公司。卢作孚有一个雄心勃勃的目标，即以民生公司为中心，建立包括航运、工矿企业和科学文教事业在内的一系列实体，用以影响社会，实现国富民强！"

"但愿卢先生这个远大的抱负能够实现！"宋岚衷心地说。

"民生公司在创立之初便明确规定，股东'以中国人为限'。过去，轮船的提货单和航运簿都采用外文，他下令一律改为中文；过去各轮船公司都遵循外轮的规定，'甲级船员只能由外国人担任'，他却改变为'甲级船员不任用外国人，均由中国人担任'。

"民生公司的第一艘轮船从上海驶入四川时，卢先生亲自到宜昌去迎接它。当时正值盛夏七月，是发洪水的季节，长江上游水流湍急，轮船逆水而上，进三峡后便出现了许多险情。当行驶到著名的险滩——泄滩——时，一股凶恶的泡漩水突然涌来，把轮船一下子从北岸推向了南岸，在惊涛骇浪中，船身倾斜，眼看就要撞上江中的暗礁，站在船头的卢先生和两名水手全身都被飞溅的浪花湿透……万幸的是，这时另一股泡漩水又从左侧涌来，把轮船推回了北岸，才解除了这场灭顶之灾……

"卢作孚对轮船公司的经营管理进行了许多独到的调整和改革，我就不详细告诉你了。我是在民生公司创办之初就来到这里的，在重庆和他结识后，我钦佩他的人品和才干，所以来到了合川。在创办民生公司的同时，卢先生还开始了他社会改革的另一个试验，这就是推行全新的北碚乡村建设。他的做法是，首先肃清匪患，然后以北碚为中心，建设一个生产的区域、文化的区域、游览的区域。北碚建设需要很多人，我不久后便将去北碚了。

"卢作孚对公司的员工和请来的专家们十分照顾、十分周到，对自己却十分苛刻，全家人至今仍然挤在一间窄窄的小房里，桌上只有一把土茶壶、几个玻璃杯，连凳子都莫得几张。他没有星期天，没有节假日，早晨上班最早，晚上十点多甚至午夜才下班。他曾对我说:'从行为上去影响别人,自得人佩服,才会收到教育人的效果;以事业的成绩去影响社会,才会得到人们的同情、支持,进而收到改革社会的良效。'"

当讲述了这一切后,黄骏飞便问宋岚:"我已经回答了你的问题,已经告诉了你毕业后应该怎样,你明白我的意思吗?"

宋岚被卢作孚的故事深深地感动了,她恭恭敬敬地回答道:"谢谢您,黄老师,谢谢您告诉我这一切,我会把它牢牢记在心里的……"

"我们这个国家、这个社会,确有许多蝇营狗苟、为了一己私利无所不为的人,但是,也有一批像卢作孚一样,抱着救国救民的理想,在披荆斩棘努力奋斗的人。当然,不可能人人都和卢作孚一样,特别是你一个女孩子,遇到的问题比男人更多,但是不管你毕业后会做啥,会到哪里去,我都希望你能记住他,学习他……"

"我会的,黄老师!"宋岚认真地说。

二 追求

宋岚从合川回到酒寨的第二天,出乎意料,赵俊扬竟从成都赶到酒寨了,说是一方面担心路上不安全,特地来接宋岚一起回成都;另一方面是来看望"伯母",并向"伯母"拜年。

他的到来,在酒寨引起了不小的轰动。

僻处山乡的酒寨,人们穿的多是青蓝家机布衣服。男的是土布右衽长衫或对襟短衫,冬天是土布长袄或对襟短袄,头缠白帕或戴瓜皮帽、毡窝帽;女的上面是齐膝或齐腰的短衫,下面是长裤。裤子不分男女,都是抄腰捆带。人们晴天穿布鞋、草鞋,雨天穿钉鞋,而一些穷人无论冬夏都不穿鞋,打着光脚板。县城里的有钱人家会用洋布、绸缎或皮毛做成长袍当作礼服,外套马褂,少数人会戴博士帽、穿中山服或西装,时髦的女人有穿旗袍的。而在酒寨,这种打扮的根本没有,宋岚那种上身穿短衫,下面穿裙子的学生装束,已经算很时髦了。于是,当赵俊扬戴着博士帽和金丝眼镜,穿着毛哔叽西服、花呢大衣,脚踏一双锃亮的皮鞋出现在酒寨狭窄的山路上时,便不能不引起轰动,一群娃娃甚至跟在他的后面拍着手"看稀奇",说是来了"洋人"……

对自己引起的轰动，赵俊扬并没有觉得不安，相反还有些得意，却让宋岚感到尴尬。她一向不以貌取人，更不喜欢靠外貌招摇。不过，对赵俊扬冒着严寒，跑了好几百里来看她，还是很感动，她想，爱穿着、爱炫耀，他在成都一向如此，可能是因为家庭条件好，从小被惯侍了。再说，他又是英文系的，英文系和中文系不同，男女学生都很摩登，也不止他一人有这样洋盘的打扮……

这样一想，她便释然了。

赵俊扬给宋岚带来了一件翠绿色毛线衣作为过年的礼物，给宋岚的母亲带来了一盒海参和稻香村的两盒精致糕点，而最让宋岚和宋岚娘惊喜和感动的是，他给老人带来了一个白铜制成的"烘笼"。

四川的冬天，没有北方的火墙和热炕，天冷了，城里的富贵人家会烧个火盆御寒，烧的是火力强、无烟无味的"冈炭"——用青冈树烧成的木炭；穷人家烧不起火盆，靠的是烘笼。烘笼一般是一个有提梁的小竹篮，里面放个瓦钵，瓦钵里放一些还没有烧尽的炭渣，盖着几块"桴炭"。小的烘笼抱在手里，大的烘笼暖脚。这些烘笼是用丝竹编成的，价钱便宜，但里面的瓦钵容易被打翻，以致烫伤人甚至引起火灾。富人家里就不用竹烘笼而用白铜制成的"万向铜炉"了，这种烘笼表面刻有精致的花纹，炭火装在里面悬空的小钵中，小钵两边有铜环固定，不会被打翻。这种铜炉价钱很贵，要十来个银圆，宋张氏在别人的家里曾看到过，虽晓得它很好用，但从来没想过要去买它。

这只铜烘笼让母女俩都被感动了，不是因为它价钱昂贵，最难得的是，赵俊扬这个男娃娃竟这么体贴、这么有心！

俗话说"丈母娘看女婿，越看越欢喜"，宋张氏正是这样。赵俊扬人本来长得伸展，看样子又很爱女儿，还这么细心体贴，她的担心便完全消失了。于是便赶紧到厨房炒菜、煮饭，包括按当地招待女婿的规矩，用腊猪脚炖干豇豆；又叫宋岚把过去宋峰住的那间房打整出来，铺上了浆洗过的单子，还抱出来崭新的绣花枕头和铺盖。

吃过晚饭，宋张氏借口乡邻有事找她，便出去了。赵俊扬赔笑拉着宋岚的手来到给他收拾的房里，两人在桌边坐下后，宋岚甩脱了他的手含笑问道："过两天我就回学校了，你又跑来干啥子？"

赵俊扬又抓住了宋岚的双手，涎着脸回答道："我想你了！古人说，一日不见如隔三秋，我却是如隔九秋，你走了这些天，我真是度日如年、魂不守舍啊！"

好容易初四那天爸爸一位老朋友的姨太太要坐马车到重庆回娘家，我便搭上她的车赶来了，马车虽然日夜兼程，也足足走了四天哩！"

在桐油灯朦胧的光影中，赵俊扬觉得眼波流动、含羞带笑的宋岚越看越美，心荡神迷中，忍不住陡地伸出双手把她搂在怀里……宋岚一面使劲想挣脱他的搂抱，一面含嗔低声道："你干啥？一会儿让娘看见……"

宋岚的抗拒反倒激起了赵俊扬更强烈的欲望，他不顾一切地把她搂得更紧，喘息着说："娘看见怕啥子？我晓得，她老人家已经承认我这个女婿了！……岚妹妹，这么冷的天我跑这么远的路来看你，你就这么忍心，就不可怜可怜我？"说着嘴唇紧紧地贴在了宋岚玫瑰花瓣似的嘴唇上，还伸出一只手去解她的衣服……

在突然而至的激情中，宋岚一时之间也几乎失去了理智，但从小养成的自尊和矜持却让她终于控制住了自己，当然，她也许还没有意识到，在内心深处，赵俊扬并不是她倾心相爱、能心甘情愿付出一切的人。于是，她使劲推开了他，坚决地说："不，不，不要这样……"

她听见了门响的声音，是娘回来了！

赵俊扬带着沮丧的神情望着她问道："岚妹，你不喜欢我吗？"

"不是不喜欢你，只是我不愿意这样草率、这样随便……如果你真心爱我，就应该等到我真正成为新娘的那一天……"

"那我们就快点结婚吧，好妹妹，我真的等不及了！"

"不是早就说好等到毕业以后？还有半年我们就毕业了。"

"唉，听说你们同寝室那个姚梦茹已经结婚了……"

"她是该结婚了，她是我们系的大姐，听说男方已经多次催促过了。"

"我们的年纪也不小了呀，你为啥这样固执呢？"

宋岚起身伸出右手食指调皮地在赵俊扬的鼻子上刮了一下含笑说："你在路上走了好几天，该很累吧？早点休息，我要去找娘了。明天我还有事要和你商量哩……"

赵俊扬不舍，正想扑过去拉住她，但她已经翩然转身出了门，顺手把门带上了。

酒寨虽然是个穷乡僻壤，但景色却异常优美，第二天，宋岚特地陪赵俊扬去观赏附近莲花峰的风景。

莲花峰的峡谷间有一条莲花溪，这是一条蜿蜒弯曲的小溪，溪边多是悬崖峭壁，上面长着两人合抱的参天古树，在古树的浓荫下，溪水明明灭灭，像闪烁的繁星，上面漂着水草，夏天会听见蛙声，秋天岸边会有芦花……最奇异的是，这条小溪从来不会断流，即使在冰天雪地的严冬也是如此。

冬天，正是莲花峰银装素裹的时候。夜晚，山风曾发出震耳欲聋的吼声，但翌日却出现了美丽的静谧。峰峦披上了冰雪的外衣，在阳光的照耀下熠熠发光，在蓝天的映衬下更加耀眼；树枝结上了冰挂，仿佛一串串水晶。由于头天晚上下了场大雪，整个世界都是一尘不染的银白色，大地变得如此静谧，让人的内心也变得安宁而纯粹了，这是在成都从来没有看到过的景色。早晨，赵俊扬跟着宋岚，踏着松软的积雪爬到了悬崖下晶莹剔透的冰莲花前，一朵朵冰雪铸成的莲花在朝阳下幻化出耀眼的七色光芒，宛如朵朵巨大的宝石花……

望着被朝阳幻化出万紫千红的彩霞，宋岚欢呼地举起了双臂，她小心翼翼地抚摸着冰莲花的花瓣，赞叹着："真是太美了！"又回头看着赵俊扬笑道："酒寨虽然贫穷、偏僻，却是'天生丽质'，你喜欢酒寨吗？"

在城市里长大、不惯行走山路的赵俊扬早已累得气喘吁吁，喘着气笑着回答道："山清水秀的地方出美人，正因为酒寨的天生丽质，才孕育出了天生丽质的岚妹！"

宋岚嫣然一笑，虽然明知他是在讨好自己，但心里仍然有些高兴，啐了一口道："你就是会说恭维话，说啥都要扯到我头上……今天我约你出来爬山，其实是有事要和你商量，半山腰有个小亭子，是赶庙会的人歇脚的地方，我们去那里说说话吧。"

两人来到了小亭里，赵俊扬连忙掏出一张雪白的手帕仔仔细细地铺在栏杆边的长凳上，然后便让宋岚坐下，宋岚笑着摇头道："我这一身粗布衣裳，搞脏了没关系，倒是你的呢子大衣搞脏了就不好打整，还是你自己坐吧……我身上也有手帕哩……"说着便掏出手帕铺在长凳上坐下了。

爬了一阵山，宋岚雪白的面庞浮上了两片红晕，花瓣一样的嘴唇也更加娇艳了，赵俊扬痴痴地望着她，伸出两只手握住她的一只手问道："岚妹，昨晚你就说有事要和我商量，啥子事呢？只要是你的愿望，我都会答应的。这些天我一直在想我们结婚的事，爸都问过好几回了，要我把婚礼办得风风光光的。结婚后，要是想把伯母接到成都去住，我也同意，住你哥那里或是我们那里都可以……"

宋岚甩开了他的手,摇了摇头佯嗔道:"你开口闭口总是结婚、结婚!我想和你商量的不是这事,而是毕业后的打算……最近我去了趟合川,很受触动,心里有了一些想法……"

于是她向赵俊扬详详细细地谈起了卢作孚的事业和他的奋斗,并且说:"民国后的军阀混战曾经让我对国家的前途非常失望,只想如古人所说的'穷则独善其身',找个安静的环境平平安安地度过一生算了。去合川听了黄老师介绍卢作孚先生的作为后,我开始觉得惭愧,也想到了父亲当年的抱负……现在的中国,有人在醉生梦死,也有人在努力工作,我也愿意有一分热,发一分光。爹曾经为推翻腐朽的满清王朝奋斗过,我是他的女儿,不该让泉下的他失望吧?"

宋岚的这番话和她的想法颇出赵俊扬意料,生活优裕的他,对毕业后的生活乃至职业并没有什么打算。在大学读英文系本是父亲赵实夫的主意,赵实夫看见一些年轻人留洋归来后,地位提高了,更有出息了,便想让儿子也出国留洋,因此让他去读英文系;但后来又想到自己年事已高,让这个最疼爱的"幺儿"远涉重洋到底很不放心,便又罢了。而赵俊扬本人呢?也曾想到国外去开开眼界,但父亲既不让去也就算了。他明白自己家境不错,大学毕业后做不做事根本无所谓,重要的是要有个漂亮的老婆以及几个乖巧的儿子,因此在大学里,他的时间和心思都主要花在追求异性这件"大事"上。而自看见宋岚后,目标便是一定要把这朵"校花"追到手……因此宋岚的这些想法离他很远很远……不过,对异性一向善于察言观色的他,绝不会露出拂逆对方的想法和言语,于是便附和道:"我也很佩服卢作孚这种仁人志士,想不到岚妹你也有这样的胸襟,真让我自愧不如了!毕业后,爸爸本想让我在家休息一段时间,帮他打理打理家务,但我还是想出去做事。爸爸几个政界的朋友都在邀我,但我的意思是,找个学校教书更好,学校环境单纯,教学生们学习英文,根本费不了多大力气……岚妹,我们没有卢作孚先生那样的本事,不敢尝试去办实业,但他也是主张教育救国的,他不是在进行乡村教育试验吗?教书育人也是不错的选择啊!岚妹,你说呢?总之,只要能和你相亲相爱地终身厮守,平平安安地过一辈子,我也就心满意足了!"

听了这些话宋岚心里倒有些高兴,她一直担心赵俊扬"公子哥儿"的习气太重,毕业后会和一些大少爷一样赋闲在家,单靠祖宗留下的田产享清福,终日不是喝茶、打麻将就是寻花问柳。同时,她还认为,如今官场的环境太龌龊,榨取民脂民膏的贪官污吏比比皆是,不希望赵俊扬"官迷心窍"也去同流合污。现在听他说毕业后想去学校教书，便觉得这倒是不错的选择，"百年树人""教育救国"也是许多仁人志士的理想。古人曾认为"得天下英才而教育之"是"君子"的一大乐事；近代的伟人们也认为"教育人才是国家强盛的根本"，"有教育则为文明国，无教育则为野蛮国"，正因如此，父亲和蔡仲瀚、黄骏飞老师等不是都投身于教育事业吗？于是，沉吟一会儿后便说："你的想法确有一些道理，我也同意。那我们今天就算说定了，毕业后我也是要出去教书的，不能只在家里相夫教子，做三从四德的贤妻良母！"

"岚妹，我哪敢强迫你呢？结婚后想做啥都由你，我只老老实实地做个'耙耳朵'就是了……"赵俊扬涎着脸笑道，"哦，岚妹，你刚才说啥'相夫教子'、又说啥'三从四德'，那我们打算生几个娃娃呢？"说着，又去拉宋岚的手。

宋岚羞红了脸，把手甩开道："呸，你就只晓得这些，不跟你说废话了！"

说着，站起来抽身走了。

两人回家后，刚走到门口，就听见了清脆的笑声，宋岚听出来，是堂妹宋琬玉来了，连忙推门进去，果然是琬玉正在堂屋里和宋张氏说笑，杨宏涛和琬玉娘王凤英也围坐在一起，宋张氏摆出了赵俊扬带来的点心在招待他们。琬玉这天穿了件粉荷色滚花边的薄棉袄，脸上薄施脂粉，一笑便露出两个酒窝和满口糯米样的白牙。宋岚一进屋，她便跳起来亲热地抓住了宋岚的手，撒娇地说："岚姐姐，我好想你啊，今天我们来给伯娘和你拜年了！"说着瞟了瞟宋岚身后的赵俊扬，"听伯娘说家里来了岚姐的客人，是这位吧？"

宋岚连忙替大家做了介绍，又对王凤英和杨宏涛说："伯娘、表叔，你们太客气了，谢谢！"

大家寒暄了一番，宋岚便向王凤英道："听琬玉妹妹说，要留伯娘在城里长住，以后回酒寨的时候不多了吧？我娘一定会想您老人家的！"

王凤英露出了为难的神色，回答道："阿弥陀佛，琬玉一直要我搬进城去，他们两口子都说过，可我一直没拿定主意。人老了，不像年轻人，住惯的地方就不想挪动了，俗话说'金窝银窝，不如自家的狗窝'，我进城住了几天就想回酒寨……再说，酒寨这里的亲戚乡邻多，知根知底，处惯了；赶个庙会、给她爹上坟、烧香也方便……进城后，找个人摆龙门阵都不容易哩……"

"娘，有我呢，我会陪您摆龙门阵的，天天摆……"琬玉打断了王凤英的话。

宋张氏插了嘴："岚妹儿也说毕业后要接我去成都,可我和琬玉娘想的一样,也是怕住不惯,也不想去……再说,成都不比秀江,离酒寨更远,来去一趟不容易,她爹的坟在这里,我走了,逢年过节哪个去看看他呢?"

见老人说得伤感,杨宏涛便连忙岔开了话题,向宋岚问道:"听说你前些天去了趟合川,见到骏飞兄了吗?他还好吧?"

"见到了,黄老师很好,还问候你哩。他现在和卢作孚先生在一起,一面开办实业,一面试验乡村教育,过些日子要到北碚去,他们真是雄心勃勃哩,中国能有他们,也算国家有幸、民族有幸了!"

一提起卢作孚,宋岚便兴奋起来,如数家珍地介绍了民生公司的种种情形,杨宏涛听了后感慨地说:"卢作孚真是个了不起的人,和他相比,我辈真是惭愧万分!但愿军阀之间能有休战的那一天,军人能持干戈以卫社稷,能驰骋疆场为国效力,我辈能重新穿上军装,就算马革裹尸也不枉此生……听说卢作孚曾在成都办了个通俗教育馆,有这事吗?"

"有这事,"宋岚回答道,"就在成都的少城公园里,我和好些同学都去看过。这少城公园本是清末废除对旗民的供给制度后,驻防成都的满族将军为了解决一些旗民的生计特地建成的,但由于没有好好管理,久而久之便成了一个又脏又乱的地方,卖打药的、唱猴戏的、扯把子的都挤在里面……前几年卢作孚当了省教育厅厅长后,才对公园进行了改建,扩大了面积,引进了金河水凿渠,把凿出的土堆成一座小山,种了树,又凿出了游湖与荷花池,湖边种了柳树和桃花……在园里办起了通俗教育馆,如今的少城公园景色优美,已经成为学生、士绅、商人、教师乃至武术和体育界人士常常聚会的地方了!"

一直没有插上话的赵俊扬这时便凑趣地接了嘴:"少城公园里还有'六腊战争'哩……"

"哦,'六腊战争',这倒有趣,所指为何呢?"杨宏涛问道。

"学校的一些教员求职不易,暑假的六月和寒假的腊月便是两个关口,特别是六月,被解聘的更多。一些外县的学校校长常常利用暑假和寒假到成都来物色教员,被解聘的教员也会聚集在少城公园的几个茶社里,或自荐,或求人介绍,或讨价还价……于是人们便调侃地称之为'六腊战争'。战争打完,接到聘书的欢欢喜喜,而没有接到聘书的,失业甚至饿饭便在等待着他和他的家人了……"

"想不到你对这个'六腊战争'和教育界的情形还这么清楚,平时在学校里倒没听你谈起过……"宋岚说。

"家父一些老友是在外县当校长的，他们来拜访家父时，常常会说起这些，我也是从他们的谈话中听来的。"

"唉，当局只在嘴巴上吼要兴办教育，其实是斯文扫地啊！"杨宏涛感叹道。

说话间，酒寨的几个袍哥来向杨宏涛拜年，并请他出面解决一桩纠纷，他便去了。

王凤英和琬玉本要告辞，但宋张氏和宋岚说啥也不放她们走，高矮要留母女俩吃饭。最后，琬玉笑着答应了："这些天跟着宏涛吃了几回袍哥家的'春酒'，都是九斗碗，顿顿大鱼大肉，吃得我腻死了，说实话，我早就想吃伯娘做的菜了，今天在伯娘家该享享口福了！"

宋张氏回应道："你这个妹仔儿就是嘴巴甜，会说话，我这里又不办田席，自是莫得九斗碗的，但好东西也莫得，乡坝头的人家，哪有旅长家的富贵？今天你只有将就了！"

琬玉撒娇道："伯娘，我不依，你这是在踏屑（挖苦）我哩！"

说笑间，宋张氏转身去了灶房，王凤英也跟着去帮忙了。

其实，宋琬玉说的是实话，四川农村办田席时兴的就是"九斗碗"，"斗碗"是"大碗"的意思，因此"九斗碗"又名"九大碗"，有的地方称之为"九道菜"。它原先本是清蒸的九大菜，包括软炸蒸肉、清蒸排骨、粉蒸牛肉、蒸甲鱼、蒸浑鸡、蒸浑鸭、蒸肘子、夹沙肉以及咸烧白，如今又依次包括了干盘菜、凉菜、炒菜、镶碗、墩子、膀、烧白、鸡、汤菜。菜肴以肘子、酥肉、炖鸡为主，底子是白菜、萝卜、脚板苕。乡坝头办"九斗碗"，少则几桌，多则几十桌、上百桌，为让厨师便于操作，上菜更快，菜肴便多以"三蒸"、扣菜为主，烧菜为辅，确实相当油腻。

当然，川西一带的高档田席也很讲究，是由九围碟、四热吃、九大碗组成的。

九斗碗的菜品还有一些讲究，例如办喜事不能上豆腐这道菜，而办丧事时，第一道菜一定是豆腐。

宋张氏手巧，过去又跟着宋岚爹出过省，见了些世面，厨艺更提高了不少。她想到琬玉不想再吃浑鸡、浑鸭、烧白一类的东西，宋岚和赵俊扬的口味也很清淡，便用家里现成的材料，做出了几味清香爽口的菜肴，包括用冬笋尖、核桃仁和鸡蛋清做成的软炸冬笋；用鲜嫩的青笋尖和芝麻酱做成的麻酱凤尾；用豆腐片煎黄后做成的熊掌豆腐；用鸡胸脯肉和鸡蛋清做成的鸡豆花；还用自家的泡青菜烧了一大盆泡菜鱼；加上现成的腊肉、香肠以及用扁豆仁加入玫瑰、白糖做成的酥扁豆泥，也就满满地摆了一桌子。

吃饭时，杨宏涛也回来了，琬玉说："我还以为你要在外面和他们一起吃酒哩……"杨宏涛回答道："跟他们吃饭少不了要喝酒，天天喝实在喝够了，还是在这里一家人清清静静吃顿饭最好。"

宋岚最喜欢吃的是熊掌豆腐，而琬玉最喜欢的是鸡豆花，一面用调羹舀着雪白的鸡豆花一面说："这豆花咋这么白嫩、这么好吃呢，伯娘，你是咋做的?"

王凤英笑了："瓜女娃子，这鸡豆花名叫豆花，其实根本不是豆子做的，用的是母鸡的胸脯子肉……"

宋张氏见家里热闹，心里高兴便接口道："这道菜并不难做，先要把鸡的胸脯子肉放在干净的案板上用刀背剁茸，再仔细剔掉肉里的白筋，然后把鸡茸放在碗里加水调散，加上盐、水豆粉、鸡蛋清搅成糊糊，炒锅里放进些猪油，烧热后把糊糊加进一些冷了的鸡汤调匀倒进去，用锅铲不断地翻炒，炒到鸡茸变成豆花一样的白色就可以起锅了。家里如果有火腿，还可以在上面撒点火腿末，我家里莫得火腿，只好将就了……"

"我觉得不撒火腿末更好吃哩。"宋岚道。

"今天我又学了一样菜，二天做好后，要请娘和伯娘尝尝，看我学得像不像。"琬玉说。

说说笑笑吃过饭后，王凤英便和女儿、女婿一起告辞了。临走时，宋张氏按当地的风俗，用赵俊扬带来的糕点给他们包了"杂包儿"，琬玉邀宋岚到她家再要几天，但宋岚说："学校快开学了，我得走了，在路上还要走好多天哩!"杨宏涛听了后便说，回去后问问有没有车到成都，要是莫得，就让他的轿子和轿夫送她，至于赵俊扬呢，他也会帮他找顶轿子。

晚上，宋岚和赵俊扬在房里摆龙门阵时，赵俊扬说："你的那位堂妹长得真是逗人爱，想不到酒寨这乡旮旯竟有这样的美人，你那个表叔真是有艳福! 只可惜你那琬玉妹妹嫁了个年纪大得多的莽夫，一朵鲜花插在了牛粪上!"

"你这话太刻薄! 琬妹是长得逗人爱，但嫁给表叔也不是一朵鲜花插在了牛粪上。表叔也算个豪杰，二十一岁当了团长，三十多岁当了旅长，嫁给他是她自己心甘情愿的，虽说大了十几岁，但待她极好……"

"娶了这样的美人，哪个男人舍得对她不好呢？"

宋岚扑哧笑了："怎么，眼馋了？"

赵俊扬觉察到了自己的失言，急忙掩饰道："你不要乱说，随便评论两句就是眼馋了？如今我既已得到了岚妹你的青睐，哪怕天仙下凡也休想再打动我！至于说到人才呢，你们两姊妹可以说是不分轩轾，你是牡丹，她就是芍药；你是春兰，她就是秋菊……你们酒寨特别是宋家，算是得天地钟灵毓秀之气了！"

三　孽海

回到成都后，匆匆几个月过去，宋岚和赵俊扬都毕业了。在赵俊扬一再催促下，两人结了婚。按宋岚的想法，结婚是两个人的事，婚礼没必要太张扬，简简单单地办一下，请几位至亲好友聚一聚就可以了，但赵俊扬坚决不同意，理由是："我大学毕业，算是一喜；结婚，算是二喜；娶了个大学毕业还是校花的太太，算是三喜。三喜临门还不该好好地庆祝一番？我家不缺钱，哥哥早就在老家结了婚，父亲说过，我的婚礼要办得热热闹闹的，你就不要操心了！"

宋岚拗不过他和未来的老人公，只得罢了。

至于是举行旧式婚礼还是新式婚礼呢？又有一番争执。依赵老太爷的意见，最好是旧式婚礼，用花轿去抬回新娘，媒婆捧上凤冠霞帔，请福禄双全、有儿有女的人给新娘穿上红缎子绣花衣裙，戴上缀满珠子的凤冠，搭上红盖头，哥哥背上轿；新郎要穿黑长衫、黑马褂、黑色圆口软底鞋，右肩斜挎红绸子绣球，头戴黑色博士帽，两旁各插一支金花。上轿前，新娘要哭轿，内容是诉说父母养育之恩、哥嫂的帮助之情等。除了新娘哭嫁，司仪还要吟唱四言八句赞新郎；花轿来了，要放鞭炮，司仪再吟唱四言八句赞新人，宾客们把红花生、红豆、红枣、糖果都撒在新娘头上，然后拜天地、拜高堂、夫妻对拜、闹洞房等。

赵老太爷喜欢这样的婚礼，但英文系毕业的儿子却坚决反对，觉得这样的婚礼对自己来说有些滑稽，他希望能像外国人那样在教堂里结婚，而宋岚却不愿意"东施效颦"——自己又没信教，何必硬要像洋人一样在教堂里结婚呢？商量来商量去，最后大家都做了让步，搞了个不中不西、非古非今的婚礼，没有哭嫁，也没有花轿。按老太爷的要求，宋岚穿了件红色的婚纱，头上插了几朵红色的头花，又按赵俊扬的要求，手上捧了把红色的玫瑰；赵俊扬穿的是一套黑色西装，打了条红色领带。请了证婚人，鞠着躬拜了天地、高堂，夫妻也对拜了，还照了相。

为了招待亲友，赵老太爷在被誉为"川味正宗"的荣乐园摆了三十六桌筵席。

新房就在老太爷的院子里，老太爷让下人把东边的一间正房和两间厢房布置出来，给新婚的小两口居住。一间是客厅，摆着满堂红木家具，还有沙发和古董，墙上挂了字画，地板上铺了地毯；一间是书房，房内四周都是书柜，里面有中英文书籍，桌上有文房四宝；另外一间则是卧房了。房前有几棵芭蕉、一丛翠竹和几盆兰草。月夜，摇曳的竹影映在纱窗上颇有几分情趣，让宋岚想起了苏东坡的诗句："宁可食无肉，不可居无竹。"

宴尔新婚，两个年轻人才真正体会到了什么叫"鱼水之欢"，什么叫"如胶似漆"。要不是顾忌长辈和家人的目光，两人会白天晚上都缠绵在一起，肉体接触带来的狂欢和相互吸引，不只晚上让他们难舍难分，就是白天也会找机会满足彼此的渴求。特别是赵俊扬，对肉体的狂欢，他似乎总是充满了强烈的欲望，一遍又一遍，永远都没有餍足的时候。互相间的小不快、小摩擦全都没有了，过去宋岚的内心深处还有一些对赵俊扬不满意甚至看不惯的地方，但在肉体的相互吸引中，这一切似乎都模糊了。有时，她也暗暗责备着自己的"沉沦"，也想抗拒这种强烈的吸引，但在赵俊扬的挑逗和爱抚下，她又变成了一个顺从的"小女人"……

她本想毕业后马上去找事做，决不当个"寄生虫"，但这种对自由、对独立的渴望，在赵俊扬炽热的怀抱里，慢慢被淡化了。

他们结婚时，宋峰特地从他任县长的茗县回来，娘也被他从酒寨接来参加了女儿的婚礼，婚礼后便住在宋峰家里。但宋张氏一直说在城里住不惯，想快点回酒寨去。只是宋峰和宋岚发现老娘的身体已经越来越衰弱，多年的操劳、愁苦、孤独和对丈夫的思念啃啮着她原本并不强壮的躯体，虽然年纪还不算大，但却已经早早地进入了"风烛残年"的境地，因此实在不放心让她一个人留在乡下，便一直不愿放她走。

为了参加婚礼，赵俊扬的哥哥赵俊文带着全家老小也来成都了。赵俊文在郫县的乡下有两百多挑谷子的田地，是赵老太爷给的，算是个不大不小的绅粮，在川西坝子号称"银郫县"的地方能有这些田地,日子算是可以过得去了。来成都,最初说是为了喝兄弟的喜酒,但婚礼后就一直没有走,住在西边的厢房里。

在宋岚眼里,赵俊文和他的兄弟赵俊扬从面貌、性情和穿着都有很大不同。赵俊文没有赵俊扬的潇洒和文雅,而是一个道貌岸然、不苟言笑的"正人君子"和乡下"土老肥"。穿的永远是一身黑绸或蓝绸长袍外加马褂,头上戴着缎面瓜皮帽,脚上是直贡呢的圆口布鞋,只有一点和赵俊扬相同——也戴着眼镜。在家里和宋岚相遇时,他只会严肃地、冷冷地点点头,从来没有笑容,更不会主动攀谈。但有一次宋岚却在无意中发现,两人迎面走过后,他那双眼镜后面的眼睛竟像锥子一样地在背后盯着她,似乎充满了嫉妒和占有的欲望,刹那间让她脊背发凉,毛骨悚然……她暗笑自己神经过敏,也曾把这种感觉悄悄告诉赵俊扬,但赵俊扬笑着回答道:"哪个喊你长得这么好看,叫人不得不多看几眼呢?你是我的老婆啊,是兄弟媳妇,他能对你咋样?你大概不晓得,大哥虽然不喜欢说话,外表严肃得可怕,但背后还夸过你哩……"

"他夸过我?说的啥?"

"自然是夸你长得巴适啊,说他从来没见过长得像你这么好看的女人,能搂着这样的女人睡觉,真是有福气,难怪有人说'只羡鸳鸯不羡仙哩'……"

"呸!你又在乱说,我才不信哪个大伯子会这样议论兄弟媳妇的,这都是你编出来骗我的鬼话!"说着,宋岚便撒娇地举起拳头在赵俊扬的身上轻轻地捶了几下。

赵俊扬嘻嘻笑着:"我真的没有骗你,他就是这样说的!爱美之心人皆有之嘛,我就是个有艳福的人……"说着便紧紧地抓住了宋岚的两只小手,吻着她滚到床上去了……

赵俊文的老婆三十多岁,面色苍白,眉目长得倒也秀秀气气,只是总带着一副病态和愁容,常常皱着眉低着头,看人的眼光怯怯的,一副提心吊胆的样子。和丈夫一样,她也很少说话,从来也没有和新媳妇宋岚坐在一起摆过龙门阵,只是遇见宋岚时,她的态度是温和的,常常会露出怯怯的笑容。

这夫妻俩让宋岚感到奇怪和不安,总觉得他们之间似乎隐藏着什么秘密。

赵俊文唯一喜欢谈论的话题是"风水"。他的口头禅是"万事风水定,浮生空自忙""山管人丁水管财",等等。常常说:"我家附近的山上就有一穴好地,是龙的眼睛,下面有一股泉水,是龙涎,有个阴阳曾把此穴点给了人,那家人后来便出了'九翰林十八都督',我曾去找过这龙穴,可惜的是,一直没有找到……"

除了喜欢谈论风水,赵俊文和四川的一些官绅、军阀一样,还极其喜欢扶乩。据说,乩仙有男有女,有的有文才,有的会给人开药方,有的会预示祸福,有的脾气暴躁,有的脾气温和。扶乩时,降乩笔的先生要坐在长方桌的一边,桌上放个沙盘,沙盘上面有个圆木弧,弧中有个木锥——这是乩笔,对面立一个摇动沙盘的人,目的是及时除去字迹,以便乩仙继续书写。扶乩时,先做法事,做完法事后降乩笔的先生不一会儿便会站起来——乩仙已经附身了,他就会把住木弧,在沙盘上写画起来……

赵俊文没有沙盘之类的东西,他的办法是,在桌上铺张白纸,上面写了些字,代表好运、噩运、财运之类,再叩上一个小瓷碟,让老婆和两个娃娃各将一个食指放在碟上,这是"请碟仙"——看瓷碟会往哪里走,以此判断凶吉。

为"请碟仙",他曾闹了个笑话:一天,乡下有人带信说,他家附近的堰塘边发现了一具女尸,好像是他的丈母娘。当时天已经黑净了,来不及派人前去检视,赵俊文便令"请碟仙"。"碟仙"一阵移动,竟移到了"大凶"两个字旁,他老婆一见便长声吆吆地号啕起来,一口一个"苦命的娘",直哭得上气不接下气……第二天全家正想到乡下去查个究竟,哪晓得,一大早那位丈母娘竟笑嘻嘻地进城来了……

赵俊文有三个娃娃,老二、老三是男孩儿,一个十三四岁,一个十来岁,长得都像爹,小小年纪就老气横秋,只有老大晓蓉是个女儿,相貌和他们不同,眉眼很像娘,但比娘更端正漂亮,十七岁了,发育得似乎比一般女孩子早一些,腰很细,但臀部圆圆的,两只乳房高高地耸起,是个很惹人注意的女孩儿。

晓蓉认得一些字,听说宋岚是大学生,心里便很羡慕,常常带着一些浅显的读物来找她问字,赵俊扬不在房里时,两人也会摆摆龙门阵。

有一次,宋岚问她上过学没有,晓蓉回答道:"只上过三年小学。"宋岚又问道:"现在好多女孩儿都上学了,你们家又不困难,咋个不多上几年学呢?"晓蓉低下头,眼圈红了,含泪回答道:"婶婶,你不要再问了,是爹不让我上学了!"

宋岚心想,可能是赵俊文重男轻女的旧思想在作怪,于是便安慰道:"你还想读书吗?只要你还想读书,我就可以教你,以后只要有空,你就来找我好了。"

"难为你了,婶婶!我做梦都想读书啊,原先上学的时候,我的成绩总是班上的前三名,老师常常夸我哩……"年轻的晓蓉露出了一丝苦笑。

于是,宋岚便找出了《唐诗三百首》和一些白话散文向晓蓉讲授。晓蓉脑筋聪明,又肯学习,宋岚很喜欢她。除了教她读书认字,还常常对她讲一些女人要自强、自立的道理,告诉她:"我们中国,几千年来都是一个男尊女卑的社会,女人总是被男人们踩在脚下,成为他们玩弄的对象和生娃娃的工具。要想改变这种现象,女人必须自强自立,能够自己养活自己。现在很多女人都明白了这个道理,她们进了学校,有了知识,能够服务社会,不再依靠男人养活,男人也不能随随便便地欺负她们了。你还年轻,我希望你将来也能服务社会,不是个只能依靠男人养活的人!"

宋岚知道,按乡下的规矩,除了极少数在外面读书和做事的,女娃子长到十二三岁就会有人上门做媒,十五六岁就会结婚,十七八岁当妈的不少,如果十七八岁还没有出嫁,就会被人耻笑,会被当作嫁不出去的"老姑娘",于是有天讲过王维的五言绝句《相思》后便随口问道:"晓蓉,你快放人户了吧?有人来做过媒吗?"

晓蓉脸红了,低下头没有回答。

宋岚又笑问:"是不是爹妈眼界太高了,看不上乡坝头的人?要不我让俊扬叔叔在城里给你找一个合适的?"

晓蓉红着脸流下了眼泪,仍然没有回答。

宋岚有些纳闷了,追问道:"到底为啥呢?有啥为难的事告诉叔叔婶婶好吗?我们会帮你想办法的……"

晓蓉抽抽搭搭地哭出声了,好一阵后才说:"婶婶,我命不好,你不要再问了,爹不会让我嫁人的……就是到你这儿读书他也不高兴,本来也是不准我来的……我们家的事是头发丝丝吊豆腐——提都提不得啊!"

看见晓蓉伤心和为难的神情,宋岚便没有再问下去,但心里的疑团并没有消除,她问赵俊扬,赵俊扬也说不出个所以然,只说:"我哥的脾气一向古怪,我在城里,他在乡下,我们弟兄间也很少来往,他是个爱打肚皮官司的人,家里的事不会告诉我,连爸也闹不清楚。这次来成都多半是为了向爸再要一些地,他曾说过,爸供我上了大学,他没上,吃亏了,该给一些补偿……所以,你千万不要再去管他家的闲事!"

于是以后宋岚再没有向晓蓉提起这件事。

这一天,赵俊扬早饭后陪父亲赵老太爷出门了,老太爷要去拜会几位当年的好朋友,说是要请他们关照,让赵俊扬能够有个好职位。他们走了后,老太爷年轻的填房太太钱氏也打扮得苏苏气气地出了门,说是有人约她打麻将……他们都走了后,院子里十分安静,宋岚便躺在床上看起了一本刚出版的小说。

忽然,她听见从西边的厢房里传来了哭声和吵闹声,这声音竟越来越大,她听出了是晓蓉的哭声,好像还有晓蓉妈的哭声和赵俊文的怒吼声,过了一会儿,乒乒乓乓有东西摔到地上了……她不安地从床上坐了起来,想过去看看,但又想到赵俊扬曾嘱咐"千万不要再去管他家的闲事",于是又犹豫着躺下,但小说从手里滑下,再也看不下去了,只留心地倾听着西厢房的动静。

陡地,她听见房门好像被撞开了,紧接着便是晓蓉在院子里声嘶力竭地哭喊:"你就打死我吧,反正我也不想活了,我就去死……"

宋岚无法再装聋作哑、袖手旁观了,连忙坐起来冲到了院子里……院子里没见赵俊文那道貌岸然的身影,只有晓蓉两娘母撕扯在一起,晓蓉妈一面哭着一面使劲地拽着晓蓉,而披头散发的晓蓉则一面挣扎一面哭着吼着,口口声声只有一句话:"我不想活了,我就去死……"用人们都拥到了院子里,大家你望我我望你,都不晓得咋办才好。

宋岚走上前去,轻轻揽住了晓蓉的肩膀,低声问晓蓉妈道:"嫂嫂,出啥事了,晓蓉咋闹成了这样?"

晓蓉妈只死死地拽着晓蓉,流着泪,望望宋岚,叹着气,没有作声。

宋岚又轻声说:"嫂嫂,你放心,让我来劝劝晓蓉吧……"

晓蓉妈哭着看看她,把手撒开了,宋岚便揽着晓蓉轻声说:"晓蓉,不要哭、不要吼了,你看,用人们都出来了,你去我房里吧,有啥想不开的就告诉婶婶,婶婶会帮助你的……"

宋岚扶着哭成泪人儿一样的晓蓉到了自己房里,让她在卧房的椅子上坐下,递了张干净手帕让她擦眼泪,又倒了一杯茶放在她的面前,然后拿出梳子一面帮她梳理散乱的头发,一面劝慰道:"不要哭了,你是个懂事的孩子,今天咋会闹成这样?告诉婶婶,到底是为了啥呀?"

晓蓉摇摇头,不说话,只是哭,一条手帕又被泪水浸透了。

宋岚一面把她散乱的头发梳通,又重新编成了辫子,一面继续柔声道:"婶婶不是早就答应过要帮助你吗?你不说话只是哭,让婶婶咋个帮助你呢?天大的事总要说出来才有办法呀,闷在肚子里咋能解决呢?……是不是爸爸骂了你?女儿挨父亲骂几句莫啥了不起,用不着这样伤心呀!"

劝了好一阵,晓蓉终于带着哭声吐出了一句话:"婶婶,你不晓得,你不晓得……我真的不想活了,还是让我去死吧……"

宋岚心里一沉:"这个小女孩儿到底碰到了啥事呢,为啥这样想不开?"她必须弄清楚。于是便爱怜地捧起了晓蓉漂亮的面庞,一面替她擦着泪水一面说:"你还这么年轻,以后的路还长,咋能动不动就说不想活了呢?是不是爸爸骂你打你了?你要晓得,儿女家挨父母的打骂是常事,婶婶也常被娘骂哩。即使被冤枉了,他们也是出于好心,哪个父母不爱自己的儿女呢?咋能挨了打骂就想去死?你是个又听话又懂事的好姑娘,快不要说这种话了,更不能这样想!"

"婶婶,不是挨骂挨打的事……"说了这一句话,晓蓉又低下头流着泪不作声了。

"那是不是有人来说媒,爸妈喜欢而你不喜欢?"

晓蓉又摇摇头。

"你真急死婶婶了,这也不是那也不是,到底是为啥呢?"

晓蓉终于抬起了头,擦擦眼泪道:"婶婶,这事我真说不出口……爸爸是不会让我嫁出去的,好多人来做过媒,都被他一口回绝了!"

"哦,"宋岚沉吟了一下,又问道,"你妈呢?她不和你爸商量吗?按你的岁数,在乡坝头是该嫁人了……"

"妈哪敢和他商量?她身体不好,又怕他,他是天王老子,自来说一不二,哪个敢违拗他?……婶婶,我不晓得自己上辈子作了啥子孽,这辈子会投生成了他的女儿……我真的活不出来了……"

说着又痛哭起来。

宋岚敏锐地感觉到,这个小姑娘的心里一定隐藏着极大的委屈,到底是什么委屈呢?自己既然碰到了就不能置之不理,于是便把她搂在怀里,柔声道:"你到底受了啥委屈啊?告诉婶婶吧,不管遇到了啥事,哪怕是天大的事,婶婶和叔叔也会想办法帮助你的,你不说出来,我们即使想帮忙也无能为力啊!"

"我……我真说不出口……"停了一会儿,晓蓉咬了咬牙又恨恨地说,"他……他不是人!"

"哪个?你说哪个不是人?"

晓蓉终于爆发了："我说的就是我的老汉儿！我……我十二岁时他……他就……过去我年纪小，不敢不依……今天他又想强迫我，我不依，他就打我！妈要挡他，他就打妈……婶婶，你问过我，有莫得人来做过媒，你不晓得，不管哪个来说媒，他都不答应，他就是要把我留在家里！……这样的人配当老汉儿吗？我逃不出他的手板心，又不想再依从他，只有去死了！……婶婶，这样的丑事我有脸说出来吗？哪个又能帮帮我呢？"

说着，又浑身颤抖着哭了起来。

晓蓉的这番话让宋岚大吃一惊，一时间竟找不到任何言语来劝解和安慰这个可怜的女孩子……她实在无法想象外表道貌岸然的赵俊文内心竟如此龌龊，竟会干出这种禽兽不如的事！什么样的耻辱和痛苦在撕咬着这个小女孩儿的肉体和灵魂啊，而且不是一天、两天，一年、两年……

一种腐朽的气息让宋岚感到窒息般的痛苦了，赵俊文——这难道是中国封建传统孕育出的怪胎——满口的"仁义道德"，而一肚子的"男盗女娼"？

她突然想到了吴虞教授对中国家族制度的抨击，以及他写的《家庭苦趣》一文。

极度的愤怒和极度的怜悯让宋岚说不出一句话，只把晓蓉紧紧地搂在怀里，好一阵后，她终于控制住了自己，而一个坚定的想法也紧紧地攫住了她：无论如何要帮助这个可怜的姑娘，一定要让她逃出魔爪！

反复思考后，她对晓蓉说："晓蓉，婶婶明白你心里的苦，婶婶也很难过，没想到赵俊文竟是这样一个东西！我答应过要帮助你，一定说到做到。至于究竟啷个帮助呢，我还没想好，总之，一定要想出个一劳永逸的万全之策。你要相信婶婶，把心放宽一些，你还年轻，一辈子还长哩，万不可为那禽兽不如的人去寻短见。一会儿回去后，他们问起了，你千万不要说告诉了我这些事，免得节外生枝，懂吗？"

晓蓉点头答应了，临走时含泪低声说："婶婶，这种丑事除了妈我只告诉了您啊，难为您一定帮帮我，要不然，我真不想活了！"

宋岚也流泪了。

赵俊扬陪老太爷在外面吃了午饭后回到家里，见宋岚一人皱着眉默默地歪在床边，眼睛定定地望着天花板，好像在想心事，便笑问道："你好像有点不高兴，是怪我今天没在家陪你？"

宋岚白了他一眼，摇摇头没有回答。

赵俊扬挨着她在床边坐下，拿起她的一只手吻了吻柔声道："在想啥呢，咋不说话？"

宋岚翻身坐了起来，摆脱了他的手，突然正色问道："你和你哥感情咋样？他的为人你了解吗？爸爸喜欢他吗？"

"你咋个问起了这些？是他们惹你生气了？"

宋岚摇了摇头："他们没有惹我，只是我仍旧想问问……"

"爸爸结过三次婚，哥是第一个老婆生的，听说他十二岁时妈得病死了，爸又娶了我妈，我妈去世后又娶了现在这位钱氏。我和哥同父异母，他比我大十几岁，他结婚后便没有和我们住在一起，后来我进城上学，他仍旧住在乡下，兄弟间很少来往，有多少感情说不上，他的为人我也不清楚。只听爸爸说给了他两百多挑谷的地，他还嫌少，说是没供他上大学，他吃亏了，这次来成都，多半就是为这事……除了他，钱氏也在要地哩，他们看爸年纪大了，都在争抢遗产哩……"

"争抢遗产倒还可以说是人之常情，可以原谅，但他干的另外一些事就有悖人伦，禽兽不如，让我都羞于启齿了！"

于是宋岚便把晓蓉受赵俊文欺负的事告诉了赵俊扬。

赵俊扬听了后也是既惊又怒，连声说："想不到，真想不到他竟会做出这种事！只听说过老人公'爬灰'的，那到底不是亲生骨肉呀！亲生父亲咋能对亲生女儿下手？这是乱伦，是大逆不道啊！这种事要是被爸晓得了岂不气死？若是传了出去，赵家就名誉扫地，再也抬不起头了！"

"名誉不名誉现在先不忙考虑，最要紧的是我们应该咋办。我已经想了很久，不管咋样，我和你不能袖手旁观，不能眼睁睁地看着晓蓉被这个禽兽不如的人逼上绝路……我已经答应了晓蓉，一定要想办法帮助她的……"

赵俊扬沉吟了一下后便道："咋样帮助呢？此事棘手得很啊！首先，家丑不可外扬，此事绝不能让外人知道……其次，晓蓉又不是我们的女儿，不能名正言顺地把她领到我们家来；最后，赵俊文会让我们插手吗？他才不是个省油的灯哩！"

"啥叫家丑不可外扬？亏你还是个大学生，竟满脑壳的陈腐思想，只顾虑赵家的名声而不管受害者的死活！你好生想一想，晓蓉这个可怜的小女孩儿受到了怎样的蹂躏，忍受了多少痛苦，她已经多次说过不想再活下去了！我们能见死不救、任凭那个禽兽不如的老汉儿继续胡作非为吗？……你如果不愿意管，我就去找我哥，他一定会想办法的……"

说到这里，宋岚的眼圈红了。

见宋岚有些生气，赵俊扬忙赔笑道："你不要生气，有事慢慢商量嘛，我也想帮助晓蓉哩……"想了想后又说，"这事我们不能向他们当面戳破，免得赵俊文狗急跳墙；也不能让外人知道，这倒不只因为家丑不可外扬，而是因为在外人眼里晓蓉还是个没出嫁的'黄花闺女'，传出去了让她以后咋见人？"

宋岚觉得他说得也有些道理，便点点头道："这些顾虑是对的，我曾打算介绍晓蓉到外面去做事，让她离开那个老汉儿，但她没上过几年学，又是在乡坝头长大的，到外面做事怕是不行；再说，那个赵俊文恐怕也不会同意，他不会让她逃出自己手板心的……"

赵俊扬沉吟了一阵后说："这事千万不能告诉你哥，太丢脸了！我还是去禀告老太爷吧，虽然他会生气，但也只有让他老人家来解决了！"

"你不是说老太爷晓得后会气死吗？"

赵俊扬叹了一口气："怄气是绝对免不了的，但有啥办法呢？他不出面又有哪个能帮助晓蓉？就算你哥晓得了，为了晓蓉的脸面，他也不能把这事公开出去呀。再说，赵俊文本是个横不讲理的人，他会让你哥来管晓蓉的事吗？"

宋岚想想，确实没有更好的办法，也只能如此了。

于是当天晚上，赵俊扬便吞吞吐吐地轻声把这事告诉了老爸赵实夫。老头子当时正坐在堂屋里喝茶，听了后勃然大怒，马上把手里的细瓷茶碗狠狠地摔在地上……钱氏在卧房里听见哗哗啦啦的巨响，连忙走出来问个究竟，赵实夫喘着粗气，浑身发抖，一句话也没有说，只连连挥手让她出去……讲究孔孟之道、极好面子、自诩为"书香门第"的他，万万想不到家里竟出了这等丑事……女佣吴嫂来掺茶，还想收拾地上的碎瓷片，也被他撵走了。

赵实夫立即让赵俊扬把赵俊文叫到了堂屋里，又让赵俊扬关上堂屋门后离开，然后压低声音吼道："畜生，你还不给我跪下！"

赵俊文见赵俊扬垮起脸来叫他，做贼心虚的他，想起白天晓蓉大哭大闹后，曾在宋岚的房里待了好半天，心里已明白了八九分……于是便做出了一副若无其事的神情，一面跪下一面问道："老爸，不晓得我做错了啥事，惹得你老人家生这么大的气?"

赵实夫气得浑身发抖,用右手的食指狠狠戳着赵俊文的额头道:"畜生,你干的丑事还要我当面说出来吗?你这种莫得廉耻的不肖子孙,把赵家祖祖辈辈的脸都丢尽了,这种有悖人伦的丑事你竟干得出来!这种事是应该被凌迟处死、被天打五雷轰的,你晓不晓得?"说着,便举起身边的拐杖劈头盖脸地朝赵俊文打来。

赵俊文不敢躲避,一面磕着头一面带着哭声说:"老爸,儿子错了,都怪我妈死得早,从小没人好好管教,让我一时糊涂,干下了这种糊涂事,二天再也不敢了!你老人家就看在我妈的名下,饶了我吧……"说着又连连磕头。

赵实夫听了这话更加生气,顿脚道:"混账东西,你倒把自己的罪过推卸得一干二净,妈死得早就该干这种事吗?难道我没请过老师教你读书,没有人给你讲过道德伦理?你说说,有几个死了妈的人会犯这种罪?按说,我该按祖上定下的族规一根绳子勒死你,要不就绑了石头把你丢下锦江!……你自己说吧,做了这种事,该当咋样处置?"

"听凭老爸咋样处置儿子都是罪有应得,只是请老爸可怜可怜您的两个孙子,他们都是赵家传续香火的人啊,他们年纪还小,他们的妈又是个病秧子……"说着又连连磕头。

赵实夫扔下拐杖气呼呼地坐下,好一阵后才说:"赶紧找个人家把女娃子打发了,多给些陪嫁,你要舍不得,我替你出,不能让女娃子出门后再受气!……你们那里有没有合适的人家?听说好几家来说过媒,都是你挡住不答应的,是不是?"说着便瞪着跪在地上的赵俊文。

赵俊文抬头抵赖道:"不是儿子不答应,只是,只是觉得那几家都不很好……"

"放屁!你还在狡辩!你这个混账东西想过没有,要是女娃子的肚子大了,那时候该咋个么台!"说着又举起了拐杖。

赵俊文赶紧回应道:"老爸说得是,说得是,回去后我立马就去找媒人!"

赵实夫秋风黑脸地盯着他看了好一会儿后,才摇摇头叹口气说:"真是报应啊,赵家咋会出了你这个孽种!这事我信不过你,还是交给俊扬去办吧……不能太委屈了女娃子,要找个差不多的人家,多帮补些陪嫁。还有,你做的丑事千万不要传出去了,不是为你,是为了我们赵家,为了我的孙子、孙女,他们还要做人!"

后来,赵老太爷果然把尽快为晓蓉找婆家的事交给了赵俊扬。赵俊扬在宋岚的督促下办得很认真,在亲友们的帮助下,经过比较,终于替晓蓉在华阳找了个姓林的老实厚道人家做了"填房"。这是个中等人家,并不是有钱的"绅粮",前头的女人没有留下儿女,男人和老人公、老人婆都很喜欢晓蓉。赵老太爷也按照自己的承诺,给孙女准备了体面的"八铺八盖",加上绣花衣裤、金银首饰、各色家具和四十挑谷的地契,结婚前三天就送到了男家。

让看闹热的人奇怪的是,出嫁那天,新媳妇并没有按当地的规矩"哭嫁"……听说离开娘家时,也没有给爸妈磕头,而只给爷爷、奶奶、叔叔、婶婶磕了头。

晓蓉出嫁后,赵实夫便打发赵俊文立马回乡下去,并且对他说:"你这回为啥来成都我明白,你要的地我已经送给晓蓉做嫁妆了,也算替你给了她一点补偿……我再不会给你别的东西了,早先给你的那两百多挑谷,也够你全家一辈子衣食无忧,算得上个小绅粮,你好自为之吧,以后就不要再来成都了!"

晓蓉的悲剧也刺激了宋岚,把沉醉在宴尔新婚中的她惊醒了,让她再一次感受到了现实的丑恶和残酷,也再一次认识到中国女人处境的可悲,于是责备自己竟沉醉在狭小的安乐窝里,忘记了蔡仲瀚、黄骏飞等老师的期望以及自己曾经的志向。于是她决定振作起来,要认认真真地出去做事了。

第八章 国忧

一 从戎

哥哥宋峰很支持妹妹的决定,并且在信中对她说:"岚妹,为了真正办一些利国利民的事,我到偏远、贫穷的茗县当县长了!你是想到政府当公务员还是去学校教书呢?我都可以请朋友帮忙安排。"

宋岚本想到北碚去参加卢作孚的乡村教育试验,但赵俊扬坚决反对——他不愿离开成都,已经应聘在一所中学任英文教员了,于是宋岚也只能留在成都,她回信告诉哥哥:"当教员的事你不用操心,省立女子中学已经表示愿意聘请我了。"

宋峰离开成都前,宋岚曾想让娘搬来和自己同住,但宋张氏一直拗起硬不答应,高矮说在成都住不惯,要落叶归根回酒寨,宋峰只得把她送回去了。

宋岚和赵俊扬很幸运,由于毕业于四川大学,再加上又有赵俊扬老父和宋峰朋友的关照,因此没有经历惨烈的"六腊战争",都顺利地拿到了聘书,暑假后便要去当老师了。

这一天,好友和同窗宋轻雪来看望宋岚。

在学校里,宋轻雪一直很活跃,还在上小学时,她就参加过"学生爱国会"组织的游行、集会和街头宣传。上大学后,在读书会里常常会听到她的高谈阔论,她还和几个同学发起办了张《巴蜀女报》,在上面发表文章和白话文小说,反映旧礼教压迫下女性悲惨的命运,提倡男女平等,争取妇女权利。宋岚也曾在上面发表过一些文章,两人一直很要好。

陈独秀等人十分推崇法国文明,认为法国是欧洲近代文明的发源地,中国青年有条件的应该去法国留学。宋轻雪自幼便受到这种看法的影响,也特别喜欢法国的自由平等思想,还欣赏法国女人的潇洒和浪漫。她一直希望能和父亲一样,走出封闭落后、军阀混战的四川，冲出夔门，到外面去了解中国和世界。因此，在大学时，除了中文系的课程，她还开始学习英语和法语。在学习英语时，她认识了后来的男友乐云辉。最初乐云辉并没有像一些男生一样，向这个美丽的、富商的女儿大献殷勤，而宋轻雪也没有特别注意这个身材挺拔、面貌英俊的男生，是那场军阀们在皇城争夺煤山的巷战让她注意了他，以后共同的抱负和理想终于让他们互相吸引并走在了一起。

自从在宋岚的婚礼上见过面后，宋岚和宋轻雪已经有些日子没见面了，今天见宋轻雪穿着一身紫色的西式衣裙，头上还戴了顶俏皮的法式帽子，显得更加活泼、婀娜，宋岚便笑道："蜜斯宋，好洋盘呀！"

宋轻雪打量着宋岚身上的黑色湘云纱旗袍和微微卷曲的头发，也开玩笑道："蜜斯宋，你也变了样子，真像个少奶奶了！"

两人说笑了一阵，宋岚便道："我们同寝室的四个女生三个都结了婚，姚梦茹嫁给了青梅竹马的表哥，王丽珠跟着她的诗人孟长风去了重庆，听说你那位乐云辉的家在芦县，你是要去芦县结婚吧，啥时候动身呢？"

宋轻雪笑着回答道："我明天就走，今天特地来看看你，也是来向你辞行的。"

"开学后我就要去省女中教书了，你呢？有啥打算？"

"我崇拜那些能'铁肩担道义，妙手著文章'的人，不想去教书，希望自己能从事写作；再说，我天性好动，也不想让自己老是被固定在一个地方。中国这么大，我们为啥要被夔门困住呢？应该到处走走，到处看看，多结识一些人，也多调查一些问题。因此我想到报馆去当记者，已经和几家报馆接洽过了，他们都表示欢迎哩！"

宋轻雪还说："我告诉你一个秘密，乐云辉的母亲曾说，他们是宋朝名将岳飞的后代，岳飞遇害后为避祸逃到四川，改姓了'乐'。他的母亲常以'精忠报国'教育子女，因此乐云辉曾对我说，万一国家遭遇敌人入侵，他必将投笔从戎！"

"看来乐云辉倒是个有志气的血性男儿，不是个庸庸碌碌的人，积弱积贫的中国正需要这样的人，你能和他结为终身伴侣，我真替你高兴！"宋岚由衷地说。

临走时，宋岚取出了送宋轻雪的结婚礼物——一对自己亲自刺绣的枕头。

宋轻雪结婚后，仅仅过了三天，震动全国的"九一八"事变发生了！日本的关东军突然袭击了沈阳的中国驻军张学良部，不到一周，日军便占领了辽宁、吉林两省三十多个城市，二十多万装备齐全的东北军在"绝不抵抗"的命令下，在两万多日军面前全部后撤，把大好河山拱手让给了敌人……

国民政府一直寄希望于国际社会的"调停"，发表了命令"绝不抵抗"的《告全国国民书》，书中有："政府现时既以此案件诉之于国际行政会，以待公理之解决，故以严格命令全国军队，对日避免冲突，对于国民亦一致告诫，务必维持严肃镇静之态度。"

但是，面对国破家亡的惨痛，全国民众却无法"镇静"，消息传到四川，"四川各界民众反日大会"和"成都市民反日会"迅速成立，街头到处都可以看到反日的宣传活动，民众纷纷向政府请愿，并举行游行示威，抗议日本帝国主义的侵略行为。成都全市工、农、商、学、兵各界三百多个团体在少城公园举行了"反日大会"，宣布停止一切宴会娱乐，全市下半旗以示国辱，三十多万人的成都，竟有五万来人参加了大会，其中包括宋岚和她的学生。紧接着成都全市六十多个工、农团体通电全国，主张对日宣战；许多行业成立了"反日团""义勇军"等抗日团体。到10月10日的国庆节，成都各界数万人，在少城公园再次举行"反日救国大会"，发表反日宣言，强烈要求众军阀和国民党停止内战，一致对外，会后再次举行了示威游行……

重庆在"各界民众反日救国大会"上发表了这样的宣言："值此一发千钧、巢倾卵破之际，誓与日人奋斗到底，头可断、身可碎、肉可烂、骨可摧，此志不可夺，此心不可死！"重庆市政府还宣布立即收回王家沱日本租界，日本商轮也因为被民众抵制，"久无客货可装"，不得不停航了。

四川各县包括许多乡镇都掀起了抗日救国的浪潮，新婚的乐云辉和宋轻雪在芦县也参加了抗日大会的活动，并且上街游行、贴标语、发传单。在民众大会上，乐云辉激昂地发表了演说："河山破碎，满目疮痍，侵略者的铁蹄践踏着神州大地，父老被惨杀，姊妹遭蹂躏，他们还将得寸进尺，侵吞的目标不仅是东北，而是整个中国。国势已危如累卵，我们不应该继续躲在后方的安乐窝里，任由侵略者横行！人们常说，'百无一用是书生'，但我却要说，书生更应当担负起唤醒民族和以死报国的重任！"

他和宋轻雪曾一起仔细研究过日本侵略中国的历史，发现早在所谓"明治遗策"中，日本便有了侵略中国、称霸世界的野心。1927年日本首相、陆军大将田中义一曾向天皇密奏："惟欲征服支那，必先征服满蒙；如欲征服世界，必先征服支那。"主张"先取朝鲜，次取满蒙，再取华北乃至支那全境。得支那后，再北攻苏俄，南取南洋，使东亚尽为我皇国所有"。从此以后，日本便采取了一系列计划周密的行动，从皇姑屯事件、中村事件、万宝山事件直到"九一八"事件……

（据后人调查，这个"田中奏折"可能并不存在，是日本右翼军人为了实现侵略野心而故意炮制的。）

日本军人还认为："内斗是中国这个民族的劣根性，已成为顽疾，不可救药！""中国的官是贪官，中国的人民是刁民，中国的所谓'爱国学生'只是一群乱哄哄的闹事者……总之，这是一个政治失败的民族。"因而信心满满地叫嚣："三个月便可以让中国灭亡！"日本的参谋部据此制订了计划。

宋轻雪发现，自"九一八"事变后，一贯乐观爽朗、襟怀坦白的乐云辉就变得心事重重沉默寡言，宋轻雪最喜欢的、阳光般的笑容消失了，他好像总是在思考着什么、犹豫着什么，白天如此，夜晚也是如此。

这天晚上，和往天一样，乐云辉又失眠了。半夜，无法入睡的他，悄悄地下了床，独自一人来到院子里，一会儿皱着眉头走来走去，一会儿望着夜空发呆……

宋轻雪其实也没有睡着，她也悄悄地起了床，见他在院子里望着天空发呆，便轻轻地来到他的身后，两只手紧紧抱着他的腰，头靠在他的后背上温柔地说："你在想啥？能告诉我吗？"

乐云辉转过身把她搂在怀里，轻轻地吻了一下，嗫嚅着："我……我……"

宋轻雪仰望着他，摸着他英俊的面庞，语声更加轻柔了："我知道，你有心事，不要犹豫了，说出来吧，我们的生命不是早就已经融为一体了吗？"

乐云辉把头埋进了她的秀发里，喃喃道："雪妹……请你原谅……请你理解……"

宋轻雪伸出双手捧起了他的头，在朦胧的月色中深情地注视着这个自己挚爱的男人，轻声道："我明白，你想到前线去，对吗？"

"……雪妹……请你理解……"

"你曾说过，万一国家遭遇敌人入侵，你必将投笔从戎，还让我绝不能阻拦，是这样吗?"

"是……是……雪妹,我也明白,我们……我们在一起的时间实在是太短太短了……"

听了这话,宋轻雪忍不住流泪了,她噙着眼泪凄然说:"这又怎样呢,既然我们生在了这个时代!……去吧,我早就答应过,决不会阻挡你的……一个沉睡的民族需要被唤醒,也需要有人牺牲啊!……去吧,两情若是久长时,又岂在朝朝暮暮?无论你在哪里,我的心总是和你在一起的。你要到前线去,我也不会躲在后方的安乐窝里,虽然我是个女人,但也会去做我应该做的事……"

乐云辉最先报考的是黄埔军校,后来想到中国特别缺乏的是飞机和飞行员,便进入了中国空军学校。报考前他一直不敢把这个打算告诉父母,直到录取后才写信告诉了他们,本来害怕老父会反对,谁知老父却在回信中称:"知吾儿有以身报国之志,余心甚慰,死有重于泰山或轻于鸿毛,望儿切记。倭奴吞并我大好河山,屠杀我华夏同胞,男儿报国正在今朝,国仇未报,万勿以家为念!"

在父亲和新婚妻子的支持下,乐云辉毅然走上了投笔从戎抗击侵略者的第一线,经过考查和选拔,被派到法国去学习飞机驾驶,这也正是他的夙愿。因为他认为,在现代战争中,空军的地位十分重要,没有强大的空军便只能消极地在地面挨打,而积贫积弱的中国,在这方面却是一片空白。他希望自己能翱翔在蓝天之上,把侵略者赶出国土。

继"九一八"事变后,第二年初,日本又大量增兵,海军陆战队突然从东、南两路袭击了上海闸北,发动了"一·二八"事变,日军将领夸下海口,宣称只需四个小时便可占领上海。但这次进犯却遇到了蔡廷锴所属十九路军的英勇抵抗,张治中也奉命率第五军增援,激战中日军不得不三换司令,共动用了十万大军、飞机六百架、战舰一百艘,和中国军队恶战了一个多月。

淞沪抗战发生后,四川抗日救国大会立即发表了《告民众书》,强烈要求川军出川抗击日寇,要求川军"杀尽倭奴雪宿耻",甚至说,如"借故不出兵即为卖国贼"。近十万民众聚集在少城公园里,人们齐声怒吼:"还我河山!""若再不出兵,四川军队就不是四川的军队,而是四川人民的敌人!"成都成立了"四川义勇军总监部",各界的抗日救亡团体,包括教师、职员、学生、工人以及黄埔军校毕业生,学习东北义勇军,自发地组成了一支"四川抗日救国义勇军敢死队"。小学生们组织了"救国童子军",老头儿、老太婆组成了"中华白发赴难团"，皇城坝的回民成立了救亡组织"坚一社"，劳工们组织了"劳工抗日义勇军"，大学生组织了"川大学生抗日救亡请愿团"……

第一支沿江东下出川抗日的队伍是"成都敢死队第一队"，这完全是一支民间自发组成的队伍。队员们每人交大洋二十元，自费从军，奔赴上海前线，共御日寇。

宋轻雪瞒着母亲兄长，毅然报名参加了这支义勇军队伍，是少数女队员之一。

临行前，成都一万多人在少城公园为"敢死队"举行了欢送大会。领队激动地咬破手指，当场写下血书："倭寇不灭，誓不回川！"全场唏嘘，齐声高呼："打倒日本帝国主义！""中华民族万岁！"川军二十四军、二十八军、二十九军都派代表前来致欢送词，刘文辉军长、邓锡侯军长、陈书农市长赠送了钱物和锦旗，一位师长个人送了大洋三百元。

宋岚和省女中的学生们一起捧着慰问品来欢送这支义勇军队伍，在队伍中找到了宋轻雪。这时的宋轻雪已经脱去了平时常穿的漂亮旗袍和西式裙装，换了一身草绿色的粗布"军服"，打着绑腿，束着皮带，背着背包，脸上完全没有脂粉的痕迹。英姿飒爽的她倒较平时增加了一种特殊的妩媚。两人亲热地拥抱后，宋岚含着眼泪说："轻雪，国难当头，你和乐云辉都先后奔上了抗敌的前线，让我既感动又羡慕，当然还有惭愧。我本来也应该和你们一样，无奈的是我已经怀孕，到前线去只会成为大家的累赘……不过，我在后方也会努力的……你走后伯母那里我会经常去看望，她老人家晓得你要去前线吗？"

"她不知道，我没有告诉她，只给哥哥写了信，希望他们能把妈妈接走。古人说'忠孝不能两全'，又说'覆巢之下焉有完卵'，国事如此，我只能对不住妈妈了……"

宋岚叹了一口气："好吧，也只能如此了！你放心，只要伯母留在成都，我便会好好照料她老人家的。但愿你们旗开得胜，早奏凯歌吧！"

这支义勇军敢死队一路或步行，或坐汽车、搭木船辗转到了重庆，以后又坐了民生公司的轮船经三峡到达武汉。在途中，宋轻雪的心情一直十分沉重，她发现，虽然很多地方都有民众在集会、在游行，抗议日本帝国主义的侵略，但国民政府的态度仍然十分暧昧，特别想到"九一八"事变后，把东北三省拱手让给侵略者的"国耻"，心情便更加沉重……

到达武汉后，武汉民众高涨的抗日情绪让义勇军敢死队员们深受鼓舞，但这时却传来了上海已经休战的消息——原来，打了一个多月，日军三换司令、三次增兵仍然无法占领上海，3月初终于无奈地发布了"停战声明"，要求与中方议和，而国际联盟也要求中日停战，于是中国军方同意停战。

上海休战的消息让热血沸腾、满怀捐躯济难之心的敢死队员们心情十分复杂，大家不甘心自此便返回四川，宋轻雪和大家一样，于是她毅然向领队和队员们说："虽然上海已经休战，但是东北的抗日义勇军还在苦战，马占山已向全国通电'誓死抗战'，热血男儿们揭竿而起，在东北各地开展了游击战，我们何不改道去东北，参加马占山的义勇军，和东北民众一起抗击日寇？"

大家都同意她的意见，决定改道去东北了。

但这支义勇军敢死队却引起了国民党中央党部某些人的注意，不但派员接见了他们，而且发给路费，并派了辆卡车负责运送，要求他们仍然去上海参加十九路军，去东北的计划便取消了。

敢死队路过徐州时，在这里住院的爱国将领冯玉祥将军曾特地为他们题词："为民族争人格的主人们，你们真是有血性、有志气、有硬骨的先锋啊！敬佩之至。"

然而，敢死队到达首都南京后，万万想不到的荒唐一幕却发生了。下车后，不但没有欢迎、没有鼓励，首都卫戍司令部还派了个穿着黄呢军服的军官，板着脸向他们训诫："查此类团体本部迭经取缔在案。仰即派得力士兵多名勒令出境，违即拘押。"

抵抗侵略者的义勇军竟被"取缔"，而且"违即拘押"，这样的命令让队员们大哗，宋轻雪和大家纷纷愤怒地质问这位傲慢的军官："请你说清楚，到前线御敌到底何罪之有？根据中华民国的哪条法律应当驱逐、应当拘押？""既认为'爱国有罪''御敌有罪'，那当然就意味着'卖国有理''投降有理'了！这种典型的汉奸言论到底出自何处？宣传此种言论的人员应不应该受到处罚？"

面对队员们义正词严的质问，这位趾高气扬的军官瞬间失去了傲气，期期艾艾地不知怎样回答。一些消息灵通的记者闻讯后立即赶来采访，并对此事进行了报道，一时之间成为轰动南京的大丑闻。

在舆论的压力下，国民党中央党部留京办事处主任终于同意敢死队员们可以去上海参加十九路军，但这时军政部却出面干涉了，理由是行政院已经明令取缔义勇军,不能再用"义勇军敢死队"的名义前去,要去,只能以个人的名义。队员们不得不再次抗议,领队代表全体队员庄严表示:"如果一定要取消'义勇军敢死队'名义,就必须明令示众,明明白白地宣布'义勇军敢死队'为非法组织,并宣布爱国有罪,然后把我们押回四川去!"在队员们的抗议下,理屈词穷的军政部最后不得不表示,"体谅"他们不知道行政院的命令,"可以例外"云云。

一波三折,经过一个多月的行军,辗转万里,有的队员还生了病,终于到达了上海的昆山前线,编入了第十九路军一五六旅,驻守唯亭镇。但这时中日双方已经停战,当年5月,中日《淞沪停战协定》正式签字;不久,第十九路军奉命调往福建,义勇军终于被遣散。成员有的流落上海,有的辗转回川,宋轻雪也回到了四川。

这次经历在宋轻雪的心里留下了深深的印痕和巨大的阴影,痛心、悲愤、失望兼而有之。过去她只认为,为抵御入侵之敌必须唤起民众;而现在却意识到,对强敌委曲求全、只高喊"攘外必先安内"的不是普通民众,而是最高当局。中华民族抵御侵略、重振山河的道路必将是曲折、漫长而充满苦难的。

在唯亭镇驻守时,宋轻雪写出了敢死队沿途的见闻,因而结识了《大公报》的几位记者和一位编辑,她的文章《从军漫笔》在多家报纸上连载,以后被聘为一些报纸的通讯记者,回到四川后她成为报纸《四川新声》的主笔,并且参加了范长江组织的"中国青年记者学会"。

她的两位兄长听说妹夫已投笔从戎,妹妹也参加了"义勇军敢死队"后,觉得把老母一人留在成都很不放心,便把她接到国外去了。行前,宋岚曾多次前去看望、慰藉这位老人。

二 "宋赶场"和"宋草鞋"

"九一八"事变这年,四川发生了大旱,宋峰经北大同窗顾建文的力荐,已经到偏远的、灾情十分严重的茗县去担任县长了。在北大时,思想激进的顾建文如今已变得沉稳、内敛,而且颇善交际应酬,不知道通过什么关系,得到了"四川王"刘湘的赏识,成为幕僚之一。

按顾建文的说法是,日本野心膨胀,中日之间必有一场生死相搏的大战,中国必须抓紧时间努力建设巩固的后方，以便日后支援前线，因而应该未雨绸缪，委派一些有识之士加强地方领导。他用这种看法说服了宋峰，让他辞去校长的职务转而从政了。

临行前，顾建文做东，邀了一些同学、朋友为宋峰饯行，饭桌上有人问起了宋峰当县长后的打算，宋峰回答道："县长虽仅仅是个芝麻官，但却是一县之长，为一县民生祸福之所系，如果每个县长都能尽忠职守，为民解除疾苦，国家必定兴旺发达。如今，国难当头，我一定尽心竭力，不畏艰难，以刚毅之精神见之于行！"

北洋军阀时期，县缺是军阀们奖赏部属或馈赠亲友的礼物，副官、马弁当县长的随处可见。国民党执政后，对县长的任命有了考试和荐举两种，但实际上仍然是民政厅长等官僚敛财的工具，可按县缺的肥瘦、报效的多少论价出售，待价而沽。再加上军阀混战，土匪横行，以致在乱世中县长的更迭十分频繁，普遍不到一年，一般都是三五个月，最短的两天甚至一天或一个夜晚便被替换。

大足县两年换了十三个县知事，最短的县官只干了一天。此人出身绿林，受边防军招抚后率队攻城，把前任知事赶走后自己当了知事。但仅仅当了一天，前任知事率队打了回来，攻克县城后又把他赶走⋯⋯

川、滇、黔交界处的兴文县曾出过一夜县官肖道士。此人的职业是巫师兼医师，不仅跳端公，有时还会披上袈裟，敲起锣鼓法器，诵起金刚经、楞严经，为人超度亡魂⋯⋯民国十三年滇军压境、黔军撤退时，兴文县偶然间成为"真空地带"，肖道士便纠集了二三十个徒弟，手持戒刀杀进县衙，拖出县官勒令"交印"，县官交印后逃走了。肖道士进签押房后，拿出平时画符的黄表纸写了四张布告，勒令百姓交粮交税，但布告还没贴出去，鸡叫时城外响起了滇军的枪声，肖道士便丢下大印逃之夭夭。

当县长是不能得罪当地豪绅的，不但不能得罪，还要曲意结交，否则推行政令时会寸步难行，乡镇保甲都会处处作对，让你不得不离职引退。

军阀混战时期，筹钱募兵都是县长的重要工作，稍一不慎，轻则丢官，重则丢了脑袋，有的因为筹款不力被军队软禁，有的被逼逃跑，甚至被逼吃鸦片自杀⋯⋯刘文辉和田颂尧在成都打巷战时，温江县一个月内曾三易县长、三易征粮局长。

宋峰深知当县长的不易，但抱着一颗"以身许国"的赤子之心，仍然迎难而上了。妻子李菡蕾本来坚持要和他一起到茗县去，但他考虑到娃娃太小，茗县环境艰苦，再加上人生地不熟，便力劝她缓一缓，待他理出头绪后再去，最后李菡蕾只得无奈地答应了。

茗县没有报纸，没有高级中学，人口只有十七万，是个名副其实的穷县。到任后，宋峰没有坐在县政府的办公室里和属下"坐而论道"，而是立即穿着草鞋走乡串户微服私访。通过微服私访，彻底摸清了这里的县情。

原来，地处川、滇、黔交界处的茗县在军阀混战中，也是土匪成灾。一个姓方的劣绅——外号"方大头"的，是县里一霸，他和当地的浑水袍哥联合，自立堂口，称大同公总社，结交了几个乡镇的乡长、团总和袍哥大爷，手下的"四大金刚"网罗附近几个县和边境交界处一带的土匪组成了一支队伍，公然在各地设立了几十个关卡，对过往行人"敲路板子"（拦路抢劫），并经常打家劫舍，这"四大金刚"在匪巢里当了头领，方大头则坐地分赃，坐分土匪们抢到的烟款和财物。

每当军事长官到茗县时，方大头必然要出面吹捧、请客，并痛斥匪患，但当部队前去剿匪时，他却会暗通消息，以致杨森和邓锡侯的部队都先后中了埋伏，被缴了枪。此后，这些无恶不作的匪徒便更加猖狂，不仅打家劫舍抢人财物，还会凶残地燎窑子（烧房）、短利子（割舌）、吹灯笼（挖眼）、拿梁子（砍头）、拉肥猪（绑票）、抢童子（拉男娃娃）、接观音（拉女娃娃）、扯白须（拉老人）……

除了匪患，茗县和四川许多地方一样，还有个大问题是"烟患"，这个仅十七万人口的小县，烟民竟有八千多。公烟卖的钱和灯捐是县政府一大收入，而四川军阀的财源更和鸦片密切相关，有的军阀甚至公开声称："鸦片烟乃本军的经济命脉！"在军阀们的鼓励下，四川许多县都大种鸦片，以致罂粟开花时，漫山遍野一片火红，所产的鸦片百分之七十运到"下江"，其中的百分之八十又被军队运售。

茗县处于偏远的边界之地，更是鸦片烟的沃土。

这里是鸦片的世界，也是土匪和袍哥的世界。

宋峰能当好这个县长吗？

早在来茗县前，他已经对这里的情形有了一些大致的了解，晓得这个县长不好当，便特地去找顾建文商量，对他说："茗县匪患、烟患严重，又处于三省交界的边远地区,俗话说'强龙不压地头蛇',我一个人赤手空拳前去恐怕会处处碰壁,一切社会改革的措施都无法推行,不知建文兄对此有无考虑?"

顾建文听后笑着爽朗地回答道:"我既然竭力鼓吹地方建设的重要,并怂恿你去茗县任职,自不会让你孤军奋战。我已早有准备,甫公(刘湘号'甫澄')已同意委派曾副官带领两连人随你前去,还已宣布,这两连人须绝对听从你的指挥,否则按军法惩处。你看这样安排是否妥当?"

宋峰听了后心中大喜,忙回答道:"有甫公和你做后盾,还有什么不妥当的?多谢建文兄费心了!"

于是顾建文让勤务兵请来曾副官,介绍他和宋峰相识。

曾副官是个精瘦精瘦的筋骨人,细眉毛、小眼睛、长条脸,但却极其精明强干,早年曾揣着几百文铜钱、穿着线耳草鞋"跑滩",由于久跑江湖,对袍哥社会十分熟悉。顾建文推荐他带队前去,是有周密考虑的。

出发前,曾副官曾向宋峰建议:"川滇黔交界处自来便是有名的'土匪窝子',大小土匪棚子林立,为避开土匪必须绕道……"他带着宋峰等人走了一条自己熟悉的小路,一路"拿言语"顺利通过,十来天后终于来到了茗县境内。

方大头早已得到新县长即将上任的消息,当时茗县境内并没有驻军,方大头便暗地通知"四大金刚"带领两百匪徒在城西一带"布防",准备对宋峰一行进行拦截。宋峰等刚刚到达有的匪兵便开了火,曾副官见状连忙上前高声喊话道:"弟兄们,不要打,我们是奉刘甫公之命来到茗县的,这位是新上任的县长,这些人都是二十一军的弟兄,是奉刘甫公之命保护县长的,你们要弄醒豁,千万不要乱打一气,弄个猫抓糍粑——脱不倒爪爪啊!"

匪兵本是乌合之众,听说来了刘湘的部队,便犹豫着没有再打,宋峰等趁机冲进了城。

进城后,在宋峰的严格要求和曾副官的管理下,二十一军的这两连人纪律严明,从不骚扰百姓,迅速获得了茗县百姓的好感。宋峰又一一拜访了当地的耆老乡贤,多次召集县里的上层人士和各界代表座谈,征求各方面的意见。为弄清方大头的劣迹,便委托曾副官进行暗访。刘湘曾是袍哥大爷,曾副官便拿着"么二三片子"去拜了码头,结识了当地的总舵把子……让方大头暂时不敢蠢动了,茗县的社会秩序开始安定下来。

当时地方政府机构不全,县里的司法、审判、缉捕和刑狱都由县长执掌,刚刚上任，宋峰便遇到了两件棘手的"大案"：一件是古庙恶鬼杀人案，另一件便是恶霸"方大头"的杀人案。

茗县城西有座古庙"凌云寺"，四周翠竹森森，古柏参天，环境极为幽静。这年夏季的一天午后，突然下起了瓢泼大雨，一对新婚回门的夫妇便到庙里躲雨……哪晓得新娘子去茅司解手时，竟突然倒在了庙后的泥地上，口吐白沫，人事不省。更为奇特的是，新娘子脚上穿的一双绣花鞋竟远远地落在了庙旁"棺山"（坟地）的荒草里，头上的簪花也落在一个倒塌的墓碑上……当人们问起时，她说："我在茅房里解手时，忽地刮来一阵旋风，一团黑影在眼前一晃，我就头晕目眩，天旋地转，啥也不晓得了！"

人们便说，这新娘子遇到鬼了。

出了这件事后不久，一天晚上又是大雷大雨，第二天早晨一直不见小两口起床，家人去门外喊了几声，也没有人答应……门是从里面闩上的，推也推不开，家人便使劲推开了窗子，才发现新娘被绳子捆在一把椅子上，口吐白沫，人事不省；新郎仰天躺在床上，已经被开膛破肚，心肝都不见了。后来人们发现，凌云寺门前的柏树枝丫上竟挂着一副血淋淋的心肝……

于是"恶鬼杀人"这件事被传得沸沸扬扬，搞得人心惶惶，人们都不敢走夜路了。

宋峰当然不相信世上有什么"恶鬼"，更不相信这些"恶鬼"竟能出来"杀人"。他分析，杀人不外情杀、仇杀和财杀这三大类，仔细勘查了现场，又经过一番明察暗访后，仇杀和财杀都被排除，只剩下"情杀"了。——经调查弄清，原来，新娘自幼便和一个表哥相好，两人曾私订终身并有了男女之事，但父母一直不同意，直到新娘婚后两人仍常常暗地里来往……

那么，是不是新娘和表哥合谋杀死了新郎呢？

宋峰从前人的笔记小说上曾读到过一个案例：奸夫、奸妇合谋杀死丈夫后，奸夫将奸妇捆在了椅子上，奸夫走后奸妇便用身子掩上了房门，又用嘴将门闩上，再坐在椅上假装昏迷……种种情节和现实中如出一辙，联想到新娘在庙里遇"鬼"，宋峰心里更完全明白了。于是审问时，便主动说出了种种细节，新娘一听大惊，知道无法抵赖，便一一招认了。

"恶鬼杀人"一案顺利告破，新妇被收监，表哥被判了死刑。

另一起案件则是恶霸"方大头"的杀人案。

宋峰知道，茗县匪患的猖獗，根子就在方大头身上，打蛇要打七寸，要想清除匪患，首先必须狠狠地打击方大头。

方大头的父亲曾是光绪时的秀才，但因为包揽诉讼、日嫖夜赌，还抽大烟，被人称为"烂秀才"。方大头自幼受到父亲影响，没有走上正路，和几个"提起脑壳要"的烂友儿歃血为盟，自立堂口后便把县里的一家"同春茶园"当作办公厅，每天在这里向赌场、烟馆、商店收取"保护费"，各路人士都要到这里请示并听候发落。

同春茶园的罗老板为给老母医病，曾向方大头借了五元钱，方大头按日计息，息又转为本金，利加利，利滚利，不到两年，茶园便归他所有了，十四岁的女儿也被他强奸，罗老板气得大病一场差点一命归阴。

县里一位姓张的小学老师女儿长得漂亮，被方大头看上后也被强奸，张老师带着女儿到茶园找他说理，竟被他手下的"四大金刚"将父女俩当场打死……

宋峰上任后，接到了上百件控告方大头的状纸。一天，他便头包白帕子、脚穿草鞋、身上穿了件旧蓝布长衫，背了个放香肥皂、白胰子、胭脂片、剪刀、尺子、顶针、洋针、洋线的小木箱，扮作小贩到同春茶园暗访。刚刚泡了一杯茶，便听见一阵"来了来了"的声音，一个尖嘴猴腮、烟灰脸的瘦高个子大模大样地走了进来，此人头戴苏缎瓜皮帽，身穿羊羔皮袄、棉套裤，手上捧着个水烟袋，后面还跟了几个满脸横肉、歪戴帽子斜穿衣的年轻随从。此时，屋里屋外已经站满了前来求见的男女老少，不一会儿，屋里便传来了哭声、打骂声、求告声……

几天私访，宋峰把方大头的罪行已经摸得一清二楚，于是这天便把原告、证人、证物都集中到县府里，又派人去"请"方大头。方大头便带了四个随从大摇大摆地前来。来到县府门前，宋峰早已命人"迎接"，还摆出了烟茶热情地"招待"随从。

方大头被"请"到县府简陋的客厅坐下了，宋峰和县刑事科的人员都在此等候。让了烟茶后，大家在藤椅上坐下，宋峰便拣几桩人命案简单谈了谈，包括同春茶园老板女儿被强奸以及张老师父女被杀的案件，最后客气地说："就这几桩案件，我想听听方兄的意见，万望方兄能据实相告。"

方大头一听，晓得这几桩都是大案，真要追究起来自己便脱不了爪爪，于是马上跳了起来，大声吼道："县长大人，这些都是诬告，你自己要有个打米碗，千万不要听信那些穷光蛋的小话，讨好他们你要吃大亏！"

宋峰只笑了笑，便对刑事科科长说，请他依法审理，自己在旁旁听。

案子一件一件地审，方大头总是一声不吭，最后问到同春茶园一案时，茶馆的罗掌柜、掌柜娘和被强奸的姑娘都泪流满面，泣不成声，但方大头却哈哈一笑道："你姓罗的想用美人计来骗我的钱，老子没有上当，如今还来诬告我？真是活得不耐烦了！"罗掌柜气得浑身发抖，走到方大头的面前骂他是"禽兽不如的东西"，方大头却飞起一脚踢在罗掌柜的心窝上，罗掌柜本已患病未愈，这一踢当场便晕了过去。

宋峰大怒，立即命刑事科科长严审张老师父女被杀一案和其他案件，由于证据确凿，方大头无法抵赖，于是依律被判处了死刑。

这两个案件的处理让宋峰大得人心，百姓中竟有了"宋青天"之称，宋峰在茗县开始站稳了脚跟。

茗县各界人士强烈要求清除匪患，让百姓能够安居乐业。通过调查，宋峰进一步弄清了当地土匪的情形。原来，茗县的几股土匪并不是"铁板一块"，也并不都是无恶不作的"惯匪"，其中有一部分原是善良的百姓，由于各种原因被"逼上梁山"，有个外号叫"老豹"的土匪头子便是这样。"老豹"原是个猎户，由于孔武有力、行动敏捷，便得了个"老豹"的绰号。那一年，县城的把总带了兵勇下乡逼全镇交出两百元大洋"劳军"，镇上的士绅、乡约和百姓苦苦哀求，答应交出一百五十元大洋，但把总仍不答应，还让兵勇们准备"来硬的"。"老豹"忍不住气，抓起两根板凳一阵飞舞，把兵勇们打得落花流水，然后丢下板凳高声吼道："狗日的龟儿子，你想要钱，就到老子的刀尖尖上来取！"说着，把腰上别着的牛耳尖刀拔出来，当的一声钉在把总面前的房门上，吓得把总差点尿了裤子，带着兵勇灰溜溜地逃走了。回去后，便诬陷"老豹"是土匪。"老豹"怕当官的会来找他算账，在一伙滚龙和二杆子娃娃的簇拥下，他便真成了聚啸山林的土匪。

宋峰仔细弄清楚"老豹"上山为匪的来龙去脉后，便通过他的熟人去找他，劝他洗手不干，到县里来管团练。"老豹"是个明白人，上山为匪本是不得已，心里明白当棒客终究不是长久之计，左思右想盘算一番后便答应了。

而方大头属下的"四大金刚"却和"老豹"不同，他们已经成为穷凶极恶的"惯匪"，掌红吃黑多年，早已过惯了那种打家劫舍、欺压良善、刀口舔血的生涯。方大头被处决后，宋峰也曾找人给他们带话，希望他们"放下屠刀，改恶从善",并答应给予一条出路,但他们都拒绝了,还放话说"要为方大头报仇"。不但继续干些"拉肥猪""敲路板子"的勾当,还带领着一帮亡命之徒准备和宋峰一较高下。于是宋峰和曾副官商量后,便依靠二十一军的两个连、县乡的警察、县里的团练,联合附近几个县共同组成了联防办事处,公开宣传"只惩匪首,不究胁从",与此同时,又由曾副官担任指挥,一个月内和这股匪徒接连打了几仗,直把这帮乌合之众打得落花流水,不少匪徒纷纷投诚,"四大金刚"被抓住后正法枪决。从此,"劫场""拉肥猪"这种事在茗县再也没有发生。

土匪肃清后,曾副官带领的两连人按上峰的指示,离开茗县回到了重庆,宋峰开始在茗县进行社会改革。四川各县本有定期"赶场"的传统,有的是农历一、四、七逢场,有的是二、五、八或三、六、九逢场,每到逢场的日子,乡场上便热闹非凡,农民们会从四面八方赶来,做生意、访朋友、看闹热、坐茶馆……茗县也是这样。宋峰认为"赶场"正是考察民情的好机会,于是便常常去乡下"赶场",到场上去调查市场贸易、乡镇建设,也和百姓摆摆龙门阵,有时还在乡镇公所听百姓的诉讼并参与断案。

由于他常常是穿着草鞋步行赶场的,于是老百姓给他取了两个外号——"宋赶场"和"宋草鞋";由于他每次到乡镇巡察时,都拒绝吃"油大",而只在路边的"幺店子"或场上的苍蝇馆子吃下力人常吃的"帽儿头",因此有的百姓又亲热地叫他"宋帽儿头"……

宋峰在茗县进行的社会改革,首当其冲便是"禁烟",在对付"鸦片烟"这个害国害民的痼疾上,他下了很大功夫。

茗县和全川一样,鸦片泛滥成灾,不但有人贩运鸦片,也有不少人种植鸦片。县里有"烟帮",专门到云南、贵州贩运烟土。"云土"在全国赫赫有名,被认为质量最优,价钱也最贵;"黔土"稍次一些。烟土分南北两路运出:北路经四川、鄂西、湘西销往长江流域各省;南路经广西销往珠江流域。贩卖烟土利益丰厚,可以赚大钱,但按政府规定却是犯法的勾当,要想顺利运出,就必须打点好沿途各地的驻军。烟帮头子组合起一些商人后,就会带着大量烟土和现金,用肩挑、用马驮悄悄运出,一帮往往一次就运出烟土五十万两,而其中的十万两是用来贿赂过境军队的,这在军阀中已是不成文的规定和公开的秘密。有的部队甚至勒令百姓种烟充作军费。四川省虽然也设立了"禁烟局",但只是"聋子的耳朵——摆设"。有的退伍军阀甚至公然开办起了吗啡厂,用机器大量生产毒品,专员要求查抄，但反而被他派人暗杀了。

在茗县，和四川别的地方一样，抽鸦片上瘾的人极多，有士绅、官吏，也有普通老百姓，甚至挑担子的、抬滑竿的也有烟瘾，小小一个县城竟有烟馆十余家，逢年过节，烟馆老板便要向城区的警察所和县侦缉队送礼。被鸦片烟害得家破人亡的比比皆是。

宋峰决心对这个痼疾开刀了。

他的第一步棋是形成舆论。他想到了五四运动时的情景——这件影响全中国的大事是由北京大学等大学的学生带头发动的，茗县虽然没有大学和高级中学，但却有一所初级中学和几所小学，老师和青年学生与政客、军阀有很大不同，普遍具有爱国情怀，不少人忧国忧民，关心国家的前途、民族的命运，看不惯贿赂公行的社会现实，是进行社会改革的重要力量。于是，他便陆续到各个学校发表演讲，讲林则徐的禁烟和鸦片战争以来中国的国耻，讲孙中山先生提倡的三民主义，讲"九一八"事变和"一·二八"抗战，讲"天下兴亡，匹夫有责"……茗县过去从无县长到学校演讲的先例，宋峰不但主动到学校演讲，而且知识丰富，口才极好，再加上衣着朴素，和蔼可亲，又具有满腔报国热忱，便感动了许多人。在他的感召下，老师和学生纷纷上街宣传禁烟；许多学生还回家向长辈们宣传鸦片烟的毒害，要求他们拥护禁烟……很快，全县便出现了有利禁烟的舆论环境。

第二步棋是，宋峰在城隍庙改建的剧场里，召开了场声势很大的"全县禁烟大会"，全县的头面人物、士绅以及各界代表全都应邀参加。会场上他不但郑重地宣布了国民政府的"禁烟令"，还烧了一批缴获的烟土和烟具，当场扣押了十几个烟贩并让他们在大街上游行示众，逮捕了几个长期支持烟贩、暗地做鸦片烟生意的劣绅，押送了两个多次受贿的官员到成都执法……严厉地打击了当地"烟帮"的势力。

当然，这些举动不但震动了全县也捅了马蜂窝，让他得罪了不少人，这些人免不了想方设法要对他进行报复。但当时在老同学顾建文的斡旋下，有刘湘和重庆卫戍司令部的支持，这些人投鼠忌器，只得暂时隐忍下来。

宋峰明白，禁烟不仅要禁吸，还要禁种。对已经种下的鸦片咋办？第三步棋便是：铲烟。

茗县的春天，和四川许多偏僻的山区县一样，盛开的罂粟花把田野变成了一片妖艳的火红色,在阳光照射下,通红的田野成为血的海洋、毒品的海洋。过去政府也讲过要铲烟,但历来都是"光打雷不下雨"走走过场,而宋峰却亲自到了现场,穿着草鞋站在烟地边亲自督促,亲自检查。

铲烟不是用锄头,而是用竹子削成的篾片。几丈长的一根粗篾片,由两个壮汉各人拿一头,站在烟地两边,把篾片放在烟花和"黄鳝脑壳"(鸦片烟花的花蕾)下面五寸左右的地方,呼呼呼地拉上两遍,烟花和"黄鳝脑壳"便全部被割掉……

考虑到种烟农民的生计,宋峰又想方设法从县财政中挤出一些钱,并通过顾建文从刘湘那里得到一些补助,买了粮食和种子发给农户,让他们以后改种粮食。

就这样,经过近一年的努力,宋峰在茗县终于拔除了烟毒,这是了不起的政绩。

关于禁烟,特别是铲烟,四川曾有很多龙门阵,其中之一便是:

军阀刘存厚任川省督办后驻守成都,派了个姓吕的干员到成都附近的简阳县任知事,吕某上任后便抓起了禁烟和剿匪的工作。

简阳西乡大量种植鸦片,由于得到了刘存厚老爸刘升阳的庇护,这里的土豪势力十分强大,甚至土匪都有意巴结他们,以便把这里作为藏身之地。禁烟在西乡历来只是一句空话。

吕某下令铲烟了,不知道是没有弄清底细还是有意"在太岁头上动土",铲烟队竟来到了刘升阳的地盘里,于是有人立即送来了刘升阳的名片,还说了句:"老太爷问,是哪个来铲烟?"说罢便扬长而去。吕某不敢怠慢,立即亲自上门去"叩见"老太爷,哪晓得去了后这个县知事根本莫人搭理,在门前恭候了很久,用人才传出话来:"老太爷正在过瘾哩,概不会客!"

就这样,简阳县的铲烟活动便无法进行下去了。

这位刘升阳老太爷还有个干儿子江二山,是个有名的烂友儿,由于会打烂条,最得刘升阳的欢心。这一年,西乡的鸦片丰收,刘升阳便想请个戏班子来唱戏庆祝。他的如意算盘是,把请戏班子的花销全部摊给当地的八大商会,而凡来看戏者,必须买票,这样一进一出便可以大赚一笔……

于是,有恃无恐的江二山便领着一帮烂龙到处向商人和百姓摊派、勒索,要他们"捐助",江二山打人、抢人,甚至杀了人。事情越闹越大,不少人向县知事吕某告状，甚至告到了省里，惊动了省督办刘存厚。刘存厚便令吕某立即将江二山缉拿严惩。吕某早就对刘升阳和江二山的胡作非为不满，得到指示后立即照办，把江二山抓到后处死了。

这一下，便捅了马蜂窝，刘升阳老太爷马上赶往成都，要找儿子刘存厚算账。为了臊儿子的皮，并且给他"下马威"，到成都后，他并没有径直进入督办衙门，而是在督办衙门斜对面一个茶馆里，让随从把几张茶桌拼拢，铺上毯子、枕头，摆上烟灯、烟盘和烟枪，自己爬上去睡在上面，让"开师"开了烟，公然呼呼呼地吸了起来……引得茶馆门前很快便聚集了一大群看稀奇的人。人越聚越多，越聚越多，一个随从见势不妙，赶紧跑到对面的衙门口，让卫兵去报告督办大人……

刘存厚听到卫兵的报告后，皱了皱眉，便让当家管事去请老太爷进府。但管事去了后刘升阳却对他说："我是烟犯，不是啥子老太爷！"管事赔笑说尽好话也请不动，只得一面让警卫连长赶紧派人把茶馆围了起来，并在街口戒严，驱散那些看稀奇的人，一面快步回去报告刘存厚。

刘存厚听了管家的报告后，长叹一声，只得自己来到茶馆，请老太爷进公馆休息。但老头子只顾自己抽大烟，看也不看这个川省督办一眼……刘存厚无可奈何只得当街跪下，随行的人们也跟着跪下了，老头子仍然不理，管事只得去请刘存厚的母亲董老太太……丫头扶着老太太来了，老太太指着老头子骂道："死老头子，你跑到这里来抽鸦片，也不怕人笑话！再不起来，看我不把这些东西都给你拌了，看你还抽啥！"

这一下，刘老头子才爬起来进了公馆。但去了后却要儿子处分县知事吕某，还要吕某来向自己赔罪……刘存厚没有答应这些要求，只是把吕某调到了别的地方。老头子便赌气去峨眉山"出了家"，直到刘存厚下野后，才把他接了回来。

这场闹剧曾在成都的街头巷尾被传得沸沸扬扬，成为百姓茶余饭后的笑料，但由此也可以想象到四川禁烟之艰难了。

宋峰在推行自己的社会改革中，也得罪了不少人，一些人还上书弹劾他，但他在给妹妹宋岚的信中说："我只能忧国不谋身，恪尽职守，正像林则徐所说'苟利国家生死以，岂因祸福避趋之'……"

三 "努力餐"

"九一八"事变前后，在成都出现了一家名叫"努力餐"的餐馆，这个青瓦翘檐、古色古香的饭馆最初坐落在三桥南街，后来迁到了祠堂街。宋轻雪和许多进步人士都是这里的常客，在她的介绍和鼓动下，宋岚也常常到这里来。

祠堂街的街名来源于清康熙时，川总督年羹尧曾在此建生祠。这条街东接西御街，西接将军衙门，南傍穿城而过的金河，在清朝时属于"少城"。

祠堂街上有许多书店，包括一些进步书店，如开明书店、大东书局、三联书店、生活书店等，荟萃了全国各地的书籍，是一个文化气氛浓郁的地方。

"努力餐"这个餐馆和别的餐馆很不相同，它不是一个仅仅满足食客们口腹之欲的地方。一进门，右边便有一个很大的阅览室，全国各地的进步报刊应有尽有，吸引了许多人每天在这里阅读。餐馆的楼上，每到下午便是进步人士的聚会之所，常常举办抗日救亡的各种集会，小型集会至少每周一次，军、政、党、学各方面的知名人士常会赶来参加，有时还会举行一些专题讨论会和大型集会。

在这里，人们听到了关于东北成立抗日义勇军；中国共产党要求团结抗日，建立抗日民族统一战线，并提出《抗日救国十大纲领》；以及平型关大捷，建立敌后根据地，开展游击战争等振奋人心的消息……邓颖超曾专程来此和餐馆老板车耀先见面；"七君子"邹韬奋、沈钧儒、沙千里、史良、章乃器、王造时、李公朴曾在此做客；文化名人何其芳等来成都后，会在这里和沙汀、张秀熟、李劼人等川中文化界人士接头。宋轻雪常常到这里参加有关抗日救亡的集会；而宋岚和一些喜欢文学的学生便常在这里一面参加有关抗日救亡的集会，一面向作家们请教文学方面的问题。

宋轻雪曾告诉宋岚，"努力餐"的老板车耀先是一个具有传奇色彩的人物。

瘦瘦的、面貌清癯、戴着一副眼镜，外表文质彬彬的车耀先，既是军人，又是文人，还是老板，由于在军队中头部和腿部受过重伤，一只腿留下了残疾，于是便有了"车瘸子"之名，又被人称为"跛脚团长"。他出身于一个清寒的小商贩家庭，幼年时曾上过私塾和小学，辍学后不满十二岁的他，便开始为生计奔忙——在乡场上卖"洋火"（火柴），以后又到商店当学徒和店员。在这段时间，年幼的他一方面挑起家庭生活的重担，一方面坚持自学，阅读了大量文学名著，如《水浒传》《西游记》《红楼梦》《三国演义》《西厢记》《聊斋志异》等，提高自己的文化水平。

保路运动发生后，他参加了同志军。辛亥革命后他参加了川军，最初只是个二等兵，由于勤学苦练军事技术，决心"在奋斗中求出路"，一个月后由二等兵升为一等兵，半年后升为下士，后又升为中士。一年后，在全团中士会考中名列第一，在反对袁世凯复辟的护国战争中已经被提升为排长了。以后由于作战英勇，又被连续提升，成为团长。

但是，护国战争结束后不久，川、滇、黔的军阀们为了争权掠地便开始了混战。在军阀混战中，车耀先感到惶惑和迷茫，不知道未来的道路究竟在哪里。五四运动爆发后，喜欢读书的他读到了《新青年》《语丝》等进步书刊，思想上有很大触动。以后，他结识了在福音堂当教师的基督教牧师聂生明，这位虔诚的基督教徒不但向他宣传基督教教义，也帮助他学习自然科学和文学作品。在彷徨和迷茫中，车耀先曾认为，基督教也许能减轻民众的苦难，于是便成了基督教徒。在他的影响下，全团官兵都参加了基督教，他被戏称为"基督团长"了。

在军阀混战的一次战役中，他的头部和腿部受了重伤，受伤后就像一只狗样被丢弃在战场上，根本没有人理睬，更说不上救治。战斗结束后还是牧师聂生明把浑身是血、生命垂危的他从战场上救了出来，并且护送到成都医治，让他捡回了一条性命，却落下了瘸腿的终身残疾。

在受伤医治期间，车耀先痛苦而反复地思索着自己走过的道路。他曾虔诚地感谢上帝，"是上帝的使者聂生明救助了我……"回想十来年的军营生活和多次九死一生的经历，他终于不得不承认，自己好像瞎子一样，在黑暗中走错了道路，舍命效忠的军阀们只不过是一群自私自利、为了争权夺利互相残杀的野兽……军阀混战给民众带来了无穷无尽的苦难，而出入枪林弹雨的自己，正是在为军阀们的私利卖命。于是他痛心而愤慨地自嘲道："我的腿是为军阀们争洋房、争小老婆残废的！"

大革命的风暴给车耀先带来了希望之光，当北伐军打到武汉时，四川的军阀们也被迫表示"拥护革命"了，他所在的部队也易帜为国民革命军第二十一军，一批政治工作人员和黄埔军校的学生从广州来到了二十一军，其中不少人是共产党员。在他们的影响下，车耀先开始接触马克思的著作和共产主义学说，这些著作为他打开了认识世界的另一扇窗，让他逐渐明白，"上帝并不能挽救苦难、落后的中国，要挽救国家民族于水火之中，只有依靠革命"。他的思想发生了根本变化，他曾说："民国十六年（1927）的革命思潮，淘尽了我的宗教信仰，社会主义代替了我的圣经。"

以后他被任命为二十一军四师十团的国民党（左派）代表了，他的部队驻扎在重庆的白市驿，曾经帮助当地的农民反对土豪劣绅的欺压。但不久后，重庆就发生了"三·三一"惨案，四川军阀举起了屠刀，进步人士及普通百姓死伤上千人。紧接着，上海又发生了"四·一二"大屠杀，武汉发生了"七·一五"事件……轰轰烈烈的大革命在屠刀下戛然而止。一件件血淋淋的惨案、一桩桩背叛革命的闹剧轮番上演，既让车耀先怒不可遏，也让他悲痛万分，终于促使他下了"解甲"的决心，于是他借出席"基督教东亚和会"之机去了上海。

参加"基督教东亚和会"的代表来自不同国家，名义上是一次宗教会议，实际上仍然由列强操纵，白种人的代表们趾高气扬，目空一切，而中朝等国代表提出的意见根本无人理会，在"上帝"面前，人与人之间仍然有一条不平等的鸿沟。车耀先便愤而退出会议，到日本、朝鲜和我国东北地区去进行考察了。

在朝鲜，他目睹了当地百姓的亡国之痛；在东北，他敏锐地感受到了日本侵略者的野心，他沉痛地写下了这样的日记：从安东到大连，从沈阳到大连"俨如日本之地然"，矿山被"日本人日夜开采，可惜！可惜！沿途仍如日本国内情形然，绝不是中国之土地"，"真如一殖民地然，可悲！可悲！"

回川后，二十一军军长刘湘曾提出要保送他进陆军大学深造，或委他出任县长，但都被他拒绝了，他以伤残为名，请长假离开了军队，用得到的"解甲费"作为资金，在成都开办了"我们的书店"，以后又开起了"努力餐"餐馆。

民国十七年（1928）冬天，在白色恐怖的血雨腥风中，车耀先毅然加入了中国共产党。

"九一八"后，中华基督教改进会在成都举行"耶稣诞日纪念大会"时，他在福音堂的门外撰写了一副长联：

扫灭野蛮倭奴，将连年立约、偿金、丧师、割地奇耻一笔勾销，图强改造新华夏；

廓清帝国主义，俾基督自由、平等、博爱、牺牲真光随时发现，宗旨进行五大洲。

在这副长联中,他不但将中华基督教改进会的宗旨贯穿其间,还把"改进"这一会名嵌于上下联中。

车耀先以"努力餐"饭馆老板的身份为掩护,把餐馆作为联络各方面进步人士的据点。他为餐馆写了副用意深远的对联,上联是"要解决吃饭问题,努力,努力",下联是"论实行民生主义,庶几,庶几"。

作为餐馆,"努力餐"特别重视四川名菜的大众化和口味质量,餐馆里的烧什锦、宫保鸡、粉蒸肉、白汁鱼等都很受顾客欢迎,在成都市民中出现了这样的顺口溜:"烧什锦,名满川,精且廉,努力餐。"

宋岚第一次到"努力餐"时,就被墙上的一幅告白吸引了,上面写的是:"如果我的菜不好,请君对我说;如果我的菜好,请君向君的朋友说。"宋轻雪告诉她:"这告白是车耀先亲笔写的!"宋岚笑着称赞道:"想不到这行伍出身的人,也写得一笔龙飞凤舞的好字!"

她们注意到,为了便利劳苦大众,"努力餐"特意供应了一种大众化的"革命饭"——每份用三四两米蒸成,加进了肉粒、鲜豆和嫩笋丁等,价钱仅相当于两碗素面,一份便可以吃饱,很受普通人欢迎。据说特务曾盘问车耀先:"车先生,为什么要把餐馆取名为'努力餐'?为什么要卖'革命饭'?"车耀先哈哈一笑回答道:"有啥子稀奇嘛!孙中山先生不是说过'革命尚未成功,同志仍须努力',吃了饭好继续干革命嘛!"特务只得尴尬地干笑着走了。

车耀先深知,中华民族必须万众一心,才能抵御入侵之敌,于是便利用"努力餐"广泛接触各方面人士,既有上层人物,也有三教九流。他亲自向他们讲述抗日救亡的道理,还利用自己在军队中的关系,推动地方上层和军界人士抗战。为了更好地宣传抗战,他出资办起了救亡刊物。宋轻雪也在他的支持下办起了《活路旬刊》,但只出了三期就被当局勒令停刊,气得宋轻雪流着眼泪大骂起来,但车耀先却鼓励她"不要气馁,要有百折不挠、锲而不舍的精神,被禁了换个名字再来",以后他便和大家一起创办了《大声周刊》,自己亲任社长,并亲自撰写文章,宣传中国共产党的抗日主张,引导、教育民众走上抗日救国的道路。

西安事变发生后,《大声周刊》以"和平、奋斗、救中国"为题,登载了张学良和杨虎城对时局的八点主张以及中共中央的通电,呼吁全国团结抗日,成为四川抗日救亡刊物中读者最多、影响最大的刊物之一。不久后,刊物又被查封,便改名《大生》出版,《大生》被禁后改办《图存周刊》,再次被封后,《大声周刊》又复刊了。

《大声周刊》等三十六个团体曾联合发起组织了"成都各界救国联合会","七七"卢沟桥事变后,"成都各界华北抗敌后援会"成立,车耀先是负责人之一,他组织起了"大声抗敌宣传社",发展了会员一千多人,宋轻雪和宋岚都是会员。

全面抗战爆发后,不少年轻人对国民党和国民政府的腐败极为不满,在延安,看到了民族的希望,全中国的希望,于是抱着抗日救国的理想,纷纷想到延安去。车耀先便亲自为他们安排,想尽办法努力帮助他们实现自己的愿望。于是成都的年轻人中便流传着这样一句话:"要想去延安,就找车耀先!"宋轻雪到前方各地进行采访报道,也是在他的帮助下实现的。第一次到前线采访时,她曾对车耀先说:"最能挽救世界的,不是强权,而是事实。面对强权,我一定要说真话,要用手中的笔作为武器,把真实的历史记录下来,揭露帝国主义的战争罪行,颂扬中华民族的觉醒以及不屈不挠的奋斗和抗争!"

第九章　市井女人

一　大杂院里

自从知道了大伯子赵俊文乱伦的丑事后，宋岚便觉得住在赵老太爷的院子里和赵俊文朝夕相处实在很不自在。她明白，中国社会既有"家丑不可外扬"的古训，又有"重男轻女"的痼习，女娃娃被人们称作"赔钱货"，天生就较男人低一等，在许多男人心里女人只不过是发泄性欲和传宗接代的工具，赵俊文虽然做出了禽兽不如的事，但在老太爷的内心深处，恐怕还是会向着儿子的。

宋岚想得很对，赵老太爷确实认为，赵俊文毕竟是自己的亲生儿子，而宋岚却是个"外人"，又是兄弟媳妇，如果懂事，就不应该插脚赵俊文家里的"闲事"，即使晓得了也不应该说出来，更不能公然去帮助晓蓉那个女娃子……还有，他赵老太爷一向自诩为"乡贤"，是地方上的名人，家里竟出了这样的丑事还让媳妇宋岚先晓得，岂不大伤面子？

因此，自这件事捅出来后，老太爷见到宋岚时，脸色就不大好看。

不仅让宋岚感到不自在，就连赵俊扬也觉察出了老太爷的异样，心里不免暗暗责备老人的偏心和糊涂，于是当宋岚要求搬出老太爷的大院时，他也同意了。禀告老太爷后，老人并没有阻拦，只说："你们要搬出去也好，半边桥还有一个空着的小院，你们就去那儿住吧！"

半边桥的小院比老太爷的院子小许多，大门进去后仅走几步路便是中门，中门左边是侧门，右边是用人居住的一间小屋，中门里面是个不大的天井，有一株桂花、一株蜡梅和几盆兰草，走过天井便是大厅和两间住房，再进去便是厨房、水井和茅厕了。

宋岚已经怀有身孕，想到她怀孕后仍然不愿意在家里休息养胎，还继续坚持给学生上课，赵俊扬便请了个姓孙的中年女佣煮饭、洗衣。

半边桥和少城里那些幽静的小街小巷有很大不同，是个很闹热的地方，不仅住着有钱的官绅，也住了不少市井平民。这里以桥为界，桥北是半边桥北街，桥南是半边桥南街。

"千江百河，独钟四川"，地处川西平原腹心的成都，更是一个河流纵横的城市，既有府河、南河环绕，形成了"二江抱城"的独特格局，又有金河穿城而过。这金河开凿于唐大中七年，全长十里，清初上面有桥二十二座，半边桥便是其中之一。它在大城和少城之间，可以通航，清末时航运功能已基本消失，但半边桥却有个水栅房，水闸关闭后，围绕祠堂街、半边桥街、君平街、小南街一带，仍然有游船来往。

金河边常有洗衣服的女人，离河岸不远有许多老井，常常有人用竹竿在这里汲水。成都地下水位高，井水的水面距地面一般只有四五尺，因此汲水时不像北方那样费劲，只用根竹竿绑在水桶的提梁上，往井里一按，再双手用点劲拉着竹竿，就可以把装满井水的木桶提上来了。

也许正因为水多、井多，成都跳井"寻短见"的女人不少。

距半边桥东一里路左右，南北两边便是陕西街和西御街。这里有破旧的、歪歪倒倒的小屋，也有一些围着高墙、有黑漆大门的深宅大院。道路只有三四尺宽，没有车马的喧嚣，连行人都很少，非常幽静。

酷暑的时候，常有人搬把竹椅放在半边桥的桥洞里，坐在竹椅上，脚踩在河水里，吹着轻柔的河风，或是打瞌睡，或是冲壳子、摆龙门阵，真是安逸得跂了！

每逢半边桥水栅房开闸放水的时候，这里周围团转便像过节一样地闹热起来：大小鱼儿争先恐后地涌出，附近的人们纷纷拿来虾耙、渔网、鱼叉，还有人在扳罾……桥下的人打鱼，桥上的人看闹热，要是有人打到了大鱼，桥上桥下便会齐声欢呼；要是只捞到了一些小小的"猫鱼"呢，人们也会开玩笑地踏屑或是安慰一番了。

半边桥地处成都的交通要冲，不管是出城去南门、进城到少城公园，或是去祠堂街的电影院，都要经过半边桥，于是这里便成为"商贾云集"之地。街道两边都是穿斗式木结构的青瓦铺面，下面是商店，上面是矮矮的阁楼，可以住人。这里卖鞋子的商铺最多，有"前进""光华""大胜"等鞋铺，前店后坊。一些摩登的小姐、太太常到这里购鞋，抗战时期，明星白杨到这里来买鞋时，围观的人们把街都轧断了。

除了卖皮鞋、布鞋，还有卖米、卖杂货、卖茶叶的，等等，这里莫得有名的大饭店，但小吃"夫妻废片"和"痣胡子龙眼包子"却扬名全市。

"夫妻废片"的招牌来自郭朝华和张田政一对年轻夫妻，他们在半边桥一间小小的破房子里摆摊卖凉拌牛肚、牛肺、牛肠、牛头皮这些牛杂碎的边角余料。这些"废料"经两夫妻精心制作后，颜色红亮，味道麻辣鲜香，脆而不腻，再加上价钱便宜，于是顾客便越来越多，日子长了，竟有了名气，一些调皮的学生就用纸条写了"夫妻废片"四个字贴在小摊上，还吆喝着"夫妻废片，夫妻废片……"后来，长顺街一家酒馆邀夫妻俩去店前摆长摊，一位客商送了块金字牌匾"夫妻废片"，后来有人觉得"废片"的"废"字不雅，便改为"夫妻肺片"了。

"痣胡子龙眼包子"在半边桥北街，只有一间极小的铺面，店主姓廖，由于下巴上有颗长了几根胡子的黑痣，于是包子铺也被叫作"痣胡子"。和"夫妻废片"一样，廖老板在制作上也下足了功夫，他做出的包子和一般包子不同，形状很像仔蟹，只有拇指头大小，粉红色的肉馅极像龙眼。不但外形小巧可爱，而且皮薄、馅多、味鲜，还有好几种不同的口味，有的放了金钩，有的放了茨菇。一两十个，价廉物美，许多顾客从远处慕名而来。这种技艺后来在成都已经失传，虽然还有人打着"龙眼包子"的招牌，但拳头大的包子绝对不是当年的龙眼包子了。

半边桥的街边热闹而拥挤地摆着卖各种零食的小摊，有卖花生瓜子、蛋烘糕、糖炒板栗、米花糖、各种水果、凉粉夹锅盔、凉粉夹大头菜的，等等，还有划甘蔗的、转糖饼儿的一些摊贩。

成都人爱喝花茶，每到夏天采摘茉莉花的时候，半边桥的茶商们便会到高店子、大面铺、龙潭寺等地去购买大量茉莉花来窨制花茶。由于买来的花要分瓣剥离，茶商便会请街坊们"帮忙"，按剥花的斤两付费。于是每天擦黑以后，家家户户的老人和娃娃们，都会坐在自家的街沿上一边剥离茉莉花一边摆龙门阵，整条街都被茉莉花的馨香浸透了。

宋岚和赵俊扬的小院在半边桥南街，由于有风火墙，又有两扇厚厚的黑漆大门，院里的房屋也比一般铺面好得多，因此街坊们都叫它"赵公馆"。自搬到这里后，赵俊扬便出入都目不斜视，从来没有和街坊邻居打过招呼，他还对宋岚说:"这里是市井之徒聚居之地,委屈你了,二天我一定想办法搬到好一些的地方。"

但宋岚却不像赵俊扬那样看不起"市井之徒",相反还觉得这里平民百姓的朴实无华比赵俊文之流的假道学好得多,于是便笑着回答:"你不要假清高了,其实往上数三辈,我们中又有多少人不是出身于市井之徒或是种庄稼的乡下人呢?"

他们居住的"赵公馆"隔壁便是一个"十家院坝",院坝里的租金很便宜,每月不过制钱几百文(木匠、泥水匠等每月可以挣到两三千文),租房时要先交押金,名叫"押佃",退佃时会还给租户。

这个院坝里的邻居都很和睦,娃娃们常在一起玩跳房、跳绳、铲牛牛儿(抽陀螺)、拍纸烟盒、打弹子、踢毽儿等游戏;大人们从不吵嘴角逆,哪家炒回锅肉了、做米粉蒸肉了,总会请左邻右舍尝尝;哪家来了远客,要留宿过夜,主人家便会打发娃娃到隔壁去"打个挤"……

搬到这里不久后,宋岚认识了这个院子里的几个女人。

第一个是会绣花、会做衣服的王大嫂。

怀上娃娃后,宋岚的衣服便慢慢地不能穿了,让赵俊扬去买几件宽大的、孕妇能穿的,但赵俊扬说根本买不到,于是宋岚便想找个裁缝自己做几件,不讲究啥样式了,能穿就行。一天从学校回家时,无意中看见隔壁大院的大门上贴了张小字条,上面写着"王记,代人缝衣",于是心里一动便走了进去,经过打听,找到了王大嫂。

王大嫂是个二十多岁的女人,矮矮的个子,瓜子脸,单眼皮,嘴唇很薄,有点像画片上的古装女人,坐在一间低矮的小房前低头缝着一件衣服。宋岚问道:"请问,你是王大嫂?"

女人抬头望了望宋岚,站起身客气地反问道:"太太,你想做衣裳?是改衣裳还是绣花呢?"

"我想做两身衣服,怀娃娃了,旧衣服不能穿了,做两身宽大些的。"

王大嫂上上下下地看了看宋岚后说:"太太,看来你是个讲究人,我的手艺莫得那些铺子里的裁缝好,不晓得你看得上看不上……"

"没关系,也莫啥讲究的,宽大一些,能穿就行!"

"既然你不嫌弃,我会用心做的,你把布带来没有?"

"我明天给你送过来。"

第二天,宋岚便买了一截阴丹士林布、一截白底碎花的洋布交给王大嫂。王大嫂张开大指拇和中指拇卡了卡,又拿出尺子量了量宋岚的尺寸,以后便连更宵夜飞针走线地赶工,两天后衣服就做好了并亲自送到了宋岚家里。宋岚看了看,针脚做得很精细,穿在身上也巴适,工钱又便宜,心里很高兴,道谢后便多给了几百钱的铜圆。

后来宋岚又拿了几件旧衣服去请王大嫂改一改,还请她给即将出生的娃娃做了几件单衣、单裤和棉衣、棉裤。来往的次数多了,两人便摆起了龙门阵,这才晓得,王大嫂的一家是从巴中来到成都投奔亲戚的,巴中是个苦寒的地方,这几年又遭了天干和兵灾,老百姓的日子便更加艰难。来成都后,亲戚当了保人,介绍男人去车行租车,拉起了黄包车。

宋岚知道,成都黄包车夫的日子很苦。他们在城内拉短途,在城外拉长途,拉长途的车夫会拉到双流、新津、邛崃乃至雅安等地。她亲眼看到过,拉长途的车夫们,只要一有乘客,就会脱掉外衣,瘦得皮包骨头的身上无论冬夏都只穿件背心和摇裤(短内裤)、打着光脚板飞跑……城内拉短途的车夫虽然不会脱去外衣,但牛马一样的他们仍然很累很累,需要很强的体力和腿劲。而且在街上,常常可以看到这样的情景——一群车夫围着一个客人喊:"坐我的,坐我的,拉拢了钱随便给!"报上登载过,在生意不好的时候,车夫有饿死的,也有一些人,跑着跑着倒在地上就断了气……

王大嫂说,男人拉黄包车除了每天的租车钱,仅仅够他自己糊口。家里除了女人还有两个娃娃,大的是个女儿,五岁;小的是个儿子,三岁……街坊邻居见她会做针线,日子又过得实在造孽,便帮她写了张字条贴在大门上,想让她揽些做针线的活路。由于她做得把细,价钱又很便宜,慢慢地也有一些生意上门了。

王大嫂租的房子很窄,实际上算不上是一间房子,而只是靠墙搭的个偏偏儿,又矮又黑又潮湿,没有窗户,她每天只得端根小板凳坐在房门前做活路。五岁的小女娃子除了带弟弟,还要做饭,宋岚曾亲眼看到,这个黄黄瘦瘦、长着一对大眼睛的小姑娘在灶前忙前忙后地烧火,还踩着张板凳往饭锅里掺水……

但这个院坝里,最有名的女人并不是王大嫂,而是李二嫂。李二嫂为啥出名?因为她是个"捡瓦匠"。

啥叫捡瓦匠?原来,成都雨水多,夏天常有暴雨,秋天又爱下绵绵雨,有时竟连下三五天不停，而房子却许多是青瓦盖的平房，日晒雨淋日子长了，或是被猫儿扒动了，便会漏雨。杜甫在《茅屋为秋风所破歌》中，曾描写过成都草房漏雨的窘境，其实，瓦房也常常是"床头屋漏无干处，雨脚如绳未断绝"，许多人家一遇到下雨天，便要拿出所有的盆盆罐罐接雨，甚至连睡觉的地方都莫得。

于是，成都便有了"捡瓦匠"这个职业。在大街小巷上常常会看到一些扛着梯子、扯着嗓子喊叫"捡瓦啰，捡瓦啰"的人，这便是捡瓦匠。

捡瓦匠都是男人。为啥没有女人？一来因为有胆量、有本事上房揭瓦、捡瓦的女人极少；二来因为有的人忌讳，认为女人上自家的房子不吉利。

李二嫂的老汉儿是个捡瓦匠，平时摆龙门阵时常爱摆些捡瓦的故事，李二嫂耳濡目染，从小便听在耳里，记在心上，也懂得了不少这方面的铆窍。和别的女人不同，李二嫂身高体壮，手脚麻利，自小胆子就大，她从没裹过脚，栽秧打谷、爬树上房啥都能干，别人不找她捡瓦，她就捡自家的，自家的房屋经她打整后，一年四季从来也不会漏雨。

宋岚搬到半边桥的这年，雨水特别多，找人捡瓦的也多。李二嫂的爹岁数大了，上房腿脚不方便；李二嫂的男人李二哥活路多，天天忙个不停，这家还没捡完那家又在催，催来催去，李二哥的活路便做得不那么把细，变得粗糙了。

这一天，赵公馆的厨房也有些漏雨，虽漏得不是很凶，但滴滴答答地弄得到处浇湿，连烧锅的木柴都打湿了，孙大娘禀过宋岚后，便到隔壁院子里找李二哥捡瓦。

哪晓得，当她来到隔壁院子时，却看到一大群人正围着李二哥在扯筋（吵嘴），里面很多还是周围团转的熟人。有的说他："做活路踩假水，越捡越漏，漏的地方没捡到，不漏的地方反倒整漏了！"有的抱怨："原先房里还强勉能住人，如今连放张床的地方都莫得了！"有的要他退钱，有的还妈天娘地地乱骂……孙大娘一见车身想走，但李二嫂却看见她了，招呼道："老姐子，不要走，是要捡瓦吧？等一哈儿我给你想办法！"说着又对那些正在扯筋的人大声说："活路没做好，对不住大家了，我李二嫂给大家赔礼了！请大家放心，只要你们不忌讳，男人没做好的地方，我来捡脚子！"

听她这样说，一时之间，扯筋的人都不开腔了，大家你望望我，我望望你，露出了诧异的神色，过了一会儿后有人问道："你会捡瓦？不是涮坛子（开玩笑）吧？"

"我老汉儿就是捡瓦的,自小我就跟他学过,捡得不好一分钱不要,还包赔!"李二嫂理直气壮地回答。

一个先生模样的人说话了:"我不忌讳啥男人女人,你就来捡吧,我让家里的人等你!"

双方便约定了时间,李二嫂又打听清楚了地点,然后便和李二哥两人一家一家地弄醒豁了需要返工的人家,一一约定了返工的时间,乱哄哄的人们才散去了。

人们散去后,李二嫂又向孙大娘问清楚了赵俊扬家屋漏的情形,并且答应第二天把要紧的几家返了工后,就到赵家。

第二天,李二嫂鸡叫就起了床,煮了些锅巴稀饭,捞了些泡菜,两口子吃了后,她便找了根宽布带扎在大襟衫的腰上,特地穿了双合脚的、便于上房的草鞋,头上的白帕子也包得紧紧的,全身打扮得利利索索,腰上还用猪尿包装上茶水,口干了好喝……然后李二哥扛上梯子跟着她,天刚麻麻亮,两口子就出了门。

来到需要返工的人家,天刚刚大亮,李二嫂马上麻利地爬上了房,她眼明手快,先四处望了望,大概看明白了有烂瓦的地方,主人家又特地用竹竿捅了捅漏雨的所在,李二嫂便干了起来。她先把脚下的瓦轻轻揭去,露出两道瓦椽子,然后蹲下身踩在瓦椽子上慢慢地移动,移动到漏雨的地方了,看到有裂缝的、打烂了的瓦便细心地换上新的,再挑选一些结实的当作底瓦,用孬一些的作为盖瓦,摆放时每匹瓦都是瓦头向上瓦尾向下,并特别注意让瓦的排列有利于雨水向低处流淌,不会淤积在房顶上……

一顿饭的工夫,房上漏雨的地方已经重新巴巴适适地打整了一遍,李二嫂从梯子上爬下来,一面用袖口揩着汗一面对主人家说:"这房子如果再漏,我就给你全翻一遍,不要钱!"

紧接着,征得另两家的同意,她又给他们捡了瓦,连晌午饭都没有吃,回家后便去了赵俊扬家,把厨房的瓦捡了。

当晚,又下了一场瓢泼大雨,但李二嫂捡过的房子都滴水不漏,于是大家都晓得李二嫂的手艺好,以后请人捡瓦时,一些人便不请李二哥指名要请李二嫂。由于请的人多,她的生意便很俏,根本不用扛着梯子在街上叫唤,要想捡漏,得到她家去请。

这个大杂院还住着一个周围团转爱好的女人们都熟识的人,这就是专门给人梳头、绞脸的张幺嫂。

张幺嫂的长相、举止、穿着和王大嫂、李二嫂这些大杂院里的女人都不大同。她长着一张很受看的鹅蛋脸，皮肤白白净净，白得连嘴唇都没有多少红色，腮帮边的一颗"美人痣"更衬托出了这张脸的白净。她说起话来轻声细语，走起路来脚步也是轻轻的，好像怕踩死了蚂蚁，人们从来没听见过她大声武气地说话，但也从来没见她笑过。她身上的衣服比大杂院的女人们讲究一些，常常爱穿件月白色滚花边的短衣和葱绿色百褶裙，头上没有包头帕，发髻梳得巴巴适适，上面总是插着一支耀眼的石榴红发簪。

张幺嫂本名吕玉芬，童养媳出身，小时候家里穷，娃娃又多，八岁时爹妈就把她送给张家"寄饭"——当童养媳，十四岁时圆房……但第二年男人就被土匪打死了，张家被洗劫一空，只剩下她和烟灰儿（抽大烟的）老人婆。老人婆年轻时曾在一大户人家当过丫头，专门给太太梳头，于是便把梳头的手艺慢慢教给了媳妇。媳妇心灵手巧，不但学到了老人婆的手艺，还能根据小姐太太们不同的要求，想出许多时新的样式，并给她们绞脸、修眉。

成都不少女人是爱打扮的，于是在少城幽静的小街小巷里，便常常可以听到她不大但很清脆的吆喝声："绞脸……梳头……绞脸……梳头……"一听到这声音，往往便有年轻的女人打开房门向她招手……

绞脸在成都又被称作"开脸"。过去这"开脸"是极有讲究的，是一种重要的"仪式"——意味着被开脸的人已经"成年"或是要和处女告别了。有的女孩儿是及笄之时，有的是在出嫁的前一天开脸。

开脸的做法是，操作者嘴上咬着一根丝线头，用两只手的中指和食指挽住丝线，把它轻轻地贴在对方脸上，随着双手开开合合或上或下、或左或右、或轻或重地移动，把脸上的汗毛用丝线绞去。开脸时，一般还要修眉，用一个小镊子把眉毛旁的杂毛拔去，让眉形更好看一些。

要出嫁的女孩儿，开脸后就把头发梳成了髻，这就是"上头"。开脸的时候，家里的长辈往往还会给她讲一些男女之事。

开脸是有些疼痛的，因此女人们常开玩笑地说："要得好看，痛得尿颤……"

找张幺嫂"开脸"，要给红包，价钱先就讲好；张幺嫂也会回赠一些花粉、头绳之类。

除了及笄和出嫁时"开脸"，许多女孩儿和女人平时也常会用绞脸来打扮自己，让脸蛋显得更加白净。张幺嫂要价不高，活路又做得把细，脾气也好，人又长得干净，因此她的生意一直很好。宋岚也曾找过她给自己绞脸。

以后张幺嫂的烟灰儿老人婆害病死了，张幺嫂便搬出了半边桥，有人说她嫁了人，有人说她存了两个钱后被人害了……还有人说，她用存下的钱租了间铺面，买了镜子、梳子、烫发夹等物，开了个理发铺，不光给人梳头、绞脸，还给"摩登儿"们烫发了。

大杂院的人们摆龙门阵时有时还会说起她，女人们想绞脸时也会想起她。

对大杂院里的女人们，宋岚不但同情而且是敬重的，认为她们虽然生活贫困、处境艰难，但都在努力地自强自立，这是比许多在有钱人家当"寄生虫"的小姐、太太更让她尊敬的。

二　江奶姆

寒假过去，宋岚算了算，可能两个多月后便要分娩，于是给学校请了假，让另找一位老师上课，自己在家休息了。

要生头个孩子，宋岚心里有些害怕，赵俊扬也很担心，宋岚便想把母亲接到成都来，但写信回去，母亲却回信说她身体不大好，怕是来不了。宋琬玉也在信中说："伯娘身体不大好，我有些担心，姐姐最好能把伯娘接到成都，找医生好好看看……"

宋岚和哥哥宋峰都曾多次和母亲商量，劝她离开酒寨，到儿子或女儿家长住，但都被母亲以"在城里住不惯"和"要留在酒寨陪你们爹"拒绝了。母亲表面性情温柔，但和酒寨的许多女人一样，骨子里也很倔强，拿定了的主意是很难改变的。

接到母亲和宋琬玉的信后，宋岚心里十分不安。她知道，母亲一直是个任劳任怨、克己待人的贤妻良母，如果没有特别的原因，女儿生头个娃娃，她无论如何是要赶来并亲自照料一切的，如今既回答"来不了"，肯定是有不得已的原因，以致竟不能成行了。她想立即回酒寨去看望母亲，但路途遥远，不通汽车，自己又即将临盆；想请哥哥回去一趟吧，哥哥在茗县已经忙得焦头烂额，一时之间也很难抽出空来……思前想后，最后只能决定，生了娃娃满月后一定回酒寨一趟，看望母亲并坚决把她接到成都。

两个多月后,宋岚分娩了,赵俊扬特地请来四圣祠的加拿大洋医生为她接生,顺利地生下了个漂亮的儿子,老太爷取的大名是"思齐"——取《论语》中"见贤思齐焉"的意思,小名便叫"齐齐"。

但儿子刚刚生下三天,老家便传来噩耗——宋岚的母亲宋张氏因病去世了!

在噩耗传来的头天晚上,宋岚曾做了一个梦,梦见母亲来看她了,母亲背了个背篼,里面放满了小娃娃穿的小衣服、小花鞋,来到了她的床前,慈祥地、笑眯眯地望着她,她正想坐起来握住母亲的手时,母亲却突然不见了……第二天,她便得到了母亲去世的噩耗。

一种痛彻肺腑的感觉突然向宋岚袭来,母亲苍老的面庞、疲惫的神态、满头的白发、伛偻的身躯以及慈爱的眼神都在她的眼前晃动。她痛心地回忆起了母亲的一生:结婚后丈夫远赴海外留学,她在家侍候公婆,怀孕时,没有人照顾,没有人体恤,吃饭时连菜都没有,只能靠吃海椒下饭,以致生下孩子后自己和娃娃都长了满身脓疱疮,但她逆来顺受,人前人后从来没有一句怨言;丈夫英年早逝,她忍受着族中一些亲戚的白眼,从不低三下四地求人,而是靠省吃俭用,靠替人绣花、做衣服鞋脚供儿子上学;女儿要上学,她虽然反对过,但最后还是顶着许多人的议论,支持了女儿,甚至让女儿离开酒寨,远赴省城上了大学……她虽然没有读过书,甚至一辈子连自己的名字都"没有",人们只叫她"宋张氏",但她却一直教育儿子和女儿"做人要有志气,做事要对得起良心"……她把自己的一生都贡献给了自己挚爱的人们,但从来也没有向他们索取过任何回报;她忍受着许多委屈,但总是慈祥地微笑着,原谅着一切……

想到这些,宋岚不但感到刻骨铭心的痛苦,而且也十分内疚,觉得自己实在对不起勤劳一生的母亲。为啥只顾自己的学习、自己的工作甚至自己的恋爱,而忽略了母亲呢?为啥不早一些注意她的身体,早一些发现她的疾病,从而早一些把她接到成都请医生为她治疗呢?

但是,后悔又有什么用?如今一切都晚了!

哥哥宋峰匆匆回到酒寨去料理母亲的后事,宋岚也想赶回去见母亲最后一面,但刚刚分娩的身体实在不允许她远行,而哥哥、嫂嫂和赵俊扬、赵老太爷都坚决反对,她终于无法成行。

在突如其来的打击和巨大的痛苦中,宋岚没有奶了。孙大娘按各种下奶的单方,想了各种办法,包括熬鲫鱼汤、炖墨鱼汤、煮醪糟蛋、用生花生米炖猪蹄子等全都没用,宋岚根本不想吃东西,勉强吃一点也不起任何作用。请太医来诊治,太医说这是过度悲伤后"惊了奶",开了几服药,但服了后仍然没有奶。娃娃把奶头都吮出血了,饿得昼夜啼哭,宋岚抱着瘦小的婴儿只是流泪……

怎么办呢?城里不比乡下,找不到可以"讨奶"的人家,便只能给娃娃喂点糖水加米汤,听说可以喂牛奶,但成都哪能找到新鲜的牛奶呢?

这一下,全家都乱了套,赵老太爷随时打发人来询问,老人婆钱氏也出了许多主意,赵俊扬更像热锅上的蚂蚁,焦头烂额不晓得咋办才好……最后还是听了钱氏的主张,赶紧去人市上请个奶姆。

钱氏对赵俊扬说:"二少爷,请奶姆也有很多讲究哩,记住,最好是找刚生娃娃不久的,这样的奶更有营养。当然,还要看对方奶足不足,娃娃吃不吃得上'饱奶',吃了'饱奶',二天娃娃长大后身体才更好。还要注意奶姆的长相,因为娃娃吃了她的奶后,样子便会有些像她,奶姆长得丑,娃娃也会变丑……另外,还要注意奶姆的干净洁白,不能找个拖衣落食的邋遢人……"

如此这般详细地交代了一番,赵俊扬仔细地记下后便雇了辆黄包车去到九眼桥边的"人市"。

当时的四川,不少地方匪棚林立,鸦片遍地种植,田赋一年几征。新繁县两年便征了十六年的田赋,民国二十三年已征到民国七十年(1981);新都曾遭几千名棒老二洗劫,什邡、彭县、安县、绵竹、罗江、金堂等地的棒老二也纷纷加入,"拉肥猪"一千多人,掠去年轻妇女五六百人;各县还都设有夫差处,军队常常"拉夫"去当苦力;军阀们不但一年几征田赋,而且公然指使士兵进行抢劫,一些队伍白日为兵,黑夜是匪,甚至青天白日也公然抢劫老百姓……

此外还有天灾。总之,"天府之国"已经民不聊生,有人曾写了这样的《竹枝词》:

自由幸福已亲尝,幸福如斯不可当。莫谓共和无好处,一年能上几年粮。

军队拉夫到草堂,护夫村妇挨三枪,可怜一对娇儿女,犹复依依傍死娘。

何人落魄走天涯,饥饿难挨没有家。最是凄凉堪悯处,桥头独自啃泥巴。

到"人市"上来的主要是女人，青壮年男人由于怕被拉夫，多是白天躲藏，夜宿山林，是不敢公然到"人市"上来的。这些女人从外县来到省城"帮人"（做女佣），有的当奶妈，有的做"干活路"（不奶娃娃、不带娃娃，只做家务）。奶妈的工钱高一点，一年六块银圆到十块银圆（当时的中学教员每月是三十元左右）。

"人市"上几十个女人有的穿得干净一点，有的邋遢而褴褛，有的站着，有的蹲着，有的干脆坐在地上。赵俊扬把她们匆匆扫视了一遍后便说道："我要请的是奶妈，要奶水好的，最好是刚生娃娃不久的……"

听了这话，一个三十多岁的女人撇了撇嘴接口道："这位先生说得好莫道理！你要找刚生了娃娃的？刚生了娃娃自家的人不喂了就出来帮人？"

一句话噎得赵俊扬回不过神，脸红了。

另一个四十多岁的女人摇了摇头："也不尽然，要是生了个妹仔，家里人又不喜欢，丢在尿桶里淹死了，不就能出来帮人？"

几个女人围了上来，一个女人嗫嚅着小声对赵俊扬说："我刚生了娃娃，还没满月，娃娃得急病死了……"

赵俊扬看那女人头上包了张洁白的头帕，身上穿着干干净净的青色土布衣裤，虽然由于营养不足面色蜡黄，但眉眼端正，神情也很老实，便有了几分喜欢，听口音不是川西坝子的，便问道："你是外地人吧？姓啥？"

"男人姓江……是秀江县人。"

"秀江县？"赵俊扬猛地想起宋岚也是秀江的，便又问道，"秀江有个酒寨，你晓不晓得？"

"晓得晓得！"女人蜡黄的脸上浮起了一丝笑容，"先生，你去过酒寨？我娘家就在酒寨哩！"

"我太太就是酒寨人，你们是老乡了。你刚才说娃娃没满月就死了，害了啥病呢？"

"也不晓得是啥子病，全身滚烫，还抽风，莫钱找先生看，发病三天就不行了……"说着女人用袖头擦起了眼泪。

"你男人是干啥的？他让你出来帮人吗？"

"先生，不怕你笑话，我男人不争气，抽上了鸦片烟，把好好一个家败光了！原先我们家开的有机房，我会织布，还请了伙计，他抽上鸦片后，机房卖了，家里几十挑谷子的地也卖了，还卖了房子……一个家败得干干净净，如今连锅都揭不开了。莫奈何，我只好拖着两个娃娃出来帮人！"说着又擦眼泪。

"你还拖了两个娃娃？他们多大了？"赵俊扬吃了一惊。

"一个七岁，一个十岁。"女人指了指地上坐着的两个黄皮寡瘦、眼神怯怯的小男娃，"我是当娘的啊，总不能看到自己的娃儿饿死啊！"

赵俊扬看了看地上的两个孩子，他们身材都很瘦小，似乎比实际年龄小得多，心里明白这是营养不良的结果。孩子的衣服都是补巴摞补巴，但洗得都很干净，显见他们的娘是个勤快的、爱干净的女人。他有些可怜这母子三人，但又有些犹豫："带两个娃娃出来当奶妈，能把齐齐照料好吗？"

女人看出了他的犹豫，便说道："先生，我早就想好了，要把老大送去给人家当徒弟，我们有个远房亲戚在成都开烧酒坊，老大就去他那里学手艺，只有小的个跟我。你放心，我不会耽搁做活路，我的奶好，不光给你家奶娃娃，煮饭、洗衣、打扫房间这些活路我全都包了。工钱随便先生给，只要我们两娘母不饿饭就行了……"

说着，又擦起了眼泪。

旁边几个女人听她说得可怜，纷纷帮腔道：

"这女人造孽啊！如今兵荒马乱的，一个妇道人家拖两个娃娃不容易啊，都怪她家那个鸦片烟鬼！"

"先生，你就当是做好事、积阴功吧，她又不讲价钱，她一个娃娃能吃多少？你就赏她一口饭吧……"

"她刚生了娃娃，这样的奶最好，比不得那些娃娃都一两岁的人，你家少爷吃了这样的奶会壮身子的！"

"你要是担心她做不好，就先让她试几天工，做得好就留下，做不好就开销……先生，你好生想想，这样行不行呢？"

听了女人们的议论，赵俊扬觉得有些道理，想了想后便对女人说："你和两个娃娃先跟我回去，我还要和太太商量一下……"

女人来到赵家了，一进门就听到了齐齐声嘶力竭的哭声，幼小的婴儿一边哭着一边转动着小脑袋、张着小嘴巴在寻找乳头，宋岚和孙大娘正手忙脚乱地准备用米汤喂他……女人见了后连忙抱过齐齐，解开衣襟，宋岚递过去一条毛巾，女人在胸前擦了擦……小齐齐便迫不及待地含着乳头，贪婪地吮吸着，不一会儿竟在女人的怀里睡着了。

宋岚和赵俊扬都在旁边紧张地注视着这一切，宋岚终于长出了一口气，赵俊扬也如释重负。女人把睡着了的孩子递给了宋岚，宋岚接过后轻轻地放在床上，盖上了婴儿被，孩子小脸红红的，睡得很熟。宋岚抬头望着女人微笑着说："难为你，这娃娃好多天没有好生睡过觉了！"

女人回答道："这小少爷长得真'讨嫌'。"宋岚明白，按四川的习俗，称赞小娃娃时，不能说"长得乖"或"长得漂亮"之类，只能说"长得讨嫌"，以免他们生病，"看来刚才真是饿了，太太，你莫得奶？"

宋岚叹口气道："本来是有奶的，怄了点气后奶就没有了。这些天娃娃也造孽，从来没有好好睡过觉，大概是肚子饿吧，总是要人抱着，一放下就惊叫唤（大哭），特别晚上哭得更厉害……"

见娃娃睡了，女人便走出房间招呼着她的两个孩子一起站在天井里，等待着主人家的决定。赵俊扬便和宋岚商量起来。两人都觉得非雇奶妈不可了，但是不是就雇这个女人呢？赵俊扬一想到她带来的两个孩子便有些拿不定主意。而宋岚呢，听说女人家里的情形后，便想起了哥哥信中谈到的四川各地烟毒的泛滥以及禁烟的艰难，于是很同情这个女人，而当听说她也来自秀江，娘家还是酒寨人后，更增加了同情心和一种亲切感，便对赵俊扬说："刚才我看见齐齐吃了她的奶后就安安静静地睡着了，心里像放下了一块石头。你晓得，这些天我有多着急啊！听你刚才讲，她也确实艰难，丈夫不争气，其实也不能只怪她丈夫，四川鸦片烟已经泛滥成灾，有多少人染上了这鸦片烟瘾！怪只怪那些军阀，也应该怪政府……家败光了，自己的娃娃刚死了就要出来当奶妈，替人家奶娃娃，她的心里一定有说不出的苦！至于她拖了两个娃娃，我觉得这也没啥，她不是要让老大去学手艺只留下老二吗？一个小娃娃能吃多少？就这样吧，留下她；再说，二天要是觉得实在不行，还可以换嘛……"

于是，女人便留下了。她说自己是一直跟着男人姓的，就叫她"江奶妈"好了，以后"江奶妈"便成为这个女人的正式名字，不只赵家，街坊邻居都叫她"江奶妈"了。

虽然江奶妈并没有争抢要给她好多工钱，但宋岚觉得不能亏待人——特别是穷苦人，便每个月给一块银圆，一年十二块银圆，娃娃还可以跟她住在一起。这算是当时对奶妈最高的待遇了。江奶妈千恩万谢，踏踏实实地在赵家住下了。

从此，江奶姆便成了宋岚的好帮手。人们说，女人天生有两种：一种是生娃娃后吃点好东西都营养自己了，于是没有奶或奶水的质量不好，不发娃娃；而另一种则是，吃点好东西都化在了奶水里，这样的女人奶水足，营养价值高，娃娃长得好。江奶姆属于后者。她虽然身材瘦小，又长期营养不良，但天生奶好，到赵家后，饭吃得匀净了，有营养了，奶水便更好。齐齐白天吃，晚上还跟她一起睡，饿了张开小嘴便吃，没多久，小脸便被喂得胖嘟嘟的，小胳膊小腿都胖得一圈一圈的，见人就张着小嘴笑，再不像原先那样日夜啼哭地折磨人了。

三 天理良心

江奶姆成为宋岚的好帮手，许多朋友都羡慕，宋岚从哪里找来这样一个好保姆，不只奶好，这个淳朴的农村女人有一句口头禅是"做人要讲天理良心"，她是按着自己的"良心"为人处世的。

她从不和人东家长西家短地翻闲话，而是把宋岚家的事都当成了自家的事，样样都要操心，手脚又麻利，从早到晚从来不休息。她实现了自己先前的诺言，不只当奶姆，还主动揽下了家里的一切杂务——缝了幅大包单把娃娃裹了裹背在背上，腾出双手煮饭、洗衣、扫地、抹屋，样样事都抢着做，而且做得井井有条，根本不用宋岚吩咐，更不会让她操心。她的到来，让原先的女佣孙大娘显得多余、可有可无了，于是，宋岚便把孙大娘介绍给了另一家需要女佣的朋友。

出乎宋岚意料，江奶姆还做得一手好菜，咸菜、泡菜、腊肉、香肠自不在话下，醪糟、胡豆瓣、红豆腐也样样都行；饭桌上做出的四川家常菜，包括回锅肉、粉蒸肉、东坡肘子、豆瓣鲫鱼、葱烧鱼、麻婆豆腐、肝腰合炒之类都是色、香、味俱全，很受家人的欢迎。连口味挑剔的赵老太爷都点头称赞，觉得比自己那位"御厨"做的更好吃，隔三岔五总要让江奶姆做两样家常菜送过去。

有点空闲时间，或是把娃娃哄睡了，江奶姆便要做针线。她的手很巧，齐齐虽有不少新衣服，但在江奶姆的眼里，这些衣服都不好，因为它们太硬，不软和，小娃娃肉皮子嫩，穿了并不舒服。于是她向宋岚要了些穿旧的棉布单衣，裁剪后做成一件件小人的内衣内裤，开水煮后晾干给齐齐换上。还用一些花布和绸缎，绣上花，给齐齐做成了漂亮的帽子、鞋子和披风，看见的人们往往会羡慕地说："这娃娃打扮得好乖，这些穿的、戴的是在哪儿买的？"

夏天来了，夜晚在院子里乘凉，一个个萤火虫提着小灯笼从草丛里飞来了，忽明忽暗一点点白色的光亮好似天上的繁星。孩子们特别喜欢这些小精灵，常常会张开小手捉几只放进玻璃瓶或早就准备好的鸭蛋壳里，闪闪烁烁的亮光会引起他们许多欢笑和梦想。美丽的夏夜不只有萤火虫，草丛里还有叫姑姑（纺织娘），它们好像在开音乐会，一个比一个的声音响亮，一会儿独唱一会儿齐唱……这个季节，在白天的街上便会看到一些小贩扛着长长的竹竿，上面挂满了大大小小、各式各样用银色的麦秆编成的叫姑姑笼在叫卖。这些银色的小笼个个都很漂亮，有方形的、塔形的、螺旋形的、飞鸟形的……笼子里有绿色的叫姑姑在蹦跳，笼子边挂着一朵朵金红色的南瓜花，娃娃们常常围着这些叫姑姑笼盯鼓眼儿看着不肯离开。

江奶姆也会编叫姑姑笼。她找来一些麦秆剪短后放在水里泡软，再用青篾条扎成螺旋状、宝塔状、飞鸟状等各种竹架架，最后把泡软的麦秆仔细地缠在竹架架上，于是一个个漂亮的叫姑姑笼就出现了。晚上，她会点着亮油壶，领着自己和邻居家的娃娃到附近茂密的草丛边去，先屏着气听一听，再蹑手蹑脚地走近，然后用亮油壶猛地一照，一伸手，一个可爱的叫姑姑就被抓住了！抓住后放进笼里，再摘下两朵金红色的南瓜花放进去——这是给叫姑姑准备的食物，笼子拿回家就挂在蚊帐边，要是被月亮照射到，叫姑姑就会高兴地高声歌唱起来……

江奶姆喜欢听叫姑姑唱歌，她自己也有数不完的儿歌，在哄齐齐睡觉或逗他开心时，便常常会唱了起来。宋岚有时会觉得，她似乎在用儿歌帮助孩子认识这个世界，因为看到地上的蚂蚁时，她会指着这些小东西对齐齐唱道："黄司黄司马马，请你尕公尕婆来吃嘎嘎（肉），轿轿去，马马来，吹吹打打一起来！"或是："牛儿牛儿快耕田，妈妈给你二百钱，拿回去，打油盐……"

在和齐齐玩耍时，她会捉住他的两只小手唱道："张打铁，李打铁，打把剪刀送姐姐，姐姐留我歇，我不歇，我要回家割燕麦。割一合，喂麻雀；割一升，喂老鹰；割一斗，做甜酒；割一石，做年饭……"

春天，院子里的花开了，她会笑着、唱着逗着齐齐："金银花，十二朵，大姨妈，来接我，猪抱柴，狗烧火，猫儿煮饭笑死我。"

夜晚，抱着齐齐在院子里歇凉，望着天上的星宿儿，她又会唱道："星宿儿出来牌打牌，成都么妹儿带信来，前头抬的高粱酒，后头抬的扎花鞋。扎花鞋上滴点油，开开后门摘石榴。石榴树上一对鹅，一飞飞到廖家河。廖家河有两个女娃子，会打蛋，打到锅头团团转，公一碗，婆一碗，案板底下藏一碗，猫儿扳倒，狗来舔，可惜家婆的红当碗……"

这些儿歌让宋岚觉得很有趣，也很喜欢，认为它们是民间文学的一部分。

江奶姆本来称呼宋岚为"太太"，但宋岚很不喜欢这个称呼，让她改叫自己"宋先生"了。

凡到过宋岚家的人，都羡慕她请了个好奶姆，还有人暗地里打主意，私自和江奶姆商量，愿意出更高的工钱雇用她，但都被她拒绝了，她说："做人要有良心，原先都嫌我拖了两个娃娃，问了好几家都莫得人肯要我，只有赵先生和宋先生不嫌弃，他们对我很好，我咋能忘了他们的恩情呢？"

一天，宋岚和江奶姆摆龙门阵时问她："你和娃娃都到成都了，你家的掌柜呢，他一个人在家？"

江奶姆眼圈红了："我出来前他就死了，是鸦片烟瘾拖死的，埋了他我才出来的……他早先也是个能干人，都怪鸦片烟害人啊！"

宋岚叹息了一阵又问起了她娘家的情形，原来娘家也没人了，仔细算起来，她娘家的爹也曾跟随宋云飞出去打过仗，于是两人便更加亲近起来。

请到了江奶姆，宋岚觉得自己的运气实在太好，一切烦琐的家务事都不用她操心了。赵俊扬也很得意，常夸自己有眼光，能识人。有了江奶姆，宋岚终于松了口气，把孩子和家务都交给了她，满月后，在赵俊扬的陪同下，回酒寨祭奠了母亲，和琬玉、王凤英、杨宏涛等亲友见了面，免不了又大哭了几场，回成都后又到学校继续上课了。

江奶姆十岁的大娃娃江有才被她送到烧酒坊当了学徒，说是希望他学门手艺，"天干饿不死手艺人"，长大后能成家立业，自己养活自己。七岁的江有仁还带在身边。这娃娃胆子小，不爱说话，宋岚给了他几本图画书他便天天捧在手里，看得很起劲；教他认字、写字，他也很用心。新的学期开学后宋岚便对江奶姆说："让娃娃去上学吧，不能让他一辈子当睁眼瞎啊！"

江奶姆叹了口气摇摇头道："穷人家的娃娃能有饱饭吃就算娘老子烧高香了，哪有福气去上学呢？过几年大些了我也会找个地方让他去当徒弟，学手艺的……"

"就是当学徒、学手艺识得字、能算账也比睁眼瞎强，这附近有个小学，我已经帮他报了名，学费我已经交了，你不要担心，就让他去吧！"

"宋先生，你和赵先生真是我全家的恩人啊！"江奶姆感动地说。

过惯了穷日子的江奶姆是十分俭省的。成都人过冬时，床上除了铺棉絮还要铺一层厚厚的谷草，谷草既保暖又除湿。这谷草一般一年一换，天气热和了，谷草就不能再铺了。过去宋岚家换下的谷草都是挽成草把把，煮饭时丢在灶孔里和柴一起烧掉了。但江奶姆却舍不得这样干，她让换下的谷草有了许多新的用途：烧成灰后和了水用来包皮蛋；烧的灰水过滤后当洋碱（肥皂）洗衣服；草灰铺在床下、衣柜下、箱子下防潮；草灰撒在地上消灭常常出现的蜈蚣、蝎子、草鞋虫、地虱婆、四脚蛇……过年前熏制腊肉时，把谷草和陈艾、茴香、苍蒲、陈皮、气柑（柚子）叶子放在一起熏制，做出的腊肉味道更香……四川人爱吃豆豉，冬天还常做一种红苕豆豉，但这种豆豉受潮后容易发霉变味，江奶姆便用谷草把它们一个一个地捆了起来，捆成一串后挂在屋檐下，这样豆豉便不容易发霉变味了。

心灵手巧、乡坝头长大的江奶姆懂得好些民间治病的单方，齐齐的小屁股被屎尿鲊红了，还肿了起来，宋岚很急，要抱去找太医，江奶姆拦住她说："宋先生，这是小事，不用惊动太医，你去中药铺买点紫草回来，交给我，包管能治好！"宋岚便赶紧去买回了一包紫草，江奶姆一看笑了："这一大包紫草，十个娃娃也够了！"说着便找出一个小瓷碗，倒了些清油在碗里，泡了两匹紫草，清油马上变成了紫红色，把紫红色的油涂在齐齐的小屁股上，涂了几次就再也不红肿了。

江奶姆有数不清的单方，常常笑话城里的有钱人动不动就要花大把大把的钱找太医看病。她喜欢草药，而且认为到处都有可以治病的草药，不用花钱，或者只花几个铜圆就可以把病治好。她把折耳根（鱼腥草）晒干后当成茶叶，泡水后便是春夏两季大人娃娃每天必喝的"饮料"，说是可以"打毒"；天热了要泡金银花水，为的是清热；要是觉得口苦、喉咙发干，就到竹林里扯一把穿心熬水，喝了立马见效；要是喉咙红肿、吞东西困难——太医说的"扁桃腺发炎"，可以用草药红姑娘儿熬水来喝，味道很苦，但比啥都见效……平凡的桑树在她的眼里更是一宝：桑叶可以除风寒，桑枝可以治关节痛，桑皮止咳化痰，桑根可以接骨，桑寄生治腰腿痛，桑葚补肾，桑蛸治夜尿……冬至的萝卜、端午的陈艾，都是她的药材，还常用气柑叶、陈艾、石南藤熬水给齐齐洗澡，说是"一洗风湿减，二洗关节活"……除了这些之外，她还用青蒿和曲鳝（蚯蚓）治发烧，用金钱草治小便痛涩，拉肚子吃马齿苋，治牛皮癣就在枸树上割条小口用沁出的白浆涂抹……

当然，江奶姆也有一些迷信的做法。有一次小儿子江有仁放学后被恶狗撵了一路，回家后还在害怕，她便着急地认定："儿子的魂被吓掉了，娘要给他喊魂哩！"于是便右手拿着三根点燃的香，左手的手心里放了个鸡蛋，一面沿着儿子放学的路走一面喊："江有仁，三魂七魄回来咯！江有仁，三魂七魄回来咯！"江有仁便跟在后面答应道："回来咯！"一直喊了七七四十九声，回家后又对着江有仁睡觉的床头喊了三声。最后找个香炉把香插下，向祖宗作了揖，磕了头，把手里的鸡蛋也埋在香炉里……如此这般地折腾了七天，最后才把鸡蛋放在柴火上烧爆后给儿子吃了……

江奶姆和许多乡坝头的人一样，相信"关花"和"打保伏"，说是"那死鬼走了后我请关仙婆（巫婆）来关花，问问阴间的祖先我该咋办，后来就是爷爷叫我出来到成都的"。她还说，"打保伏"要请来四个端公，有打鼓的、敲锣的、画符念咒的、耍司刀令牌的，还要杀一只公鸡，把鸡血滴在房子周围，在桃符上沾上鸡血和鸡毛贴在大门上，再把一面镜子（照妖镜）挂在大门正中……"死鬼男人染上鸦片烟瘾后，我曾想过请端公来驱走鸦片烟鬼，只是我手里莫钱，请不起……"

宋岚当然不相信"喊魂""关花"和"打保伏"这些活动，但也没有反驳江奶姆。她心里想，那些信佛或信基督教的人，不是也有各种禁忌并相信各种奇迹吗？这也是一种精神疗法或心理疗法吧？它也许可以帮助苦难中的人们解除一些恐惧，并且得到一些安慰……

对农历七月十五日的"中元节"——民间称之为"鬼年"，江奶姆是十分重视的。宋岚过去在家也听娘说过，这一天是鬼们的重要日子，活着的人们应该给逝去的亲人烧袱纸，但离家出来上学后就把这事忘了。而江奶姆却在七月十五日的前几天，就会向宋岚要钱买回香蜡钱纸，并让宋岚一一写上亲人们的名字分别包好，七月十五日这天会打酒割肉，夜晚在桌上摆了酒肉，在凳子上铺了钱纸，点燃香烛祭拜。香烛烧完后，再一面喊逝去亲人们的名字，一面烧钱纸。在江奶姆的"督促"下，宋岚对"鬼年"也重视起来，这一天也给逝去的父母烧了许多钱纸——特别对去世不久的母亲，可能也是为了表达自己内心的歉疚吧。

为了保佑一家人清静平安，七月半这天江奶姆还特地到大门外去烧了一些钱纸,她喊一声,烧一堆。按她的说法是,"七月半,鬼乱窜",不仅自家去世的亲人,那些莫人管的孤魂野鬼——包括吊死鬼、淹死鬼、砍脑壳鬼、冤死鬼、饿死鬼等都会出来,给他们烧一些纸,免得他们到处乱窜找麻烦……

第十章 危急·危急·危急

一 山雨欲来

20世纪30年代,日本紧锣密鼓地开始了侵吞中国的步伐,中国处于生死存亡的关头。

继"九一八"事变和"一·二八"事变后,日本扶持的傀儡政权"满洲国"在东北成立。

继占领东北后,长城抗战爆发。1933年元旦深夜,日本进攻山海关,中国军队用刺刀、手榴弹和日本的坦克、大炮激战,在无人支援的情况下,山海关失守。南京、北平、天津等地的工人、学生要求对日宣战,但国民政府仍在"吁请"国际联盟"主持公道"……

日军进攻喜峰口时,宋哲元部的二十九军在赵登禹的率领下,组成"大刀队",夜袭日军,大胜,日本进攻喜峰口的指挥官自尽。老百姓组织了"慰问队"和"人民自卫队"进行支援,全国响起了"大刀,向鬼子们的头上砍去……"的歌声。

以后日本继续进攻长城各关口,十七军、三十二军、二十九军均和日本激战,但国民政府却命令全线停火后撤,蒋介石对部属称:"如再言抗日,无心剿共,即贪生怕死,立斩无赦!"与日本签订了《塘沽协定》。

国民政府的"不抵抗"政策招致全国不满,冯玉祥在察哈尔组织了"抗日同盟军",吉鸿昌毁家纾难,坚决抗日。收复察东四县后,冯玉祥还想收复东北四省,但在蒋介石、汪精卫、何应钦等人的反对下失败。

日本步步进逼,民国二十四年(1935)日本强迫南京国民政府与之签订了《何梅协定》,把河北、察哈尔两省及北平、天津两市的党、政、军、警、宪、特力量全部撤离华北或解散,华北进一步"特殊化",河北、山西两省及平、津两市又要变成第二个"满洲国"了。

"平津危急"！"华北危急"！"中华民族危急"！北平爆发了大规模的学生救亡运动——"一二·九"运动。

"一二·九"运动发生时，四川大学校长任鸿隽正在北平开会，目睹了爱国学生为挽救国家危亡奋不顾身、英勇奋战的悲壮场面，返校后立即在全校师生大会上报告了他的亲身见闻，痛斥日伪暴行，声援北平学生的爱国行动。全校师生纷纷举行集会，全体教职员致电国民政府主席林森、军事委员会委员长蒋介石以及晋察绥靖主任宋哲元、河北省主席商震，要求"明令讨伐殷汝耕，以彰国法，以卫疆土"。全体学生分别通电全国同胞和北平学生，响应北平学生的正义行动。

全体学生通电全国同胞的内容为："河北少数汉奸，为虎作伥，假自治之名，企图分离国土，破坏统一，本市教界，反对于前，学生继起于后。华北教育，为我中华要域，河北尤为故都所在，国家存亡，实所利赖，愿我举国同胞，一致声援，作北平学生后盾，誓死反对一切脱离中枢之非法叛国组织，力争领土完整。生等引领北望，不胜怀栗危惧，临电神驰，诸维亮察。国立四川大学全体学生同叩巧"

通电北平学生内容为："清华大学学生会，转平市各大学生会钧鉴：殷逆叛变，举国痛心。北望故都，怒焉如捣。我同学处此艰危环境，倡导爱国运动，颠扑相继，不稍屈挠，奋斗精神，至堪钦感，敝校同学，暂作后援，共争国土完整，谨此电慰，诸维鉴察。"

"一二·九"运动后，北平、天津、上海、南京的学生大批辗转入蜀，四川不但踊跃接纳，而且大幅度地降低了学费，并在学生贷款和奖学金方面给予了许多照顾，让他们能顺利入学。

"一二·九"运动发生后不久，为抵抗日本帝国主义的侵略活动，四川发生了震惊全国的"成都事件"。这是我国自"九一八"事变以来，规模最大、斗争最激烈的一次抗日救亡运动。以"成都事件"为转折，北海事件、汉口事件、上海事件等相继发生，把抗日救亡运动推向高潮。

二　"成都事件"

有人说，成都这个城市表面上、让人看得见的地方是悠闲和玩乐，而暗地里，让人看不见的地方，却燃烧着火焰、激情和牺牲精神。

自"九一八"事变后，面对日本侵略者咄咄逼人、得寸进尺的侵略行径，曾发生过"保路运动"的成都平原，以"休闲""安逸"闻名的成都人，燃烧着对侵略者越来越强烈的怒火，这怒火终于电闪雷鸣般地喷发了。

民国二十五年（1936）发生的"成都事件"又被称为"大川饭店事件"，震动全国，当时国民政府曾称之为"成都暴动"。

宋轻雪曾目睹了"大川饭店事件"发生的整个过程，以后又对事件进行了认真的采访和调查研究，写出了多篇文章进行报道。具有职业敏感的她，在报道中，通过如实记录日本企图强行在中国腹地建立领事馆的事实，进一步揭露了侵略者的野心，歌颂了成都民众维护国家主权和民族尊严的爱国精神。

她的文章除在国内多家报刊上登载外，还有英文稿在国外发表。由于资料翔实，鞭辟入里，在读者中广受欢迎，产生了相当影响。

宋轻雪在报道中指出，"大川饭店事件"不是"暴动"，而是一次成都民众自发的爱国行动，没有受任何党派指使。

这次事件是怎样发生的？

原来素称"天府之国"的四川，各帝国主义都对之垂涎，自19世纪末通过不平等条约，列强便争相在重庆设立领事馆。中日甲午战争后，日本强迫清政府签订了《中日马关新约》，把重庆设为通商口岸，以后又划定了日租界。但日本并不以此为满足，企图进一步把魔爪伸向富庶的"天府之国"腹地成都平原。

其实，早在民国七年（1918），未经中国政府允许，日本就在成都公然挂出了个"大日本钦命驻扎成都及管理通商事务总领事馆"的招牌。民国十五年（1926）日本炮轰天津大沽口，愤怒的成都民众游行示威，砸烂了这个非法的"总领事馆"招牌。"九一八"事变后，这个"领事馆"更多次受到民众的愤怒冲击，以致不得不关闭了。

但是，侵略者野心不死，民国二十五年（1936）2月，随着侵华步伐的加快，日本驻渝领事卷土重来，再次正式向四川省政府提出在成都设立领事馆的要求；以后，日外务省为进一步弄清长江流域军事、政治及交通等情况，以便为侵吞全中国做准备，决定在九江、宜昌、沙市以及重庆、成都建立特务机构，便再次向南京国民政府要求在成都设立领事馆；日本驻华大使也决定在中国扩大情报网，而这一行动将首先在长江流域实施，其中四川又是长江流域中的"首要目标"。

当时已有大量日本走私货物倾销到四川,"九一八"事变后更发展为武装走私。在日本军方的支持下,猖狂的走私活动严重侵犯了中国的主权,关税大量流失。走私货物入川的主要途径是长江航运,货物由日本的舰只运到巫山、云阳一带后,便用无线电通知重庆的奸商提运,大商号提运后又批发给肩挑背负的小贩,然后销售到四川的每个角落。

由于走私物品逃避了关税,因此售价往往比国货便宜;而由日本的舰只运输,运费也比一般的商船更低,于是民族工商业便受到严重冲击,很多业者竟由此破产了。

当时政府有缉私机关,民众也有缉私会等组织,但日本人采取了各种卑鄙和狡猾的手段,包括把日货贴上中国国货的商标,走私船打起了"专卖国货"的招牌等,逃避了检查。

日本帝国主义的种种恶劣行径宋轻雪是早就清楚的,她曾在报道和评论中尖锐地指出:"如让日本在成都设领事馆,日本的特务机关必然会沿长江流域密布,日本的走私货物更会潮水般地涌入,以后甚至会浪人满街,肆意横行……而四川乃至整个西南濒临破产的农村和工商业必将被逼而陷于死地……"

当时,中央军已经入川,蒋介石已经派出权势很大的"军事委员会委员长行营参谋团"进驻重庆,经过"二刘大战"后,军阀刘湘已经统一了全川,并担任了四川省主席。

日本外务省再次向南京国民政府提出要求在成都设立领事馆后,国民政府外交部便认为,日本已在重庆设有领事馆,成都又不是通商口岸,不应再设领事馆,但他们又不敢直接得罪日本人,便把这件事推给四川省主席刘湘处理。

刘湘是坚决反对日本在成都设立领事馆的,当时曾有人向他建议:"干脆举行一次民众示威活动,把日本人赶出去!"于是刘湘密令全川各地舟车、旅店不许接待日本人,并进行"监视"。

日本根本没有把中国政府的态度放在眼里,对僻处西南一隅的四川省政府更不屑一顾,民国二十五年(1936)3月,竟公然在成都金河街五十六号挂出了个"大日本驻川总领事馆"的招牌。随后,不但再次向中国政府正式提出要在成都设立领事馆,还任命了原日本驻华大使馆中国情报部部长岩井英一为领事。

消息传出,上海的四川旅沪同乡会立即提出强烈抗议,并派代表入京请愿;成都、华阳的社会团体和广大民众联合向国民政府、外交部发出通电进行谴责和抗议……但当时的国民政府不敢得罪日本人，不敢公开表明态度，这更鼓励了日本的野心，气焰更高。8月中旬，所谓"驻蓉领事"岩井英一等竟从上海坐船来到成都。船到万县时，一行人还大摇大摆地上岸浏览市容，万县当即召开了全县民众代表大会进行声讨。

岩井等人在一片抗议声中到达重庆。重庆各界民众团体及学校早就发出过通电，反对日本在蓉设立领事馆，并吁请全国同胞一致督促政府维护国家主权。重庆各报发表了多篇文章尖锐地指出："中国整个民族都在血渍中喘息，受尽帝国主义的凌辱，被宰割到了最后关头……""如果帝国主义硬要造成事实（设领），民族解放战争的火花，应该是明亮的时候了！""日本今日对中国的威胁与控制，已非单纯的政府外交可以收效，我们应该团结起来，用中华民族的整个力量，站在救亡图存的统一战线，给敌人以打击。"

重庆举行了"重庆市江（北）巴（县）各界民众反对日本非法在蓉设置领事馆大会"，进行了示威游行并通电全国，阻止岩井西上。

岩井等人到达重庆时，还发生了一件日本蓄意欺凌中国人的事件：日舰"保津号"在渝港肇事，肆无忌惮地撞沉我货船四只、撞伤我囤船一艘。这种强盗般的野蛮行径进一步触怒了广大民众，重庆各界当即推选代表五百多人，向党、政、军当局请愿，并在大街小巷广泛宣传，发表了《告同胞书》，号召全川七千万同胞团结起来，抵抗日本侵略。重庆附近的川东各县各民众团体纷纷响应。

在群情激愤的情形下，飞机、汽车对日本人"均不予售票"，重庆公安局也拒绝办理护照签证，但日本仍不甘心，决定先派田中武夫等四人，以旅游观光为名到成都探探虚实，以便决定以后的步骤。

这天下午，宋轻雪正在《国民心声》编辑部和编辑们商量如何就日本强行设领一事进行报道和宣传时，忽然一位工友急匆匆地进来告诉他们："听说日本人已经到成都了，就住在骡马市的大川饭店，街上好多人都过去了……"

编辑部在东御河沿街，邻近骡马市，于是宋轻雪和编辑、记者们急忙向大川饭店赶去。

一路上，他们看见许多市民也在拥向大川饭店，"日本人来了！"的消息已经迅速传遍全市。成都民众早就对日本侵略中国的一系列行为恨之入骨，日本人的到来无疑火上浇油，不一会儿饭店前就聚集了上千人，其中不少是正放暑假的学生，甚至有宋岚执教的省女中学生。人们纷纷大声质问："日本人到成都来干啥？""成都不欢迎日本人！"

日本人哪里会把中国的老百姓放在眼里？好一阵后，一个自称渡边三郎的人才慢吞吞地走出来，两眼向天，趾高气扬地声称："你们应该懂得，为了我们大日本帝国的利益和'中日亲善'，有必要在成都设立领事馆！"这傲慢的回答更激起了众怒，于是"日本人滚出去！""打倒日本帝国主义！""坚决反对设立领事馆！"的吼声此起彼伏。

在抗议声中，日本人缩在房间里，再也没有露面，抗议的人群一直坚持到午夜才陆续散去……

第二天早晨，全市的大街上到处都出现了"反对日本帝国主义在成都设领事馆！""安内必先攘外！""严惩汉奸！"等标语；东大街、祠堂街、总府街、皇城坝等热闹去处更聚集了大批人群，听学生们宣传演讲，特别一些东北流亡学生声泪俱下地控诉日本侵略者在东北的各种暴行，更激起了民众强烈的义愤。

然而这天上午，四个日本人仍然不知收敛，竟招摇过市地在成都四处游览，还到商店、茶馆等处购物、喝茶，看见百姓在张贴反对设领的标语便跳出汽车，一面大骂一面公然殴打中国人；在交通公司门口，听见里面有人在反对装运日货，便跳出汽车冲了进去再次打人……

忍无可忍的民众终于要对侵略者进行惩罚了！这天下午，五点多，大川饭店门口再次聚集了大批民众，纷纷质问饭店经理为何竟容留日本人居住……不顾天气炎热，聚集的人越来越多，不一会儿便聚集了上万人，万头攒动，把街道都轧断了。但一贯傲慢的日本人仍不知收敛，不但跳起脚来辱骂民众，还抡起棍棒打人……成都民众长期郁积的怒火终于爆发了，电话线立即被掐断，警察半推半就地给同仇敌忾的民众让了路，日本人见势不妙缩了进去，刘湘的"密探队"指引人们直奔日本人的住房……不晓得哪个人喊了声"打"，一群学生率先冲了进去，几个日本人想夺门逃走，其中两个被堵在门口挨了顿痛打后，被"密探队"协助警察送往医院，另外两个逃跑了。但逃跑者又被民众找到，一个从裁缝铺里被揪出，一个在小饭铺门前被抓住，都被打死在华阳县政府门前……

第二天夜晚，民众捣毁饭店后又进行了游行示威，还砸毁了一些卖日货的商店以及公安第四分局（民众怀疑其中藏有日本人），直到凌晨，刘湘下令戒严，断绝交通，示威的民众才陆续散去。

第三天早晨六点多，在天府中学门口和华阳县署附近，发现了两具日本人的尸体……

此事立即报告了刘湘,蒋介石也知道了,日本自然不依,要求缉拿凶手,蒋介石、何应钦打来电报、电话,要刘湘尽快缉凶,于是警备司令部谍查主任徐子昌奉命进行调查。

据宋轻雪对刘湘身边一些人的采访,刘湘在这次事件中,最初是支持民众的,想借助民众力量驱逐日本设领人员,但由于计划不周、缺乏组织,民众的行为便失去了控制,本来只是想把日本人"轰走",结果却闹出了人命,酿成了外交纠纷。为了避免事态进一步扩大,省政府发言人不得不出面发表讲话,称"此系异党分子破坏中日关系之行动,已责令军警当局彻查缉凶"。

至于"缉凶"的结果呢,根据宋轻雪的调查,有两个不同的版本。

一个版本是,事发后第四天,一个姓刘的土匪和一个姓苏的鸦片烟贩,本是两个死囚,便被警备司令部"调包",当作此次肇事的要犯立即执行了枪决。二人被行刑后,日本曾派人前来调查,但两人已死,调查人员只得无奈地回去复命了。

另一个版本则颇有传奇色彩,在坊间曾广泛流传。

传说徐子昌在进行调查时,开私人诊所的李某为报复开小饭铺的掌柜陈某,便向徐子昌告密,说日本人是陈某打死的。

徐子昌不但是警备司令部的谍查主任,还是成都袍哥公口"西城社"的舵爷,而陈某则是西城社的"小老么"……徐子昌本想日本人是在裁缝铺和小饭馆被抓的,就应该先从这两处入手进行调查,但是,裁缝铺老板的姐姐又是某军长少爷的奶妈,前往调查势必会得罪某军长……

李某一口咬定亲眼看见陈某打死了日本人,徐子昌只得把陈某找来询问——其实那天陈某根本没有沾过日本人的边,一见面便连呼"冤枉"。徐子昌对他说:"好汉做事好汉当,事情既做下了,就不要当缩头乌龟。"陈某仍然赌咒发誓地说根本没有打过日本人。为了说服陈某,徐子昌便把"西城社"的名誉大爷胡某找来——为埋葬老汉儿,陈某曾借了胡大爷二十个大洋,徐、胡二人商量后便对陈某连哄带骗地说,只要他肯承认推了日本人两下,不但欠下的钱一笔勾销,还另外给他二十个大洋。

陈某无奈地承认了,随后被关进了宁夏街的"四大监"。

关了二十多天,没有过堂也没有挨打,后来有人把他带到一个厅堂里,问他是不是共产党,他回答"不是"。又关了一个多月,才被两个穿呢子中山服的长官提了出来,出北门到凤凰山飞机场被推上飞机,到了关重犯的南京模范监狱,说是等来年日本特使到了后执行枪决。

老娘在家听到这个消息后气死了!

这年年底,西安事变发生,签订了国共合作共同抗日的协定,日本政府派特使来中国的计划随之取消,陈某的命运也发生了戏剧性的转变。民国二十六年(1937)6月底,他被解除镣铐后,交给了几个穿黄呢军装的宪兵,宪兵们让他换上了哔叽中山装,理发洗澡后坐上轿车住进了小别墅,第二天有人陪同去拜谒了中山陵。

"七七"事变爆发后,蒋介石向全国下达了抗日总动员令,陈某被带进了南京国民政府,一个满口四川话的官员和他摆起了龙门阵,称他是"爱国英雄",自称是代表蒋委员长和何总参谋长来接见他,要介绍他加入国民党,还说蒋委员长要给他发"抗日光荣"奖状,何总参谋长要送他五百大洋路费,并用飞机送他回川。

就这样,像做了一场梦,陈某风风光光地回到了成都。回到成都后竟成了一块"金字招牌",曾经陷害他的李某立即赶来祝贺;在省政府安排的住处住了三天,在抗日群众大会上被安排发言;"西城社"舵把子胡大爷给他披红戴花,还在著名的荣乐园餐厅包了一百桌上好的海参席为他洗尘,请求市政府让他参加了宣传组,并当着众码头兄弟宣布,升他为"一步登天大爷"……

宋轻雪觉得,第二个版本像一篇传奇小说,她更相信的是第一个版本。

在"大川饭店事件"中,学生是重要力量,宋岚和赵俊扬任教的学校中,都有不少学生(包括女学生)参加了这次行动。赵俊扬曾斥责这些学生"年轻浮躁""少不更事",甚至"胡闹";而宋岚却觉得学生们的行为"可敬可爱",日本人得寸进尺,肆意践踏中国主权,甚至妄想吞并整个中国,必须给他们一些"教训",在国家生死存亡的关头,青年学生也应该像先辈一样"家事、国事、天下事,事事关心",不应该再"两耳不闻窗外事,一心只读圣贤书",学生们在这次事件中的爱国精神十分可贵,只是有些担心他们的安全。

两人看法不同便发生了争执,这是他们第一次为国家大事发生争执。过去在一些小事上意见不合时,赵俊扬总是让着宋岚,但这一次他认为宋岚的看法"太危险",便没有退让。两人你一言我一语,争论得越来越凶,宋岚说赵俊扬"麻木不仁",赵俊扬说宋岚"浮躁幼稚",两人差点吵了起来,最后还是江奶姆抱来齐齐才解了围。

"成都事件"发生后蒋介石极为恼怒,民国外交部发言人发表谈话,称"川省匪患未清,致此次暴动中发生殴击日人情事……殊属惋惜,已电知地方当局严厉弹压,加紧缉凶究办,切实保护外侨"等,以讨好日方。蒋介石还重申了《敦睦友邦令》,不但仍称日本为"友邦",而且特别指出,"最近四川成都,竟因人民暴动,发生殴击外人情事,殊违反政府睦邻之旨……特申前令,仰各切实遵守毋得违背"。

以后,日方与中国外交部曾联合调查过此次事件,蒋介石希望把此事作为"地方事件","就地设法了结",而日本却希望借此进行讹诈,强迫中国接受一系列有关国家民族存亡的要求,包括获得"在川经济开发权(获得铁路修建、矿山开发权)"和"促进成都领馆的开放"等,而日海军省和陆军省甚至要求"立即解散国民党"……

日本的狼子野心激起了全国人民更强烈的反抗,"成都事件"在国内外引起了强烈反响。

"四川旅沪各界反对成都设领联合会"在呈国民政府的电文中指出,"成都事件"中的牺牲者"其旨即在爱国,其意更出至诚,此种爱国精神正吾国不致灭亡之保证"。

"全国各界抗日联合会"致电南京政府,望政府"火速备战与敌人一拼,否则我不愿做亡国奴之民众当知有以自处",在致四川省政府电中,"望一面电呈中央督促对日抗战,反对屈辱投降,绝不承认在蓉设领;一面保护救国运动,开放民众组织,并整备军事抗日行动"。

在"成都事件"的影响下,陆续发生了日本浪人和日本士兵被杀的"北海事件""汉口事件"和"上海事件"……

英国《孟哲斯特导报》分析:"最近中国屡次发生之意外事件……皆为中国人民反日情绪自动爆发的结果。"当日寇海军在上海蠢蠢欲动之际,美国为维护自身利益,命令在上海的海军陆战队进入戒备。当日本借"成都事件"大肆渲染,企图对中国进行讹诈时,英国《泰晤士报》讽刺地要日本记住"五年前日军在中国境内随心所欲,任意杀死华人,此为不可忘记之事实"。甚至日本的法西斯同伙德国国社党中央机关报《人民观察报》也在文章中指出,"成都事件"的发生，是日本对中国"迭次施以侮辱所造成之结果"。

经过八次谈判，国民政府在全国人民反日情绪高涨的形势下，顶住了日本的威胁，让日本种种无理的要求未能得逞。最后按"国际惯例"的处理结果是：

一、外交部向日本政府表示歉意；

二、中国政府给予死者遗族及伤者抚恤损失医药费，共计国币九万八千余元；

三、事变时当地负责人员分别给予处分；

四、凶犯依法惩办。

"成都事件"后，刘湘的重庆警察局密探队曾进行过一系列调查，证实那四个到成都的日本人都是日本特务组织"黑龙会"的成员，日本在成都设立领事馆的目的之一便是建立情报网，这些人都是间谍。

"山雨欲来"，在"成都事件"的直接影响下，四川民风民气到了新的高度，各种抗日救亡组织纷纷建立，大量抗日救亡报刊出现。

以后，日本驻渝领事又多次要求在成都设立领事馆，但阴谋始终没有得逞。

XIA BU 下 部

第一章　最后关头

一　怒吼

"号外！号外！7月7日发生卢沟桥事变，日本进攻宛平县城，我军奋起抵抗……我军奋起抵抗……"民国二十六年（1937）7月8日午后，成都市的街头巷尾都响起了报童们不同寻常的叫卖声，衣衫褴褛、赤着双脚的报童们在烈日下满头大汗地奔跑着、大声地喊叫着……

大街上，还有许多斯文的、穿着长衫或旗袍的编辑、记者，举着手中的报纸在向行人们激动地解释，重复着这样一句话："日军借口演习时一个士兵失踪，突然进攻了宛平县城，我卢沟桥守军奋起抵抗，战争爆发了！"

这些编辑和记者中有宋轻雪。原来，两个多小时前，担任《国民心声》主笔的她刚刚和成都另一家报纸的主编从省政府匆匆赶回，在省政府，他们拿到了中央通信社关于卢沟桥事变的电稿，回来后便立即安排组版、校对、开印，用最快的速度发出了卢沟桥事变的号外，并亲自上街叫卖，把这个有关中华民族生死存亡的消息迅速传播给广大民众……

这天下午，宋岚没有课，正在家逗着齐齐玩耍，五岁的齐齐长着一颗又圆又大的脑袋和一双大大的眼睛，十分可爱，常常会说出一些出人意料而又非常有趣的话。看见下雨了他会说："妈妈，乌云在哭哩……"家里有个地球仪，他常常好奇地问："妈妈，地球在哪里呢？""就在我们的脚下，我们就站在地球身上。""这么多人站在它身上，地球一定很痛很痛啊，妈妈，我们能不能搬家呢？"他已经会认许多字，还会背诵一些唐诗中的五言绝句了，于是宋岚便考他背诵一些已经读过的唐诗和英文字母，孩子用清脆的、稚气的声音背诵道："《静夜思》，李白：床前明月光，疑是地上霜。举头望明月，低头思故乡。《春晓》，孟浩然：春眠不觉晓，处处闻啼鸟。夜来风雨声，花落知多少……"

一面背诵，还一面稚气地用手势比画着。

正在这时，赵俊扬满头大汗地回来了，一进门，便扬着手里的纸片紧张地说："号外，号外，日本军队又开始进攻，中国军队还击了！"

宋岚接过他手中的纸片仔细看了看，果然是一张号外，上面简单地介绍着卢沟桥事变的情形，是宋轻雪主笔的《国民心声》报印出的……她心里既沉重又激动，见齐齐正瞪着一对大眼睛紧张地看看爸爸又看看妈妈，便大声招呼道："江奶姆，你把齐齐领出去耍吧！"

江奶姆把齐齐领走了，宋岚便对赵俊扬说："日本的虎狼之师步步进逼，自'九一八'事变后大片国土已沦入敌手，再不奋起抵抗，中华民族将亡国灭种了！"

赵俊扬皱着眉头沉重地叹了口气道："不晓得这次的事态会不会扩大，真要打起仗来又是一场浩劫啊，甲午之战便是一个教训！日本国力强盛、武器精良，中国和他们相比，相距何止十万八千里！这是农业国和工业国的较量，其结果实在很难预料啊……"

说着，又叹了一口气。

宋岚摇摇头道："话虽如此，但你越是低头弯腰，敌人的鞭子就会举得越高，中华民族不能是任人欺凌的懦弱之邦，宁为玉碎，不为瓦全，宁肯站着死，也不能跪着生！我相信，只要四万万同胞团结一致，万众一心，侵略者总有被赶出国土的一天！古人不是说过'不义而强，其毙甚速'吗？这样吧，我去找找宋轻雪，她消息灵通，也许可以打听到有关这次事变更多的消息……"

说着，她便匆匆出了门。

她来到《国民心声》报社，但报社里空无一人，问了问收发室的老头儿，才知道报社里的人都上街去发"号外"了，她又到附近的街上去，最后终于在市中心盐市口的街口找到了被人们团团围住的宋轻雪，宋轻雪正满头大汗地大声向人们解释着、宣传着，身上的白麻布旗袍已经被汗水浸透，紧紧地贴在背上了！

宋轻雪看见宋岚后，便摆摆手从人群中走了出来，宋岚正想开口，宋轻雪摇摇头道："我晓得你想问啥，我渴了，也饿了，我们到旁边的小面馆吃碗面吧，边吃边谈！"

在面馆里，宋轻雪要了碗素椒炸酱面，宋岚要了碗酸菜肉丝面，宋轻雪又向跑堂的要了一碗面汤，急急地喝了几口后才说："卢沟桥事变的详细情形我还不很清楚,只晓得自'九一八'事变以来,六年间日本抱着征服东亚以征服世界的野心,得寸进尺,步步进逼。占领东北后成立了满洲国;以后又占领热河,并挑起了'榆关事变';长城抗战后日军又将目标对准了华北,策动了华北五省的所谓'自治运动',提出了'华北高度自治'的具体方案,汉奸殷汝耕在日军的授意下,建立了傀儡政权'冀东防共自治政府'……在这六年中,中国政府曾经委曲求全,尝试用一切非军事手段化解冲突,包括签订《何梅协定》《塘沽协定》,等,但如今已是退无可退,河北与平、津的形势已是十分危急。北宁路沿线西起丰台、东至山海关都有日军驻防,北平的东面是伪'冀东防共自治政府',北面有热河的日伪军,西北面有被日本收买的伪军,仅北平的西南面由我二十九军防守,在北宁铁路被日军控制的情形下,平汉铁路上的卢沟桥便成为北平唯一的门户了。平津危急,华北危急,中华民族危急,华北之大,已安放不下一张平静的书桌了!"

"你估计这次的事态会扩大吗?"宋岚又问道。

宋轻雪皱起眉头,沉吟了一下回答道:"蒋委员长曾说,和平未到根本绝望时期,绝不放弃和平;牺牲未到最后关头,绝不轻言牺牲。过去他曾寄希望于国联,但国际联盟理事会通过了对日本扶持伪满洲国的谴责提案后,日本代表便退出了会议,以后又干脆宣布退出国联……我想,日本挑起卢沟桥事变绝对不是孤立和偶然的,必然有更大的阴谋,在华北自治未果后,他们要直接军事入侵……如果让日本人顺利占领了卢沟桥,古都北平就会变成沈阳第二,将来的南京又将怎样呢?……你想,一个是步步进逼,一个是退无可退,结果将会怎样?事态能不扩大吗?"

宋岚点了点头:"是的,你说得很对,如今我们只有集合全部的力量御侮救亡了,中华民族确实已经到了最危险的时候,已经被侵略者逼到了最后关头,唯一的出路只有团结一心,用我们的血肉筑成新的长城了!"

两人分手前,宋轻雪还告诉宋岚:"我刚接到了云辉的来信,大概是怕我担心吧,信写得含含糊糊,但我猜得出,只要抗日战争一开始,他一定马上就会驾机参战的!"

原来,乐云辉在国外学习时,便曾写信给宋轻雪说:"你虽然是我至爱之人,执子之手,与汝偕行是我最大的梦想,我因你而生,也愿为你而死,但如今国难当头,为军人者,必须执干戈以卫社稷,希望你能理解……"学成回国后,他曾到成都和宋轻雪短暂相聚，以后便去了杭州的笕桥中央航空学校，这是中国培养飞行员的基地，也是日本一心想袭击的目标。当时中国曾从国外买回了军用飞机三百多架，但其中真正能用的不过一百多架；而日本却拥有亚洲第一的航空兵力和飞机生产能力，已拥有军用飞机两千多架。乐云辉一直主张"国家未来的荣辱，将取决于空中力量"，因此他预料，中国空军与日本空军必将有场恶战。

听了宋轻雪的一番话后，宋岚心潮起伏，有了很多想法，她敬佩乐云辉等人的作为，并赞同"天下兴亡，匹夫有责"，认为自己也应该竭尽所能，为抗日救国尽一份力。

"七七"事变后，面对中国军队的坚决抵抗，日军大本营便急调十万大军来华，以后又决定动员四十万军队，继炮轰宛平、长辛店后又炮轰廊坊，北平、天津相继被日军占领，二十九军副军长佟麟阁、一三二师师长赵登禹壮烈殉国。

继卢沟桥事变之后，同年8月13日，日军又向淞沪铁路中国守军开枪挑衅，并炮击上海闸北一带，叫嚣"三个月内要灭亡中国"，淞沪抗战爆发。

7月17日，国民政府行政院院长兼军事委员会委员长蒋介石在庐山做了题为《最后关头》的内部谈话，宣称："如果战端一开，那就是地无分南北，年无分老幼，无论何人，皆有守土抗战之责任，皆应抱定牺牲一切之决心。"随后，这个讲话向全国公布。

经过近六年的抉择，中国全面抗日战争开始。

这年10月，蒋介石在最高国防会议上，正式宣布迁都重庆。

迁都重庆的决策是经过郑重考虑的。三年前蒋介石便曾在日记中写道，四川"处处得天独厚，可使建设为新的模范省……更可使来建设新中国"。民国二十四年（1935）中央军入川后，蒋介石又在日记中写道："川、滇、黔得以统一，完全入于中央范围之中，国际地位与民族基础皆能因此巩固。""即使我们丢失了中国关内的十八个省中的十五个省，只要四川、贵州、云南在我们控制之下，我们就一定能打败敌人，收复全部失土。"

"抗战爆发了"的消息不仅震动了宋轻雪、宋岚等人，也震动了成都全体民众，安逸的气氛一扫而光，"打倒日本帝国主义"的吼声响彻全城。

卢沟桥事变发生后的第二天，"成都各界救国联合会"便召开了声势浩大的"声援平津抗战将士市民大会"，紧接着发出宣言，指出："民族解放的战争已经发动，四万万五千万人生死存亡，要在这一次抗战中决定。"要求当局立即援救平津，全国民众赶快组织起来援助平津，发动全民族的对日抗战，反对一切对日谈判。

为宣传抗日，成都各种宣传团体和报纸刊物大量出现，仅有三十多万人口的成都，一下子竟出版了二十多种报纸，报刊上大量刊登了宣传抗日救国、反映民间疾苦的报道和作品。

为了提高学生们爱国救亡的热情，宋岚在授课时经过精心挑选后，特意重点讲授了文天祥的《正气歌》和都德的《最后一课》等文。她充满激情，声泪俱下地进行了讲解，许多女学生听课时也流泪了，当场便有人站起来激动地说："同学们，我们决不做亡国奴！抗日救国是每个年轻人的天职，我们要挺起胸膛，和侵略者战斗到底！"

以后宋岚又联络别的老师和一些学生，在省女中组织起了一支"抗敌救亡宣传队"，参加的学生十分踊跃，校园里到处都可以听到这样的歌声："同学们！大家起来！担负起天下的兴亡……"后来，通过她和一些老师的活动，省女中的宣传队和成都各学校共同组成了"成都学生抗敌救亡宣传团"，成员不但有中学生，还有大量四川大学、华西大学的学生。学生宣传团和成都其他抗日团体一起，手执标语，在大街上宣传、演讲、演出活报剧，唱起了"起来，不愿做奴隶的人们，把我们的血肉筑成我们新的长城……""工农兵学商，一齐来救亡，拿起手中的铁锤、刀枪，走出工厂、田庄、课堂……"演出了抗日活报剧《放下你的鞭子》《中华民族的子孙》《民族儿女》，等等。茶馆是他们重要的宣传阵地，市民们不再听人说"评书"、说"圣谕"了，而是激动地说起了抗日战争，茶客们常常和宣传队员们一起激昂地高唱"大刀向鬼子们的头上砍去……"不久后，连江奶妈和大杂院里的王大嫂、李二嫂等都学会了一些抗日歌曲，经常小声地哼唱了。

成都有了不少来自东北、华北和其他沦陷区的师生，他们历尽艰险，千里跋涉来到大后方，省女中也有这样的师生。一天，上音乐课时，老师教大家唱《松花江上》，当"我的家在东北松花江上……"悲壮的歌声响起时，流亡的学生哭了，本地的学生也哭了……

宋岚任课的班上有来自沦陷区的谢芳菲和沈瑶琴。

每当看到这些尝够了战乱和流离之苦，千里迢迢来到大后方的孩子时，宋岚都感到十分心痛，并且认为自己应该竭尽全力帮助她们、照料她们，让她们能感觉到亲情的温暖,在精神上得到慰藉,在生活上减少一些窘迫。于是她积极向学校建议,减免她们的学费;设立特殊奖学金,并提供一定数量的生活补助。考虑到学校在办学经费上的困难,她便常常用自己的薪水为她们购买文具、购买生活用品乃至御寒衣物,并且经常教育本地的学生要真正懂得什么叫"同仇敌忾",多关心、多帮助这些来自远方、在侵略者的铁蹄下失去家园甚至失去亲人的同学……

成都的少城公园再不是人们消遣和游玩的场所,已变成了抗日团体和民众经常聚会的地方,宋岚也经常带着学生到这里演讲、募捐、演出。赵俊扬也和学生们来过,抗战的爆发粉碎了他只想拥有娇妻爱子、过一辈子安乐生活的梦想,把他也卷入抗日救国的洪流中了。

演员吴雪等组织了"四川旅外演剧队",在城里演出抗日的街头剧,每逢赶场的日子还会到乡镇去演出和宣传,这个演剧队便成为"学生抗敌救亡宣传团"的辅导老师,经常帮助学生们修改剧本、提高演技。而每逢赶场的日子,学生们也常常会跟着旅外演剧队到乡镇去贴标语、撒传单、挂出宣传画,向农民演讲日本的侵略、东北三省的沦亡以及抗日救国的道理……

为宣传抗日,当时四川出现了许多自发组织的民办剧团,这些剧团的演员许多来自沦陷区,他们的生活很苦,官办的剧团还有一点薪水,而民办的剧团连吃饭都是问题。由于住的条件太差,演员们不得不成天泡在茶馆里。没有钱,往往五六个人只泡两三杯茶……但剧团却成功地演出了曹禺的《蜕变》《日出》《北京人》,郭沫若的《虎符》《屈原》《孔雀胆》等优秀剧目,在民众中受到热烈欢迎,成为团结民众、振奋民族精神的重要力量,而白杨等演员也成为重庆、成都等地人人尽知的"大明星"。喜爱话剧的宋岚,曾多次和赵俊扬一起去观看她的演出。

四川抗日救亡运动轰轰烈烈,和四川省主席刘湘有一定关系。过去宋轻雪、宋岚和许多老百姓对刘湘的印象都不好,认为他是个大军阀,长期搞军阀混战,依附过北洋军阀,后来又在重庆制造了"三·三一"惨案,屠杀了许多进步人士,其中包括宋岚十分敬爱的老师蔡仲瀚。但刘湘在西安事变时,和中共已有过接触,是主张停止内战,团结抗日的,"七七"事变后他抗日的态度更加坚决,对宣传抗日的报刊和一些民众抗日团体都给予津贴。正是在他的支持下,四川民众抗日情绪持续高涨,从学校很快席卷了整个社会,各种抗日组织蓬勃兴起,仅成都便有"抗日救亡协会""抗敌后援会"和"抗战训练团"等。

刘湘的转变和坚决主战的行为，让宋轻雪、宋岚和许多人都对他"刮目相看"了。面对国仇，宋岚甚至暂时放下了因蔡仲瀚之死对他产生的敌视。

不仅成都、重庆，四川各县也都成立了"抗敌后援会""抗敌动员会"等组织。秀江县的抗敌后援会会长便是解甲回家的杨宏涛。在他的领导和支持下，县里成立了"抗日剧团"，由秀江中学、秀江女中、城厢小学的师生和一些机关、法团的人员参加演出。杨宏涛带头捐赠了服装和道具。剧团最初缺女角，只能男扮女装，后来一些女教师、女学生也加入了。剧团是义务演出，下乡时演员们常常步行，需要坐车就自备路费。演出的节目有歌咏、莲花落、金钱板、活报剧、话剧等。一般都是利用赶场天、节日或纪念日，不只演出，还贴标语、贴宣传画，发表演讲，并配合募捐、献军粮、征兵、捐棉衣和军鞋、欢送义勇军和壮丁入营，等等。

"七七"事变后，车耀先创办的"努力餐"饭店更加活跃了。他联合成都的四十多个团体，组成了"成都各界救亡联合会"和"成都各界华北抗敌后援会"，成立了"大声抗敌宣传社"，发展了会员一千多人，先后创办了救亡刊物《活路旬刊》《大声周刊》《大生》《图存周刊》等。宋轻雪是"努力餐"的常客，也是刊物的编辑之一。这些刊物由于笔锋犀利，敢于直面现实，曾多次被国民党的书报检查官员查封，但车耀先总是鼓励大家坚持奋斗，用"滴水穿石""精卫填海"的精神，前仆后继，被禁了换个名字再来，因此刊物一直坚持办了下来。

这一天，宋轻雪正在"努力餐"和车耀先商量被禁的《大声周刊》复刊的问题时，遇到了一位远道归来的客人，这人是以画虎闻名的著名画家张善子——张大千之兄，一位器宇轩昂、豪气干云的人物，"七七"事变后他从上海回到了家乡四川。离开上海时，他将自己多年积存的所有珍藏弃之如土，有人曾为他惋惜，但当宋轻雪就此事采访他时，他的回答却是："丈夫值此时会，应国而亡家，今日第一事为救国家于危亡；万一国家不保，则虽富拥百城，又有何用？恨我非猛士，不能执干戈于疆场，今将以我画笔，写我怒愤，鼓荡志士，为海内艺苑同人倡。"以后他陆续绘制了《正气歌》，画出了文天祥《正气歌》中歌颂的十二位人物；又用两大幅素帛合成一巨幅，绘制了大幅国画《中国怒吼了》——一头威武的雄狮目光如炬地怒吼于富士山上，脚下的山石被踏得纷纷坠落，上题诗：

中国怒吼了！中国怒吼了！

谁说中华民族懦弱？
请看那抗日烽火，
照耀着整个地球！
中国怒吼了！中国怒吼了！
我们已团结一致，
万众奋起，步伐整齐，
不收复失地不休止！
中国怒吼了！中国怒吼了！
"八·一三"浴血搏战，
爱国健儿、奋勇直前，
杀得敌人惊破胆！

此画后来被印成画片，送到了前线。

二　壮士出川

早在1932年"一·二八"淞沪抗战爆发，日军大举进攻上海时，成都的民众组织"四川省抗日救国大会"便发表了《告民众书》，并举行了规模宏大的"泣请出兵大会"，敦促川军出川抗日。同仇敌忾的民众甚至直言："若此次请愿后再不出兵，四川军队就不是四川的军队，而是四川人民的敌人！"

重庆也举行了类似大会，三万多人到刘湘的二十一军军部请愿，刘湘曾当场表态："本军长肯定派兵出川！"

在民众爱国精神的鼓舞下，川军二十六师师长郭汝栋发出通电："愿率全军共赴国难，任何牺牲均所不计！"刘文辉的二十四军、邓锡侯的二十八军都有一些部属要求出川抗日，有人甚至说，过去打的仗除了护国之役外，都是军阀内部的"私战"，在日寇加紧侵略中国、国难当头的情况下，再不出兵杀敌，就连家里养的狗都不如了，真是军人之耻！

西安事变发生后，面对侵略者得寸进尺的凶焰，面对山河破碎的耻辱，许多川军将领已幡然悔悟，不愿再打内战，而是要求一致对外了。在重庆，川军一部分队伍还和中央军发生了冲突。

卢沟桥事变后，川军已经进入了国军系列，并在何应钦的主持下，根据蒋介石的指示，进行了"整军"，缩减了编制。各部川军纷纷致电上书，请缨杀敌。四十七军军长李家钰致电当局，呼吁"立即下令全国一致动员，挥军应战！"刘湘紧急召开川军将领会议，在会上，一四五师师长饶国华说："国难如此，实不愿再见自相残杀的内战，损失国力，利于敌人！只要开始抗日，我饶国华就要站在战争的最前线，效死疆场！"

李家钰和饶国华后来都壮烈殉国，实现了自己的誓言。

刘湘代表川军向全国发出通电，并发表了"告川康军民书"，指出"自卢沟桥事件发生，此一伟大之民族救亡抗战，已经开始。中华民族为巩固自己之生存，对日本之侵略暴行，不能不积极抵抗！""凡我国人，必须历尽艰辛，从尸山血海中以求得最后之胜利！""四川为国人期望之复兴民族根据地与战时后防重地，山川之险要，人口之众多，物产之丰富，四川七千万人民所应负担之责任，较其他各省尤为重大！""我川康和全中国"只要"军民一心，上下共济，前仆后继，则最后胜利必属于我民族！"

刘湘还在通电中表示："和平果已绝望，除全民抗战外，别无自存之道。要求当局早决大计，甫澄愿随川军供驱遣抗战！"

几天后，刘湘再次通电全国："强寇压境，其危险性之严重……远超于有史以来之外患。"值此"危机一发"之际，"战犹有生机，不战亡可立待"。

平津陷落后，四川各界向刘湘递呈了《抗敌请愿书》，刘湘当即表示竭诚接受，并且发表了书面讲话。成都举行了十万人参加的盛大集会，强烈要求中央全面抗战。

蒋介石在庐山下了抗战的总动员令后，8月，在南京召开国防会议，刘湘一身戎装，应召参加会议。在会议上他慷慨陈词：为支持抗战，"四川可出兵三十万，供给壮丁五百万为国前驱！"并向蒋委员长建议，迁都重庆，准备长期抗战，他愿意让出自己长期经营的重庆地区，亲自带兵出川打击日寇！会议后，刘湘又发表了《为民族救亡抗战告四川各界人士书》，主要内容是，对时局的看法，包括抗战的必要性和迫切性，战争的前途，省内军政商民和他个人的职责等，言辞恳切，其中有这样的字句：

"我农工商各界广大民众，为组成中华民国主要分子，尤应认清责任与民族解放与民族抗战之不可分割，敌忾同仇，毁家纾难，在国家统一指挥下，整齐步调，严整阵容，在整个民族解放上做最前之先锋，在实际战事上为前方之后盾。"

"湘忝主军民，誓站在国家民族之立场，在中央领导之下，为民族救亡抗战而效命。年来经纬万端，一切计划皆集中于抗敌。睹我七千万同胞抗敌情绪之高亢激昂与其意志之坚决，所以领导提挈之者，唯恐落后。今战幕已启，正吾人躬行实践之时，是非诚伪，正于斯时判决。……湘倘或不忠实于抗战，愿受民众之弃，抑或各界人士及暴弃退缩，湘亦执法以绳其后。须知国家民族之生命系于此时，非可再容吾人之瞻顾与假借也。"

刘湘约集了邓锡侯、孙震、李家钰、刘文辉等高级将领，召开了川军出川抗战协商会议，决定首批出川抗战的川军共为十一个师，即川康绥靖公署直辖的唐式遵、潘文华、王缵绪三个军各出两个师，邓锡侯部出两个师，孙震部出两个师，李家钰部出一个师……但李家钰却站起来挥挥手大声说："我的部队以前都在打内战，现在报效国家的时候到了，我不应该还留啥家底，现我决定，我部所属的两个师全部出川抗战！"

将领们向他鼓掌，有人还竖起了大拇指。

除了这十二个师外，会议还宣布，驻贵州的川军杨森部两个师及郭汝栋一个师都要求首批出征，因此川军共有十五个师在9月5日以前开赴前线。

抗战的最高指挥官蒋介石命令立即调出川军三十万，并供给壮丁五十万。

1937年9月5日，成都在少城公园举行了"四川省各界民众欢送出川抗敌将士大会"，参加的代表上万人——也有人说是"几万人"。宋轻雪在大会上采访，宋岚和赵俊扬领着学生参加了大会。

大杂院的王大嫂、王大哥、李二嫂、李二哥也都来了。

9月初，成都的天气还残留着"秋老虎"的余威，但公园里的气氛却更加热烈，人山人海，到处都飘扬着国旗，悬挂着"欢送忠勇将士出川抗战，争取最后胜利！""出川将士是抗战的生力军！""还我河山，收复失地！""中华民族万岁！""国家至上，民族至上，军事第一，胜利第一"等巨幅标语。人们的手上都拿着自制的彩色小旗，上面写着"打倒日本帝国主义！""天下兴亡，匹夫有责！""壮士出川，雪我国耻！"，等等。虽然参加大会的人很多，但却没有平时那种嬉戏和说闲话的嘈杂声，上万人的会场笼罩在不平常的寂静中，充满着激昂、庄严而又悲壮的气氛，让宋岚想起了"风萧萧兮易水寒，壮士一去兮不复还"的情境。

张澜致辞后，刘湘讲话，他语调铿锵地说："御侮救亡，为军人应尽天职，川军今得献身疆场，为民族存亡而战，一洗过去内战的耻辱，是非常光荣的！中央任命我为第二路预备军司令长官，邓锡侯将军为副司令长官兼第一纵队司令，唐式遵将军为第二纵队司令，我们今天热烈欢送首批川军将士出川，奔赴抗战前线！……"

应和着他的讲话，会场上的川军战士齐声高呼："为民族存亡而战，不负家乡父老！"

呼声震撼人心，响彻云霄。

全场热烈鼓掌，许多人眼含热泪齐声高呼："全川民众誓为出川将士后盾！""欢送出川将士保卫国家，为国争光！"

为国家和民族献身的精神，让善良的民众在国家危亡的紧急关头，原谅了军阀混战给自己带来的种种苦难，把川军将士真正当成自己的子弟兵了。

穿着戎装的川军将领们，神情肃穆，邓锡侯代表出川将士致辞，他说："我们四川人是爱国的，黄花岗烈士有四川人，辛亥革命有四川人，护国之役也有我们四川人……当前国家民族面临生死存亡关头，我们身为军人，受四川人民供养，当然要拼命争取历史的光荣，借以酬报四川人民！川军出川以后，如战而胜，当然很光荣地归来；如战不胜，决心裹尸以还！"

他还激昂地大声说："我们出川抗战，是踏着川人先烈的血迹前进！希望后方的人民，也勇敢地踏着我们的血迹而来，如此前仆后继，一定能战胜敌人！"

他的讲话，让参加欢送会的人群更加激动，"视死如归"的庄严气氛感动着每一个人，暴风雨般的掌声和口号声笼罩着整个会场……

第二纵队司令唐式遵大步走到了台前，用洪亮的声音吼道："此行决心为国雪耻，为民族争光，不成功便成仁，失地不复，誓不回川，我愿以此诗明志……'男儿立志出夔关，不灭倭奴誓不还。埋骨何须桑梓地，人生处处有青山！'"

他当众宣布，把东胜街的"沙利文"饭店捐出，作为抗战经费。

成都人都知道，"沙利文"饭店是当时全市最豪华的西式饭店，有高高的主楼，两边有塔楼，装饰着漂亮的磨花彩色玻璃窗、雕栏阳台、紫红色木门、透亮的红漆地板。整个建筑中西合璧，既大气又精巧，洋气中带着典雅，常有军政要人出入。清朝时东胜街东头曾是左司衙门，清朝覆灭后变成了民宅，唐式遵投入巨资在这块地皮上建起了西式饭店"沙利文"。

饭店捐出后，受中共领导的"东北救亡总会成都分会"的联络点便设在这里。这里还是大后方抗战文化的基地，小礼堂曾多次举办抗日美术作品展览，大礼堂曾上演过郭沫若的新编历史剧《屈原》《孔雀胆》《棠棣之花》等。

中下级军官的代表们也纷纷上台致辞，表示了"誓为民族解放马革裹尸、战死沙场"的决心。

在激昂、悲壮的气氛中，大学生、中学生和小学生代表都上台致欢送词。中学生代表正是省女中的一位学生，她洋溢着爱国情怀的讲稿是在宋岚的帮助下写出的。在雄壮的军号和锣鼓声中，"抗敌后援会"代表向刘湘、邓锡侯、唐式遵等二十余位川军将领一一赠送了"秉钺鹰扬""为国干城""抗敌先锋"等锦旗；四川大学师生向出征将士赠送了毛巾两千张，妇女会向出征将士赠送了手巾二百五十打。

会场演出了《保卫卢沟桥》话剧。

在会场上，宋岚意外地遇见了原先在大杂院里给人绞脸、梳头的张幺嫂吕玉芬。她已经剪了短发，发梢微微卷曲着，穿着豆青色上印着小白花的洋布旗袍，过去苍白的面庞上如今有了红晕，气色好了很多，也长胖了一些，腰也粗了。看见宋岚后，她主动招呼道："宋先生，你也来了……"两人摆了几句龙门阵后，宋岚才知道，搬出半边桥后，她便在长顺街租了间铺面，开了家理发店，添置了镜子、卷发火钳、刨花水、生发油、鹅胰子、胭脂、水粉之类，不只给人开脸，还给人洗头、梳头、化妆打扮，生意不错。她热情地邀宋岚："宋先生，有空请过来坐坐啊！"

宋岚问她："你现在不是一个人了吧，该有人帮忙了？"

吕玉芬脸红了，眼圈也红了，低头抹着眼泪轻声回答道："他姓孙，是个排长，要上前线了，今天我就是特意来送他的……他说，这一去不晓得还能不能活着回来，叫我想开些，自己好好过，要是他回不来了，叫我再另外找个人……宋先生，他是打日本鬼子去的，要是残废了，我会服侍他一辈子；要是真回不来了，我也不会再找别人……如今我已怀上了他的骨血，不管是男是女，我都会好好抚养的……"

宋岚紧紧握住了这个普通女人的手，眼睛湿润了，说不出一句话……

三　忧国忘家

　　宋琬玉觉得，自从卢沟桥事变发生后，杨宏涛整个人就变了个样子。秀江县成立"抗敌后援会"时公推他担任了会长，过去在家享清福的他，一下子就忙碌起来。他干得很负责，"抗敌后援会"在县城和乡场上贴标语、贴宣传画、发表演讲，宣传抗日，进行过募捐、献军粮、征兵、捐军鞋等活动。在他的领导下，县里还成立了个"抗日剧团"，中学和小学的师生，以及机关、法团的人踊跃参加，杨宏涛带头出钱捐赠了服装和道具。每逢赶场天、节日或纪念日便在县城或乡下演出，为欢送义勇军和壮丁入营，剧团还举行过专场表演。

　　表面上，杨宏涛对这些活动似乎都很热心，还常常到现场指导，但和他朝夕相处的宋琬玉却明显地感觉到，他有了沉重的心事。他的话少了，不爱摆龙门阵开玩笑了，晚上不是在床上翻来覆去地唉声叹气，就是坐在院坝的椅子上抽烟……

　　宋琬玉问着自己，他到底在想啥，为啥会这样呢？他的心是不是已经飞到了前方的战场上——当兵出身的他，那里才是他魂牵梦萦的地方？从杨宏涛她想到了自己的爹宋云飞，听娘说过，爹在世时，也是一个喜欢从军打仗，只想"干大事"的人，难道杨宏涛和爹一样？

　　想到这里，她有些担心，但又有些欢喜。担心的是，打仗太危险，枪炮是不长眼睛的，说不定哪天就会成了残废，甚至丢了性命；欢喜的是，自己当初并没有看错人，杨宏涛终究是个有血性、有胆量、有担当的人，在国家有难时，他不会当"门背后的弯刀"，不会"打缩脚锤"，和自己的爹一样，是个顶天立地的男子汉！她就爱这样的男人！

　　宋琬玉的猜想不错，杨宏涛确实有了心事。从"九一八"事变到卢沟桥事变，他的心事已经越来越重，已经让他寝食难安了。

　　过去当兵之初，他也曾想过要干一番为国为民的大事，但哪晓得后来却一直为军阀们卖命。他目睹了军阀们的腐败，并陷身于为军阀们争夺地盘、争夺财产的大小混战之中。他发现这些身居高位、手握重兵的高级将领，彼此之间竟毫无道义可言，时而联合，时而分裂，今天是称兄道弟的同盟者，明天又成了兵戎相见的死对头……他终于不愿意再为这样的人卖命了，因此毅然退伍回家。娶了宋琬玉后，有了娇妻幼子，又有五百多挑谷子的租金收入，夫妻和谐，吃穿不愁，还有一帮意气相投的亲戚朋友常常聚在一起喝茶、吃酒，摆摆闲龙门阵，于是便把过去的一些雄心壮志丢在一边。

有时，他也会觉得壮志未酬就老死林下，心有不甘，但一感受到妻子宋琬玉的温柔、娇美和幼子阳阳的聪明、可爱，便又认为"人生如此，夫复何求?"只想在家乡陪着琬玉平平静静、快快乐乐地终老一生了。

在亲朋们的影响和怂恿下，有段时间他甚至开始吸起鸦片烟来，只是由于宋琬玉的苦苦相劝和坚决反对，甚至垮下脸和他大吵，砸了烟灯，回了娘家，他才没有真正上瘾。

是日本的侵略活动慢慢改变了他。

自从"九一八"事变后，眼看着日寇得寸进尺地侵略中国，大好河山不断落入敌手，日寇任意在中国的土地上烧杀奸淫，他的心里便憋了一口恶气。他知道了张学良的二十万东北军奉命"不抵抗"竟一枪不放便撤进了关内；从报纸上他读到了日本关东军包围辽宁抚顺市的平顶山村后，竟用六挺机关枪向手无寸铁的平民扫射，一次便屠杀了三千多人……在县参议会上，他曾拍着桌子怒吼："拱手把大好河山让给日本鬼子，这是中国人的耻辱，更是中国军人的耻辱！再不奋起抵抗，亡国灭种之祸就在眼前了！"

马占山和杨靖宇等在东北组织义勇军和抗日联军；吉鸿昌声称"为国抗日万死不辞"；赵登禹带领"大刀队"夜袭日军；蔡廷锴率领十九路军在上海英勇奋战……这些消息既让杨宏涛振奋，也进一步唤起了他心中报国的热忱。

他曾反复诵读过蔡廷锴向全国发出的通电："暴日占我东三省，版图变色，国旅垂亡，最近更在上海杀人放火，浪人四出，卑劣凶暴之举动，无所不至。而炮舰纷来，陆战队全数登岸，竟于二十八夜十一时在上海闸北侵我防线，向我挑衅。捍国卫土，本是天职，尺地寸草，不能放弃。为救国保种而抗日，虽牺牲至一卒一弹，绝不退缩，以丧失中华民国军人之人格。此志此心，可质天日而昭世界。炎黄祖宗在天之灵，实式凭之。"

"七七"事变后，曾带领"大刀队"在长城喜峰口大败日军的赵登禹被任命为南苑方面的指挥官，他慨然对部下说："军人抗战有死无生，卢沟桥就是我们的坟墓！"战斗中他身负重伤仍然不下火线，双腿又被炸断后对传令兵说："我的身体不会好了，军人战死沙场没有什么可悲伤的，只是老母年事已高，受不了惊吓,回去后告诉她老人家,忠孝不能两全,她儿子为国而死,也算对得起祖宗……"牺牲时年仅三十九岁。

赵登禹带着战士们用大刀和鬼子搏杀的情景,以及他以后的壮烈牺牲,都深深地触动了杨宏涛,他称赞赵登禹:"这才是真正的军人!"

川军将士也开始觉醒了,抗敌救国的热情高涨。二十六师师长郭汝栋发出通电:"愿率全军共赴国难,任何牺牲,均所不计!"二十四军军事政治学校的两千多学员自动决议:"呈请将该校编为敢死队,赴最前线与暴日做殊死战,并同时绝食早餐一次,以资警觉川中当局,速送师赴难,以救燃眉!"二十八军所属副团长蒋海峰不但捐田十亩,还加入了敢死队,他说:"自己过去虽然无役不从,但除护国之役外,其余概系军阀私战,同室操戈,骨肉相残,说不上卫国卫民。如今,日寇加紧侵略我国,如川军仍隔岸观火,这真是我们军人之耻!"

这一切都对杨宏涛产生了影响,甚至让他暗暗感到羞愧。随着淞沪会战的爆发,平时谈笑风生的他突然变得沉默了,他开始仔细检点自己的过去,并思考着未来应该选择的道路。

杨宏涛的父亲曾参加同盟会,辛亥革命后任四川省参议会议员、县知事,但秉性刚直,不满时政,后弃职回家。由于"两袖清风",家里便十分清贫。父亲喜读诗书,特别喜欢岳飞的《满江红》、文天祥的《正气歌》和辛弃疾的词。杨宏涛幼年时父亲曾送他去上过几年私塾,老师是前清秀才、孝廉方正,常给他讲"大丈夫贫贱不能移,富贵不能淫,威武不能屈"的做人道理,勉励他要"感天地之正气,法古今之完人"。十六岁当兵后,老师仍然常常以岳飞、范文正、马伏波、班定远等人的事迹教育他……以后杨宏涛曾打过不少仗,参加过北伐,剿过土匪,也参加了军阀混战,负过伤,还差点丢掉性命。老师对他参加军阀混战是很不以为然的,曾对他说:"大丈夫投笔从戎当为国为民,若为一己私利,则与匪徒何异?"如今父亲和老师都已仙逝,每一想起他们的教诲,杨宏涛便觉得惭愧,国难当头,国势危如累卵,自己却置身事外,只想过安逸的日子,这能是大丈夫所为吗?父亲和老师泉下有知该如何责备自己呢?

思来想去,一连好多天,他都是坐立不安,夜不能寐,他想,古人曾主张"修身齐家治国平天下",但"覆巢之下,焉有完卵"?如今"齐家"已经根本做不到了,"强寇未灭,何以家为?"该有个决断了!

但是,怎样向琬玉张口呢?想起年轻貌美的琬玉曾为自己遭受到的不幸以及她的"终身不育",杨宏涛便觉得无法启齿了。

宋琬玉早就发现了丈夫的异常,也猜到了一些他的想法,外貌娇柔的她,骨子里却深明大义,并有着父亲宋云飞留下的刚烈。这天晚饭后两人在房里时,她便扳着他的肩,望着他的眼睛,柔声道:"宏涛哥,你在想啥?好多天了,我看你饭不好好吃,觉也不好好睡,人都瘦了,到底有啥为难的事呢?就不能对我说说吗?你要明白,我是你的老婆,无论你想干啥,我都会抽和(支持)你,决不会打拗卦的!"

杨宏涛握住了宋琬玉的一只手,望着她美丽的面庞,张了张嘴,但仍然什么也没有说出来。

宋琬玉温柔地催促道:"宏涛哥,你是把我当外人吗?到底有啥为难的事不想让我晓得呢?你要明白,我生是你的人、死是你的鬼,常言道'夫唱妇随',你的心就是我的心啊!你有了心事为啥要瞒着我呢?"

杨宏涛盯着她清澈、明亮的眼睛,终于下了决心,毅然说:"琬玉,我是有一件大事要告诉你,你听了后不许哭,也不要吵……"

"你说吧,我答应,不哭也不吵……"

"我想组织义勇军,带领秀江的子弟兵到前线去参加抗战,琬妹,你能答应吗?"

宋琬玉的眼圈红了,但脸上却绽开了笑容:"我说啥事叫你为难,原来是这事!我为啥要哭要吵呢?你也太小看宋云飞的女子了!人们常说'天下兴亡,匹夫有责',我难道连这个道理都不懂?你早就该告诉我了!"

杨宏涛一把抱过琬玉,偎依着她柔声说:"其实,我是既舍不得你又怕你不愿意啊!……我总觉得对不住你,为了我,你吃的苦、受的罪太多了,我走了,丢下你一个人,我实在是不放心啊!"

宋琬玉噙着眼泪摇摇头:"宏涛哥哥,过去的事,就莫再想了,还老提它干啥?你莫得啥对不起我的,说句巴心巴肝的话,为了你,吃啥苦我都心甘情愿!虽说不能生育了,不是还有阳阳吗?你的儿子就是我的儿子,我就是他的亲娘……其实,我也舍不得你,也不想放你走啊,我们在一起的日子还太短太短……不过,打日本是国家大事,你是个男人,说啥我也不能拦阻你啊!"

杨宏涛的喉咙发堵,声音也有些沙哑了:"难为你如此深明大义,杨宏涛得妻如此,真是天老爷的眷顾了!如今国难当头,小鬼子欺人太甚,每一个有血性的男人都应该挺身而出,我是当兵的出身,更不能当缩头乌龟,只想保住自己的安乐日子……"

"我虽然没有上过学,没有读过多少书,但这些道理还是懂得的。当年我爹为啥去打仗,为啥会丢下娘和我?你和我爹一样,都是想做大事的人,我不能把你一辈子拴在我的裤腰带上……你说得对,如今国家遭了大难,是该有钱出钱,有力出力,你是当过兵的人,咋能不去呢……"说到这里,宋琬玉的声音颤抖了,强忍住了眼泪。

杨宏涛掏出手帕,轻轻地替她擦干了眼泪,柔声说:"我还有件重要的事和你商量——这次出川抗战,我们算是义勇军吧,军饷得自己想办法。你听过范哈儿范绍增和袍哥况春发的事吗?范哈儿本是绿林出身,后来当了袍哥,军阀混战时,从营长当到了师长。为参加抗日战争,他自己跑回家乡达县、大竹一带征兵,组成了一支名叫'新二十一师'的队伍,变卖家产买了武器,每个士兵都在手杆上刺上'21师'的标记,卫队喊着口号:'生是二十一师的人,死是二十一师的鬼!'穿着草鞋、短裤、布衣,背着大铁刀和红辣椒奔赴前线。况春发本是开鞋铺的,也卖了家产购买军械组成了支三百多人的义勇军,自任队长……现在国家困难,我也想和他们一样,自己解决军饷。我们家不是有五百来挑谷子的地吗?我想卖去三百挑,给你和阳阳留下二百挑,你看行吗?"

琬玉坐正了身子,望着杨宏涛正色回答道:"都依你,你想咋办就咋办!你放心,我有脚有手,就是一分地莫得也饿不倒我。阳阳我会好好照料的,他已经上学了,我会让他好好读书的……"

"还有,留下的这二百挑谷,除了供你和阳阳的生活外,还有一个重要的用项是,帮助受伤的将士和阵亡将士的家人,我不能让为国捐躯的人衣食无着,有后顾之忧!为拉起一支队伍,我得花光过去的积蓄,还要卖地,给你留下的钱财就不多了,但算起来也够你和阳阳的吃穿了,今后你就俭省一些过日子吧!"

"我懂!你放心吧,刚才我说过了,我年轻巴巴,自己有脚有手,用不着靠别人养活,阳阳我也会抚养的。将士们跟着你上了前线,不管是死是伤,我都会按你的扎咐(嘱咐),好好地照顾他们的家里!"

"那我就放心了……再有,你娘也老了,我走后你该把她老人家接过来一起住,相互也有个照应……"

"我早就想把她接来,劝过好多回了,但她总说在乡坝头住惯了,离不开,你走后我会再劝她的。"

"还有一句话我也不得不说,和鬼子打仗比我从前打过的哪一仗都凶险,不同于军阀混战,也不同于剿匪,真是不晓得还能不能回来……万一回不来了,你一定要想开些,不要太伤心,军人嘛,为国捐躯就是死得其所,死得值。你还年轻,一定要再找个合适的人过日子,把阳阳交给他亲妈,千万不要为我守寡,不要苦了自己,要不然,我在'那里'也不会安宁的……"

宋琬玉终于哭出声来,伸手蒙住了杨宏涛的嘴:"不准你说这种话,记住,我会一直在家里等你,十年、二十年都等!你受伤残废了,我会服侍你一辈子;你真要回不来了,你想想我还有心再找别人吗?我早就说过,生生死死都是你的人啊!……"说着便抱着杨宏涛大哭起来。

和宋琬玉商量后,杨宏涛便一面张罗着出卖自己的田土,一面在秀江县和周围团转几个县招兵买马。他本是当地袍哥的"舵把子"和县参议会会长,为对付土匪,又曾亲自训练过地方的民团,并任三县联防指挥部总司令,因此很有号召力,很快便聚集了三千来人。

秀江县的士绅们得悉他为了组织抗日义勇军要出卖自己的田产后,都很感动,田产出手很快,买卖双方没有反复地讨价还价,都是按当时最高的价格成交。杨宏涛立刻托人用这些钱购买了一批枪炮弹药。一位士绅给义勇军捐了两百支枪;当地的袍哥堂口送来了二十箱手榴弹;商会的商家们联合送了三千套军服;县政府送来了三千条毛巾;学生们送来了"中流砥柱""民众抗日义勇军"的锦旗;妇女会发动全县妇女给义勇军做鞋,不只县城,各个乡镇的妇女也都参加了,大家日夜赶工,打褙壳儿、纳鞋底,共做出了三千多双崭新的、结结实实的布鞋,让义勇军每人都有一双……

琬玉娘王凤英听到女婿要去前线打日本鬼子的消息后,立马赶进城来,爽快地对杨宏涛说:"阿弥陀佛,打日本是大事,你做得对!我佛虽是慈悲,但也要除恶,日本鬼子就是杀人不眨眼的魔鬼。亲戚邻里们听说后都夸我找了个好女婿,和琬玉爹一样,是国家的忠臣,也是酒寨的好子孙!你尽管放心大胆地走,家里有我哩,这两天我就把猪和鸡都卖了,你走后我就会搬过来陪着琬玉和阳阳,前方需要啥你就打封信来,我们会给你办!"

"琬玉娘,那我就多谢您老人家,难为您多多操心了!"杨宏涛认真地说。

自从女儿结婚后,由于心里总有些疙疙瘩瘩解不开,王凤英还从来没有这样亲亲热热地和女婿说过话哩。

临走的前一天，宋琬玉和杨宏涛说了一整夜的话，心里虽有千般不舍，但说出来的只有反反复复的几句话："你到前方后，只管想办法多杀些鬼子，把鬼子早些赶出中国去，不要操心家里，家里有我、有娘……再有，枪炮无眼，你也要保重，我生生死死都会等着你……等把鬼子打跑了，你就早些回来……"

杨宏涛带着他组织的义勇军准备出发了，他穿着整齐的军装，腰上别着手枪，浓眉微蹙，目光炯炯，英姿飒爽，神情凝重，挺直身躯站在队伍前面，和平时的神情大不相同。他用响亮的声音大声说："如今日本鬼子正全面进攻中国，继占领平津之后，又进攻上海，还狂妄地喊出了'三个月灭亡中国'的口号，中华民族已经到了生死存亡的关头，保土卫国是每一个中国人的天职，我们不能躲在后方的安乐窝里，而要到前线真刀真枪地和日本鬼子战斗！宁为战死鬼，不做亡国奴，四万万同胞的觉醒就是不可抗拒的力量！日寇必败，中国必胜！"

送行的县"抗日剧团"和学校的学生们唱起了抗日歌曲：

向前走，别退后！
生死已到最后关头，
同胞们被屠杀，土地被抢占，
我们再也不能忍受！
同胞们，向前走，别退后，
拿出我们的血和肉，
去拼掉敌人的头！

人们呼喊着口号："欢送子弟兵出川抗战，收复失地！""到前线去杀敌是最光荣的事业！""打倒日本帝国主义！""中华民族万岁！"……

望着满身戎装的杨宏涛，在送行的口号和火炮声中，宋琬玉想起了两人第一次见面的情景，也想起了和他生生死死的恋情，眼圈红了，她使劲咬着牙，不让泪水流下来。

酒寨的很多男人都参加了杨宏涛组织的义勇军，因此这一天来送行的酒寨女人很多，有女人送男人的，也有娘送儿子的……酒寨的女人们没有哭，而是反反复复地叮嘱男人们不要挂牵家里，只管在前线冲锋杀敌。女人们还挎着装满熟鸡蛋的竹篮，把一个个鸡蛋塞进战士们的包包里。

酒寨人家家都会酿酒，便为出征的壮士们送来了几大坛自己酿制的上等烈酒，杨宏涛让每个人都端了一碗，喝下后一扬手，叭的一声把碗摔碎，一声口令，整个队伍便出发了！

阳阳牵着宋琬玉的手，好奇地问道："娘，爹要到哪里去？我也要去！"

宋琬玉蹲下身子搂着他，忍住眼泪回答道："阳阳，日本鬼子打进来了，要抢我们的东西，还要杀我们，爹和伯伯、叔叔们要去打日本鬼子，要把日本鬼子赶出去！"

"娘，我也要去打日本鬼子！"

"你还小啊，你要好好读书，好好学本领，等二天长大了，就可以去打日本鬼子了！"

在杨宏涛带兵出征的那天晚上，王凤英做了一个梦，梦见在黑漆麻孔的夜晚，她一个人站在一个荒坝坝里，坝坝里堆满了死人，周围一个人都没有，也没有声音……突然，她听见有人在高喊"打倒日本帝国主义！"好像是杨宏涛的声音，她叫了声"宏涛"，声音没有了，天空却一下子明亮起来，出现了一个金光闪闪的佛像……于是她被惊醒了……

第二天，她去到山上的白云庵里，把这个梦告诉了住持，并且说："这是佛祖在点化我哩。"

四　壮丁同胞

在杨宏涛组织义勇军的时候，四川各地都出现了许多父母送子参军、妻子送丈夫出征的感人故事。宋轻雪的《国民心声》和许多报刊曾报道过这些故事。

安县的王建堂在赴前线前，曾当过秀才的老父亲手给他赠送了一面特殊的白布旗帜，旗帜正中有个大大的"死"字，并写着"天下兴亡，匹夫有责"，旁边还有这样的小字："国难当头，日寇狰狞。国家兴亡，匹夫有分。赐旗一面，时刻随身。伤时拭血，死后裹身。"这面气壮山河、视死如归、充满浩然正气的旗帜被媒体称为"死"字旗，一经报道，感动和鼓舞了千千万万人，成为四川人和中国人在抗日战争中的一个传奇。

荣昌县五十多岁的黄鳞鳌早年曾参加同盟会并带兵打仗，因对军阀混战不满,五十岁时辞官回乡。他坚持"做大事不做大官",正厅大门上书:"视青天无愧,闻雷霆不惊。"卢沟桥事变后,他十六岁的、正在成都读高中的独子黄士伟,瞒着他悄悄报名参了军,被录取后,按规定给家里寄了封"遗书"。收到"遗书"后,亲友们都替他担心,认为战场上枪炮无情,万一有个好歹,黄家岂不就绝了后?于是有人劝黄鳞鳌赶快把儿子叫回来,但黄鳞鳌说:"余背井离乡到蓉投军,后参加同盟会,亲历倒清、援藏、靖国、护国及川中大小战役,半世戎马,身经百战。至今细想,除抗英援藏外,余皆同室操戈,骨肉相残,不能与今日为国争生存,为民族独立之抗日战争相提并论。凡有志之士自当投笔从戎,请缨杀敌,豪情壮志,不能阻挠!"还取出笔砚,当场写了一首出征诗:

惊涛骇浪袭神州,锦绣河山沦逆流。
破釜沉舟凭铁马,请缨抗日复金瓯。
忧时应效范文正,生子当如孙仲谋。
天下兴亡皆有责,岂图富贵著春秋。

卢沟桥事变后,一张特殊的传单《告成都市壮丁同胞》张贴在成都的大街小巷。传单是四川警察局印发的,上面写着:"假如我们看见一个老人家和一些可怜的妇女小孩,正在被一群强盗打抢的时候,我们强壮的男子,竟站在旁边看吗?……要是杀到我们身上才动手的时候,那就'后悔迟'了!那就'后悔迟'了!……壮丁同胞们呀!人生必有死,就看生得有乐趣不,就看死得有价值不。我们上前去吧!我们上前去吧!"文末的括号里还有这样一句话:请识字的同胞念与不识字的同胞一听。

读了这张传单后,一些年轻的"壮丁"便纷纷前去参军。江奶姆的大儿子江有才当徒弟的纸火铺,有两个师兄要去参军,江有才便跟着他们一起去了。

这年江有才已经十五岁,但由于自幼营养不良,个子矮小,瘦精精的,脸上没有血色,和比他小三岁的弟弟江有仁站在一起,弟弟竟比他高出一个头顶。江奶姆最初是送他到烧酒坊当徒弟,但由于他实在不惯喝酒,只要喝一口酒便会全身长疙瘩,后来便去了一家纸火铺——卖"钱纸"的铺子。两间铺面,徒弟加师父、师娘共十个人。战争年间死的人多,给亡人买钱纸的也多,生意不错。江奶姆给儿子准备了衣物铺盖,买了拜师仪式上用的龙凤钱,又在点心铺里买了送给师父、师娘的桃片、米花糖、江米酥之类的糕点，领着他来到了纸火铺，在财神神位前举行了拜师仪式。

卢沟桥事变发生时，江有才在纸火铺里已经当了两年多学徒，由于手脚勤快，人又灵醒，老板已经说过，出师后可以让他留下。但卢沟桥事变后，听了有关抗日救国的宣传，他和成都许多年轻人一样，在"起来，不愿做奴隶的人们，把我们的血肉筑成我们新的长城"的歌声中，也决心到前线去杀日本鬼子了！

但到征兵点后，两个师兄顺利地参了军，他却被挡在了门外。

一位军官上下打量了他两眼，便含笑问道："小兄弟，你多大了？"

江有才努力伸直腰杆、挺起胸膛回答道："报告长官，满了十六，虚岁十七了！"

军官笑了笑："我看不像。小兄弟，你先回去，想打鬼子，再等两年吧！"说着便喊："下一个！"

江有才着急地说："长官，我没有骗你，真满十六了！"

但征兵点的军官们再也没有理会他，呆呆地站了一阵，他含着眼泪只得又回到纸火铺了。

四川各县的征兵工作都进展顺利，西充县还出现了著名的"八百壮士"。

卢沟桥事变后仅过了两个多月，西充县东门中学的操场上便集合了八百五十六个年轻人，这是西充县"抗日后援会"招募的第一批义勇壮丁。当时省政府给西充县分配的任务是一百五十人，但第一批自愿报名的就达八百多。

西充人的口头禅是"老子"和"锤子"，以后这批壮丁便被人戏称为"锤子兵"。"锤子兵"训练刻苦，打仗勇敢，常常被派去执行突击任务。战前曾宣誓：为了振兴民族，一定要英勇战斗！抗战胜利时，这八百五十六人中，八百五十五人再也没有回到家乡。

宋峰在他担任县长的茗县也进行了征兵工作。

1937年的四川，并不是在风调雨顺的丰收之年迎来抗日战争的，自1936年到1937年上半年，全省除都江堰灌区的川西坝子外，几乎县县都遭遇了严重的旱灾，全省一百四十多个县中，受灾的竟达一百二十多个，据省民政厅统计，受灾人口达三千七百万以上。

国民政府参政员黄炎培先生曾到四川视察灾情，发现简阳这个离成都仅几十里的地方，在街间竟有"倒毙之饥民"，而且"无人收"！

省主席刘湘签署的公函及训令中也称:"本省目前旱灾严重,灾民众多,粮食腾贵,生活高昂……"

宋轻雪在采访中得知,一些地方已经发生了人吃人的惨剧,甚至公然出现了人肉买卖,死尸的肉每斤五百文,活人的肉每斤一千二百文……她曾想把这一切都写进报道里,但思来想去,终于没有公开报道,只把种种惨状写了份资料交给民政厅。

在大旱之年,茗县也是重灾区。

宋峰多次行走在茗县干渴的土地上,地上是一层厚厚的尘土,很久很久没有下过雨了,土地裂了口,大张着嘴,干得似乎在冒烟。没有水的滋养,它们已经无法孕育生命,宋峰似乎听到了土地在发出痛苦的呻吟。

举目四望,庄稼地里他没有看见庄稼,甚至连野草都没有,因为它们已经被饥饿的人们挖掘了一遍又一遍,草根被挖光了,树皮被剥尽了,一切能吃的东西都被填进了被饥饿折磨的肚子里。

宋峰突然懂得了什么叫"赤地千里"。

他曾遇到过一位农妇,她独自坐在茅草房的门槛上,这哪里还是个人呀,应该说是个"骷髅"——只是在骨骼上包了一层发黄的皮肤……宋峰走近她,默默地掏出包里留下的两个馍馍递给她,农妇抓过馍馍,一口便塞进了嘴里,宋峰连忙嘱咐道:"你慢点吃,不要遭哽倒了!"农妇使劲地咽下一口馍馍后沙声回答道:"只要能再吃顿饱饭,死了也闭眼睛啊!"

她告诉宋峰,全家九口人已经饿死了八口,她眼睁睁地看着亲人们一个一个地倒下。她的男人本来是个又勤快又能干的庄稼人,竟被活生生地饿死了;她最小的女儿只有五岁,饿得连哭叫的力气都没有,坐在门坎上动也不动,终于倒在地上再也没有起来……

宋峰明白,如今这个农妇也已经在死亡线上挣扎,死神已经快要攫住她了!

县里受灾的百姓最初吃野菜、吃草根,后来便吃树皮,树皮剥光了就吃"观音土"——宋峰最初不晓得啥东西是"观音土",后来才明白原来就是"白泥巴"。这东西吃下肚子后,最初似乎可以充饥,但以后却因为既没有营养又不能消化、不能排泄,只会让人更快地走上死亡之路!

路边他常常会看到饿死人的尸体,其中很多是儿童的;他也看见了许多正在挨饿的孩子,他们的小脸上瘦得只剩下两只大大的眼睛……

百姓告诉他，最初，死了的人还有人掩埋，后来，死的人越来越多，人们也看惯了，再说，自己已经饿得没有一点力气，也已经离死不远，哪个还去管死人呢？因此到处可以看见尸体。

一群群野狗，眼睛变得通红，它们是吃人们尸体的……

经过宋峰到处奔走，多次向省政府吁请，又通过昔日同窗顾建文的相助，茗县终于得到了一些救济，把救济粮发给灾民后天老爷又下了几场雨，地里长出了庄稼，大饥荒才逐步得到缓解。

大饥荒刚刚得到缓解，四川便和全国一起，面对着中华民族的"最后关头"，艰苦卓绝地担负起了抗战大后方的重任。茗县的百姓和全川民众一样，宁愿自己饿着肚子，也要支援前线，许多年轻人喊出了"好男要当兵，好铁要打钉"的口号，踊跃参军。

"七七"事变后，宋峰立即在"纪念周"上向县政府的公务员们严肃地提出了三个要求："第一，国难当头，形势十分险恶，应把全部精力放在抗日救国上，不能懈怠，不能萎靡不振；第二，不能谋一己之私利，绝不能贪污渎职，而要为全县民众谋福利，举全县之力支援抗战；第三，精诚团结，不可互相掣肘，以致影响大局。"

面对中日全面战争的爆发，宋峰在全县进行了"国民精神总动员"。开动员会时，他亲自去通知抬滑竿的轿夫也来参加。他认为，学校的师生是抗日救国的重要力量，因此多次到各校演讲。为了让师生们时时谨记勿忘国耻，在他的策划和督促下，茗县中学的礼堂里特意挂起了一幅巨大的中国地图，在图上随时标明已经沦陷的地方，地图两边有对联："国破山河在，报国在今朝"；各个班也以已经沦陷的省区命名；学生毕业时，县政府会赠送一个墨盒，上面刻着"勿忘国耻"四个字。各校组织学生们进行军事训练，女学生们则学习救护知识。为了及时了解前线的战况，并避免谣言的传播，发动老师和学生自己动手，组装了矿石收音机，每天派人值班，收听并记录电台的消息，然后用大字写出来贴在学校和县城十字街口的墙上，让师生和民众随时知晓……

宋峰初到茗县时，考虑到妻子李菡蕾刚生孩子不久，便没有让她同来。但没过多久，不顾他的反对，李菡蕾却带着襁褓中的儿子径直来到了茗县，她的理由是："夫妻应该同甘共苦、祸福同当，我既然嫁给了你，怎能让你一个人孤孤单单地待在偏远的地方吃苦？再说，我和儿子也都离不开你，自从你走后，我便失魂落魄的，成天胡思乱想地担心着你，与其这样，倒不如大家聚在一起了！乡坝头的女人们常说，男人就是她们头上的天、脚下的地，想来就是这样吧？"

宋峰拗不过她，只得让她留下了。

李菡蕾来到后，听说茗县中学找不到英语教员，便"毛遂自荐"到学校教授英语了。她性格温和，举止活泼大方，读书时父亲曾想让她出国留洋，便给她请过家庭教师补习英语，因此英语很好，授课的方式也灵活有趣，很受学生们的欢迎。

宋峰曾在县里组织了个"七七剧社"宣传抗日，参加演出的主要是各个学校的师生和一些机关里喜欢戏剧、跳舞、唱歌的人员。能歌善舞、多才多艺的李菡蕾来到后，不但是导演，还亲自参加演出，不仅在县城演出，还常常赶场天去到乡下。在偏僻的茗县不但演出一些金钱板、莲花落、活报剧之类的短小节目，甚至演出了郭沫若的《虎符》《屈原》等大型话剧。

在剧社的带动下，茗县到处都响起了抗日的歌声，有个音乐老师为了对付特务们的检查，把《延安颂》改成《古城颂》教给了学生，于是"夕阳照耀着山头的塔影，月色映照着河边的流萤……"深情的旋律便不时在小城的街头巷尾飘荡……

"剧社"还有一个重要服务是帮助百姓写春联，诸如"全民一心抗击倭寇，举国同仇收复河山""金瓯已缺总须补，为国牺牲敢惜身""国难家仇集于一身，抗日救国义不容辞""量力出钱，不管你几七几八；同心抗战，打得他倭二倭三"，等等，都很受民众欢迎。

为了让孩子们从小便懂得抗日救国的道理，"剧社"特意创作和推广了许多优秀的儿歌，诸如：

《荷花开》："荷花开，鬼子来。鬼子来得多，我就喊哥哥。鬼子来得少，我就喊嫂嫂。哥哥嫂嫂一条心，去跟鬼子拼一拼，杀得鬼子光精精。"

《太阳光》："太阳光光照四方，家家户户卫国忙。哥哥持枪去打仗，姐姐拿针做军装，弟弟妹妹年纪小，唱个歌儿骂东洋。"

《万里江山不会丢》："莫要焦来莫要愁，莫得枪，有锄头，努力耕田与生产，万里江山不会丢。"

……

抗战前,中国一直实行的是"募兵制",抗战后改"募兵"为征兵了,实行"三丁抽一,五丁抽二,独子免征"。最初,省政府给茗县分配的任务是征兵两百名,但让宋峰没有想到的是,第一批要求上前线的便有上千人。

1937年阴历八月底,茗县县立中学的操场上集合了一千一百个年轻人,这是茗县"抗日后援会"招募的第一批义勇壮丁。操场上锣鼓喧天,口号声震耳,挤满了前来送行的人。

一位姓陈的年轻人妻子已经怀孕,但他毅然报名参军。临走时,妻子哭着和老母亲一齐来送他,一直把他送到了村头的田坎上……临出发这天,哥哥嫂嫂也赶来送行了。

十八岁的李某刚结婚半个月,也报名参了军。新婚的妻子来到学校的操场上,把连夜新做的千层底布鞋塞在他的手里,含着眼泪目送着队伍出发……

人群中许多是"母亲送儿打东洋,妻子送郎上战场"。

队伍中甚至还有几个十四五岁的小学生,他们虚报了岁数,瞒着家人,坚决要求参军。宋峰发现后,便对这些稚气未脱的孩子说:"同学们,你们都是勇敢的、有志气的好孩子,但是你们毕竟年纪太小了,现在到战场上去不但不能独立作战,反而还需要别的战士照顾……你们知道吗?中日之战不是一场速战速决的战争,而是一场旷日持久的大战,希望你们留下来继续学习,锻炼身体,过一两年或两三年,如果战争还没有结束,如果你们仍然愿意到前线去,我再欢送你们,好吗?"

孩子们揩着眼泪,勉强同意了。

壮丁们高声宣誓:"不打败日寇,不收复失地,誓不还乡!"他们互相约定,没有被打死的,要向死者的家里带封信,哪个能活着回去,哪个就要向家乡的父老兄弟报告大家在前线作战的情形,并且一定要去慰问和帮助死者的家属。

据宋峰后来统计,茗县第一批参军的这一千一百名战士中,最后仅有两人返还。战士们有的舍身炸碉堡、炸坦克,有的参加敢死队突围时牺牲,有的肉搏时和敌人同归于尽……

最初,每牺牲一个茗县战士,前方传来消息,乡亲们就会在当地的城隍庙里给他立一个牌位,但后来牺牲的越来越多,前方来不及通知,就连最基本的资料也没有留下,因此乡亲们说,他们的这些子弟兵是"生前壮烈,死后无名"……

有的战士爹娘临终前想见儿子一面,家信送到了部队,但儿子根本无法回家，只能望着家乡的方向跪下，哭着磕几个头，算是和爹娘告别。

抗战期间，仅一个小小的茗县，到前线作战的壮丁便超过了三万人。直到抗战后期，还有两百多名青年报名参加了远征军。

为了鼓励万众一心，壮烈报国的精神，宋峰要求："县里的优抚委员会必须认真做好工作，严禁贪污侵吞！"只要一接到将士的阵亡通知，他必定会穿着白色的"孝衣"亲自到遗属的家里表示哀悼和慰问；对经济上确实困难的，除了按规定进行抚恤外，还会通过募捐等各种办法，尽可能地提供帮助，很多时候他都捐出了自己的薪水……战士们的亲属去世了，他会亲自帮助料理后事，甚至执绋送殡。

随着战争的进行，牺牲的人实在太多太多，城隍庙里已经无法给他们立牌位了，茗县便在每年的七月七日这天举行全县"公祭大会"，宋峰自己担任主祭并亲自撰写祭文，机关、学校和民众团体全都参加，全县停止一切文娱活动。他还希望，抗战胜利后能为茗县阵亡的将士们立一座碑，把他们的英名全部刻上，让后人永远铭记……

第二章 铁马秋风

一 前线

继发动"七七"卢沟桥事变之后，1937年8月13日，日军又向淞沪铁路中国守军开枪挑衅，并炮击上海闸北一带，叫嚣"三个月内要灭亡中国"！

日本本想在华北和中国军队进行决战，但这个愿望并没有实现。中国著名军事家、国民政府抗战政策制定者之一、陆军上将蒋百里（著名科学家钱学森岳父）在他编著的《国防论》等著作中，曾经系统地阐述了对日作战的持久战理论：第一，中国不惧鲸吞，但怕蚕食，对日不应步步后退，而应全面抗战，化日军后方为前方，使其无法消化占领区，无法利用占领区提高战力；第二，主动出击上海日军，迫使日军主力进攻战线由东北—华北—华中—华南的南北路线改为沿长江而上的东西路线，从而充分利用沿江的山地与湖沼，抵消日军在兵器、训练方面的优势；第三，以空间换时间，进行持久战，拖垮日本，具体做法是将日本拖入湖南、四川交界处，和日军进行相持决战。

蒋百里虽在1938年早逝，但中日战争却按他的设想进行了。因此有的日本人说："一个蒋百里就两次打败了整个日本陆军。"（第一次是在日本士官学校毕业时夺得第一名；第二次就是抗日战争。）

在北平、天津相继沦陷后，蒋介石在上海昭示了抗日的决心。日军炮击闸北后，国民政府发表了《自卫抗战声明书》，宣告"中国决不放弃领土之任何部分，遇有侵略，唯有实行天赋之自卫权以应之"。随着"八·一三"淞沪抗战的爆发，中日全面战争开始。中国进行了全国总动员；日本天皇通过近卫首相发表声明，表示要"严惩中国军队"。

"八·一三"后，奉命驻扎贵州的川军二十军军长杨森急电蒋介石请缨抗日，蒋介石将杨森由陆军中将加陆军上将衔，命他率部急赴上海参战。于是二十军从贵阳、安顺桥等地沿湘黔公路徒步日夜兼程向前线赶去。

川军穷，二十军更穷，装备极差，没有车，战士们穿着草鞋每天翻山越岭地步行一百多里后，晚上还要忙着打双草鞋第二天好穿……虽然生活苦，但士气高昂，士兵们称抗日战争为"打国仗"，一路高唱《大刀进行曲》《义勇军进行曲》……官兵们纷纷表示：二十军是最先开赴前线参加淞沪会战的川军，一定要为四川人争口气！

沿途民众看见来了抗日队伍，纷纷捧着各种慰问品热情地迎送，和过去军阀混战时百姓"避之一刻大吉"的景象大不相同，让战士们受到了很大鼓舞。

官兵们一路步行到湖南的辰溪才坐上了船，经过洞庭湖到达长沙。这段路，平时一般要走五十多天，但二十军日夜兼程只用了二十四天！到长沙后换乘火车到武昌，又连夜渡江到汉口，乘京汉路火车到郑州，再转乘陇海路到徐州，换津浦路到浦口，渡江到南京后乘南京到上海的车最后到达前线。

这支衣衫褴褛、满身尘土、武器原始的军队，整整艰苦跋涉了四十一天，终于到达上海前线，第二天便投入了战斗。

宋轻雪要到前线采访的正是这支军队。年轻的她以"四川战地记者"的名义，风尘仆仆、主动来到了天崩地裂、血流成河的淞沪会战前线，原因：一方面作为记者，她希望能真实地观察和反映这场残酷的侵略和反侵略的战争，揭露侵略者的残暴，反映中国军民的牺牲，歌颂保家卫国的抗战精神。她要努力做到让事实说话，她坚信，事实是最有力的武器。而另一方面则是，这里不但有初次参战的川军部队，还有年轻的中国空军，她的丈夫、已经学成归国的乐云辉将和杭州笕桥中央航校的教官、飞行员们一起，飞上蓝天，和号称"亚洲第一"的日本空军展开生死之争的鏖战。

她的眼前常常闪烁着乐云辉那一双炯炯有神的眼睛，这眼睛总是让她想到了天上的星光，里面既有军人铁骨铮铮、视死如归的刚毅，也有诗人的热情和浪漫，还有对她的挚爱……

来到上海后，她参加了四川内江人、著名记者范长江等发起的"中国青年新闻记者协会"，范长江曾以报道红军长征的通讯集《中国的西北角》轰动全国，还曾去延安采访过毛泽东、朱德、徐特立、刘伯承等人。参加"记者协会"的多是男记者，作为到战地采访的年轻女记者，宋轻雪确是凤毛麟角了。

对参加淞沪会战的杨森，宋轻雪的评价是：毁誉参半。来自四川的她，知道这位被称为"风流将军"的人，在军阀混战中曾多次反复，先投靠讨伐袁世凯的熊克武，后又投靠滇军、刘湘乃至北洋军阀吴佩孚……在吴佩孚的保荐下，北京政府曾给他加了上将衔，并督理四川军务善后事宜，于是他便进驻成都。

在成都，杨森提出了"建设新四川"的口号，还实行了"新政"，包括修建马路，开辟公共体育场，成立通俗教育馆，等等。为了推行"新政"，他曾大搞"杨森语录"，在成都大街小巷的墙上、树上、电线杆子上都钉了许多木牌，上书：

　　杨森说：禁止妇女缠脚！

　　杨森说：应该勤剪指甲，蓄指甲既不卫生，又是懒惰！

　　杨森说：不要随地大小便！

　　杨森说：打牌壮人会打死，打球打猎弱人会打壮！

　　杨森说：穿短衣服，既可以省布匹，又有尚武精神！

　　杨森说：夏天在茶馆、酒肆、大街上以及公共场所打赤膊是不文明不礼貌行为！

　　……

这些"语录"内容都是不错的，但用"杨森语录"的形式宣传，就让宋轻雪觉得有几分滑稽了。

杨森"新政"的重要内容是修马路，他下令从劝业场（后改称"商业场"）到东大街修一条南北向的马路，以解决市区内交通不畅问题，这便是后来著名的春熙路。修路时将沿途的店铺强行拆除，而又不给任何补偿，于是引起了很多人的反对，成都的"五老七贤"如尹昌衡、徐炯、颜楷等便"为民请愿"，但杨森申斥他们："我拆一点房檐屋角，你们就大惊小怪，如果我当初进入成都时，放一把火烧个精光倒省了不少麻烦！请你们不要干涉我的新政吧！"

这条路刚建成时，曾名为"森威路"，原因是北洋政府曾授予杨森"森威将军"的头衔。以后杨森在军阀混战中失败退出了四川，于是"森威路"便改成"春熙路"了，取自老子《道德经》中"众人熙熙，如享太牢，如春登台"之意，晋人潘岳《秋兴赋》中亦有："登春台之熙熙兮，珥金貂之炯炯。"

春熙路建成后，迅速成为成都最繁华的地段，汇集了各种商店几百家，沿海地区的商店也陆续入住，许多是著名商号。抗战后，这里响彻了"抵制日货，抗日救国"的呐喊，各商户为抗战踊跃捐金，在极度困难的时期，春熙路一直是成都商业金融的支撑。

杨森一贯标榜自己是"反封建"和"提倡妇女解放"的，禁止缠足也是"新政"之一，但他一而再、再而三地迎娶小老婆，并枪杀了一些"不忠"的姨太太，在坊间被传得沸沸扬扬，和"反封建"及"妇女解放"实是背道而驰了。

和刘湘不娶小老婆、生活俭朴不同，杨森是很会享乐的，喜欢遛马、打球、打猎……许多大城市如武汉、重庆、上海、成都等地都有他的"公馆"。

杨森虽然公开宣扬"反封建"，但自己却又相当迷信。他的公馆在成都少城内的"猫猫巷"，这巷名来自巷口立有一根石柱，柱顶刻有虎头，而成都人称老虎为"大猫猫"，于是小巷便名"猫猫巷"了。这巷名却犯了杨森的忌讳，原因是，杨森虽然不怒而威，双目犹如鹰隼，但嘴巴却长得有些尖，再加上为人精明狡猾，于是得了外号"耗子精"，而猫是专逮耗子的，"猫猫巷"便犯了忌讳，他下令将"猫猫巷"改为"将军街"了。

这些故事在新闻界都被当作酒余饭后的笑料，"善之与恶，相去若何"，宋轻雪不免对这位"风流将军"有些看法了。

然而，在民族存亡的紧急关头，杨森能率部日夜兼程赶赴前线，又让宋轻雪不得不对他刮目相看。

杨森的二十军共有两个师，蒋介石命令这两个师都划归淞沪战区第六兵团长官薛岳指挥，部队刚刚到达前线杨森便接到了薛岳的命令，让二十军迅速组织反攻，收复桥亭宅、顿悟寺的阵地，杨森把这个任务交给了八〇四团团长向文彬。

由于战事紧张，二十军在苏州设立了留守处，留下了家属和伤员，战士则一律轻装出发——只带一双草鞋、一床被单、一个斗笠。杨森在战前动员时说："我二十军是川军中的铁军，闻名全国，这次调到上海抗日，就是要不惜一切代价，保住阵地，轻伤不下火线，谁下火线就军法处置谁！"

正是在这个时候，从来没有到过前线采访的宋轻雪冒冒失失地闯到了向文彬的团指挥所。满面尘土的她穿着粗布衣裤，剪着一头短发，竟被许多人当成了男士。当时向文彬团正在和日军紧张地战斗，日机在头上轰轰隆隆地盘旋，不时用机枪扫射又丢下炸弹，炮弹怪叫着掠过头顶，有的还在周围爆炸，机枪和步枪的子弹像密集的雨点一样，头脑被震昏，双耳被震聋，许多战士倒下了，有的没有了手,有的没有了脚,到处是鲜血,硝烟弥漫……

陡地,一股强烈的气流掠过,随着吱的一声怪叫,地面颤抖了一下,一个大桶一样的东西直直地插入地下……原来,这是一个没有爆炸的炸弹……

残酷的战场宛如屠场,让宋轻雪堕入了地狱,强烈的、从来没有体验过的恐惧紧紧地攫住了她,让她几乎无法呼吸……

勤务兵向团长向文彬报告了"他"的到来,向文彬不耐烦地摇着头向"他"吼道:"这里是前线!你是文化人,是耍笔杆子的,钻到这儿干啥,不是给我们添麻烦吗?我们哪顾得上保护你、经佑你?还是到师部去吧!"接着又扭头对身旁的军医说:"你好好保护'他',万一出了事,我唯你是问!"

团长的斥责让她清醒了一些,强烈的恐惧终于被控制住了,职业的责任感又来到了心里。宋轻雪对自己说,这里是真正的战场,正在创造着历史,它证明着侵略者的残暴,也证明着中国人的觉醒,而我是一名战地记者,是历史的见证人,我不能退缩!于是执拗地拒绝了向文彬的好意——到师部去。

但是,在震耳的枪炮声中,面对面说话都听不清楚,根本没办法进行采访,军医终于把她强行拉到了阵地的后方。

日军趁友军向二十军交接阵地时发动了新的进攻,向文彬提着手枪身先士卒带领士兵冲锋陷阵,日军进攻了三次,被打退了三次。无数次的冲锋,无数次的肉搏,她亲眼看见一个个只有低劣武器的中国士兵,用血肉之躯和侵略者近代化的杀人武器对抗,死死地守住了阵地。

在日寇飞机、大炮的轰击之下,阵地上的树木、野草都被烧焦,土地变成了黑色,到处浸泡着血水,到处都是弹坑,千疮百孔,尘土漫天,空气中充满了让人窒息的硝烟味和血腥味……经过无数次的鏖战,向文彬团终于按薛岳的命令,收复了桥亭宅、顿悟寺阵地。

向文彬一天中由中校升任上校,又由上校升任少将,但他却毫无升迁后的喜悦。在战斗的间隙,这个英勇的军人刚毅的目光里满含悲愤,噙着眼泪接受了宋轻雪的采访,他说:"这一仗我们团两千来人几乎被打得精光,到处都是战士们的遗体,我们是踏着烈士们的血迹前进的……匆匆上阵,没有时间修筑工事,只有拿战友的尸体做掩护;自己没有坦克和飞机,只能把几个手榴弹绑在一起,爬上日军的坦克,拉开盖子塞进去,和敌人的坦克同归于尽……战后全团只剩下了一个营长,所有的连长非死即伤,排长只剩下四个,士兵只剩下一百二十多人……"

他已经知道了宋轻雪是来自家乡四川的女记者，惊讶之余也为这位女记者的精神感动，说了句"真是巾帼不让须眉"，才勉强接受了采访。

而这一次的亲身经历，也让宋轻雪不但在肉体上，而且在灵魂上受到了极大的震撼，让她真正懂得了什么叫"用我们的血肉筑成新的长城"……

在向文彬团收复失地后，日军又集中兵力向蕴藻浜八〇二团的阵地猛攻，企图在这里撕开一个缺口。虽然向文彬一再劝宋轻雪离开战火纷飞的前线，到师部或留守处去，但宋轻雪却坚持要到八〇二团去"看一看"，最后实在拗不过她，向文彬只得派两个士兵把她送到了八〇二团。

宋轻雪刚到八〇二团，这里就发生了一件大事——团长林相侯牺牲了，他是在带领士兵们冲出战壕、和日寇肉搏时，被敌人的机关枪击中头部牺牲的！直到生命垂危的时候，他仍然双目圆睁，手指前方……

他是四川泸州人，是淞沪会战中，为国捐躯的第一位团长。

除了采访林相侯的事迹，宋轻雪还重点采访了相貌稚气而英俊的特务连连长张文治。

张文治是四川南充人，父亲也是军人，张文治高中时进了当地著名的嘉陵中学，校长是鼎鼎有名的民主人士张澜。张澜很注重学生的道德修养，常以"天下兴亡，匹夫有责"的道理教育大家，因此张文治还没满十六岁时就抱着"拯救国家于危亡"的想法投笔从戎，考入了杨森的二十军干部团特务连。

参加淞沪会战时，特务连连长因病休养，十八岁的张文治临时升任了连长。

这个长着一对机灵的大眼睛、英武中透着稚气的小连长最喜欢哼唱的是根据岳飞的《满江红》谱写的歌曲，曾用毛笔写下了这首词贴在墙上。

特务连共有两百来人，是二十军的卫队，战斗力很强，战士们个个都会武术，还配有五十多人的马刀队，作战能力比一个营还强。

张文治对战场仔细观察后，又吸取之前的战斗经验，把连里的二十四挺轻机枪分成了三个组，每组再配一挺重机枪。战斗打响后，他便采用了"瓮中捉鳖"的办法，先佯装不敌往后撤退，把骄横的敌人引进陷阱后，预先埋伏的战士便甩出了密集的手榴弹，机关枪也同时嗒嗒嗒地响了起来，敌人惊慌失措时，他又率领马刀队呐喊着冲了上去……结果一仗下来，五百多个鬼子兵全被歼灭，还缴获了大量机枪、三八式步枪等武器。

经过七天八夜的战斗，二十军这个经过四十多天急行军的疲惫之师，以落后的装备迎战武器精良、以逸待劳的凶残敌人，不仅守住了自己的阵地，还把友军丢失的阵地夺了回来。但全军的伤亡也极其惨重，团、营长伤亡二十多人，连、排长伤亡二百八十多人，士兵伤亡七千多人，奉命撤下时，一个满员的军只剩下五千来人，暂编为一个旅、两个团了。

此战之后，杨森被提升为第二十七集团军总司令兼二十军军长。

在二十军撤出上海后，还有一支川军在上海血战，这就是郭汝栋的四十三军，宋轻雪又赶到这个军进行采访。

宋轻雪在成都时就知道，早在"九一八"事变后，郭汝栋便曾通电全国："愿率全军共赴国难，任何牺牲，均所不计!"抗战爆发后便率部从贵州都匀、独山一带赶赴上海。

从8月打到10月，中国政府的精锐部队已百分之九十投入了战斗，伤亡惨重；日军也有大量伤亡，前期投入会战的兵力已损失大半。于是双方都在增添援兵，准备着更加残酷的拼杀。

就是在这样的情形下，四十三军的一五二团到了前线。

引起宋轻雪特别注意的是，一五二团的团长解固基不但是四川人，而且是个共产党，这个团的官佐也大部分是共产党。

当时的前线，由于日军用飞机、大炮严密封锁，战士们已经一整天吃不上一口饭、喝不上一口水了，因此四十三军司令部坚决不同意宋轻雪再到前线采访，关于解固基牺牲的情形并不是宋轻雪亲眼所见，而是后来由他的战友们转述的：

"解固基团已经在阵地上坚守六个昼夜了，打退了日军无数次的进攻。日军新一轮的进攻又开始了，声音嘶哑、满身尘土、眼睛里布满血丝的解团长对将士们大声说：'弟兄们，为国家拼命的时候到了，人在阵地在，绝不能退后一步!'

"四连连长跌跌撞撞地从阵地上退了下来，惊慌地对解团长说：'团长，我那个连的弟兄快死光了，实在顶不住了……'

"友邻部队的团长惊呼起来：'解团长，你们的四连退下来了，阵地马上要被鬼子突破了!'

"解团长虎目圆睁，怒视着退下来的连长，吼了一声：'怕死鬼，临阵脱逃!'说着举起了手枪，叭的一声，那个连长倒下了……解团长又大吼道：'阵地绝不能丢，预备队，跟着老子往上冲!'

"在日军机枪和步枪的密集扫射下，解团长的左臂被打掉了半截，但浑身是血的他好像并没有感觉，仍然高喊着：'弟兄们，冲啊！'继续带领着战士们向前冲……陡地，轰隆一声，一颗炮弹在他的身边爆炸……战士们惊呼着'团长，团长'，但团长已经没有了踪迹……后来，在战场上只找到了他的钢盔和半件带着胸章的血衣。"

解固基是四川崇宁县人，在崇宁县举行的追悼会上，邓锡侯将军撰写了这样的挽联：

枕戈以待，破釜而来，撑持半壁河山，黄浦滩头催鼓角；
裹革无尸，沉沙有铁，留得一抔净土，青枫林下葬衣冠。

人们常说"马革裹尸"，但解固基却是"裹革无尸"！

中日军队激战两个多月后，日军始终未能占领上海，11月5日拂晓，利用大雾、大潮，日本十万大军突然在杭州湾登陆，对中国军队形成了迂回包围，在腹背受敌的情形下，中国守军的阵地相继失守。为避免全军覆没，蒋介石下令撤退，几天后日军占领了上海。

撤离时，八十八师留下了一个团掩护上海撤退，五二四团中校团副谢晋元自愿担此重任，组织了四百五十余人留守，号称"八百人"，上海民众称之为"八百壮士"。"八百壮士"四天四夜击退日军数十次进攻。敢死队员陈树生，四川人，二十岁，身上捆满手榴弹，从楼上窗口跃入敌群，与十余名日军同归于尽。他曾在汗衫上写下血书，留给大巴山的老母亲："舍生取义，儿所愿也。"十八岁的女童子军杨惠敏黑夜冒着日军的枪弹，给壮士们送来一面国旗，让中国的国旗高高地飘扬在四行仓库上。

八百壮士的英雄壮举被国内外媒体广泛报道，英国《泰晤士报》称："八百壮士是为人道而战，为文明而战，为和平而战。"

有人写了赞歌《歌八百壮士》：

"中国不会亡，中国不会亡，你看那民族英雄谢团长；中国一定强，中国一定强，你看那八百壮士孤军奋守东战场；四面都是炮火，四面都是豺狼，宁愿死，不退让；宁愿死，不投降，我们的国旗在炮火中飘扬！飘扬！"

淞沪会战历时共三个月，不但粉碎了日本"三个月内灭亡中国""十天中占领上海"的狂妄野心，而且由于把日军死死地拖在上海，便为长江中下游的工厂、物资向内地迁移赢得了宝贵时间，从而为持久抗战奠定了物质基础。这次会战虽然以中国守军的撤退告终，但仍然谱写了反抗侵略者的光辉一页，向日本侵略者展现了中华民族不可征服的坚强意志。

美国海军上校卡尔逊时任驻上海的军事观察家，他曾这样评价："淞沪之战足以证明两点：一、中国已下决心为她的独立而战，而且中国军队确有作战的能力；二、日本的军队自日俄战争后，被世人认为是可怕的军队，但经中国一打，降到了第三等的地位。"

宋轻雪对淞沪会战进行战地采访后，写出了多篇报道，这些报道浸透了血与泪，及时、真实、生动，充满激情并带着女性特有的细腻和柔情，在战争的"生与死"里探寻着"民族、人性、爱与美"，在特殊的时代和战争这个特殊的环境里，反映出中国民众的觉醒，以及中华民族不朽的灵魂。不但被多家报刊采用，还汇编成了战地通讯集《淞沪前线记事》，在读者中有相当影响。而她作为一个敢于孤身闯进战场的年轻女记者，在新闻界也受到了广泛注目和尊敬。

在战火纷飞、国破家亡的时候，当时的知识女性，有的身体柔弱，在颠沛流离、骨肉分离中过早逝去甚至逃避现实，遁入空门；有的沉溺于儿女之情，感情脆弱，总是感叹着命运的无常和自身的不幸，失去了奋斗的勇气；而有的却昂扬着生命的烈火，在苦难中搏斗、前进，甚至燃烧、怒放。宋轻雪正是后者，宋岚曾称赞她"像火焰一样，一直在熊熊地燃烧"。

在报道川军时，宋轻雪曾客观地写到，"七七"事变后，川军首批出川抗日的共有二十多万人。当时各省调往前方的部队，所有开拔、作战费用，多由中央补助，但川军却是本省自筹，以致造成训练不足，装备不全，甚至带着油纸伞和竹斗笠，冬天穿着单衣、短裤和草鞋投入战斗……路途遥远，交通不便，运输工具缺乏，部队开赴前线大部分都靠步行，千里迢迢，长途跋涉，有的战士竟死在路上。尽管如此，川军还是以强烈的报国精神和英勇顽强的战斗意志和侵略者进行了殊死搏斗。

亲历前线采访后，战场的残酷超过了宋轻雪的一切想象，她看到了太多太多的鲜血和死亡，包括太多年轻生命的毁灭。她永远忘不了那些被士兵们尸体填平的战壕，以及战壕里呛人的血腥味，她真正懂得了什么是"人命如草芥"。带着对侵略者的憎恨，她长久痛苦地思索着这样一个问题：为什么有人竟如此仇恨自己的同类，竟以毁灭生命、剥夺他人的生命为乐，从而发动战争，进行无休止的杀戮和毁灭？为什么有人要热衷于把科学技术的新成果转化为屠杀同类的工具？犹太经典里有一句话："拯救一个生命就是拯救一个世界。"而战争却毁灭了那么多生命，这又意味着世界多少次被毁灭呢？

她读过达尔文的《进化论》，懂得自然界充满了优胜劣汰、弱肉强食，但同时她又不得不想到，人类号称"万物之灵"，中国的先哲们主张"和为贵"，主张"民胞物与""天人合一"，西方的思想家们认为人类基本的价值观是尊重生命，尊重人权和自由，但为什么有人却偏偏自命为"优秀种族"，要凌驾于别的国家、别的民族之上，甚至不惜发动如此残酷的战争，以牺牲千万生命为代价？

动物间的厮杀只不过是为了饥饿和交配，而不会无缘无故地攻击自己的同类，而人类却随意找个借口便让千万个同类毁灭，这难道也算"万物之灵"？

带着这些问题、这些思索，以后她在许多文章中便执着地对侵略者人性中最阴暗、最丑恶的部分进行剖析和鞭挞，并强烈地呼吁尊重生命、保卫和平了。

二 中国 "飞鹰"

"八·一三"淞沪会战开始的第二天，乐云辉和战友们组成的驱逐机第四大队就主动出击了。

第四大队是中国空军的主力之一，队长是著名的"飞鹰"高志航，乐云辉担任中队长。空战前，高志航曾带领飞行员们庄严宣誓："四大队可以全部阵亡，但不许有一个俘虏！"

中国空军是一支年轻的队伍，不仅先天不足，而且后天也严重缺乏营养——由于中国自己一直不会生产飞机，因此空军的补充极为困难。

民国十八年（1929）东北易帜，张学良改任东北边防总司令，当时，日本的军用飞机已经常常飞到中国上空耀武扬威地窥探和挑衅，于是张学良便想建立一支自己的空军，他派十六岁、怀有飞行梦想的高志航等人到国外去学习飞行技术，高志航学成归国后，立志航空救国，他曾慷慨断言："国家未来的荣辱，将取决于空中力量！"

东北军花几百万大洋，成立了一支"飞鹰队"，这是中国的第一代空军，高志航参加时还不到十八岁。"飞鹰队"共有飞机三百架，数量堪比中央军，但这三百架中真正能用的只有一百来架。这些飞机来自英、法、美、德各国,其中不少是已经被淘汰的。

"九一八"事变后,东北沦陷,三百架飞机也成为日本的战利品。高志航因要求抵抗违反了军令被迫逃亡,来到关内。眼看着日军两万多人把东北军几十万人赶到了关内,高志航痛心疾首,曾当面质问张学良,并写出血书,要求驾驶驱逐机重返蓝天。

早在卢沟桥事变之前,蒋介石便想建立一支强大的空军队伍,民国二十五年(1936)蒋夫人宋美龄亲自出任了中国航空委员会秘书长,第二年4月她设法说服了美国退伍空军军官陈纳德到中国来担任空军顾问,并提出了建设现代化空军的设想。以后陈纳德这位具有传奇色彩的将军便参加了对中国空军的训练。宋美龄还建议,可以用志愿者的名义招聘美国飞行员。

在筹建美国空军志愿队援华时,著名画家张善子特地画了一幅《飞虎图》相赠,以后这支志愿队便被命名为"飞虎队",还按张善子的《飞虎图》做了许多旗帜和徽章分发部下。

"七七"事变后,陈纳德在南京、上海、杭州三角地带组织了地面电话报警网,以后又建议中国政府建立防备日机袭击的预警系统。这一预警系统在实战和防空中都发挥了重要作用。太平洋战争爆发后,陈纳德先后担任了美国空军驻华特遣队和第十四航空队的指挥官,以杰出的指挥才能和创新的空中战术多次重创日军。日本人曾说,没有想到一个美国陆军退休飞行员,领导着少量美国志愿飞行员,驾驶着老式的战斗机,竟让皇军的闪电战彻底失败。

在宋美龄的推动下,中国国民政府在杭州成立了笕桥中央航校,高志航等人被调去当了教官。这个航校培养出了许多出色的飞行员。

"七七"事变前,日本已经拥有飞机两千八百多架,宋美龄深感这是对中国巨大的威胁,便紧急派员到国外购买飞机。拨款购买的钱本可以购买八百架,但由于空军司令等人中饱私囊,大肆贪污,最后只购买了三百架,而且其中很大一部分是病机或技术不成熟的飞机。

抗战前夕,中国共有购自美、英、法、意的军用飞机三百四十多架,但其中真正能用的只有一百六十余架。而日本当时已拥有亚洲第一的航空兵力和飞机生产能力,仅战斗机便有两千八百多架,而且每年还能生产六百多架。

日本很快便掌握了中国东部的制空权。

卢沟桥事变后，日本狂妄地叫嚣"三个月灭亡中国"，对中国空军更没有放在眼里，认为"最多只能支撑十五天"。

淞沪会战前，日军已经不断地出动飞机轰炸中国东南沿海城市和军事设施，以协同地面部队作战，对中国军队的作战部署造成了很大影响。因此，卢沟桥事变后蒋介石便向空军发出了参战命令，命令空军协同陆军作战并担任要地防空。

日军早就注意到中国空军的摇篮杭州笕桥中央航校了，为了摧毁航校，淞沪会战开始后的第二天，日本著名的木更津航空队便大举袭击杭州笕桥机场，并准备轰炸中央航校。

这天下午，潜伏在河南周家口机场的中国驱逐机第四大队得到命令后，便紧急起飞参加上海保卫战。"飞鹰"们刚到杭州上空迎头便遇见了涂着"红膏药"旗的十四架日机，它们肆无忌惮地飞翔在中国的领空，中国的飞行员们立即迎上前去，双方展开了激战。

"狭路相逢勇者胜"，在电光石火瞬息万变的空战中更是如此。乐云辉驾驶着自己的美国霍克Ⅲ鹰氏双翼单座战斗机，怀着满腔怒火，像利剑出鞘般向日机扑去，他和日机的距离越来越近、越来越近了，不但看清楚了日机上的太阳旗，而且仿佛还看清楚了日本侵略者那双野兽般的眼睛……在飞机的轰鸣声中，在乐云辉逼人的气势下，那双野兽般的眼睛胆怯了，转身想要逃跑，乐云辉趁机立即射出了复仇的子弹，日机中弹了，冒着黑烟，翻滚着向下坠落……

不到三十分钟，日机就被年轻的中国飞行员们打下了六架，其中两架是被高志航打下的，乐云辉打下一架，其余的日机见势不妙，急忙逃窜了……

除了空战的胜利，中国空军还主动出击。当时为进攻上海，日军已出动了航空母舰"出云号"，这是日海军第三舰队的旗舰，给中国军队造成了极大威胁。由于中国缺乏现代化的海军，无法与之抗衡，乐云辉的战友沈崇海和陈锡纯便抱着舍生取义的献身精神，驾着飞机从两千英尺的高空呼啸而下，直接向这艘航空母舰俯冲下去。舰上的日军被这从天而降的袭击吓坏了，有的大声尖叫，有的慌忙跳海，在一阵惊天动地的爆炸声中，飞机和敌人的军舰同归于尽……

除了袭击"出云号"，乐云辉和战友们还袭击了停在长江和杭州湾的日本航空母舰"加贺号"与"龙骧号"。

8月14日这天，年轻的中国空军首战告捷，一鸣惊人，以"零比六"的战绩击落日机六架。这次空战后，日本军事首脑震惊之余把消灭中国空军列为"首要任务"。蒋介石以最高统帅名义嘉奖空军,并下令定8月14日为"空军节"。

消息传到淞沪会战前线,中国军民受到了极大鼓舞,宋轻雪闻讯后,本想立即赶到杭州去探望乐云辉,但当时战场上的形势十分紧张,空军随时都要准备起飞迎战,虽然相距不远,但咫尺天涯,她终究没有办法去和他相会。而每当仰望天空时,她便仿佛看见了英俊的他正驾驶着战机在云端翱翔,勇敢地保卫着中国的大地,实现着他"要从天上把日本鬼子赶出中国"的心愿。除了对丈夫的自豪,当然更多的还是担心,一种无与伦比的恐惧和刻骨铭心的思念时时都在刺激着她的神经……

第二天,中国空军和日军再次展开了激战。日海军航空队三十四架飞机气势汹汹地再次直扑笕桥机场。这一天,乐云辉一人竟连续打下了四架日机,轰动中外,成为中国空军的"王牌飞行员"。

淞沪会战后期,乐云辉奉命飞往浦东,在日军炮兵阵地上空作战,支援地面的中国军队,日军发现他的战机后高射炮群便集中向他射击,在密集的炮火中战机被击中,乐云辉从四千多米的高空跳伞,而日军不顾国际公约,仍然向已经失去战斗力的他继续射击。幸运的是,一直没有击中。着陆后民众找来一辆马车把他送回了基地,以后他便奉命调防南京了。

自"八·一四"空战后,三个月内年轻的中国空军怀着"以身许国"的大无畏精神,以一当十,以少胜多,共击落了日机三百余架。日本的一些航空队几乎全军覆灭;鹿屋航空队长石井义江被乐云辉率领的战机击败后剖腹自杀;日飞行员中的"四大天王"之一、海军第十三航空分队长山下七郎掩护轰炸南京时,被击落……

在淞沪会战初期吃过中国空军苦头的日军,以后便大量增添了空中力量,企图彻底消灭年轻的中国空军。在力量极为悬殊的战斗中,大量中国飞行员英勇地为国捐躯,笕桥机场也被炸毁,日军曾兴高采烈地宣称:"中国从此再无飞机了!"

由于自己不能制造飞机,淞沪会战后中国只剩下了区区三十多架飞机,在进行南京保卫战时,能上天的已不到二十架。

然而中国空军仍然在顽强地战斗。

这一天,日本三十多架战斗机气势汹汹地前来进犯南京了。当时乐云辉的美制战斗机已经损坏,他便驾了一架意大利的飞机上天,和另一架飞机一起迎战几十架敌机。面对数量众多的敌机,他沉着冷静,用高超的驾机技巧,机警地在空中翻滚腾挪,在电光石火的瞬间巧妙地让左右夹击的两架日机在空中互相碰撞,以致双双爆炸坠毁……然后他又毅然冲入了日机的机群,击落一架敌机。在敌众我寡中,战友的飞机不幸被击落了,他的飞机水箱和油箱也中了弹,于是不得不再次跳伞……

在武汉会战时,高志航已经牺牲,乐云辉驾驶着苏联援助的战斗机重返蓝天。在苏联航空志愿队的配合下,多次取得了空战的胜利。一次,日军曾以战斗机二十四架掩护着轰炸机十二架袭击武汉,乐云辉和战友们在苏联志愿队的配合下,十多分钟就击落了日机十二架,让别的日机狼狈逃窜……

4月29日,是日本天皇的生日,被称为"天长节"。这一天,日本出动了三十九架飞机气势汹汹地再次袭击武汉,梦想取得一次辉煌的战绩,为天皇的生日"献礼"。但仅仅半个小时,日机便被击落了二十一架,击毙日飞行员五十多人,俘虏两人。

十多天后,日军再次派出战斗机三十六架、重型轰炸机十八架进行报复式袭击,但二十多分钟后又被击落十四架……

乐云辉曾参加了大大小小八十多次空战,经历了三次跳伞、两次迫降。有一次,他的飞机机头已经被打掉,仪表全部失灵,一台发动机起火,但他仍然沉着、冷静地驾机返回,直到另一台发动机也停转,才坠毁在树林里……

太平洋战争爆发后,乐云辉被送到美国学习驾驶先进的 B-25 轰炸机,以后又进入了陈纳德指挥的中美空军混合团,并飞越了著名的"驼峰航线"。

三 流不尽英雄血

挂着"四川战地记者"头衔的宋轻雪,对淞沪会战进行采访后,又怀着沉重的心情搭了一辆川军的军车匆匆赶往南京。

军车上载着受了伤的战士,是要送到后方医院去的,宋轻雪便和他们摆起了龙门阵。当知道她是来自四川的战地记者后,一位断了左臂的年轻连长便跷起了大指拇说:"你这个女先生真了不起,竟敢到前线来,给我们四川女人争了口气!"接着又问道,"你去过我们二十军吗?"

"去过,我还写过你们二十军哩,二十军的将士们打得很勇敢,也很惨烈,听说绝大部分都为国捐躯了!"

"你说得不错,我们师全是四川人,一听说到前线打鬼子,兄弟伙个个都鼓足了劲,大家都晓得这是打'国仗'。部队开拔得急,我们穿着草鞋、短裤就到了前线。刚到上海时,还有人踏屑我们是'讨口子',默倒(以为)我们是尿包,哪晓得,一上去硬是打得,硬是把武器精良的日本兵抵住咯!当然,我们是用血肉之躯和鬼子硬拼,死的人不少。弹药快打完了,团部一封封电报往高头打,要求支援,但莫得人理我们……后来,我们还在顶着,老蒋的嫡系却爬起来跑了,连招呼都不打……女先生,你说这仗是咋打的?我们川军就不是人吗?我们差点被日本兵包围,好不容易才突了围,我的手杆就是突围时遭打断的……"

这位连长的话让宋轻雪的心里更加沉重,她早就听人议论"某人"要保存嫡系实力并伺机消灭地方杂牌军,难道在国家危如累卵的时候,还在打自己的小算盘吗?难道中国人真如日本人所说,有内斗的"劣根性"吗?

一路上都是扶老携幼四处逃亡的难民,一段段铁路被日机炸毁了,难民们只能跌跌撞撞地步行……火车来了,大家便一窝蜂地围了上去,拼命往车上挤,有的爬车门,有的翻车窗,人们喊的喊,哭的哭,乱成一团……

南京的街上也是一片混乱,这个历史悠久的金陵古都,已经失去了昔日的安宁,学校已经停课了,商店也关了门,满街都是逃难的人群,大家争先恐后地向下关码头跑去,岸边停了很多船,人们都拼命地向船上挤……空中时有日机飞过,不但扔下炸弹,还有机枪在嗒嗒嗒地扫射。

到南京后宋轻雪得知,日军在杭州湾登陆后,中国最高统帅部已料到日军会从太湖西攻南京,川军二十三集团军奉命开赴太湖西岸广德至金村一带阻击日军,于是她又赶到了二十三集团军。

二十三集团军也是脚穿草鞋、身背斗笠的部队,而从上海前线向南京转移的中央军却是头戴钢盔、脚踏军鞋,装备整齐。望着这两支对比异常强烈的队伍,想着那位连长的话,宋轻雪的心里更有了特别的感慨。

南京的地理位置"无险可守",但南京外围的战斗,仍然异常激烈。

日军的三个师团、十余万人杀气腾腾地沿杭州至南京的公路推进,二十三集团军郭勋祺部奉命在长兴以北、太湖西岸的夹浦、金村一带设防,阻止日军前进。

宋轻雪在采访中得知,郭勋祺原是四川华阳县人,由于身材粗壮,骁勇善战,外号"郭莽子",由普通士兵升任排、连、营、团长,是刘湘手下的得力战将,出川抗日时升任师长。(此人后来由于屡立战功,升任集团军副总司令。)

日军的飞机向郭勋祺的阵地狂轰滥炸并低空扫射后,步兵在坦克、炮车、装甲车的掩护下发动了进攻,在轰轰隆隆的巨响中,阵地上尘土漫天,血肉横飞,一位连长被枪弹击中头部了,子弹从耳朵打进去又从脸上飞了出来,但这位满脸鲜血的连长却坚持不下火线,吼骂着:"狗日的小鬼子,老子和你拼了!"向敌人冲去……

师长"郭莽子"提着手枪,带了三个手枪连亲赴前线,站在桥上指挥战斗。藏在芦苇深处的多艘日军战舰突然向他袭来,小炮和机关枪密集地扫射,郭勋祺的腿部中弹了,士兵们要把他背下去,但他怒吼道:"叫军医来裹伤,我不下去!"裹好伤后便坐在担架上继续指挥。他对将士们说:"国家养兵千日用兵一时,军人战死沙场乃是幸事,如有人临阵脱逃,擅失阵地,无论何人,一律枪毙!"

防守泗安、广德一线的川军,战斗更加惨烈。

泗安地处平原,无险可守,日军出动了大量坦克和装甲车进攻,川军组织了一支敢死队,二十多名战士各带一束手榴弹趴在日本军车前进的路边,当坦克和装甲车驶近时,便跃上去,拉开手榴弹的导火线……就这样,下泗安收复了,但敢死队员们全部壮烈牺牲。

守卫泗安的师长饶国华是四川军阀中十分难得的另类人物,在四川时宋轻雪便听到过关于他的许多传说,也曾想采访他,但由于种种原因便耽搁了。但她知道,此人信佛,外号"饶菩萨",麾下的部队军纪严明。别的部队吃喝嫖赌还抽鸦片,经常估吃霸赊骚扰百姓;他的部队不但没有这些恶习,而且驻防铜梁县时,每逢打谷子的时候,还要到田里去帮助百姓收割。饶国华还规定,帮助打谷子时,不得在农民家里吃饭,连开水都是部队的炊事员送去。资阳因发洪水造成饥荒,他拿出自己的积蓄捐款捐粮,又动员部下帮助饥民,后来当地百姓给他立了一块"德政碑",上书"仁言利薄,惠及溺殍"八个大字,一时在全川传为佳话。

她还知道,饶国华出身贫苦,幼年丧父,寡母极为贤惠,不但辛辛苦苦地纺纱织布抚养儿子,还省吃俭用地送儿子到县城攻读诗书,让儿子从小便受到了"修身、齐家、治国、平天下"以及"天下兴亡,匹夫有责"这些传统道德的熏陶。辛亥年，十七岁的饶国华从军，从伙夫、班长、排长直做到中将师长。

饶国华有旧时儒将之风，不但待人接物彬彬有礼，而且极喜读书，尤其喜欢研究《孙子兵法》。他常以护国、卫民、爱兵自勉，虽然当了师长，仍然是布衣粗食，常常到连队和士兵们一起吃粗粮、摆龙门阵，帮助他们解决家里的困难。为了让士兵们安心服役，他连兵营的厕所、厨房都要亲自过问。他还常常教育官兵们："当兵应以保卫国土、爱护百姓生命财产为己任。做人，当以孝悌忠信礼义廉耻为准绳。如果穿上军装、拿起刀枪不为老百姓办事，反而欺负弱小，胡作非为，那与土匪何异？"

因此，此番到南京前线后，她便风尘仆仆地径直去到师部，决心对饶国华进行采访了。但正在低头研究军事地图的饶国华知道了她的来意后，却婉言谢绝道："如今战场的形势极为严峻，实在没有可夸口的地方，作为军人，我们只能以死报国而已。前线危险，我们实在无法照顾你，我马上要召开军事会议，请宋女士还是先退到后方，待我们打完这一仗后再向你请教吧！"说着便叫副官马上把宋轻雪送到安全的地方。

在路上，年轻英俊的副官简单地告诉宋轻雪，"七七"事变后，饶国华便立即请缨杀敌。出发前，回家乡资阳省亲扫墓后，他曾对少年时的业师说："学生此行为国抗战，不成功便成仁，如幸得马革裹尸还，学生家属还望恩师照顾！"又对妻子说："我此去，为国而战，义无反顾。自古忠孝不能两全，老母年迈，只有靠你悉心伺候，代我尽孝了！"

副官还说："饶师长对你说的是真话，他和全师都抱定'以死报国'的决心了！"

事实也的确如此。

后来宋轻雪向幸存的将士详细了解了饶国华殉国的经过。

原来，进攻泗安、广德的日军师团长谷寿夫（此人后来是制造南京大屠杀的主犯）带领的是一支机械化部队，不但有坦克从地面进攻，还有飞机在空中配合。饶国华部的士兵不但没有坦克，甚至从来也没有见过坦克，先头部队苦战三昼夜后伤亡十分惨重。日军在空军的掩护下，进攻泗安机场，防守的川军和日军展开了肉搏战，一个团阵亡了四分之三以上。见机场已无法守住，饶国华便命令士兵将机场的物资全部焚毁，在且战且退中请求上峰支援，但上峰只回答："广德作战关系重大，应决心与城共存亡……"

泗安陷落后，日军主力便直扑广德，饶国华冒着枪林弹雨亲自在前线指挥作战，简陋的工事被日军的飞机大炮全部摧毁了，广德城也变成一片废墟，部队被日军三面包围，在孤军浴血奋战中广德终于失守……饶国华亲率一营人进行反攻，并和日军展开了肉搏，但寡不敌众，不得不且战且退。退到距广德十五里的七里店时，饶国华洒泪给刘湘写下了绝命书：

本部扼守广德，掩护友军后撤，已达成任务。我官兵均不惜牺牲，为国效力，忠勇可嘉，深以为慰。广德地处要冲，余不忍坐视陷入敌手，故决与城共存亡，上报国家培养之恩与各级长官爱护之意。今后深望我部官兵奋勇杀敌，驱寇出境，还我国魂，完成我未尽之志，余死无憾矣！

书毕，他焚香祷告，盘膝坐一大树下从容举枪自尽，实现了"与广德共存亡"以及"不成功便成仁"的誓言。饶国华时年四十四岁，在前线苦战了约一个月。

他终于没有和宋轻雪再次相见。听到他殉城的消息时，宋轻雪忍不住流泪了。

1937年12月13日南京陷落，紧接着便发生了惨绝人寰的南京大屠杀，日军在南京进行了无休止的杀戮和毁灭，杀死平民和俘虏三十万人以上，被强奸的中国妇女不计其数，而且绝大多数是先奸后杀！

日寇的暴行更坚定了全国包括四川人民同仇敌忾的决心，重庆和成都的电影院都上映了反映日军暴行的黑白纪录片，常常引起一片唏嘘和强烈的反应。蒋介石发表了《告国民书》："中国持久抗战，其最后决胜之中心，不但不在南京，亦且不在各大城市，而实寄于全国之乡村与广大强固之民心。""在今日形势之下，不当徒顾虑一时之胜负，而当彻底认识抗战到底之意义，与坚决抱定最后胜利之信心。"

在南京随部队突围时，宋轻雪受了伤，断了两根肋骨，后来便到武汉去治疗了。

在武汉，她和乐云辉匆匆相聚了两天，虽然战争才开始了几个月，但两人都恍如隔世。战争的硝烟改变了他们的外貌，也改变了他们的心灵，让他们迅速成熟了。乐云辉轮廓分明的脸上多了许多冷峭和严峻；宋轻雪已经消瘦了许多，穿着普通的阴丹士林旗袍，没了时髦女郎的摩登，眼神也不仅仅是坦率和热情，而是变得深沉……

他们紧紧地搂抱在一起，一时之间似乎忘记了战争，忘记了死亡，忘记了身外的一切……

最初的激动之后，彼此都觉得似乎有千言万语要向对方诉说，但却什么都说不出来。最后，乐云辉只轻描淡写地告诉宋轻雪他已经打下了几架日机，却不敢告诉她空战的激烈和凶险；宋轻雪也只轻描淡写地告诉乐云辉她写了几篇报道，而不敢说出在前线采访时遭遇的危险和悲伤……他们心心相印，彼此都明白对方的心思，因此既为对方担心，却又为对方感到骄傲。

他们尽情地享受着这短短相聚的两天，在这两天中他们不愿去想即将面临的一切，只是尽情地享受着彼此，享受着肉体和精神上无与伦比的欢乐。两人都明白，还有更多的危险和磨难在等待着他们，也许今日一聚便是永别，但在人生的旅途上能这样相知相伴，他们觉得此生已无憾了！

第三章　后方

一　沦陷区同胞服务队

宋岚敏锐地感觉到，自从抗日战争爆发后，成都这个古老的，以宁静、休闲和优雅闻名的城市，方方面面都在发生着巨大的变化。

她的生活已经完全脱离了过去的轨迹，想的、说的、吃的、穿的……都和过去完全不一样了。

随着战争的进行，大街上浓妆艳抹、招摇过市的"摩登"们大大减少，男人们的穿着也朴素起来，连一贯西装革履的赵俊扬也穿起了灰布长衫，还说要报名去参加"抗日青年干部训练班"，到远离成都的璧山去受训。

这个千百年来享都江堰灌溉之利的"天府之国"，一向以"好吃"著称，但为了支援前线，每日三餐已经慢慢地改成了两餐，白米饭也变成了糙米饭，公教人员们吃配给的平价米或灰面（面粉）。虽然在淘米时，江奶姆已经注意地拣出了一些石子和蠕动着的米虫，但是仍然免不了有漏网的，往往吃着吃着便有一条胖胖的、浑身长毛的米虫出现在碗里。灰面是北方的细粮，而成都人却一直视之为"杂粮"，偶尔才会尝尝，但现在已变成"主粮"。四川人做面食的本领不如北方人，江奶姆便常常简单地用灰面加水搅成"面疙瘩"，下锅后和小白菜、豇豆、冬瓜等烩在一起，远没有往日"担担面""素椒炸酱面"的精致和考究，但正在长身体的小齐齐仍然吃得津津有味。

夏天天热吃夜饭时，齐齐常常打个光胴胴，连背心都不穿，只顾低着脑壳大口大口地吃着小碗里的面疙瘩，赵俊扬有时会逗他，故意一边用饭瓢刮着盛面疙瘩的缸钵，一边大声说："刮缸钵了！刮缸钵了！"——意思是面疙瘩快吃完了，急得小齐齐双脚直跳，一面大口大口地往嘴里塞着，一面汗水顺着全身滴了下来……心疼得宋岚忍不住埋怨道："你是个啥爸爸啊，哪有这样逗娃娃的？……

齐齐，慢慢吃，妈妈给你留着哩……"

除了吃平价米面，为了节约粮食支援前方还禁止酿酒，宋岚听家乡人说，连以酿酒闻名的酒寨也停止酿酒了。肉大家很少吃了。宋岚家还不错，由于她和赵俊扬两口子都在教书，而战时虽然各方面都很困难，但学校的开支和教员的薪水还基本是维持了的，再加上江奶姆善于精打细算，因此每个星期还能打打牙祭——吃上一顿米粉蒸肉或是萝卜炖骨头之类。来了客，不用主人招呼，江奶姆便会去买回一些价钱便宜的猪肝或豆腐、血旺儿之类加餐，由于她做菜的手艺很好，因此摆在桌上不但体体面面，而且味道很好，总会得到大家的称赞。

除了吃穿上的变化，人们想的、说的也变了。

宋岚经常想到外国人曾不屑地称"中国人是一盘散沙，一群东亚病夫"，也想到拿破仑曾说："中国是一只睡着的狮子！"于是便问自己：这睡着的狮子在侵略者的铁蹄下能够醒来吗？

宋轻雪曾介绍宋岚到"努力餐"去参加活动，这里每星期都有一次关于抗日救国的演讲和座谈，有时还会举行大型活动。宋轻雪去前线当战地记者后，宋岚有时也会独自到"努力餐"去，为的是听听人们带来的关于时局的一些最新消息。她曾多次邀赵俊扬同去，但赵俊扬最初说是对"激进人士"的活动向来不感兴趣，以后又去璧山受训了，因此没有去过。

早在卢沟桥事变发生前，四川大学已经开始在北平、天津、上海等地招生，一批学生便从北平来到四川。北平学生有关心国家大事的传统，他们喜欢聚在一起讨论时事、阅读进步书刊，也喜欢和曾任中共川西特委军事委员的车耀先接触，课后的晚上经常来到"努力餐"座谈、讨论，由于常常聚集着一大批进步青年，"努力餐"便成为一个活跃的抗日救亡活动中心。在这里，北平和川大的学生发起建立了"中华民族解放先锋队"（简称"民先"）和"成都学生救亡联合会"（简称"学联"）等抗日救亡组织。

西安事变后，宋岚敏锐地感觉到，成都的政治气候在进一步发生变化，省主席刘湘公开表示拥护中共和平解决西安事变的方针，并要求抗战。在刘湘的支持下，三十六个救亡团体联合成立了"成都各界救国联合会"。卢沟桥事变后，"四川省抗敌后援会"成立，以后省内各地、各界、各部都成立了"抗敌后援会"。

在"努力餐"，宋岚听到了关于中国以及抗日战争的各种议论。

她曾听说，"九一八"事变和满蒙独立的主谋、日本人石原莞尔为搜集情报，曾经化装成苦力,在武汉的码头上和中国的劳工生活在一起,自认为"中国通"的他曾这样议论中国:"这个国家的官乃贪官,民乃刁民,兵乃兵痞,所谓的'爱国学生'其实是乱哄哄的闹事者,把老百姓推到最前线,然后转身走掉……一句话,就是一个政治失败的民族。"

她还听说,针对甲午惨败后中国割让台湾、赔付巨款,美国总统罗斯福曾警告美国人民:"我们决不能扮演中国的角色,要是我们重蹈中国的覆辙,自满自足,贪图自己疆域内的安宁享乐,渐渐地腐败堕落,对国外的事情毫无兴趣,沉溺于纸醉金迷之中,忘掉了奋发向上、苦干冒险的高尚生活,整天忙于满足我们肉体暂时的欲望,那么毫无疑问,总有一天我们会突然发现,中国今天已经发生的这一事实——畏惧战争、闭关锁国、贪图安逸享乐的民族,在好战而爱冒险的民族进攻面前,是肯定要衰败的。"

这些来自国外的议论是刺耳的,让宋岚听了心情十分沉重,但仔细想想,又觉得它们确有一定道理。她忆起了古人说过的:"人必自侮,然后人侮之;家必自毁,而后人毁之;国必自伐,而后人伐之。"中国的情景正印证了这些话,百姓常说:"家不和,邻里欺。"正是如此啊!

当然,在参加"努力餐"的集会时,宋岚也感觉到了民众的觉醒。她听到了不少慷慨激昂、丹心报国的言论,而且确有不少年轻人或投笔从戎到了前线,或去了心中的圣地延安。从报纸上,她读到了宋轻雪等人采写的"战地通讯",这些通讯常常让她热血沸腾,也促使她反省自己,于是便觉得婚后花在儿子齐齐和小家庭上的精力太多,而没有为抗日救国做出多少贡献,感到十分惭愧。

当然,她是热爱教书育人的,从小便受到父亲宋墨林和老师黄骏飞、蔡仲瀚等人的影响,她不像有的人只把"教书"当成一种糊口的手段,而是记住了国内外伟人们所说的:"育才造士,为国之本。""国家的命运系于教育青年。""在所有一切有益于人类的事业中,首要的一件,即教育人的事业。"……也常常用"师者,人之模范也""尊为师者,既美其道,又慎其行"来要求和勉励自己。

随着日本侵略行为的推进,大批不愿做亡国奴的民众,纷纷离开祖祖辈辈居住的故土,开始流亡,经过长途跋涉,历尽千辛万苦,来到了大后方。成都的街头到处都可以看到成群的外地口音的难民,其中还有或拄着拐杖或吊着手臂的伤兵。难民们衣衫破烂,面黄肌瘦,许多人是跋涉几千里甚至上万里才来到四川的,在极其艰难的逃亡路上,他们已经丢光了行李,而且几乎身无分文。

这些人中有一部分是青年学生，国家专门为流亡学生兴办了一些国立中学，在这些中学里，为学生免费提供食宿，但一分零用钱都没有。夏天，没有蚊帐，学生们便成了蚊子和臭虫饱餐的对象；吃饭，每天只有两顿稀饭，没有菜，每人发一匙粗盐。

除了到国立中学，一些学生便通过各种关系进入了后方的其他学校，在宋岚任教的省女中里，也有这样的学生。

女学生沈瑶琴和谢芳菲便一个来自东北，一个来自上海，都有亲戚在成都，学费和生活费是亲友们提供的。来自东北的沈瑶琴身材苗条，皮肤微黑，大眼睛、高鼻梁；来自上海的谢芳菲身材娇小，皮肤白皙，带着江南姑娘的秀婉。但她们都失去了年轻女孩子们天真的笑容，神情举止中总有一种和年龄不相称的惶惑和忧郁。她们沉默寡言，不愿谈起自己的家人，也很少谈及流亡路上所经历的一切。

但是，宋岚知道，她们一定经历过常人难以想象的磨难。因为东北的流亡学生要进入四川，除了敌占区的封锁，沿途的枪林弹雨、飞机大炮外，即使来到了黄土高原，在黄土路上也只有原始的木轮大车，进入川陕公路后，虽不是"难于上青天"，但也并非康庄大道，在"山从人面起，云傍马头生"逶迤曲折、崎岖陡峭、雨天泥泞不堪的蜀道上，很难想象，这些柔弱的小女孩儿是怎样走过的……

在"努力餐"的聚会中，宋岚曾听到来自上海的一位大学生介绍路上的经历：

"自'八·一三'开始淞沪会战后，铁路和铁桥便成了日机轰炸的重点目标，铁路瘫痪了，沿途的公路上堆满了潮水般涌动的人群，有的扶着年迈的老人，有的抱着、背着、牵着年幼的孩子……有人背着包袱，有人挑着担子，有的担子里还坐着幼小的孩子，人群中常常传来哭声和呻吟……大卡车、吉普车、牵引车、大炮车、小轿车一辆接一辆，缓慢地爬行。人和车挤成一团，常常挤成一个'死疙瘩'，人们既不能前进也不能后退。如果哪辆车抛了锚，挡住了道路，不管是大车小车还是军车，人们在叫骂声中都会立刻把它推下公路……

"白天，在这样的道路上，即使坐上小汽车，也得七八个小时才能到达几十里外的江边。而江边早就堆满了成百上千的车辆，过江需要轮渡，两艘过江的轮渡，一来一往一次只能接送四辆车……

"晚上，到处一片漆黑，难民们只能跌跌撞撞地摸索着往前走，远处好像有了火车，这是救星来了，人们赶快一窝蜂地拥上前去，有的爬车门，有的翻车窗，但车厢里早已挤满了人，于是便挤的挤，喊的喊，哭的哭，骂的骂……

"上海沦陷后，不愿当亡国奴的人们便抢着坐船逆流而上，经九江、武汉到重庆……日本鬼子连运载难民的船只也不会放过，不仅扔下炸弹，还用机枪扫射，许多人因此失去了生命，鲜血染红了江水……

"而即使到了汉口，再到四川也十分艰难。轮船停靠没有固定的码头，上轮船得先上江中的一条趸船，在江水的冲击下，轮船和趸船时开时合，有的人一只脚刚从趸船踏上轮船，一个巨浪打来，轮船猛地被推开，人便掉入了湍急的江水中……

"不坐轮船坐木船吧，三峡滩多浪急，到处都有暗藏的礁石，不少木船因触礁沉没，不少人全家葬身江底……"

实际情形还远不止此。

随着沿海城市相继沦陷，长江的航运也被日军截断，东南沿海的难民要进入四川只有从陆路绕道贵州了。贵州多山，向来就有"天无三日晴，地无三里平，人无三分银"之说，民谣云："上有骷髅山，下有八宝山，离天三尺三，人过要低头，马过要下鞍。"山路崎岖，根本没有像样的公路，交通工具奇缺，主要得靠步行，不少人在路上便失去了生命。著名电影导演沈浮携子女由上海去重庆，在路上便翻车遇难，全车乘客只有沈浮女儿一人幸存。

来自上海的谢芳菲是从水路入川的，她的父亲在轰炸中丧生，她和母亲逃难到四川。万幸的是，母亲被一位亲戚介绍到一家公司当了职员。宋岚很难想象，这对柔弱的母女，在艰难的流亡之路上，到底遇到过多少让人难以忍受的痛苦和艰辛。

而来自东北的沈瑶琴呢，从校长的口中宋岚得知她的父母也是教师，在东北沦陷后因为反对日本对中国人的奴化教育双双惨死于日本关东军的屠刀下，孤女沈瑶琴长途跋涉来成都投奔叔父……

其他来自沦陷区的学生大多有着类似的遭遇。

孩子们的遭遇让宋岚说不出地难过，她迫切地希望自己能尽最大努力帮助她们，为她们减轻一些肉体和心灵上的痛苦。她一方面教育本地学生要多多照顾和关心来自沦陷区的同学，一方面自己身体力行，从各个方面关心和照顾她们。

在学习上，考虑到谢芳菲和沈瑶琴在流亡途中曾耽误了功课，便特地联络老师们安排时间对她们补习和个别辅导。对她们的作业她总是批改得特别仔细，每一点进步——哪怕是最微小的进步，她也会及时进行总结和表扬，并特地把她们的一些作文登载在学校的壁报和黑板报上，以提高她们对学习的兴趣和信心。

在生活上，考虑到虽然学校减免了流亡学生的学费，还发给一些奖学金，但对痛失亲人又饱受流离之苦的她们，还必须给予更细心的呵护和更多的关心。于是每逢星期天和节假日，便常常邀请她们到家里做客。齐齐会和大姐姐们亲热地玩耍，江奶姆会尽可能做一些可口的饭菜……天热了，会给她们准备好单衣、凉席和蚊帐；天冷了，会给她们准备好棉衣、毛袜和手套……

为了帮助她们从自身悲惨的遭遇中走出来，懂得她们遭遇的一切不仅是个人的不幸，而是整个国家、整个民族的不幸，宋岚便经常买一些新出版的、有关抗日救国的书籍报刊送给她们，还让她们在全校的"抗日救国演讲会"上讲述沦陷区和流亡路上的见闻。

在宋岚和省女中老师们的帮助下，这两个来自沦陷区的女学生慢慢变得活泼起来，脸上有了笑容，眼神里的惶感和忧郁逐渐消退了。而她们和宋岚的关系也变得十分亲密，不仅把宋岚视作老师，而且把她当作亲人，会把心里的秘密向她吐露。

在她任教的省女中，除了来自沦陷区的学生，还有来自沦陷区的教师，数学老师武秉钧便来自素有"人间天堂"之称的杭州。他说："我是在上完'最后一课'后开始流亡的，学校的校长和很多老师也是如此。那一天，学校紧急通知全校师生停课，有条件的向后方转移，没有条件的离开县城到乡下避难，但不能坐等当亡国奴，要参加抗日运动。有位年已六旬的老师说，我宁肯挤在公路车上跑长途，几乎把肠子震断；我宁肯伏在树林里避空袭；我宁肯两手空空地跑到大后方，做个无业难民，也不肯留下当日本人的顺民！在逃亡的路上有的老师遇到了日军，被严刑拷打后高呼着'我是中国人，愿为中国死'慷慨赴义，被惨杀后尸体被日本鬼子丢进了江水里……"

他还告诉宋岚一个让人毛骨悚然的故事：

日军占领杭州后，把几十个没有来得及逃跑的年轻女人抓起来关进了城边一座小庙的空房里，上了锁，准备发泄兽欲后杀害。女人们既气愤又害怕，哭成一团……日本兵又出去抓人了，庙里的老和尚听见了女人们的哭声，合掌念了声

"阿弥陀佛，我不入地狱谁入地狱"，便找来一把砍柴的斧头把房门砸开，把女人们全部放走了，还嘱咐她们"跑得越远越好"……

日本兵回来后，发现房门被砸开，女人们全都逃走了，马上把老和尚抓了起来，狠狠地打了一顿，剁去了十个手指后，在他的头上打了一个洞，然后绑在庙门前的石柱上，周围架起了干柴，活活地烧死了！

老和尚被烧死后，石柱上便留下了一个鲜血染成的和尚身影，人们不知道这位高僧的名字，便称他为"血印和尚"。

真是民族之殇、国家之痛啊！

宋岚一直主张，远道逃难来到大后方的同胞不是"难民"而是"义民"，他们是为了在侵略者的铁蹄下不做"亡国奴"，不被凌辱，不当"顺民"，不当"汉奸"，才舍弃家园、背井离乡、长途跋涉、历尽千辛万苦来到大后方的，他们是我们血肉相连的同胞，理应给予照顾和帮助。

当知道武秉钧一家在逃难的路途中行李已经全部丢失后，宋岚便把家里一套崭新的铺笼帐被拿出来送给了他们，以后又拿出两件没有上过身的旗袍送给他的妻子。武秉钧的儿子虽然比齐齐大一岁，但由于长期在流亡的路上奔波，营养不良，个子比齐齐还矮一点，宋岚便把两套给齐齐做的新衣服送了过去……别的老师也纷纷向武老师提供了各种帮助，有的送家具，有的送锅碗瓢盆，学校也提供了宿舍，让武老师一家很快安定下来了。

武老师是教数学的，后来大家才发现，这是一个有真才实学的人，他把枯燥的数学课变得生动有趣，极受学生们的欢迎。

宋岚从"努力餐"的聚会中知道许多来到大后方的人因找不到住房便流落街头，有的在寺庙里，有的在桥洞下勉强栖身。了解到一些学生家里比较富裕，住房很多，有的独占一个大院子，有的还有闲置的铺面，和这些学生商量后，她便约了一些老师去访问这些学生的家长，询问他们可不可以匀出一些住房租给无家可归的难民们。成都人本有好客、包容的传统，国难期间更是如此，纷纷表示，千里流亡都是日本鬼子造的孽，自己的同胞应该帮助，于是租金都要得很低，有人甚至不收租金，干脆送给逃难的人们居住了。

为了更好地帮助有困难的难民们，宋岚便联系一些热心的老师和家长组织了个"沦陷区同胞服务队"，并且把办事地点就定在自己家里，在自家的大门外挂出了"沦陷区同胞服务队"的招牌。自从这个招牌挂出来后，前来找她帮忙的人更多了。有的要租房子；有的要介绍职业；有的要到别的地方投亲靠友需要解决盘缠；甚至有人患了病，要帮忙找医生；娃娃要转学，得帮忙联系学校……

于是，宋岚便忙得团团转了。家务事包括儿子齐齐幸而有贴心的江奶姆操心，让她很少过问，但在学校里她还教了三个班的国文课，除了每天雷打不动的六节课，还每周有一百多本作文需要批改……于是每天她都是黎明即起，早饭前备课，晚上更深夜静了还在批改作文。幸而她国文底子好，备课花不了多少时间，作文也批改得很快，但即使这样，每天也要三更过后才能休息。

参加服务队的老师和家长们也都忙碌起来，做了许多对外联系和募捐之类的工作。

武秉钧把一家人安顿下来后，也主动参加了服务队。他对宋岚说："强敌入侵，国家大难，难民也不能有依赖心理，不能总想依赖别人为自己服务。我自己就是难民，懂得难民的心理，也能体会到他们遇到的各种困难和各种想法，我会帮助他们振作起来，和后方的民众一起抗日救国！"

赵俊扬去参加国民政府举办的"抗日青年干部训练班"了，去了半年，中间只回来过一次，住了三天又走了。

在这三天里，他日夜都缠着宋岚，宋岚要去学校上课，他不依，非要江奶姆带张条子去请假；宋岚要去处理一些"沦陷区同胞服务队"的事务，他紧紧地搂着她涎皮涎脸地说："你应该先为我服务……"

宋岚曾问他："你们训练班到底学些啥，有收获吗？是不是准备上前线呢？"

赵俊扬摇摇头，打了个嗯顿，含含糊糊地回答："我们不是准备上前线，但也是为抗日救国服务的，很重要……你不要多问了……"

"这么神秘，跟我还打啫啫啊？"宋岚笑道。

赵俊扬没有回答，只一翻身把宋岚压在身下，嘴唇也紧紧地贴了上去……

直到很久以后宋岚才明白，原来，赵俊扬上的"训练班"是培养"特殊人员"的，当局在各行各业都物色了一批人员进行特别的训练，赵俊扬被物色上了。

对宋岚等人开办"沦陷区同胞服务队"，赵俊扬是极不赞同的，把办事地点设在家里更引起他的反感，他皱着眉对宋岚说："沦陷区来了那么多难民，你管得过来吗？这是政府的事，你何必操这份闲心呢？看看，你都瘦了……女人家把家里的事管好，把娃娃带好就对了，再说，你还在学堂教书呢，比起那些只在家里当太太的人，已经很不错了，为啥还要给自己找那么多麻烦呢？"

宋岚不高兴地反驳道："我看你去受了几天训，见识不但没有长进反倒退步，连性情都变了！过去在学校时你不是常夸我是有志气的好女子，现在倒想我只在家相夫教子了？你也晓得如今是国难当头，我们没有像乐云辉那样，飞到天上去和鬼子拼命，也没有像宋轻雪那样在烽火前线采访，只是想尽一点中国人的本分，帮助一下沦陷区逃难的同胞，这还不应该吗？你不但不帮帮我，反而看我的笑神儿，这是啥意思？"

见宋岚真的不高兴了，赵俊扬皱了皱眉，但马上又赔笑道："我还不是心疼你吗，哪晓得你根本不领情！我只说了两句，你却说了这么多……算了，只当我啥也莫说，你想咋个就咋个吧！"

"既然说是心疼我，你就忍心袖手旁观，不帮帮忙吗？"

"要我咋个帮呢？"

"眼看冬天快到了，好些难民还没有过冬的棉衣，我的学生也有几个特别困难的，我想募点捐，做成五百件棉衣捐助他们，虽然只是杯水车薪，但也算尽了绵薄之力。我已经和隔壁做衣服的王大嫂商量过，她答应可以找几个会做衣服的大嫂、大娘帮忙，大家都晓得，这是为难民做冬衣，工钱要得低。为买布料和棉花，服务队的老师和家长已经募得了一笔钱，现在还差一点，你能帮忙想想办法吗？"

赵俊扬沉吟了一下问道："你想要我筹多少？"

"能筹到两千元吗？"

"我试一试吧，但我希望只是这一次……齐齐快上小学了，你还是多关心一下他和我吧……我们都需要你的关心哩，你只操心别人的事，我会嫉妒的……"说着又涎着脸握住了宋岚的手。

宋岚本又想反驳他，但看他已经答应了帮忙筹款，就把反驳的话忍住了。

二　为了前线

宋峰担任茗县县长之后，文雅俊秀的他经常会穿着一双草鞋步行到乡下考察民情，还会帮农家扫院坝，饿了会在幺店子吃碗"冒儿头"，于是百姓背地里摆龙门阵时常常亲切地称他为"宋草鞋"和"宋冒儿头"。

宋峰常常告诫自己："治国之道在于安民，安民之道在于济困，战争时期更是如此。芝麻官虽小，但关系一县二十来万百姓的生计和抗日救国大业，务必尽责尽力，不可稍有懈怠。"

全面抗战开始后，宋峰曾读到过蒋百里在《国防论》中关于"持久战"的系统论述，对蒋百里的论述他极为赞同。"八·一三"淞沪会战开始后，被誉为"战术家"的陈诚曾把抗战分成了三个时期，即持久抵抗时期、敌我对峙时期和我总反攻时期，在国防会议上刘湘、李宗仁等也持类似看法。毛泽东在延安的窑洞里还写出了皇皇巨著《论持久战》，对持久战从战略高度进行了深入剖析……因此，在抗日战争中"持久战三阶段""后退，相持，大反攻""以空间换取时间"等口号，便成为中国军队重要的战略方针，甚至在民众中也成为许多人的共识。

既要实行"持久战"，就必须有一个可靠的大后方。作为大后方的地方官员，宋峰便不能不思考着，怎样才能建设一个巩固的大后方，怎样才能从人力、物力、财力各个方面给予前方持久的、更大的支持……

人力自不用说了，给前方补充兵源是义不容辞的责任。而物力和财力呢？

偏远的茗县本是一个穷县，"穷得狗在锅里卧"——这是当地民间流传着的一句俗话。但这样的穷县仍然受着军阀和贪官污吏的压榨，各种苛捐杂税层出不穷。除了赋税，还有盗匪的抢劫勒索，以及经常发生的天灾。抗战前一年的旱灾，便曾造成全县多户断粮，"鼠无可捕，雀无可罗"，草根树皮，食之皆尽……

担任茗县县长后，宋峰曾采取严厉的手段禁止种植鸦片，并且取得了成功，但是百姓不种鸦片后又该让他们在地里种些啥呢？怎样让他们能够安居乐业，贫困的日子得到一些改善呢？

除了改善百姓的生活外，还要支援前线，这方面的任务又该怎样完成呢？

这些问题终日盘旋在宋峰的脑子里——它们是不可能依赖北大同学、刘湘的幕僚顾建文用武力解决的，况且全面抗战开始后，川军出川抗战的任务很重，也不可能再为茗县派兵了。

经过一番仔细思索后，他想起了高中同学于刚，此人曾留学英国，学成归国后便在成都附近办了一所高级农业职业学校，听说在培养农业技术人才和改进农业技术方面都卓有成效。

上海圣约翰大学毕业的于刚，是同学中的一个异类，外表一点都不像个教会大学毕业并曾留洋的人，倒十足像个土里土气的农民。他特别欣赏晏阳初等人的"乡村建设"和"教育救国思想"，曾多次对朋友们说："中国是一个农业大国，但广大农村的劳苦大众却缺少文化，更不懂科学种田为何物，中国要摆脱贫穷落后的困境，实现国富民强，首先就必须重视和解决农村问题，因此我主张大办农业职业教育。我当效法晏阳初、黄炎培诸君，全力以赴振兴农村的平民教育事业。"

于是留洋归来，他拒绝了到政府任职或到大学当教授的邀请，执意在农村进行了一系列调查，以后便不顾妻子的反对、亲友们的劝告，卖掉祖上留下的几十亩地，办了一所高级农业职业学校，并在自家的土地上建了一个示范农场，一方面招收学生，一方面帮助农民解决一些农业技术上的问题，并着手选育良种。几年下来，已经有了不错的口碑，而且他嫁接出的广柑和橘子新品种，也得到了广泛好评，在成都和重庆的水果市场上都极受欢迎。

当宋峰前来拜访时，于刚正领着一群学生在谷子（水稻）地里忙着选种。看见老同学来了，于刚很高兴，向助手安顿几句话后便从地里出来。他张开大嘴笑着，露出了雪白整齐的牙齿，在田边的水沟里洗了洗手上的泥巴，又在裤子上揩了揩后，便伸出来紧紧地握住了宋峰的手。宋峰见他头上戴着草帽，身上穿着件土白布中式上衣和一条蓝色粗布长裤，皮肤晒得黢黑，手掌上有厚厚的茧巴，只是一双眼睛仍然清亮得有如泉水，谈话时总是专注地盯着对方，神情天真、安详而坦然。

于刚把宋峰领进了他的办公室，办公室陈设简陋，一张没有上漆的大白木桌，几张没有上漆的白木椅子，桌上有许多大大小小的玻璃瓶子，里面装满了各种农作物的种子。

于刚没有给宋峰泡茶，而是从办公室旁边的果树上，摘下了几个金黄色的脐橙，切开后摆在盘子里让宋峰品尝。宋峰拿起一瓣放进嘴里，只觉得满嘴都是清香的、甜蜜的汁水，于是便好奇地问道："现在好像并不是广柑成熟的季节，这是你的新品种？"

于刚有些得意地笑了："老同学，这不是一般的广柑，它是脐橙！因为它每只上面都有个肚脐眼儿一样的东西，比一般广柑口感更好，营养成分更高。而且我还告诉你一个秘密，脐橙和别的广柑一样，每年10月到11月才成熟，而我们研究出了一种新的技术，可以让成熟的脐橙一直留在树上，一直留到第二年的6

月,和新结果的脐橙同树,这样不但帮助果农们解决了贮藏的问题,也让他们可以卖到更好的价钱……你刚才吃的就是去年成熟的果子。多吃几块吧,这可是难得的好东西啊!"

宋峰赞叹道:"你这里真像个世外桃源,我好羡慕!我在茗县当了个七品芝麻官,认真执行了禁烟,但不种鸦片了农民们又该种啥?怎样让他们的生活能得到一些改善,又怎样完成国家的征粮计划呢?你是专门研究农业的,一定知道中国农村的贫穷、农民生存的不易……今天我是专程来向你请教的!"

于刚笑了,一谈起农业,他便兴致勃勃地打开了话匣子:"你能就农业问题来找我,我很高兴。我办农业学校和示范农场,目的就是想为国家培养农业技术人才,推广科学种植技术,发展农业建设事业,以便更好地支持抗日战争。中国和西方列强不同,并不是工业国,而只是个农业国,农业落后,农民贫穷,何来国家的繁荣富强?何来强大而巩固的后方?……发展农业是要因地制宜的,不能凭空想象、无的放矢。这样吧,我必须先到你那儿看一看,实地考察一下,然后才有把握提出比较中肯的意见。另外,我这个学校有'高农'和'初农'两个班,有农艺、畜牧、园艺三个科,要是你那里有合适的人选,也可以让他们来这里听课、学习,看在老同学的面子上,可以免交学费。"

于是两人约定,近期于刚抽空到茗县进行考察。吃饭时,招待宋峰的腊肉、香肠、豆花和青菜都是农场自产的。临走,于刚还送了他一大口袋西红柿、豇豆、海椒之类的蔬菜和两个大西瓜。当时,番茄这种被四川人称作"西红柿"的东西还很稀罕,于刚说:"我这里有种子,你要喜欢,以后自己可以栽种一些,它易于栽种,营养价值是很高的。"

于刚没有食言,一星期后他果然来到了茗县,宋峰穿着草鞋陪他在乡下转了两天,考察了这里的气候、土壤和水源后,于刚郑重地说出了自己的想法:"茗县地处深丘地区,山高水低,土地瘠薄,又有'十年九旱'之说,许多地方并不宜栽种水稻和小麦,却适合栽种苞谷这种抗旱作物。应该调整当地的种植结构,尽量减少水稻的面积,多种苞谷。在苞谷地里还可以套种花生、洋芋、红苕和黄豆之类。我可以想办法帮你们物色一些产量高、抗旱、抗病虫害的优良品种……除了栽种苞谷,还可以让山区的百姓多多种植果树,我看这里山上的树很多,青冈树上可以嫁接板栗,麻柳树上可以嫁接核桃。除了种树,还可以发展食用菌……我可以派人来指导。"

为了让当地的绅粮和农户们改变多年来形成的种植习惯，接受于刚的意见，宋峰特意召集全县一些有名望的绅粮座谈。在座谈会上，于刚对全县的土壤、气候、水源等各方面条分缕析地进行了仔细分析，绅粮们半信半疑，但听说他是留过洋的，又是"高级农校"的校长，有人便答应可以先拿出点土地试一试。经过几户绅粮和佃客们商量，全县便在一千来亩土地上开始了实验。于刚特地赠送了优良的苞谷种子，并且从农校派出了几位老师对播种和田间管理进行了指导。

这一年，茗县又发生了春旱和夏旱，到秋收时，谷子和麦子的收成都不好，但这一千来亩地的苞谷却有了好收成。农校的老师们帮助大家算了算账，平均每亩地的苞谷收了七百多斤，套种的洋芋收了八百多斤、花生三十来斤、黄豆二十多斤……

这一下，全县都闹喁了，第二年许多人便把原先种谷子的地方改种苞谷，茗县挨饿的人大大减少。"民以食为天"，吃饭问题解决后，征粮计划顺利完成，社会秩序安定，上山为匪的人少了，百姓为抗战捐钱捐粮的热情也提高了。

作为持久抗战的大后方，除了解决粮食问题，宋峰认为还必须兴办实业。茗县曾有挖煤的传统，考虑到大批工厂和难民进入四川，对煤炭的需要激增，他便想开煤矿。到邻县的煤矿考察了一下，发现那里的生产条件都十分恶劣，采煤基本全是手工，矿工们赤身裸体弯着腰坐在极其狭窄的掌子里，流着汗一点一点地挖，一铲一铲地装进竹篓后背出矿井。而上下矿井靠的只是长长的、连接在一起的竹梯，矿工们从这条长三四十丈的竹梯一步一步地往下爬或往上攀登，一脚踩虚就会粉身碎骨……抽水也是人工，用简陋的竹筒慢慢地往上抽。由于通风不好，矿井里不但十分闷热，而且大大增加了发生矿难的危险，事实上，由于冒顶或瓦斯爆炸已经多次发生矿难，死了不少矿工，正如当地老百姓所说，下煤窑就好比一只脚踏进了鬼门关，挣的是卖命钱。

邻县考察归来后，宋峰便开始说服县里几个家道殷实的乡绅共同投资兴办煤矿。最初，一些人主张就按邻县那种小煤窑的办法，因陋就简地干起来，但宋峰说："我们兴办实业，目的在于兴国，在于支援抗战，也在于利民。如果我们的煤矿立于父老乡亲的斑斑血泪之上，置他们的生命于不顾，那与卖国何异？"在他的说服下，终于凑了三万元大洋，派人到上海买回了发电机、采掘机、抽水机、通风机等设备，办起了煤矿。

以后，沿海和中东部大批厂矿迁到四川，一些规模较大、设备较先进的煤矿企业也迁到了重庆,宋峰便主动和著名实业家卢作孚联系,在卢作孚的帮助下,茗县煤矿和迁入的大煤矿进行了合作,采用先进的设备进行开采,对抗战期间工业和民用煤的供应都起了一定作用。

除了在农业和工业方面的建树,宋峰还一直记住了先贤的一句话:"人才为政事之本,而学校尤为人才之本也。"曾当过中学校长的他,对茗县的教育事业自是十分重视。鉴于这个小县城长期以来只有一所初级中学,学生们要上高中只能长途跋涉到外地去,经过一番策划,在当地一些爱国士绅的襄助下,他将这所初级中学增设了高中班,改名茗县中学。为了解决师资问题,便大量聘请从沦陷区流亡到四川的老师任教。除此之外又增办了茗县女子中学和茗县乡村师范学校,并规定,凡佃客的子女入学除一律不收学费外,还可以半工半读。

他亲自为茗县中学撰写了校歌,歌词中有:

> 怀着赤诚的信念,怀抱远大的理想,努力学习,奋发图强,上马操戈,下马挥毫,服务民众,求国富强……

抗战期间四川是重要的兵源输出地,宋峰明白,必须用自己的行动在全县树立"抗日救国"的正气,不但让民众明白抗属光荣、烈属光荣的道理,也要尽可能地帮助抗属和烈属们,以解除前方将士的后顾之忧,于是在这方面他总是不遗余力。

一位姓王的寡妇独子上了前线,而上级对抗战军人家属的"优待米"迟迟没有发放,王寡妇生活困难,他便亲自到米铺自己掏钱买了一石米送到她的家里。抗属李某病故,儿子在前线无法回家,宋峰亲自为他操办丧事,还为他戴孝守灵。张铁匠的儿子在前线为国捐躯,张铁匠病故时,宋峰戴着黑纱为他扶棺送葬。

除夕之夜,他冒着大雪,叫勤务员挑上箩筐,装上酒肉、点心等年货去到家境困难的抗属、烈属家里,进行慰问;大年初一早晨,又亲自上门为他们拜年。

县长守灵、县长送葬、县长拜年……不但在茗县,在周围各县都传为美谈,一些民间艺人还就此编了评书在茶馆里说唱。

茗县乡绅聂某担任了茗县救济院院长和建仓积谷主任,有百姓状告他挪用救济费和积谷,宋峰暗访属实后,立即查办,将聂某家的一千石谷子查封,然后以低价卖给百姓，并责令聂某把欠百姓的钱、粮全部补上……

宋峰的一系列德政，让茗县的面貌迅速改变，市场繁荣，百姓安居乐业，抗日情绪高涨，被民众称为"宋青天"，但是却也得罪了部分腐败的地方势力，包括剿匪时的方大头，禁烟时的烟帮以及聂某等豪绅，给自己留下了祸根。

第四章 国之大难

一 野兽！野兽！

杨宏涛带领着一支义勇军上了前线，这些人中很大一部分是他亲自招募和训练的地方民团，本是对付土匪的，抗战时却都跟着他上了前线，是真正的"子弟兵"。由于他主动请缨杀敌，地方士绅又联名举荐，军事委员会报委员长后，便给了他一个"师长"的虚衔，他的义勇军便称为"独立师"。于是他把手下的将士也封了旅长、团长、营连排长，虽领不到实饷，但在家人和乡党面前便有了面子，牺牲后在族谱和墓碑上也好看一些，让子孙脸上更有光彩。

虽是一个"师"，但给养要全靠自己筹集。杨宏涛一狠心卖掉了三百挑谷子的好田，又拿出了多年的积蓄，琬玉要把他送自己的一对金圈子和两只金箍子还给他，但他坚决不要，说是过去已经对不住她了，这一去还不晓得有莫得回来的一天，不能不给她留点家务，再说还有儿子阳阳需要抚养哩。

除了日本鬼子，杨宏涛晓得此行还有另一种凶险——蒋委员长对地方军向来另眼看待，和刘湘又早就心里有些疙瘩，再加上周围团转还有一批扇阴阳扇子打烂条的人，不会在军队的给养方面一碗水端平，而日本鬼子又早就磨刀霍霍，飞机、大炮、坦克、毒气、军舰齐上，自己纵有报国之心，但胜负确实很难预料。不过，"守土卫疆乃军人天职"，马革裹尸自古就是军人的荣耀，面对强敌的入侵，也只能成仁取义了。

过去他也打过不少仗，但都是"内战"，虽也死了些人，但他还没有真正领会到战争的残酷，这一次，他才真正认识了什么是"战争"，什么是"国破家亡"，什么叫"亡国奴"，才真正看到了人类灵魂深处的卑劣和可怕——那是用"兽性"都不能概括的，正因如此，他才更懂得了作为一个军人，身上肩负的重任。

一路上，许多百姓主动跑来帮他们搬行李、推辎重车，车站和列车上到处贴满了标语："打倒日本帝国主义！""为祖国流尽最后一滴血！""向英勇抗战的将士致敬！""欢送英勇战士果敢杀敌！"……车站上有机关、学校、各团体组织的欢送队伍，放火炮、呼口号。路边的百姓看见他们后，都脱帽致敬。

许多老百姓，尽管自己还挨着饿，却给抗日队伍送来了馒头、大饼、包子、热汤……

一路上，他们也看到了、听到了日本侵略者太多太多令人发指的暴行。

当人变成野兽的时候，就会比野兽更可怕。

队伍经过了一个曾被日寇占领的村庄，一条深沟里堆满了百姓的尸体，上百人的尸体把深沟填平，里面有被剥去衣服的女人，还有几岁的孩子……一位幸存的老爷爷告诉他们，日军抓到中国人后，有的让头顶一摞砖跪在三角铁上，有的用刺刀挑、狼狗咬，有的还会把城砖烧烫后铺在地上，日本兵架着赤脚的中国人在砖上行走——称之为"走金桥"……邻村一个老农，眼睛不好，路过时没有给站岗的日本兵鞠躬，当场被刺刀挑去眼珠后惨死……

部队收复一个小村后，死寂的村庄里没有看见一个活人，甚至没有一只活着的牲畜。所有的房屋都被焚烧，只留下一堆堆灰烬和被浓烟熏得黢黑的残垣断壁，到处弥漫着一种特殊的气味——这是熏人欲呕的尸臭。在一个被烧毁的院子里堆着上百具尸体，里面不但有青壮年，还有老人、妇女和襁褓中的婴儿……估计是村民们逃进这个院子后，被日军集体屠杀的。

一个瓦窑里，有三十多个老人和儿童的尸体，是被赶进瓦窑活活烧死的。

村子的小庙前有几具被扒光衣服、捆住手脚，轮奸后又被刺刀捅死的女人遗体。这些女人中有十几岁的少女，也有头发斑白的老太婆。

村子里的水坑里漂浮着几具女人的遗体，她们手里还抱着年幼的孩子……将士们猜想，这些女人大概是不甘心受到日本鬼子的凌辱，抱着娃娃毅然跳进水坑自尽的。

一棵树上用铁丝紧紧地绑着一个男人，是被烧死的；另一棵树上吊着一个男青年，他的头上被钻了个窟窿，也是被烧死的。

一面土墙边立着一些衣服被扒光的男人和女人的遗体，他们的身上布满了弹孔——他们是日本士兵练习射击时的活靶子……

这个村庄惨绝人寰的景象让所有的将士都十分悲愤，大家细心地将同胞的遗体掩埋,高呼着:"打倒日本帝国主义,为死难的同胞报仇!"

在通往县城的土路上,部队又遇到了多具被枪杀的百姓遗体。在清理和埋葬这些遗体时,卫生员发现,还有一个受了伤但没有死亡的人,于是向杨宏涛报告。杨宏涛命令军医:"你们要想尽一切办法救活这个幸存的人!"

军医检查后发现这是一个二十多岁的年轻人,腿上和手臂上各中了一枪,流了许多血,昏迷了,但由于没有伤到要害部位,经抢救后活了过来。待身体稍好一些后,他便回答了杨宏涛的询问:

> 长官,我姓王,叫王长鸣,原是成安县立小学教员。日本鬼子攻打成安县时,县长说:"我要和成安县共存亡,我们要保卫自己的家乡,决不能向日本鬼子投降,当亡国奴!"他把县里的自卫团、县政府官员、警察甚至监狱里的犯人都集合起来守城。攻城的日本鬼子被打退了,被打退后便对附近的几个村庄进行了疯狂的报复,房屋被烧光了,牲畜全被杀死,屠杀的百姓更不知道有多少……
>
> 后来日本鬼子又第二次攻城,先用飞机轰炸再用大炮猛轰,还出动了坦克。城墙终于被他们炸开了缺口,县长也牺牲了。鬼子们拥进城后,便在城墙上架起了几挺机关枪,对着大街向人们扫射……大街上血流成河……他们的指挥官又给鬼子兵放了七天假,准许他们自由行动,于是鬼子兵便烧杀奸淫无所不为,把成安县变成了十足的人间地狱。遇到成年男子便枪杀、劈头、开胸剖腹;看到婴儿便抓起小腿撕成两半,还用刺刀挑起半边尸体戏耍;遇见妇女不分老幼便强奸后杀害……一位百姓家里藏了十四个逃难的人,日本兵撵着两个妇女来到这里,对女人们轮奸后又用刺刀捅死了藏在这里的十三个人,一个九岁的孩子躲在柜子里才得以幸免。
>
> 城边一位姓张的百姓院子里挤了五六十个逃来的妇女儿童,日军发现后便把大门锁上,堆上木材、浇上汽油,狂笑着把这些人全部烧死。
>
> 二十多对白发苍苍的老年夫妻躲进了庙子里,日军把他们押出来后,让老婆婆和孩子们亲眼看着二十个老汉被枪杀。
>
> 十几个躲在房顶上的青年被发现后,高呼着"打倒日本帝国主义"被全部杀害。日军从天主教堂搜出了七十多个男人,将他们全部杀死。
>
> 国军曾组织敢死队反攻,但日本鬼子调来大量援军,四十多名敢死队员

被包围后全部被鬼子烧死。

县城曾一度被我军收复,但日军第二次占领县城后,便再次进行了疯狂的大屠杀。凡是男人,不管老小一律杀光,天主堂里住着三十多个壮年人,手臂上都戴着日军发的"苦力"袖章,给他们挑水、喂马,也被集体屠杀了。

日本鬼子杀人的方式:一是绑在树上或柱子上,先拳打脚踢再用木棒等东西打死;二是集中枪杀;三是用刺刀捅死;四是纵火烧死;五是捆了后丢在路上,让拉弹药给养的汽车轧死。

两次大屠杀,成安县城和附近的村庄不算国军将士,仅仅老百姓被杀害的便足有五千多人。城里的狗吃人肉吃肥了,毛掉光了,两只眼睛红红的,见人就咬……

听了王长鸣这些血与泪的控诉,看到了村庄里日军令人发指的罪行,杨宏涛和将士们才真正懂得了为什么"中华民族到了最危险的时候",懂得了抗日战争确是一场关系民族存亡的战争,也是一场人与魔鬼、人性与兽性的较量。将士们人人义愤填膺,发誓要向日本鬼子讨回血债。于是打仗时士气旺盛,虽然武器远远不如日本鬼子,但"狭路相逢勇者胜",接连打了几个胜仗,以后在前线便有了名气。虽然牺牲了不少人,给养却部分得到解决了。

被解救的小学教员王长鸣要求参加杨宏涛的队伍,杨宏涛同意了,以后在战斗中,他表现得十分勇敢。

二 出师未捷身先死

由于前方战事吃紧,部队又调动频繁,因而杨宏涛很少给家里写信,宋琬玉只接到了他的几封短信,信中只说他一切都好,叫琬玉不要担心,凯旋后他会立即回家。

酒寨离重庆不远,虽然交通仍然不便,但抗战后内迁的厂矿有的已经在秀江县城附近办起了工厂,有关抗战的各种消息便通过厂里的一些"下江人"传来,让宋琬玉也明白了前方的战事并不顺利,日军已经占领了中国大片土地,日本人不但早有准备,而且武器装备大大强于中国军队,于是她便时时为自己心爱的男人以及他带领的那支队伍担心。

白天胡思乱想，晚上便多次做过相同的噩梦，总是梦到自己突然来到了一个黢黑黢黑伸手不见五指的地方，四面八方一点亮光都莫得，也不晓得到底是哪里，只听见一片轰轰隆隆、炸雷一样的枪炮声，头上好像还有飞机……她害怕了，嘴里高喊着"宏涛哥"，但莫得人答应；她想跑开，两条腿却抬不起来……陡地，天上亮起一道闪电，闪电光让她突然看见脚下躺着许许多多尸体，宏涛哥正满身是血地向她招手……于是她惊叫一声"宏涛哥"就惊醒了，醒后全身已被冷汗浸透……

她把自己的噩梦告诉娘，娘搂着她说："阿弥陀佛，妹仔儿，当年你爹在外面打仗时，娘也老是做噩梦，世上总是不太平，娘和你都是苦命人啊！"

琬玉娘王凤英到庙里烧香拜佛的时候更多了，念经、吃素，还经常帮助和尚、尼姑们打扫卫生，接待香客。她常对琬玉说："我佛慈悲，但也除魔，庙里的住持说，日本鬼子就是祸害人间的魔鬼，我们在求菩萨保佑，保佑那些在前线除魔的娃娃平平安安，保佑他们能够早些把魔鬼赶走，让老百姓重新过上太平日子……"

男人走了，娘也到庙里去了，琬玉便把用人全部辞退，给了每个人一笔安家费。家里一下子变得空空荡荡的。后来阳阳也被他亲妈接走了，说是快上学了，要接他去耍几天，琬玉不愿和她发生争吵，便随她去了。

娃娃走后，琬玉更不晓得该咋样打发自己的日子了，每天除了煮煮饭、抹抹屋、收拾一下花草，便没有别的事。原本很爱打扮，在梳头穿衣、绣花做鞋上要花不少工夫的她，对这些都突然失去了兴趣……一个星期天，在百无聊赖中她便胡乱换了件干净的蓝花布旗袍和一双平底黑皮鞋，向附近街上的茶馆走去，想向茶馆里的人们打听一下前方的消息。

学校里的几位先生正在茶馆里摆龙门阵，正巧其中一位是琬玉同族的表哥，姓郑，和陪宋岚到成都上学的表亲是一家人。此人是杨宏涛组织的秀江县抗日宣传队成员，五短身材，相貌平平，聪明内敛，口才极好，记忆力超强，还最爱搜集资料，常常利用从各处搜集来的资料在茶馆里"摆龙门阵"，宣传抗日救国的道理。他摆的龙门阵绘声绘色，比说评书还好听，而且资料翔实，并不是道听途说，因此拥有一大批热心听众。看见他后琬玉心中一喜，便上前招呼道："郑表哥，来喝茶了？"

"哦，是琬玉表妹，快坐下，喝茶，喝茶！刚泡的，还没喝过哩。"郑表哥说着便拉过一把竹椅，又递过来一碗茶，接着喊了声，"幺师，再来一碗茶！"又问道，"师长有信吗？他现在咋样哩？"

几位先生也都望着宋琬玉。

宋琬玉低下了头，低声回答道："好久没来信了，也不晓得到底咋个了！"

郑表哥连忙安慰道："你不要着急，也不要太担心，吉人天相，师长曾身经百战，想来是因为战事紧张或邮路不畅，把信件耽搁了！前两天我到北碚去看望个老同学，听到了很多重要消息……有喜有悲吧……悲的是刘湘在武汉突然去世；喜的是，国军在台儿庄打了个大胜仗，而且台儿庄一战中固守滕县的川军立了大功，只可惜守卫滕县的王铭章为国捐躯……"

在座的人们对这两个消息都很感兴趣，虽然大家都听说过刘湘去世和台儿庄大捷，但详细情形并不清楚，于是在大家的怂恿下，郑表哥便绘声绘色地讲述起来。

首先他谈到了刘湘的辞世。

他说，抗战开始后，刘湘是国民党军政大员中主张抗日的领军人物，被任命为第七战区司令长官，部队主要由川军组成，长官部被指定设在郑州。蒋委员长命令立即调出川军三十万，再供给壮丁五十万，刘湘第一批就调动了两个集团军二十多万人出川，在中央没有给予给养的情形下，深秋时川军便穿着短衣、短裤、草鞋，背着斗笠和大刀，肩扛一支"老套筒"分三路出川。刘湘本人将川康绥靖公署主任和四川省主席的工作匆匆交人代理后，也抱病踏上了征途。当时曾有部下劝他先休养一段时间，待病好一些后再赴任，但他回答道："过去打了那么多年内战，脸面上不甚光彩，向老百姓也报不出个奏销，今天大敌当前，我正好为国效命，借以洗刷自身的污点，怎可在后方苟安呢？……有了出川抗战的机会，将来历史上也才可以知道我刘湘到底是个啥样的人……"

刘湘先坐飞机匆匆到了武汉，在武汉处理一些事务后又乘船赶到了南京，这时淞沪会战已十分吃紧，日军从杭州湾登陆后，中国军队腹背受敌，不得不只留下谢晋元率领"八百壮士"死守闸北的四行仓库，掩护大部队撤退。

关于"八百壮士"——实际只有四百五十多人守卫四行仓库的情形我上次已经说过，今天就不再啰唆了，只补充一点，大家都晓得，十六岁的女童子军杨惠敏还给壮士们送过国旗，英国、美国的报纸都对四行仓库保卫战进行了报道，英国一家报纸还这样说："华军在沪抵抗日军之战绩，实为任何国家史记中最勇武的诸页之一。"

日军占领上海后，南京便岌岌可危了，中央决定迁都重庆，刘湘积极支持，并主动请命率川军各部保卫南京，保证能守三个月，以便掩护华中工厂、人员、物资安全撤退……他亲自拟电，让川军各部速来南京。但他没有想到的是，为了削弱乃至消灭四川地方势力，川军不但在出川前就被委员长下令裁减了三分之一，出川后更被故意分割得七零八落，有的划归阎锡山领导，有的划归卫立煌指挥，最后只有二十三集团军的部分队伍领命，在南京外围的泗安、广德和日军血战了。血战中，独立十四旅的敢死队全部战死；一四五师师长饶国华自杀殉国……

这年11月底，刘湘在召集部下商讨战略部署时，突然晕倒，他的老毛病——胃病和糖尿病又犯了，而且日益沉重，便被送到了汉口治病。以后病情有了好转，已经可以下床散步了，曾让人代写"建议书"呈送蒋委员长，建议各党派加强团结，一致对外，并吸取前段时间教训，对军队加强训练，改善武器装备，等等。

在治病期间，刘湘仍然与川军各部及冯玉祥、何应钦等经常讨论对日作战问题，并且策划"反攻芜湖"和沿长江流域开展游击战。民国二十七年（1938）元旦还在报纸上发表了专文《长期抗战中的四川》……但元月中旬他的病情却突然恶化，终年四十八岁。死前曾留下遗嘱："抗战到底，始终不渝，即敌军一日不退出国境，川军则一日誓不还乡！以争取抗战最后之胜利，以求达我中华民族独立自由之目的！"

讲到这里，郑表哥感慨道："听说前线的川军每天举行升旗仪式时，都会同声朗诵这个遗嘱哩！"

郑表哥还说，刘湘去世后，被追赠为陆军一级上将，蒋委员长送了挽联，共产党中央主席毛泽东发来了唁电。成都在少城公园举行了十几万人参加的追悼会，进行了国葬，墓园在成都的武侯祠旁，正应了杜甫悼念诸葛亮的那句诗："出师未捷身先死，长使英雄泪满襟。"

"关于刘湘的突然病故，有好多传说哩。"有位茶客插了嘴，这是当地的一位小学教员，"有人说是因为'反蒋事败被吓死的'——说是刘湘的部下范绍增被戴笠收买，监视刘湘时发现他与韩复榘共谋反对蒋委员长，韩复榘因不顾委员长

'固守山东'的命令、一路退逃被枪决后刘湘就被吓死了。但这种说法遭到很多人的驳斥,因为刘湘是1月20日病逝的,而韩复榘被枪毙是1月24日,'被吓死'一说显然不合逻辑。

"另一种说法是,刘湘是被委员长害死、毒死、气死的——据说冯玉祥曾有这种怀疑,刘湘的老婆刘甫婆周玉书也这样说,但都是'怀疑'而已,并没有确切的证据。历史上这种'疑案'本就很多,刘湘之死也可能是件疑案吧。当然,委员长对刘湘和川军是并不信任的,早有分裂川军势力的意图,刘湘与张学良、冯玉祥、龙云等也早有联系。其实早在'七七'事变前,为了实现'分化川军,消灭甫部'的目的,蒋委员长便下令裁减川军三分之一;委员长行营参谋团不但插足地方行政,而且控制了全川财政,又向川军各部派出了政工人员;还绕过刘湘,直接委任、提拔他下属的部分军官,并开办了中央军校成都分校……出川后,刘湘本想对川军统一指挥,但委员长却故意把川军分割得七零八落,不但不给给养,还分散地派往各个战区。杨森的二十军是川军出川抗日的第一支队伍,赶到江苏后,即划给薛岳指挥。刘湘住院时,不但改变了他的作战计划,而且让他失去了指挥权,最后甚至将他兼任的二十三集团军总司令也取消了,让刘湘十分愤慨……刘湘去世后,他任总司令的第七战区被撤销,三十万川军分别划归二、三、五战区,有的到山西,有的到江苏、浙江……看来,以后川军的贡献要被湮没了……"

"是啊,刘湘之死确有不少蹊跷之处,"郑表哥接口道,"不过,传闻终究只是传闻而已……盖棺论定,刘湘这个人曾是四川的大军阀,长期在四川打内战,让百姓苦不堪言,但他也做了两件大好事:一件是统一了四川,消除了二十多年军阀割据的防区制;另一件便是在民族危亡的关头幡然觉醒,抱病出征,终以身殉。在他的影响下,川军很多将领都是主动要求首批出征的,在战场上也表现得十分英勇,在南京外围和日军血战,伤亡惨重的两个军,就是他的嫡系;最近取得的台儿庄大捷,也和川军的贡献分不开,连指挥这次会战的司令长官李宗仁都说:'滕县一战,川军以寡敌众,不惜重大牺牲,阻敌南下,达成战斗任务……若无滕县之苦守,焉有台儿庄之大捷?台儿庄之战果,实滕县先烈所造成。'"

三 孤城血战

郑老表讲得眉飞色舞，头头是道，不但宋琬玉和学校的先生们听得津津有味，而且许多茶客也围了上来，有人便问道："郑先生，你刚才说到台儿庄大捷，又说啥'滕县一战'，到底咋回事呢？"

听了这话，郑表哥端起茶碗喝了两口，神情凝重地回答道："好，我就给诸位讲讲这台儿庄大捷吧……"

"诸位晓得，由于指挥不当、准备不足，中国军队在华北战场节节败退，继北平、天津陷落后，保定、沧州、石家庄、张家口、太原、德州等相继失守，日军前锋已直逼黄河岸边。

"上海、南京相继沦陷后，为迫使中国政府投降，日军统帅部决定华北方面军和华中派遣军同时南下和北进，先歼灭徐州地区的中国军队主力，再挥师南下，直取中国政治军事中枢武汉。

"徐州古名彭城，诸位晓得吧，这彭城原是楚汉相争时那位西楚霸王项羽的故乡，地处黄河与淮河两大河流之间，当江苏、山东、河南、安徽四省要冲，还是津浦铁路和陇海铁路两条铁路的枢纽，战略地位自是十分重要，历来是兵家必争之地。而南京失守后，中国军事指挥中心转移到武汉，徐州便成为保卫武汉的重要屏障，日军对徐州志在必得，他们的板垣师团和矶谷师团准备首先在徐州门户台儿庄会师，然后策应津浦路南段的日军，合攻徐州。

"担任徐州会战总指挥的是来自广西桂系的李宗仁。在韩复榘一路逃跑后，日军占领了济南，以后便长驱直入，沿津浦路而下，徐州受到严重威胁。在这种形势下，李宗仁便急令川军二十三集团军去填补了韩复榘防线的空白。以后邓锡侯二十二集团军司令部又进驻了离徐州不远的山东临城，任务是守卫徐州的北大门，下属一二二师奉命守卫滕县——这已是当时津浦路北段、徐州北面被中国军队占领的唯一重镇了。

"一二二师师长是王铭章，新都人，圆脸、微胖、秃顶，十八岁时参加了保路同志军，辛亥革命后进入四川陆军军官学堂，毕业后参加过反对袁世凯的护国战争，从连长升任团长，军阀混战中升任师长，曾在我们重庆、万县一带打过仗。在'二刘大战'中和刘文辉部在成都打过巷战，刘文辉被赶出成都后，他兼任了成都的卫戍司令。

"'七七'事变后,王铭章和许多川军将领一样,幡然觉醒,曾多次对人说:'国破家何在?值此国难当头之际,必须枪口一致对外!'于是主动请缨出川杀敌,并表示:'我此次出川,不成功便成仁,成仁就是壮烈牺牲……'"

听到这里,听众中有人称赞道:"这王铭章倒还算个人物!"

"是的,你说得不错,部队开拔前,在德阳举行誓师大会,王铭章在会上又慷慨陈词:'国土沦丧,作为军人就有守土之责……我一二二师全体官兵保证做到受命不辱,临危不惧,负伤不退,被俘不屈!'他还对大家说:我过去不知为谁而战,为谁而死,率领你们参加过多次内战,都是互相残杀,给地方老百姓带来了许多灾难和痛苦!今天我们奉命出川抗日,是为了挽救国家危亡、为了民族生存而战,我愿与诸君共赴时艰……

"以后他回家预留了遗嘱,内容有:'誓以必死报国,将积年薪俸所得,酌留赡及子女教育之用,余以建立公益事业。'

"王铭章的一二二师是先头部队,说起来丢脸,和别的川军一样,也给人叫作'叫花子部队'。深秋了,还穿着单衣草鞋,背着竹席斗笠,徒步翻越秦岭、大巴山,一些新参军的学生宿营时还要向老战士学打草鞋。许多士兵背的都是老式川造步枪,这种步枪打几枪后就会拉不开枪栓,而且有的没有来复线,有的枪栓已经掉了下来,这种枪还不是每个人都有,一个连一两百人只有三十多条枪,其中一些枪的枪栓还是用麻绳捆在枪把上的,平均每人不到二十发子弹。更多的人是背上背着一把大刀,还有人是在腰上别着一把篾刀……

"本说步行到西安后可以休息、补充,哪晓得刚到宝鸡就奉命急赴山西战场,于是大家就挤在铁板车上向山西赶去。车上既没有座位也无法煮饭,站了几天几夜饥寒交迫地赶到山西时,许多战士已经两腿肿硬发直,下车后连站都站不稳了……

"到了太原,编入阎锡山的第二战区,阎老西儿也是军阀出身,对川军很刻薄,还莫来得及吃顿饱饭,也没有得到一枪一弹的补充,就被立即转运到晋东去阻击日军。

"在路上,有个团曾遭遇了日本鬼子的伏击,川军一个团的火力还不及日军的一个中队——也就是一个连吧,从拂晓打到中午,两千人所剩无几。

"到娘子关后,王铭章率部用手榴弹、大刀和鬼子的飞机、大炮、坦克、火焰喷射器、毒瓦斯鏖战,全师死亡大半……

"面对穷凶极恶的日本鬼子,川军几乎是赤手空拳,既没有武器,也没有补给,后来听说山上的窑洞里有个阎锡山的军火库,由一个排守卫,于是将士们便去要求补给武器。守卫的排长听他们说明情况后便同情地说:'是川军兄弟啊,你们来我们山西打鬼子辛苦了!你们要枪拿就是了,这里有三百多支步枪、三挺机关枪、两万多发子弹,还有手榴弹,都拿去打鬼子吧!'

"可恶的阎老西儿没有给川军补充武器,却向委员长告了状,据说委员长因为刚丢了南京,心情不好,便不问青红皂白就破口大骂:'抗战不足,匪气有余,不要他们了,让他们回到四川去当土匪好了!'

"后来还是桂系将领白崇禧考虑到前方兵力不足,建议把川军划给第五战区的李宗仁,李宗仁正在要人,便欣然接受,并给予了补给,让邓锡侯部守卫徐州以北的滕县地区,王铭章被任命为四十一军前线总指挥,进驻滕县。

"李宗仁向川军传达委员长的命令:'固守滕县三日,阻滞敌军,以待转运增援兵力,巩固徐州……'王铭章接受命令后当即表态:'以川军薄弱的兵力和窳败的武装,担当津浦线上保卫徐州第一线的重大任务,力量不够是不言而喻的。但我们身为军人,牺牲原为天职,现在只有牺牲一切以完成任务,虽不剩一兵一卒亦无怨尤。不如此,则无以对国家,更不足以赎二十年川军内战的罪恶了!'

"川军虽然很穷,但却纪律严明,到达滕县后受到了当地民众的热烈欢迎。一些年逾古稀的士绅和一些年轻人还随川军将领下乡宣传抗日救国;民众为欢迎川军的到来,把近百里路上的积雪扫净,沿途杀猪宰羊、烘烤大饼,把做饭的柴火都送到部队上;看见川军多穿草鞋,便纷纷送来鞋袜;看见战士们在冒雪挖工事,有人便送来冻伤药……一位老先生还写了一首古诗,全文我记不得了,其中后两句是'川军将帅皆韩岳,岂有神州竟陆沉'!

"连蒋委员长也一反过去的态度,来电表示嘉奖了,电文称:'该集团军纪律严明,人民爱戴,转战各地,备著辛劳,特电嘉奖!'

"民国二十七年(1938)3月14日这天,保卫徐州的外围战正式打响,日本鬼子集中四个师团,配备了飞机、大炮、坦克进攻滕县,从早到晚激战一天,日军被击退。

"第二天,日本鬼子又以上万兵力迂回进攻。当时王铭章名义上是师长、四十一军前线总指挥,实际上手里只剩下了八个步兵连、一个卫生队,再加上县里的警察、保安，一共三千来人，而其中真正能打仗的不足两千人，还不到一个团的兵力！这一天，小鬼子改变了战术，一面正面猛攻，一面派出了大股人马左右两边迂回，二十二集团军的另外两个师也伤亡惨重。

"第三天，日本鬼子继续猛攻，还出动飞机轰炸，许多平民被炸死炸伤，全城哭声震天，但在川军将士的顽强抵抗下，日军仍然没有攻下县城。当天夜晚，日军再次增兵，增加到三万多人，还调来七十多门大炮、五十来辆战车将县城团团围住，城里一片火海……

"危急关头，王铭章曾想把部队撤到城外，进行机动作战，但集团军总部称：'委员长来电，要我们死守滕县，等待救援……你要亲自指挥守城事宜，固守待援！'王铭章听了后只得将部队重新部署，宣布：'命令城内全体官兵，死守滕县，我和大家一道，城存与存，城亡与亡！'

"日军多次攻城，并用炮火把城墙轰开了一个大缺口，但在川军的拼死抵抗下，又被打退。城周血流成河，尸横遍野，双方死伤都极惨重。夜晚，在战斗稍息的时候，王铭章和滕县县长周同便指挥大家赶紧修复、加固工事，县里存放的一千多袋盐巴都用来封堵缺口了。

"三天的阻击任务完成后，仍然没有人来支援。第四天，17 日，早晨天还没亮，日本鬼子的五十多门山炮、野炮和重炮便一齐向城内猛轰，二十多架飞机低空轰炸并用机枪扫射，滕县火光冲天，一片焦土……

"在大炮和坦克的冲击下，城墙的东南角终于塌开了一个缺口，日本鬼子嗷嗷地吼叫着发起冲锋，双方展开了惨烈的肉搏，日本鬼子再次被打退。团长王麟身负重伤仍然不肯下火线，直到牺牲时仍然屹立在滕县的城头，右手还指向城下的敌人……坚守县城东南角的一个连只剩下了四十来人，连长、副连长及一百多名官兵全部牺牲……

"王铭章一面指挥迎敌，一面电告总部：'敌步兵登城，经我军冲击，毙敌无算，已将其击退。若友军再无消息，则孤城危矣！'

"但援兵仍无消息。

"血战到这天下午，城墙多处被日军的飞机、大炮炸出了缺口，鬼子的步兵屡次登城又屡次被击退，王铭章部的旅长、团长等均已阵亡，他再次向集团军总部报告：'友军本日仍无枪声，想系被敌击破。……我忆委座成仁之训及开封面训嘉慰之词，决以死拼，以报国家，以报知遇。'

"发出电报后,王铭章向县长周同说:'周县长,你可以走了,你应该走了,这儿的事,有我!'

"但这个周县长也是个有血性的人,他毅然回答道:'守土有责这四个字我是明白的。抗战以来只有殉土的将领而没有殉职的地方官,我们食国家之禄也真惭愧得很!师长这样爱国、这样爱民,我也决不苟生,我要做第一个为国牺牲的地方官!'

"激战持续到了第四天的夜晚,日军的大部队已经冲入城内,王铭章向总部发出了最后的电文:'我援军尚未到,敌大部队冲入城,即督所留部队,与敌军做最后血战!'

"日军突入东关后,王铭章仍在县城十字街口继续率队抵抗,一直打到了西北角城墙上,参谋长、副官长相继牺牲,王铭章腹部中弹后又中两弹,但仍然圆睁双眼高呼:'抵住,抵住,死守滕县……'最后壮烈牺牲。

"王铭章牺牲后,县长周同跳下城墙自尽,以身殉城。城内身受重伤、衣衫褴褛、满身血迹的三百多名川军官兵,不甘成为日本鬼子的俘虏,受到他们的侮辱,高喊着"日本必亡",拉响了手中的手榴弹……

"王铭章部在极其困难的情况下,以寡敌众,以弱敌强,坚守滕县四个半昼夜,拼一军全部的血肉,做整个战局的支撑,为鲁南会战赢得了宝贵的时间,为围歼板垣、矶谷两个师团的台儿庄大捷创造了有利条件。

"在台儿庄,李宗仁亲临前线督战,摧毁了日本鬼子第五、第十两个精锐师团的主力,歼敌两万多人,缴获大量坦克、战车、大炮、机枪和步枪,取得了台儿庄大捷,严重打击了日本鬼子的嚣张气焰。这是抗战爆发以来,我国取得的最大一场胜利。而川军的两个军为获得这场胜利死伤上万人……李宗仁曾说:'川军弟兄以自己的牺牲,换取了整个战局的胜利!'

"国民政府为王铭章颁发了'褒扬令',称他'赋性刚毅,志行坚贞',追赠陆军上将。汉口、重庆、成都都举行了公祭。武汉还曾举行'迎灵大会',中共派代表吴玉章、董必武参加,毛泽东曾亲书挽联:

奋战守孤城,视死如归是革命军人本色;
决心歼强敌,以身殉国为中华民族争光。

"李宗仁曾说：'滕县一战，川军以寡敌众，不惜重大牺牲，阻敌南下，达成战斗任务……若无滕县之苦守，焉有台儿庄之大捷？台儿庄之战果，实滕县先烈所造成。'他的挽联是：

  君真三峡豪，拼血肉作城垣，顿使瓮城成铁壁；
  我忝五区帅，率健儿驱巨虏，誓将凯奏慰忠魂。

在他的墓园上，蒋委员长写下了这样的楹联：

  执干戈以卫邦家，壮士不还，拼将忠忱垂宇宙；
  闻鼓鼙而思将帅，国殇同哭，忍标遗像肃清高。

"王铭章殉国后，王夫人遵从丈夫的遗言，把礼金和遗产献了出来，在家乡新都县创办了一所'铭章中学'。"

茶馆的人们听到后都感叹不已，有人还问道："滕县打得那么凶，到处是一片焦土，王将军的遗体是咋个找到的呢？"

郑表哥回答道："听说王将军殉国后，他身边一个警卫副官和一个受伤的卫士，冒着日本鬼子的乱枪把他的遗体拖到了城边的战壕里，取出他的私章后，捡了几块木板把遗体盖上，副官回到徐州总部向上报告，蒋委员长便电令二十二集团军总司令务必将忠骸找回安葬。后来副官便带了六七个人，在当地老百姓的帮助下，联系到了红十字会，士兵们化装成农民，由红十字会人员把他们带到战壕边，扒开土，找到了王将军的遗体。当时是4月初，滕县的天气还冷，遗体还保存得比较好，大家便用席子裹住，连夜送回徐州总部了……"

四 伤兵医院

听了郑老表讲的血战滕县后，喝茶的人们都唏嘘叹息了，宋琬玉想到正在前方打仗的杨宏涛不知是生是死，心里便更加难过和担心。静默好一阵后有人问道："虽说在台儿庄打了个胜仗，但听说武汉又丢了，已经死了这么多人，你说这仗我们还能打赢吗？"

"当然能打赢！"郑老表斩钉截铁地回答道，"不要看日本鬼子暂时好像很凶，就像抱鸡婆打摆子，又扑又颠的，但地里的曲蟮，终究成不了龙！只要我们全中国四万万同胞团结一心，前方的战士英勇杀敌，后方的民众有钱出钱，有力出力，就一定能把日本鬼子赶出去！其实，自武汉会战后，日本鬼子就在走下坡路了，他想吞并中国，根本办不到啊！"

听到这里宋琬玉便插了嘴："郑表哥，像我这样的人，也能为抗战出力吗？"

郑老表笑了："琬玉表妹，像你这样的年轻女娃子，和男娃娃们一样，正应该是为抗战出力的时候……哦，我正要告诉你哩，前方打仗受伤的将士很多，听我老同学说，北碚那边办了个伤兵医院，现在伤兵越来越多，护士的人手不够了，正在招聘护士哩，你愿意去吗？"

"当护士？我倒是想去，可我没学过，又没上过几年学，怕干不好吧？"宋琬玉犹豫着反问道。

"这你不用担心，医院办了训练班，先要训练一段时间，学习打针、包扎伤口、上药、急救以及护理的一些基本知识。你人聪明，又有些字墨，家里还莫得拖累，虽没上过护士学校，但只要肯用心，莫得问题。我相信，莫得好久你就会成为一个合格的护士。现在前方战事吃紧，这也是报效国家、抗日救国啊！"

郑表哥的话打动了宋琬玉，她自小聪明勤快，手脚麻利，自杨宏涛走了后，心里一直空荡荡的，终日胡思乱想，时刻担心着他的安危。她也曾想过，自己年轻巴轻的，不能在家干坐着，总得给前线的将士们帮忙做点啥才对。去当护士，照料受伤的将士，虽没有上前线，但对前方的战事总该有好处，也算给宏涛哥帮忙了吧？再说，每当在街上看见那些拄着拐棍或吊着手杆的"荣军"，心里总是说不出的难过，能帮帮他们不是很好吗？

想到这些，宋琬玉便对郑表哥说："我倒想去，只是不晓得人家要不要，再说，我还要回家跟娘商量一下……"

"也好，你就回家和表孃商量吧，决定了就告诉我，我会托那边的老同学帮你报名。只是不要拖得太久，万一名额满了，人家就停止招聘了。"

宋琬玉没有在街上再耽搁，转身回家了，回家后便把这事告诉了娘，王凤英听了后高兴地念了声佛，说道："阿弥陀佛，这是做好事，是积德啊！只要人家肯要你，你就去！娘岁数大了笨手笨脚的，又不识字，要不然我也想去哩……你就放心去吧，阳阳娃儿有他亲娘照看，家里别的事娘会帮你照管的，你不用担心,娘还会早晚烧香求菩萨保佑宏涛哩……只是你去了后要勤快些,要好生学习,不怕脏不怕累,当个好护士,对伤兵更要耐烦些,他们是为保家卫国打日本受伤落难的,万不可看不惯人家,更不能对他们耍脾气……"

于是宋琬玉便托郑表哥向北碚的伤兵医院报了名。在等待通知的日子里,她去找了酒寨的族长宋茂行老太爷,把家里的两百挑谷子收入请他帮忙处理,一部分给阳阳的生母孙秀琴,一部分按杨宏涛临行时的嘱咐抚恤受伤的将士和烈士的家属。她还亲自去孙秀琴家,把自己的安排告诉了她,并托她好好抚养阳阳。

看见她,孙秀琴显然有些不好意思,本来以为她会记仇,来这里是为了把阳阳领走,后来才明白竟是把阳阳还给了自己,而且生活费可以在族长那里长期支取,于是心里也有些惭愧,便红着脸说:"难为你想得周到,你放心,阳阳是我亲生的儿子,我会好好抚养的……"

几天后宋琬玉接到通知,被录取了,于是便到护士训练班去学习了。

训练班里共有四十个女学员,年龄十八岁到三十岁。开课那天,医院的院长来讲了话,告诉大家,由于前方战事激烈,运到后方的伤员很多,医院人手紧张,原定学习三个月,现在改为一个月,一个月后学员们就要在医院正式上班,开始护理伤员了。希望大家抓紧时间努力学习,以便以后更好地护理受伤将士,让他们能更快地重返前线,打击占我国土、杀我同胞的日本鬼子!

听说只有一个月的学习时间,宋琬玉的心里十分紧张。看见学员里有的上过中学,有的甚至上过大学,而自己小学都没上完,便更加明白,必须加倍努力。她在心里对自己说:"宋琬玉,你不能给你爹和宏涛哥丢脸,更不能给酒寨女人丢脸,人家能做到的,你也一定要做到!"

她自小就害怕流血,害怕看到血淋淋的伤口,当然更害怕看见死尸,但现在她必须咬着牙面对这一切。她对自己说:"我不能怕!这些是日本鬼子作的孽,他们就是希望中国人害怕,希望中国人投降……我不能让他们高兴!一定要尽力帮助受了伤的将士们,让他们少受一些罪,能尽快回到前线……那些伤重死去的将士呢,他们是为保卫国家、保卫民众牺牲的,都是我们的亲人啊……他们的亲人不在身边,我就是他们的亲人,咋能害怕呢?"

于是,在学习期间她便主动去接近伤员,主动去帮助处理逝去将士的后事。尽管最初看见伤口和死尸时吃不下饭、睡不着觉,但还是咬着牙,主动帮助护工们处理伤口、运送遗体……

学习包扎和打针时，她让自己成为实验品，为了学得更快，动作更准确、更轻柔、更能减轻伤员的痛苦，她在自己身上做了无数次的试验……

她终于适应了医院里的一切，本想把这些都告诉杨宏涛，但很久没有收到他的信了，不晓得他又到了哪里，于是便把自己的学习和生活写信告诉了成都的表姐宋岚。很快收到了宋岚的回信，信中有这样的话：

> 很高兴读到了你的来信，琬妹，祝贺你！宏涛君上了前线之后，你也走出家门并在为受伤的将士们服务了，我心里不但高兴而且羡慕。东洋一小国竟扬言要灭亡中国，我华夏子孙岂能听之任之？天下兴亡，匹夫有责，女子也不能置身事外，花木兰、冯婉贞、秋瑾皆是我们学习的楷模，姐也会和你一样，为抗日救国努力奉献自己的绵薄之力。
>
> 有人称护士为"天使"或"白衣天使"，琬妹你自幼心地善良、聪明伶俐，相信你一定能成为一名优秀的护士，一位受人欢迎的"天使"，表姐预先祝贺你了！
>
> 中国的女性历来受"三从四德"等戒律束缚，被视为男人的玩物和附属品，没有独立的人格，更没有自己的事业，琬妹此举不但是为抗战出力，也是妇女人格独立的表现，在这个意义上，更让我备感欣慰了！

经过一个月的培训后，宋琬玉由于成绩优良，被批准走进病房为伤员们直接服务。

这时，她终于收到了杨宏涛从前线寄来的一封信，看看日期，信在路上足足走了四十天，信纸和信封都被磨破了。

杨宏涛在信中告诉她，他参加武汉会战后又转战各地，但并没有告诉她到底到过哪些地方，信中只说：

> 前接琬妹来信，知你和阳儿均安好，甚慰。国难当头，后方想必也有不少困难，且日机常常轰炸，你和阳儿的安危常让我担心，望务必善自珍惜保重，趋吉避凶。
>
> 前些日子在台儿庄战斗中我右手负伤，故无法写信，经医治现已痊愈，琬妹可放心。今日之抗战，为川军历史所无，也是中国历史所无。如能战

胜,则是国家之福、民族之幸;如不能战胜,则国破家亡,子子孙孙将沦为东洋鬼子之牛马,琬妹与阳儿亦将不保。日军在沦陷区奸淫烧杀无恶不作,甚至进行杀人和奸淫妇女的比赛,中国人被视为不如猪狗,种种惨状触目惊心,让人发指,故此,宏涛决心率部与侵略者决一死战,不将其赶出国土决不还乡!但我虽在前线,仍常常挂念琬妹和阳儿,望琬妹教育阳儿从小便努力学习,长大后立志做一个对国家和民族有用之人。我在前线万一以身殉国,完成军人之天职,则今后捍卫国家、复兴民族之重任便在儿辈身上,而是否能肩此重任,则视彼等之修养造诣。望琬妹能了解我心,牢记勿忘,万不可一味娇纵,使之成为纨绔子弟……

得到杨宏涛的来信,宋琬玉心里暂时得到了一些安慰,她立即写了回信,把自己到伤兵医院当护士的事告诉了他,心想他知道后一定会很高兴的。她还特地让阳阳的亲娘孙秀琴看了杨宏涛的来信,让她知道丈夫的嘱托和希望。

战时后方的伤兵医院,医疗器材和药品仍然很缺乏,有时动手术时甚至没有麻药,伤员痛得死去活来地忍受着。受伤的官兵有的断腿缺胳膊,有的满面鲜血双目失明……他们穿着血水浸透的衣服躺在竹床上,宋琬玉闻到的是酒精、腐烂的肌肉和尸体的臭味;看到的是血淋淋的、让人胆战心惊的伤口;听到的是痛苦的呻吟和叫喊……最初,每当看到这些伤口、听到这些呻吟,宋琬玉的心就会颤抖起来,而且立刻想到了在前线作战的杨宏涛……经过一段痛苦的磨炼后,她终于慢慢习惯了医院里的气氛。她把受伤的将士当作自己的亲人,护理时十分仔细、十分耐心,为了减轻他们的痛苦,还常常挤出时间陪他们摆龙门阵,安慰他们。

从伤员那里,她听到了许多英勇杀敌的故事。

一位左腿被日军炮弹炸飞的年轻伤兵,眉眼像大姑娘一样清秀,看样子只有二十来岁,内江人,是从学校投笔从戎的,每次换药时总是痛得大汗淋漓,但却咬着牙不出一声,给护士们留下了很深的印象。这个伤兵手里常常捧着一个喝水的瓷杯,宋琬玉在和他摆龙门阵时曾接过瓷杯仔细看了看,看见上面有一幅"钟馗打鬼图","鬼"画的是日本鬼子,旁边有一首诗:"紫面蓝袍鬓插花,驱邪降福仰卿家,而今到处妖魔厉,切莫宽容放纵他!"落款是"万仞"。看见宋琬玉在注意这瓷杯,年轻的伤兵便笑着说:"这是军长发给我的奖品,景德镇的窑工设计烧制的,他们送了一些给军长,军长见我打仗勇敢,就奖给我一只。军长叫陈万仞,就是这瓷杯上的名字。

"武汉会战时,军长领着我们夜间奇袭鬼子占领的马当要塞,骄横的鬼子没有想到中国军队会来夜袭,被打得人仰马翻,我们不但攻占了要塞的最高峰,把日军的守备队全部消灭,还焚烧了他们的弹药库和汽油库,缴获了一座粮仓的粮食、五十匹战马和别的战利品。占领了马当要塞后,我们就利用鬼子的武器去打击鬼子,用塞内的日军大炮轰击长江中的日舰,阻断了敌人利用长江增援……而最让人高兴的是,在这次奇袭中我们竟没有死伤一人,这是抗战以来从没发生过的奇迹!我的腿不是在马当被炸断的,是后来日军攻打宜昌的时候……唉,腿断了,再也不能回前线了,不甘心哪!"

另一个伤兵姓张,大腿被日本鬼子的子弹穿透,伤口感染了。这是一个圆脸、细眼、爱说爱笑的年轻人,很爱摆龙门阵,常乐观地自诩"大难不死,必有后福",他向宋琬玉讲述了自己受伤遇救的经过。他的故事是这样的:

"卢沟桥事变后,川军在成都招收战地服务队队员,我没告诉爸妈就去报了名——我是灌县人,正在成都上学。报名的年轻人太多太多了,部队便考试,我考上了。考上后才告诉爸妈,本想他们会反对,哪晓得老汉儿说:'保家卫国,人人有责,让他去吧!'妈虽是舍不得,抹着眼泪也没有阻拦,只是千叮咛万嘱咐,让我千万小心。她老人家不晓得,战场上枪林弹雨,哪个小心嘛!

"入伍后我被派去学习爆破、架桥……对了,就是当工兵,梅埂战役打响了,几千日本鬼子在飞机大炮的掩护下,准备强行登陆,我们的守军和日军激战,从拂晓到正午我军已伤亡过半。为保卫山上袭击日舰的炮兵阵地,长官命令工兵排前去铺设地雷并设置障碍物。但是,日本鬼子察觉到了我们的意图,工兵排一上去便被包围,经过一番激战,五十多个工兵几乎全部牺牲,我的大腿也被子弹穿透了,伤口不断流血,裤子都被鲜血浸透了!

"战友黄士伟也是四川人,听说是家里的独子,也是投笔从戎,自愿参军的,曾在军校学习过埋雷、排雷。他是极少几个幸运者之一,没有负伤。他使劲拽着我躲进了附近的芦苇丛,半个身子浸在水里。鬼子在堤埂上反复巡逻,但都没有发现我们……黄士伟撕开自己的衬衣,给我简单地包扎了伤口,止住血……芦苇丛里又冷又饿,每天就靠他在附近悄悄摘几个菱角。直到三天后的晚上,鬼子的防备松懈一些了,他才背着我走出了芦苇丛,找到一个小木筏,划出了鬼子的包围圈……在路上，我们遇到了一位好心的老婆婆，听说我们是中国军人后，便把自己留下的一大碗稀饭给了我们，还给我们指引了走出敌占区的道路，我们才走出了敌占区……

"黄士伟已经重返前线了，听说他摆的'地雷阵'炸死了一个被日本鬼子称作啥'军部之花'的中将师团长，名字叫酒井直次的……伤好后我也要重返前线，一定要为牺牲的战友们报仇！"

医院里的伤兵，有的伤愈后重返前线，有的则留下了终身残疾。受伤残疾的人被称作"荣军"，家在大后方的便回家去，家在沦陷区的便由政府组织生产自救，生产一些毛巾、袜子、牙刷、牙粉之类，还要自己拄着拐棍去卖，生活过得十分艰难。也有许多人因伤势太重，而医疗条件又有限，只能眼睁睁地看着他们离开人世。让宋琬玉印象最深的便是一位十六岁的小兵……

这个小兵姓张，名叫张伟，个子很小，长着一张圆圆的娃娃脸和一双机灵的大眼睛，看上去简直就是个没有成人的小娃娃。他爱笑，也爱说话，广元人，家里的独子，自豪地说是瞒着爹妈自己虚报岁数后参军的。在参加中条山战役时，因日军施放毒气弹受了伤。

刚进医院时，小张还很活跃，爱唱歌，经常用男孩子正在变声的嗓音自豪地唱着："我们都是神枪手，每一颗子弹消灭一个敌人；我们都是飞行军，哪怕那山高水又深。在密密的树林里，到处都安排同志们的宿营地；在高高的山岗上，有我们无数的好兄弟……"

他常常主动到各个病房去帮助护士们打扫卫生，帮助重伤员端屎端尿，和他们摆龙门阵，并常常告诉大家，病好后就要重返前线为冤死的班长、排长报仇；抗战胜利后还想进学校继续读书考大学……伤员和医护人员都很喜欢这个活跃的小兵。

说起自己入院的原因，小张气愤地解释："龟儿日本鬼子既不要脸又很残暴，每次打不赢了就会放毒气，听说他们有好几百万颗各式各样的毒气弹。武汉会战的时候，他们的陆军和空军都向我们打过毒气弹。有一种是浓性芥子毒气弹，还有一种叫啥子'路易氏气'，毒性都特别大，沾在人身上就会脱层皮……日本人把毒气弹叫作'黄1号'和'黄2号'，另外还有啥青1号、红1号、绿1号、茶1号，等等。中毒后有的头痛、头晕、恶心、呕吐；有的皮肤腐烂；有的昏迷，几分钟后就死亡。我们部队莫得防护装备，只是拿条湿毛巾蒙在鼻子和嘴巴上，根本不管用，好多弟兄就这样被毒死了……我们连遭了鬼子的毒气后，一百多人只剩下七八个……我就是遭了毒气，莫奈何才进医院的……"

刚进医院时，小张只是说他眼睛痛，脸上和身上一些皮肤红肿、起疱、溃烂，医生给他服了药又涂上药膏后不见好转，每次换药这个小男孩儿都会痛得满头大汗，但总是咬着牙不哼一声。替他换药的宋琬玉十分心疼，总是对他说："小兄弟，你就大声呻唤几声吧，喊出来人会好受些啊！"但这个小兵总是摇摇头，咬着牙不肯出声……

慢慢地，他那双机灵的大眼睛看不见东西了，身上的皮肤一大块一大块地溃烂，西药、中药、草药都不起作用，医院还特地设法给他找来了几针宝贵的盘尼西林，但注射后还是不见好转。看见这个娃娃兵痛苦的神情，许多老兵眼睛都红了，宋琬玉更常常偷偷地流泪，让她想不通的是，日本鬼子也是人，为啥会想出这么歹毒的办法？真是禽兽不如啊！

这个小小的娃娃兵终于带着满心的不甘和牵挂离开了这个充满杀戮和不幸的世界。去世前，还承受着非人的痛苦，毒气让他的眼睛瞎了，喉咙哑了，浑身上下几乎没有完好的地方，医生和护士们都不忍心看着他再受痛苦，连长期和死亡、伤痛打交道的院长，也咬着牙批准了不再进行抢救的决定……

小张去世后，大家在他遗留的军衣口袋里发现了一封给父母亲的信，这封没有寄出的信上写着：

父母亲大人膝下敬禀者：
　　儿没有得到父母亲大人的允许便报名参军，还请两位大人原谅！但父亲自小便给儿讲述岳飞、文天祥的故事，让儿长大要有出息，儿记住了父亲的话，参军打鬼子正和当年岳飞、文天祥一样。
　　前线天天打仗，鬼子的暴行写不完，等打跑了日本鬼子儿立即回家继续上学，好好孝敬爷爷和父母亲，请两位大人不要担心。
　　要集合出发了，伟儿匆此。即祝两位大人金安！

当装着小张的棺木抬出医院大门时，全院能行走的伤员都来送行，许多老兵流泪了，宋琬玉更是泣不成声。埋葬了小张后，一批伤员便坚决要求出院，重返前线。

而小张的死，也让宋琬玉不但更加痛恨野蛮的侵略者，也让她常常在想着一个一直弄不明白的问题：日本人也是人，但为啥会这样狠毒？他们为啥总是想占领中国的土地，还这样仇恨中国人？他们为啥那样喜欢杀人，难道自己没有兄弟姊妹，没有父母、妻子和儿女？想着想着，她便更加明白了抗日救国的意义，也更懂得了杨宏涛。她觉得两人的心离得更近了，这不是简单的男欢女爱，而是另外的一种东西——虽然她还不十分明白到底是啥，但却知道，这是另外的、重要得多的东西……

第五章 突围——宜昌大撤退

一 少将和孩子们

宋轻雪在炮火连天的前线采访多日后，已经从最初的恐惧、慌张、不知所措变得逐渐适应了战场的环境。她经历了无数震撼人心的场面，目睹了装备极其落后和匮乏的前线官兵们，怎样用血肉之躯和侵略者的飞机、大炮、坦克、机关枪乃至毒气殊死搏斗，谱写出了无数气壮山河的正气之歌。这些场景既让她激动，也让她悲愤，从而更深刻地感受到了国家之难、民族之痛。

在台儿庄大捷之后、武汉会战之前，中国战场上还发生了一件大事——以水代兵，黄河花园口决堤。

原来，在台儿庄会战取得胜利后，中国军队为了不致落入日军的包围圈中，便主动撤离了徐州，向豫东、豫南转移。日本派遣军一路追击，中国军队由于指挥失误，接连丢失大量城池，土肥原师团顺利渡过黄河，向陇海线挺进，企图攻占郑州；另一股日军也虎视眈眈地向平汉路许昌、郑州快速进逼，企图打通平汉、津浦、陇海三线，占领郑州后再南进武汉，西迫洛阳、西安，从而直逼大西南，进而吞并整个中国。

面对蓄谋已久、装备精良的侵略军，是正面阻击还是采取别的办法？经过反复权衡，国民政府第一战区司令长官程潜接受了参谋长的建议，挖掘黄河堤岸，以水代兵。

"以水代兵"必然是以牺牲大量百姓的生命财产为代价，后果十分惨烈，在中国历史上曾不止一次发生过。早在战国秦灭魏时，便曾放黄河水淹城；唐末五代时期扒开河堤更成为家常便饭；南宋时，蒙军为阻挡宋军收复开封也曾掘开黄河；金末元初，金人和蒙军曾"决河护城"与"决河灌城"；明崇祯末年，李自成也曾扒开河堤……

蒋介石批准了程潜的方案。军事委员会最高当局认为,日军有大量机械化部队,装甲车、卡车、火炮牵引车等在滔滔大水中将寸步难行,决堤既可以淹没日军之先头部队,又可将日军主力隔绝在西进路上,从而阻止日军攻势。

民国二十七年（1938）6月黄河花园口大堤被扒开了,汹涌的黄河水立即以排山倒海之势奔腾而下,迅速淹没了豫北、皖北、苏北四十四个县市,一直淹到安徽进入淮河,造成了面积达两万九千平方公里的"黄泛区",受灾人口达一千二百五十余万,其中死亡近百万。尸殍四野,赤地千里,出现了大量来自黄泛区的难民,中国民众为民族战争的胜利,付出了极其惨烈的牺牲。

花园口决堤,使日军不得不暂时停止了进攻,在汹涌而至的河水面前,惊恐的日军有的东奔西跑,有的被洪水卷走,人马互相践踏,许多火炮、战车等重型武器沉入水底,食物、医药及救生设备都靠空投。日本军方曾说:"中国派遣军、关东军以至日本全国,为营救土肥原兵团动员了所有的铁舟部队工兵队,与敌弹、洪水搏斗一月,才救出了土肥原兵团。"日军沿陇海路西进的计划受阻,不得不修改了原先的进攻路线,改由山路和沿长江逆流而上进攻武汉。

花园口决堤为国民政府和抗日战争争取了宝贵的时间。

黄河决堤,惨绝人寰,震动全国。面对排山倒海、肆意汹涌的河水,宋轻雪无法去黄泛区进行采访和报道,但她能够清楚地体会到受灾民众的苦难和牺牲,因此心情一直十分沉重,直到抵达武汉后才好了一些。

在武汉,她和乐云辉又匆匆相聚了几天。

经过上海和南京的空战后,中国空军已经损失殆尽,完全丧失了制空权,乐云辉是几个幸存的飞行员之一。每一想到中国空军的处境,宋轻雪的心情便十分复杂。欣喜的是,自己挚爱的人是一个顶天立地、英勇卫国的"空中英雄";担忧的却是,他随时可能在空中消失。

她既希望又害怕听到有关空战的消息,每当听到这样的消息便会提心吊胆地想着他。她曾多次想象过这样的场景：在蓝天上,乐云辉的战机被日寇的一群战机包围了,一架架涂着"红膏药"的日机、一张张鬼子狰狞的面孔呼啸而过,蔚蓝的天空陡地变得杀气腾腾,在鬼子飞机的包围中,乐云辉的战机中弹了,冒着黑烟向地面飞快地坠落……每当想到这个可怕的场景时,她便是一个不眠之夜……

当然,她从来没有把自己的担心和恐惧告诉过他,因为知道身为军人的他,面对强敌的入侵，早就有了"生无以救国难，死犹为厉鬼以击贼"的决心，自己的一切担心和恐惧都是无济于事的。

乐云辉也知道宋轻雪时时刻刻都在担心着自己，而他又何尝不在担心着她的安危？但是国难当头，他们都无法违心地向对方许诺什么，只有在短暂聚会的时间里，尽可能地让对方感到甜蜜和欢乐。

虽然乐云辉没有仔细告诉过宋轻雪中日两国在空军力量方面的对比，但作为有心人，她早就收集和研究过这方面的资料，清楚地意识到，严格说来，在抗战以前，中国并没有真正的空军队伍，更加致命的是，自己还没有制造飞机的能力，损失一架便少一架。她曾向乐云辉询问过，抗战以来中国到底已经失去了多少飞机，但乐云辉并没有正面回答她。来到武汉后，乐云辉只高兴地对她说："苏联已经派来了航空志愿队，他们在南京就参加了战斗，已经击落多架日本鬼子的飞机了！"

原来，卢沟桥事变后，蒋介石便曾与苏联驻华大使长谈，希望在日苏未宣战的情况下，苏方允许飞行员以"志愿者"的身份来华参战，他还将这一要求向斯大林发了密电。于是1937年10月第一批两个航空大队的两百多个飞行员便来到中国，曾在南京上空参战，后来又转移到了武汉。他们一面作战，一面培训中国飞行员。除了派遣空军志愿队，苏联还向中国提供了贷款以及部分飞机、大炮、坦克等武器。

在武汉，乐云辉曾多次驾驶着苏联援助的战机参加激烈的空战。

第一次是早春二月的一天，日军二十四架战斗机掩护着十二架轰炸机，气势汹汹地前来袭击和轰炸武汉了，乐云辉和战友们在苏联志愿队的配合下，仅仅用了十二分钟就闪电般击落日机十二架，我方仅损失五架。

第二次是4月29日——日本天皇的生日，被日本人称为"天长节"的，依照惯例要给天皇"献礼"，日军出动了三十九架飞机袭击武汉，妄想取得"辉煌战果"。但乐云辉和战友们以及苏联航空志愿队再次给予侵略者迎头痛击，半个小时击落日机二十一架，击毙日飞行员五十多人、俘虏两人，我方仅损失十二架。

第三次是同年5月，日军派来战斗机三十六架、重型轰炸机十八架，进行报复式的袭击。但仅仅二十多分钟，中苏飞行员便击毁日机十四架，我方仅损失两架、伤亡两人。

空战的胜利让武汉民众欢欣鼓舞，中国空军中的许多人被称作"民族之魂""中华之光"。

南京被围的时候，国民政府便已迁都重庆，但军事统帅部的军事委员会和许多重要部门迁到了武汉，继续领导抗战。因此，武汉的抗日气氛十分浓厚。救亡呼声响彻武汉三镇，抗日统一战线的形势也很好，国共合作，同仇敌忾，宋轻雪亲眼看到了周恩来、郭沫若、冼星海、田汉在街头指挥几千人大合唱。到处都可以听到"保卫大武汉"的吼声，到处都贴着各种各样的抗日标语和宣传画，到处都有抗日的游行和集会，抗日歌曲响彻全城。

随着国民政府的西撤，全国的文化人都齐聚武汉。"全国文艺界抗敌协会"在这里成立了，创办了《抗战文艺》，并且在广州、成都、昆明、桂林、香港、延安、上海等地组织了分会，各分会都创办了自己的文艺刊物，宋轻雪知道的便有《战地》《七月》《文艺阵地》等。上海的戏剧界人士组成了十几个演出队，在武汉多次举行义演，宋轻雪曾观看过田汉《最后的胜利》、洪深《岳飞的母亲》等戏剧的演出。许多电影人也到了武汉，拍出了《保卫我们的土地》《热血忠魂》《八百壮士》等电影以及大量纪录片，受到民众的热烈欢迎。在街头，常常可以碰见著名电影明星赵丹、白杨、金山等人。

而最让宋轻雪惊异和感动的是，武汉还有一个特殊的"孩子剧团"，这是由难民收容所里二十多个十来岁的孩子组成的。这些孩子在战火中失去了亲人、失去了家园，失去了长辈的呵护，变成了孤儿。幼小的他们没有坐上车，没有坐上船，自己背着一条破棉被，在战火纷飞中，忍受着恐惧，忍受着失去父母的悲痛和孤苦，一路宿破庙、睡戏台，忍饥挨饿，长途跋涉，从沦陷区步行到了武汉。在路上他们还坚持给民众进行抗日宣传，演出儿童剧……

平民教育家陶行知先生曾告诉宋轻雪，南京失守后，估计仅江南地区便有约一千万难童在四处流浪。他还说，日军曾在苏杭一带抓捕儿童，运到日本，进行奴化教育，想让他们忘掉自己的祖国，变成侵华战争的工具和炮灰。

武汉的街头，有沿街乞讨的难童和他们冻饿而死的遗体。

在报道战争给孩子们带来的苦难时，宋轻雪多次流泪了。

汉口成立了"中国战时儿童保育会"，由宋美龄担任理事长，以后各地成立了分会，救助和保育难童们。

在武汉，宋轻雪意外而惊喜地结识了一位"擦皮鞋的少将"。

那是在汉口的江汉大堤上,路过时她突然注意到大道边有一长溜迎风招展的彩色小旗,走近一看,上面写着"自救救国""团结抗日""踊跃捐献,支援前线"等口号,每面小旗下面都摆着一张藤椅和一个擦皮鞋的小木箱,里面有刷子、布条和鞋油,藤椅旁的矮凳上坐着给人擦皮鞋的小孩。这些小孩衣着比一般难童整齐,望着来人,脸上便露出了微笑。而这个队伍的第一张矮凳上却坐着一位四十来岁、身材健壮、皮肤黧黑的中年汉子。宋轻雪好奇地仔细打量着这支队伍,正想问个究竟时,那位中年汉子却先向她招呼了:"小姐,你要擦皮鞋吗?"

宋轻雪低头看了看自己的平底黑皮鞋,上面已经满是灰尘,便微笑着点点头在中年汉子面前的藤椅上坐了下来。

中年汉子一面拿出刷子、布条和鞋油麻利地擦着皮鞋,一面问道:"小姐,你是哪里人?看样子不像逃难的。"

"我是四川人,刚到武汉。"

"别人都要逃到四川去,你倒从四川跑到这儿来,是有亲人在武汉吧?"

"是有亲人在这里,但我到武汉主要是为了工作。"

"哦。"擦皮鞋的汉子应了一声,便给她谈起了台儿庄大捷,特别提到了滕县保卫战,称赞说,"亏得你们川军在那里打得好啊,要是没有王铭章部死守滕县,为汤恩伯、孙连仲等部队争取了时间,哪能有台儿庄的胜利呢?"

宋轻雪听他谈吐不俗,心里一动,忽然想到了一个人,便问道:"请问,您是不是姓江?"

汉子朗声笑了:"鄙人正是姓江,叫江民声。"

宋轻雪一下子从藤椅上跳了起来,伸出手去连声说:"对不起,对不起,怎么能让您给我擦鞋呢?原来您就是大名鼎鼎的江少将啊!"

江民声呵呵笑着摇头:"坐下,坐下,鞋还没擦完哩,不能让我半途而废!我哪是什么少将?只是个擦皮鞋的!"

原来,宋轻雪曾从报刊上看到过关于江民声的报道并留下了深刻的印象,知道此人本是个普通平民,早年便参加了哈尔滨的抗日团体"国民救国会",积极投身于联络、宣传抗日活动。"九一八"事变后,"国民救国会"扩大为"抗日救国会",和马占山部相呼应,策划组织"哈尔滨民众救国自卫军",开展游击战,江民声是筹备委员之一。后来他被叛徒出卖,身陷囹圄,经"抗日救国会"多方营救和帮助,终于逃出监狱,从哈尔滨到了北平,以后又辗转到了上海。上海各界组织了"东北难民救济协会",江民声便向协会要求:"我是从哈尔滨逃出来的,现在身无分文,不要求救济,只请求借给我十五元钱,以后一定归还。"救协便把钱借给了他,他用这些钱买了一把藤椅,做了一个小木箱,再买了两把刷子和几盒黄、黑鞋油,开始在马路上给人擦皮鞋。过去那些擦皮鞋的没有准备椅子,顾客只能尴尬地站在街头等待,感觉十分不便,而在他这里却能舒舒服服地坐在藤椅上,虽然只是个小小的改变,却受到了许多顾客的欢迎,特别是穿高跟鞋的女顾客们,因此生意很好。江民声一面擦着皮鞋还一面向顾客们讲一些东北抗日义勇军——包括抗日名将马占山的故事,顾客们听了后本来只一毛钱擦一双鞋却往往愿意多付一些。一个月下来,除了生活费外,他净赚了三十元。有了这三十元后,看见报载一个难童病重无钱医治,便除自己留下五元钱购买刷子、鞋油外,把二十五元和一封感谢信寄给了救协,说明除偿还所借的十五元钱外,剩下的十元请转交给那位病重的难童。以后,他一直坚持把每月的一半收入捐给东北难民救济协会……

他的义举引起了记者们的注意,纷纷前来采访。后来救济协会的一位负责人说,江民声曾是东北义勇军的领袖,职务应该是少将,于是各报便以"擦皮鞋少将捐款救济灾民"为题争相报道,宋轻雪曾读到过这些报道。

至于这位把江民声称作"少将"的人是谁呢?原来,此人也并非无名之辈,而是朱庆澜将军——辛亥革命时曾被推举为"四川大汉军政府"副都督,民国后当过广东和黑龙江省省长,"九一八"事变前任东三省特区(驻哈尔滨)行政长官兼中东铁路护路总司令。江民声在哈尔滨组织自卫军时,曾和他打过交道。日本人入侵哈尔滨后,朱庆澜毁家纾难,和史量才、沈钧儒、黄炎培、邹韬奋、陶行知等通电号召团结抗日,上海各界为支援东北义勇军,成立了"辽、吉、黑、热民众抗日后援会",公推朱庆澜为会长。

江民声见报上称自己为"少将"十分诧异,便去找朱庆澜询问。朱庆澜告诉他,为坚持抗击日寇,东北民众已经组织起了抗日救国自卫军,自卫军的名册上还保留了"江民声"的名字,职务是"参议"——算来就应该是"少将"了。江民声听了后非常激动,以后便奔波于上海、杭州、宁波、金华等地,多次到学校去演讲,宣传东北义勇军艰苦作战的英雄事迹,发动捐款支援。后来更远赴南宁、广州乃至香港。他到香港后,一家报纸以《擦皮鞋少将江民声抵港宣传团结抗日》为标题进行了报道,其他各报便相继写了专访,一时之间"擦皮鞋少将"

名噪港澳。

宋轻雪从《大公报》的报道中知道江民声已去香港，但他怎么又在武汉搞起了"擦鞋队"呢？经过询问，江民声坦率地回答道：

"我从香港回到上海后，不知道为什么，一位名叫康泽的大人物，突然派人找到了我，并且聘请我到中央军校任政治教官。我大吃一惊，便一再推托，说自己是'一粗鄙之人'，'没有学识'，当教官实在不合适，但对方一再坚持，最后只得去了。去了后，最初好像反应还不错，但讲了几节课后自己便觉得腹内空空，而中央军校的一些教材跟我自己的看法也很不相同，便不想再干下去，提出辞职。听人说，康泽也得到了密报，说我在讲坛上讲了'团结抗日'，'颇有蛊惑人心之处'，于是他也批准了我的辞呈。

"辞职之后，我来到了武汉。这里有来自各沦陷区的机关、学校，也有许多无家可归、流浪街头的孩子。于是我便到'难民收容所'去，把报道我的剪报拿给难民们看，告诉他们：'我也是从哈尔滨逃出来的难民，一直在上海的大马路上给人擦皮鞋，擦皮鞋不但让我解决了温饱，还有了余钱支援东北抗日义勇军……现在国家有难，难民这么多，国家哪顾得上来？前方在打仗，我们在后方不能光指望国家救济，还是要自己救自己！……你们愿不愿意跟着我去擦皮鞋？于是许多难童报名参加了我的擦鞋队。

"第一批，我挑选了十个难童，买了十把椅子和十套擦皮鞋的工具、材料，又做了些彩色小旗，上面写着抗日救国的口号，在江汉大道上摆了起来。以后我们这支队伍慢慢增加到几十个人、上百个人……我们坚持'自救救国'，每个月都会把捐款交给报馆，请他们代转前方抗日战士。在武汉各界为前线将士募捐义卖活动中，我们还打出了'中国战时青年自救救国团'的旗号，做了一面红色的'团旗'，旗子旁边放了'义卖募捐箱'，宣传牌上写着：'向浴血苦战的抗日将士们致敬！'我自己是一直在旁边亲自为顾客们擦皮鞋的。由于是义卖，本来一双皮鞋只收一毛钱，但人们往往给三毛、五毛乃至一元钱……一些人来时还会向我们鞠躬，走时还会有礼貌地说声'再会'……"

江民声的故事让宋轻雪十分感动，于是便写出了专题报道《擦鞋少将传奇》，在报纸上连载，不但介绍了江民声，也介绍了一些难童和踊跃捐献的人……

二　川江号子

武汉会战开始后，宋轻雪本来想到战争前线进行采访，但主管军中文化的军委会第三厅一位科长对她进行了劝阻，说是战事残酷，军队又经常转移，一位女记者留在前线会增加部队许多负担，甚至说"部队并不欢迎"，"还是留在司令部比较方便"。

乐云辉也表示了相同的看法，并且建议她去采访"武汉大撤退"，他认为这次大撤退对中国坚持长期抗战十分重要，而在日寇的进攻和轰炸下，大撤退一定会非常困难，无比悲壮，完全可以写出一篇乃至多篇好文章。

宋轻雪仔细考虑了他们的意见后，觉得确有一定道理，回想自己淞沪会战中第一次到前线采访时，便曾冒冒失失地闯进了一个团指挥所，当时部队和日军正在紧张地交火，团部一个军医拉着她蹲在掩体后面，炮弹不断地在周围爆炸，子弹密密麻麻地打了过来，在震耳欲聋的声音中根本没有办法进行采访。团长看见她后也并没有表示欢迎和欣赏，反而很不高兴地抱怨："你这个耍笔杆子的文化人，咋会跑到这里来？仗打得这么紧张，我们还要派人照顾你，这不是添乱吗？"于是仔细考虑了武汉面临的形势后，她也同意第三厅和乐云辉的看法，决定去采访大撤退了。

这次大撤退后来被人称作中国的"敦刻尔克大撤退"，但其实它比英吉利海峡的敦刻尔克大撤退困难更大，更加复杂，更加壮丽，也更加惨烈。

在采访中，宋轻雪写出了多篇采访笔记，陆续在报刊上发表，第一篇采访笔记是《川江号子》，她写道：

还在上中学时，我就学过一首《扬子江歌》：

长长长，亚洲第一大水扬子江。
源青海兮峡瞿塘，蜿蜒腾蛟蟒。
滚滚下荆扬，千时一泻黄河黄。
润我祖国千秋万岁历史之荣光。

自从第一次听见川江号子，我就爱上了它。这江上的歌声是纤夫们创造的，激越、高亢的号子，显示着和激流险滩抗争的顽强，显示着身体和灵魂的挣扎与奋斗。纤绳可能断裂，船只也会旋回，但激流险滩终将被战胜。川江号子是峡江的生命、纤夫的灵魂、川人的呐喊，也是"长江文化的活化石"。

中国的西部包括四川，是贫穷而落后的，公路很少，铁路根本没有，抗战中关系民族危亡的大撤退，主要得靠长江，于是怀着沉重和复杂的心情，我来到了长江边。

长江和黄河一样，也是中华民族的母亲河，滚滚东流、奔泻千里的江水，仿佛象征着中华民族不屈的灵魂。在惊涛拍岸的江水声中响起了激越而悲凉的川江号子：

> 好男儿当兵上前线，抗日队伍出四川。
> 坐上大船到武汉，武汉火线扯得宽。
> 哪怕飞机丢炸弹，哪怕四川起狼烟。
> 前方打了大胜仗，写封家信对妻言：
> 公婆面前多照看，抚养儿女苦中甜，
> 抗战胜利时运转，你我全家就团圆。

诗仙李白曾慨叹"蜀道之难，难于上青天"，"上有六龙回日之高标，下有冲波逆折之回川。黄鹤之飞尚不得过，猿猱欲度愁攀援"。为了走出盆地向外开拓，古蜀人创造了栈道和索桥，在长江陡峭、坚硬的岩石上背着纤绳，拖着柏木帆船，一步一个脚印，用汗水和鲜血留下了意志的深痕，踩出了一条超越想象的道路。而在和巨浪、险滩、暗礁的生死搏斗中，川江号子诞生了。它和黄河船夫曲一样，是华夏民族意志的写真。

川江有著名的"三峡"——瞿塘峡、巫峡和西陵峡，这是一条景色无比壮丽而又极其凶险诡异的峡谷。《水经注》曾云："三峡七百里中，两岸连山，略无阙处。重岩叠嶂，隐天蔽日，自非亭午夜分，不见曦月。至于夏水襄陵，沿溯阻绝。……每至晴初霜旦，林寒涧肃，常有高猿长啸，属引凄异，空谷传响，哀转久绝。故渔者歌曰：巴东三峡巫峡长，猿鸣三声泪沾裳。"

从宜昌逆流而上至重庆，航程共一千多里。最初是西陵峡，西陵峡共四段，前面两段山虽高，水虽急，但不甚险，直到崆岭峡特别是牛肝马肺峡山形水势才突然险峻起来。两岸的山横在江中，成为曲折狭窄的险门，船只得慢慢地从险门中转折通过。崆岭滩上的江水是从高高的石滩上倾泻而下的，江水中有上千个、上万个旋涡，常有木船和小轮船在此倾覆，因此行船的人们常说"青滩泄滩不算滩，崆岭才是鬼门关"。船过了秭归（传说是王昭君的故乡）和巴东便进入了巫峡。三峡中，以巫峡为最长，山最高，江最曲折，滩流最急，也是一段最美丽的山水画廊。有名的巫山十二峰便分布在大江两岸，山如斧削，隽秀婀娜，松峦峰、望霞峰、朝云峰、登龙峰、翠屏峰……各有不同的美景。在万仞高峰之巅，云雾缭绕中有一个秀美、挺拔的巨石临江而立，远远望去宛如伫立着一位美女，这就是神话传说中的"神女峰"了。过巫山后即进入瞿塘峡，此峡很短，仅有十三四里，但瞿塘峡口却是三峡的最险处。峡口有一黑色的巨礁——滟滪堆，《水经注》曾有这样的记载："白帝城西有孤石，冬出水二十余丈，夏即没，秋时方出。"古谚云："滟滪大如马，瞿塘不可下；滟滪大如猴，瞿塘不可游；滟滪大如龟，瞿塘不可回；滟滪大如象，瞿塘不可上。"江水奔腾着一冲进峡口，雷霆万钧，涛声如雷，江面形成无数旋涡，船到这里稍差毫厘，便会在巨石上撞得粉碎。

我一直认为，在世界著名的大峡谷中，只有我们的三峡将大自然的鬼斧神工与人类创造的灿烂文化凝聚在一起。悠久的巴楚文化在这里留下了悬棺、岩洞和古栈道；这里有几十处脍炙人口的三国遗迹；除了这些，还有别具一格的码头文化和川江号子。

川江上的纤夫是一些"脚蹬石头手扒沙，风里雨里走天涯"的人。川江号子是他们创造的。

从湖北的宜昌到四川的叙府，这段长江上游，人们习惯地称作"川江"。逆流而上时，船只的动力只有拉纤的船工。他们把慈竹、斑竹等竹索搓成的纤绳缠在背上和腰上，拉着船逆流而行。一只货船需要三五十人甚至上百人拉纤。

纤夫中有拉头纤的，他要时时侧身看着水路。川江特别是三峡内暗礁多、落差大，《导峡程记》曾称，三峡内有"四百五十滩"。船工们告诉我，峡谷内不仅滩多，还形成了诡异的"槽槽水"和"勾勾水"，一股股激流卷起无数凶恶的浪花，暗藏着数不清的回水和旋涡，小的直径几丈，大的直径几十丈，稍一不慎，便有灭顶之灾。因此"头纤"必须一面拉纤一面看着水路并和旁边的"号子"交流,用号子指挥和协调纤夫们的动作。"号子"在纤夫中有特殊地位,他是船上专门聘请的。

跟着"号子"的吼声,纤夫们一起合唱,并随着号子的节奏用劲。当驶过激流险滩时,"号子"和"头纤"会大声吼道:"过险滩了喂!号子嘛吼起来哦,哟喂!"

纤夫们便会急促地应和道:"嗨哟!嗨哟!""嗨佐!嗨佐!"

我曾仔细地观察过川江上的木船,它们前后都有舵手,船老板们告诉我,前舵负责看水,后舵负责掌舵。船上桡桨的船工有头桡、二桡之分。这些船工和纤夫们不同,他们一般是不下船的,多是十来岁就开始上船做工,从普通纤夫做起,有的便学会了看水路、看风向,慢慢地当上了桡工、舵手乃至"头纤"或"号子"。

纤夫的工作十分劳累和危险。在峡谷陡峭的山崖上,他们赤身露体、弯着腰、蹬着腿、咬紧牙关,脖子上青筋暴绽,拖着船和风浪、激流、险滩搏斗,纤绳在他们古铜色的皮肤上勒出了一道道血痕……纤夫们地位很低,有的人甚至称他们为"船狗子",意思是指他们每天都是四肢着地使劲爬、拉。由于纤道崎岖和劳作时更加方便,也为了衣服不被纤绳磨破,他们夏天赤身露体,只穿条短裤或只在腰间搭一块遮羞的白布;而冬天也只套件上衣,腿脚总是裸露着经常浸在江水里。他们工作很苦而工钱却很低,吃的只是酸萝卜下苞谷饭,每天挣的钱买十斤洋芋后往往就没钱买草鞋了。

路险水急,危机四伏,每年都有不少纤夫在途中丧命。在故宫博物院运载古物的汽车过江时,一群纤夫背着纤绳在沙坝上拖拽,拖着拖着,一位年轻的纤夫一失足踩进了深水区,奔腾的江水立即卷走了他,没有一点声息……他的老父悲伤得在石头上撞自己的头,妻子哭着奔到江边,要跳水……

而抗日战争中的川江,不但有纤路和激流的凶险,还有日机的轰炸。丧失人性的侵略者总是专门针对着江上的船只和逃难的平民进行屠杀,飞机的轰隆声、炸弹的爆炸声、机枪的嗒嗒声以及人们的哭喊声,常常会淹没江水的怒吼……许多纤夫也在纤道上被侵略者夺去了生命。

一位研究民间文学的专家曾告诉我,"川江号子"多达三千多首,曲牌丰富,往往见景生情,随意填词,并根据江河水势和明滩暗礁,创造出不同的节奏和音调。船行下水或平水时,配合扳桡的慢动作,号子的音调是悠扬、舒缓的;而在闯滩时，音调就雄壮激烈了，仿佛在呐喊。歌词多为七言四句，熟练地采用了赋、比、兴等各种手法，把沿江的历史、地理、物产、环境乃至人文景观都囊括进去。有的来自传统，有的即兴发挥，通俗易懂，音韵流畅，朗朗上口。

在音乐方面，川江号子广泛吸收了四川民间音乐的因素，领唱的在慢板中常有类似川剧高腔的悠扬，有时又具有山歌的高亢和激越，音乐性和旋律性都很强，合唱部分则节奏鲜明，音调较简单，但在与领唱配合时结构却有很多变化。领唱与合唱常常相互交织重叠，构成独具魅力的二声部合唱。在闯险滩、战激流时，由于自然环境的影响，还会构成快速、激烈、粗犷、雄壮的二声部甚至多声部合唱，这是船工们生命的呐喊，是人类对大自然的赞歌，有极强的艺术感染力。而在战胜激流险滩后，川江号子又会变得悠扬婉转，优美而抒情了。

川江号子是民间音乐的宝库，我喜欢它，只可惜自己在音乐方面是个门外汉，无法把它们完整地记录并整理出来，希望抗战胜利后能有人来做这件事。

一位老"号子"曾告诉我，由于号工要用号子来掌握航行的节奏，并协调船工们的动作，因此无论是下水扳桡还是上水拉纤，号子都不能停歇。他还说，推桡、扳桡、摇橹、拉纤等各个工种都有各自不同的号子，而且遇到平水、紧水、抛河、靠岸、离港、过滩等不同情形时，号子也各不相同。

据考古学家们说，巴蜀大地在新石器时期已有石锚，东汉时已有"拉纤俑"，而"以歌辅工"的风俗也流传久远，川江号子到底有多长的历史呢？我不知道。

我没有记下川江号子的乐谱，只记下了几段歌词。

《过险滩》
吃人滩，吃人滩，
十有九个会落难，
硬骨头呀，战恶浪呀，
嘿呀嗬，嘿呀嗬……

《船过西陵》
船过西陵峡呀，人心寒，
最怕的是崆岭呀，鬼门关！
一声的号子，我一声的汗！

一声的号子，我一声的胆！

《下水号子》
正月里来才把那龙灯儿耍呀（嗨呀嗨嗨）
二月里来才把那风筝那扎呀（嗨呀嗨嗨）
三月清明把坟飘挂
四月里秧子满天插
五月里来龙船下河坝
六月里来花扇手中拿……
　嗨嗨　嗨嗨　嗨嗨　嗨哟嗨嗨

有一些号子是反映船工苦难生活的，如：

脚蹬石块手抓沙，
为儿为女为冤家。
纤藤勒进肉里头，
眼泪汪汪往前爬……

还有一种"地名号子"，唱出沿途的滩口、风光、故事、物产等，据说有的号子能从叙府唱到重庆，整整七天不重复。从资中到资阳便有这样的号子：

资中开船吃枇杷，灯盏五里杨柳垭。
十八女儿文江耍，石板滩儿进峡峡。
甘露张公骑子马，惹得河边老马抓。
铁钳口儿不太大，涨起水来像虾蚆……

三　卢作孚

宋轻雪的另一篇采访笔记是《宜昌大撤退之二——卢作孚》：

据说早在民国二十二年（1933），蒋委员长就决定以四川为根据地进行长期抗战了，曾说，只要川滇黔能巩固无恙，一定可以战胜任何强敌，恢复一切失地，复兴国家；还说，四川不仅是我们革命的一个重要地方，还是中华民国立国的根据地，四川处处得天独厚，我方军事与政治全在四川。

话虽如此，但国民政府并没有在四川进行什么重要的建设，没有修铁路，也没有修公路，甚至对四川最重要的向外联系通道——长江航道——也没有采取任何办法加以疏浚和改良。

幸而早在战前四川就出现了一个民生公司和民生公司的船队。

民生公司的创始人和领导人是卢作孚。能出现这样一个人实在是国家之幸、民族之福。对这个人实在是可以写出厚厚一本书的，抗战胜利后，我一定要为他写一本专著。

这是一个中等身材、面庞瘦削、鼻梁挺直、目光炯炯、文质彬彬、具有远见卓识的传奇人物，常年穿着布鞋和一套三峡土布中山装。在他的领导下，民生公司依靠自己的努力发展起来——并没有得到政府的扶持和帮助。

他出身贫民，早年参加过保路运动。他不仅是个经济界的人物，还是一位社会学家以及启蒙者、改革者和爱国者。他是第一个提出"将整个中国现代化"的人，他亲自主持开展了以北碚为中心的乡村建设实验，取得了极大成功。

民生公司是在20世纪20年代创办的，当时的四川正处于军阀割据的"防区时代"，长江上游的航运完全被外国轮船公司控制。民生公司成立后卢作孚采用了现代化的管理结构，是中华民国最早的股份有限公司之一，以"服务社会，便利人群，开发产业，富强国家"为宗旨，在日、英等外国公司的围堵中，闯开一条发展之路。经过十二年的奋斗，抗战开始时，已从只有一艘载重七十吨的小客船，发展到拥有大小轮船四十六艘、吨位达两万四千吨了。

卢作孚是一个卓越的爱国者，"九一八"事变后，他便对民生公司的职工们说："我们应做义勇军的预备，训练成军人的身手。"在职工宿舍的床单上特地印上了"作息均有人群至乐，梦寐勿忘国家大难"的口号。

日本挑起"一·二八"事变、十九路军英勇抵抗时，卢作孚组织了"北碚抗日救国义勇军"，并向省主席刘湘请愿，要求赴前线杀敌，他亲手写下了标语和宣传资料，其中之一是：

我们人民觉醒！！！
在日本暴力之下：
我们沿海的城池，沿江的商埠，
随时可以被日本炮轰；
我们有房屋将被破坏；
我们有财产将被牺牲；
我们有性命将被杀戮。
我们要一致团结！
拥护对日抗战的政府，
捐输金钱以助军饷；
捐输粮食以供军用；
捐输一切财货以应对抗战的需要。
我们救国即以保家；救亡即以图存；
救众人即是救自己。

其二是：

我们民众应该迅速起来！
组织抗日救国义勇军；
赶赴前线，
共救国难，
打不倒日本不要生还！
……

他还代表"重庆救国会"向四川各军长发出了紧急代电，这封紧急代电是请一位前清举人起稿，由卢作孚最后审定的，对川军出川抗日起到了一定的促进作用。内容有：

"日寇内犯，瞬将半年。自上海撤兵，门户不守；苏、常、嘉、泰，警告频闻，战区如此广阔，前线何等孤危。救兵如救水火，况是国防；护国如护腹心，况为急疾。可谓千钧一发，万载一时也。吾川调兵六师，久已喧腾众口，迁延审慎,未见实行。谓诸公鹜于形势,则智勇固皆属堂堂;谓诸公但惜己私,而文电又言之侃侃。旷日持久,雅意何居?须知:一为覆巢,断无完卵;眼前虽盛,自有不堪回首之时;贵人子孙,岂有独逃浩劫之理?但兵若不出,或出不能速,无论有何种苦衷,断难为国人所谅。为爱国故,为爱川故,为爱诸公故,涕泣陈词,伏乞昭察。"

卢沟桥事变一个多月后,第一批川军出川抗日,民生公司运送了四个师、两个独立旅到前线去。卢作孚对职工们说,国家对外的战争开始了,民生公司的任务也就开始了,民生公司应该首先动员起来参加战争,一切工作迅速地转移到战争的轨道上来,以满足战时运输的紧迫需要;应做牺牲的准备,于值得牺牲时牺牲!

他努力在民生公司里锻造"民生精神":"个人为事业服务,事业为社会服务。""个人的工作是超报酬的,事业的任务是超利润的。""民生公司最后的意义,绝不是帮助本身,而是帮助社会。"……

每周一、三、五,民生公司都要在礼堂里举行朝会,大家高唱救亡歌曲,他要求职工们:"鼓起勇气,提高信心!凡白种人做得来的,黄种人都做得来!凡日本人做得来的,中国人都做得来!"他还多次邀请冯玉祥、郭沫若、马寅初、黄炎培、张伯苓、梁漱溟等爱国进步人士在朝会上演讲。

在抗日救国的紧急关头,民国二十七年(1938)元月,卢作孚被任命为交通部次长,担当起了战时指挥水陆运输的重任。

这次任命不是偶然的,为抗战,卢作孚早已在进行精神和物质上的准备了。

"九一八"事变前一年,他曾率队去东北考察,当时便敏锐地感觉到了日本的侵略野心。"九一八"事变后他特地成立了"东北问题研究会",同时又加快了北碚和川江航运的建设,短短五年多便成为长江上游最大的轮船公司。在纪念"九一八"事变的集会上,他要求全体职工"应做有牺牲有肝胆的男儿,于值得牺牲时不惜牺牲"。公司还率先将《义勇军进行曲》灌成唱片在船上播放,与此同时,又提前对抗战所需的油料、器材等战略物资进行准备。

民国二十四年(1935)底,他被任命为四川省建设厅厅长了。

我曾对建设厅进行过采访。

当时的建设厅完全是个空架子,既没钱也没有懂行的专家,他便奔走于重庆、南京、上海等地,请来了测量、工程、畜牧、水稻、小麦、蚕丝、矿业等各方面的专家——包括外国专家,研究和发展四川的实业。

他没有星期天,每天总是上班最早、下班最晚,不到深夜不会离开办公室。

他从不吃人的"招待",但却常常招待下属。如果有下属也在加班,他会让专车把下属送回家,并且在路上自己掏钱请他吃消夜。

他配有专车,但家人从来没有沾过光,孩子上学放学都是步行。有一次小儿子"打摆子"(疟疾),发高烧,昏倒在路边的水沟里,被路人送回家,烧退后仍然步行回学校。母亲缠过脚,走路不便,但从来没有搭过他的车。

我曾到过他的家里,他家的一切让我大吃一惊。

虽然身居高位,还是位"大亨",但他的全家并没有住进高楼大厦,也没有住进幽静、美丽的公馆,狭窄的房子只有四十多平方米,没有一件像样的家具。卢夫人给我倒了一杯茶,我注意到茶具是一把土茶壶,旁边摆了几只玻璃杯……环顾四周,唯一一件"高级用具"是一台小电扇,卢夫人说已经买了好几年了。抗战后美军司令部曾给他送来一台收音机,但他把它送给了公司。

长期以来,卢作孚和妻子都穿的是粗布衣服,而且全家的衣服鞋子都是卢夫人一针一线自己做的。小儿子六岁那年过年时,娘买了双布面胶鞋送给他,娃娃喜欢得竟舍不得脱下,穿着胶鞋睡了一夜……全家吃得也很简单,抗战后便很少吃肉了。孩子病了,没钱请医生,常常靠卢夫人扯些草药医治。卢作孚病了,家里想给他买只鸡,但钱不够,别人送来的"车马费",他早就捐给了科学、文化、教育事业。

客人来时,饭桌上除了自己磨的豆花外,再加一两样"翘荤",招待刘湘时也是南瓜焖饭外加一小盆豆花、一小碟腊肉和一小碟咸菜。

听说一位朋友来拜访时,看见他家实在困难,便拿出十块银圆撂下,卢夫人把银圆包好后放进箱子里,等卢作孚回来后交给了他,但卢作孚说:"这钱我怎么能用?用了,到哪儿去找钱来还?"

北碚的民众为了表达对卢作孚母亲的敬爱,她六十岁生日时,在平民公园内修了个亭阁,取名"慈寿阁",被卢作孚知道后,坚决让人摘下了匾额,后被杨森命名为"清凉亭"。

卢作孚高尚的人品让许多人折服。梁漱溟评价他:"公而忘私,为而不有。"晏阳初称他:"忘我忘家,绝对无私。"黄炎培说他:"责在人先,利居人后。"

而我对他的看法是,一位真正的大丈夫,一身正气,两袖清风,富贵不能淫，贫贱不能移，威武不能屈！

国民政府迁都重庆，四川被确定为"战时大后方"后，华北、华东、华中等地的机关、学校、工厂纷纷向四川搬迁，民生公司和招商局、三北公司的船舶冒着战火，从上海、镇江、南京等地抢运了大量人员、物资到武汉、宜昌。我到武汉时，据有关人员告诉我，集中在武汉的工厂已经有七百多家了，除此之外还有大量兵工器材和军用物资，这些东西都亟待向四川转运。

除了物资，需要转运的当然还有大量活生生的人，有伤兵、有难民，也有教授、作家、职员、工人……有年逾古稀的老人，也有襁褓中的娃娃……

由于国民政府对"南迁"并没有事先制订出通盘的计划，因此搬迁的情形是十分混乱的。南迁的单位和人员包括难民，一部分由汉口溯江而上经宜昌到重庆，正如叶圣陶诗中所描写的："下游客到日盈千，逆旋麇集待入川。种种方言如鼎沸，俱言上水苦无船。"另一部分则由湖北经安康、汉水走汉中，取道川北进入四川。

武汉会战开始后，据有关部门介绍，日本聚集了约三十五万兵力——包括三个航空兵团、一百四十余艘海军舰艇，海、陆、空联合，不惜一切代价（包括使用毒气）投入"武汉攻略作战"，在长江沿线分五路，涉及安徽、河南、江西、湖北四省，和中国军队激战。战线长达几千里，企图以此逼迫国民政府投降。我国则部署和动员了百万兵力与侵略者浴血奋战，在武器装备大大落后于侵略者的情况下，誓死保卫国土！

真是寸寸山河寸寸血啊！

武汉四周被湖沼港汊环绕，军事家们认为是一个"无险可守"的地方。就是在这样一个地方，在残酷惨烈的大会战中，中国进行了一次世界战争史上绝无仅有的"大撤退"。

我来到了母亲河长江边，我明白，抗战开始以来，长江航线一直是日本侵略军进犯我国的主要路线之一，而我国的交通运输只有少数是通过铁路和公路，更主要依靠的是长江航线。撤退的道路也将主要依靠长江，大批政府机关、学校团体、工厂设备要向大后方转移，而后方的抗日将士又亟须运送到前方……这一切，便让长江航线成为我国抗战的生命线。

站在江边，我已经听不见江水的滔滔声，耳边只有日机的轰鸣、炸弹的震响、机枪的嗒嗒以及人们的哭喊……我看到，江边堆放着重重叠叠、望不到尽头的物资，以及拥挤着的、成千上万的难民……

物资和难民都是日机轰炸和扫射的目标，正在搬运物资时，敌机突然来了，人们伏在地上躲一躲，飞机过去了，又爬起来继续搬运，但这时有的伙伴已经受伤甚至牺牲，顾不上埋葬他们，也没有时间悲哀，只含着泪、咬着牙，踏着伙伴的血迹，继续在肩上扛起民族的希望……

逃难的人们拥挤着，争先恐后地希望赶快上船，看见黑压压的人群，一些江轮不敢靠岸了，在江心抛锚，由一些小木船把有票的人先送上江轮。有的小木船划到轮船边时，还得用绳子把客人吊上去。

而要到大后方，一路都是"逆水行舟"，更加严峻的是，三个多月后长江便将进入"枯水期"，"逆水行舟"将无可能！

蒋委员长曾说："我国抗战之能否胜利，全视交通运输之有无力量。"临危受命的卢作孚能有回天之力吗？在他的指挥下，真能够把这么多的物资和人员顺利地撤退到大后方，保存国家和民族的实力以及未来的希望吗？

四　逆流而上

宋轻雪采访笔记：《宜昌大撤退之三——逆流而上》：

为采访大撤退，我来到了有"川鄂咽喉"之称的宜昌。

扑入眼帘的第一印象便是拥挤的人群。从四面八方长途跋涉来到这里的人很多，崎岖的山路上，有一队队扶老携幼的难民；长江边上堆积着黑压压的人群，焦急地等待着逆流而上的船只。

宜昌的大街小巷到处挤满了人，旅店、茶楼、学校、寺庙、医院乃至一些人家，都住满了来自各地的难民和难童，还有一些找不到住处的人露宿街头。难民们蓬头垢面，衣衫褴褛，疲惫不堪，满脸菜色。最可怜的是孩子们，幼小的他们失去了父母和亲人的庇护，他们清澈、稚嫩的眼睛里充满了恐怖、无助和惶惑，在饥饿、寒冷、疾病、恐怖中挣扎……

按政府规定，难民们须向当地赈济机构登记，领取"难民证"，以便在饮食、住宿、医疗等方面得到救济，但由于难民太多，最后连石印"难民证"都来不及了，我亲眼看到，赈济机构的工作人员只得把一些白布剪成小方块，用肥皂涂过后写上"难民证"三个字，盖章发给难民。

日本飞机经常轰炸宜昌，当日机一飞过武汉，宜昌就开始拉警报，当日机快到宜昌时，城里的难民立即跑到附近的乡村隐蔽，来不及的就赶紧跑到附近的英美教堂里。但炸弹有时也会落进教堂。日机扔完炸弹后如果没有遇到中国的驱逐机，为它们护航的战斗机还会低空飞行，疯狂、残忍、得意扬扬地专门向平民躲藏的地方扫射。每次轰炸后，手无寸铁的平民死伤都不计其数。

宜昌有一所哀欧拿女中，是英国姑娘穆秉谦和范凯迪受苏格兰教会委托来华创办的。校长刘自铮和两位姑娘在学校建立了接待站，在院内大小屋顶上画了巨大的英国国旗，师生们都参加了接待。于是每当空袭警报响起时，许多人便会拥入这所学校避难。师生们还常常到码头上接送难童，一年中，接待了难童上千人。

民生宜昌分公司面目憔悴的经理焦头烂额地向我诉苦："自武汉大会战开始以来，国民政府的官员及家属们，很多人都会拿着一些'要员'写的条子来找我谈乘船入川的事，要求尽快安排，这种事每天总有三五百起，弄得我从早到晚应接不暇，不但顾不上吃饭，连上厕所的时间都没有了……"

在混乱的江边，我多次看见了急抵宜昌坐镇指挥大撤退的卢作孚。

每一次遇见他时，都觉得他比过去更加消瘦、清癯了，眼睛里满是缺乏睡眠的红丝，但神情依然十分镇定甚至可以说是"安详"的，没有丝毫的慌张，说话时声音不大，有些嘶哑，但却明确、有力，和过去一样。

在他的身上，似乎传达出了一种信心和力量，这正是在抗日战争十分艰难的日子里，人们迫切需要的。

当时仅从武汉紧急撤出的重要物资便有十余万吨，堆积在宜昌的江边，这些来自上海和武汉的兵工器材、航空工业器材和其他工业设备，关系着国家的国防工业和民用工业命脉，依常规，要一年左右才能运完，但严峻的问题是，自10月下旬起——也就是四十天以后，三峡就将面临约五个月的枯水期，届时装载大型设备的轮船便根本无法逆流而上进入长江上游。

而当时在重庆和宜昌间往返的轮船只有二十四艘，其中二十二艘属于民生公司，这些轮船每艘的载重量只有两百到六百吨。

除了机器设备和各种物资，还有三万多亟待撤退的难民，而且难民的人数还在持续增加！

四十天，仅仅四十天，在日机的轰炸扫射下，要完成这次大撤退的重任似乎是不可思议的"天方夜谭"！

但是，奇迹终于诞生，事实回答了全世界！宜昌的民众，特别是民生公司的员工、宜昌的码头工人、三峡沿岸的纤夫、船工们，在卢作孚的组织指挥下，冒着日机的轰炸扫射，穿越在长江三峡的急流险滩上，将战区及沿海地区来到宜昌的机关团体、科研单位、高等学校和珍贵文物转运入川；将各地拥入的难民、难童运送入川；将当时从战区和沿海抢运出的国家民族工业的精华和兵工、航空、轻重工业设备器材抢运入川！

经历了四十个紧张的不眠之夜，经过精心策划和严密组织，卢作孚终于在长江枯水期到来之前，在侵略者铁蹄踏来之前，完成了世界战争史上独一无二的大撤退奇迹。撤退的工矿企业在大后方成为抗战的坚强后盾，对坚持持久抗战直至最后胜利，起到了巨大作用。

在这次大撤退中，民生公司的轮船被日机炸沉了十六艘，当公司的职员向卢作孚汇报时，他只掷地有声地简单回答："民生公司炸灭了没关系，只要国家还在，一切可以重来！"

"七七"事变后，为阻止日军推进，我国在长江航道上曾进行过两次"沉船塞江"，以构筑黄浦江封锁线和江阴封锁线，民生公司的四艘铁驳船也曾自沉塞江。武汉大会战开始后，军方准备再次凿船沉江，以构筑长江第三条封锁线，再次命令民生公司沉船，但这个命令被卢作孚否定了。

卢作孚仔细分析了长江航运面临的情况，由于三峡航道十分狭窄、凶险，宜昌至重庆一段已经空前阻塞，而能够在这一段穿越运输的只剩下民生公司的船只了。在水运本已十分紧张的情形下，如果再凿沉大量船只，将怎样进行人员和物资的撤退？于是便代表交通部声明，请考虑封锁航道不要用沉船的办法。他科学而冷静的分析终于让最高军事当局的官员们冷静下来，取消了"凿船沉江"的决定，后来经汉口航政局局长王洸建议，赶建了四艘巨大的钢筋水泥船沉江。

宜昌本是一个人口仅十来万的小城，地处三峡的西陵峡口，宜昌以上便进入了三峡，航道不但十分狭窄，而且滩多浪急，险象环生，因此宜昌便成为长江许多轮船上行的终点。来自上海、南京、武汉等地的许多船只到了宜昌后便不再前行，人和货物都要下船"换载"——换乘能穿越三峡和川江航道的轮船，以进入四川。于是宜昌便成为一个繁忙的"转运港"。

宜昌到重庆，航程是六百四十八公里，并不是很远的距离，但船只却要在日机的轰炸下冒险穿越三峡。这条航道最窄的地方仅有一百多米，只容一艘轮船单向航行。沿途礁石林立，暗滩密布，在南津关附近，水深竟由八十多米陡降到三十多米，据当地县志记载，这里"横流湍急，悬崖千丈，船行到江中，横来复去，乘风奋楫，再莫能进"。西陵峡全长一百来里，不但航道狭窄、险滩不断，而且泡、漩、涌水相连，古人曾叹息为"蜀道青天不可上，横飞白练三千丈""十丈悬流万堆雪，惊天如看广陵涛"……

三峡内仅较大的急滩、险滩、浅滩便有一百五十八处，大小船舶一律不能夜航，行船时稍有不慎，就会船毁人亡。

江中的航道如此艰难，空中还有凶残的日本飞机，再加上运输工具的缺乏和落后，怎样才能完成转运和撤退？

民生公司的职员们告诉我，卢作孚不愧是个"有组织天才的人物"，他到宜昌后立即连夜研究了撤退方案。他曾多次到过宜昌，但这次见到的混乱局面及人心之恐慌，和过去绝不相同——各轮船公司从大门口直到办公室都挤满了人，要求购票的人里三层外三层，到处都有人在托人、交涉乃至哀求……人们吵闹着、咒骂着、哭喊着，一些武装押运货物的军官甚至掏出手枪威胁要船，拍着桌子对轮船公司的职员们训斥甚至打骂……职员们焦头烂额，手忙脚乱，根本无法研究科学的运输方案了！

面对如此混乱的局面，卢作孚沉着冷静、指挥若定，充分显示了过人的魄力和组织才能。到宜昌的当天他就连夜进行了调查，第二天便召集公司各方面负责人以及船长、领江们开会，严肃地告诉大家："全中国的兵工工业、航空工业、重工业、轻工业的生命，完全交付在这里了，我们必须确保四十天内把滞留在这里的货物和人员全部运走！"

接着便通宵达旦亲自拟订出了运输计划，并坚持亲临第一线指挥和调度。我多次在深夜和拂晓，在江边的码头上看见他瘦削的身影。

他不愿也没有时间接受采访，据他的同事们介绍，为了解决运输的难题，他采取了许多办法。

首先是千方百计增加运输力量。

除了从各处紧急增调了十艘轮船（其中民生公司六艘）参加抢运外，更重要的是，动员和征集了一千二百多艘木船，最多时，征集的木船曾达到了两千艘。

几万名船工和纤夫组成了一支浩浩荡荡的民众运输大军,在日机的轰炸扫射下,以大无畏的精神和强烈的爱国热忱,经受着生与死的考验,奋战在险滩巨浪中,忍受着船只的沉没、生命的牺牲,昼夜抢运。

在川江上用木船抢运厂矿和军用物资从无先例,它无疑是最慢、最艰难而风险又最大的。但是,在大撤退中,木船却起了巨大作用。一位工程师曾感叹地对我说:"当我们在江河上看到无数木船借着风力,朝着水流,蚂蚁般挣扎前行时,不会想到,在这些原始的、笨拙的木船里,竟满载着无数吨现代的仪器和机械……"

川江上多柏木船,最大的可以载重一百三四十吨,小的只能载十二三吨,一般载重六七十吨。在静水无风的时候,每天可以行驶五十来里;而遇到顺风,扯上帆,一小时便可行驶五十里。但在三峡的急流险滩中逆水上行时,虽然一两百个纤夫用尽全身力气,每小时也只能前进两丈左右,有时甚至寸步难行。

船过巫峡时,岸边全是悬崖峭壁,根本没有立足之地,纤夫无法上岸拉纤,只有扎水候风或缓行。大风来时,船只一天可过八十里长的巫峡,但常常要等五六天才会遇到风。黄昏后或遇大雾时,木船也不能行驶,水涨时更不能贸然前行,必须等到水涨定后才能前行……除了这些之外,宜昌到重庆不仅到处都是险滩,还有枯水滩与洪水滩之分,稍一不慎就会出现事故,有的触礁沉没,有的船底触坡,有的船底被激流冲脱,有的纤绳断裂船只失控,船体被撞散,人员、货物全部沉入江中……

纤夫无疑是三峡船运中最艰苦的职业,他们有时在岸上走,有时在水中行,更多的时候行走在山岩上,纤绳背在他们赤裸的背上,肩头上垫着破布,两只手死命地拖住纤绳,低低地弯着腰,口里喊着号子"嗨哟嗨哟"地向前挣扎。

在抢运物资、设备时,木船被编成了上百个组,每组有四艘到七艘木船。过险滩的时候,只留驾长、掌艄和扳艄的在船上,乘客和纤夫都在岸边步行。一般上水时,从宜昌到重庆要三四十天,下水时十天到半个月。

乘客坐在小船上,随着险滩和风浪的出现,小船不断地颠簸,人们随时可能葬身鱼腹;而遇到紧急情形,大家还得下船帮助拉纤。拉纤时鞋子自是不能穿了,得光着脚用脚趾和脚板紧紧地抓住脚下的岩石,坚硬的岩石会把双脚磨得鲜血淋漓,肩上和背上也会被纤绳磨出血痕……耳边是江水的咆哮,眼前是巉峻的悬崖,尽管寒风刺骨,人们却汗流浃背,往往拼命地拉拽了半个小时、一个小时，而船只却在激流中原地旋转无法前行，常常要经过两三小时甚至更多时间的搏斗，才能渡过一个险滩，而峡中的险滩却有一百多处！

考虑到三峡航道不能夜航，而日机夜间也很少出动，卢作孚便巧妙地进行了调度——要求各船尽量利用夜间进行装卸，白天抓紧时间航行。凡须轮船运走的物资，都先装在驳船上，傍晚，当轮船从上游返回时，驳船便立即拖到轮船边，而这时，各船舱口的盖子便按要求早已全部打开，轮船一抛锚便开始装货。因此，每天夜晚，所有船只和长江沿岸都灯火辉煌，人们抬着沉重的机器，号子声、起重机声、汽笛声响成一片……

与此同时，卢作孚又制定了新的运输办法，并强化组织指挥。

卢作孚曾严肃地公开宣布："保证在枯水期到来之前，将所有的货物运走！"这个保证曾引起一片欢呼，有的人甚至激动地流下了眼泪。

为了完成这个计划，便必须改变传统的运输方法。为了最大限度地利用仅有的运力，他将过去按单位分配专轮的传统办法，改变为按吨位进行分配，而且要求将重要物资器材配套成龙，先由轮船抢运，其余物资交木船载运。货物运费只收平时的十分之一。

针对滞留宜昌的大量人员，民生公司制定了《非常时期客运救济办法》——要求乘客"按到宜先后的登记次序依次购票上船"；要求各轮"加速、倍量地疏散"并降低票价，乘客一律实行坐票，过去睡一人的铺位现在规定坐五人，在中途停泊地先雇木船，备客住宿；对公教人员及战区难童，提前抢运并给予免费或半费优待……

卢作孚还有一个重大而关键的改革是，采取了"分段运输"。

从宜昌到重庆，轮船上水需四天，下水需两天，一来一去便是六天，四十天内只能有六七个来回，根本无法完成对物资和人员的抢运。怎样解决这个难题呢？经过反复思索，"分段运输法"诞生了——民生公司过去在枯水期间曾创造出一种"三段航行"法，卢作孚便把这个办法移植到了这次的大撤退中。具体办法是：把宜昌到重庆的航线划为三段：第一段是宜昌到三斗坪，第二段是三斗坪到万县，第三段是万县到重庆。一些重要而又不便装卸的设备可由宜昌直接运到重庆，再从重庆运上抗日队伍顺江而下到达前线；而次要的、易装卸的设备便先运到三斗坪或万县，卸下后立即返回宜昌，再调其他船只把物资转运重庆。

这样一来便大大缩短了宜昌的转运时间，确保了每天都有六七艘空船返回，从而极大地提高了运输效率。

除了以上这些措施之外，在卢作孚的指挥下，还增加了大量码头设备和装卸力量；增设了船岸无线电台；在一些险滩改进了机械绞滩设备，为木船过滩上行创造了更有利的条件。

在抢运的紧急关头，日寇的空袭也特别频繁，侵略者凭借自己的空中优势，疯狂地轰炸和扫射江边的堆栈、栈房，并大量投放烧夷弹。裕华纱厂的棉纱曾被炸中了，在警报还没有解除时，转运站便开始救援，当时宜昌的救火会只有一支水龙，没有别的抢救工具，面对熊熊烈火，轮船、驳船、码头工人们，把棉被浸湿后蒙着头冲入火海抢救物资……这次大火一直烧了三天三夜，许多栈房成为一片瓦砾……

"建武"轮曾遭日机扫射，死伤十余人，被称作"总裁文胆""领袖智囊"的陈布雷正在这艘船上，他的衣服上留下了几个弹孔。

"江兴"轮遇难。这艘轮船上载了许多难民，连篷顶上都有难民和伤兵。两架日机一路追杀，一架凌空监视，一架低飞与船平行，对船上的人们进行疯狂的扫射。船上架起了高射炮，击伤一架另一架飞走，不一会儿便来了六架日机，对"江兴"轮投下大量炸弹和燃烧弹，船尾和中舱起火了，轮船开始下沉，高射炮手也被炸伤，无法还击了。船上爆炸声响成一片……整艘船五千多人，最后获救的只有八十四人！

"民俗"轮从巴东运输难民和抗日伤病官兵入川，轮船驶至青石洞时，七架日本飞机对轮船进行了轮番的轰炸、扫射，船上立即烟雾弥漫、血肉横飞，终于被炸沉。在轮船被轰炸时，许多船员临危不惧，一直坚守在自己的岗位上。加油工人邱宝定在弹片已经穿破腹部、流血不止时，船长让他赶紧离开，他回答道："死就死吧，绝不能走！"最后与船舶共沉。船被炸后已经开始倾斜时，机舱的船员们仍然在努力开车挽救；机器被炸停后全体值班人员仍然没有离去，最后杨培之、罗绍修等人都随船殉职。水手长龙海云当船即将倾覆沉没时，仍然屹立船头，努力挽救船舶，船长多次催促他赶快离开自救，他慨然回答："船长不走，我怎能离去！"最后被日机扫射中弹牺牲。三引水王炳荣执舵时被炸伤，但仍坚守岗位，最后随船沉没。大副李晖汉当船即将沉没时，急忙跑进驾驶室把航行日记簿、船舶证书和别的重要文件抢出，抱在了自己怀里，这时，一个弹片飞来击中了他的头部，他在血泊中牺牲。报务员陈志昌当船被炸沉已不能发报时，仍然保护着发报机不愿离去，最后殉职。护航组长申志成，茶房头目唐泽民、袁文彬在敌机轰炸、乘客发生骚乱时，冒着枪弹维持秩序，努力保持船身的平稳，后被炸死。船沉没后，幸存的水手辜华山不顾个人安危，急泅水至岸，推着木划，在惊涛骇浪中救起伤兵和乘客几十人，别的幸存船员也努力参加了抢救。

"民俗"轮的船员们表现出了卢作孚倡导的"民生精神"，这也是中华民族不屈的民族精神！

在大撤退中，仅民生公司便有十六只轮船被炸沉，一百多人牺牲，六十多人因伤致残。至于被炸沉的木船和牺牲的船工、纤夫更是数不胜数，不知道到底有多少了！

武汉的一家电气厂在撤退时，雇了贺船主与杜船主的两艘木船运送电机等机器和物资到宜昌，出发不久便有日机前来轰炸，贺船主的船被炸沉了，物资全部损失；杜船主的船受损严重，舱面的机械全部落水，两船还各被炸死一人。贺船主等被救起后都挤在杜船主的船上，谁知半路上又遇到了土匪，被抢去大量物资；以后又遇到了兵痞，以"检查"为名敲诈勒索，贺船主的侄子反抗中被打了一枪，子弹从后股进入、腰部穿出……一路折腾，历经七个半月才到达宜昌，这时，船上的货物已经所剩无几，只有电机还在；船主和船工几乎身无分文，连吃饭的钱都没有了，最后不得不要求救济……

有类似遭遇的木船不在少数。

紧张抢运四十天后，江水进入了枯水期，但这时的江边静悄悄的，已经看不到拥挤的人群和堆积如山的物资……据民生公司的职员告诉我，在宜昌沦陷前，民生公司运送的部队、伤兵、难民等各类人员共一百五十多万，运送的货物共一百多万吨，其中包括空军和炮厂等军工器材。这次大抢运，让一批钢铁厂、兵工厂、纺织厂、现代化的煤矿等在国土沦亡、山河破碎中得以在大后方重生，为持久抗战做出重要贡献。

而我永远也忘不掉的是这场大撤退和大抢运的悲壮，这是一个觉醒了的民族，一个被讥笑为"用筷子和日军刺刀交战"的民族，在用勇气、意志、毅力和敌人较量，在硝烟弥漫、弹片横飞、涛声震天中谱写了一曲中华民族的凯歌。

五　守藏之责

宋轻雪采访笔记：《宜昌大撤退之四——独特的"文化抗战"》：

我注意到，在宜昌大撤退中，活跃着一批可爱的年轻人，他们是从沦陷区流亡到大后方的热血青年，其中不少是技术人员和大学生，随着各个工厂在辗转迁移。机器在途中被损坏了，他们会马上想法修理；原材料没有了，他们会想方设法用当地的土产品代替。他们在工作中充满激情，白天忙于拆卸装运，在码头各处不停地奔跑，晚上还要编写新的计划和工作报告。

"少年强则中国强"，有了这样的年轻人，中国就有了希望。

一位戴着眼镜、外表文弱、上海口音的年轻人对我说："我们这些年轻人都来自不同的战区，临时参加撤退工作。这工作待遇很低，仅仅能够维持最低的生活，很危险，又很琐碎和忙碌，但是大家并没有感到不满，因为我们知道，每把一船物资运往后方，就会让侵略者少占有一船物资，这就是我们为国家尽到的责任，也是我们为抗战做出的贡献！"

在军工、民营厂矿撤退的同时，沿江、沿海的高等院校和文化机关也开始了大撤退。

日本侵略者为了达到长期统治中国的目的，把"文化毁灭"作为侵略的重要目标，疯狂地轰炸和毁坏各高等院校，大量极其宝贵的研究资料被毁于一旦。日机轰炸南开大学三四个小时后，又用大炮轰击，最后还用煤油纵火焚烧；清华大学先是被日军肆意抢劫，然后又被弄成了日军的兵营、医院、酒吧、妓院；北京大学保存的中国地质资料被全部炸毁；上海的复旦、暨南大学和所有大专院校都被轰炸，文化机关被摧毁四分之三；而南京遭到的浩劫更是罄竹难书了。因此，努力保卫传承几千年的中华文化便是抗日战争中的另一条战线。

粗略地计算一下，在大规模迁移中，迁到四川的高校近五十所、科研机构逾百家。它们大多是经长江入川的。

南京中央大学的校长罗家伦是研究历史与哲学的专家，早在民国二十二年（1933）他就曾公开预言："1935年到1940年间，中日大战无法避免。"于是自民国二十四年（1935）他就开始布置学校西迁重庆的工作。"七七"事变后，立即嘱咐总务部门先把图书仪器装箱，又派人去寻觅校址，紧接着便开始搬迁了。

当时，日寇对南京的大轰炸已经开始，中央大学也是轰炸的重点目标之一，但迁校工作一直在紧张地进行，与此同时，新生的录取工作也未中止。几千人、几千只大木箱浩浩荡荡地沿江而上，箱子中甚至装了航空工程教学所用的三架飞机（拆卸了的）、医学院所需的二十四具死尸、许许多多的动植物标本……中大农场里有许多优良的牲畜品种，经民生公司同意后改造了船舱，把每个品种选出了一对放进船舱里……

我曾听到过这样一个故事：罗家伦离开南京前，去学校农学院实习牧场看望职工，发放了安置费，对他们说，剩下的这些牲畜，可迁则迁，不可迁就放弃了。但职工们却不愿意把自己精心喂养的牲畜留给日本鬼子，于是经过商量，决定由农场技师王酋亭带领，把这些来自国外的珍贵牲畜先运出南京，再想法运到重庆。大家用领到的安置费租船过江，租不到汽车便步行。鸡、鸭、兔等小动物装进笼子，驮在荷兰牛、美国猪的背上，吆喝着从南京经安徽到了河南……由于每天只能前进十多里，到河南时已是北风呼啸、大雪纷飞的严冬，征得校方同意，在河南过冬后又再次前进。由于武汉地区形势紧张，只能经桐柏山区，沿湖北西部的丘陵地带来到宜昌。赶着牲畜，在路上走走停停十分艰难，走了近一年，第二年11月才到达宜昌，以后终于去到重庆……

国立南京戏剧学校是我国第一所戏剧学校，创作《雷雨》《日出》等名剧的著名作家、三十岁的曹禺是学校的教务主任，教授有应云卫、陈白尘等许多戏剧界名人，被称为"中国戏剧家的摇篮"。抗战爆发后，学校先疏散到长沙，以后又坐了五只木船向重庆撤退，整整二十三天才到了宜昌。在这二十三天里，遇到顺风便加速前进，遇到逆风师生们便下船帮助拉纤。每到小埠镇，大家便会整装走向广场，曹禺身穿一件旧棉袍，手里提着一面大锣敲起来开道并维持秩序，吆喝着让民众观看演出，演出了街头剧《放下你的鞭子》《疯了的母羊》等，并高唱抗日歌曲，高呼口号。有时正在演出时，日寇的飞机来了并开始投弹，在曹禺的招呼下大家便赶快隐蔽，日寇的飞机走了，又继续演出……

抗战爆发后，湖北省图书馆奉命西迁，全馆职工仅十八人，但亟须撤退的藏书便有十万余册，其中许多是珍贵的典籍，装满了一百七十多口大箱。路途遥远，运费短缺，交通工具又极其落后，年逾花甲的馆长谈锡恩只向职工们说了一句话："守藏之责，重于守土！"从清理、装箱、启运、觅址直到建房都身先士卒。船到秭归新滩后就开辟了阅览室开始接待读者。为了预防日机的轰炸，一部分图书存放在岩洞里，谈锡恩除派专人看守外，自己还在岩洞里住了两夜，察觉到岩洞里比较潮湿，便组织人员定期翻箱，因此辗转千里图书竟毫无损失。

民国二十六年（1937）底，老舍到了武汉，与郭沫若、茅盾、阳翰笙等作家一起组织了"中华全国文艺界抗敌协会"（简称"文协"），并被选为常务理事兼总务主任。第二年7月，他和"文协"的几个干事一起向四川撤退。

从武汉到宜昌，他们坐上了一艘中国船，但船上却插着意大利国旗——可能是为了避免日机轰炸。船上的一切设备都"有名无实"，舱门有门轴但关不上，电扇不会转，衣钩断了半截无法挂衣服，开水是在大木桶里，但老舍亲眼看到一个女人把洗脚水倒了进去……

一位带着紧急公文的军人要求在城陵矶下船，但船主不答应在那里停泊，这位军人耽误了军机，情急之下，竟一头碰死在缠绕锚绳的铁柱上！

到了宜昌后，这群著名的文化人恳求民生公司一位姓黄的老职员帮忙买去重庆的船票，这位黄先生是个极诚恳、极愿意帮忙的人，但一时之间也莫得抓拿了。等了一个星期，好不容易才帮他们买到了铺位，但这铺位却在甲板上……船上很挤很挤，连烟囱上面都爬了几十个难童，昼夜开饭，茶房端着饭菜就在他们的铺盖上、枕头上踩来踩去……想上厕所，那比登天还难，不管啥时候，即使是深夜，厕所外面也排着一字长蛇阵……

老舍久闻三峡的大名，很想看看三峡风光，但哪里看得到呢？极目四望，只有黑压压的人头，为安全起见，只能原地不动。

在宜昌，我曾遇见过胡风、聂绀弩、沈钧儒、杜重远、李公朴、邹韬奋等知名人士，以及著名画家徐悲鸿、吴作人、张善子等。徐悲鸿和吴作人都在南京中央大学任教，带着艺术家特有的浪漫和执着，他们面对日机的轰炸和拥挤的人流，竟还在忙于用铅笔在一个小本子上速写和写生。

《新华日报》和八路军武汉办事处的部分人员登上了轮船"新升隆"号，这条船上还有在上海从事地下工作的钱瑛。船离开武汉没有多久，就被日机炸沉，钱瑛抱着一块木板在江里漂浮，被一条渔船救起，但许多旅客都遇难了……

楚剧艺人在抗战爆发后，便组成了多个宣传队到各地做抗日救国的宣传。日军攻打武汉时，部分艺人在轰炸中遇难或受伤，各个宣传队便从武汉撤退到宜昌，准备乘船入川。在宜昌又遇到日机多次轰炸，有的艺人竟全家遇难。经过日夜奔走,"民主"轮和"福同"轮给他们带走了四十多个人,但这时全队的盘缠已经告罄,向人借得金首饰三两多,卖了后得到了三百多元,买了"富华"轮的船票三十张,又走了四十五人。哪晓得"富华"轮行驶到崆岭(俗称"鬼门关")时竟触礁,乘客被淹死一百三十多人。幸得当地驻军抢救,船上的一千多乘客包括楚剧队的四十多人才遇救。大家在崆岭对岸等船,等了七天后,民生公司派船把他们送到万县,在万县又住了三天,"福同"轮才把他们载到了重庆。

一位从九江逃难出来的女人,在船上生下了孩子,因为无法抚养,第二天当船起航时,她颤抖地痛哭着把刚出生的孩子丢弃在岸边的沙滩上,诗书画家陶博吾看见侵略战争造成的这场人间悲剧后,含泪写下了一首《弃儿行》:

弃儿沙滩上,儿哭母也哭;哭声一何悲,身行一何速。一村复一村,青山罩白云;遥遥道路远,儿哭母不闻。月光如水水如天,荒江寂寞秋风遍;儿饥儿冷无人知,儿生儿死何由见。儿生或有人悲悯,儿死勿怨母心忍。母命瘦如柴,母苦血已尽。故乡焚烧不能归,逃亡满地烽烟紫。弃儿常已矣,痛心何日止。轮回如有再来时,愿儿勿生干戈里。

清华大学的流亡女生韦君宜坐着"新升隆"号轮船离开武汉西行时,日本飞机一直沿江追着轮船轰炸,轮船终于中了弹,有的人抱着块木板跳进江里,有的被小渔船搭救,有的就下落不明了。她写了首诗《流亡宜昌忆清华》:

河山破碎已成真,旧时游钓化灰尘。胡蹄踏碎溪头柳,铁刺冲开古月门。同年旧友尽流亡,南北东西各一方。太行山上餐腥血,平型关外举刀枪。播迁我亦转蓬身,惟知一死报国心。而今苦守为孤燕,夜雨秋灯泪满襟。故友天涯闻战死,连床女伴又随军。临岐欲话当年勇,咽咽执手不成音。年末梦寐每难忘,时见长溪绕短墙。园中寂寂空无有,桃李荒芜萧艾长。图书文库科学馆,峨峨雄视犹堂皇。此中藏珍千万卷,人间瑰宝非寻常。铁琴铜剑海源阁,海内珍奇日月光。于今捆载东京去,称为战利意飞扬。

第六章 "无差别"轰炸

一 跑警报

抗战开始后，日本侵略者凭借着自己的"空中优势"，对中国的后方包括四川进行了多次轰炸，在四川的城市中，重庆和成都更首当其冲。日机进行的是残酷的、灭绝人性的"无差别"轰炸，为了对付日机的轰炸，于是跑警报便成为市民们生活的一部分。

抗战开始后的第二年春天，成都便开始修建防空洞，大的可以容纳几百人，小的只容纳几个人。这些小防空洞多半是一些有钱人家自己修建的。赵俊扬的父亲赵老太爷也让儿子雇人在自家漂亮的小花园里挖了一个防空洞，宋岚去看了看，防空洞离地面只有三尺来深，洞口很小，安了个铁丝网门，只容一人进出，里面铺了砖和石板，可以坐下四五个人，只是黑黢黢的，还很潮湿，要是遇到下大雨，雨水还会倒灌进去。但老太爷很高兴，笑着说："这一下我不怕了，警报一响就可以躲进去了！"

赵俊扬看了后却不大满意，他劝父亲道："爸，您老人家年纪大了，身体也不如从前了，钻防空洞到底不方便，再说，这防空洞又黑又湿，对身体很不好，一下大雨，雨水还很可能灌进去，那时咋办？您和妈还是到乡下哥哥那里暂住吧，乡下我们家的房子宽，又有哥哥嫂嫂照应，我们也放心些！"

跑警报一直让老太爷赵实夫的填房妻子钱氏担惊受怕，一颗心总是悬吊吊的，因此虽然觉得乡下有许多不便，特别是可能找不到打麻将的"搭子"，但还是愿意搬去。但赵实夫却一直不同意，自从晓得老大赵俊文"欺负"自己的亲生女儿后，便觉得这是赵家的奇耻大辱，恨不得把这个逆子处死，父子间已经断绝了来往，如今要搬到他那里去躲警报，自然一百个不愿意，于是便皱着眉头粗声回答道："你要让我搬到他那里去？那是个畜生，猪狗不如的东西，老子宁愿拿给日本人炸死,也不会让他来照顾!院子里已经修了防空洞,我还怕啥?我就留在这里,生死有命,跑来跑去干啥子?"

其实提起哥哥赵俊文,赵俊扬心里也像吃了只苍蝇那样恶心和难受,老太爷说得对,他确实干了禽兽不如的事,兄弟俩也很长时间不来往了。既然老太爷不愿意去,也不好勉强,但让老父留在城里钻那个矮小潮湿的防空洞,他又觉得实在不妥,只好以后再想别的办法吧!

抗战第二年的初夏,昔日悠闲、宁静的成都,第一次响起了空袭警报声。

成都已经成立防空指挥部了,划定周围二百里内是防空监视区,安排了专人担任监视哨进行观察——没有仪器,用的是眼睛。一旦发现有日机出现,便用电话或无线电向上级报告,然后便发出"预行警报"。成都的空袭警报分了四个级别:第一级是"预行警报",不鸣警报器,只在闹市的街口、警察的岗亭和城墙的灯杆上插出绿色三角旗和绿色的灯笼,三角旗上有"预行警报"几个字;第二级是"空袭警报",呜——呜——呜——呜,汽笛响起三长一短的声音,绿旗换成了黄旗,绿灯笼变成了黄灯笼,这时意味着日机已经从武汉或宜昌飞入四川,中小学生便全部停课,做生意的赶快收摊,街上的铺面赶紧关上铺板,市民向城外疏散;第三级是"紧急警报",是一长一短的汽笛声,同时挂起了红旗和红灯笼,这时日机已经飞过了龙泉山,隐隐地可以听见飞机的马达声了,街上已经断绝通行,人们必须就地隐蔽,若是在夜晚,还要进行灯火管制;第四级则是"解除警报",汽笛呜地长鸣,同时也换上绿旗和绿灯笼,绿旗上有"解除警报"四个字。

除四门城墙上安有警报器外,还在城墙上立了两三丈高的长杆,上面挂着不同颜色的警报灯笼。为了便于市民出城跑警报,成都市连夜施工,增开了四个新的城门。

成都人很快便记住了这些警报标志,而且会按照标志的指示行动了。

许多市民都提前准备了几双跑警报的鞋子,用背笼或被单做个包袱,把要紧的衣物首饰之类装了进去,讲究些的还会准备个小竹箱或小皮箱,随时可以提在手里向河边、竹林或庙子里奔跑。上有老下有小的人们在跑警报的时候,会带上一些米和一个瓦罐,在田坝里支起来熬些稀饭……

成都第一次拉响警报后,街上立即响起了一片噼噼啪啪关铺面的声音,市民们有的准备进防空洞,有的准备向城外疏散。但不知为啥,这一次算是一场虚惊，警报很快就解除了。以后又过了二十多天，在一个没有月亮的夜晚，警报声再次响起，宋岚自己并不忙于跑警报，甚至内心深处还认为跑警报是向日本鬼子示弱，因此只让江奶姆抱着小齐齐、领着她自己的小儿子江有仁到离家不远的林盘里去躲一躲……但这一次日机仍然没有到成都来丢下炸弹，后来听说是轰炸了陪都重庆。

随着战争的进行，警报声响起的次数便越来越多了，喜欢"涮谈子"（开玩笑）的成都人慢慢变得麻木起来，跑警报、钻防空洞的人越来越少，赵老太爷对儿子催他到乡下避祸的说法更是不屑一顾。但初冬的一天，"预行警报"刚拉过不久，就响起了三长一短的"空袭警报"声，街上插起了黄旗，紧接着，又是一长一短的"紧急警报"声，街上挂出了红旗……许多人还没有反应过来，有的人还在习惯性地嘻嘻哈哈看稀奇，但不晓得为啥，这一次宋岚的心却紧张起来，刚响起"空袭警报"声时她就让江奶姆赶紧带着娃娃们躲到附近田坝边的竹林里……果然，没有多久，天空中便似乎响起了低沉的、连续不断的闷雷声，轰轰隆隆的声音越来越响，陡地，从灰白色的云层里突然钻出来一架又一架黑色的飞机，杀气腾腾地离人们的头顶越来越近，轰轰隆隆的声音也越来越响……飞机的尾巴上接二连三地落下许多黑色的东西了，这些黑色的东西在阳光下诡异地闪着亮光……紧接着便是一阵阵惊天动地的巨响，刺眼的火光冲起，机关枪嗒嗒嗒地咆哮起来，一排排房屋倒下了，爆炸声中响起了人们哭爹叫娘的声音……

这次对成都平民的轰炸，日军共出动了十八架飞机。在成都北门和西门一带投下了一百多枚炸弹，造成大量平民死伤。

民国二十八年（1939）6月，日机对成都进行了更大规模的轰炸，来的飞机更多，共二十七架。警报响起时，宋岚正从学校赶回家去，在东大街上亲眼看见了这次浩劫的情景。

"预行警报"刚刚过去，警察就插出了黄旗，凄厉的汽笛声也响彻蓉城上空，街上一片关闭铺面的噼噼啪啪声；紧接着，街上又出现了红旗，人们慌慌张张地奔跑起来……陡地，轰隆的巨响来到人们头上了，随着炸雷般的一阵巨响，立即腾起了冲天的火光，这条繁华的长街在硝烟中瞬间到处血肉横飞，到处都是断壁残垣……惊慌的人们抱着头你碰我、我碰你地乱跑。在嗒嗒嗒嗒的机关枪枪声中，一个抱着娃娃的女人倒在了地上，怀里的娃娃嘶声哭叫起来；一个满头白发的老爷爷也倒下了；一个手里拿着筲箕准备去买菜的女人，把筲箕扣在头上弯下腰想钻进旁边的铺子里，但轰的一声，铺子倒下了……

宋岚跌跌撞撞地跑回了家，赵俊扬不在家，去干部训练班受训了，江奶姆迎着满脸满身尘土的宋岚惊慌地说："天老爷，把我的魂都要吓掉了！日本鬼子作孽啊！宋先生，你咋没进防空洞？"

第二天从同事们的议论和报纸上的报道中宋岚晓得了，这次轰炸，市中心的盐市口一带是重灾区。繁华的盐市口已经被夷为平地，附近的粪草湖、锦江桥、横九龙巷、顺九龙巷、西顺城街、提督街、南暑袜街、西东大街、南新街等十几条街巷都遭了殃，到处是炸出的大坑，学校、商店被炸毁，被炸死的、手无寸铁的百姓达六百多人。

盐市口是连接成都东西南北的咽喉之地，历来被誉为成都的"第一金口岸"，老成都人都是以盐市口为中心，以十里路为半径，认为在这个圈内才是市中心，圈外便被叫作"乡坝头"。据说这个地方的源起要追溯到汉代，而清光绪五年在此处设立了官盐店后才正式有了"盐市口"这个街名。盐市口出售米、面、油、茶之类的商铺很多，名小吃"夫妻肺片""赖汤圆"在这里有分店，金玉轩醪糟店、三友凉粉、谭豆花、竹林小餐、担担面之类的小餐馆更是鳞次栉比。附近的安乐寺是银圆的交易市场，大殿是主要的交易场所，大门口常年拥挤着"提盘子"（抬价抢买）和"打盘子"（压价收进）的串串，口里不断地吆喝着："买进卖出，大头小头……""睁眼闭眼，顺风逆风……"（"大头小头"指的是银圆上袁世凯头像的大小；"睁眼闭眼"是指头像上是睁眼还是闭眼；"顺风逆风"则是指"帆板"银圆上风帆的左右了。）

在这次轰炸中，日机给人烟密集、面积不大的盐市口共投下了一百多枚炸弹，想彻底摧毁这个繁华的商业中心，盐市口变成一片火海、一片废墟，仅来不及跑警报的平民便被炸死了两百多人。

从此以后，空袭日益频繁，跑警报竟成为成都市民的家常便饭了。

赵俊扬担心老太爷的安危，多次来信极力劝他和宋岚、齐齐都疏散到乡下去，赵俊文也进了次城，表示希望老父到他家暂住，但被赵老太爷断然拒绝了。后来，赵俊扬听说城里一些有钱人都疏散到城外龙泉驿、天回镇乃至离成都百里的青城山一带，四川大学也迁到峨眉，政府一直在动员机关、学校疏散，刚好一位同事的老家在灌县的青城山，便请他帮忙在那里租了三间房子，宋岚找人收拾后，又带着江奶姆亲自看了看，一切妥帖后告诉了老太爷。老太爷这次倒没有反对，竟欣然点头后带着一位做饭洗衣的用人，和钱氏一起搬去了。

老太爷疏散到灌县的青城山，这里不但远离了日机的轰炸，而且自古便有"峨眉天下秀，青城天下幽"之名，景色优美，空气清新，确是个养生的好地方。老人去到那里，让赵俊扬和宋岚的心里都放下了一块大石头。

赵老太爷为啥欣然同意到青城山？原来，注重养生的他，过去曾多次到青城山游玩过，熟知这个层峦叠翠、林木幽深、奇峰如画的地方，不但景色绝佳，早晨可观日出，晚上可观"神灯"，而且还是道教的"圣山"，并位居四大圣山之首。早在汉顺帝时，张道陵（张天师）就在这里建立了"天师道"；以后，他的儿子、孙子都相继在四川传道，他的孙子张鲁还创建了"五斗米教"；唐代，道教首领杜光庭也长期在青城山传道并著书立说。青城山上的"天师洞"相传就是张天师传道的地方，赵老太爷曾到这个宫观去瞻仰过。洞前有古银杏树，绿荫参天，树干十人环抱，相传为张天师所植；岩壁洞中，留有张天师的塑像，双眼圆睁，一手持降魔剑，一手握五雷印……每当朔望之日，三清殿上便灯火通明，香烟缭绕，鼓磬笙箫齐鸣，寂静的空山里便忽然响起了庄严典雅的道教音乐，让听的人心里生出许多无名的感触……除了天师洞，青城山上还有大量与道教有关的名胜古迹，如上清宫、建福宫、祖师殿、圆明宫、玉清宫，等等，在山道上也常常可以看到一些可爱的、用小树搭成的小亭榭，处处让人赏心悦目。

引起赵老太爷兴趣的，除了风景和宫观，还有著名的"青城四绝"——洞天乳酒、洞天贡茶、白果炖鸡和道家泡菜。

其实，小小的灌县，不但有幽绝天下的青城山，还有被称作"天下第一奇功"的都江堰。在宋岚的心中，这是比青城山更为重要的地方，因为从典籍中她知道四川盆地原本是内陆湖，古蜀时期成都平原河湖密布，水患频仍，平均每二三十年便有一次特大洪水，让平原成为泽国。秦昭王时蜀郡守李冰领导古蜀的先民们劈开石山，将奔腾而下的岷江和泛滥的洪水纳入内江和外江之中，建成了都江堰水利工程。这个工程的特殊和巧妙之处在于顺应自然，因势利导，无坝分水，自流灌溉，利用地形、地势，成功地达到人、地、水三者高度的协和统一，发挥了防洪、灌溉、航运、漂木乃至城市用水等多种功能。于是《华阳国志》称："蜀沃野千里，号为陆海，旱则引水浸润，雨则杜塞水门，故记曰：'水旱从人，不知饥馑，时无荒年，天下谓之天府也。'"

检视历史，有了都江堰，秦始皇才得以实现'得蜀则得楚，得楚则天下定矣'的战略方针，完成了统一"天下"的大业。刘邦也是靠萧何"发蜀汉粟补给军食，发其兵卒，以补伤疾"，才建立了统一的汉王朝。正是有了富饶的巴蜀，才有了诸葛亮的《隆中对》和刘备的三分天下有其一……

都江堰创造了一个"天府之国"，从此，中华民族有了一个可靠的战略基地。宋岚常常感慨地想到，抗日战争开始后，多亏有了这个"天府之国"，浴血奋战的中华民族才在相当程度上解除了后顾之忧。在国土大量沦丧的时候，除川军慷慨出征外，位居大后方的四川民众才能从人力、物力、财力各个方面做出伟大的贡献，并庇护了大量来自沦陷区的同胞。

因此，她认为，都江堰不只灌溉了四川，也灌溉了整个中华民族。

都江堰因水而不朽，青城山因道而幽深。灌县人包括青城山人大多并不信教，但却在生活态度上深受道家文化的影响，淡泊名利，悠然自得，顺其自然。赵老太爷和钱氏在青城山住下后，最初虽然觉得青山绿水处处赏心悦目，清幽之景扑面而来，宛如仙境，但过惯城市生活的他们仍然觉得有些寂寞和不便，钱氏没有了打麻将的"搭子"，老太爷没有了摆龙门阵的老友。但住了一段时间后，淳朴的山里人、羽扇纶巾的道士，乃至门前果实累累的白果树、板栗树，以及树上活蹦乱跳的小松鼠，都给了他们许多慰藉，让战争中惶恐的内心平静下来。钱氏和用人悉心研究起了咋个利用当地的"山珍"和新鲜蔬菜把一日三餐做得更加可口；赵老太爷成了天师洞和上清宫的常客，和那里的一些道长成为棋友，并开始钻研起了"书法"，让宋岚买来毛笔、宣纸和王羲之、颜真卿等人的字帖临摹。于是两人分别在"厨艺""棋艺"和"书法"上都有了不少长进，这也算不幸中意外的收获吧。

日寇开始频繁轰炸成都后，宋岚和赵俊扬住的半边桥小院也成了极危险的地方，附近一带已经多次遭到日机轰炸，他们也不得不疏散，宋岚的"沦陷区同胞服务队"被迫随之解散。赵俊扬远赴璧山和西昌受训，而日机又频繁轰炸成都之后，被迫搬家竟成为一种常态，宋岚和江奶姆带着两个孩子齐齐和江有仁从半边桥先后搬到过王家巷、甘家坡、水碾子、董家山、都司庙等地，有的租住两三个月，有的租住半年，原因有的是房租太贵，有的是房子过于破旧潮湿，有的是离城太远，最后租到老西门外都司庙旁孙家院子的三间草房，才算暂时安顿下来。

都司庙离市区不远，巷口有一座古老的城隍庙，里面正中是戴着乌纱帽的城隍菩萨塑像，两边有拿着笔的判官、戴着高帽子的无常，以及瞪着铜铃大眼手拿铁链的鸡脚神,看上去让人有些恐怖。城隍庙旁还有一个小小的、两三尺高的土地庙,里面塑着笑容可掬的土地公公和土地婆婆。小庙前一个留着长长白须的老头儿摆了副担子,专卖现冲的藕粉和茶汤,茶汤是灰面炒熟后加上红糖的廉价小吃,一个铜板一碗。

孙家院子在城郊一个很偏僻的地方,周围有大片竹林,后面是墓地,前面是田坝,种着各种蔬菜,是一个很适合跑警报的地方。遭遇空袭时,宋岚城里的同事们便常到这里跑警报。日机轰炸成都后,一些老头儿和老太婆也会到城隍庙和土地庙烧香,祈求菩萨保一方平安。

孙家院子有七八间房,租给了三家人:一家是孙家的亲戚,也姓孙;一家是在川大读书的几个大学生;还有便是宋岚一家。房东并不住在这里,只是收房钱时才来。宋岚租了其中的三间正房和一间厨房,正房她和齐齐住一间,江奶姆和江有仁住一间,中间是堂屋,摆了张方桌和几个凳子。院子旁边有水井。娃娃们都很喜欢这里,江有仁常常带着齐齐到竹林里去抽竹心、逮笋子虫、用竹叶叠小船。美中不足的是,草房经常漏雨,宋岚曾找李二嫂来捡过好几次,但李二嫂说,房上的草已经太旧,好些都腐烂了,要想不漏,非全部换下不可。李二嫂也疏散到城外了,离宋岚家不远。

自搬到这里后,遇到警报响起时,宋岚的许多同事都会到这里来避难,赵俊扬受训回来后,他的同事也来了,几间小房挤得满满的。对前来躲警报的人,宋岚总是热情接待,好客的江奶姆也会想方设法"耍把戏"般,从不多的菜钱里给客人们做出一些"体面"而又好吃的菜。最多的一次,曾来了三桌跑警报的客人,江奶姆赶快借隔壁邻居的磨子推了豆花,买了猪肝,又用渣渣肉炒了泡豇豆,还到前面菜园子里买回几样新摘的蔬菜,花钱不多,但客人们吃得都很满意。由于经常都有前来躲警报的客人,家里的菜钱便不够用了,在没有客人的日子里,宋岚家常常只能俭省地吃江奶姆做的一些咸菜,包括红豆腐、胡豆瓣、水豆豉、萝卜干、干豇豆和泡菜之类。

女子中学疏散到茶店子了,当时许多机关、学校都疏散到了这里。茶店子离成都市区有十来里,从成都到灌县、阿坝等地都要经过这里。清乾隆时,一位姓黄的老头儿在这里驿路边的竹林里搭起了两间茶房卖茶,久而久之这里竟成了个"幺店子",并有了"茶店子"之名。跑警报让这个偏僻的"幺店子"一下子热闹起来,随着前来的人越来越多,不少人还在这里修起了房子,于是便有了街巷和商店，逐渐成为一个热闹的小镇。为了便于江有仁上学，宋岚没有把家搬过去——而茶店子也人满为患，容不下更多的人，和赵俊扬商量后，他们的家便留在老西门边都司庙小巷的孙家草房里了。

茶店子离孙家草房近十里，宋岚有时坐黄包车去，更多的时候是步行。到茶店子都是土路，她每天总得很早就出门，直到擦黑点灯时才能回家。幸好家里有江奶姆，这个从酒寨农村出来的女人，已经把宋岚家当成了自己的家，不但精心帮宋岚经佑年幼的齐齐，还精打细算，把日常生活安排得井井有条，不让赵俊扬和宋岚操心。

二 重庆之屠杀

武汉失守后，国民政府正式迁都重庆，重庆成为"陪都"。

其实，早在淞沪会战期间，蒋介石在国防最高会议上，已做了《国府迁渝与抗战前途》的报告，当年11月中旬国民政府主席林森便携着中华民国的印信旗幡，带着一千多名官员离开南京，乘船去了重庆，并在重庆开始办公。武汉失守后，蒋介石和国民政府留在武汉的机构也全部迁到重庆了。四川成为大后方和民族复兴的根据地。

宋轻雪在结束了有关宜昌大撤退的报道后也到了重庆，想采访有关"陪都"建设以及最高当局对坚持长期抗战的设想。当时聚集在重庆的新闻记者很多，大家的采访目的和她大致相同。据最高当局分析，自抗战爆发后，经过一年多的激战，日军虽然占领了我平津、上海、南京、武汉乃至广州的大片国土，但"三个月内灭亡中国"的企图已经完全破灭，战争进入漫长的相持阶段。

1938年底，汪精卫公开投日，成为被全国民众唾弃的大汉奸，而日本却错误地做出了判断，认为中国的大后方已经人心惶惶，除了在前线加紧进攻外，又对后方加强打击，主要手段便是大轰炸。企图以此制造混乱和恐怖，摧毁民众的抗战意志，进而摧毁国民政府，逼迫中国投降。

武汉会战结束后第二年的早春二月，日寇便有计划地开始对重庆进行大规模的"战略轰炸"了，这是中日战争的另一方面，是战争的重要组成部分。

在五年多的时间里，日机对雾都重庆创造了空中屠杀最黑暗的纪录，共轰炸两百多次，出动飞机九千多架次，炸死平民一万多人。

宋轻雪来到重庆后，曾亲身经历了日本所谓的"战略轰炸"，并写出了多篇报道。

自国民政府决定迁都重庆后，日寇便开始对重庆进行试探性的空袭了。汪精卫公开投敌后，日寇在民国二十八年（1939）5月3日和5月4日，更采取突然袭击的方式，连续对重庆进行了惨绝人寰的"无差别"大轰炸，造成大量平民死伤。

5月3日下午，重庆上空的汽笛声急促地响起，随着轰轰隆隆的飞机声，蓝天上出现了一些发亮的白点，十八架带有"红膏药"标志的日机排成两个"品"字形，向重庆飞来；不一会儿，轰隆声再次响起，又有十八架日机飞来；十几分钟后，第三批二十七架日机又飞来……六十多架日机沿长江北岸俯冲而下，向重庆市区集中投掷炸弹和燃烧弹，并用机枪扫射。天空地面顿时一片通红，整个市中心立即变成了屠场和地狱，在浓烟和火光之中，房屋倒塌，遍地焦土，遍地鲜血，遍地尸骸，十九条繁华的街道顷刻之间成为废墟。

第二天下午，来的日机更多，一百多架日机再次对重庆进行轰炸，连驻渝的英、法使馆乃至德国纳粹的使馆也被袭击。

宋轻雪来到了受到轰炸的现场，虽然在战地采访中，她已经看到过鲜血和死亡，但眼前发生的对平民的大屠杀仍然让她震惊，也让她愤怒。

日寇把热闹的、人声鼎沸的重庆变成了血与火的地狱。

接连两天的大轰炸以及轰炸引燃的熊熊烈火，让重庆市内的房屋被毁掉了十分之九，六千多平民被炸死、炸伤。昔日繁华的街道上所有的商店和住房在炸药和烈火中都变成了瓦砾和灰烬，烈火还一直在燃烧着，天空中弥漫着黑色的浓烟，空气中炙人的高温和浓烈的血腥气让人窒息。瓦砾和灰烬中是带血的、烧焦的尸体，有的被炸弹炸中，有的被机枪扫射，有的被活活烧死，其中许多是女人、老人和孩子……到处都有炸断的四肢和头颅，脚下踩着的是同胞们的鲜血和遗骨。她看见，一个女人下半身已经被炸得粉碎，她的身上趴着个一两岁的孩子，孩子小小的躯体上满是鲜血，母子两人都已经死去；一个女人怀中抱着一个婴儿，婴儿好像正在吃奶，但母子两人都已经被夺去了生命……一个白发苍苍的老太婆，伛偻着腰，青筋暴露的双手在瓦砾中刨着、刨着，嘴里喃喃地祷告着，她在努力找寻自己的儿子……

她到了曾经在这里上过中学的重庆女中，学校也已经成为一片废墟，废墟下也有烧焦的尸体，不知道多少老师和校友葬身在这场浩劫之中……只有教室前的一棵柏树虽然已被烧焦，还顽强地屹立着没有倒下……

望着这株遍体鳞伤但仍然屹立的老树，宋轻雪流泪了，但她马上拼命地忍住了眼泪，告诉自己："现在不是哭泣的时候，我们必须让侵略者血债血还！"

她曾看到蒋夫人宋美龄亲自到轰炸现场视察灾情，还差一点在石灰寺附近的城门洞遇难。

日军对平民的"无差别"轰炸震惊中外，英国《泰晤士报》发表社论《重庆之屠杀》，文中称："日机向重庆人口最密集的住宅区投弹，死者几乎全为平民。而死者之中，大部分是因焚烧而毙命。如此大规模之屠杀，实为前此所仅见！"

继"五三""五四"的大轰炸之后，5月25日，日本又对重庆进行了第三次大轰炸。

在一次又一次疯狂的大屠杀后，侵略者的企图达到了吗？

宋轻雪在报道中借一位市民之口回答道："中国民众的抗日意志并没有被日寇残酷的轰炸摧毁，而且永远不会被摧毁！我们已经组织起了'防护团'，救灾救火，帮助被炸死炸伤的人们，连庙里的和尚们都参加了防护的组织。我们将誓死不屈，经过血与火的锻炼，中华民族必将变得更加坚强！"

几位大学生曾告诉宋轻雪，正是日寇的轰炸让他们下了投笔从戎的决心。

自"五三""五四"大轰炸发生后，国民政府立即下令紧急疏散重庆市区人口，三天内，便疏散了市区人口二十五万。政府各机关的公私汽车，包括军事委员会委员长蒋介石和国民政府主席林森的专车，都用于疏散民众，公务人员手执小旗在街上协助疏散，蒋夫人宋美龄亲自指挥了疏散工作。

与此同时，重庆建立了一个以防空司令部为基本队伍，广大民众团体参加的防护体系。短短几天时间，参加反空袭服务的人员便近两万人。这些服务人员在每次发生大轰炸时，都奋不顾身地冒着生命危险在火海中抢救伤员，修复被炸毁的市政设施，他们的行为被记者们誉为"这是另一条战线，与前方武装将士无殊"！

重庆的警报方式和成都有些不同，成都是平原，而重庆是山城，根据山城的特点，重庆在小龙坎后面一座最高的山峰上竖起了一根警报杆，杆顶上挂起一个红球时是"预行警报"，意思是日机已经飞离了宜昌；挂起两个红球时是"空袭警报"，即日机已经飞过了万县，这时，各个工厂的汽笛便会响起来；而两个红球同时落下，工厂的汽笛发出短而急促的声音时，就是"紧急警报"，表示日机即将飞抵重庆上空，情况已很紧急；而挂上一块绿色长形物时，就是"解除警报"了。

自从日机开始对重庆进行大轰炸后，国民政府便发动各机关团体、学校医院修筑防空洞，民众热烈响应，一个月内新出现的防空洞便有上百个。政府开凿的防空洞免费，里面有洞主和防护团人员。不是政府开凿的有的要收费，一般年票大人一百元一张，一米以上的小孩四十元；季票大人三十元，小孩十五元；月票大人十元，小孩五元；临时买票则大人三元，小孩一元。

一些防空洞还装上了电话专线，以便和情报所、通信队等联系。

为便于市区疏散，国民政府特地在市中心开凿了一条大隧道，总入口处在观音岩，出口有石灰市、衣服街、左营街、山王庙、打铁街等处。洞口是木栅大门，但有的栅门在设计上考虑不周，门向内开，存在一定隐患。大隧道长约五里，高、宽都是六尺到七尺，每隔十多丈有一盏油灯作为照明。

由于日机持续不断的轰炸以及隧道设计上的缺陷，民国三十年（1941）6月5日震惊中外的"大隧道惨案"发生了！

三　浴火重生

抗战时，蒋夫人宋美龄担任了全国妇女指导委员会指导长，她在重庆办了个妇女干部短期训练班，培养宣传和医护方面的妇女干部，每期三个月。省女中抽调少数女教师参加，经过宋岚的极力争取，她也参加了。女学员们脱去了旗袍和高跟鞋，一律穿着草绿色的土布制服，除了听课还要进行操练并参加一些宣传、救灾之类的活动。大隧道惨案发生时宋岚正在重庆受训，于是和宋轻雪一起，亲身体验了这场巨大的灾难。

宋岚和宋轻雪一直保持着通信联系，到重庆受训后两人便见了面。宋岚虽然穿着土布制服，但白皙的肌肤、如画的眉目仍然和过去一样优雅、美丽；而宋轻雪却一扫过去的时髦和洋盘，风尘仆仆，英姿飒爽，增添了许多须眉之气。很久没有见面了，两人都觉得仿佛有说不完的话，但彼此都很忙，没有时间长久相聚，只匆匆地在一家小馆子里一起吃了顿晚饭。

吃饭时，宋岚先问起了宋轻雪的母亲："伯母身体好吗？她现在在哪儿呢？"

宋轻雪叹了口气："我也算是个不孝的女儿了，一直没有留在她的身边，哥哥来信说，他们先在香港，以后打算去美国，叫我和云辉一起去，我没有答应。"

提起乐云辉，宋岚便笑问："你那位'飞鹰'也在重庆吗？"

宋轻雪笑着摇了摇头："武汉会战后他便去美国了，说是奉命去学习新型飞机的驾驶技术，不晓得啥时候能够回来……我仔细算了算，我们结婚后，真正在一起的日子仅仅半个来月，聚少离多，真成牛郎织女了！"

"我倒羡慕你们呢，你在报上发表的文章我都读过，一个年轻女子能当战地记者，冒着枪林弹雨采访和写作，真不容易，我佩服你也羡慕你！乐云辉也很好，是个有作为的男子汉，你们俩算是琴瑟和鸣，虽然聚少离多，但心心相印，正如古人所说的，两情若是久长时，又岂在朝朝暮暮？"

宋轻雪问起了宋岚的哥哥宋峰："宋峰兄还在当县长吗？前方打仗，后方的支援很重要啊！"

"他还在当县长，来信说，为了能给前方多提供一些军粮，正在请专家指导，提高茗县的粮食产量哩！"

"赵俊扬呢，他怎么样？还是西装革履、风流倜傥吗？"

宋岚苦笑了一下："抗战刚开始时，他好像变了一些，穿着变得朴素了，还常向学生们讲一些国难当头、抗日救国的道理，自己又要求去璧山和西昌的抗日青年干部训练班受训，本以为他受训回来后会踏踏实实地做一些有用的事，唉，哪晓得受训时好像结识了一些有背景的纨绔子弟，'近朱者赤，近墨者黑'吧，受了那些公子哥儿的影响，他好像又恢复了老样子……最近听说正在忙于运动当华西坝济蜀中学的校长，一天到晚应酬多得很哩……"

宋轻雪沉吟了一下说："唉，这个人……你还记得吗？在大学里我们背地里曾叫他'绣花枕头'哩……当然，他要真能安下心来踏踏实实地当个好校长，也不错……只是……"

宋岚摇摇头，叹了口气。

两人又谈起了大学时的同学，宋轻雪说："来重庆后，我曾在一次文化人的集会上见过王丽珠，她和她那位诗人孟长风一起来参加的。抗战后孟长风曾写出了许多脍炙人口的好诗，有的登载在《抗战文艺》上，有激情，也有才气……"

"我在'努力餐'的阅览室里也曾读到过，确实写得不错，找个时间我要去看看他们，顺便向孟长风请教一些诗歌创作方面的问题。"

宋岚又提起了同寝室的另一位女同学姚梦茹，宋轻雪说："我已经很久没和她联系过了，不晓得她现在过得咋样……"

宋岚道："我倒和她一直有联系，前些日子她还来过我家里，她也在中学教书，先生听说在飞机场，是工程师，两人感情不错，她又长胖了一些，已经有两个娃娃，一儿一女了。"

说话间，宋轻雪告诉宋岚："你过去就读过的女子师范学校，已经被日寇的飞机炸成一片废墟，许多老师和学生都遇难了！"宋岚听后心里自是十分难受。

这天下午一直在下雨，饭后两人分手时，雨已经停了，但天空还是黑沉沉的，山城的夜晚有些闷热，宋岚心想，在这样的夜里，日机大概不会再来轰炸吧，于是便加快脚步向训练班的宿舍走去。一路上，看见白天疏散到城外的市民已经扶老携幼纷纷回了城，人们说笑着，都以为这个夜晚可以安安生生地睡个好觉……

但是，她刚回到宿舍，便听到"空袭警报"的声音突然响起，市民们来不及去郊外了，许多人连忙扶着老人、背着娃娃争先恐后地拥入了"大隧道"。

宋岚和训练班的学员们见去"大隧道"的人太多，太拥挤，便没有跟着前去，只躲进了训练班附近的简易防空洞里，这个举动倒让他们躲过一劫，保住了性命。

后来听幸存者介绍，由于一下子进入"大隧道"的近万人，大大超过了隧道的容量，人挨人挤得像罐头里的沙丁鱼一样。人太多了，又通风不畅，有的人开始窒息了，娃娃哭，大人骂，窒息的人们不顾日机一直在轰炸和扫射，有的便要冒险向外面挤去，有的甚至吼叫起来："宁愿给炸死，也不受这份活罪！"但哪里挤得出去呢？

在混乱而盲目的拥挤中，有的人倒地了，还受了伤，受伤的人大叫起来，于是恐惧中的人们更加混乱，人踩人的现象出现了，而且越来越多……哭声、惨叫声、呻吟声响成一片，更增加了拥挤和混乱的程度。

而最致命的是，大隧道的一些栅门是由里向外关闭的，即使已经挤到了洞口，但栅门已经被洞口的人们死死地压住，哪里还打得开？

有的人因为窒息晕过去了，许多人因为缺氧，脸色由红变成蓝黑色，嘴里渗出了血丝，在痛苦中挣扎着直到死去……到晚上九点多已经有不少人因窒息死亡。但这时日机仍未离去，还在轮番地进行轰炸，警报也一直没有解除……

据宋轻雪后来采访，在这个过程中，社会部长谷正伦曾向防空司令部报告，但副司令刘伯翰因警报没有解除，不敢做主放人出去……两个多小时后，闷死的人更多了，洞主再次报告，刘伯翰终于下令将人们放出。但是，当十八梯洞口的防护队员和宪警打开闸门时，民众在一拥而出中又有人被挤倒在地，而后面的人又一排排地被挤倒在他们身上……混乱和恐慌中，倒下的人越堆越高，通道终于被完全堵死……

这天半夜，宋轻雪闻讯后赶到现场，宋岚和妇女干部训练班的学员们也赶到现场参加救援……在昏暗的灯光下，现场的惨状超出了人们的一切想象，宛如走进了传说中的阴曹地府。遇难的尸体一层摞一层，遗体的面色全是蓝黑色，嘴角挂着血丝，眼睛瞪得大大的，眼角也沁出了鲜血，有的人抓破了自己的衣衫，有的人互相扭扯在一起……空气中是令人窒息的恶臭……

看见这样的惨状，有的人发抖了，有的人在呕吐，训练班的一个女学员甚至晕了过去！

宋轻雪曾在淞沪战场和宜昌大撤退中不止一次地面对过死亡，经历过许多恐怖而悲惨的场景，但宋岚却从来没有经历过。眼前的场景让她真真切切地体会到了战争的惨烈和残酷。她咬着牙，强忍着恐惧、恶心、悲伤和愤怒，和工友、士兵们一起搬运遇难者的遗体。渐渐地，恐惧、恶心和悲伤都被愤怒代替，因为她想到，尽管"大隧道"在设计上有些缺陷，但如果没有日本飞机持续的"无差别"轰炸，如果仍然生活在和平的日子里，重庆绝不会发生这样的人间惨剧，这是侵略者欠下的又一笔血债！

在这里，宋岚意外地遇到了她和宋轻雪刚刚谈论到的大学同学、曾同住一间寝室的王丽珠——这个小鸟依人、经常露出甜甜微笑的可爱女孩儿，现在已经变得面色苍白、十分憔悴，甚至还有几分苍老，额头和眼角都出现了几根细细的皱纹。经宋岚询问，才知道她也是来参加救援的，而她的丈夫、那位才华横溢的诗人孟长风几天前已经在一次轰炸中遇难，留下她和一个三岁的女儿。

诗人孟长风是在参加合川县的抗日文艺活动中，突遇日机空袭遇难的。合川县在重庆附近，是卢作孚的故乡，也是日机轰炸的重点地区之一。

知道王丽珠的遭遇后，宋岚找不到任何言语安慰她，只紧紧地握着她的手，两人无言地对视着，最后宋岚轻声说了句："有啥事需要帮忙的，你尽管找我，好吗？"……

在搬运遗体时，宋岚惊喜地发现，有的人竟没有死，呼吸着隧道外面的新鲜空气后，他们又苏醒了……

这次大惨案中到底死了多少人，宋轻雪曾进行过调查，但一直没有得到准确的数字，官方宣称约一千人，但民间传说"近万人"。而在调查中她知道，当时装殓遇难者的薄棺共有四千多口、粗篾席用了四千七百多张，但还不够用……二十辆卡车、五十只木船将这些遗体运到江北的黑石子掩埋，整整运了五天……

让宋岚和宋轻雪感动的是，许多民众都自发地参加了救护工作，甚至"远离尘世"的和尚都组织了僧侣救护队，他们响应太虚大法师"愿全世界佛教徒速起共灭此恶魔"的呼吁，在空袭中脱下了袈裟，穿上了短衣，抬着担架飞跑。"大隧道惨案"发生后，国民政府还请太虚法师主坛，召集了僧众一百零八人，在较场口等地做了二十一天罗天大醮，放焰口超度亡魂。

《义勇军进行曲》词作者田汉曾写了一首诗，歌颂这些佛门弟子，诗云："警报忽传成底事，顿教日月暗无光。太虚浮海自南洋，带得如来着武装。今世更无清净地，九天飞锡护真光。"

惨案发生后，舆论哗然，民怨沸腾，对隧道的设备和管理提出了许多质疑，《新华日报》《民主报》等都多次发表文章抨击，宋轻雪也连续写出通讯和评论在多家报刊发表。蒋介石亲自到现场视察后派监察院院长于右任进行查办，并下了手令："查本月5日晚间，敌机袭渝，市某隧道发生窒息，以致遇难民众死伤多人，实深震悼，所有负责当局，实难辞其玩忽之咎！防空司令刘峙、副司令刘伯翰、重庆市市长吴国桢，着即革职留任……"

"大隧道惨案"发生后，日机更开始对重庆进行了昼夜不停的"疲劳轰炸"，四天之内曾发出空袭警报十三次，时间长达九十多小时。宋轻雪对日寇的暴行十分痛恨，但敏锐的她，更注意的是民众的反应。她明白，侵略者是想制造恐怖，让中国政府和中国人民失去抵抗的意志，以致向侵略者屈服。但是经过深入的采访和观察，她发现一种不屈的"陪都精神"正在国难中形成，这是民族之魂。于是她写了这样一篇文章，标题是《民族之魂——日寇暴行与陪都精神》，文中有：

> 侵略者企图用大轰炸带来的破坏和死亡摧毁中国政府和中国民众的抵抗意志，但他们没有想到，血与火却重新铸造出了不屈的"陪都精神"，这是民族之魂！

大轰炸后，在残垣断壁上出现了这样的大字标语："看，是谁杀死了我们的父老兄弟姊妹！""看，是谁炸毁了我们的家园！""团结抗战，抗战到底！"

"团结抗战，抗战到底！"这是大后方民众对侵略者的回答，也是共同的决心。

一位作家曾这样说："当埋葬我们的孩子们、我们的妈妈时，我们和他们，活的人和死的人，跳跃的心脏和停跳的心脏，只有一线相连——共同的仇恨！"

是的，一个十六岁的青年学生，知道母亲在轰炸中遇难后，立即报名参军，他说："我现在只有一个想法，必须用手里的枪炮替妈妈和无辜的死难者讨回公道，告慰他们的在天之灵！"

一位自来水公司的普通工友对我说："小日本想炸毁重庆，这是做梦，重庆是抗战的首都，不管发生了啥事，哪怕是地动山摇，我们也不会让首都工业需要的水断了供应！"

商界和金融界的名流们，坚决让银行、钱庄和商店留在了市区，照常营业！

"宋氏三姐妹"联袂从香港飞到重庆进行视察并发表演讲，这是中国团结抗战的象征。

"诚既勇兮又以武，终刚强兮不可凌，身既死兮神以灵，魂魄毅兮为鬼雄。"团结奋斗，不屈不挠，任凭侵略者使尽千般手段仍巍然屹立，这就是新的"陪都精神"，这种精神必将引领全国民众在灾难中奋起，打败侵略者，重建一个崭新的中国！

在文章中，宋轻雪还引用了重庆的民间艺人在街头巷尾、茶馆酒店常常演唱的一首小曲：

"兴邦抗战此中心，重庆威名天下闻。太平洋上风云紧，巴山蜀水倍精神……敌机肆虐，激起义愤。愈炸愈强，绝不灰心。一见红球，切齿把敌恨。通过炮声怒吼，打散敌机群。救护队忠勇服务尽责任，赴汤蹈火，何惧那烈日如焚，那倭寇屡施强暴何足论。众市民随炸随修，楼房日日新。市容美观，街宽房俊，更显出坚决抗战大无畏精神。自助者天助，古有明训。国际地位，举世同钦。小倭寇枉费了心机，赔账蚀本，气坏了日本鬼，就乐坏了重庆人！"

据宋轻雪向有关部门了解，仅民国三十年（1941）一年内，日机轰炸重庆便达八十一次，三千五百多架次。这一年，重庆市市长提议，在日机轰炸最厉害的地带建一座能体现抗战精神的"精神堡垒"，告诫人们勿忘侵略者的残暴，树立同仇敌忾、抗战到底的决心和信心。于是，1941年底，在市区都邮街广场，一个炸弹炸成的大坑上，屹立起了一座黑色的碑形建筑，高七丈七，炮楼形木结构，柱底四方除"精神堡垒"四个字外，还有"国家至上，民族至上""意志集中，力量集中"和"军事第一，胜利第一"几行大字。碑顶上放了一口大瓷缸，里面有燃油和棉条，每遇重大集会便会点燃，熊熊燃烧的火焰象征着中华民族自强不息和浴火重生的精神，顶端还有旗杆，清晨和午夜举行升降旗仪式。

太平洋战争爆发后，美国总统罗斯福曾赠卷轴向重庆市民致敬和慰问，译文为："贵市人民迭次在猛烈空中轰炸之下坚毅镇定，屹立不挠。此种光荣之态度，足证坚强拥护自由的人民之精神，绝非暴力主义所能损害于毫末。君等拥护自由之忠诚，将使后代人民衷心感谢而永垂不朽也。"

（据后人统计，抗战时，作为正面战场政治、军事、财政、经济的中心和支援前线的主要基地，四川曾被日机三百八十六批、七千三百多架次进行轰炸，投弹两万八千六百多枚。日机对四川一百零八个市县进行过"无差别"轰炸，据不完全统计，仅其中六十一个县市便被炸死两万两千五百多人，炸伤两万六千多人。轰炸的重点地区重庆第一，成都第二。）

四 "一元献机"

重庆受训归来，并亲眼看到了日机轰炸酿成的惨剧，宋岚便在省女中发起组织了一个"女学生防护团"，教授女学生们学习一些救护知识，以便发生轰炸后可以参加一些救援工作。

自从汪精卫投日后，日本不但对大后方加强了轰炸，还派了些间谍前来，物色了一些汉奸配合行动。

民众对汉奸是极端痛恨的，如果哪家的子孙当了汉奸，全家便都会受到人们的鄙视，而汉奸的家人也会认为是奇耻大辱，要宣布和他脱离关系了。

但成都仍然出现了间谍和汉奸的活动。

这一天，日本飞机又来轰炸成都了，在操场里上体育课的学生们突然看见天上飞起了几个发亮的、红色和绿色的东西，大家正指指点点地感到诧异时，体育老师告诉她们："这是信号弹，一定是汉奸在给日本鬼子发信号！"宋岚下课后回家吃晚饭时，江奶妈也对她说："宋老师，隔壁的大学生们说，今天日本飞机来轰炸的时候，城里有人在给他们打信号哩！"

宋岚正想向大学生们问问情况，大学生们却主动来到她家了——她们都很喜欢这个美丽而见识不凡的中学女教师。大家来到宋岚家后便七嘴八舌地抢着告诉她，日本飞行员找寻轰炸目标主要靠目测，需要地面上有人发光、发烟或发信号弹，帮助他们更准确地炸中目标。漂亮的女大学生蜜斯钱还说："今天不光城里好几个地方升起了彩色的信号弹，听说在东门椒子街的启明发电厂还发生了这样一件事：日本飞机飞来时，发电厂墙外突然出现了几个穿麻色学生服的年轻人，他们手里拿着电筒不断地向天上照射，又拿着几个'冲天炮'想要点燃……这时电厂一位工程师出来时发现了他们，立即上前阻止，这几个人竟掏出了手枪……工程师扭头跑回厂里，赶紧叫来几个厂警，厂警出来后，那几个人跑了！"

第二天，报纸上也登载了有关发信号弹的消息，学校的老师们纷纷议论起来。大家说，华西坝、少城公园、商业场、春熙路这些重要的地方，都有人打过信号弹；盐市口被轰炸前，曾有人在那里的房顶上放了些玻璃之类能在阳光下反光的东西，在少城公园旁边的小南街，日机来轰炸时，有人还放出了一大群鸽子，这些鸽子盘旋在少城公园上空，让日本飞机准确地找到了目标……

大家不知道这些人到底是日本间谍还是中国人中的汉奸，但对他们都十分痛恨，许多人便警觉起来，于是便发生了这样一件事：

炎夏七月一天中午，"预行警报"又响起了，人们又开始忙于跑警报，在盐市口坚持执勤的一位警察突然发现，有四个人不往城外的疏散区跑，却跑到了盐市口旁沟头巷的一个空坝坝里，解下头上包的白帕子，在地上摆了个大大的"十"字。

警察立即把这四个人带到了警察局。经过审问，原来这四个人都是商店里的徒弟和帮工，是从外县来到成都的，由于大家是老乡，平时便爱聚在一起喝茶、摆龙门阵。前两天，在茶铺里碰见一个姓"张"的人，这人告诉他们，日本飞机来轰炸时，只要去沟头巷空坝坝里用白布摆上一个"十"字，日本飞机就不会轰炸他们了，这位张某还给他们每人送了一条长长的白布……

警察局马上派人去客栈找那个姓张的人，但那人早已走了。查查登记簿才晓得，此人是从武汉来的——原来，在大轰炸前夕有几名间谍潜入了成都，他们想利用这几个无知的人。

这一天，共有三十六架日机轰炸成都，在繁华的盐市口、春熙路、南新街、北打金街、顺城街投下了一百多枚炸弹，炸死炸伤近三百人，受损的街道达五十多条……

和重庆一样，日机对成都也进行了"疲劳轰炸"，最多一天曾拉过五次警报。有一次，日军出动了三十七架飞机，对这个周长不过九里三分的城市轮番投弹，并用机枪扫射。繁华的春熙路大量商店被炸毁，从南到北、从西至东，包括走马街、南新街、油篓街、北糠市街、东顺城街、西玉龙街、小福建营、锣锅巷、黄瓦街、祠堂街、少城公园、猛追湾等地被炸死炸伤的老百姓不计其数。

全城到处都是哭声和惨叫声，满街血迹，四圣祠医院和各个医院都住满了伤员。少城公园里有个防空洞，警报声一响，很多人便往公园里跑，但日本飞机连公园里的平民也没有放过，一面丢着炸弹，一面俯冲下来用机关枪向人群扫射，仅这一个地方，死伤的便有好几百人。公园里的"辛亥秋保路死事纪念碑"、通俗教育馆和后大门等地都中了炸弹。

轰炸后江奶奶"麻起胆子"到铺子里去打酱油时，看见大街的树上挂着被炸飞的手杆脚杆，躺在地上的尸体有的脑壳、手杆、脚杆被炸飞，有的半个身子被"破片"（弹片）削去，吓得她脚炧手软，没有打酱油就赶紧回来了。回来后好几天都吃不下饭，晚上还尽做噩梦……

最多的一次，日机共出动了一百零八架飞机，反复轰炸成都，炸死炸伤老百姓一千多人，被毁的房屋有三千多幢，连藏在桥下沟边的许多老人娃娃都被炸死，城郊的杜甫草堂也被波及……宋岚学校里一位教师的父亲住在乡下，日机飞来时他正在地里做活路，破片飞来，竟把老人的头颅削去……这"一百零八架"，是留在成都全体市民心中永远抹不掉的记忆。

不仅成都和重庆，作为抗战的大后方，整个四川都是日本战略轰炸的主要目标，包括茗县等不设防的小县城也在内。嘉定在一次轰炸中便罹难四千多人，上万人无家可归；南充曾遭遇一次四十八架日机的轰炸，仅登记在册的遗体便是一千三百多具……

日军在战场上多次施放毒气和毒气弹，轰炸时在四川也投掷鼠疫杆菌、霍乱杆菌、伤寒和炭疽病毒等。一些小孩儿去捡日机投下的糖果,吃了后就死了。据国民政府防疫部门统计,仅民国二十九年(1940)重庆和川北染上霍乱的病人便有四十二万多,死亡四万余人。因此老师和家长都反复嘱咐孩子们千万不要去捡日机投下的糖果;而一见日机低飞并放出大量烟雾时,百姓便知道日寇又在放"毒瓦斯"了……

但是,侵略者的暴行并没有让人们屈服。

成都上空曾发生过这样一件事,这件事曾被人们久久传诵:

这一天,三十二架九七式重型轰炸机又来轰炸成都了,日寇认为,自抗战开始后,中国人数不多的飞行员已相继战死,中国既没有飞机也没有飞行员,空中已经毫无战斗力可言,便趾高气扬地带上了记者准备对他们的"赫赫战果"进行摄影。

但是,当轰炸机即将飞临成都上空时,一架中国的战斗机却不可思议地出现了!日机连忙开火,但这架战斗机十分灵活,没有开火还击,只不停地在轰炸机群中穿梭往还,还向记者拍照的那架飞机冲了过去,差点便上演了两机相撞、两败俱伤的惊天一幕……

这架不可思议的"战斗机"究竟从何而来?原来,这只是中国空军航空学校一位姓李的教官驾的教练机而已,因此无法把日机击落。李教官曾在日记中写道:"我的学生都战死了,现在该我这个老师上去了!"这次"空战"后他正式转入了战斗部队,在中国空军某大队任大队长,曾击落日机四架。

成都人和重庆人在性格上有些不同,重庆人更刚烈一些,而以悠闲闻名的成都人却更加幽默、豁达,喜欢"涮坛子",正如宋轻雪所报道的,"日机的狂轰滥炸让人们进一步认清了侵略者的狰狞面目,不但更加激起了反侵略的浪潮,也更加热爱生活。亲人罹难了,擦干眼泪投笔从戎;房屋被炸垮了,咬着牙再修新的。以川菜闻名全国、幽默而乐观的成都人,甚至在大轰炸中还创造出了独具一格的'空袭小吃'和'抗战快餐'……这是四川饮食文化的发展,也体现了四川民众坚韧不拔的精神。环境虽然残酷,战争虽然惨烈,但生活仍然在继续"。

她的这些话是有依据的,确是有感而发。她曾意外地发现,在日寇频繁轰炸、老百姓频繁向郊外和田坝里避难的时候,一些小摊贩竟敏锐地在危难中做起了生意。成都的郊外是无垠的田野,无论春夏秋冬都是一片绿色,田埂上有桑树、桤木、皂角树,坟山和小丘上有松树、柏树和彩色的野花,锦江边有一人多高的芦苇。一个个农家小院就隐藏在树木和竹林环绕的"林盘"里。做生意的小贩们花了不多租金便在水碾子旁、林盘里、小河沟边，甚至坟坝坝里搭起了席棚，摆上两三张桌子和几个板凳，做起生意来，为跑警报的人们及时提供一些汤面、卤菜、锅盔、凉粉、凉面、汤圆、河水豆花、茶叶蛋、煮苞谷、红苕饼之类的简易食品。价钱虽比平时略高，但也没到"黑良心"的地步，因此很受人们的欢迎，特别是那些扶老携幼的人，更觉得帮自己解决了恼火的大问题。

名小吃洞子口凉粉店的创始人赵金山在老南门大桥边开了家"洞子口赵凉粉"，卖黄、白凉粉，煮凉粉，荞凉粉，以及素椒凉面、鸡丝凉面、甜水面等，价钱便宜，味道又好，大受欢迎。南大街口的"章锅盔"，在空袭前便打好了许多锅盔，还准备了大头菜丝丝和凉拌肺片之类，警报一响就全家出动，一面跑警报一面到武侯祠的柏树林里叫卖。由于作料讲究，选用了窝油、保宁醋、龙潭寺二荆条海椒等，填料又旺实，总是一抢而光，被人戏称为"警报锅盔"。草堂寺、龙爪堰一带还出现了"警报麻饼"，后来生意做大了，成为有名的"苏坡桥酥皮麻饼"了。

武侯祠附近有一座道观，到这里来躲警报的人很多。当地的农民一听到警报声，便赶紧蒸饭炒菜，为疏散的人们卖起了"牙牙饭"——把米饭煮熟后用刀切成条状，每条约半斤。有的农民还在附近的溪水里捕鱼捞虾，做成虾仁包子、明虾烧卖、豆瓣鱼、泡菜鱼等。

至于成都城内呢，价廉物美的小吃就更多了。少城公园对面邱胡子的牛肉汤、王胖鸭的烧鸭、吴抄手的抄手（馄饨）、治德号的小笼蒸牛肉都远近闻名。作家宋之的逃难到成都时，曾一口气吃了二十笼蒸牛肉。赖汤圆煮熟后蘸芝麻酱，风味独特；一种"少奶奶汤圆"，腰子形状，只有食指粗细，十分精巧……

关于战火中民众的乐观和幽默，在宋峰担任县长的茗县还发生过这样一件有趣的事：这天，县里一户农家嫁女，新媳妇坐上了花轿，被吹吹打打地抬着向婆家热热闹闹地走去。谁知半路上却响起了飞机的轰鸣声，抬花轿的人们一看，飞机翅膀上有红膏药旗，便赶紧叫新媳妇快下轿，大家一起躲进了山坡上的柏树林里。日机向县城方向飞去了，就在这时，天上突然出现了三架我们自己的飞机，拦住日机打了起来……躲在树林里的人们包括顶着红盖头的新媳妇，都兴奋地跑出来看闹热，有的拍手高喊："打，打它龟儿子的!"有的恨恨地说："看你龟儿子还敢不敢扯母猪疯!"……不一会儿，一架日本飞机尾巴上冒着黑烟直往下栽，人们跳着脚欢呼起来,新媳妇重新上了轿后高兴地说:"今天的日子选得真好,天上给我放了那么大的火炮!"

后来,在全川"节衣缩食捐款献机(飞机)"的"献机运动"中,这位刚结婚三天、在花轿上险些遭遇日机轰炸的新媳妇,红着脸走上了献金的讲台,从手腕上抹下了自己的嫁妆——一对崭新的银镯子……

这席卷全川的"一元献机运动"是一个民间自发的运动,它的发源地是卢作孚的故乡合川县,发起人是被称作"民国侠女"的施剑翘。宋轻雪特地赶到合川县去采访了她。

宋轻雪眼前出现的这个女人,不到四十岁,五官清秀,外表文静典雅,只有敏捷的动作和眼睛里偶尔闪现的逼人光芒才透露出了她的不凡。从第一次见面起,宋轻雪就敏锐地感觉到,在这个貌似文静的女人身上,有一种无法掩盖的特别之处,竟让她想起了曾在供词上写下"秋风秋雨愁煞人"、慷慨就义的"鉴湖女侠"秋瑾。

施剑翘曾读过宋轻雪的一些报道和文章,因此愿意接受她的采访。

从采访中,宋轻雪知道了有关施剑翘的许多传奇。

原来,施剑翘本名施谷兰,"谷中幽兰"是文雅的、大家闺秀的名字,父亲取的,但施剑翘并不喜欢,以后自己改为"施剑翘"了。二十岁时,父亲被军阀孙传芳斩首,为了替父报仇,她卧薪尝胆,经过一系列周密策划,十年后终于孤身一人在天津将孙传芳刺死,然后毅然向警方自首。这件事曾轰动一时,一年后,中华民国政府主席林森特赦了她。

抗战时,她所在的合川县本来只是一个小县城,但由于紧邻重庆,又是几条江河汇聚的地方,因而也成为日机轰炸的重要目标,一年内便遭遇了九次空袭,特别是民国二十九年7月的一天,一百零八架日机竟分三批轮番轰炸这个小小的县城,投下了重磅炸弹和燃烧弹五百多枚,并伴着低空扫射,让县城三分之二的地方沦为废墟,炸死无辜平民七百来人,受伤的上千人,以致家家遭劫难,户户有哭声。

被轰炸后,在悲痛和愤怒中,施剑翘拍案而起,到县政府对县长说:"日本飞机这样肆无忌惮地进行空袭,不就是欺负我们没有飞机吗?我们不能再忍气吞声地任凭日寇这样进行大屠杀了!不能光是跑警报,而必须武装起来进行抵抗!我们应该去购买飞机!只要有了更多的飞机,日本鬼子还敢这样猖狂吗?人们常说'天下兴亡，匹夫有责'，因此我提议，我们全县就发动个'一元献机运动'，每个人都拿出一元钱来，一元钱不多，但可以增强大家团结抗战的决心，还可以积少成多、集腋成裘。买了飞机后，我们的飞机就可以在天上狠狠地打击日本鬼子了！"

县长同意了她的意见，施剑翘又去拜会了县里的社会贤达和各界有影响的人士。饱受轰炸之苦、对侵略者切齿痛恨的人们听后无不表示支持。于是这年冬天，合川县在遭遇了第四次轰炸后，"合川号"飞机筹募委员会正式成立，县长任主任委员，施剑翘任指导长，决定向全县小康之家八岁以上的人，每人劝募一元购机款。

委员会一成立，民众便纷纷捐款。第一个认捐的是第三区区长廖某和乡绅张某，每人捐出了九石两斗黄谷。一石黄谷（约四百斤）合十二元到十五元，大大超过了应该认捐的数目。

兴隆镇的秦家寨子，整个家族捐出了两万四千五百元。

城里的商家们一天之内捐了两万三千多元，其中一位姓何的商人和一位姓郑的商人每人捐了五千元。

合川豫川纱厂的职员和工友一天内便捐献了一万五千元，相当于全厂三天的工资。

县京剧团义演三天，五元一张的普通票、一百五十元一张的荣誉票都早早售罄，主演抱病登台，差点倒在台上……

瑞山小学的师生们自编自演抗日话剧，三天义演，筹得四万多元。

个人捐献最多的是一位名叫陈景清的普通农民，他捐出了约四十亩的祖传田产——父亲给他留下了五十多亩田，他便捐出了四十来亩，飞机筹募委员会将这些田产拍卖，共拍得两万四千元。

陈景清的义举轰动了全县，宋轻雪特地去采访他。当时，这个皮肤黢黑、粗眉大眼的汉子正光着脚板赶着牛在犁冬水田，他质朴而豪爽地告诉宋轻雪："我的家公、伯娘和小侄儿都是日本飞机炸死的，要给他们报仇，就得把狗日的日本飞机打下来！我不会开飞机，上不了天，只能多捐点钱，让别人开飞机给他们报仇……再说，国家，国家，国都没有了还有家吗？爹就是在世，也会这样做的！"

短短三个月，合川县共募集到了购机款四十五万元，这些钱汇到中央航空委员会后，购买了三架战机，被命名为"合川一号""合川二号"和"合川三号"。

一石激起千层浪，合川的义举经过记者们的报道，轰动全川，各地纷纷效仿。

重庆也掀起了"一元献机运动"，"每人捐一块钱建设空军""节衣缩食捐款献机"等标语口号贴满了大街小巷。学生捐了"学生号"，妇女捐了"妇女号"，宋轻雪和媒体人捐了"记者号""报人号"，连监狱里的囚犯都参加了献机活动。全市共捐款一百五十万元。以后几年这个活动一直持续进行。

成都也成立了"捐款购机委员会"，市长亲任主任委员，民众在街上游行，在春熙大舞台举行义演，全市共募得购机款一百五十万元，其中仅普通民众便捐献了二十万元，购买了"民众号"飞机。

宋岚任教的省女中，教师和学生都踊跃捐款。最让宋岚感动的是，江奶妈从床上铺的谷草里，取出了藏在里面的花布小包，包里装了三枚她一直舍不得用的"袁大头"，擦干净后把它们捐献了……

第七章 特种工程

一 民工们

江奶姆到赵俊扬和宋岚家已经三年，工钱最初是每年十二块银圆，以后年年都涨，小儿子江有仁在这里吃饭又不掏钱，吃穿不愁还有钱挣，加之宋岚性情温柔、善良，赵俊扬又很少过问家务事，她奶大的齐齐娃儿又很乖，因此她过得很安心，也很感激这一家人。曾有好几家人想"挖"她走，答应给更多的工钱，但她总是回答："做人要讲天理良心，想当初刚来成都时，两眼一抹黑，我们几娘母差点儿在街上要饭，是赵老爷和赵太太收留了我们，他们全家待我不薄，我不能忘恩负义……"

这一天，当学徒的大儿子江有才回来看娘了，并且告诉她："娘，我要去修飞机场！"

江有才已经十五岁多了，由于自幼营养不良，个子不高，瘦精精的，脸色也白卡卡的，和弟弟江有仁站在一起，弟弟竟比他还高一点。

看见面黄肌瘦、瘦骨伶仃的儿子，江奶姆心疼得眼里涌上了泪水，用围腰擦着眼泪喃喃地说："娃娃，你遭罪了，妈对不起你啊！"

江有才倒笑了："娘，您咋能这样说？您也不容易啊！当了三年学徒，现在我已经出师了，师父和师娘对我都很好，想叫我留在店里继续干哩，只是我想到国难当头，日本飞机太可恶，炸死、炸伤了那么多人，听说要修我们自己的飞机场，我就报了名。"

穷人的孩子早当家，江有才是个懂事的娃娃。学徒三年，他曾吃了许多苦。说是当徒弟，其实就是当没有报酬的长工，"徒弟徒弟，三年奴隶"，他每天天不亮就要起床，打开铺门、扫地抹屋，然后去河里挑水煮饭。店里的一天三顿饭（抗战后改为两顿）都归他煮，一切饮水、用水也归他挑。当时十二岁的他比灶台高不了多少，煮饭时只能站在凳子上用木瓢一瓢一瓢地往大蒸笼里加水。一天两顿饭（师父晚上还要吃夜宵），一顿饭要吃十来斤米，蒸笼很大很重，饭蒸好了他一个人根本抬不动，只得请师兄们帮忙。烧火煮饭用的是木柴，每隔一段时间他就要扛着扁担跟师娘去码头买杂木，挑回来后再用柴刀和斧头砍成小块。客人来了要赶紧倒茶、拿水烟袋；晚上把铺子收拾好了还要给师父、师娘和师父的娃娃洗衣服、洗尿片、倒马桶。马桶很重，他几乎提不动……晚上和师兄们住在铺子的阁楼上，阁楼又矮又窄，都是打地铺，臭虫、虼蚤、蚊子起堆堆……

但这一切他从来也不对娘说，更不会向她抱怨，他怕娘伤心。

去修飞机场不是师父的主意，的确是他自愿的。他说得不错，由于手脚勤快，人又灵醒，老板曾想让他留下，但他没有答应。

不光他去，铺子里还有两个师兄也报了名。

抗战后，日本凭借自己的空中优势，不但在战场上进行海、陆、空联合作战，甚至用飞机施放毒气，而且对中国的后方残暴地多次进行"无差别"轰炸。后方的民众早就对日机恨之入骨，盼望着能早日有自己的飞机上天，把日本鬼子的飞机打下来，因此一听说"要修飞机场"，"要在大后方建立新的空军基地"，便有许多人主动报名。

早在抗日战争开始的第二年秋末冬初，成都附近的双流县政府便发出通知，在双流将修建新的机场，要求双桂寺一带所划范围内的农户立即搬迁，由地方保甲奉令执行，根据田亩面积、庄稼种类、土壤情况发给青苗费、土地费、搬迁费等。修建机场被称为"紧急国防工程"，由国家防空委员会负责技术，四川省政府直接领导，调集了简阳、金堂、广汉、德阳、双流等十余县民工二十多万人参加突击。

"修飞机场了！"这消息在成都很快传开，大家知道后都很高兴，因为修飞机场后我们肯定就会有很多飞机，就不会再让日本鬼子在天上横行霸道，随便扔炸弹，因此都很支持这项"紧急国防工程"。

宋岚川大的同学姚梦茹在双流中学教书，她的丈夫赵昌明是位有些名望的工程师，一直在参加机场的建设，一个星期天，宋岚特地去拜访了他们。赵昌明体格健硕，性格直爽，听说宋岚想了解机场的建设情况，以便向学生们进行抗日救国的教育，便打开了话匣子，如数家珍地详细介绍起来："过去我们的双桂寺机场是一个很小的机场，跑道是只能供小型双翼飞机起降的泥面道路，铺路的鹅卵石是从附近的金马河、江安河、杨柳河边一挑一挑地担回来,十挑能填一立方米跑道。修筑跑道时,条件艰苦,没有什么防护用品,许多民工的肩膀都被压得皮开肉裂、血流不止,但四川的民工很能吃苦,他们懂得抗日救国的道理,大家咬紧牙关坚持日夜施工,披星戴月地抢修,有的民工甚至死在了工地上……仅仅用了三个多月,机场便建成了。建成后由空军部门正式接管,驻进了中国的驱逐机大队,以后只要警报一响,驱逐机便立即升空拦截日机……

"日寇发现我们有了驱逐机后,他们也改变了办法——在轰炸时出动了大批零式战斗机护航。这零式战斗机是日本最先进的飞机,比我们的驱逐机先进得多,在一次空战中便造成了中国空军巨大的损失。这次空战后,成都空军司令被撤职,一个飞行大队被撤销番号,改成了'无名大队',队员们手臂上都佩戴着'耻'字臂章。以后空军军士学校在成都成立了,双桂寺机场便成为学生们的训练基地,教练机成天在机场上飞,培养了不少空军人才……而现在我们正在修建的,已经不是双桂寺这种小机场了。自珍珠港事件后,美国对日宣战,派出空军支援中国,四川必须修建大量大型机场,以供新型轰炸机和战斗机使用……"

赵昌明说得不错,最多的时候,全川共建了三十三个机场,仅成都周围便有大小的机场十八个。以成都平原为中心,有四个轰炸机机场和五个战斗机机场,是盟军在中国的战略空军基地。这些轰炸机机场都建有能容纳三十五架 B-29 轰炸机的机库,机场跑道长两千六百米、宽六十米、厚一米,为当时亚洲之冠。B-29 绰号"超级堡垒",是二战时期最大的战略轰炸机,这个庞然大物载弹量达九吨,续航能力六千五百公里。

成都周边的这一批机场,控制着南至越南西贡、北至东北沈阳,东至台湾、菲律宾乃至日本的九州、长崎这一广大地区。从这些机场起飞的飞机不但参加过多次空战,而且曾对日军目标进行过多次战略和战术轰炸。

江有才等参加的正是这些新机场的建设。

在经济极其困难、技术极其落后的条件下,这些机场基本是靠四川的民工们赤手空拳用人工建成的。全省先后从二十九个县市征调了一百多万民工参加这个庞大的国防工程。

听说儿子要去修机场,江奶姆又流泪了,拉着儿子的手说:"听说修机场苦得很哪,吃得孬,住得也孬,活路又重,你才十五岁,娘不放心啊!既是师父想留你,你就留下吧,和娘也有个照应,就不要去了!"

"娘,你也晓得,鬼子炸死了我们多少人,我一个师兄,全家五口全被炸死,五十岁的爹、八岁的小弟弟一个都没留下……儿子只想为打鬼子出把力……娘,您放心,儿子不怕吃苦,人家能干,我也能干,机场修好了我就回来。我们铺子上还有两个师兄报了名,他们会照看我的。再说,十五岁也不算小了,听说还有人十三岁就参加修机场哩!"

"十五岁,到底还没成人哩,你又瘦精精的,挣坏了就是一辈子的事……"

"我心头有数,不会挣坏的!"

"记倒娘的话,做活路的时候,自己心头一定要有个打米碗,明白啥事干得、啥事干不得,不要太好强,听到了吗?"江奶姆仍然很不放心。

"娘,你放心,我记倒了。"

看到儿子的铺盖太旧,棉絮上已经有了大大小小的窟窿,江奶姆便把自己床上的一床厚铺盖扯了下来……正在这时,宋岚从学校回来了,听见江奶姆房里有人说话,便过来看看,看见了江有才便问道:"有才回来看妈了,出师了吧?"

"出师了。"江有才垂下手恭恭敬敬地回答。

房里没看见儿子齐齐,宋岚又问道:"齐齐呢?"

"隔壁的学生很稀罕他,带他去耍了,说是过一会儿就回来。"江奶姆回答道。

"有才,你出师后有啥打算?是留在店里还是去别的地方呢?"宋岚又问道。

"师父叫他留下,他倒报了名要去修飞机场哩!"江奶姆插嘴抱怨道。

"去修飞机场?"宋岚愣了一下,"有才,你咋想的呢?"

"我就是为了打鬼子!"江有才有些不好意思地回答,"日本飞机把我们炸得太惨了,我一个师兄全家五口——爹、娘、一个弟弟、两个妹妹都被炸死,师兄平时对我很好,他要去修飞机场,我就跟着他报名了。"

"听说修飞机场活路很苦啊,你晓得吗?"宋岚又问道。

"晓得。我们店有个客人的儿子就修过双桂寺机场,人家吃得下这苦,我也吃得下!"说着,江有才还挺了挺胸。

"江奶姆,你有个好儿子啊,小小年纪就有这样的志气,比好些大人都强……"宋岚由衷地感叹道,"听说修机场吃、住的条件都很差,我们得帮娃娃好好地准备一下。柜子里有一件俊扬穿过的旧棉袄,还有一床厚铺盖,你去拿出来让娃娃带上。正巧我今天发了薪水,这十块钱有才也带上……"

387

说着，拿出钱包，掏出了十元钱。

江奶姆和江有才都连忙推辞，江奶姆摇着双手说："宋先生，这使不得，我已经沾了你好多光，你也有一大家子人，咋能再让你掏钱呢？"

宋岚一面使劲把钱塞在江有才手里，一面对江奶姆说："你们不要见外，我们是一家人，娃娃出门，难免会遇到一些没有想到的事，手边莫得一点钱咋行？再说，打日本鬼子就是要有钱出钱，有力出力，有才小小年纪就懂得了这个道理，他去修飞机场了，我们难道不该帮帮他？帮他就是在帮助打鬼子，只是我的力量有限，帮得太少了！"

江有才把十元钱收下了，江奶姆也拿出一个攒下的"袁大头"，在孩子的内衣上缝了一个小口袋，把"袁大头"和十元钱都严严实实地装好了。

江奶姆含泪送走了儿子，她万万没有想到，这是见儿子的最后一面。

修机场确实很苦，吃的是"擂子饭"（糙米）和咸菜，有时加一点白菜、萝卜、青菜，一星期打一次牙祭，十来个人分一碗回锅肉，每人能分得两三片；睡的是大通铺，几十个人挤在一起，虱子、臭虫、虼蚤起堆堆……早晨八点上工，下午六点收工，晌午饭送到工地上。

修机场的跑道时，先要挖土，一般要挖一米半深，直到挖到硬邦邦的老土，便垒上一层大石头，在石头的缝隙里填上碎石后再灌上泥浆——没有洋灰（水泥），泥浆是用黄泥巴加水搅拌而成的，黄泥巴很硬，没有机器，是民工们用锄头使劲捣烂后加上水，再跳到上面反反复复地使劲踩……抢修机场的时候正是冬天，踩在冰冷的黄泥巴水里，许多民工的双脚都冻得通红，生起了冻疮，肿了、裂口了，痛得钻心；还有人病了，发起了高烧……

灌上泥浆后，怎样才能碾出跑道？根本没有压路机，只能靠原始的石碾子，石碾子小的五吨重，大的十五吨，全靠几十个民工背着纤绳一遍一遍地拉，一遍一遍地压……

由于年纪小，江有才没有被派去踩泥浆、拉石碾子，而是去锤石头。虽然这是机场上最轻的活路，但由于工地需要大量的碎石，他和工友们只能从早到晚在寒风中坐在冰冷的地上不停地锤着坚硬的鹅卵石，他的脚上长起了冻疮，一双手裂出了一道道娃娃口，手指拇肿得像红萝卜一样了。

飞机的跑道要求很高，基础必须十分结实，否则便会出现机毁人亡的惨剧。因此，在没有水泥的条件下，跑道的碎石基础必须铺三层甚至四层。最后，还得在上面再铺一层细细的碎石并灌上泥浆,用碾子压结实……如果发现有一点点没有压实的地方,就得返工——就得把埋好的石头全部挖出来,再重新铺好、压实……

没有机械,没有水泥,这一切全是靠四川上百万民工的双手、双脚和双肩,用锄头、箩筐、扁担、背篼、铁锤、鸡公车、石碾子完成的!

就是在这样的条件下,仅仅半年,成都便新建和扩建了新津机场、广汉机场等四个大型轰炸机机场。这些机场的跑道都长两千六百米、宽六十米、厚度达一米以上。每个机场还有两条长一千米以上的辅助跑道和二十个停机坪;机场内配备有指挥所、燃料仓库、弹药库、无线电通信等配套设施,有能容纳三十五架B-29轰炸机的机库。与此同时,还新建或扩建了太平寺、凤凰山等五个战斗机机场,以便对轰炸机进行护航,并且拦截前来轰炸四川的日本飞机。

修建机场时,需要征用土地,老百姓都毫无怨言地交出了最宝贵的财产——土地,支持国防建设。双流、彭县、彭山等县都有许多人献地,有的捐几亩、一亩,有的捐几分,双流一位姓白的农民,除送次子参加远征军外,还捐献了自己仅有的一分二厘地。在广大民众的支持下,迅速解决了机场建设所需的土地。

这些机场建成后,美国航空兵的一支B-29轰炸机机队便从印度出发,陆续进驻到这里;美援华空军指挥部也设在了新津机场。后来著名的陈纳德十四航空队的战斗机也奉命移师川西各机场,以保卫成都和成都附近四大轰炸机机场的轰炸机群。陆续入驻这些机场的美国飞机达二百五十多架,其中仅B-29就上百架,军事人员达八千多人。

二战后期,美国制订了"马特霍恩行动"计划,第一个目标就是轰炸日本本土的九州八幡制铁所,这里的钢铁产量占日本的四分之一,日本四分之三的炼钢炉也在这里。

当美机飞临日本本土上空时,狂妄自大、曾"无差别"轰炸中国的日军竟完全出乎意料,以致毫无戒备,直到第三批轰炸机飞抵时才仓促应战……美机轰炸了钢铁厂后又轰炸了东京、名古屋、大阪、神户、西九州大村航空厂等地,半年内从成都起飞轰炸日本本土共十余次。以后又重点轰炸了中国东北和台湾等沦陷区的日基地,对辽宁鞍山"满洲钢铁中心",本溪、洛阳的日军炮兵基地,长沙日军军火基地等都进行了轰炸,沉重打击了日军的侵略凶焰。

直到抗战末期,美军攻占了太平洋上的马里亚纳群岛后,才在关岛和塞班岛建立了新的空军基地。

二 凋零的"樱花"

围绕空军基地,成都曾经破获了一系列日本间谍案,"樱花行动"是其中之一。

在日本本土遭到美机轰炸后,日本决定进行报复——对中国大后方成都附近的空军基地进行毁灭性打击。为了准确地获得有关基地的情报,日本军部责成间谍部门制订了一个"樱花行动"计划,并起用了有经验的混血女间谍樱子,让她秘密潜入成都,接应早已混入中国航空委员会的男间谍。

这樱子被称为"谍报之花",曾长期在中国潜伏,不但精通汉语,熟悉中国风土人情,而且颇有姿色,能歌善舞,极会卖弄风情撩拨男人,是日本女间谍中的王牌之一,在东北、上海等地都曾给日军提供过不少有价值的情报。经过间谍部门策划,她便经香港潜入昆明,装扮成我阵亡军官的家属混入难民队伍来到成都。

当时的成都,每一天都有许许多多从四面八方涌来的拥民,还有大批伤兵来到后方,政府根本无法对每一位难民进行仔细的审查和甄别,混在难民队伍里是一种极好的潜伏方式。

但是日本的间谍部门没有料到,中国的军统局局长戴笠已经得到密报,知道日本已派女间谍潜入成都,他已严令军统局成都行辕调查课负责侦破。

接到戴笠的命令后,成都行辕防谍组的特务人员紧急行动起来,化装成难民、烂友儿、叫花子、花花公子……穿街走巷,到全城各个地方秘密侦察,并特别加强了对车站和旅店的监管,但半个多月过去了,并没有发现可疑的人员。

戴笠严令防谍组务必限期破案,于是防谍组便改变了搜寻方式,不再遍地撒网,而是集中力量对城内和城郊的难民聚居点进行仔细的搜寻和严密的监视。一段时间后,春熙路旁正科甲巷一个难民聚居的院子里,几位懂日语的大学生举报,说是曾听见一位名叫王丽华的女邻居用日语和一个年轻男人鬼鬼祟祟地低声交谈,形迹极为可疑,防谍组经侦察后认为,此人极可能是那个日本女间谍——原来,樱子潜入成都后便化名王丽华,以难民身份隐藏在这个院子里。这个院子距航空委员会某处不远。于是防谍组一面对她进行二十四小时监控,一面派了位能干的女特工对她进行贴身侦察。

这位女特工假扮成一个被情人遗弃的张姓女演员,也住进了这个院子里。她烫着发,穿着高跟鞋和紧身旗袍,抽烟、喝酒、哼唱流行的黄色小调,常常"醉醺醺"地主动向人——包括向"王丽华"哭诉自己的不幸,咒骂薄情的男人……这个潦倒的"女演员"很快引起了日本女间谍的注意,认为是一个可以利用的对象,便主动和她接近,常常前去安慰,并送上一些领花、口红之类的小礼品。而"女演员"也欣然接纳,并视她为"知己",于是不久后两人便打得火热,互相以姊妹相称了。

为了掩护自己,樱子便经常带着"蜜斯张"去到一些热闹的社交场合参加各种应酬,去得最多的是商业场附近的一个酒吧。这个酒吧旁边是一支中国军队的军部,一些陆军和空军军官是酒吧的常客。樱子每天晚上都会浓妆艳抹精心打扮,一进酒吧便向军官们卖弄风情,打情骂俏、喝酒跳舞,舞会结束后常常带着男人回家过夜。女特工细心观察后发现,日本女间谍曲意勾搭的都是一些可能会接触到空军情报的男人,包括空军某部参谋、空军学校教员等。

有一天,日本女间谍又浓妆艳抹地打扮了一番,换上一件崭新的粉底金花西式舞裙准备去跳舞了,女特工借口自己月经来了,身上很不舒服,便没有和她同去。女间谍走后,女特工便进入她的房间秘密检查,发现她床下的箱子里藏有成都附近七大机场的方位图,图旁还注有详细的日文说明——这是女间谍樱子从军官们那里探来的机场布防情况。

女特工立即向防谍组报告,戴笠指示,暂时先不忙惊动她,注意观察她下一步如何行动,是否有同伙接应,以便一网打尽……

果然,日本不但派出了女间谍,还在中国航空委员会里打入了个内奸,代号是"秃鹫",公开身份是个少校参谋。此人已经侦得了成都附近所有新建机场及B-29轰炸机的有关情报,准备和女间谍接头后,让她伺机把情报带出去。

这一天,花枝招展的"王丽华小姐"又约"蜜斯张"一起去舞厅跳舞了。

在舞厅里,女间谍像往常一样,媚眼乱飞,像只花蝴蝶一样在舞厅里四处飞舞,但女特工一直警觉地注意着她的一举一动……终于发现她在和一个军官跳华尔兹时,在轻盈的旋转中,转到了舞池边一个陌生的"座位"前,似乎"不经意"地停下了舞步,抓起座位旁的一个手提包,掏出里面的手绢轻轻擦了擦脸,然后放下手绢和手提包继续跳了下去……而这个座位旁边正坐着一个陌生的、穿着军装的年轻男人……

这个可疑的动作立即引起了女特工的注意，她向舞厅里负责监视的特工们使了个眼色……

原来，这个穿着军装的年轻军官就是"秃鹫"，刚才日本女间谍樱子已经和他"接头"了。

收网的时间到了，第二天傍晚，"秃鹫"带着一个黑色公文包来到了城东九眼桥边一个小旅馆里，悄悄地溜进了一个房间，女间谍樱子正在里面等他，他从公文包里取出了几张资料和图纸……

这时，房门突然被踢开了，一群中国特工冲了进来……

"樱花行动"被粉碎了！此事经报纸连载后人心大快，成为街头巷尾摆龙门阵的重要内容。

以后，日本又陆续派来男女间谍多人，企图炸毁成都周边的机场，但阴谋都没有得逞。

日本间谍的阴谋被粉碎后，中美空军开始了更大规模的空中反击，除奔袭日本本土外，还奔袭了越南河内的日本空军基地，炸毁了日机数十架……

对这些辉煌的战果年轻的江有才知道得并不多，但他明明白白地感觉到，自从修建新的机场后，日本鬼子空袭的次数大大减少，成都的老百姓没有经常跑警报了。他很高兴，觉得自己总算出了一口气，总算为抗战出了一份力。

修完机场后他没有回家，瞒着娘，跟两个师兄一起报名参军去了前线。当江奶姆收到他的来信时，他已经在硝烟弥漫、炮声震天的战场上了。

后来他参加了保卫石牌的那场血战。

三　盟友和"飞虎队"

"号外，号外，日本偷袭珍珠港，美国向日本宣战！"这个消息震动了全世界，包括四川的老百姓，大家奔走相告，都意识到今后中国将结束孤立无援艰苦抗战的困难处境，抗日战争的环境会大大改善。

"九一八"事变乃至"七七"卢沟桥事变后，美国一些孤立主义者一直反对介入中日战争，但随着形势的发展，日本不但大举入侵中国，还抛出了建立"大东亚共荣圈"和"亚洲新秩序"的企图。欧美一些人开始认识到，日本的野心绝不仅仅针对中国，而是要控制整个亚洲和太平洋。顽强抵抗的中国，已经牵制住了上百万日军，成为东亚地区与欧美之间的屏障。

随着德国军事力量的不断上升，英、法等国已经顾不上对自己在亚洲的殖民地进行有力的保护，能够抵抗日本扩张的只有中国和美国了。

而日军在中国进行的暴行——把平民当作枪杀的靶子，以杀人比赛（包括屠杀婴儿）作为娱乐，大规模屠杀战俘，公开强奸妇女……凡此种种也让美国公众震惊。

自卢沟桥事变后，应蒋介石的要求，苏联便开始向中国国民政府提供贷款和装备，并派出了航空志愿队。在苏德战争开始前，航空志愿队参加了南京、武汉、重庆、成都、兰州等地的战斗，轰炸机大队长库里申科少校、空军大尉勃达伊采夫等两百多人英勇牺牲。除此之外，苏联还向中国提供了部分贷款和可以装备十五个师的军火以及九百多架飞机。

面对日本对中国的大举入侵，长期以来英美等国只在口头上表示"关切"，"希望中日双方和平解决"，但1937年12月，日军悍然击沉美国一只炮舰后，美国驻中国大使和海军的高层人士便纷纷要求援助中国、制止日本疯狂的扩张了。

1938年夏，德国肢解捷克，日本不但占领了南京，而且中国沿海和长江下游大片地区沦陷，广州、武汉岌岌可危，国民党内部出现了以汪精卫为首的投降派，在这种情况下，中国的抗战能否再坚持下去？

正是考虑到这些情况，1938年底美国开始向中国贷款了。以后，法国向德国投降，日本侵占印度支那北部并参加轴心国联盟，美国对华的军事援助便进一步加强，开始向中国提供飞机，并秘密建立了空军基地。

珍珠港事变两天后，《纽约时报》的社论中有了这样的句子："我们是一个大联合体中的伙伴……我们拥有中国这样的盟友，它有着用之不竭的人力资源，它有着坚韧不拔、不屈不挠和无限智慧的人民，我们对那里所做出的援助，将得到十倍的回报。"此后不久，在军事宣传片《中国的战斗》中又有："中美这两个世界上最古老和最年轻的国家，同英联邦在一起，如同在中国古代战争中一样，肩并肩地作战，这是自由与奴役、文明与野蛮、善与恶之战。"

珍珠港事变发生后二十多天，中、美、英、苏等二十六国在华盛顿签订了《反侵略共同宣言》，同盟国阵营正式形成。消息传到国内，许多报纸发了"号外"，苦难中的中国民众受到了极大鼓舞，街上出现了"同盟饭店""同盟商店""同盟大旅馆"，等等。以后宋美龄应邀访美，除与美国总统罗斯福交谈外，还以非官方的身份向美国参议院和众议院发表演讲，向美国听众介绍了中国艰苦抗战的情景，博得了美国各界广泛的同情和支持，为中国赢得了十五亿美元的援助。此后，大量美国军人来到中国参战。

在宋美龄、宋子文、顾维钧等人的努力下，民国三十年（1941）4月美国总统罗斯福签署命令，决定将一百架P-40战斗机援华，并同意让陆军、海军航空部队的退役军官和士兵参加赴华的美国航空志愿队，志愿队的指挥官是退役军官陈纳德。

其实陈纳德在"七七"事变前应宋美龄之邀已经来到中国，对中国空军的现状进行了考察，并提出了建设现代化空军的设想。在陈纳德的建议下，中国建立了防备日机袭击的预警系统，美国航空志愿队——中国民众亲切地称之为"飞虎队"——到达昆明后，十架日本轰炸机便向昆明袭来，但由于有了预警系统，航空志愿队已提前两小时得到了情报，于是一举击落日机六架、击伤三架，自己只有一架因为燃油耗尽迫降在稻田里……从此，"飞虎队"声名大噪。

太平洋战争爆发后，陈纳德的航空志愿队被改编为美国陆军第十航空队第二十三战斗机大队，又称美国空军驻华特遣队，仍由陈纳德任指挥官。当时"飞虎队"仅有一百架飞机，数量大大少于日军，而且日本的飞机大部分是当时世界上最先进的"零式"战机，陈纳德便扬长避短，创造了一套"空中游击战术"，机动灵活地在不同的机场起飞降落，让对方摸不清"飞虎队"飞机的数量和部署，有时甚至把指挥部设在了一架飞机内，在飞行时随时进行指挥，主力战机可以在四十八小时内打击在任何地方侵入中国的日机。这支战斗机大队神出鬼没，让侵略者防不胜防，取得了辉煌的战绩。

战斗机大队以后又被扩编为第十四航空队，增加了大量轰炸机和战斗机，威力更甚。日本曾组织了支"吃虎队"，策划偷袭十四航空队的前进基地芷江机场，陈纳德得到情报后便让人秘密制造了三十多架竹飞机停放在机场上，白天遮上篷布，晚上打开。日本鬼子得到汉奸的情报后上了当，"吃虎队"竟倾巢出动，刚到机场，周围的高射炮和机关枪便一齐开火，战斗机也腾空飞向敌机……这一仗共歼灭日机十五架、击伤八架，别的日机慌忙逃走，从此再也不敢来芷江机场。

自太平洋战争爆发后，在成都和重庆的大街上，便常常可以看见来华援助的美国军人的身影。飞行员穿着背上缝有方块布的皮夹克，布块上有美国的星条旗，还有"来华助战洋人，军民一体保护"两行汉字；士兵穿的是黄卡其军服；

巡逻兵则头戴钢盔,腰悬警棍。小巧灵活、没有车篷的吉普车供飞行员及地勤人员使用;十轮大卡车供巡逻兵使用。在大街上人们常常会友好地用"蜜斯脱"或"哈啰"微笑着向他们打招呼。成都华西坝一带住的美国人更多,不但有飞行员,还有金发碧眼的年轻女郎。只要警报声一响,这些飞行员便会立即飞向天空拦截日机,"飞虎队"一年之内曾击落日机三百多架,严厉地打击了日本空军的锐气,大大减少了平民的伤亡。对此,民众十分感激,在成都的茶馆里,常有说评书的人,在述说"飞虎队"的传奇。

以后在轰炸期间,成都的上空便出现了这样的画面:警报响起,随着轰隆、轰隆的声音,一批日机来到,我方的战机立即腾空迎敌。月明如水,信号弹满天飞舞,空中彩色飘漾,机声隆隆,枪声噼啪。我方的探照灯、驱逐机把敌机逼在了云间,逃不出包围圈的日机慌忙扔下了大量照明弹,把成都照得如同白昼,紧接着又扔下了一些烧夷弹和炸弹,一时烟火冲天,红光四射,但几分钟后烟消了,火熄了,这些烧夷弹和炸弹绝大部分都扔在了荒丘里……最后敌机不得不落荒而逃……而在没有警报的夜晚,白色的探照灯光柱从东南西北各个方向交叉在夜空中,当照射到盟军的飞机时,为了表示友好,探照灯便会聚光不动,而飞机也会盘旋、慢飞作答,人们会惊喜地看到像乌鱼一样有三个脑壳的"空中堡垒"——大大的肚子、机头机尾闪着红灯的轰炸机 B-29。

记者们曾报道过民众援救飞虎队员的故事。

"飞虎队"一架 B-29 战机在四川雷波县境内坠毁了,机上十一人下落不明,上级让宁西特区区长李仕安前去寻找。李仕安和美军少校穆伦冒险飞越驼峰航线,抵达印度汀江后由汀江转回昆明,再穿越山区和金沙江,日夜兼程地赶到了雷波县月儿坡的飞机失事点。当他们到达时,那里的空气中仍然弥漫着一股浓浓的焦煳味,在半径一百多米的地方只有黑黑的烧焦了的树木和土地,一个巨大的、十多米深的撞击坑出现在他们面前,没有机组人员,连飞机的残骸也消失不见……

望着深坑,李仕安和穆伦都低下了头,含着泪,说不出一句话……

这时,当地的土司安登文突然气喘吁吁地跑来了,对两人喊道:"他们已经被我们救走了,在我家做客哩!"

穆伦大叫了一声"OK!"激动地紧紧拥抱着安登文。

原来,出事那天听到轰的一声巨响后,就看见一群高鼻梁、蓝眼睛的外国人跳伞进了村子里，有的村民把从天而降的飞行员们竟当成了神仙……土司安登文曾去过重庆，并受过委员长的接见，知道一些"援华"的事，见机组人员衣服上缝有"来华助战洋人，军民一体保护"的布块，便把他们接到自己家里，宰羊杀牛招待，还让村民们扯来草药为飞行员们治伤……机组十一人中驾驶员遇难，战机被摔成了碎渣，当地人把碎片拿回家里，想炼化了做锅儿，但土炉子根本炼不化它。

战争中美国研制的"黑寡妇"性能优于日本的歼击机，以后又研制出了B-29型战略轰炸机，这种飞机是当时全球最大最优良的轰炸机，日军称之为"地狱火鸟"。这些飞机陆续补充到了"飞虎队"。

在整个抗日战争期间，"飞虎队"自己共损失飞机五百来架，但击落了日机两千六百多架、击沉日军舰四十四艘。在抗战后期，威风凛凛的"飞虎队"已经完全掌握了战争中的制空权，遏止了日寇对中国大后方的轰炸，有力地支援了地面部队，并且有效地破坏了日本军资的补给和运输。

四　飞越驼峰

乐云辉从美国回来了，对他的归来宋轻雪自然十分欣喜，自从收到来信，知道他要回来后，便天天掰着手指头算着日子。心心相印的他们，两个灵魂和谐一致，两颗心合二为一，把对方都当作自己生命中最重要的部分，聚少离多曾让他们尝尽了相思之苦。特别是宋轻雪，表面坚强、开朗的她，实际上每当日机进行轰炸或听到空战的消息，都会提心吊胆地想着乐云辉可能遭遇的种种危险和不测。在上海、南京和武汉会战期间，她多次做过几乎相同的噩梦：在漆黑的夜空，他的战机像一道银色的闪电，在天空飞翔，一群涂着"红膏药"的、乌鸦一样的敌机突然包围了银色的闪电，一张张鬼子狰狞的面孔、一架架黑色的敌机，陡地，漆黑的天空变得通红通红，银色的闪电消失了，乐云辉的战机向地面飞速地坠落……她大叫着被惊醒了，浑身冒着冷汗，接着便是一个又一个不眠之夜……

当然，她从来没有把自己的担心和恐惧告诉过心爱的人，因为她了解他，但她也曾忍不住把这些噩梦告诉好友宋岚，宋岚找不出什么话安慰她，只勉强笑着说："这都怪你自己神经太紧张，所谓'日有所思，夜有所梦'嘛！……按老百姓的说法，梦是反的，梦到凶就是吉，乐云辉不会有事的，你不要自己吓自己！"

乐云辉明白宋轻雪的担心，但正如一位诗人所说："假使我们不去打仗，敌人用刺刀杀死了我们，还要用手指着我们的骨头说：'看，这是奴隶！'""以身许国"的他无法用空话安慰她，更不可能对她许诺什么。

他去美国学习新型飞机的驾驶技术了，虽然远隔重洋，只能靠书信联系，但没有上天打仗，宋轻雪的担心便减轻了很多，让她没有想到的是，他却即将执行更危险的任务。

在美国学习期间，从各种渠道传来消息，自从日本把英国赶出缅甸后，便切断了中国对外运输的唯一通道——滇缅公路。这条东起中国昆明、西到缅甸腊戍的公路全长一千一百多公里，途中跨越了六座大山和怒江、澜沧江等五条大江，山高谷深，水流湍急，路线高差达一千三百多米，自然环境十分复杂，是二十万中国民工（绝大部分是老人和妇孺）和技术人员自带干粮，用最原始的工具，在恶性疟疾流行的环境中，以牺牲几千人的性命为代价，九个月内突击修成的，被国外舆论界和专家誉为"不可思议的奇迹"。正式通车后，对坚持抗战以及维持后方经济的运转都起了巨大作用。

一位宋轻雪的同事在采访后曾写道："中国对日抗战以后，沿海口岸受着敌人封锁，国际交通线赖滇越铁道、滇缅公路和西北通苏联的公路维持。及至法国战败于欧洲，苏联受制于德国，中国通越南一线，又受着日寇的堵塞，西北一线又万里迢迢，剩下最能利用的一条国际交通线，就只有滇缅公路了。近两年来，滇缅路已经成了中国抗战唯一的输血管。"

滇缅公路修成后，日军曾多次派机轰炸，千方百计要切断中国这一重要的对外联系通道。英法联军在敦刻尔克大溃退后，法国投降德国，日本便胁迫英国关闭滇缅路。英国不但没有对日本的野心加以遏制，反而幻想牺牲中国，用两面手法敷衍日本，于是便和日本签订了封路协定，禁止武器弹药和铁路材料通过英国的殖民地缅甸转运中国。

以后，日军又占领了越南，中越交通线也被彻底切断。

日军侵占越南、泰国时，英国正遭到德军的大规模空袭，陷入腹背受敌的境地，于是被迫改变了原先对日本的妥协政策，重新开放了封锁三个月的滇缅公路。中国曾提出与英国协防缅甸，但英国不同意，而日本却制订了缅甸作战计划，1942年元月在突破泰缅边境后，急速向仰光推进。于是英国不得不向中国紧急求援。

中国派出了十万美式装备的精锐部队紧急驰援，历时近半年，转战一千五百公里，在同古防御战、仁安羌解围战以及斯瓦河沿岸阻击战中都取得胜利，解救出了被围的英军。但由于英国军队缺乏斗志并一心想保存自己的实力，竟率先撤退，还给中国远征军提供了假情报，致使中国远征军陷入日军包围之中全面溃败，十万精锐之师折损过半，抗日名将戴安澜受伤后在野人山中殒命，牺牲时年仅三十八岁。

第一次入缅作战失败后，蒋介石对英国的做法极端不满，强烈要求中、美、英三国确实合作并开辟新的援华交通线。

从各种渠道传来的消息让乐云辉知道，自从日本把英国赶出缅甸后，便切断了中国最后的一条输血管，滇缅公路被切断后，运载着中国急需物资的舰船在印度加尔各答、吉大、孟买、马德拉斯等处卸下了大量汽油、武器、弹药、航空器材……这些物资堆积如山却无法运走，而国内请求和催促的告急电报却又雪片般飞来，电文中甚至说，前线已经"弹尽粮绝"，陈纳德的"飞虎队"由于缺乏汽油已无法正常起飞……

当时陆上已经没有可能，于是便开辟了闻名于世的"驼峰航线"，乐云辉知道这条全长一千五百多公里的航线，西起印度阿萨姆邦，向东横跨喜马拉雅山脉、高黎贡山、横断山脉、萨尔温江、怒江、澜沧江、金沙江，最终到达云南昆明和四川的叙府和泸州，最高处海拔七千米，一路山峰连绵，海拔一般是四千米到六千米，而当时的C-46、C-47运输机满载后只能飞三千五百到四千米，五千米已是极限，因此只能在山壑里钻来钻去。山壑里地形十分复杂，周围都是崇山峻岭、激流峡谷和原始森林，遇险时连迫降和跳伞的地方都没有。不但地形复杂，而且大多正处于大气圈中的对流层，风、雹、雨、雪等频繁发生，当时的活塞式螺旋桨飞机还不能完全密封，只要飞到三千多米飞行员就得戴上氧气面罩，冬季遇到剧烈的偏西风时，罗盘、定位仪会全部失灵。

再加上，还有世界屋脊——喜马拉雅山脉——上空诡谲多变、恐怖莫测的气候。这里有长达五个月的雨季，雨季来临时，空中混沌一片，全航程只能靠仪表飞行……而旱季则常有暴雷、大风和强烈的升降气流……

总之，这是世界航空史和军事史上最艰难、最凶险的一条运输线，有人称之为"上帝的弃地"和"死亡之路"，不但需要飞行员有极其过硬的技术，还要求他们勇敢、坚毅、有极高的心理素质，因此连日本战机都避之唯恐不及，这条线路被他们反复论证后又不得不被反复否定了。

在抗日战争最艰难的年代，中国航空公司的勇士们成功地开辟了它。

中国航空公司是中国最早的中美合资企业，滇缅公路被切断后，国民政府便要求航空公司开辟新的航线。于是中国航空公司的副董事长威廉·兰霍恩·邦德便带着机长吴士、夏普和中国机长陈文宽进行了第一次实飞探测。这条反复被否定的航线迎来了第一批勇士，也促进了中美之间一次战时合作。

当时曾有许多人认为他们的行为是"疯狂的"不智之举，但机组人员却以大无畏的英雄气概和精湛的飞行技术，克服了让人难以想象的困难，成功地完成了试飞。

乐云辉在美国曾读到了邦德对这次试飞的描述。

邦德写道："当我们的飞机艰难地爬升到一万四千英尺（四千二百米）时，四周浓雾弥漫，机舱内的温度急剧地下降了近二十摄氏度，机身迅速地被冰晶包裹，螺旋桨把冰块噼里啪啦地打在机身上……如果螺旋桨也被冻住，飞机便会往地面直线掉下坠毁了……

"我们之所以能够侥幸活下来，是因为在这次飞行中，我们有一位老资格的、飞行技术精湛的飞行员和最好的报务员……"

他描写了这次航行中极为惊险的一幕："从印度出发不到一个小时，C-46就卷入了强风暴之中。强烈的颠簸、上下高达两千英尺的落差使飞机几乎不在操控之中……勉强看清高度表，下降速度达到每分钟四千英尺……用不上一分钟，C-46就将和雪山、大地紧紧拥抱……突然间，坠落完全停止了，C-46似乎穿越了强风暴，机舱外好像一切风平浪静，副驾驶员费劲地解开安全带，就在锁扣解开的瞬间，他猛地向上飘，重重地撞在了机舱顶部，后座的报务员猛然醒悟：中尉，我们在倒着飞，肚皮朝天！"

乐云辉还读到过另一位飞行员的记录："报务员把货舱门打开，将货一箱箱抛出，幸好他事先背上了降落伞，并用绳系住了自己的腰部才能进行工作……飞机猛烈冲撞时，他陡地被抛出了舱门外，凭着绳子和一只手死命地抓，才没有脱离飞机，但在强烈的气流迎面冲撞下他无法爬回机舱……经过好一阵的颠簸，他才又被气流扔回了飞机内……"

总之，这确是一条无比凶险的航线，也是一条充满挑战的航线。它的凶险和挑战都强烈地吸引了乐云辉，而报国之情也让他义无反顾地坚决要求参加这条航线的飞行，在回国之前已经得到了批准。

虽然知道曾到前线担任过战地记者的爱妻宋轻雪不是个一般的柔弱闺秀，她性格坚强，深明大义，但乐云辉仍然犹豫着，不敢把自己的决定贸然告诉她。

他无法用空话安慰她，也无法对她违心地许诺什么，只能尽可能地给她带回一些礼物——虽然明明知道这些物质上的东西她并不看重，也不能对她在精神上真正有所慰藉，但也只能如此了。

他们的家在成都少城的一个幽静的、花木茂盛的小院里，日本飞机还没来得及摧毁它，吉普车把他送到了院子门口，下车后，他提着皮箱，走进了小院……

宋轻雪早就知道他今天将会回来，眼睛一直没有离开窗户，看见他走进院子便立即从房里跑出来，不顾邻居们诧异的目光便扑到了他的怀里，乐云辉拥着她进了屋。

进屋后，丢下手里的皮箱，乐云辉便把宋轻雪紧紧地搂在了怀里，随着一阵销魂的长吻，两人滚到了床上……

好一阵后，乐云辉才恋恋不舍地从床上坐了起来，俯身吻了吻宋轻雪的嘴唇后温柔地说："我给你带回了一些礼物，不晓得你喜不喜欢……"说着下了床，穿好衣服后，去打开皮箱，把箱子里的东西拿出来放在桌上和藤椅上。

宋轻雪撒着娇半闭着眼睛喃喃道："嗯，嗯，你不要走，我不要，你就是最好的礼物，我要的只有你……只有你……"说着向他伸出了两只手。

乐云辉温柔地吻了吻她的手，把她从床上拉了起来，又帮她穿好了衣服，拥着她下了床。宋轻雪趿着鞋来到桌子前，检视着他为自己带回的海虎绒大衣、西式长裙、派克钢笔、尼龙丝袜、蜜斯佛陀牌香粉和口红，笑了笑，调皮地偏头看着乐云辉道："谢谢你给我带回了这么一大堆好东西！好像从恋爱到结婚，你还没有送过我什么礼物吧，想不到我们英俊的飞将军去一趟美国，倒学会向女人献殷勤了！你这个人我晓得，一定有啥想法藏在心里还没有告诉我，想用这些东西堵住我的嘴巴……说吧，你心里到底在想啥，为啥不干干脆脆地告诉我呢？"

说着，伸出右手的食指笑着在乐云辉的额头上轻轻点了点。

乐云辉捉住了她的手，望着调皮的、笑靥如花的她，真不知道怎么开口，只握住她的手吻了吻，然后岔开了话题："我有啥想法？只不过是想让你高兴高兴……你不试试新衣服、化化妆，让我也欣赏欣赏吗？"

宋轻雪拍拍他的脸，又在他的脸上吻了一下，轻捷地从椅子边跑开，洗了把脸,对着镜子仔细地画了画眉,搽上香粉和口红,穿上了带有蕾丝花边的西式长裙,在镜子前旋转着身子照了照,叹口气说:"这两年我都快忘记自己是个女人了!"说着又走到乐云辉跟前笑问道:"'女为悦己者容',你老实说,我到底好看不好看?"

乐云辉痴痴地看着她,点点头道:"轻雪,你是天底下最美丽的女人!"

但是,他们都太了解对方了,在调笑中仍然敏锐地明白彼此都有沉重的心事,为了不打破这难得的、短暂的欢乐,他们都不忍说出内心真正的想法。……直到晚上上了床缠绵一番后,宋轻雪终于下了决心,躺在乐云辉的怀里,一面抚摸着他健壮的胴体,一面柔声问道:"你回国了,有啥打算?是当教练呢还是仍然上前线?"

"你说呢?"

"我在问你,你晓得,不管你咋个决定,我都不会反对,都相信你的决定是正确的……"

"我想我仍然应该上前线,仗还没打完,我又在美国学习了那么久……"

宋轻雪沉默了,只是更紧地搂着他,好一会儿后才叹口气道:"也不晓得这仗哪一天才能打完啊!"

"快了,"乐云辉安慰地回应道,"自从日本发动太平洋战争后,四面用兵,处处树敌,战线太长,岂能持久?灭亡的日子不会太远了!"

他仍然不敢告诉她自己要到驼峰航线去,怕让她更加担心。

乐云辉在家的这十几天,是销魂的、狂欢的十几天,是结婚以来两个年轻人在国难中相聚最长的日子。乐云辉竭尽全力给予妻子最温柔、最强烈的爱抚;宋轻雪恨不得让自己整个身心都融化在他火热的怀抱里,变成他肉体和灵魂的一部分,和他永不分离……

分别的那一天,汽车来接他到凤凰山机场,临走时,乐云辉替宋轻雪轻轻擦掉眼泪,笑着说:"大记者,坚强一点,你放心,我很快就会回来的,只要把日本鬼子赶走,我们就再也不会分离了!"

然而,他的愿望终究没有实现。

第八章　民之魂

一　全民献金

"献金了，献金了!"这一天，江奶姆上街买菜后急匆匆地跑回来，一进门便对宋岚说，"宋先生，你晓得吗？街上角角落落都在吵'献金，献金'，还要在少城公园开献金大会哩，你要去吗？"

这是个星期天，宋岚正在家指点齐齐写毛笔字，字帖是苏东坡的《吏部陈公诗跋》。宋岚一直很喜欢苏东坡，不但喜欢他的豪放旷达，也尊崇他过人的才华以及蔑视成法，敢于创新的精神。对于苏东坡的书法，黄庭坚曾说："余谓东坡书，学问文章之郁郁芊芊，发于笔墨之间，此所以他人终莫能及耳。"宋岚深有同感，因此便让齐齐临帖。齐齐倒很听话，端端正正地坐在方桌前，小手紧紧地握着一支毛笔，虽然写得很吃力，但却很认真，小脸上、小手上都抹上了不少黑黑的墨汁，成了个"小花猫"，看上去又可笑又可爱。

听了江奶姆的话后，宋岚便点点头说："自然是要去的，我们学校的许多教师和学生都要去哩，抗日救国就是有钱出钱，有力出力嘛，大家积少成多，众志成城，总有打败日本鬼子的那一天……"

"我也想去，要不要得？"

"当然要得啊，你尽管去好了，这次献金运动是冯玉祥将军倡导的，响应的人越多越好哩。反正齐齐大了，不用你抱，不用你背，只要牵到他，不要掉了、遭挤到就行了。"

宋岚说得对，这个"节约献金运动"确是冯玉祥发动的。抗战开始以来，为抗日救国，四川民众搞了许多活动，除了蒋介石提倡的新生活运动外，还有扩大生产运动、节约建国储蓄运动、节约运动、献金救国运动等，有政府主导的，也有民众自发的，其中冯玉祥倡导的"节约献金运动"规模最大，筹得的钱财也最多。

"冯……冯啥子将军……他是哪个?"江奶姆又问道。

"他是个爱国将领。"宋岚回答道,"也是穷人出身,十四岁就当兵入伍,从士兵当到将军,打过日本鬼子……曾经说过'当官即不许发财'……他生活朴素,冬天常常穿件土蓝布短棉袄,腰上捆一条粗布腰带,脚上穿双厚底棉鞋,不用洋货和装饰品,屋里的家具粗糙结实,用大碗喝茶吃饭。休息时不赌不嫖,最喜欢的是看士兵操练,常常亲自主持训练,甚至亲自向士兵示范。

"抗战后他曾写过一首标题为《我》的诗:平民生,平民活。不讲美,不讲阔。只求为民,只求为国。奋斗不懈,守诚守拙。志此不移,誓死抗倭。尽心尽力,我写我说。咬紧牙关,我便是我。努力努力,一点不错。

"冯玉祥将军是力主抗战的。他曾统率过西北军,西北军在喜峰口和台儿庄都曾和日本鬼子血战,大家不是常常爱唱《大刀向鬼子们的头上砍去》这首歌吗?这就是歌颂他们的。他还和吉鸿昌、方振武、佟麟阁这些爱国将领一起组建过'察哈尔民众抗日同盟军',收复了被日本鬼子占领的四个县……"

这些故事齐齐听不大懂,但只要有妈妈在家陪着他,他便很高兴。江奶姆呢,听懂了一大半,于是高兴地说:"这个冯将军倒是个好人,献金大会大家都该去了!"

"好人"是江奶姆对人的最高评价。

宋岚没有告诉江奶姆当时冯玉祥的处境——虽然名为国民政府军事委员会副委员长,但因政见不合,又不是嫡系,便受到了蒋委员长的排挤,因而并无实权,只能把主要精力放在宣传动员抗日,到处奔走募捐了。

在抗战十分艰难的岁月里,冯玉祥一身布衣,轻装简从,先在重庆募捐,然后到了永川、隆昌、内江、资阳、自流井、嘉定、眉山、成都……行程几乎遍布全川。为了及时报道,宋轻雪曾跟着他跑过很多地方。

出发前,冯玉祥发表了一封公开信,规定:第一,献金的款项全部用于慰劳前线士兵和购买大炮;第二,本人为推动献金,打电话、写信、坐车、坐船全部自掏腰包,不由公家报销;第三,有钱人出钱,贫穷人不出,绝对不强迫。

每到一个地方,他都会首先在群众集会上现场演讲,宣传抗日救国,然后民众再自动捐献。

成都的献金大会是在少城公园举行的。这一天,天还没亮,宋岚就起了床,先从孙家院子赶到茶店子的学校里去,到学校后,又和老师们一起,带着女学生们从十来里外的茶店子步行到少城公园。

少城公园里人山人海,自动前来参加献金的百姓上万人。冯玉祥演讲后,话音刚落,一位穿着浅绿色印花洋布旗袍、身材苗条的年轻女士便率先从人群中挤了出来,她快步走上台去,从手提包里拿出一个花手绢包着的小包,郑重地打开手绢,原来里面包着只一指宽、一分多厚、黄澄澄的金膀圈,看上去足有二两多重。她捧着沉甸甸的金膀圈对台上的冯玉祥说:"冯将军,我姓陈,这是家母给我留下的唯一遗物。家母在世时曾嘱咐过我要尽心竭力拥护抗战,并教导我要努力支援前线,今天我捐出这只金膀圈,就是为了恪遵她老人家的教导,努力完成她老人家的心愿……"

陈女士的话把在场的人们都感动了,人们向她拍起了巴巴掌,喊起了口号:"万众一心,救亡图存,有钱出钱,有力出力!""打倒日本帝国主义!"……冯玉祥当场便让跟随的人拿来宣纸和笔墨,手绘了一幅《大白菜》送给陈女士,在画上题写了这样一首诗:"大白菜,味正香,同胞常常吃,一定打过鸭绿江!"

他念了这首诗,会场上响起了一片笑声和掌声。

在陈女士的影响下,当场许多女人都抹下了自己的金箍子、金圈子,取下了自己的金项链,拥到台上要求捐献。

争相献金的人们还有走街串巷勉强糊口的小贩,有拉黄包车挣点血汗钱的车夫,有做零工的手艺人,还有衣衫褴褛的叫花子和被人称作"婊子"和"烂舍物儿"的妓女,甚至一些监狱里的犯人也要求警察带领着前来捐款……

画家张大千和严啸虎捐出自己的画作义卖,严啸虎除了义卖另外还捐了八千元;

归国华侨、四川大学学生张蓓菁郑重地捐出了父亲临终时遗留给他的两颗贵重的宝石;

一个小商人将多时辛苦积攒,准备扩大店面、改善经营的一万元钱全部捐出;

一个小饮食店的老板,起个大早,赶做了五十个艾蒿馍馍,用竹筐装了到会场上义卖,被大家一抢而光,小老板将收入全部捐出;

五位在茶楼卖唱的扬琴盲人互相搀扶着来到会场上,把一天卖唱所得全部捐出;

一对青年将结婚的喜宴费和收到的贺仪共一万元全部捐出；

两个小职员当场表示，每月从一百元的薪水里捐出五十元，直至抗战胜利；

慈惠堂的孤寡老人们捐出了两千元；

看守所两百个犯人捐出了一万元；

五个妓女捐出了一万二千元……

最让人们感动的是，两个拄着拐杖的"荣誉军人"来到了会场上，代表"荣军工厂"全体荣军捐出了两千元法币，他们说："这是荣军弟兄们自力更生得到的一点收入，虽然不多，但代表了我们的决心——我们虽然受伤了，残废了，但抗日救国的决心至死不变！"

白须白发的黄老爷爷在家人的搀扶下来到了会场上，老爷爷在台上对大家说："我的孙儿在前线为国捐躯了，他是我们黄家的好娃娃，也是国家的好娃娃。孙儿曾说'宁做战死鬼，不当亡国奴'，他说到做到了，我们当长辈的应该继承他的遗志！国家给了我们抚恤金，这是孙儿用命换来的，我们要全部捐献出来，只当孙儿还在，他还在前线抗战……"

听了荣军和老爷爷的话，宋岚和许多人都流泪了。

人们拥挤着争相捐献，比平时买平价米、平价布还踊跃得多。

宋岚除了捐出全家多日省吃俭用存下的一千元法币外，还从手指上抹下了一只金箍子。

江奶姆牵着齐齐也挤在人群里，怕齐齐被挤坏了，她不断地给周围团转的人们说着好话，请大家让一让，最后她终于挤到了前面，捐出了为儿子做衣服存下的十元钱——这十元钱已经可以买十丈土布，足够给儿子缝一身漂亮的新衣了。

让宋岚感到惊喜的是，前来献金的还有老邻居们——在半边桥大杂院里做衣服的王大嫂、捡瓦的李二嫂、已经搬走的张幺嫂都来了。老邻居好不容易见了面，也晓得宋岚素来没有架子，于是大家便和她摆起了龙门阵。

李二嫂头上仍然照老规矩包了张白帕子，穿了件蓝色家机布上衣、黑土布裤子，外貌没有多大变化，粗手粗脚，快人快语。她告诉大家："我们老李去修飞机场了，说是盟军的飞机要来打日本鬼子。现今捡房子的活路不多，靠我一个人得行。自从狗日的日本飞机来轰炸后，好些房子都给炸垮了，又有好些人搬到了乡下去躲警报，城里捡房子的活路就莫得先前那么多了！"

她还说："我只捐了二十元，本想多捐点，只是手长衣袖短，实在拿不出来，算是千里送鹅毛——礼轻仁义重吧……"

做衣服的王大嫂挎了个大大的蓝布包袱，里面包了二十双崭新的千层底布鞋，鞋子的躺底布上还绣了花，做得结实而又精细，是要捐献的。她一面让大家看看她做的鞋子，一面说："听人说，那些当兵的穿着草鞋就上了战场打鬼子，好造孽啊！十冬腊月天冷了咋个办？本想给他们多做几双，只是家里太穷，又拖个娃娃，一时之间赶不出来，先把这二十双捐了，二天多做一些后再捐……"

梳头和绞脸的张幺嫂重新嫁人后，已经不是张幺嫂了，恢复了自己的名字吕玉芬。她还和宋岚上次遇见时一样，穿了件半新半旧的细布旗袍，全身上下干干净净，头发也卷得很好看，只是眉眼之间带着愁容，宋岚晓得她男人上前线了，便关心地问道："前方有信来吗？"

吕玉芬鼻子一酸，叹口气道："好久没来信了，想给他打封信问问，又不晓得这信该打到啥子地方！听说前方的仗打得很凶险，日本鬼子又是飞机又是大炮，还有坦克和毒瓦斯，他上前线的时候，一个兵还摊不上一杆枪，大家都是在拿命和小鬼子拼啊，也不晓得他是死是活……"说着便抹眼泪。

听了这话，女人们都叹气了，沉默了一会儿宋岚安慰吕玉芬道："你不要担心，没接到消息就是好消息，真要出事了，部队很快就会通知了！我们的武器装备是不如日本鬼子，可是我们是为了保卫自己的国家，我们四万万人都不愿意做亡国奴，你听到过游击队员们唱的歌吗？'没有吃，没有穿，自有那敌人送上前；没有枪，没有炮，敌人给我们造……'今天大家来献金，就是为了让我们前方的战士能有更多的枪炮，能有飞机、坦克！你要相信，不要看日本鬼子来势汹汹，好像不得了，但最后一定会被赶出中国的！"

吕玉芬的脸上露出了一丝笑容："宋先生，你讲得真好，唯愿真的能像你说的那样。我今天来献金，也就是想搭把力，让前方能买些好枪，快些把龟儿子日本鬼子赶出去，叫我们不再过这种担惊受怕的日子……"

她从怀里拿出了五十元法币，这是用一张花手帕一层层包了又包的，另外还有三个发亮的银圆。她说这三个银圆是死去的前夫留下的，她已经存放很久了，现在捐出去打鬼子，前夫一定高兴的。

而最让宋岚意外的是，在捐献的人群中她看见了赵俊扬的侄女赵晓蓉——自从出嫁后宋岚便没有再见过她。赵晓蓉看见宋岚后便挤了过来，紧紧地抓住宋岚的两只手高兴地笑道："婶婶，好久不见了，真想你啊！婶婶，你一点没变，还是那么漂亮!"

宋岚见她人胖了一些,穿了身粉红洋布旗袍,脚下是缎子绣花鞋,气色很好,面庞红扑扑的,眼睛里再也没有过去那种惊慌和忧郁,便笑着回答道:"你才真漂亮哩,越长越好看了!你不是在华阳吗?搬到成都了?"

"去年林家在成都开了个小酒坊,我们老林是掌柜,就搬到成都了。婶婶,我真想你啊!总想来看看你,只是,只是……"

宋岚明白她的意思,便岔开话题道:"你既到了成都,以后见面就方便了,老太爷已经疏散到青城山,我们也搬到了西门外,欢迎你随时过来耍……"说着便把西门外都司庙孙家草房的地址告诉了她,接着又问道:"你们全家都好吧,有娃娃了吗?"

"多谢婶婶,我们全家都好,娃娃两岁了……今天我是来献金的,老林忙,走不开,叫我来,说是保家卫国,人人有责。我们全家捐了五百元,我把陪嫁的一对金镯子也捐了。……妈从乡下出来在帮我带娃娃哩……娃娃乖倒乖,只是男娃娃烦得很,离不得人!婶婶,你有空时,请到我那里坐坐吧!"说着便把酒坊的地址告诉了宋岚。

在捐款现场,宋岚还遇见了宋轻雪,只是宋轻雪正忙于采访,两人没时间交谈,但宋轻雪却采访了宋岚学校的两个女学生,她们把多年来积攒的压岁钱全部捐献了。

抗战后,南京的中央大学医学院、金陵大学、金陵女子文理学院以及山东的齐鲁大学等都迁到了成都,和华西协合大学联合办学,人称"五大学"。冯玉祥到成都后,第二天早上就去华西坝拜见了华西大学校长,以后便站在一张木制的方桌上,向"五大学"两千多学生演讲。要求大家珍惜这里的学习环境,因为这是前方战士浴血奋战保卫的。他一口气讲了两个多钟头,除了鼓励学生们努力学习外,还详细阐述了日本必败、中国必胜的道理。

冯玉祥是基督教徒,礼拜天应朋友之约,又特地赶到成都的四圣祠基督教堂演讲了"节约献金运动"。在演讲中,他介绍了前线军人们的英勇事迹,包括他曾经的部下第三十三集团军总司令、抗日名将张自忠,在枣宜会战中壮烈殉国的经过,号召大家"可以出钱,可以出力,更可以出命!"他的演讲让不少人流下了眼泪,成都基督教女青年会发起了"募捐二十万运动",一位姓邱的女士特地送来了二百元法币,在落款的地方写了这样一句话:"良心稍微醒了一点的一个听者。"

以后冯玉祥又和华西坝"五大学"校长及成都的知名人士发起成立了"中国基督徒节约献金救国运动分会",总会设在重庆,后来更名为"中国国民节约献金救国运动总会"。半年内四川各地的献金便达五亿元。

冯玉祥曾说:"有的人说四川对于抗战是出钱、出力、出命,我说他没有说完全,还有出田、出地、出粮、出汗。这是多么伟大的事啊,这是永远不可忘记的事。"

二 盐都之歌

随冯玉祥一路走来,宋轻雪惊奇地发现,献金最多的城市居然是小小的自贡,献金数量不仅在四川独占鳌头,而且是全国第一,仅在"节约献金运动"中,就捐献了法币一亿四千万元,为陪都重庆献金总额的三倍。个人捐款在十万元以上的上百人,为此,蒋介石曾多次传令嘉奖。

宋轻雪知道,自贡是四川著名的"盐都",她也知道有人曾说"人类的历史是嗅着盐的味道前行",据说黄帝和蚩尤之战便和争夺盐的产地有关,但在她的印象中,自贡虽产盐,但只不过是个小县城而已,因此一直没有给予多少关注。但跟着冯玉祥进行自贡之行后,她的想法彻底改变,不但承认自己的无知,而且对这个小城也刮目相看了。

冯玉祥曾写了一篇《自贡市颂》:"巍巍自贡市,天然一宝地。既是好盐卤,又是瓦斯气。生产复生产,军民赖供给。文化程度高,个个明大义。献金救国家,输将居第一。……巍巍自贡市,贤才多济济。各地都像你,飞机大炮坦克车,齐齐都能买新的。各地都像你,我们一定打过鸭绿江,还我自由新天地。"

宋轻雪写了长篇通讯《盐都之歌》在报刊上连载。

来到自贡后,宋轻雪曾听到一个有趣的传说:据说一位名叫梅泽的人,在晋太康元年出门打猎时,忽然看见一只白鹿在饮用石缝中流出的泉水,他拉弓搭箭射去,但白鹿仍然没有离开。梅泽觉得很奇怪,前去仔细看看,又捧了泉水尝了尝,惊奇地发现这里的泉水原来带着咸味……于是便在这里开始凿井,凿到三百尺深时卤水出来了,把卤水烧煎后就变成了白花花的食盐……这就是自贡盐井的由来。

梅泽去世后，人们建庙修祠，尊他为"井神"，他先后被封为金川王、通利侯，被供奉于井神庙中。

通过实地调查，宋轻雪才真切地感受到了是盐让两个荒凉、古老的村镇变成了新的都市，这里有繁荣的商店、巍峨的银行、新式的医院，也对抗日战争做出了巨大的贡献。

盐在平时，是民众日常生活"开门七件事"中不可或缺的必需品，盐税是国家财政收入的重要来源，而在战时，盐便是重要的战略物资了。自贡这个面积仅有一百六十多平方公里的小城，战前人口二十来万，战后增加到三十来万，其中盐场工人战前约三万，战后竟激增到了十几万，全区有四千左右盐井，做盐工是居民主要的活路。

抗战前，全国共有十二个产盐区，但抗战后，绝大部分海盐产区沦入敌手，大后方人口占全国半数以上，但盐的产量已不足全国的三分之一，江西、湖北等地曾频频发生盐荒。于是，国民政府不但对盐实行了专卖，而且要求主要产盐区自贡的富荣盐场"增产赶运"。

富荣盐场包括自流井和贡井两个盐场，地理相连，原本分属富顺县和荣县。抗战后，随着盐业地位的上升，因盐设市，有了自贡市。以后自贡盐场的产量便占了全国总量的四分之一，保证了大后方广大地区的军需民食。在武汉保卫战后期，鄂西建立战略防线的关键时刻，以及宜昌失守后湖南盐路被阻断的危急时候，两湖军民已有了"宁食一碟盐，胜食山海珍"之说，自贡生产的井盐及时运到，才缓解了抗敌第一线军民缺盐的危机。

"长沙大捷"后，在庆功的时候，指挥长沙保卫战的薛岳将军曾说："长沙大捷，首功在自贡。"

抗战前的自贡和四川许多城市一样，是一个莺歌燕舞，安于休闲和享乐的地方。即使在抗战初期，安定、宣裕的自贡人也是如此。《新华日报》曾这样报道："自流井并不是一个怎样大的都市，热闹的只有一条街。可是这里却具备了大都市的一切条件，有银行，有旅馆，有浴室，有戏园，有漂亮的理发店，也有荒淫与奢侈。有个川戏院，票价五角，天天客满，经常演《新南华堂》《白蛇传》等。有钱的太太小姐们需要看南华堂田氏思春、白蛇传的白娘娘船舟调情……"

但是，日寇的残暴、国破家亡的惨剧惊醒了自贡人。

宋轻雪曾采访过从沦陷区迁来的化学工业巨头、久大盐业公司总经理范旭东，这位总经理带着浓厚的江浙口音慷慨地对她说："本公司的生命已经和祖国交织在一起了……必须破除一切困难，以遂我们服务社会的微末志愿和与祖国共存亡的决心。简单地讲，只要祖国存在一天，我们就会努力苦干一天……虽然含着无限辛酸，遭遇到无限困难，但中国的制盐工业绝不会消灭于敌人的侵略，也绝不会屈服于敌人的炸弹！"

为了解"增产赶运"的具体事实，宋轻雪深入盐场进行了考察，她没有想到盐的生产竟如此艰难，于是对范旭东的话有了更深刻、更具体的体会。

自贡的制盐工艺主要是手工生产，条件十分恶劣。盐场上，高高的天车架在空中，到处飞溅着黑色的卤水，散发着强烈的硫化氢气味。铁绳系着汲卤的两丈多长竹筒，通过天车连接在转动机上，工人们操作着转动机，约八分钟才能从两百五十多丈深的地下汲上一筒卤水。如果不用机车改用人力或畜力，不但劳动强度极大，而且每汲一次就需要半个钟头了。

煮盐的灶房，生产条件更差。一百斤卤水只能煮出十几斤盐，为了把黑黑的卤水变成白花花的食盐，二三十口锅排列着，满屋都笼罩着白茫茫的水蒸气，瓦斯和卤水发出刺鼻的气味，宋轻雪进去后只觉得眼前白茫茫一片，什么也看不见，而刺鼻的气味也熏人欲呕。想到盐工们日日夜夜都守在这里辛勤劳作，以致许多人患上了肺病和眼疾，她的心里更充满同情、感慨和敬意了。

盐工们有"上下手"之分：上手连续工作一昼夜，休息一昼夜，叫"十五班"；下手则一年三百六十五天，每天二十四小时都在当班，叫"三十班"。"三十班"的盐工只有在每烧一锅盐，盐锅盖了盖子结晶成盐时（"烧窖火"时），才能有一点休息的时间。他们在灶房里没有休息室，连简陋的"便铺"都没有，冬天只能在"坐包"上靠一靠，夏天只能在"睡板"上歇稍。而即使"烧窖火"时也不敢放心大胆地睡觉，要随时注意不能把盐巴烧煳。灶房里高温、潮湿、阴暗、恶臭，一口灶挨着一口灶，不仅很容易烫伤、跌倒，甚至会发生掉进盐锅的惨剧，时间长了就会患上各种职业病。

盐工们虽然劳动强度极大，但收入却很低。据宋轻雪调查，他们每个月的工钱只够买几斗米。抗战初期物价还算平稳，但民国二十八年（1939）后全国法币发行额不断增加，物价飞涨，甚至一天打一个滚。（1937年一百元法币可以买两头牛，1939年只能买一头，1941年只能买一头猪，1943年只能买一只母鸡了……）工钱涨不赢物价，盐场便改为发米的折价，烧盐工人每月的工钱本合六斗米价,但牌价公布在先,发钱在后,等拿到钱时,米价早已又涨了,六斗米的钱能买到六斗苞谷就不错了。

尽管如此,为了支援抗战,盐工们仍然努力生产。宋轻雪亲眼看到他们在不分昼夜地淘办起复旧井、凿办新井。久大盐业公司迁川后更带来了许多新的技术,改良了卤井的生产设备和工艺,蒸汽机汲卤、电动机车汲卤、真空制盐、平锅制盐等新技术、新工艺都在极其艰难的条件下先后诞生。战火中,机车汲卤的钢绳无处采购,盐工和技术人员们经过试验,便成功地用篾索代替了钢绳,盐岩井卤淡了,他们试验成功了机车扇水,提高了卤水浓度……

自贡盐场曾遭到日机的连续轰炸。

随着战争的持久进行,自贡盐场的重要性日益凸现,也逐渐被日军注意到了,于是处于大后方的这个小城,也成为日军大轰炸的重点目标,在一年多的时间里便进行了七次、十七批的大轰炸,出动了轰炸机近五百架次,投弹一千五百多枚,炸死炸伤平民近千人。

宋轻雪从有关方面得知,在日本的所谓"百二号"作战计划中,自贡盐场被定为"盐遮断"专题轰炸的中心,目的就是要"切断盐的补给",以造成大后方生产与生活的混乱,迫使中国屈服。

宋轻雪在自贡采访期间曾遇到过一次大轰炸。这次轰炸日军出动了飞机八十一架次,涂着"红膏药"的日机铺天盖地向这个小城袭来,火光冲天,血肉横飞,爆炸声震耳欲聋,七艘运盐的船只被炸沉,七艘被损坏,大量盐井遭到重创,平民死伤近四百人,连医院和天主教堂都未能幸免,一位姓钟的人家,祖孙三代十三口全部罹难……

但是自贡的盐工们并没有屈服。

日机来临时,警报声响起后,一般人会立即进入防空掩体,但盐工们仍然在坚持生产,直到"紧急警报"拉响——日机快要飞临市区上空了,他们才会扎灭炉火,收拾盐锅,覆盖井口,进入附近的掩体。而一些正在熬盐的工人,即使日机飞临时也不会熄火,仍然在坚持熬盐。盐工们用大无畏的爱国精神,在日机的轰炸扫射下,努力保护着井口井腔,坚持生产;装运工人们不分晴天雨天,不分洪水枯水,日夜加紧装运;泥木石帮工人昼夜抢修被炸毁的井房灶房……于是便出现了日机轰炸越凶,盐业产量越高的奇迹,创造了年产盐五百二十万担的最高纪录!战前自贡盐产量不到全国的8%,战后却上升到占全国产量的60%。

宋轻雪曾激动地在报道中写道:"大轰炸后,奋起的自贡民众不但没有像日本侵略者希望的那样形成'普遍厌战情绪',被摧毁了'抗战意志',反而以更大的爱国热情投入了盐业的'增产赶运'以及抗战献金活动中,屡屡创造出新纪录,在中国的抗战史上写下了可歌可泣的辉煌篇章,留下了让后世敬仰的一页!"

冯玉祥到自贡后,曾连续在各种民众集会上发表抗日救国演讲,甚至曾在街头上找人借来几十条长板凳,请老爷爷、老婆婆们坐下后自己站在汽车上演讲。

宋轻雪记下了一次演讲的主要部分。

冯玉祥说:

"我自己不会种地,而自己天天吃着白米饭,不都是老百姓给我的吗?我自己不会织布,而我穿得很整齐;我不会盖房子,然而到哪里都有避雨的房子给我住。这是哪里来的?都是老百姓给我的。

"我们看老百姓家里养的狗,是为了看门的,养猫是为了捕鼠的,养鸡鸭是为了下蛋的,养牛是为了耕田地,养着冯玉祥是为了保卫国民的。

"现在我们的土地丢了那么多,并且许多人都在水深火热中过日子,我觉得自己罪该万死,真是惭愧到了极点。这个话是一点客气都没有,不但我该如此想,这真是我们武装军人的奇耻大辱。……

"为什么要打日本鬼子?因为他杀死了我们的父母妻子儿女,与我们有不共戴天的大仇,这仇比海还深,若是不报此仇,我们活着真是不够一个人味,不像人样。

"如不把他们打出去,我们就要没法子活。各位知道在上海、南京沦陷区里,日本鬼子在车站上任意用枪瞄准我们同胞的脑袋射击,每天总是这样死去的有几十几百,那些人都是我们的兄弟姊妹……我们不痛心吗?……在前线,我们忠勇的将士已不知死了多少,这因为别人的飞机大炮厉害呀!这些武装同志,为了祖国,为了我们在后方安静地过日子,他们用血肉筑起了一条新的长城。

"各位同胞,我们有谷有布,这是由什么得来的,这都是我们武装同志用血肉换来的,他们愿意我们安静地住在后方,我们的将士献上他们的性命。为了我们,他们家里的人成了孤儿寡妇!……人家整个身子都献给了国家,我们该献上什么才对得住国家呢?才对得住良心呢?抗战以来,国土日益狭小,但支出日益庞大,需得大家节衣缩食、踊跃捐献来支撑这场伟大的民族求独立的神圣战争,我到各地说节约献金,就是为了这个……"

连续几天，冯玉祥在公园、剧院、学校、民众教育馆等处连续发表了多场演讲，在他的动员下，全市在伍家坝蜀光中学运动场举行了"节约献金救国大会"。

这一天，蜀光中学的大门上贴了一副新的对联，上联是"目弦高卜式，堂堂正正，从头收拾旧山河"；下联是"有赤血黄金，轰轰烈烈，刮目相看新气象"。献金台正中用民众捐献的七百多枚金戒指拼出了一个大大的"爱"字，四周还有金戒指拼成的长城、大炮、飞机、坦克。献金台对面的山坡上有"还我河山"四个鲜红的大字。

二十多万人口的自贡，到会的竟有四万多人，人们从自流井、贡井、富顺县及十多个乡镇带着献金赶来，组成了老人队、儿童队、妇女队、工人队……大家举着"抗日救国""献金抗战""有钱出钱，有力出力"等大幅标语，敲锣打鼓，放着火炮，吹着军号……妇女们除了捐款，还捐出了金戒指七百八十多只、金镯子十双、金簪子两双。她们把这些金首饰在缎幔上精心地摆出了各种图案，有的是"赤心爱国"，有的是"同盟胜利"。大家还高举着金戒指组成"心"形的被单在街上游行。受到这种爱国情绪的感染，街边的民众也纷纷取下金戒指、金耳环扔在被单里，有些人是从二三层楼上扔下的。

按规定，盐工是免服兵役的，但却有一千多盐工自愿应征入伍。盐工们还在"献机运动"中节衣缩食捐献了"盐工号"和"盐船号"两架飞机，在节约献金运动中又集资捐出了一千万元。

七十七个盐商约定，每人每月捐献一千元，直到抗战胜利。

教师自来生活清苦，但在献金运动中，全市四百多位教师共捐出了五十万元。

妇女队捐出了一万两千双崭新的布鞋。

从沦陷区流亡到自贡、以修理钢笔为生的杨某捐出了自己的全部积蓄一千一百三十五元。另一位青年劳工龚某除捐出了自己仅有的一百元，还捐出了自己当东西的"当票"。

一个老年乞丐弯腰驼背地走上了献金台，从褴褛的衣服里掏出了十七元。七十七岁高龄的乞丐廖某捐出自己仅有的二百九十七元钱时，附了一封信，信中说："我前年遭日本侵略者的飞机轰炸，所有的财产都荡然无存，加上连年贫病交加，以致沦为乞丐。……日前听（冯玉祥）先生演说，得知国家危在旦夕，非群起挽救不可，现将连年乞讨所储的二百九十七元函奉国家，以示爱国不分贫富,一样都有爱心。"在信中,他还希望大家都大发宏愿,一致毁家纾难,以了却他"在有生之年能够看到抗战胜利那一天到来的愿望"。

自贡人陈烈林原为某部副旅长,在潼关战斗中壮烈牺牲,其妻罗洁林生活十分清苦,但却将一只三钱多重的结婚戒指捐了出来,她修书称:"自夫去世,家境清贫,值兹最后胜利将临之际,又适逢冯副委员长来井主持献金大会,洁奉先夫遗志,何敢后人。"

冯玉祥在台上大声地读出了这两封信,感动了台下无数的人,宋轻雪的眼睛也湿润了!

地方法院附设监狱的囚犯代表挑来了一担米,声明是囚犯们绝食三天节约而来的。冯玉祥听后当即就叫他们挑回去,并对囚犯代表说:"谢谢,谢谢,国家已经很感谢你们这种热情了……"

一对靠收破烂为生的夫妻,捐出大洋二十块,当时一块大洋能买一石多米。

一位盐工的妻子夏氏,靠在桥头摆凉粉摊摊为生,毅然捐出了多年来辛苦积攒的两千元。

五十六岁的挑夫涂某将多年来挑粪存下的两百元法币捐出,还给冯玉祥写了一封信,信中说,"我老了,不能到前方打仗,只能在后方服点务,心里很不好过……只好把挑粪挣来的钱,全数献给国家……"

许多小学生都捐出了自己的零用钱,筱溪镇一百个孩子集体提出,以后长期按月捐出一百元零用钱,直到抗战胜利。一位姓侯的富商女儿把父母给她做嫁妆的七十多万元全部捐出,她说:"国家不行了,自己穿得再好又有啥意思呢?越穿得好越莫得人格!"

会后举行了游行,虽是炎夏七月,十分闷热,但宋轻雪看到冯玉祥仍步行着亲自和大家一起参加游行。游行队伍一路口号一路鞭炮,沿途的民众纷纷向队伍里的"献金包"投掷法币,华记五金行首先从楼上抛下了一百元一张的法币两万元,紧接着,长丰、美丰银行、大鹏楼等都投下了巨额献金……一路上钞票承载着自贡民众抗日的激情像蝴蝶一样满街飞舞……

盐业生产让自贡的盐商聚敛了大量财富,个个腰缠万贯,冯玉祥曾说:"自贡是中外驰名之盐都,巨富盐商不在少数,还是要请这些人率先垂范,多多捐输。""最好先劝说一二大户带头捐巨款以带动其他。"并且指名"如东场之王德谦、西场之余述怀,就可以每人拿出一千万元嘛!"

被冯玉祥点名后，最初王德谦、余述怀是有顾虑的——在军阀混战中，各路军阀曾以各种名义敲诈勒索盐商，但随着爱国献金运动的开展，他们都认识到，抗日战争不是军阀间的混战，而是关系民族生死存亡的大事，爱国献金也不同于军阀的敲诈勒索，如果日本侵略者打进了四川，占领了自贡，自己成了亡国奴，再多的家产也会化为乌有了。

余述怀曾顾虑捐输一千万元后，会影响盐场的资金周转，但他的儿子和盐业公会一些负责人劝他，捐出一千万元不但可以博得爱国的美名，还会得到政府和盐务局的扶持，对盐场的发展大有好处，如果一时拿不出这么多钱，可以请盐务局借垫代缴，以后逐月在盐价中扣还。

余述怀解除顾虑后，便爽快地认捐了一千万元。

当时有个标准，如献金超过一千万元的，便请冯玉祥出面，由蒋委员长亲自接见一次，并请省主席嘉奖。余述怀捐款后宋轻雪和记者们都进行了报道，报纸立即登载了，冯玉祥亲自去赴了他的六十岁寿宴，还把自己乘坐的别克小轿车送给了他。

大盐商王德谦是自贡盐场的首富，已经十多年不见宾客，只在家读经礼佛。冯玉祥偕夫人、儿子去拜访了他。

王德谦生活俭朴，吃不重荤，冬天一身粗布棉袍，但乐善好施。信佛的他除给许多寺庙捐助外，还设有"救济折子"，贫苦人家、孤儿寡母凭折子便每月可到他的柜上去领钱、米、油等；每年冬天从腊月十五开始，他都要对穷苦人家施米上千石；谁家死了人买不起棺材，到王德谦井上、灶上求助，也会得到一副棺材和三斗米的捐助。因此在当地有很好的口碑。

王德谦深居简出，更不愿会见军政界人士，听了亲戚们对冯玉祥的极力称赞后才答应和他见面。

见面时，王德谦仅以豆花和回锅肉简单地招待冯玉祥，冯玉祥称赞他："我曾见过很多为富不仁的人，没想到阁下竟富而能仁，乡里交相称颂，能把你的想法告诉我吗？"

听了冯玉祥的话，王德谦十分高兴，便把平日所做的善事说了一些，并感叹道："我常年诵佛，喜流水高山，可惜鲜人了解！"

冯玉祥便道："先生能以人饥己饥之心待乡人，何不效仿弦高，救国家之急，献国士之心？先生不忍鱼之死，何忍千万将士之浴血奋战而不为之输将？先生既能以俭积德，想必能以民族为怀，为国家存亡慷慨仗义……"

王德谦听了后回答道："佛教所说布施，连肝脑也要布施于人，何况身外之物？听说余（述怀）某愿出一千万元，我就在一千万元之外再赠以食盐五百万元吧！"

于是当场便将家里贮存的所有粮谷全部献出，献出的黄谷近九百石，献金总额超过了一千五百万元。冯玉祥立即提笔写了"见义乐为"四个字相赠。王德谦十分高兴，展开宣纸，写了篇骈文回赠，其中有这样一段：

巍巍洋洋，嗟伯牙琴之已碎；凄凄切切，叹白司马之难逢；念天地之悠悠，痛余怀之渺渺。虽古调之自爱，多令人之不弹。

举头遥望秦时月，抱膝长为梁甫吟。乃足来空谷之音，人夸麟趾；朵灿彩云之色，竟说勋麕。

以言乎诗，则词华典雅；以言乎字，则玉润珠圆。

吾国唤作千里驹，孝儒称为读书种，将军足以兼之矣。

两人结为"干亲家"——冯玉祥认王德谦的儿子、女儿为干儿、干女。后来宋轻雪曾问王德谦为啥这样慷慨，他叹息着回答："国事如斯，安忍自利？出钱出力，一本良心，设山河不保，敌寇深入，吾纵拥巨资，又曷能用？"

在王德谦、余述怀的带动下，自贡盐商纷纷捐出巨资，东场一盐商捐出六百万元后不愿留下姓名……

后来，王德谦、余述怀都获得了国民政府颁发的勋章，蒋介石曾决定接见他们，但王德谦称病没有去，只余述怀去了。

三 突兀的"抢米事件"

这是一个春天的傍晚，春天的成都是花的世界、花的海洋，诗圣杜甫曾赞叹"晓看红湿处，花重锦官城"，继白色的玉兰、金黄的迎春、红色的铁梗海棠之后，娇艳的垂丝海棠、雪白的梨花和芳香的"七里香"等又竞相开放，虽然处在战争的魔影中，时时遭遇着日机的轰炸，但春天仍旧来到了蓉城，许多小院里仍然有盛开的鲜花、苍翠的竹丛，让这个后方的省城保留着绰约的风姿。然而，春光并没有给宋岚带来多少欢乐，相反地，最近以来，她的心情一直十分沉重，原因是，她已经感觉到战争给中国的大后方、这个"天府之国"带来了难以承受的重压。

大量政府机关及学校、工厂迁进四川，沦陷区的难民也潮水般涌入四川，黄河花园口决堤后，黄泛区流离失所的难民也在大量进入……辗转进入四川的军民达千万人以上，街上到处都是操着外地口音的"下江人"，数量之多，有的地方甚至超过了本地人。虽然四川张开了自己的双臂，热情地欢迎和拥抱这些身心俱疲、充满伤痛的流亡者，但人们为了生存就必须吃饭，"民以食为天"，于是，吃饭便成了"天府之国"一个相当大的难题。

一千多万人入川，前方的几百万将士也需要粮食，为了让大家都有饭吃，四川许多机关、学校和民众自抗战以后便把过去日食三餐的习惯改成了吃两餐，国民政府还采取了成立收容所、创办集体垦殖农场、划定垦殖区等各种办法安置难民，并大大提高了田赋。然而征敛过高，再加上囤积、舞弊、阻运、抢购等，终于让成都的粮荒现象日益严重起来。

抗战两年多后粮食问题便已经凸现，而且日益严重。陪都重庆和成都等重要城市，粮食库存量急剧减少，甚至到了告罄的程度；湖南前线由于军粮供应不上，将士们已面临断炊。

过去，宋岚从来也没有把"开门七件事：柴、米、油、盐、酱、醋、茶"这些琐事放在心上，更没有为买米的事操过心。虽然家里还没有出现过粮荒，但江奶姆却常常传来邻居家断粮的消息，一些邻居也常来向她借米，虽然每次她都倾力相助，但江奶姆已经不止一次地发出警告："宋先生，我们家的米也不多了……"还几乎每天都会在她的耳朵边念叨："宋先生，米又涨价了！""平价米买不到了！""米店莫米了！"……

江奶姆说得不错，自这年春天以来，米价便开始成倍上涨，每斗米从最初的一元七八角涨到了四元到五元，以后更涨到八元多，翻了几番。而且由于囤积、舞弊、阻运、抢购，粮食的供应便形成了恶性循环。有家报纸曾这样报道："市民为了购两升米，要跑、要站、要挤，才把'米条子'得到手中，忙了半天，'平价米售毕'的牌子一挂，不禁饮泣吞声，失望而去！"

江奶姆曾带回了街坊中许多似真似假的传言，包括"刘湘的老婆刘甫婆在簧门街重庆银行的仓库里囤了好多好多米，这些米都快霉烂了！""大官和军阀们囤的米不少,有的还在平价米中掺进了好多泥沙杂物哩,有的米由于囤积的时间太久,已经长霉了,他们就深更半夜倒进了府河里……"

这年2月初,面对青黄不接的严峻局面,四川的士绅代表十九人联名致电国民政府:"仅田赋一项,一年三征九成,川民已感绝大之痛苦;而各县随粮附加,比较正供,有多至300%,乃至500%者。请中枢体民疾苦,核实紧缩预算,将一切不急之务明令罢免,俾创痛已深之川人得以稍苏喘息……"

但"中枢"的预算不但无法紧缩,而且随着战事的持久进行,有的开支还在不断扩大。

作为地方官的宋峰早就意识到了粮食问题的严峻,曾在给宋岚的信中说:"自1938年10月以来,黄河、长江乃至珠江流域的产粮区已相继沦陷,前方将士和后方民众的粮食已主要靠四川供给,预计四川的征粮总数将占全国的百分之四十,四川和全国的粮食问题将极其严峻。"于是宋岚便想:"抗战以后,成都人已经自觉地普遍把'一日三餐'改为'一日两餐',这'两餐'难道也无法保证吗?公教人员虽然政府按时供应了平价米,但以后会不会取消这种供应呢?'民以食为天',粮食供应一旦出现问题,后方会大乱啊!"

自从宋轻雪把宋岚带进"努力餐"后,宋岚便逐渐养成了一个习惯,闲暇时或是心里有解不开的疑团时,便会到"努力餐"去,在这里,她可以听到许多来自前线的真实消息,也可以参加一些有关抗日救国的专题讨论。这些消息和讨论总是让她眼界大开,解开了心中的许多疑团,扫清了许多困惑和迷茫。在"努力餐",她常常会感觉到一种蓬勃向上的气氛,会遇到一些朝气蓬勃、充满爱国情怀的人,让她郁闷的心情重新开朗起来。

于是这天从学校回来后,她又向"努力餐"走去,想向车耀先或别的人请教一下粮食问题。

下班后她先回家去吃晚饭,这天江奶姆煮的是冬寒菜稀饭。吃完晚饭,她检查了一下齐齐写的毛笔字,给写得好的几个字用红笔画上了红圈,又让娃娃背诵了昨天晚上教他的一首唐诗,然后称赞道:"齐齐真乖,是个好娃娃,也一定是个好学生!"齐齐见妈妈高兴,便歪着小脑袋缠着要她讲故事,她便摸着他的小脑袋说:"妈妈有事要出去一下,你先把脚洗了,跟江奶姆一起等妈妈,妈妈回来就给你讲,好吗?"齐齐点点头,忽闪着大眼睛答应了。

从家里出来后,她便感到街上的情形有些异样,一些人拿着米口袋在街上一面跑一面喊着:"去抢米啊!去抢米啊!"她心里一紧,便加快了脚步向祠堂街的"努力餐"走去。

在"努力餐"找到车耀先后,她问道:"车先生,街上有人在喊'去抢米啊,去抢米啊',咋回事,你晓得吗?"

车耀先清癯的脸上双眉紧皱,摇摇头说:"我也刚听说有人到老南门那边去抢米,详细情形还不清楚……唉,近来成都的米市太乱,米价越来越高,囤米的人越来越多,米店都莫米了,一些靠每天买'升升米'过日子的穷苦人,拿着血汗钱也买不到米,怕是要出事啊!我找人去问问,看出了啥事……"说着匆匆走了。

回家后江奶姆告诉了她一些从街坊邻居传来的消息,说是在簧门街一带有人抢米,还抓了人,上头说抢米是共产党在捣乱……

这天晚上,赵俊扬回家很晚,回来后说是已经在外面和几个朋友吃过饭了,江奶姆送来洗脚水,他洗脚时宋岚便问道:"听说今天南门外有人抢米,还抓了人,你晓得吗?"

"吃饭时听朋友说起过,有人说被抓的是共产党,这次抢米事件就是共产党煽动的……"赵俊扬皱着眉头回答。

"那倒不见得,"宋岚反驳道,"共产党不是一直主张团结抗战吗?我觉得这种行为不像共产党的政策,是不是民众因为买不到米被逼急了才'揭竿而起'呢?"

赵俊扬又皱了皱眉:"我劝你还是少管闲事吧,管他是不是共产党捣乱呢,你又不是共产党,能弄清楚?"

过去赵俊扬对宋岚说话总是温存款款、轻言细语,更不会反驳,但自他从干训班回来后,两人的龃龉便经常出现了。宋岚不想再和他议论下去,这时江奶姆领着齐齐来找妈妈,她便牵着齐齐的小手去睡了,临睡前给他讲了个"小松鼠"的故事。

由于新闻封锁,第二天的报纸上并没有出现有关"抢米事件"的报道。晚上,宋岚又到了"努力餐",才知道头天晚上果然发生了所谓的"抢米事件"。

原来,事件的经过是,由于最近市面上的传言越来越多,米价又天天上涨,不少市民便恐慌起来,听说簧门街的仓库里囤了好多米,这些米都霉烂了,晚上要倒进府河里,于是这天晚上一些人便向簧门街跑去一探究竟,心想要是运气好的话，便能捡到一些霉烂的米……哪晓得这些善良的百姓却上了特务们的当，一心想破坏"团结抗战"成都"复兴社"的特务们，利用民众买不到米的焦急和不满情绪，处心积虑地策划了一次事件——纠集了三青团员、中央军校学生以及地痞流氓三百多人，化装成老百姓（其中有的人甚至没有脱下黄呢制服），从新南门出发，在老南门外吹哨集合，后来便到黉门街去砸开了川陕边区绥靖主任潘文华（地方实力派）的重庆银行仓库。一面砸着仓库一面大喊："抢米啊！抢米啊！"并且故意高呼"打倒下江人！""打倒资本家！""无产阶级万岁！"等挑拨性的口号。

捣毁重庆银行后，特务们组织的队伍分散，到四川银行门口再次吹哨集合，将四川银行也捣毁。

当时，值勤的警察没有得到上面的指示，因而并没有出面干涉、制止，老百姓看到银行仓库的地上满是白花花的大米，也就一拥而上忙着装米，在旁边"看闹热"的百姓也很多……直到深夜十一点，警察们得到指示后才大批出动，抓了一百多个老百姓。

第二天下课后宋岚又去了"努力餐"，听见车耀先正在向聚集在这里的人们说："我想，昨天晚上发生的这件事很不简单，恐怕不会是成都民众自发前去，从各种迹象看来，倒很像希特勒当年玩弄的'国会纵火案'，目的一方面要打击共产党，一方面要打击中立和亲共的四川地方势力，这对团结抗战很不利啊！"

听了这番话，宋岚的心里像压上了一块大石头。第三天，更多的消息传来，证实了车耀先的分析——原来，当天晚上《时事新刊》编辑朱亚凡（共产党员）正在新南门外的印刷厂里阅读刊物的校样时，听见外面有喧闹声，便出去观看，但他一露面立即被特务们拘捕。《时事新刊》是受四川地方实力派邓锡侯资助的进步刊物，编辑记者大都是进步人士，有的还是共产党员。朱亚凡是四川丰都人，曾翻译过列宁的《唯物论与经验批判论》等著作，在上海参加鲁迅葬礼时曾被捕，"七七"事变后出狱，但特务们仍然紧盯着他，这次被捕后仅四天便被枪毙在去青羊宫的城墙边，死前嘴里还塞满了烂布……

国民党新闻检查所给各报社发了通知，不准登载事件经过，特务头子也向记者们宣布："审问情形不得过问！"

紧接着，委员长成都行辕、成都警察局、军统及国民党四川省党部经商议后便公开宣布，此次事件是共产党发动的，利用"春荒"之机，率领民众到仓库抢米,从而"扩大民众对政府的不满情绪",以便组织武装暴动。车耀先、罗世文(中共川康特委书记)和一大批共产党员被秘密逮捕,连一些积极参加抗日宣传和中苏友协活动的医生、职员、学生也被抓了起来,被捕的上百人,《时事新刊》被查封。被捕的人员中,有四人被刺刀戳死在龙泉山上,数人被活埋,车耀先、罗世文等被押到重庆军统监狱。(以后两人又被押到息烽监狱,特务多次策反遭拒绝,抗战胜利后被押回重庆中美合作所白公馆,遇害于松林坡。这是后话。)

但实际上正如车耀先分析的,这是一次仿希特勒国会纵火案的卑劣行径,目的是栽赃共产党,以便发动一次反共高潮。

大批共产党员被捕了,但米价仍在继续上涨。成都的"抢米事件"已影响全川,一些县城也发生了抢米和"吃大户"的事件,以致蒋介石不得不给他的亲信成都行辕主任兼省政府秘书长贺国光和川康绥靖主任邓锡侯发来急电:"据报成都米价陡涨,确系奸商大贾囤积居奇抬价,应即查明,不许再有囤米、买卖仓飞(购米票单)交易!"

当年6月,米价涨到每斗七元后一直居高不下,成都市政府发放了贫民购米证,但是问题并未解决,到7月初,市面上已经买不到米了,米价疯涨到每斗十一元以上!情况更加恶化,市民到处争购,为买到一点糊口的米,常常你抢我夺、打架骂架,再加上日机对成都加强了轰炸,全市陷入混乱……

宋岚家的情形还好,仗着她和赵俊扬都是公教人员,赵俊扬又曾在干部训练班受训,因此家里一直有一些平价米供应。而江奶姆又善于持家,看到灰面(面粉)比较好买,价钱又便宜一些,便常常多买一些放在家里,虽然四川人不像北方人那样善做面食,只能胡乱做些简单的"面疙瘩"之类,但却不会饿着肚子。而齐齐和江有仁又都很喜欢吃"面疙瘩",因此她家倒没有受到"米荒"的多大影响。

只是宋岚心里很难过,她曾多次下课后故意绕道祠堂街,去看一看"努力餐",但结果总是让她失望,"努力餐"进进出出的只有军警和一些像"便衣特务"的人,再没有接待过顾客。不久后,门上竟贴上了封条。

她常常想起在"努力餐"参加过的集会,以及会聚在那里热情洋溢、充满理想的人们,也常常想念着车耀先和他创办的《大声周刊》。成都发生这次事件时宋轻雪正在重庆,后来了解到这次事件的经过以及车耀先等人被捕的详情时也叹息不止,感慨地对宋岚说:"如果我在成都,可能会去现场采访,也就会被捕甚至被枪毙了！"

"不是说团结合作，一致对外吗？咋能外敌还没打跑自己就同室操戈呢？"宋岚也叹息道。

"这就是大人们的政治啊！其实哪有啥真正的团结合作、一致对外？听说好些有共产党背景的人都已经人人自危，有的准备躲到乡下，有的准备逃往外地哩……"

直到9月初粮食问题仍然没有解决，军政部不得不下令，因部队士兵粮食严重不足，改为日食干饭两餐！

这年年底，成都市长杨全宇以操纵市场、囤积居奇的罪名被枪毙——其实他只是替罪羊，据说军法总监曾认为，杨全宇囤积的粮食不到一千石，未构成判处死刑罪，但蒋介石看到粮价仍然在暴涨，囤积之风愈演愈烈，于是决心将杨全宇以囤积粮食之罪处死，借人头以平粮乱。

杨全宇是抗战以来继第五战区副司令长官、山东省主席韩复榘之后，第二个被枪决的高官。

杨全宇被枪决后，各地囤积居奇之风有了一些收敛，但粮食的供应仍然是一个大问题。重庆和一些大城市存粮即将告罄；抗日前线，特别是湖南前线，由于军粮供应不上，已经到了即将断炊的地步。如存粮卖尽或军队断粮，后果都不堪设想。连宋岚家也感觉到了压力，江奶姆已经多次抱怨"买粮难"，警告宋岚再也不能把粮借出去了！

于是国民政府宣布，对重庆和四川各大中城市居民、公教人员、学生及家属粮食及生活必需品实行计划供应，粮食由中央直接统管，成立全国粮食管理局，由在宜昌大撤退中功勋卓著的卢作孚任局长。为节约粮食，支持抗战，所有公教人员、学生全部一日两餐，严禁酿酒及制售精白米……

四 献粮、借粮

卢作孚结束宜昌大撤退的指挥工作后，作为国民政府的交通部次长，他便集中精力解决紧张的战时运输问题，为大后方的公路建设忙碌着，谁知竟突然接到了出任全国粮食管理局局长这个新的任命，大出意料。但当他了解到粮食问题已经迫在眉睫，重庆和一些重要城市库存即将告罄，湖南前线即将断炊时，便立即行动起来。

当时,最主要的抗日战场在湖南长沙,驻守长沙的第六战区司令部曾一再电催运粮,最紧急的时候,战区司令长官陈诚曾亲自打电话给卢作孚。

卢作孚受命于危难之际,上任后便以最快的速度摸清了粮食供应情况,并建立了新的管理体系。调查了十二个专区的三十多个县后他认为,粮食供应不上的主要原因不在于各地的产量,而是由于粮食管理部门层层官僚的拖延、推诿以及不负责任,没有想法把广大农村的粮食及时调运出来、集中起来。他研究了各个县乃至许多村的交通状况后,便提出了一个著名的"几何计划"。这个计划的要点是:在公路和水路边划定一些集中点,把偏远的、没有公路地区的粮食先用人力运送到邻近的集中点,集中点再用汽车或船只把这些粮食运到重庆以及交通要道上各城市的政府粮仓中。

卢作孚花了几天和几个不眠之夜,亲自选定了最合理的粮食集中点和运输路线,在他日夜辛劳的策划和督促下,粮食运输的难题终于迎刃而解。

集中车辆和船只后,一星期之内第六战区所需的粮食也如数运到了前线。

运输问题解决后,紧接着各地便成立了捐献军粮委员会,全国开展了轰轰烈烈的"捐献军粮运动"。规定"凡县、市、镇、宗祠捐献 3 万市石以上(或代金 100 万元以上)者,呈请国民政府颁建纪念坊;1 万市石以上(或代金 35 万元以上)者,呈请国民政府颁建纪念碑;5000 市石以上(或代金 17.5 万元以上)者,呈请国民政府颁给匾额;3000 市石以上(或代金 10 万元以上)者,由省政府颁建纪念碑;1000 市石以上(或代金 3.5 万元以上)者,由省政府颁给匾额"。个人捐献也按数量多少分别由国民政府、省政府或县市政府颁给金质奖章、银质奖章、匾额、奖状、奖牌乃至建碑等各种奖励。

经过各个地方的宣传动员,以及一些地方绅耆的倡导,各地的民众"风尚蔚成,接踵争献"。全省一百三十七个县市中,有一百二十九个进行了捐献。短短几个月,仅捐献的军粮便达四万多石。农民们听说前方和城市的粮食告急后,纷纷加入了运粮的队伍。没有汽车,破衣烂衫、面黄肌瘦的他们,在崎岖的山路间、泥泞的小路上,用肩挑、用背篼背、用鸡公车(独轮车)推,硬是把上百万吨谷子从分散的、边远的乡村,运到了指定的地方。其中,仅贫穷的巴中一带就动员了三十万农民运粮……连"地瘠民贫"的康定,藏汉农民也每年把两千石粮食交给了国家……

茗县自宋峰担任县长后，清了匪，禁了烟，还在农业专家于刚的帮助下，建立了推广农业技术的实验农场，引进良种，改良耕种方法，提高了全县的粮食产量。

在"捐献军粮运动"中，宋峰也曾亲自出面宣传，但他也深知百姓生活的不易——抗战以来，为支援前线，税赋不断增加，此外还有各种"派募"，诸如救国公债、节约建国储蓄、战时公债、伤兵棉被衣裤费、鞋袜劳军费、乡镇公益储蓄券等。"派募"之外又有"地方自筹捐款"，包括军粮谷再度集中费、慰劳出征将士费、出征壮丁安家费、枪炮烙印手续费、建修补充军营房费、整编保甲费等。林林总总各种"派募"和"捐款"足有四五十种之多。作为县长，他虽然想了很多办法希望能减轻民众的负担，但大环境如此，"杯水车薪"终究无济于事。

而国民政府除了"田赋征实"外，在四川还实行了"征借"——向农民"借"粮食，于是农民们只能束紧裤腰带，把仅剩的一点口粮也都"借"给了国家。有户农民一家八口，辛辛苦苦干了一年，把粮食交给公家后，一家人望着空空的箩筐大哭一场，回去后上山挖观音土，把一些苞谷粉掺在观音土里填进肚子……全川像这样吃观音土的农民不在少数。有的衣衫褴褛、瘦骨嶙峋的农民推着鸡公车在交公粮的路上饿得晕倒，但他们却不愿吃一粒箩筐里的粮食！

因此，对捐献军粮宋峰最初并没有寄太大希望。

然而，出乎他的意料，一听说前方需要粮食，百姓的捐献竟十分踊跃。有的说："军队在前方打仗，不吃饱肚子咋行？只要能打胜仗，把狗日的日本鬼子打出去，我们吃糠、吃红苕藤藤也愿意！这总比让日本鬼子杀进来强！"有的说："我们自己的年轻子弟都在前方打仗，他们在流血拼命，我们说啥也要给他们扎起，宁肯自己饿肚子也要让他们吃饱……"

许多贫苦农民勒紧裤腰带、口省肚落地捐出了黄谷或苞谷三升、五升、一斗、两斗……

一位婆婆，儿子到前方去打仗了，她没有余粮捐献，便把心爱的小猫卖了，买了几升米捐献；

一位农民卖了自己的耕牛，换了黄谷后捐献，宋峰知道后立即退回了他的黄谷，并帮他把耕牛追回，勉励他："要好好做活路，以后好多交一些公粮！"

一位青年农民捐出了贮存三年、准备结婚用的稻谷五十石；

一位年近八旬的老农捐出了全家全年的收入——稻谷六十石；

一位寡妇带着年幼的孙子来到"茗县捐献军粮委员会"，含泪说："先夫遗有薄田，数十年来办学、救济孤贫，但本年歉收，孙小，一门无丁杀敌，愿将祖遗的伞业变卖，敬献军谷……"

县立中学校长、师生七十五人，捐献一万九千八百元（当时校长的月薪仅一百元至一百二十元，一般教员仅五六十元）；

许多乡绅都捐粮五百石，一位姓王的乡绅捐了一千石，大粮户李某捐谷三百石后又捐献法币一万元……

不到半个月，茗县十个乡镇便捐粮八千石，提前超额完成了任务。在庆祝大会上，宋峰含泪向全县士绅和民众三鞠躬，感谢大家为抗日救国做出的贡献。

短短几个月，全川便捐出黄谷十一万余石、白米近两千石、杂粮一千七百多石、代金三百七十四万余元。经过卢作孚昼夜不停的组织和指挥，各地的粮食被源源不断地运到了政府的粮仓里，粮食危机终于被化解了。

此后，成都和各地再也没有发生过抢米事件和缺粮的恐慌。但只有卢作孚的家人知道，在这几个月中，不只白天，就是每天晚上回到家里后，卢作孚仍然得不断地对着长途电话喊叫，询问各地的运粮情况，及时发出各种指示，直到深夜甚至黎明。他的声音嘶哑了，原本并不健康、患有多种疾病的身体，竟出现了脉搏间歇跳动的恶兆，全家不得不搬离北碚，到重庆的郊区租了三间小房居住……

然而，卢作孚并没有放下繁重的工作，在躲避日机轰炸的时候，站在稻田边，他曾问自己的孩子们："你们说，世界上最香的是什么？"孩子们齐声回答："稻香！"卢作孚笑了。

粮食问题解决后，四川省政府拨出了面粉一万斤救济生活困难的"抗属"；成都市发售了平粜米救济贫民。

一年后，粮食问题全面好转，卢作孚辞去了全国粮食管理局局长职务，回到交通部，继续处理战时十分重要的交通问题。

自民国三十年（1941）到抗战胜利的五年内，四川共征收稻谷八千二百多万担，约占全国总量的40％；全国稻麦总量的32％。每年一月到九月秋收以后，在崎岖的山路上、蜿蜒的田坎边便有无数衣衫褴褛、满脸菜色的农民挑着担子、背着背篼、推着鸡公车去交粮。他们宁肯自己吃红苕藤藤、吃厚皮菜叶子，也不愿欠下国家的粮赋。川北巴中一带苦旱三年，辛苦一年交了公粮后，农民自己只得吃观音土掺红苕藤、苞谷面,但农民们却说:"军队在前方打仗,要是吃不饱肚子,就是有条命也莫法拼啊!……只要能打胜仗,能把狗日的日本鬼子打出去,让我们能过上太平日子,暂时吃苕藤树叶,也有想头啊!"

第九章 薪尽火传

一 天堂"坝上"

"收拾起山河大地泪眼望,去后方。历尽了,渺渺途程,漠漠平林,垒垒高山,滚滚大江。似这般寒云惨雾和愁苦,诉不尽国破家亡带怨长。雄城壮,看江山无恙,谁识我一瓢一笠走他乡。"

这是抗战时一部纪录片的主题歌。

富饶的物产与难破的天险,让蜀地成为抗击日寇的最佳腹地,郭沫若曾有诗:"一成一旅能兴夏,次日谁嗟蜀道难?况复中原文物尽,仅留福地在人间。"

抗战开始后,大批学校内迁,有的校长、老师上完"最后一课"便开始流亡,萧乾曾写下:"1937年7月,一声炮响,全面抗战开始了,8月我就流亡、失业到汉口……兵荒马乱,国家在受殃,人民在遭殃,太阳牌的轰炸机在郊区、在珞珈山上空盘旋,惊慌失措的民众在地面躲藏,一声声隆隆,一阵阵扫射。转年,武汉连同半壁河山一道断送给敌人。"

汉口沦陷之后,迁川更出现高潮。

而国民政府对南迁并没有未雨绸缪,做出通盘计划,除"七七"事变后教育部宣布由北大、清华、南开迁长沙组成临时大学外,对别的大学并没有全面考虑。以后三大学组成了临时大学筹备委员会,由三校校长任常务委员,蒋梦麟负责总务、梅贻琦负责教务、张伯苓负责建筑设备。南京失守,长沙遭轰炸后,学校又由湖南迁到云南昆明,成为著名的"西南联大"。

更多的学校则迁到了四川。

大批学校及文化机构迁入四川,形成了国内教育在四川集中的新格局。迁川的高等学校有五十所、中等学校有五十五所,其中迁到重庆的最多,其次是成都。迁到成都的高等学校共七所、中等学校四所。还有一些大学迁到四川别的地方，如国立同济大学迁到了南溪县的李庄，武汉大学迁到了嘉定，东北大学迁到了三台县，等等。

对迁川的上百所大、中学校，四川省在校址选用、人员安排、经费与管理各方面都给予了较为妥善的解决。在经费十分困难的情况下，对迁川学校仍有专款补助。

在学校搬迁的同时，还有大批师生在战乱中和原先的学校失去了联系，自己流亡入川。四川省教育厅对他们也及时进行了登记和安排，教师安排到有关学校，宋岚任教的省女中便曾安排了两位老师，其中一位是她熟悉的武秉钧。流亡学生则安排继续上学或到职业指导所——这是省教育厅与黄炎培中华职业教育社合办的机构，专为流亡学生设立的。对不能就业、还须继续读书的学生则尽力安排到本省的学校内，来到省女中的沈瑶琴、谢芳菲等就是这样的学生。有名的私立学校树德中学历来是不收转学生的，但经教育厅协商，仍然收下了来自战区的借读生；四川大学也为借读生提供了方便。

大批学校西迁，给封闭的四川盆地带来了文化上的繁荣、观念上的更新，促进了四川省教育、文化事业的发展。大师们来到四川，人文荟萃，不仅为四川培养了大量人才，也在发展工农业生产方面做出了贡献。

抗战时的文化西迁，除西南联大所在的昆明外，还有"三坝"和"李庄"。"三坝"即汉中的"古路坝"、重庆的"沙坪坝"和成都的"华西坝"。汉中以古路坝为中心，组建了"国立西北联合大学"，由于所在地北接秦岭、南邻巴山，交通不便，缺水缺电，生活艰苦，人们戏称之为"地狱"。沙坪坝地处陪都，位于嘉陵江旁，有重庆大学、教育学院、中央大学、上海医学院等，成为一座新的大学城，条件比古路坝好得多，故称"人间"。而华西坝呢？地处"天府之国"的中心花园，校园内有漂亮的中西合璧建筑群，以及大片碧绿的草地、茂密的树林、潺潺的溪水以及碧波荡漾的湖泊，因而有人称之为"天堂"。西南联大的罗常培教授到华西坝参观后曾感慨地说："看惯了我们那茅茨不翦、蒿莱不除的校舍，来到此俨然有天上人间之感。"

民国二十四年（1935）华北事件发生，民族危机震撼了华西协合大学，校长张凌高（四川璧山县人）呼吁青年要"以国民道德为武器，抗日救亡"。"七七"后国土频频丧失，沦陷区一些大学急电华大，要求迁至该校，张凌高代表学校慨然应允，动员全校腾出教室、礼堂、过道、走廊、教员宿舍等予以接纳。先后接纳了燕京大学、金陵大学、金陵女子文理学院、济南齐鲁大学医学院和苏州东吴大学生物系。还向四川省政府和纽约联合托事部申请到了一些拨款，帮助西迁学校建起了校舍。

抗战爆发后的第二年，张凌高又倡议各大学校长和各系处定期举行联席会议，走上了联合办学的新路。以后各大学根据师资和自己的专长统一安排，分别开课，大大提高了教学质量。

西南联大有学生三千左右，设有文、理、法商、工、师范五个学院、二十六个系；华西坝五大学也有学生三千人左右，设文、理、医、农、教育五个学院、六十多个系，有规模巨大的图书馆和博物馆，所藏四川方志为全国之冠，博物馆里有古物、医牙科和自然历史三个展馆，馆藏文物达三万多件，为西南之冠。

除了以华西坝为中心的"五大学"，成都其他内迁的高等学校有中央大学医学院、上海光华大学、山西铭贤学校，和成都原有的四川大学、省立艺专和川康农工学院等，共同形成了近万名学生的大学群。川大校本部和文理法三院疏散到峨眉后，华西坝在教育和文化方面的影响进一步提高，强烈地吸引了成都乃至全川大量文化人和学人，宋岚、宋轻雪乃至赵俊扬等都常来此参加各种活动。

民国的文人们包括成都的学人长期以来都称华西坝为"坝上"，正如称上海为"海上""沪上"，杭州为"湖上"一样。有的人特别是年轻人羡慕这里的"洋气"、时髦和富有；有的人却嗤之以鼻，认为它浅薄、俗气，聚居的是有钱的"假洋鬼子"。在宋岚的记忆中，过去川大不少老师和学生便有这种看法，他们宁愿在川大就读，而不愿去华西坝。但在抗战后，华西坝却"华丽转身"，随着"五大学"的出现，这里俨然成了成都的名片，成为一个大师云集，充满文化和时尚气息，被人艳羡和尊敬的地方，让人刮目相看了。

幽默、乐观的成都人是喜欢"看稀奇"的，"看洋娃娃放学"便成为许多人每天的娱乐项目之一——下午四点半，放学铃声响起后，校门一开，一群群金发碧眼、衣着美丽的"洋娃娃"便活泼地从宽大的阶梯蜂拥而下，说说笑笑，还会说四川话……

二十多年前的华西坝，本是一片"坟包地"，半是荒冢半是稻田。19世纪末，美国传教士、文学博士和神学博士毕启来华传教，办起了小学和中学。20世纪初，中国政府着手筹办大学，教会人士也把目光转向了大学。经毕启与英美会的启尔德博士、公谊会的陶维新先生联系，多方奔走和游说后，美国、加拿大以及英国的一些机构携手合作，1910年正式确定试办一所高等预备学堂——华西协合大学，毕启当选为首任校长。

加拿大的启尔德博士在成都也是个很有影响的人物，刚来成都时，仅过了两个月妻子便因霍乱去世，失去了爱妻的启尔德在四圣祠街建立了成都的第一家西医医院——福音男医院，后来更名为仁济男医院。两年后，他和来到成都的另一位加拿大女士、医学博士阿尔芙莱塔·纪福德（中文名字启希贤）结婚，启希贤又创办了仁济女医院，两人还合办了成都第一所护士学校。宋岚生齐齐时，就是请仁济女医院医生接生的，在分娩的过程中，女医生不但采用了科学的助产办法，而且一直站在旁边握着她的手亲切地鼓励和安慰她，给她留下了很深的印象。

宋岚记得，最初一般人并不相信西医，有人甚至说，洋人的药是用拐骗娃娃的眼珠子做的。为了宣传西医，启尔德曾花钱请打更匠打更时帮忙做广告：

各家各户，注意听到！
洋人诊所，都在说好！
免费看病，分文不要！
四圣祠街，要去请早！

由于疗效好、态度也好，医院终于得到了成都人的信任，口碑越传越广。

以后启尔德回国休假时染上肺炎去世，他的妻子启希贤独自又回到成都，一直工作到七十岁才返回加拿大。

华西大学建校时，为了得到地方在经济上的支持，毕启每购买一块地便会先去拜访地方长官，在他的游说下，袁世凯和四川都督胡景伊、省长陈廷杰都曾进行过捐助，民生公司的卢作孚也曾向华西大学捐款。

为了办好大学，毕启曾十五次横渡大西洋回到美国，募集资金上百万美元。直到抗战时，他仍然不顾自己年老体弱，长途奔波，到美国募集了大量医药物品和建筑材料运到中国。

为了保证办学质量，华西协合大学不仅广聘英国剑桥、牛津，加拿大多伦多以及美国哈佛、耶鲁等名校的博士任教，还网罗了许多具有真才实学的中国学者。在毕启的倡导下，华西大学兴办了医科、牙科、药学及农艺专科、农艺系、乡村教育系、乡村建设系等。

毕启聘请了英国著名建筑师协助设计，修建了教学、科研和办公大厦、教员住宅，建筑具有中西合璧的风格，坚实而美丽。校园里芳草萋萋、嘉树婆娑、溪流潺潺。中式外观，西式内涵，融中国古典园林与西方宫廷花园于一体，在中国古典外形的建筑里，包含了完全西化的室内装饰，如巨大的落地窗、壁炉、穹隆之顶等。整个建筑群以钟楼为原点，向南向北延伸为中轴线，主要建筑向东西展开，形成约为品字形、错落有致的格局，一色的青砖、黑瓦，间以耀眼的大红柱，在西式建筑中融入了具有中国古典建筑风味的飞檐、斗拱、雉堞、脊饰……

华西坝有巨大的草皮足球场，即使下大雨也有很好的排水系统，是亚洲最好的球场之一，抗战时这里的足球队很有名。英国皇家空军曾在这里举行足球比赛。当时整个亚洲都还不知道什么是垒球，而华西坝已经有了垒球比赛。

从 20 世纪 20 年代乃至 40 年代初，一些穿着西式长裙和中式旗袍的太太、小姐或女学生，以及西装革履、打着领带的洋人和他们的中国学生，会在漂亮的小洋楼里喝下午茶，用炭火烤着吐司，喝着华西坝奶房里的牛奶或纯正的蒙山红茶……

抗战后一下子迁来了几千师生，校园变得十分拥挤了，健身房改成了阶梯教室，见缝插针地修建了一些临时宿舍，还租了民房、道观、文庙……上课时，有的老教授会坐着鸡公车来到学校，一些学生不得不在陕西街和华西坝之间来回奔跑；金陵大学的男生住红瓦寺，距华西坝五六里，只有一条蜿蜒泥泞的小路，校长陈裕光便带领师生们突击几个月，修出了一条"金陵路"。

英国生物学家和科技史专家李约瑟曾这样描写华西坝："该大学令人称羡的是校园里中西合璧式的建筑，它是当今'自由中国'所有大学中最好的。该校友好地接纳了另外四所疏散于此的其他大学（他们原来都是教会学校，现称为私立大学以有别于国立大学）……"

首先迁到华西坝的是金陵大学。在教育部的斡旋下，金陵大学在南京沦陷前便租了三艘轮船到汉口，1938 年元月初入川，3 月便开学了。

随后迁来的是齐鲁大学。一部分动身较迟的师生在路上跋涉了上万里，他们是由济南经青岛、上海、广州、香港、昆明、重庆最后到达成都的。有的人从上海到了香港后还不得不绕道越南的西贡或海防，经昆明、重庆来到成都。

最后来到的是燕京大学。师生们冒着生命危险，穿过沦陷区，有的甚至一路乞讨才来到了大后方。

"坝上"大师云集、精英荟萃。人文学者有陈寅恪、吴宓、钱穆、蒙文通、吕叔湘、文幼章、冯友兰、顾颉刚等；理工科有生物学家刘承钊，地理学家刘恩兰，数学家赖朴吾、魏时珍，天文学家李晓舫，皮革学家张铨等。大师们在战争的环境中潜心教学、潜心研究，安贫乐道，硕果累累。中外政界名人华莱士、尼赫鲁、冯玉祥、孔祥熙等曾在这里演讲；著名学者和作家林语堂、李约瑟、海明威等曾在这里做学术报告。

燕京大学的新闻系，是亚洲第一个也是远东最好的新闻系。燕京大学迁到成都后，成都便成为战时中国新闻教育基地及新闻中心，培养出了许多优秀的记者。年轻而已有一定知名度的宋轻雪曾受邀来此举办讲座，讲的是"战地采访"，她的职业道德和冒险精神曾让许多人感动。她的许多同事也曾来此，有的进行学习，有的举办讲座。

人类学社会学方面，影响深远的"华西学派"在抗战中崛起。教授和专家们深入社区进行研究，参与社会改良，从事田野考古，进行博物馆建设，进行语言学、文化人类学的考察，服务边疆与农村的边政学、乡村建设学勃然兴起。

金陵大学农学院被专家们称为"中国最好的农学院"，拥有一流的中外农学教师一百多人。和地方政府在仁寿、温江、新都等地联办了"农业推广实验区"，在农村成立了农会、合作社，开办了农业学校，建立了保健站和书报室，宣传科学种田，向农民无偿地提供小麦、棉花、猪、鸡等优良品种。金大的园艺系是全国第一个园艺系，在园艺场中试种成功了番茄、洋葱、花菜等被成都市民视为"珍稀"的蔬菜。番茄被成都人称作"西红柿"，原产于墨西哥、秘鲁一带，移植到中国已有几百年历史，但人们一直很少食用，而在华西坝，番茄炒鸡蛋已是这里的一道名菜。内迁到南溪县李庄的著名建筑学家梁思成，曾专门前来索要番茄的种子。

正是在农学系和园艺系专家们的努力下，四川出现了"百万华棉""小麦2905"，江津和金堂的广柑，龙泉驿的水蜜桃以及牛奶、梅花等一大批优良品种。

学校为中国培养了大量农林部门及农科部门的专家，并在中国创立了农业经济的"技术学派"，完成了全国土地与农场调查。

美国副总统华莱士访华时，曾专程到成都参观了金陵大学和金大农学院与四川农改所联办的农业展览馆。

华西坝是战时中国的医学教育和临床中心。华西协合大学医学院本就拥有一流的校舍、教学设备和临床医院，战时又先后接纳了西迁的中央大学医学院、齐鲁大学医学院，实力更强。各医学院在联合办学的基础上建立了联合医院，名医和教授云集，教学和医疗水平都有很大提高，创办了面向全国的权威医学杂志《中华医学杂志》（英文版）。中大医学院的外科和内科，齐鲁大学医学院的病理学，华西协合大学的牙科、药学、眼耳鼻喉科都中外闻名，享有盛誉。

金陵女子文理学院校长吴贻芳以"培养为国家社会服务的高层次妇女人才"为办学理想，培养出了一大批赫赫有名的女院士、女将军、女教育家、女指挥家……

金陵女大的钢琴房常常会传出优美的琴声，音乐家喻宜萱、郎毓秀不时会在华西坝举办音乐会……

华西坝的学生中有许多名门之后，张澜、居正、黄炎培、张治中的女儿，袁世凯的孙女等人都在这里读书。坝上各种讲座、社团组织、课外活动让人目不暇接。和这里中西合璧的建筑一样，坝上人也兼具中国传统思想与西方现代观念。校长们不赞成校园政治，但也不实际干预。抗战时，五大学秉承"抗日救国"精神，成立了"战时服务团"，组织了军训，每周给学生们进行抗日爱国的教育，曾请冯玉祥到学校发表《坚持抗战到底》的演讲，冯玉祥写了"还我河山"四个大字赠送张凌高及全校师生。

宋轻雪曾在一篇文章中剖析："四川，自然环境的限制有了'蜀道难'，交通的制约让蜀人向外开拓变得艰难，而都江堰创造的'天府之国'，又让蜀人产生了'自我满足'的心态，以至'俗尚纤啬，昧于远图'，但同时也让蜀人变得好客、包容，对外来者不但不会排斥，反而十分友善，对外来文明充满了渴望。深层次剖析，正是因为这样的文化基因，在抗战期间四川才能热忱地接纳数以千万计的外来人口，并形成了文化事业的空前繁荣。"

当然，任何事物都有正反两面，华西坝也有被人诟病的另类风景。当时最时髦的是jeep girl（吉普女郎），她们花枝招展地和美国士兵一起坐在吉普车上兜风，招摇过市。新津机场建成后，"飞虎队"从这里轰炸东京，一些美国飞行员就住在华西坝，他们的一些家属也曾来到华西坝，而一些"吉普女郎"也来到了这里。

华西坝不但是"五大学"的所在地，也是专家、学者、社会贤达、国际友人、权贵、名媛、交际花聚会的场所，几乎每天都有派对、讲座和舞会，让抗战中的成都五光十色，抹上了华丽的、国际化的色彩。来到华西坝的人，有的忍受着万里跋涉之苦，以独特的"文化抗战"精神和崇高的气节，虔诚地保卫和传承着民族的文化薪火，服务民众，培育新人。但也有一些人是为了猎奇、炫耀、追求时尚，甚至寻找飞黄腾达的捷径。

军阀杨森的姨太太蔡文娜抗战时便曾在华西大学的社会学系就读，打网球时认识了口腔医学院的一位男生，两人相爱并悄悄商定毕业后即逃离樊笼去到美国，此事被杨森察觉后，寒假期间蔡文娜回到重庆时便被杨森枪杀，成为重庆和成都轰动一时的新闻……

二 异心

"坝上"实行的是教授治校，拥有许多"大师"级的专家和教授。华西协合大学文学院院长罗忠恕在英国牛津大学提出了中英文化合作计划，蒙文通、顾颉刚、钱穆等随后便组织了东西文化学社，李约瑟、海明威、林语堂等纷纷到华西坝讲学并进行交流，爱因斯坦、罗素等也来函表达了沟通的愿望。

海明威除在华西坝演讲外，还在成都的商业街住了三个月，完成了名著《丧钟为谁而鸣》的初稿。

英国生物学家、科技史专家李约瑟在重庆建立中英科学合作馆后多次来到成都，广泛考察和研究巴蜀文化，为撰写《中国科学技术史》收集资料。他曾在"坝上"演讲十二场，持续了二十多天，受到听众的热烈欢迎，不仅校内的人，连许多校外的人也赶来聆听。

著名学者陈寅恪，有"三百年来一大师"之称，曾任中央研究院史语所历史组主任、研究员，以及清华大学历史、中文两系合聘教授，学术上极有建树，教学上也表现突出，深得蔡元培、朱家骅、傅斯年、梅贻琦、冯友兰、朱自清等大家的赞誉和尊敬。瘦削的他常常一身长袍马褂，一手拿着黑布包袱，一手拎着瓶冷开水从容地走进讲堂。在"坝上"，他曾讲过"魏晋南北朝史""唐史""元白刘诗"等课程。

"坝上"浓厚的文化气息深深地吸引了宋岚，她曾在教学之余多次前来聆听陈寅恪、梁漱溟、叶圣陶和别的大师讲学，也听过海明威和冯友兰、林语堂、张恨水等人的演讲。她明显地感觉到大批学校迁川后,的确给四川带来了新的思想、新的观念和新的知识,也大大开阔了自己的视野。

而让宋岚感到烦恼和不安的却是赵俊扬的变化。参加干训班后最初一段时间他回家时还会常常讲一些抗日救国的道理,对她很体贴、很温柔,也很依恋,对孩子齐齐也很疼爱,但日子长了他的性格便有了不小的变化。在干训班特别是以后的特训班断断续续地"训"了两年后,他结交的圈子不再是教育界人士,而是许多政界中人,这些人据说各有很深的"背景",是他凭借老父赵实夫的财力倾心结识的。

俗话说"皇帝爱长子,百姓爱幺儿",赵实夫本来就最宠爱外貌俊秀的幺儿赵俊扬,自从老大赵俊文做出了乱伦的丑事后,赵实夫对老大的厌恶更增添了十分,经济上不再顾及他,全部家财除给续弦钱氏留下一小部分外,都任赵俊扬随意挥霍了。听说他想结交官场中人,赵实夫更十二万分赞同,巴心不得小儿子能结交权贵,飞黄腾达,不至于一辈子只当区区一个"教书匠"。为远大前程花钱,他认为值得。

疏散到青城山两年多后,赵实夫因心脏病突然去世,赵俊扬继承了绝大部分家产,更肆意挥霍了。他不但有了结交权贵的心思,也有了结交权贵的本钱,举止更加阔绰,出手更加大方。抗战初期,他曾改变西装革履的打扮,穿起了蓝布长袍和布鞋,现在不仅恢复了原先的衣着,还托人从香港和国外带回名牌西装和领带,各种颜色和样式一天一换,上衣口袋里插着绣花手绢,手里握着一根文明棍……

宋岚对他的做派十分看不惯,曾规劝他:"国难当头,你身为教书育人的老师,搞得那么洋盘干啥,朴素一些不好吗?"

赵俊扬却嘴巴一撇回答道:"不要这样大惊小怪好不好?你想一辈子都当没见过市面的井底之蛙吗?你没看见那些下江女人和外国女人是咋个打扮的?你该学学她们,不要一辈子只满足于当个平庸的'教书匠'!"

两人第一次发生了争执,也是赵俊扬第一次对宋岚表现出不满。

以后两人间的裂痕慢慢地越来越深。

自诩为"风流才子"、顾影自怜的赵俊扬,过去把宋岚当成了心目中的"女神",觉得她丽质天生,全身上下无一处不美,又是难得的女大学生,在学校还有"校花"之称,能得到她的青睐不仅满足了自己心灵和肉体两方面的追求,也让自己在同学和亲朋中都极有面子。而婚后宋岚性格柔顺，小家庭里充满了温馨，还坚持在学校教书，并在同事和学生中都有很好的口碑，婚后不久又生了个儿子，让赵家有了继承香火的人……这一切，不但让赵俊扬心满意足，而且让老太爷赵实夫也十分高兴。每当听到亲戚和同事们用羡慕的口吻称赞他"有眼光""有福气"时，他更从心底里感到自豪和满足。

但现在，这种感觉慢慢变淡了。

最初是干训班和特训班一些"同学"邀请他去到一些交际场合，在这些五光十色、充满诱惑的地方，他接触到了许多完全不同的人，也接触到了过去从来没有涉猎过的生活。随着时间的推移，他从"不适应"竟慢慢变成"乐此不疲"，经常主动流连于舞厅、酒楼了。在各种热闹的交际场合，他接触到了许多花枝招展、风情万种的女人，这些女人虽然没有宋岚的天生丽质，但却更解风情，更会撩拨男人，让他的内心常常会产生一种按捺不住的冲动……和她们相比，宋岚似乎就显得"刻板""老气"多了。有时他会幻想，如果宋岚不是那样端庄，也能和那些女人一样，岂不是更会让自己神魂颠倒？

他曾经谴责和看不起那些在外面玩交际花、舞女甚至嫖妓的男人，但现在觉得这些似乎都情有可原了。

他最喜欢去的地方已经不是成都市内那些老旧的茶馆酒肆，也不是望江楼和草堂寺，而是时尚的华西坝。他感兴趣的并不是"坝上"的演说和讲座——即使偶尔去听听也只是做做样子，撑撑门面，显示一下自己的"品位"。他从心底里羡慕的是那里洋人们舒适的生活，他喜欢的是名媛和交际花们时髦的打扮、迷人的笑脸……赵俊扬人长得潇洒体面，穿着又极时尚，再加上英文系出身，会说英语，出手大方，对女人还极为殷勤，因此不久后便成了交际场上的名人，尽管国难当头，却经常出入高级餐厅和灯红酒绿的舞厅了。

赵俊扬也曾多次让宋岚去饭店、舞厅应酬，但十有八九会被她拒绝。在国家处于生死存亡的关头，她知道了前方太多浴血奋战的信息。宋轻雪来自前线的报道，乐云辉在蓝天上的奋战，宋琬玉从伤兵医院寄来的信件，哥哥和嫂嫂在茗县的苦干，酒寨民众对前方的支援，江奶妈的儿子参军，乃至"坝上"学者们在文化上的坚守……这一切都让她的灵魂受到冲击，内心刮起狂飙。而日本飞机在上空的轰鸣，轰炸和扫射后留下的残垣断壁、遍地尸骸，更让她真真切切地意识到"覆巢之下，焉有完卵"这个残酷的真理。国家和民族确确实实地处于危难之中，因此她被迫参加了一两次应酬后，对那些脑满肠肥的官僚和醉生梦死、发国难财的人便极其反感，不愿再和他们虚与委蛇、同流合污了。

但赵俊扬对这些应酬却乐此不疲。

"道不同，不相为谋"，夫妻间似乎也是如此。

乐云辉从美国学成回来后，曾应邀参加了一次航空俱乐部在华西坝举行的舞会，舞会上他和宋轻雪意外地遇到了赵俊扬。

宋轻雪性格活泼、洒脱，从事的又是记者这一行业，因此在公共场所里总是如鱼得水，善于应付。她相貌本就出众，参加派对时又特意打扮了一下，薄施脂粉，脱去了平时常穿的粗布"采访服"，换上了乐云辉送她的一套合身的绯色西式长裙，像一片美丽的彩霞，在舞会中很快便成为大家注意的中心了。

赵俊扬挽着一位浓妆艳抹的女人走了进来，女人描着深深的眼影，戴着长长的假睫毛，穿着金蓝二色的长裙和金色高跟鞋，像一只骄傲的孔雀。进来后，环视着舞厅，赵俊扬发现了正和乐云辉跳着华尔滋的宋轻雪，一曲《蓝色的多瑙河》乐声停下后，他便上前招呼道："蜜斯宋，蜜斯脱乐，你们也来了，好久不见，看见你们真高兴啊！"迅速地上下打量一番宋轻雪后又说："You look glamorous in this red dress."（你穿着这件红色的裙装真迷人）

宋轻雪和乐云辉都笑了，宋轻雪望了望丈夫，调皮地回答道："Oh, thank you.（噢，谢谢）但我们都是中国人，我还是希望你和我讲中国话，不要搞得自己像个'假洋鬼子'；再说，你晓得，我并不是英文系毕业的，说英语很费劲哩。"说着瞟了一眼赵俊扬身边的女人岔开了话题："宋岚呢？她没有来？"

赵俊扬的神情有些不自然，急忙回答道："她有事……噢，给你们二位介绍一下，这位是蜜斯范，上海人，刚从美国回来……蜜斯范，这两位是我的大学同窗蜜斯宋和蜜斯脱乐，一位是'无冕之王'，一位是'天之骄子'……哦，蜜斯脱乐，你不是去美国了吗？回来了？还去吗？"

乐云辉微笑着简短地回答道："学习已经结束，该回来为抗战出力了！"

浓妆艳抹的女人娇滴滴地说了句："认识你们很高兴！"说着向乐云辉飞了个媚眼，伸出戴了手套的一只手……宋轻雪假装没看见，她看不惯赵俊扬那一身花花公子的打扮，也不喜欢这位浓妆艳抹的女人，正好有人来请她跳舞，于是点头说了句"代我向宋岚问好"便转身走了。乐云辉在学校里便和赵俊扬没有深交，于是只礼节性地握了握女人的手，说了声"对不起"，借口要会几位空军朋友，也走了。

以后在舞会上几个人再也没有交谈，但宋轻雪注意到赵俊扬和那个女人似乎很亲热，而且两人都很活跃，好像认识不少人……

舞会散了后，回到家里，宋轻雪便对乐云辉说："赵俊扬变得我都有些不认识了，竟带了那么个女人！……我真替宋岚担心，在学校赵俊扬刚追她的时候，我曾提醒过她，叫她不要相信这个浅薄的'绣花枕头'，后来看他好像真的很爱宋岚，我才没有再说他了……"

"过去在学校时我和他接触不多，只觉得他和我们这些穷学生不一样，华而不实，宋岚和他谈恋爱我们好些人都感到惋惜哩……"乐云辉说。

自从这次在舞会上的偶遇后，宋轻雪的心里便总是有些不安，她一直惦记着好友宋岚。乐云辉走后，一个星期天的上午她便特意抽空来到宋岚家里。

宋轻雪还是像过去那样，全身充满了活力和激情，人还没到笑声就到了，而且一笑便露出两个浅浅的笑窝，虽然经常从事着艰难和危险的采访，看到过太多的死亡和不幸，但战争却没有打倒她，岁月也似乎没有在她的身上留下多少痕迹，她永远那么美丽，那么阳光，那么热情。看见她，宋岚便觉得自己心头的阴霾也褪去了不少。

她来到时，宋岚正在给儿子齐齐讲故事。齐齐刚上小学，大名是赵思齐，赵老太爷取自《论语》中"见贤思齐焉"之意。从三岁起，宋岚便教儿子识字、背诵唐诗和习写毛笔字。儿子爱听故事，于是每天一个故事便成为母子间的必修课。由于面对的是个男孩子，宋岚没有讲《白雪公主》《水晶鞋与灰姑娘》之类，讲的是《西游记》《卖火柴的小女孩》《鲁滨孙漂流记》和历史上的一些典故。

聪明而天真的齐齐，常常会出人意料地向妈妈提出一些有趣的问题。一天晚上，看见天上的月亮，他便问道："妈妈，太阳一定怕月亮吧？""你咋个晓得呢？""因为太阳只敢白天出来，晚上月亮一出来，太阳就躲起来了！"齐齐认真地回答。

看见宋轻雪后，不待妈妈提醒，齐齐便有礼貌地从小板凳上站了起来，叫了一声："宋孃孃！"

宋轻雪亲热地搂过齐齐，从漂亮的美式手提包里拿出几块牛奶糖放在齐齐的小手里，笑着说："齐齐真乖，又长高了，爸爸呢？"

齐齐摇了摇头："爸爸没有回来，妈妈说爸爸忙。"

"有多忙呢？星期天机关不上班，学校不上课！再忙星期天也该回家吧？家里还有如花似玉的妻子和这么乖的儿子哩！"

宋岚不愿让齐齐听到这些话，便急忙招呼了声："江奶妈，把齐齐带出去耍吧！"

江奶妈进来给宋轻雪打了招呼后，把齐齐领走了。

齐齐走了后，宋岚便问道："乐云辉怎么样？飞虎队来了后，中国空军的处境好像好了一些，他还好吧？"

宋轻雪皱起了眉头，叹了口气："虽说美国空军来了后，日本的空中优势被遏止了，但是自从滇缅路被切断后，中国的输血管就被切断了，不得不开辟了一条驼峰航线。这条航线一路都是高山峡谷，还要经过世界屋脊喜马拉雅山，十分危险，已经有许多飞机在航行时坠毁，不少驾驶技术高超的飞行员牺牲。你晓得他这个人，他是瞒着我自愿申请去驼峰航线的，他走后我才知道。如今只要他一起飞，我的心就抓紧了，就一直在担心……"

"你当初就没有阻挡他，不让他去飞这条航线？"

"我哪能阻拦得了呢？"宋轻雪又叹了一口气，"他根本就没告诉我！再说，这是战争时期，是国家需要……国家培养了他，还把他送到国外去学习，他应该报效国家，这就是所谓'男儿报国在今朝'吧？我只能尊重他的志愿，还能阻止他吗？……只唯愿天老爷保佑他吧……"

宋岚沉默了，亲热地搂着宋轻雪的肩膀，过了一会儿后叹口气说："其实我真羡慕你呢，报国行赴难，古来皆共然，乐云辉不愧是个男子汉，给这样的男人做妻子是一种幸福吧，不像我……"说着又叹了一口气。

宋轻雪倒笑了："为啥我们只会对着叹气？我记得在学校时你就说过，女人不是男人的附属物，报国不分男女，我们都有自己的事业哩……"

宋岚摇摇头，苦笑了，握着宋轻雪的一只手轻声道："我一直想问你，你们结婚也好几年了，怎么还没有娃娃呢？是不想要吗？"

宋轻雪低头道："哪里是不想要呢？看见你的齐齐，我真是好羡慕啊……云辉也早就想有个娃娃，只是我们相聚的时间实在太少太少！我忙，他比我更忙，虽说已经结婚好几年，但在一起的日子真的屈指可数……"说到这里她又轻声笑了笑，"这个月那东西好像没有按时来，不晓得是不是……过段时间我会到四圣祠去检查的……"

"但愿你怀上了吧……要是真的怀上了,就该好好地保胎,不能再跑到战区去采访,那里毕竟太危险,知道吗?"宋岚认真地说。

"好,我会注意的……不说这个了,今天我来其实是想告诉你,最近见过赵俊扬,觉得他好像不太对劲,打扮得像个花花公子,听别人说他经常出入跳舞厅……你晓得吗?"

"我也觉得他在变,而且变得越来越厉害,变得我已经看不懂他了!"

"其实在学校里我就有些看不惯他,就觉得他是个大少爷,他拼命地追你,记得我好像还劝过你,劝你不要理他……唉,现在说这些还有啥用呢?莎士比亚有句话,'智慧和爱情只能在天神的心里同时存在,人类是不可能兼而有之的',我只希望你坚强一些,凡事看开一些……多劝劝他,要是实在劝不回来呢,自己也不要太生气,也要早做打算……"

宋轻雪走了,宋岚却度过了一个不眠之夜,她突然觉得自己似乎爱错了人,更嫁错了人,过去所有的山盟海誓只是一些谎言,曾经沉溺过的"爱情"也只是一场虚幻的游戏……怎么办呢?她苦苦地思索着……

三 地图上找不到的地方

宋岚收到了同窗姚梦茹的来信,信从川南的叙府寄来。姚梦茹毕业后先在成都附近的双流县任国文教员,和宋岚常有书信来往,也曾多次见面,互相探讨教学中的一些问题。她的丈夫赵昌明是飞机修理厂的工程师,原在成都附近建机场,后来驼峰航线开辟后,中、美、英三方商定,这条航线以印度的汀江为起点,以中国的昆明、叙府、泸州为终点,于是叙府的菜坝机场便忙碌起来,航空站扩编为航空总站,机场进驻了两个飞行大队,执行东南亚后方战区运输和轰炸任务。以后中国空军军官学校中级班又以菜坝机场为训练机场。于是,地处川南的叙府便成为抗日战争中重要的后勤基地之一,航空委员会在这里建立了飞机修理厂,赵昌明被调到了这里,姚梦茹带着两个孩子也来到叙府了。

姚梦茹在信中邀请宋岚暑假时到叙府看看,她告诉宋岚,离叙府四十来里有一个小镇李庄,这个小镇濒临长江,上扼金沙江、岷江、符河河口,下控黄沙河(涪溪)与长江汇合点,自古便是川南通往云南、贵州必经之地,属南溪县,有"万里长江第一镇"之称。她还说,抗战后,辗转从上海迁到昆明的同济大学,从南京迁到昆明的中央研究院都相继迁到了李庄,如今这里已经成为一个新的文化中心。同济大学迁来后,在叙府西郊创办了高级工业职工学校、高级中学和完全小学,她现在就在高级中学任教。她告诉宋岚,中央研究院和同济大学最近举办了一次具有国家水准的文物科普展览会,展览了甲骨文、石器、青铜器等,解说员都是一些知名的专家,重庆、成都许多名流前来观看,连曹禺、郭沫若等都来了……

在信的末尾,姚梦茹热情地邀请道:"你赶快来吧,傅斯年、梁思成等大师都在这里,国际邮件只要写上'中国李庄'就可以送到,这样的地方你还不来看看吗?"

姚梦茹的来信打动了宋岚。对同济大学她没有多么深刻的印象,只知道这原是上海一所著名大学,而真正让她想见一见的是五四运动中叱咤风云的学生运动领袖傅斯年,以及梁启超的儿子梁思成、儿媳林徽因。因为她知道矮小精悍、风神潇洒、顾盼生辉的梁启超,是影响了明末清初三十年政局的新时代启蒙者,一位伟大的思想家和文学家。这位十一岁考中秀才、十六岁考中举人、从主张立宪转向主张共和的人物,被人称为"五百年一遇的天才"。在文学方面梁启超也卓有建树,他发明的新文体"新民体"具有广泛影响,他的许多文章如《少年中国说》等都脍炙人口。宋岚自上学起就读过他的许多作品,在讲授国文课时又把一些作品包括《少年中国说》等讲授给了自己的学生……他的公子梁思成是著名建筑学家,他的儿媳林徽因是著名的才女和美人。宋岚曾读过徐志摩的诗《再别康桥》:"轻轻的我走了,正如我轻轻的来。我轻轻的招手,作别西天的云彩……"虽然并不怎么喜欢徐志摩和"新月派",但这位被徐志摩和许多名流"惊为天人"的林徽因却引动了她的好奇心。

除了这些原因外,还有一个原因是,这段时间她一直在为赵俊扬的作为感到烦恼,到外面去走走,一方面借以排解内心里的烦恼,另一方面也可以静下心来仔细考虑一下她和赵俊扬之间的关系。

过去,宋岚没有到过叙府,只知道这里是一个重要的水陆码头、繁华的商业都会,却不知道如今已成为一个新的文化中心。于是暑假期间把齐齐托付给江奶姆,到春熙路挑选了两截准备送姚梦茹的衣料和一些送孩子们的玩具后,便到叙府去了。

她没有想到,这次叙府之行对她以后的生活,竟产生了重大影响。

坐着颠簸的汽车，两天半后才满身尘土地到了叙府。姚梦茹在车站迎接着她，老同学见面，自然十分亲热。姚梦茹搂着宋岚上下看了看说："你还是那么苗条，那么漂亮，一点也不见老，你看我都变成啥样子了。没办法，天生就是个胖子，好像喝水都要长胖的！"

"你这是'心宽体胖'嘛！"宋岚笑着回应道。

姚梦茹在学校里就比一般女同学胖一些，现在更胖了，胖胖的面庞有红有白，不见老，也并不难看。

姚梦茹的家在机场分配的宿舍里，三间平房，屋里的陈设十分简单。进屋后丈夫赵昌明热情地迎上来道："走了这么远的路，宋女士一定又热又累了，赶快洗洗脸后吃饭吧！"说着打开了电扇，保姆端来了洗脸水。

饭菜是姚梦茹早就亲自下厨去准备的，包括椒麻鸡、酸菜鱼、蒜泥白肉等等，抗战以来，宋岚久已没有吃过这样丰盛的菜肴了。

姚梦茹已经有了一儿一女，女儿八岁，上小学了；儿子六岁，准备暑假后上学。两个娃娃也胖，小脸圆滚滚的，眼睛也圆圆的，很可爱。宋岚拿出了送给小女儿的洋娃娃、送给小儿子的猴子荡秋千，姚梦茹笑着催促道："快谢谢孃孃！"娃娃们高兴地谢过了。

赵昌明身材高大，眯眯眼，相貌普通，为人坦率而热情。姚梦茹笑着对宋岚说："我家这个赵大工程师是个'飞机迷'，对别的一概没有兴趣，一心只埋头在飞机修理厂里，每天都很忙，休息回家时除了教两个娃娃认认字、学习学习英语，很少到外面去应酬……"

一提起丈夫，姚梦茹的眼睛里便满是笑意，称赞他是个"老实人"，"有点笨，但靠得住"。

从赵昌明宋岚想到了赵俊扬，心里暗自叹息了，想来当年同宿舍的四位女同学中，除了王瑶琴的丈夫轰炸中遇难外，她就是最不幸的女人了！

晚饭后洗了澡在院子里歇凉时，姚梦茹向宋岚问起了赵俊扬，宋岚不愿提起他，便含糊地回答道："他现在整天泡在华西坝，我也不晓得他在忙些啥……"

第二天一大早赵昌明的修理厂里有人要去李庄，宋岚和姚梦茹便搭了便车。姚梦茹本是个极爱说话又极热心的人，曾多次去过李庄，于是在路上便如数家珍般详细告诉了宋岚一些有关同济大学和中央研究院迁到李庄的故事。

原来，自抗战以后，同济大学便被逼多次搬迁，先是从吴淞搬到上海市区、浙江金华、江西赣州、广西八步，以及云南昆明……搬迁中多次遭遇了日机轰炸，在昆明时，曾有学生被炸死。根据全校师生的意愿和国民政府教育部的指示，学校便决定迁川。新任校长四川人周均时向在川的校友发出了请求协助寻找校址的信函，四川叙府中元造纸厂是抗战后的内迁厂，厂长钱子宁是同济的校友，收到母校的来函后，立即到处选址。当时四川公路运输状况不好，他便想找一个水路运输好而又比较隐秘的江边城镇，最初想到了南溪县，和南溪联系后，南溪却不愿接纳，借口是，一怕大批人员前来会引起物价上涨，二怕"下江人"来会影响民风，其实根本原因是当地的官员认为"多一事不如少一事"，不愿捏这个"炭圆儿"，于是就推托说"庙小，养不了大菩萨"，婉拒了。

事有凑巧，钱子宁正在为难之际，那一天，李庄的士绅罗伯希、王云伯在南溪街上吃茶时听到了此事，茶客们说，日本人已经占领了湖南、湖北、广西，云南也开始吃紧，逃难到昆明的同济大学又要转移，已经来四川选址了，南溪没答应……罗伯希本是二十六集团军办事处的一个少将参议，有些见识，解甲回家后在当地还有一定威望，听了茶客们的议论后觉得"这国难当头，哪能说啥接与不接，况且大学迁来，虽然会引起物价上涨，但也会给李庄带来创建学校、发展教育的机会"，于是便赶回李庄，把这事告诉了族里的长辈罗南陔。

罗南陔是国民党李庄区党部书记，立即约区长张官周、镇长杨君惠以及士绅们共同商议，张官周等都极为赞成，于是经他们串联后三十二名乡绅便联名向县政府递上呈文："绅等以同大系高等教育机关，政府非常重视，千里流亡，亟待整理。且该校迁来之后，对于地方文化、经济、卫生各方面均属裨益不小。"与此同时，又派人到中元造纸厂和钱子宁联系，请他到李庄实地考察。

钱子宁考察后认为，李庄虽是个小镇，却是长江上游重要的码头和粮仓，镇上有"九宫十八庙"等大批公共建筑可以为学校利用，可以满足同济大学的办学要求。在邀请钱子宁考察的同时，李庄的士绅们又向同济发出了这样一封电文："同大迁川，李庄欢迎，一切需要，地方供给。"

电文内的十六个字，字字千钧，掷地有声，让辗转流亡的同济师生极为感动，便派专人到李庄进行了考察，对许多具体事务进行了协商和落实，很快便开始了搬迁。

李庄的"九宫"，包括禹王宫、文武宫等都是清代建筑，"十八庙"则主要是明、清两代建筑。建筑规模都不小，都挪作了同济各个学院、各个系科的教研室。当时东岳庙还供奉有菩萨神灵,而李庄的民众自来又敬奉东岳大帝,年年都要举行东皇会"迎神大典",这里被同济选作工学院的院址后,必须把菩萨移走,这是"亵渎神灵"的大事,一时之间满镇哗然。怎么办？只得请袍哥大爷范伯楷出山,由他和张官周、罗南陔一起,利用各自的社会关系,在家庭间、茶馆里、饭桌上反复宣传,讲明道理,告诉大家：帮助同济是为抗战做贡献,国难期间责无旁贷,正直聪明的神灵绝不会怪罪；再说,同济人掌握的声光电化,如同东岳大帝,同样可以呼风唤雨,可以帮助李庄的百姓……经过一段时间艰难的宣传教育后,李庄民众勉强被说服了,士绅们组织人力,用滑轮和长杆起吊神像,把他们暂时"请"到了一间空屋子里,腾出大殿,变成课堂。

乡绅罗用光有一座新建不久的大院,李庄小学为支持同济要腾出原有的校址祖师殿,和罗用光磋商后,罗用光慨然答应平价卖出。于是李庄小学搬进了罗家大院,把自己原来的校址腾给同济大学作为解剖和细菌实验场所了。

当地驻军的一个团本来驻在李庄,也为同济让出了驻地。

镇上一些殷实户的私宅——姚家大院、刘家大院、杨家大院、邓家大院、张家大院、王家花园、钟家花园……都主动腾出,作为同济的学生宿舍和教师公寓。

至此,六次搬家、辗转流离的同济大学终于到了一个没有敌机骚扰、比较安定的环境,可以从事教学和研究了！

当然,抗战时期李庄的生活仍然是十分艰苦的,同济大学的学生虽然按政府规定,可以全部免交学费和伙食费,甚至还可以得到少量的补助,但伙食很差,吃的是政府配发的"军米",有的已经霉变,有的混有泥土、石子,吃的菜通常都是白水煮萝卜、青菜、南瓜,没有半点油星,更不要说吃肉了。据说很多学生都吃不饱,每顿开饭时几乎都要"抢",尤其是早上,一大桶稀饭放在地上,大家一拥而上,饭勺你争我夺,头发上、衣服上都沾上了稀饭,甚至吃完饭后发现稀饭桶里竟掉进了钢笔、眼镜……

但是,尽管环境艰苦,年轻的他们仍然是快乐的、充满青春活力的。学生们组织了"云雀社",自刻自印了世界名曲一百零一首,在学校迅速传唱。有的学生自制了二胡,组织了二胡社团；有的自编自演活报剧、滑稽戏,在镇上公演,甚至还演出了曹禺的名剧《雷雨》。为了锻炼身体,大家在草地上用石灰画出了跑道,开辟出了足球场和篮球场,挖出了跳高跳远的沙坑,自制了单杠、双杠,开运动会进行比赛，甚至和中央大学、西南联大、交通大学等进行过篮球对抗赛。而运动场旁边的江水更是天然游泳池，每到夏天，很多男女同学在江中游泳，江边的石块便是跳水台，各学院还举行游泳比赛。于是，夏日落霞、水中健儿、江边茶客便成为李庄的"三江晚景"。

由于教室紧张，图书馆又很狭小，茶馆便成为学生们完成作业和复习功课的重要场所。许多学生上完课后便夹着书本来到茶馆，摊开书本一坐便是一天，有时茶馆里甚至会有热闹的辩论会。

继同济大学之后来到李庄的是中央博物院筹备处和中央研究院傅斯年领导的历史语言研究所（简称"史语所"）。博物院筹备处住在镇上的张家祠堂。民间组织中国营造学社由于与史语所有依附关系，梁思成、林徽因以及学社的其他人也跟随史语所来到了李庄。

史语所到李庄后，当地的"九宫十八庙"已经被同济所用，史语所便到了离镇八里多的板栗坳栗峰书院——这是镇上望族张氏的祖宅。中国营造学社住进了李庄郊外上坝月亮田的一处农舍。

以后来到李庄的还有中央研究院人类体质学研究所、北京大学文科研究所、金陵大学文科研究所，最后来到李庄的则是中央研究院社会科学研究所。

小小的、只有三千来人的李庄，一下子涌进了上万"下江人"，住房和办公用房都很难解决了，后来还是在当地乡绅的支持下，在距李庄五里地的石崖湾与门官田为这些研究人员找到了栖身之所。门官田的庄园建在林木繁茂的小山坡上，半个庄园是新建不久的，其中的四合院宽敞气派，不远的山坡上建有一座碉堡，由一个班的士兵守卫，保卫着研究所的人员。

房子不够，李庄的乡绅们曾集体上书据理力争要求政府当局让出房产，书中有："当此非常时期，官民同有协助政府，完成抗战之义务。绅等之所以积极协助同大者，良以该校学子，对于抗战贡献甚大。盖安定同大，间接即增强国家力量。该局既为地方机关，对同大辗转流亡来此，究竟是否应当表示欢迎？"

在这封信函上，三十二位士绅都签上了自己的名字。

姚梦茹还向宋岚说，罗南陔曾把患了肺结核的考古学家梁思永——梁思成之弟——接到自己家里疗养。

……

姚梦茹在来信中，曾提到李庄举办了个文物科普展览，引起了轰动，宋岚便特地问起了这次展览。

姚梦茹笑道:"李庄的民众虽然热情好客,也懂得民族大义,但毕竟见识有限,科学知识方面知之甚少,于是便闹出了笑话和误会……"

原来,同济大学医学院要开人体解剖这门课;史语所的考古组和人类学所筹备处又藏有大量人体骨骼,包括殷墟出土的头盖骨,从各处收集的近代人的胫骨、股骨等;中国营造学社又要测绘古墓……这些行为都让当地人十分不解,十分惊疑,以致谣言四起,甚至有了"下江人"要"吃人"的说法,还臆造出了几个龙门阵。

一个龙门阵是:有个农民在给史语所送菜时,走进栗峰山庄后迷了路——这个山庄有一百零八道朝门,本就像个"迷魂阵",初次进入的人不免会"摸不倒火门",这个农民进去后,转来转去,找不到原先的前门,后来便从另一道门出去了。但人们只看见他从前门进去,却没有看见他从别的门出来,于是便认为他是进了孙二娘的黑店,被里面的人做成了人肉包子……

第二个龙门阵是,当地一群娃娃在玩"逮猫儿"的游戏时,一个娃娃被卡在打谷子的黄桶之间动弹不得,别的娃娃找不到他就各自走了,第二天大人们找到他时,娃娃已经被卡得奄奄一息。于是人们便盛传这是研究院的人们干的,他们要炒娃娃吃。

第三个龙门阵是,医学院上人体解剖课需要尸体,这些尸体有的花钱买,有的是利用当地无主的弃尸。人们只看见医学院把尸体抬进了祖师殿,却不见抬出来安埋,于是便越发怀疑。一天,一个泥瓦匠在祖师殿上翻修房顶,从瓦缝中看见同济的师生们正在用刀、剪、钳、镊……各种工具对付死尸,吓得大叫起来:"不得了,不得了,'下江人'在吃人!……"几乎从屋顶上滚了下来……

谣言越传越多,越传越离奇,也越传越远,"'下江人'吃人,军队还帮他们抓"的谣言不但传到了南溪,也传到了长宁、庆符等地。乡民们再也不敢从板栗坳和同济大学驻地走过,有的人还鸣锣驱鬼,聚众抗议。消息传到叙府专署,专署连忙电报重庆,当局认为有汉奸在扰乱后方,便派兵到李庄进行护卫,行政督察区的专员赶到李庄,紧急召集邻县县长、乡镇长、联防主任和地方士绅开会,下令各乡县联防队加强防范,如有不测,立即镇压。

剑拔弩张,危机一触即发。罗南陔明白其中缘由,反对镇压民众,认为此事不是由于汉奸的捣乱,而是由于乡民的无知,"解铃还须系铃人,既然此事因人骨头而起，何不干脆把这些人骨头拿出来公开展览，让大家看个明白，弄清道理……"傅斯年听了后当即同意："好办法，堵塞不如疏导，我们尽快筹办一个展览会！"

文物科普展览立即分组进行了筹备。不久后，在中央研究院成立十三周年纪念日这天，展览会正式举行。会上，专家们介绍了研究院的性质、任务，以及研究人骨头的目的、意义及方法，展出了古人类骨骼、恐龙等动物化石、古代兵器、甲胄、石器、青铜器……解说员是董作宾、李济、梁思永等知名专家。以后中央研究院和中央博物院又陆续展览了人猿化石及模型、殷墟殉葬人骨骼、甲骨文龟片、古代石斧、骨针及青铜器等；同济大学医学院则展出了人体骨骼模型、解剖图表、生化药物等。

这些展览无疑对李庄民众是一次科学方面的启蒙，让他们第一次接触到了考古学和近代医学。展览引起了轰动，多家报纸进行了报道，重庆、成都许多名人前往参观，李庄周边的乡亲更是倾巢出动，参观的长龙排出了十里，谣言不攻自破了。此后，当地人对"下江人"增加了尊敬和了解，关系更加融洽了。

宋岚跟着姚梦茹行于在李庄狭窄的、弯弯曲曲的小街、小巷上，倾听着有关李庄的故事，心里充满了感动。没有电灯、电话，没有汽车和无线电，没有咖啡馆、跳舞厅的李庄和时尚的华西坝真有天壤之别，但这里却聚集着一大批中国知识界的精英，他们忍受着故乡沦亡、骨肉分离的剧痛，忍受着万里漂泊、颠沛流离的艰苦，以崇高的气节和复兴中华民族的信念，抱朴守拙，安贫乐道，在李庄坚持着为国家培养人才，为民族攀登科学高峰，让科学研究并没有因为战争而停顿。

宋岚很想到同济大学的教学点实地参观一下，在路上，看见一个戴着眼镜、穿着长布衫（当地人戏称为"战袍"）、学生模样的青年，宋岚便对他说："我是个中学教师，是从成都专程来李庄的，很想参观一下同济大学现在的教学基地，只是不晓得应该到哪里去……"

这位青年自称姓吴，是同济生物系学生，他热情地回答道："我可以带你们去参观一下我们的实验室，那里有一位教授童第周，是从比利时获得博士学位后回国的，虽然还很年轻，但已经在国外发表多篇论文，是著名的胚胎学家了！这里没有仪器，连电灯都没有，点的是菜油灯，教授是靠太阳光在显微镜下做实验的……"

于是这位青年便领着姚梦茹和宋岚走进了江边的南华宫,告诉她们:"这个地方是清乾隆时广东移民修建的,为的是供奉南华真人——也就是庄子,现在是同济大学理学院的教室了。有化学系、物理系、生物系三个系,我们生物系的生物实验室就在这里。"

说着话,宋岚和姚梦茹被带到了一间狭窄的厢房门口,大学生叫了声:"童教授,这两位成都来的老师想参观一下你的生物实验室,可以吗?"

实验室很小,和寺庙里的许多房屋一样,并不明亮,说是"实验室",但却根本没有什么像样的设备,甚至比成都一些中学的实验室还简陋一些。房里一位瘦瘦的、穿着白衬衣的年轻男子正坐在板凳上,伛偻着身子,专注地盯着面前的一台显微镜……听了学生的话,扭头看了看宋岚和姚梦茹,便站起来客气地回答道:"请进吧,我们这里太简陋了,实在算不上一个实验室,没有什么可看的……"

她们和童第周教授进行了短暂的交谈,才知道学校原先连一台双筒解剖显微镜都没有,工作没有办法开展。一天,童教授从学校回家,路过镇上一家旧货店时,无意中发现店里竟有一台双筒显微镜,大喜之下赶快向老板询问价格,谁知老板竟喊出一个天价——相当于童教授两夫妇好几个月的薪水,怎么办呢?经过和夫人叶毓芬博士商量后,两人便东拼西凑,并向一些亲友借贷,终于把这个"宝贝"买了回来。利用这台旧显微镜,他开始了"金鱼实验",取得了重要的研究成果。

宋岚不懂胚胎学,也无法评价"金鱼实验"的价值,但童教授对科学的执着追求却感动了她。在她参观李庄之后的第二年,英国生物化学家、科技史家李约瑟来到了李庄,拜会了老朋友童第周,又为同济大学用德语做了几次专题报告。后来他在日记中曾这样写道:

"在同济大学,我们见到了童第周,他是第一流的实验胚胎学家……我和他进行了长时间的讨论。他与夫人叶毓芬博士携手,设法在拥挤不堪、极不舒适的环境里创造了佳绩。童博士(布鲁塞尔的 A. M. 达尔克教授的学生)选择了一个尽量少用染色剂、蜡和切片机等的重要课题:确定胚胎的纤毛极性……他们向前迈进了一大步,证明了纤毛极性的诱导体是一种扩散的化学物质,并确定了该化学物质的某些特性。……

"此发现与地球另一端权威人士霍尔特弗莱德(Holtfreter)博士的最新观点

不谋而合。英国科学访华使团非常荣幸地将童氏夫妇的科研报告交由西方科学杂志发表。"

后来，李约瑟在回国途中，便买了一台更好的显微镜送给童第周。李约瑟还在美国的科学讲台上向世界报告了他的感受——中国的知识分子们即使在烽火连天最艰难的时候，也会和自己的国家在一起，而且，中国科学家们的研究并没有因为战争而停顿……

离开童第周的实验室后，宋岚便想到中央研究院的史语所去。原因之一是，史语所是负责研究中国历史和语言学的专门机构，听说这里有中国最大的图书馆，不但藏有大量中文典籍，还有许多外文书籍，这和她的专业有密切关系；原因之二呢，史语所所长傅斯年是"五四"时鼎鼎大名的学生运动领袖之一，性情耿直，疾恶如仇，有"傅大炮"之称，哥哥宋峰曾给她讲过，她极想亲眼看到这位具有传奇色彩的人物；原因之三呢，她曾读到过一些有关殷墟考古的报告，很想亲眼看看中国文字的始祖甲骨文，以增长自己的见识。

走出小镇李庄，宋岚和姚梦茹来到了镇外八里多的板栗坳山下，山顶上的栗峰山庄是镇上望族张氏的祖宅，一个庞大的城堡式建筑。从山下到山顶的张家大院，一路全是石板垒成的台阶，共有五百多级，当地人称之为"高石梯"。天气很热，一路走来胖胖的姚梦茹早已气喘吁吁，满头大汗，内衣都被汗水湿透了。她拉着宋岚坐在树荫下的石头上，望着高耸入云的台阶喘着气说："你自己上去吧，我就在这里等你！"

宋岚没有再勉强她，自己上去了。

在酒寨长大的她，从小爬坡上坎，对这个"高石梯"并不惧怕。一口气爬过石梯来到山上，一阵山风吹来，觉得比山下凉爽得多。山上果然有一座规模不小的山庄，平房，典型的四川民居格局，走进去，里面十分安静。见院子第一间厢房里坐着一位戴眼镜的中年人正在看书，宋岚便敲敲门说："对不起，我是从成都专程到史语所参观的，想拜访傅所长，还想参观一下这里的图书馆……"

这位学者模样的中年人从面前一大堆书本上抬起头来，没有诧异的神情，只简单地回答道："傅所长外出了，图书馆就在板栗坳的田边，你一直往前走就找到了。"说着又埋头在书本上。

宋岚不好意思再打扰这里的研究人员，便自己往前走，果然在田边找到了图书馆。三重院子里十几间房里满满的都是图书，幸运的是，说明来意后，一位姓张的年轻管理员不但带领她参观，还向她介绍道：

"日本鬼子为毁灭中华文化，有意识地把大学和文化教育机构都作为目标，进行彻底的破坏，南开大学曾经被日军炮轰，图书馆被炸；北京大学南迁时，图书和馆内的设备没法带走，陷落北平；清华大学先行运走的图书，在途中绝大部分被日机炸毁……因此西南联大的中文图书总数不到五万册。而我们史语所的中文藏书有十三万多册、西文藏书有一万多册，中外杂志有两万多册，包括英、法、德、日等国的出版物……

"抗战后史语所先从南京迁到长沙，以后又迁到昆明，但仍然不断遭到日机的轰炸，按傅所长的说法便是他想'搬到一个地图上找不到的地方'，于是我们来到了李庄。从昆明搬迁到李庄时，最难运走的就是这些'宝贝'了，包括从殷墟发掘的甲骨、陶器、青铜器，从故宫接手的明清档案，南京存放的古籍善本以及一大批中西文图书。文物和二十多万册书籍共装了六百多个大箱，由卡车、火车、木船、轮船一站一站地运。

"从泸州转运叙府时，驳船翻了，大量书籍落进了长江……经过一番紧张的打捞，虽然全部捞了上来，但一些拓本和善本却已经粘在一起，直到现在还在找人修裱……气得傅所长大发脾气……"

这个管理员还自豪地说，由于我们这里的图书最多，除了史语所的同人常来借阅外，北京大学文研所、中央研究院社会所、中央博物院、南开大学、东北大学、四川大学等单位都有人来这里研究、参考。

参观了藏书丰富的图书馆，望着那些珍稀而重要的出版物，宋岚十分羡慕，心想如果自己也能到这里来徜徉在书海里，该是一件多么幸福的事……

热情的图书管理员听说她想看看甲骨文，便把她带到了板栗坳的戏楼院，并且告诉她："考古组的董作宾老师是这方面的专家，他曾经多次到殷墟进行甲骨发掘，听说殷墟出土的甲骨已经有两万多片，董老师正在研究和整理，准备写一本关于甲骨文的专著哩……傅所长外出期间，董老师便是我们这里的代理所长，研究所缺钱，研究费、生活补助费经常不能发放，董老师除了研究甲骨文，还要和傅所长一起想办法解决大家的生活问题，也真难为他们了！"

戏楼院是一所不大的院子，有几间平房和一个雕梁画栋的戏台，但戏台梁柱上的油漆已经脱落。图书管理员把宋岚带到了戏台前，她看见戏台子一张卸下的门板上摆放着许多古老的、刻了字的龟甲和兽骨……年轻的管理员问她："宋女士，你能看懂甲骨文吗？"宋岚摇头微笑着回答道："我看不懂，今天是第一次看到了出土的甲骨文，知道我们现在的文字就是由这些古老的文字演变而来，我对董老师和研究它的人们充满了敬意和感激……"

她不愿再打扰这些在极端艰难的条件下坚持为中华文明传递薪火、潜心研究的人，于是向年轻的图书馆管理员致谢后，便向山下走去。

在李庄，她最后拜访的地方是上坝月亮田的中国营造学社，上坝月亮田离李庄不远，姚梦茹便和她一起去了。

中国营造学社主要是研究中国古建筑的，曾研究过四川民居，对建筑学宋岚从来没有涉猎过，她到营造学社去参观的原因主要是为了那里的两个人物——梁思成和他的夫人林徽因。

"上坝月亮田"这个名字很富于诗意，和女主人林徽因诗人的气质似乎很吻合，但来到这里后，宋岚才发现，这里并没有诗意，一切都打上了战争的烙印，更为简陋和艰苦。几间低矮、阴暗的小屋，篾片抹泥的墙壁四面透风，顶棚上有老鼠们在奔跑，还传来吱吱的叫声……

在几张简易的白木桌上摊开了许多照片、图表和资料，消瘦、苍白的梁思成正坐在一张木桌前，用一台老旧的打字机噼噼啪啪地打着字。由于曾被车撞伤又长期伏案工作，梁思成患有严重的脊椎软骨硬化病，不但身上要戴着铁马甲，而且下巴还得用一个花瓶支撑着……听说来了客人，他便极有礼貌地站了起来，温和地微笑着点头招呼。

宋岚和姚梦茹都不愿打断他的工作，姚梦茹便说："对不起，梁先生，我们冒昧地前来打扰了。我们在成都和叙府教书，都读过梁启超先生的大作，对他十分景仰。今天特地到李庄来，就是想了解李庄的专家学者们在极其艰难的条件下，怎样为中华民族孜孜不倦地努力奋斗，以便把这种精神带回去告诉我们的学生。用不着耽误您，请您找个助手介绍一下就行了，可以吗？"

梁思成点点头，便让一位年轻的助理向她们介绍一下营造学社的情形。年轻人带着她们先去看望了梁思成的夫人林徽因。林徽因躺在一张简陋的帆布行军床上——她因肺结核病复发，一直在发高烧，极为瘦削，双颊上带着病态的红色，仍然是个美人，手里还拿着几页书稿……后来助理告诉她们，这是梁教授正在撰写的《图像中国建筑史》英文稿，她要帮助他修改和润色。

助理说，为撰写《中国建筑史》，梁教授和中国营造社的成员们已经花了十几年时间，调查了十几个省、两百多个县，自离开北平南下，辗转流亡，一路上把所有值钱的东西几乎丢光，唯一没有丢掉的就是这些调查古建筑的原始资料，包括上千张照片、各种实测草图和记录。梁教授准备先撰写一部英文的《图像中国建筑史》，向西方介绍中国古代建筑的特点和伟大成就，以后再写一部中文的《中国建筑史》，系统地论证和总结中国三千多年有记载的历史中，每个时代的建筑遗存。

助理还说，李庄没有医院，没有西医和好的中医，也买不到药品，梁教授家里唯一的一支体温计也被儿子失手摔碎，林教授患病后只能一直躺在床上，梁教授只得托人去重庆买药，自己学会了给她打针……除了疾病，她的弟弟——"七七"事变后投笔从戎、报考了空军军官学校、当了飞行员的林恒，又在成都上空和日机作战时英勇牺牲，给病中的林教授沉重的打击。

由于梁思成和林徽因的薪水绝大部分都买了昂贵的药品，他们的生活便十分拮据，以致梁教授只得到叙府的当铺里去典当衣服，衣服当完了，最后只能当了金笔和手表。

助理还说，梁教授夫妇都曾在美国留学，双双毕业于美国的宾夕法尼亚大学，以后林徽因又进入耶鲁大学，梁思成又在哈佛大学学习了一段时间，在了解他们困难的处境后，一些美国朋友曾多次来信劝说他们到美国去治疗和工作，但梁思成却回答道："我们的祖国正在灾难中，我们不能离开她，假如我们必须死在刺刀和炸弹下，我们也要死在祖国的土地上。"

……

听了这一切，宋岚的眼睛湿润了，她不但被感动，而且被震撼了，喃喃地说："这些人就是中国的脊梁骨啊，有了他们，中华民族就绝不会灭亡！"她觉得和这些人相比，自己做得实在太少，常常沉溺于家庭生活的小圈子里，甚至为此痛苦，太不值得，也太没有志气了！

离开叙府时，她对姚梦茹说："谢谢你让我到叙府来，真的谢谢你！你让我看到了另外一些中国人，他们是真正的勇士，正像鲁迅先生所说的，敢于直面惨淡的人生，敢于正视淋漓的鲜血。他们在认真地工作，努力地奋斗，我好像经受了一次洗礼，又好像在窒息的环境中突然呼吸到了新鲜的空气。在李庄，我看到了新的希望、新的榜样……谢谢了，以后我会再来的！"

（抗战胜利后，同济大学由李庄迁回上海，为感谢李庄，立了"李庄同济纪念碑"，并写了《碑铭》，全文是：民国未筹，同济先创。悬壶于黄浦，泛舟在海上。壶中民生久，舟边社稷长。八一三，炮声响，倭寇暴靡，儒祖惊殇。江尾狼烟虎火，学馆断瓦残墙。别吴淞，越浙赣，渡桂滇，归李庄。豪情飞四野，战歌动五乡；篷车开新路，绷带挽危亡。十六字电文，春催繁蕊枝枝笑；数千名学子，客来八方户户忙。宝殿悬古意，白鹤雕奇窗。水环山静，福地仙乡。银刀剖案，众生惊咤惶；眉锁迷尘，心塑金刚。我有科学克瘴症，依靠勤苦供命粮。吴语柔，德文香，川音如酒诉衷肠。禹王宫中雷雨沸，东岳庙里机声琅。桂轮江涛动天外，留芬茶浪醉书乡。学研医工理法，建筑文化后方！海外来宾家家串，龙门阵里夸炎黄。狼蹄独山裂，羊街军号响，帆樯猎猎破日吟，凯歌阵阵通天唱。若同济，英长在；若李庄，国不亡。斗转满甲，星移海沧。伟哉同济，同心同德同舟楫，彤彤辉辉；济人济事济天下，济济翔翔。大哉李庄，李桃花信年年风，庄田果实处处香。有诗曰：归舟天际常回首，从此频书慰断肠。金沙金，黄浦黄，奔流不息长江长。百年同济邀四海，新侨一新学界，古镇万古流芳！）

四 歧路

李庄归来后，宋岚常常想着鲁迅的一段话："我们从古以来，就有埋头苦干的人，有拼命硬干的人，有为民请命的人，有舍得求法的人，虽是等于为帝王将相作家谱的所谓'正史'，也往往掩不住他们的光辉，这就是中国的脊梁。"曾想向赵俊扬好好谈谈在李庄的所见所闻以及自己内心的感动，但刚说了几句，赵俊扬就打断了她的话，泼了一瓢冷水："我才不会像那些书呆子一样呢，他们也不好好想想，说是为国家、为民族，但上面真看重他们的研究吗？要是看重，为啥让他们过得那么苦？人生不过几十年，何必那样苦自己？"

他每天早饭后就出了门，直到深夜才回家，总是说"忙得很"，问他在忙啥，他就说"你不懂"……

赵俊扬曾多次要求宋岚去参加他的应酬，但宋岚实在不喜欢和无聊的人聚在一起讲一些无聊的话，便都拒绝了。赵俊扬很不高兴，曾多次抱怨说："人家两口子都是夫唱妇随，互相帮衬，只有你总是离皮离骨的，对我的事一点也不放在心上，不晓得你心里到底在想些啥……"

想到儿子齐齐，宋岚便不愿和赵俊扬把关系彻底搞僵，出于好奇和关心，她也想去看看赵俊扬到底在和一些什么人来往，于是终于去参加了一次他所谓"重要的应酬"——陪省教育厅厅长吃饭。

这一天，赵俊扬早饭后没有忙着出去，却讨好地对宋岚说："你不是喜欢华西坝的环境吗？我也喜欢，现在正好有个机会，听说华西坝济蜀中学的校长即将卸任，要物色一位新校长，我今天请人吃饭，为的就是这事。来的客人很重要，是省教育厅厅长，只要他一点头这事就十有八九了。陪客有局长，也有处长。这位厅长喜欢的不是当今那些摩登女郎，倒喜欢风度优雅的淑女，正是你这样的人……好岚妹，打扮一下吧，拜托你帮我应酬应酬，好容易才请到了这位厅长，千万不能让这个机会又溜掉了！"

说着向宋岚又是鞠躬又是作揖。

"济蜀不是私立学校吗？它的校长也要教育厅委派？"宋岚诧异地问道。

"倒不是由教育厅直接委派，但你要晓得，尽管是私立学校，和教育厅的关系也是很密切的。济蜀的后台是位解甲后的军长，听说和教育厅王厅长的父亲是世交，王厅长对济蜀的影响自然就极大了。"赵俊扬回答道。

宋岚虽然觉得赵俊扬的做法有些可笑甚至可鄙，但想到如今办啥事不须找关系"运动"？一些学历不如赵俊扬的人不是也靠"背景"当上了校长或高官？再说，她一直觉得教育界到底比官场单纯、干净，赵俊扬想当校长到底比去政界鬼混强；还有，两人最近以来一直有些隔阂，齐齐年纪还小，为了孩子，她不愿再扩大彼此间的裂痕，于是便默默地点头答应了，只好奇地问了句："你咋会和这位厅长扯上关系的？"

赵俊扬含糊地回答道："是干训班一位朋友介绍的，这位朋友是他的亲戚……"

宋岚没有再问下去，她脱去了平日常穿的蓝布旗袍和平底布鞋，换上了战前缝制的白色提花乔其纱短袖旗袍和白色高跟鞋，戴了串珍珠项链，薄施脂粉，点了淡淡的口红，浓密的黑发用火钳卷了卷……然后笑着向赵俊扬问道："这样应该可以了吧？"

赵俊扬已经很长时间没有仔细打量过宋岚了，此时上上下下仔细地看了看，不由得在心里承认，宋岚确是个美人，虽然已满三十岁的她不像年轻女孩儿那样娇嫩、水灵，也不像交际场中的女人那样风情万种，但那种从骨子里泛出的娴静和优雅，却让她远远地高出那些庸脂俗粉之上。于是便点点头说："不错，只是太素净了些，为啥不穿那件粉红色绣牡丹花的呢？妆也化得马虎了些，口红的颜色好像太淡了，你的嘴唇本来很美，要是口红涂得再鲜艳一点，就真的像玫瑰花瓣了！"

宋岚扑哧一声笑了起来："你说得好肉麻哟……那件粉红绣花的，我总觉得它艳得刺眼，当初就是你挑选的，我一直很少穿它，看来，你是想让我浓妆艳抹吧？要不，我就不去了！"

"别，别，好了，就依你，依你……"

宋岚笑了笑，临出门前，又从门前的花盆里摘了两朵红玫瑰插在右边衣襟的纽扣上，赵俊扬看了后拍着手道："这两朵玫瑰插得好，是点睛之笔，素净中透出艳丽，更漂亮了！"

走到门外，在院子里和邻居娃娃玩耍的齐齐看见了妈妈，便跑过来说："妈妈，今天你真好看呀，要上街吗？我也要去……"

说着便来拉宋岚的手。

赵俊扬掰开了他的小手，喊了声："江奶姆，快带齐齐去耍吧，我们有事要出去！"

宋岚摸摸齐齐的小脸，爱抚地说："齐齐乖，爸爸和妈妈有事，你就在家里等妈妈，好吗？……"又对跟着出来的江奶姆说："江奶姆，一会儿卖蒸蒸糕的来了，给齐齐买个蒸蒸糕吧！"

赵俊扬请人吃饭的地方是城外百花潭侧成都鼎鼎有名的"姑姑筵"，虽是个饭店，但里面亭台如画，曲径通幽，有江南园林的风味，门外挂着副有趣的对联：

  叹老夫无命做官，才租这大花园承包酒席；
  替买主下厨弄菜，好像那巧媳妇侍奉公婆。

内堂门口还有一联：

  提起锅铲，拿起菜刀，自命为锅边镇守使；
  碗有佳肴，壶有美酒，休嫌这路隔通惠门。

宋岚心想，单看这两副对联，也知此处店老板的不俗了。

"姑姑筵"这个名字很有趣，它本来是成都小娃娃们"扮家家"的名称，娃娃们用瓦片、竹叶、野菜之类模仿大人，假装办酒席，但这里却用以作酒店的名字，这颇有新意和深意的名字，开张之初便引来许多好事之徒观光。

进入内堂后，里面的门方上又有三个斗大的字"混寿缘"，即混日子、寻缘分之意，两边还有长联：

右手拿菜刀，左手拿锅铲，急急忙忙干起来，做出些鱼翅燕窝，供给你们老爷太太；

前头烤柴灶，后头烤炭炉，轰轰烈烈闹一阵，落得点残汤剩饭，养活我家大人娃娃。

这些新颖不俗又带着调侃意味的长联，受到了许多人特别是骚人墨客的欣赏，再加以烹调精致、讲究，于是开张不久便成为文艺界名流的聚会之所。和专门接待高官显贵的"荣乐园"、西式饭店"沙利文"以及土豪们聚会的"春熙饭店"等不同，赵俊扬选择在这里请客是经过仔细斟酌的。本来他想自己英文系毕业，平时穿的都是时髦的西式服装，举止间有"海派"及英国"绅士"之风，应该在以西餐闻名的"沙利文"请客，不能与酸客文人为伍，但后来听一位秘书透露，这位厅长是个"美食家"，但不喜西餐，认为吃西餐只是一些人在装点门面，还是精致的中餐更有味道，于是便把请客的地点改在以菜品精致闻名的"姑姑筵"了。

"姑姑筵"的老板姓黄，不是市井出身，曾考中秀才、廪生，当过县知事。成都人好吃，也会吃，酒楼餐馆历来兴旺，有钱且有闲的人们常聚会于这些场所，专门研究和体会美食之道。黄老板的儿子看准了这个商机，便建议精于烹饪的老汉儿开个饭店，最初在陕西街，后来搬到了少城公园。

正当生意做得红火时，黄老板的老友——一位师长——给他弄了个县长，他便把饭店交给儿子，自己走马上任了。

哪晓得，儿子根本不是做生意的料，不到一年饭馆便负债累累，黄老爷子得悉后赶快辞官回到成都，还了债，把饭店也顶了出去。

但是，知道黄老爷子长于烹调的人很多，亲朋好友便撺掇他重操旧业，于是他办起了小型家庭餐厅，只接待两三桌人。抗战前夕，行营参谋团驻在陕西街刘文辉的公馆里，有一次，蒋介石来成都时，也住在刘文辉隔壁的一家会馆里，刘文辉招待委员长时，特地让黄老板烹制了两桌最精致的筵席，让委员长赞不绝口，并问是哪家餐厅做的，刘文辉回答后，蒋介石点头道："以前清宫御厨做的也不过如此！"于是黄老板回家后便对人开玩笑道："我被封为御厨了！"

由于慕名前来的人越来越多，"姑姑筵"不得不扩大，便搬到西门外的百花潭了。

"姑姑筵"还有一个特殊的不成文规定，即客人就餐时要向黄老板送上一张请帖，并请他上座，正菜上完后他会来入席，还会介绍几样主菜的烹调方法。

这一天，赵俊扬和宋岚早早地来到了"姑姑筵"。他们到后不久，几位局长和处长也坐着自己的私包车陆续来到了。局长、处长们都带了太太，太太们有的穿着华丽的织锦缎旗袍，有的穿着名贵的金丝绒长裙，脸上胭脂水粉涂得白白红红，有点像京戏里的脸谱，人人香气扑鼻，珠光宝气，真的是姹紫嫣红。

穿着白色乔其纱旗袍、略施脂粉、风度优雅的宋岚，站在这群太太中间，宛如一株亭亭玉立的白荷花，而襟边的两朵红玫瑰，又在素雅中透出了一种悄然的艳丽，让明眸皓齿的她愈加动人。赵俊扬向局长、处长和太太们介绍了她，宋岚大方而有礼貌地一一微笑着鞠躬致意，男人们的目光不由得都落在了她的身上，露出了惊奇和羡慕的神色，而太太们斜睨的眼睛里却是惊奇中夹杂着嫉妒。

最后来到的是王厅长，他没有带家眷，是单身前来的。赵俊扬早早地便在门外迎候，恭恭敬敬地半弯着腰陪他进了门，接过了他的手杖和博士帽在衣钩上挂好……这时，先到的客人们也都恭恭敬敬地站了起来，赵俊扬便赔笑躬身邀请厅长大人在正中的上八位坐下，亲自泡了一杯雀舌双手奉上，然后又向他介绍宋岚："厅长，这是贱内，也是学校的教员，今天特地前来聆听厅长教诲的。"

宋岚和对待别的客人一样，也礼貌地向王厅长鞠躬致意，但王厅长却突然伸出手，在猝不及防中紧紧地抓住了她的两只手，上上下下仔细打量一番后回头笑着对赵俊扬说："赵老弟，早就听说你的太太是个大美人，今日一见，果真名不虚传，竟是这样的绝代佳人，倾国倾城啊！老弟金屋藏娇，艳福不浅，让人羡杀……"说着话，眼睛盯着宋岚，手一直没有松开。

这位王厅长相貌还算体面，高高的个子，浓眉方脸，鼻梁挺直，天庭饱满，只是长了一双色眼，见了漂亮女人便会失魂落魄，眼睛里像要生出钩子来，总想伺机动手动脚占点便宜，于是教育厅里的女职员们便在背后给他取了个"骚鸡公"的绰号。

宋岚心里有些不高兴，使劲抽出了自己的手，默默地坐下了。局长、处长们互相递着眼色，有人哈哈笑着附和道："厅长说得对，金屋藏娇的赵老弟应该先敬厅长三杯！"

赵俊扬看出了宋岚的不快，急忙打圆场说："在座诸君哪一位的夫人不是大美女呢？我们都该向厅长敬酒！……厅长，不晓得这'姑姑筵'的菜肴合不合您的口味，这里的黄老板做菜倒是极考究的，请厅长先点菜吧！"说着便双手把菜单捧上。

王厅长接过了菜单，但眼睛仍然瞟着宋岚，"呵呵"笑着回答："不客气，不客气，我不喜欢海参、鱼翅之类，'姑姑筵'的家常菜我品尝过，的确不错，何况今天又有宋女士这样的美人在座，秀色可餐呀，不管什么菜都是好的，你随便点几样吧……"说着把菜单还给了赵俊扬。

王厅长的无礼和无聊让宋岚心里十分恼怒，她想到了在李庄看到的一切，在恼怒中又十分感慨，原来在国难中，有人在忘我地工作、艰难地奋斗，而有人却仍然是尸位素餐，醉生梦死，两者的悬殊实在太大了！想到这里，她真想拂袖而去了。

赵俊扬也觉得王厅长太过分，但由于自己有求于他，便不敢得罪。他了解宋岚的性格，知道她的不快，便以商量点菜为名，把她拉到一边悄声说："我晓得你不高兴了，但他是省里教育界的最高长官，我们现在有事求他，你就委屈一下，马马虎虎地敷衍敷衍吧……"

宋岚生气地低声回答道："他把我当成啥人了？这样轻薄！你这样卑躬屈膝又何苦呢？不当校长又咋样？不能为了当个啥校长就连人格都不要了吧？"

"算了，算了，岚小姐，我求你了，今天你千万千万看在我的薄面上应付一下，他也只是嘴巴上占点便宜，只要你不理他，他也不能怎样的……"

赵俊扬点了"姑姑筵"的名菜青筒鱼、白水豆腐、黄腊丁汤，另外又配了清蒸江团、虫草鸭子、雪花鸡淖、干煸鳝鱼、金钩玉笋、时新蔬菜和几样下酒的凉菜，满满地摆了一桌。酒是按王厅长的意思，上的泸州老窖。

赵俊扬先向王厅长敬了酒，接着又向局长、处长们敬酒。宋岚和别的酒寨女人一样，自小受酒乡的熏陶，都能喝酒，但她从不在生人面前喝，因此并没有和赵俊扬一起敬酒。王厅长注意到了，端着酒杯又笑嘻嘻地望着她说："宋女士，今日有缘相见，我还有事求你哩，现在敬你一杯，先干为敬，希望宋女士赏赏脸！"

说着一仰头把一杯酒干了，把杯子翻过来向宋岚亮了亮。

但宋岚并没有端起面前的酒杯，只不动声色地回答道："王厅长言重了！您是全省教育部门的最高长官，有事尽管吩咐，哪说得上个'求'字呢？我不会喝酒，也从不喝酒，你位高权重，只有下属求你赏脸的，哪会有事求到下属呢？有啥事你就吩咐吧，我洗耳恭听哩！"

宋岚的话绵里藏针，但王厅长似乎浑然不觉，"呵呵"笑道："我真有事求宋女士哩，赵老弟有意任华西坝济蜀中学任校长，我想此事可以考虑，我可以给有关方面打个招呼，问题不大……但宋女士呢，我们厅里正缺一位副秘书长，宋女士能不能屈就呢？"

听了厅长的话，在座的局长、处长和太太们都掩饰不住地露出了惊异、羡慕和嫉妒等各种神情，赵俊扬喜出望外，正想回答，宋岚却马上向他摆了摆手抢先道："谢谢厅长的好意，副秘书长的重任我担当不起！自小我就喜欢教书，上中学的时候就靠教书挣学费哩，至今我也觉得教书育人是人生最大的乐趣。再说，厅里副秘书长的位置何等重要，我是没有能力胜任的，请厅长还是另找适宜的人选吧！"

宋岚的推辞大出人们意料，但他们和王厅长又都认为宋岚只不过在假惺惺地作态，于是王厅长笑了笑又道："宋女士不要太过谦虚，我看准的人是不会错的。我还可以透露一个小秘密，虽说是副秘书长，但因为秘书长年事已高，已几次请辞，这副秘书长不久便将是名正言顺的秘书长了，待遇和地位自然都比中学教员高出许多。这个职位有不少人觊觎，我是很欣赏宋女士，所以才提出来的……"

局长和处长们面面相觑，其中想出任秘书长的人，便努力隐忍住了自己的失望和不满，颇有深意地说："赵老弟，厅长对令夫人真是另眼看待啊，这是难得的机缘，你就做个主，赶快应了吧！"而自知不会被提拔的人也敲起了边鼓，附和着说："宋女士，这真是个美差，中学教员和省厅的秘书长哪能相比？不要辜负了厅长的一番好意，你就不要再推辞了！"

宋岚正想回答，"我认为秘书长并不比中学教员高人一等，百年树人的道理难道在座诸君不懂？"深知她性情和想法的赵俊扬怕她再说出什么话让在座的人难堪，便连忙抢先道："厅长的栽培让卑职和贱内都受宠若惊，感激万分！贱内一直在学校教书，没有见过世面，请厅长容她回去再考虑一下，然后向厅长报告吧……"

王厅长脸上露出了不悦之色，本想发发脾气，说对方不识抬举，但看看眼前花朵一样的美人，又咽咽口水，把脾气压了下去，悻悻地说："如此也好，宋女士就再考虑考虑，你们俩也再商量商量吧！"

由于这段插曲，桌上的空气开始变得沉闷了，几位知趣的下属赶紧向厅长敬酒，这时，主菜已经上毕，大家品尝着青筒鱼、白水豆腐和黄腊丁汤全都赞不绝口，不晓得这几样极其普通的东西咋个会烹调出如此美味，连王厅长也暂时忘记了美丽的宋女士和心中的不快，开口大嚼起来……

按照惯例，主菜上齐后黄老板便围着棉布围腰走出来和客人们相见。见他出来，赵俊扬觉得像是来了个大救星，赶忙起身让座，客人们也晓得"姑姑筵"的规矩，也笑着让座，赵俊扬请黄老板在王厅长旁边坐下，黄老板坐下后不待众人开口便说道："首先说这'青筒鱼'吧，要先找一根刚刚由斑竹笋长成的新竹子，连节巴一起砍下一筒，把半斤来重的鲫鱼两三尾码上各种作料后稍微煎一下，便和金钩、鱿鱼等海味一起放进竹筒内，密封后用一根杠炭火在竹筒外慢慢地烤，慢慢地转，一直烤到竹筒蔫了、干了，然后把鱼倒出来上席。这样做出来的鱼就笋香四溢，鲜嫩可口了。这道菜原是一位在清宫当过差的亲戚传出来的。

"再说说这'白水豆腐'，豆腐本是极平常的东西，要想做出美味，就要花些功夫了，统共要经十几道手续哩。俗话说'唱戏靠腔，弄菜靠汤'，'白水'其实并不是'白水'，是用各种海味和鸡鸭等二三十种东西先先后后放在鼎锅里熬出的汤，汤熬开后撇掉上面的油面子继续熬。熬了又沥，沥了再熬，把汤的鲜味真正吊出来，最后把熬汤的那些东西都捞出来丢掉，再把汤沥了又沥，沥得像清水一样。用几斤大鲢鱼开成薄片贴在豆腐片上，用小蒸笼垫上荷叶，蒸一段时间后去掉鱼片不用，再把豆腐切成小方块放进吊好的清汤里，配上嫩莴笋尖或豌豆尖就可以上桌了。做这道菜时，手脚要麻利一些，千万不能大意，一大意，豆腐就弄烂了，汤也浑了！

"黄腊丁汤倒简单一些，黄腊丁头上有根刺，这根刺和脊背上的刺是相连的，我们专门做了个锅盖，把黄腊丁头上的刺一排一排地钉在锅盖里面，锅里的汤烧开后，过一段时间，黄腊丁的肉就会全部脱落在锅里，刺却掉不下去，加上作料，味道就鲜美了！"

黄老板说得头头是道，食客们也听得津津有味，但宋岚却在感慨地想，中国有些人确实太麻木、太安于现状了，国难如此，他们居然还肯花这么多心思来满足自己的口腹之欲……

黄老板说完后陪坐片刻便起身离去，他的到来为赵俊扬解了围，王厅长在桌上没有再提让宋岚去厅里当差的事，最后起身离去时，只在门外对恭送他的赵俊扬低声说："老弟放心，家严和令尊也曾相识，你的事我会放在心上的……至于令夫人去厅里任职一事，也望你们再考虑考虑……"

回家以后，赵俊扬把王厅长的话告诉了宋岚，宋岚便反问道："你的意见呢？觉得我应不应该去？"

赵俊扬吞吞吐吐地回答："这个……这个……秘书长倒真是个肥缺，好些人想尽办法活动也没当成哩，今天来吃饭的局处长中，就有人一直是想当秘书长的，不去是很可惜的……再说，我当校长一事也掌握在厅长手里，得罪了他恐怕……"

宋岚沉下了脸："难道你就没有看出来，那位厅长醉翁之意不在酒？总不能为了当个校长，你就把自己的妻子……反正我不想当个'花瓶'，我是不会去的！"

"是不是你想得太多了呢？所谓爱美之心人皆有之，他是不是只出于对你的欣赏，而并没啥非分之想呢？"

宋岚白了他一眼道："但愿如此吧，你想想，秘书长这个职位何等重要，是需要纵横捭阖的本事的，我一个中学教员能有这种本事吗？他王厅长和我初次见面，啷个会认定我就适合这个职位呢？你难道不晓得我天生不喜欢应酬，更不愿意进入龌龊的官场，最大的理想是桃李满天下，管他有没有非分之想我都不会去的……你不会为了当校长，便要强迫我吧？当不当得上校长真的那么重要吗？"

赵俊扬知道，外表温柔秀美的宋岚，是个外柔内刚的人，她认定了的事是很难改变的，于是摇摇头叹了口气道："我晓得，你是个自命清高的人，是不会为我考虑考虑的……"

赵俊扬无法给王厅长一个满意的答复，他的校长自然没有当成，他另辟蹊径，通过别的关系，在济蜀中学终于谋得了一个教务主任的职务。而宋岚呢，仍然在女子中学教书，有关李庄的一切，已经深深地留在了她的记忆里，她坚信：

"教育是国家的未来,是立国之本,要想建设一个富强的中国,必须为国家储备大量人才。"

这件事后,两人间的裂痕便更深了一些,赵俊扬心里对宋岚十分不满,借口教务主任事务太多、太忙,而家又住得太远,便搬到学校去,经常不回家住宿了。

第十章 魂魄毅兮

一 鏖战石牌

抗战仍然在激烈地进行，江奶姆却等来了一张"阵亡通知书"和一笔数目不多的抚恤金，她的儿子江有才在石牌阵亡了！

和抚恤金一起带来的还有三块沾着血迹的大洋，来人说："这是江排长临死前留给妈的……"

紧紧地握着三块沾着血迹的银圆，盯着薄薄的"阵亡通知书"上面黑乎乎的几个字，江奶姆只觉得一阵天旋地转，心被掏空了一样。虽然自从儿子参军后，她每天总是提心吊胆地打听着前方的消息，也曾多次想到过儿子会受伤，甚至会回不来了，但心里总还存留着希望，希望有一天，穿着军装的儿子能够站在娘的面前……

自从儿子去修飞机场后她就没有再看见过他，连他穿上军装后是啥模样也不晓得……其实，母子连心，最近一些日子，她不但总是心神不安，还多次做着相同的梦：儿子回来了，穿着一身草绿色的军装，比过去长高了一些，但还是那么瘦，儿子笑嘻嘻地站在她的面前，亲亲热热地叫着："娘……娘……"她高兴地答应着正要迎上前去，儿子却忽然往后退，身上流着鲜血，再也不见了，只听见他的声音："娘，娘，我走了……"

一次次从梦中惊醒，她早已觉得要出大事，是儿子来托梦，来告诉娘他要走了……但她又希望像宋岚那些教书先生常说的一样，"日有所思，夜有所梦"，梦是假的，或者像乡坝头的人常说的那样，"梦是反的"，儿子并没有出啥事，只是因为她太担心他、太挂牵他了！

因此，她把自己的担心、自己的忧虑、自己的噩梦都藏在了心里，没有告诉别人，甚至没有对宋岚讲——虽然几年相处，宋岚已经把她当成了自己的家人。

如今噩梦竟然兑现，儿子果然走了，永远、永远地走了！

和天底下所有的母亲一样，这个当保姆的女人，接到儿子阵亡的通知时，她的心在流血，心肝肚腑好像都已经被撕成了碎片，痛得她无法忍受，只希望这一切都不是真的，儿子并没有死，这张"阵亡通知书"发错了……但她又明白，这一切都是真的，儿子再也不会回来，她已经永远、永远地失去他了。

只有失去至爱的亲人时，才会懂得"永远"这两个字真正的、让人绝望的含义。

儿子才多大啊，才刚刚满二十岁，二十岁，正是一辈子中最好的时光，他应该成家，应该立业，应该让她看到小孙子，但他却孤零零地一个人走了，而且是永远地走了！

石牌在哪里呢？她不晓得，从来也没听说过，来人也说得不清楚，只说"在江边，一个很要紧的地方"……儿子被埋在哪儿了？埋了还是没埋？没有人告诉她，甚至连宋岚也说不清楚。想到儿子活了一辈子人，死后连薄薄的棺材都莫得，可能连尸骨都找不到，小小年纪就成了远离家乡的孤魂野鬼，连钱纸都没有人烧一张，母亲的心更痛了。

恍惚中，她想起了有关儿子的一切。

灵醒、懂事的儿子自小就没有让她多操心，自从来到这个人世上就没有过一天好日子。四五岁时便帮娘带着小弟娃儿，有了啥好吃好玩的东西总是先让着弟娃儿，从来不会和他争抢，更不会惹娘生气；大一点后，便学着帮娘做家务，煮饭、洗衣服样样抢着干……老汉儿抽上鸦片烟后，把屋里的东西卖光当尽，连几间茅草房都给了人，没奈何，她心一横，生小女儿后还没满月几娘母就来到成都，要在这人生地不熟的地方想办法活下去，幸亏遇到了赵俊扬和宋岚这一家人，总算有了个安身的地方……懂事的儿子，晓得娘的难处，十二岁就离开娘去当了学徒。学徒的日子她晓得，啥子"学徒"啊？只不过是没得工钱的"长年"和没有娘的"寄饭丫头"（童养媳），啥子脏活苦活都要咬着牙干，儿子本来就单薄的身子更瘦了，冬天手上和脚上都长满了冻疮，到处是血淋淋的"娃娃口"，但不管再苦再累，他也从来没在娘的跟前抱怨一句。有时娘去看儿子时，会带去自己做的鞋子和赵俊扬不穿的旧衣服，还会悄悄塞点钱给他，但儿子收下衣服和鞋子后，总是把钱退回来，对娘说："娘，弟娃儿还小，他要上学读书呢，您把钱存起来供他读书吧，我有吃有穿的，钱没地方花！"逢年过节师父打发几个零花钱,他也舍不得花,都带回来交给娘,说是帮弟娃儿读书用的……

想到这些,江奶姆的心更痛了,她喃喃地说:"有才娃儿啊,我们枉自母子一场,娘真是对不住你啊!"

让这个卑微的、当保姆的母亲暗地里感到骄傲的是,他不只对娘和弟娃儿好,心里还藏着国家、民族的大事——为这,宋岚曾多次当面夸她"养了个好儿子,给你争了口气,比那些少爷、小姐强百倍"。日本鬼子打进了中国,日本飞机张牙舞爪地轰炸、扫射,十五岁的儿子本来学徒期满要出师了,可以挣钱了,却自己报名去修飞机场,说啥"天下兴亡,匹夫有责",想亲眼看到中国飞机把日本鬼子的飞机打下来,为被炸死的老百姓报仇。飞机场修好后他又报名参了军,出发前曾找人带信给娘说:"娘,你放心,我一定要保护您和弟娃儿,决不能让日本鬼子打进四川,也不能让日本鬼子再随随便便地残杀中国老百姓!"

儿子到前线后曾来过几封信,说是长官嘉奖过他,说是因为打仗勇敢,已经当了班长、排长。儿子在一封信里还说:"前方的战事很激烈,鬼子不但有飞机、大炮、坦克,而且打不赢时还违反国际法放毒气,我们好些将士都被毒死了……我们只有刺刀、步枪和手榴弹,但娘要相信,我们的决心大,我们一定要保卫自己的家园和亲人,一定会把日本鬼子赶出去!"在另一封信里又说:"万一哪天我为国牺牲了,娘,您千万不要太伤心,战场上已经牺牲了那么多的弟兄,他们哪一个不是爹娘的宝贝儿子呢?"

宋岚在替江奶姆念这些来信时,多次称赞江奶姆"养了个深明大义的好儿子",还让齐齐来听听这些信,"向江哥哥学习,长大后也要当一个顶天立地的男子汉"。她还特地把信带到自己任教的学校里,念给学生们听,除了嘱咐她们要好好学习外,还发动她们向前方将士写慰问信,捐献慰问金和慰问品。

江奶姆天天都盼望着儿子能把日本鬼子赶出中国,盼望着儿子能够回家,但是,儿子终于为国牺牲了,当娘的再也看不到他了,两娘母不但没见上最后一面,而且连他到底牺牲在哪儿也弄不清楚,一想到儿子竟成了远方的孤魂野鬼,江奶姆更是肝肠寸断了!

看到"阵亡通知书",宋岚也非常难过,觉得实在找不到什么话可以安慰这个失去儿子的母亲,只能默默地坐在旁边陪着她流泪。想到江有才信上的那句话——"战场上已经牺牲了那么多的弟兄,他们哪一个不是爹娘的宝贝儿子呢?"是的,这场侵略、这场战争已经让多少无辜的人死亡,造成了多少人间悲剧啊!

为什么人类会有侵略、会有残杀？为什么一个民族总是认为自己是天地的主宰，总想把另一个民族踩在脚下甚至彻底消灭？为什么号称"万物之灵"的人类竟不如禽兽，要用最残忍、最卑劣的手段自相残杀？这难道就是人性中最丑恶的一面？

这一切，让她无法解答。

江奶姆大哭着，望着东方烧了一大堆钱纸，又请人做了个牌位放在自己房里，牌位下面供奉了水果糕点。江有仁也跪在牌位前磕着头大哭了一场，宋岚领着儿子齐齐在牌位前鞠躬敬礼，连院子里住的几个学生闻讯后，也都来行了礼……每逢初一、十五江奶姆都要焚香祭拜儿子。

宋岚和江奶姆都不知道"石牌"到底在哪儿，后来宋岚便去问宋轻雪，消息灵通的宋轻雪告诉她："在三峡的西陵峡旁，有个一百多丈高的巨石，有几千吨重，这就是石牌。这里地处战略要津，是通往陪都和四川的门户。石牌之战曾被外国人称为'东方的斯大林格勒保卫战'，它保卫了抗战的大后方，保卫了重庆，在石牌牺牲的将士都是中华民族的英雄！"

应宋岚的要求，她绘声绘色地讲述了石牌之战的详情，并找出了一些报道和资料让宋岚翻阅。

原来，武汉会战后，日军便发动了"枣宜会战"，目的是占领三峡的门户宜昌后继续西进，直指中国战时首都重庆。

当时日本的企图并没有被中国第五战区司令部及重庆的军事委员会洞察，于是在指挥上出现了失误。日军分三路进攻，中国的防线相继被突破。

第三十三集团军总司令张自忠本来率部防守襄河以西，但当日军攻破友军第一道防线向襄阳、枣阳挺进时，张自忠便毅然率领七十四师和军部直属特务营渡河增援，从日军的背后发动了攻击，以堵住日军南退和西进的道路，目的是阻止其继续西进，威胁重庆。

不幸的是，日军截获了中国军队的情报，知道了张自忠部的意图和具体位置，于是便集中两个师团的兵力和四十多架飞机，将张自忠部团团包围。张自忠身先士卒，亲自在前线指挥作战，但寡不敌众，激战七天七夜后七十四师官兵大部阵亡，部属力劝张自忠撤走，但张自忠回答："我如撤走，会羞愧一生……没有谁，国家都会屹立！"到第七天的下午，七十四师和总部特务营只剩下了一百多人，张自忠也多处负伤，胸部中弹后血流如注，却仍然坚持指挥作战。后来两千余名官兵几乎全部战死，只剩下了几名随从，于是将军便"命令"随从突围撤退，旋即拔出佩剑自尽。他留下的最后一句话是："敌一日不去，我必忠贞而战，力战而死，对国家、对民族、对长官可告无愧，良心平安！"

宋轻雪告诉宋岚，张自忠是抗战中中国军队牺牲的最高将领，也是同盟国牺牲的最高将领。张自忠牺牲时四十九岁。

蒋介石惊闻张自忠殉国，命令部队要不惜一切代价夺回他的遗体，部队组织了两百人的敢死队，终于将遗骸夺回。检视遗骸，将军全身共负伤八处：除右肩、右腿的炮弹伤和腹部的刺刀伤外，左臂、左肋骨、右胸、右腹、右额各中一弹，颅脑塌陷变形，面目难以辨认，唯右腮的黑痣仍清晰可见。

遗体在宜昌祭悼三天后转运重庆进行国葬。一路上，成千上万的老百姓自发地摆出香案，哭拜英灵。宜昌有十万民众自发送殡，尽管日机在头上盘旋，但无人躲避。当灵柩抵达重庆时，蒋介石率文武百官隆重接灵，追赠为陆军上将，列入祀忠烈祠首位。

宋轻雪说："中共的周恩来称张自忠为'军魂'，这个称号应该是对将军最高的褒奖了！"

张将军阵亡之后，日军经过短期休整后便开始向宜昌进攻，经过激战，宜昌陷落。宜昌陷落后，日军便沿江而上，企图攻进四川并占领重庆。

宜昌是重庆的大门，西陵峡边的石牌本是个并不著名的地方，在地图上都很难被找到，但它却处于长江天堑要冲，是陪都重庆的最后一道防线。石牌如被占领，中国抗战的大后方将大门洞开，日本侵略者便可长驱直入进而占领重庆，创造他们所谓的"奇迹"，中国的抗战无疑将处于更加困难的境地。

日军出动了海陆空十万余兵力进攻石牌。这是一场"生死之战"，"决定国家命运之战"，从某种意义上说，它还将影响整个反法西斯战争的形势。

日军武器精良，而且多是重武器；中国军队只有轻武器，而且多是质量低劣的"汉阳造"。日本军队经过长期准备，训练有素；中国军队多是临时参战的"壮丁"，缺乏系统的军事训练。

攻占武汉、广州后，日本曾举国欢庆，认为中国从此将一蹶不振，只能面临投降的命运。中国国内一些投降派也开始了行动，汪精卫甚至公开投敌，但是侵略者没有认识到，当汉奸的毕竟只是一小撮人，中国并没有屈服，中华民族并没有屈服。前方仍然士气高昂，许多将士决心为国家、为民族流尽最后一滴血，不少人在参战前便抱了战死沙场的决心,有的写好了遗嘱,有的把家人向长官托付……而日军却国力有限,战线过长,士气已大不如前,陷入了对华战争持久战的泥潭。

石牌之战的战幕拉开后,蒋介石亲临前线督战,司令长官陈诚也立即从昆明飞抵恩施坐镇指挥,并对将士们说:"我愿和诸位一起战死沙场!"

防守石牌核心要塞的是第十一师,师长胡琏,当日军向胡琏部的一线阵地展开进攻后,胡琏便把写好的五封遗书交给了部队的兽医,让他带着军马后撤,并嘱托他:"万一确知兵败我亡后,便将这几封信发出。"

胡琏的遗书分别写给了父亲、兄长、妻子和好友。

致父函的内容是:"父亲大人:儿今奉命担任石牌要塞防守,孤军奋斗,前途莫测。然成功成仁之外,当无他途。而成仁之算较多。有子能死国,大人情亦足慰……恳大人依时加衣强饭,即所以超拔顽儿灵魂也。敬叩金安。"

给妻子写的信是:"我今奉命担任石牌要塞守备,军人以死报国,原属本分,故我毫无牵挂。仅亲老家贫,妻少子幼,乡关万里,孤寡无依稍感戚戚……诸子长大成人,仍以当军人为父报仇、为国效忠为宜。战争胜利后,留赣(州)抑回陕,可自择之。家中能节俭,当可温饱,穷而乐古有明训,你当能体念及之……兹留金表一只,自来水笔一支,日记本一册,聊作纪念。接读此信,勿悲亦勿痛,人生百年,终有一死,死得其所,正宜欢乐。匆匆谨祝珍重。"

胡琏在战前还率师部人员登上凤凰山,举行了祭天仪式,并向"山川神灵"祷告道:"我今率堂堂之师,保卫我祖宗艰苦经营遗留吾人之土地,名正言顺,鬼伏神钦,决心至坚,誓死不渝。……生为军人,死为军魂。……今贼来犯,决予痛歼,力尽,以身殉职。……此誓。"

激战开始了,友军阵地被连连攻破,十一师腹背受敌,日机轮番轰炸,陈诚深夜打来电话:"胡师长,怎么样?有没有困难?有没有把握?"

"请陈长官放心,此刻前线正在全面拼杀之中,我军虽然孤军奋斗,但官兵士气旺盛,敌人若想突破西陵峡口,必须踏着我十一师官兵的尸体而过,否则敌虽尸堆如山,血流成河,也休想望见巫峰!"

"很好,我将把你的决心报告委座。但请你放心,你们不是孤军,我已调精兵正在途中,大局可以改观。"

第二天凌晨,日军的大炮开始了地毯式的轰击,紧接着日机又对阵地进行了轮番轰炸。在硝烟弥漫、火光冲天中，展开了新一轮的全面进攻。十一师战士奋起反击，激战后把日军击退……日军便按过去多次使用过的办法——开始施放毒气，我军官兵纷纷中毒倒下，部队奉命转移。

在转移中，日军追了上来，又多次发生激战，这天中午，军长又给胡琏打来电话："我传来委座电令，石牌乃中国的斯大林格勒，离此一步，便无死所。中华男儿，当有与苏联红军相互辉映之义务！"

胡琏回答："决不辱命！"

这天晚上，胡琏下令将部队转移到石牌要塞的最高点白石岩，他对各团的长官说："要塞如果被敌攻陷，这里就是我们的葬身之处。从明天起，我们将与敌短兵相接，望各就本位，各尽职守，战至最后一人，将敌人的鲜血和我等的英名涂写在石牌的岩石上！"

两天后，援军开始到达，美国的"飞虎队"和中国空军也赶来支援，击落日机六架，遏制了日军的"空中优势"。

日本派出海军准备利用长江包围石牌，迂回作战，但中国海军的官兵们说，虽然我们的军舰没有了，但心中的军舰永远都在。他们在江水里大量布雷，击沉了日军的主力舰，炸沉、炸伤大量敌舰，有效地阻止了日军的进攻。

陆军方面，虽然武器不如日军，但各部都以决死之心坚守防线，白天激战，晚上还组成各种小分队，发动夜袭，造成日军的极大恐慌，几乎一整夜都不敢睡觉。

附近的百姓也纷纷赶来支援，军队给养全靠人力运输，民众冒着炮火，用肩挑、用小车推，流着鲜血，给部队及时送来了各种补给……

在白石岩，中日双方几千人拼起了刺刀。江有才就是在这次白刃战中牺牲的，替他带回三块大洋的战士也参加了这次白刃战，在战斗中负伤来到后方治疗。应江奶姆和宋岚的要求，向她们讲述了江有才牺牲时的情景。

这位战士说："这场白刃战打得十分惨烈，真是血流成河啊！江排长身体不壮，话也不多，但打起仗来非常勇敢，总是冲在前面。来到石牌后他曾说：'我们的身后就是四川了，就是死，也不能让日本鬼子踏进四川一步！'日本鬼子端着刺刀冲上来了，连长大吼一声：'我们最后的时刻到了，有种的跟我上！'说着握着刺刀冲入了敌群，江排长跟着也冲了上去。一个日本兵的刺刀向江排长的前胸刺来，江排长就地一滚，躲开日兵的刺刀后跳起来大吼了声'杀'便直刺日兵的左肋，日兵倒下了……他拔出刺刀后看见一个日军正把刺刀插进旁边一个弟兄的肚子里，便立即转身一刀插进了日军的后背……这时两个日本兵从左右两边冲来，同时把刀插进了江排长的肚子里，江排长丢了手里的枪，眼里冒着怒火，伸出一只手紧紧握住了一个日兵的枪管，这时，连长冲了过来，一刺刀捅死了一个日本兵，又一枪托击碎了另一个日兵的脑袋……

"在这场惊天动地的白刃战中，我们中国军人用决死的信念终于把日本鬼子打退，保住了石牌要塞！

"江排长牺牲了，临死前他从内衣口袋里拿出沾满鲜血的三块大洋交给连长，请他转交给娘，断断续续地说，儿不能……给娘……尽孝了……"

听了这个故事，宋岚流着泪对江奶妈说："你是一个好母亲，养出了个好儿子，等到把日本鬼子赶出中国后，我一定陪你到石牌去祭奠他的英灵，他是一个孩子，也是一个英雄，正是由于有你这样的母亲，有小江这样的好孩子，中华民族才不会灭亡，国家和民族是永远也不会忘记他们的……"

二 一百零一次

虽然早有许多心理准备，但直到亲自在驼峰航线上飞过之后，乐云辉才真正懂得了这条航线为什么会被称作"上帝的弃地"和"死亡之路"。

他曾被同伴们称为"飞行天才"，在驼峰航线上已经安全地飞行了整整一百次，多次遇到过致命的危险，但都化险为夷。

乐云辉曾在空中亲眼见过一场机毁人亡的惨剧。由于航线经过的山峰海拔多为四千至六千米，而C-46和C-47运输机满载后只能飞三千五百至四千米，五千米是极限，因此便只能在山壑里钻来钻去，而山壑正好在可怕的对流层里，本是航行的禁区，飞行时十分危险。那天天气很好，但山壑里一位美国飞行员的飞机却没有发出任何求救信号，就陡地像被炮弹击中了一样，从高空向地面急速地坠落、坠落……

一位被派去寻找失踪飞行员的人曾写了一首诗："白云生足下，蛇行一线穿。吸氧过驼峰，天雪两茫茫……"他爬过了座座雪山，但什么也没有找到。

不仅地形复杂，还有世界上最恶劣、最可怕的气候。航线正位于欧亚大陆三大强气流团的交会点，从西面来的低气压沿着喜马拉雅山移向西藏和印度之间的驼峰,与来自孟加拉湾的暖湿高气压团以及来自西伯利亚寒流的低气压团激烈撞击,因此驼峰的天气变幻莫测,经常有暴风雨、猛烈的飓风和急剧的降温,让飞行受到极大影响。在剧烈的颠簸中,货物常常会剧烈地撞击舱壁,甚至被甩出飞机。对飞行员来说,每一次飞行都是一次生与死的考验。

由于飞机在空中被各种险情损坏,还在继续不断地遇到各种不可预知的、无法控制的险情,因此往往出发时是三个人,但途中却少了一个人,甚至什么时候少了一个人谁都不知道……

调度室的黑板上挂着一些铜牌,上面有执行任务的飞行员的名字、目的地和机号。遇到回不来的飞行员,调度室就会取下他的铜牌丢在一个筐子里。有一次,乐云辉在飞行时遇险中途迫降,第二天才回到汀江机场,调度员告诉他,他的铜牌已经被扔进了筐子里——以为他已经牺牲了!

这条驼峰航线由美国空运队和中国航空公司共同承担空运,中美航空队架起了一条世界上规模最大、时间最长的空中战略桥梁,三年间无论炎夏还是严冬,无论白天还是黑夜,每天二十四小时从不间断。盟军和中国的勇士们,通过这唯一的通道,向被日军全面封锁的中国提供抗战所需的各种物资,包括武器弹药、医药与医疗器材、飞机和车辆零部件,各种机械油料、军工被服以及在美国印刷的中国钞票,等等。一部分供给陈纳德的美国第十四航空队,一部分供给驻华美军及中国正面战场的中国军队。中美先后投入了近三千架飞机,参加的各种人员有八万多人。

正是由于这条航线的支撑,中国才有效地牵制了大量日军,使侵略者无力再向东南亚和太平洋战场扩张,从而减少了其他盟国的压力,为反法西斯的二战做出了卓越贡献。

驼峰几乎每天都要坠毁几架甚至几十架飞机,许多勇士在驼峰航线上牺牲。美国《时代周刊》曾这样描述:在长达八百余公里的深山峡谷、雪峰冰川间,一路都散落着这些飞机碎片,在天气晴好的日子里,这些碎片会在阳光下烁烁发光,这就是驼峰航线另一个古怪的名字:铝谷。

有关方面曾说,据不完全统计,在驼峰航线上中美共损失飞机六百多架,牺牲和失踪的机组人员达三千多人。而据另外一些方面的统计,损失的飞机达两千多架,牺牲的飞行员上万人。

残酷的战争中,在这条"死亡之路"上,到底有多少勇士英勇献身,也许后人永远也不清楚，而他们的英灵和遗骸将在雪山冰川中永存！

这一天，乐云辉在执行驼峰航线一百零一次的飞行任务了，虽然他有"飞行天才"之誉，美国一家著名杂志曾把他当成封面人物，列为"卓越飞行员之一"，但他和宋轻雪都明白，这一切并不能降低驼峰航线的危险，这条飞越青藏高原的冰峰雪谷，在狭窄的山谷中、在诡异莫测的气流里开辟的空中通道，挑战着人类和飞机的极限，飞行员们时时刻刻面临着恐惧和死亡。每一次飞行，他们都和亲人经历着生离死别。

在执行一百零一次飞行任务之前，乐云辉收到了父亲的来信，信上说："吾儿为国献身，吾心甚慰，闻屡立战功，真不愧乐家千里驹也。祖宗疆土，当以死守，不可以尺寸与人，古有此训，望儿再接再厉，再传捷报。……汝母年老多病，已多日不起，如有便可速速归家探视，做最后之诀别也。"

收到这封信后，乐云辉知道一定是母亲的病情已十分沉重，要不然，以父亲的性情，决不会要他回家探视，和宋轻雪商量后，便决定两人一起回家，不仅探视老人，还要把一个重要的喜讯——"媳妇已经怀孕"的消息告诉他们，老人们早就盼望着抱孙子了。

但是，这时却接到通知，要把一批紧要的军用物资立即从印度空运到成都附近的空军基地，于是他便匆匆动身，准备把这次任务完成后再回家探视父母亲。

这天的深夜，他和三十多架飞机一起，穿越驼峰航线。

最初一切顺利，他感到和往常一样，飞机似乎已经和他融为一体，成为他身体和意念的一部分……运输机上没有加压装置，飞到一万英尺以上了，他和副驾驶、报务员谈笑着，都戴上了氧气面罩……飞机继续升高，继续升高，但是，陡然间，没有任何征兆，一场特大风暴突然袭来，飞机顿时被卷入了一股极强极强的气流之中，刹那间天地一片混沌，耳边只有风暴剧烈的咆哮声，空中立即充满了求救的信号，但是，在大自然原始的暴力前面，一切信号都无能为力，飞机变得比一只小鸟还要脆弱……乐云辉用尽全力想继续掌控飞机，像往常一样，成功地冲出强风暴的旋涡，但这只钢铁的巨鸟只是呻吟着、颤抖着、剧烈地颠簸着，所有的仪表，包括罗盘、定位仪全部失灵，一瞬间，仅仅是一瞬间，飞机便向地面的冰峰雪原俯冲下去……

在机毁人亡的瞬间，乐云辉的脑海里到底浮现了些什么？是年迈的双亲还是如花的妻子？也许什么都来不及想，只是用尽全力要制止这即将发生的灾难？

这天傍晚，宋轻雪从报社回到家里，一进门，便看到乐云辉和往常一样，穿着一身飞行服，站在桌边望着她微笑……她刚高兴地问了句："你回来了？"但眼前的景象突然消失了，房里依然只有她自己……于是她不安地自言自语道："是我眼花了还是因为太担心他了？"

紧接着，她便得到了乐云辉罹难的消息，最初，她不愿意相信这是真的，不是曾经发生过误认为他已经死亡的事情吗？但是，航空队和飞机场的人员都告诉她，他们已经反复核对过，确认他已经牺牲。宋轻雪不得不面对这个可怕的现实了！

其实，在内心深处她已经多次想象过这种可怕的结果。过去，他驾驶着战斗机在天空和日机搏斗时，她也是提心吊胆地等待着他，但那时，他面对的是闯进中国的强盗，她相信他的飞行技术和战斗意志，相信日本强盗无法战胜他。而在驼峰航线上呢？他面对的却是诡异莫测、比人类力量强大得多的大自然，这是任何飞行员都无法真正战胜的，人们称他为"飞行奇才"和"飞行天才"，她却认为只是技术加运气，而"运气"在驼峰航线上是十分重要的。因此，他飞行了一百零一次，她便忍受了一百零一次痛苦的煎熬。做过多少次噩梦，已经记不清了，但最后一次，她却清清楚楚地记得，她梦见自己到了一片白雪皑皑的雪原上，旁边是无数晶莹剔透、高耸入云的冰峰，乐云辉仿佛站在冰峰上笑着向她招手……她想看清楚他，但他笼罩在浓浓的云雾之中，模模糊糊地看不清楚……她呼喊着"云辉，云辉……"焦急地向他跑去，但冰峰突然轰地巨响着垮塌，她也陡地被惊醒了……

这是爱人们的心灵感应，还是乐云辉的灵魂来看望她，向她做最后的告别呢？

梦境不仅让她不安，也让她恐怖，一种不祥的预感日夜折磨着她。

噩耗终于传来，摧心剖肝的疼痛让她陡地变得痴呆，变得麻木，不知道饥饿，不知道疲倦，也失去了思维的能力……没有眼泪，没有哭泣，只是木头一样呆呆地瞪着眼睛，眼前只有乐云辉那英俊的面庞和含情的、炯炯有神的目光……

她曾经把爱情当作生命的火焰，没有了它，便是永恒的黑暗。她实在无法想象没有他的日子自己将怎样度过，在肝肠寸断中，她的脑海里只顽固地盘旋着唯一的想法："他走了，我还活着干什么？我能一直忍受着这种痛苦吗？我必须结束这种痛苦，跟着他走……"

真是痛不欲生啊！恍惚中，她紧紧地抓住了桌上的水果刀，对准了自己的胸膛……

大概是由于太久没有进食吧，这时肚子里的婴儿突然剧烈地躁动起来，婴儿的拳打脚踢终于把第一次做母亲的她惊醒了，让她陡地意识到，这是他的孩子，他的骨血，他生命的延续，是他留在世上唯一的东西，也是他和她爱情的结晶。她无论如何不能也不应该放弃这个宝贵的生命，她必须咬着牙活下去，再痛苦、再伤心，即使痛不欲生也必须活下去！

她终于放下了水果刀，失声痛哭起来……

但是无可言表的痛苦仍然紧紧地攫住她，让她透不过气来。

从情窦初开的少女时代起，自视甚高的她就幻想着自己的恋人应该是一个英俊、潇洒而又刚毅、勇敢、才华横溢的人，像父亲常说的"仰不愧于天，俯不怍于人""朗如日月，清如水镜"，而乐云辉正是这样的人。在大学里她遇见了他，最初他们并不是一见倾心，但后来像春天的细雨一样，慢慢地催生了爱的蓓蕾。他们并不像一些同学那样，流连在花前月下卿卿我我，但在心心相印中，两颗心灵却有了神秘的交流和共鸣。

她欣喜地发现了他心灵中许多最优秀的、超凡脱俗的地方，而且自己也努力吸收这些地方。爱情让她的生命燃烧，更加幸福也更加充实。他曾说："有爱情的生活是幸福的，但为爱情而生活是愚蠢的。"她爱他，也理解他，因此从来没有强迫对方为自己做出过什么改变和牺牲。

结婚了，她曾经认为自己是天底下最幸福的女人，但战争发生了，在国难当头的时候，他们都明白肩上的责任。他决心投笔从戎了，她的心里虽有一万个不舍，然而不但没有阻拦反而支持了他。她到战地采访，一方面是为了"记者"这一职业本身的责任，另一方面也是为了和他一样，显示着"以身报国"的决心。

她明白，乐云辉的祖祖辈辈都有"精忠报国"的传统，在这种传统思想的抚育下，乐云辉早就有"杀身成仁"的准备，如今正是"求仁得仁"，没有辜负祖辈的期望和教诲了！

虽然永远、永远地失去了他，但是作为妻子，还必须继承他的遗志，抚育遗孤正是不可推卸的义务和责任……

除此之外，还有乐云辉的父母亲。她想到了前不久乐父来信说母亲已经病重，盼望儿子能速速回家探视……要把他牺牲的消息告诉两老吗？不能！决不能让母亲临终前还听到这个噩耗,承受年老丧子的剧痛,还是让老人怀着希望安详地离去吧……思前想后她终于咬着牙强迫自己拿起了笔,用颤抖的手含泪给乐云辉的父亲写了封回信,假称乐云辉最近实在太忙,飞行任务太频繁,暂时不能回家,过些日子一定回去。为了安慰老人,信中还写了儿媳已经怀孕的消息……

不久后乐母病逝,宋轻雪回去奔丧,在灵前想到已经牺牲在冰峰雪原中的乐云辉忍不住心如刀绞,久久痛哭。乐云辉的老父注意到了儿媳的神情,在他的追问下,宋轻雪终于说出了乐云辉为国捐躯的消息。乐父也老泪纵横,但老人揩干眼泪后又说:"人谁不死,死国,忠义之大者,有子如此是乐氏家门之幸,对乐氏祖宗可告无愧……愿他死后亦为厉鬼以击贼!……但你还年轻,以后的路还很长,不要过于悲伤,也不必守节,只是以后不管生男生女,都要好好教育,让他们能继承父亲的遗志,云辉在九泉之下也就瞑目了!"

听了这一席话,宋轻雪肝肠寸断,又大哭起来。

三 夫妻坟

随着前方战事的激烈进行,宋琬玉已经很久没有接到杨宏涛的信了,望着医院里越来越多的伤兵,她的心揪得紧紧的,睡觉后也常常被噩梦惊醒。有时她想着,他会像天神般举着枪追赶着逃跑的日本鬼子;有时又想着,他可能浑身鲜血地躺在黢黑的战场上,没有人声,没有光亮,只有几只乌鸦在他的头顶上凄厉地呱呱鸣叫……

思念和焦虑让她消瘦了,红扑扑的面庞变得苍白,下巴尖尖的,黑黑的眼睛更大了。

最初,她还掰着指头计算着开战以来的日子,盼望着战争赶快结束,杨宏涛能赶快回家。但随着日子一天一天地过去,看见了越来越多的难民,接待了越来越多的伤兵,也听到了越来越多有关这场战争的消息,她不再计算开战以来的日子了,慢慢地更加懂得了杨宏涛为啥执意要到前线去。她痛恨无端侵略自己国家、残杀自己同胞、强奸自己姐妹的日本鬼子,实在想不明白他们为啥要这样做……

潜心向佛的母亲告诉她,日本鬼子都是魔鬼转世,善有善报,恶有恶报,不是不报,时候未到,她便暗暗地想,到底啥时候这些魔鬼才会遭到报应呢?

这天晚上,她又做梦了,梦见自己来到了一座小山上,周围黑黢黢的,伸手不见五指,耳边只听见炸雷一样的炮声和噼噼啪啪的枪声,突然,在电光一闪中,她看见地上躺着许许多多战死的人,她正想看清楚有没有杨宏涛,突然,杨宏涛出现在她的面前,望着她温柔地笑着点了点头后就像长了翅膀一样飞在了空中,手里举着枪越飞越远,越飞越高……她高声叫着"宏涛哥,宏涛哥",就被惊醒了!

被惊醒后,她再也睡不着了,只反反复复地想着这个梦到底是凶是吉呢,一直想到了天亮……

第二天傍晚,医院又来了一批受伤的官兵,其中一副担架上躺着一个昏迷的、浑身缠满绷带,但绷带已经被鲜血浸透的人。护送这批伤员的军官指着这个人含泪对院长说:"这是我们的师长杨宏涛,在衡阳保卫战中他亲临前线,带着弟兄们和鬼子血战,受了重伤,请你们一定要想法救活他!"说着还敬了个军礼。

一听到"杨宏涛"三个字,宋琬玉就像头顶上轰地响起了一声炸雷,赶快跑到担架跟前,只希望这是另外一个人……虽然浑身缠满绷带,但只瞟了一眼,她就认出了,确实是他!她的脸色陡地变得惨白,一阵天旋地转,几乎晕了过去……

担架立即抬进了手术室,她也跌跌撞撞地跟了进去……院长说了句:"解开绷带,仔细检查伤口!"她却双手颤抖着把剪刀都掉在了地上……院长、医生和旁边的护士都觉察出了她的异样,院长看了她一眼,轻声问道:"这就是你家的那个师长?"

她木然地点了点头。

院长又轻声说:"你不适合留在这里,出去吧!"一位护士便搂着她的肩,把她送出了手术室。

她坐在手术室门口,陡然间觉得自己浑身仿佛一点力气都没有了,而一种对爱人的痛惜以及对死亡的恐惧突然紧紧地攥住了她,"受了那么多的伤,他好痛好恼火啊……他会不会死呢?他死了我咋办?我还能活下去吗?"她在心里反反复复地想着,反反复复地问着自己,只感到极度的难受和恐惧。

宋琬玉在伤兵医院里人缘极好,许多伤员都很喜欢这个美丽、温柔而又活泼的年轻护士,一些正在痊愈中的伤员看见了坐在手术室门口、面色惨白、失魂落魄的她,便关心地问道:"宋护士,你的脸色不对啊,是不是病了?""你太累了吧？我们给院长说说，让你休息两天吧……"

对这些关心的问候她似乎都没有听到，一反常态，木然地没有任何反应，她心如刀割，脑海里只顽固地反复盘旋着那一个问题："他会死吗？我咋办？"

她的神情让伤员们也觉得不对劲了，有的人便猜测着她一定遇到了特别的事，是不是亲人遇难了？——抗战以来，中国人失去了多少亲人啊！这种惨剧外人是无法安慰的，于是大家摇摇头，叹息着走开了。

也不晓得到底过了多久——宋琬玉觉得好像过了一辈子，手术室的门终于打开了，宋琬玉也终于控制住了自己，站起来望着走出来的院长……院长面色阴沉，只低下眼睛说了句："他能坚持到现在已经是奇迹，换个人恐怕早就……但愿能再出现个奇迹，让他能闯过这道难关！"说完没有看宋琬玉一眼便匆匆离去了。

宋琬玉顿时明白了，杨宏涛一定伤情危急，有性命之忧。后来她才知道，杨宏涛的胸部、腹部和右臂都受了重伤，而且由于伤口没有及时处理，已经开始被可怕的细菌感染，以致发起了高烧……按他的伤情换个人应该已经死亡，可能是靠着他强健的体魄和强烈的求生欲望，才坚持到了现在。

院里去掉了她别的工作，特地安排她专门护理杨宏涛，于是她便日日夜夜守在他的身边。望着憔悴、瘦弱、昏迷不醒的他，一幕幕往事浮上了心头。

赶场时两人第一次相遇，那时她还是个豆蔻年华、不谙世事的少女，而他已经是一位战功显赫、英姿飒爽的年轻军官。两人真正是一见倾心，从那次见面起，他便俘获了她的心，一身戎装、英气勃勃的他，便深深地印在了她的心里。

在他出发剿匪前，她不顾一切地委身于他，当时便下了决心，不管亲戚乡邻的嘲笑鄙薄，不管是上刀山下火海，一辈子生生死死都是他的人。

为了他，她被孙秀琴打得遍体鳞伤，还失去了肚子里的娃娃，并导致再也不能生育，但是尽管受尽折磨，尽管生不如死，一种甜蜜的欢乐仍然盘踞在她的心里："我找到了心爱的男人，而他也爱我……"为他忍受折磨，她心甘情愿。

他们终于结为夫妻了，他堂堂正正地迎娶了她，尽管还有人暗地嘲笑，尽管她再也不能为他生下一男半女，尽管为了这些她也暗暗伤心，但和他在一起的日子是幸福的。他是她的天、她的依靠、她的一切，有了他，这一辈子终于没有白活，她是快乐的。

只是快乐和幸福的日子太短，随着日本鬼子侵略东北，她发现，他一天天地变得心事重重，爱说爱笑的他变得忧郁沉默了。他常常望着地图发呆，夜里经常久久无法入睡，听到国军溃退的消息便满腔怒火……他和过去军队里一些久不联系的人又恢复了联系，他认真组织着家乡的义勇壮丁队……最后，他决定要率兵出川，赶赴前线。

在决定赶赴前线时，他曾对她说："琬妹，我晓得，我这一辈子最对不起的人就是你！本想和你白头到老，好好地补偿我对你的亏欠，但国难当头，我是个军人，是个堂堂正正的男人，无法躲在家里任凭日本鬼子横行！"望着泪流满面的她，他又说："琬妹，人们常说'情定三生'，要是真有来生，我愿意还做你的男人，好好地爱你、保护你，再也不离开你！"

出发前，他站在队伍前面高声说："人们常说，天下兴亡，匹夫有责；又常说，覆巢之下，焉有完卵？如今大敌当前，日本鬼子想亡我中华，凡我中国人，宁为战死鬼，决不做亡国奴！日本人可以占领我们的土地，屠杀我们的同胞，但永远不会让中华民族屈服！过去我为军阀打仗，现在我是为自己的良心、为乡亲们、为国家民族打仗，不把日本鬼子赶出中国，我决不会离开战场！"

她永远都记得这些掷地有声的话。

宋琬玉和酒寨的父老乡亲们，为出征的壮士送上了一坛坛自己酿造的美酒，杨宏涛和战士们喝下一碗碗美酒后，使劲把碗摔在地下，高喊着："打倒日本帝国主义！""中华民族万岁！"高唱着："起来，不愿做奴隶的人们！把我们的血肉，筑成我们新的长城……"头也不回地走了……

望着渐渐远去的男人们，宋琬玉和酒寨的女人们哭了起来，但同时又觉得高兴，因为男人们没有让她们丢脸。而杨宏涛穿着军装、英气勃勃的背影更深深地镌刻在了她的心上，并让她在乡邻面前感到自豪。

她曾反反复复地嘱咐他："你一定要活着回来，我等着你！"他也曾笑着回答："你放心，我一定会活着回来，等着我……"如今，他回来了，但是……

望着他闭着双眼、消瘦而失血的面庞和一动不动的身体，她多次恐惧地感觉到，他已经离她而去，去到了一个她无法想象也无法追赶的地方。而给他换药时，那些可怕的伤口又总是让她心如刀绞，甚至浑身战栗，只恨自己不能代替他。她无法想象他到底吃了多少苦、受了多少罪，一想到这些，便肝肠寸断。

昏迷两天两夜后，杨宏涛终于睁开了眼睛，第一眼便看见了正弯腰凝望着他的宋琬玉，于是惊喜地断断续续地低声问道："琬妹，是你吗？真的是你吗？……我在哪里……不是在做梦吧？"

宋琬玉本想扑上去，把深爱的男人紧紧地搂在怀里，但是满身的绷带让她想到了那些可怕的伤口，便只伸出两只小手在他的脸上爱抚地抚摸着，万分怜爱地说："是我，真的是我，你被送到我们医院来了，医生已经给你动了手术，你昏迷了两天两夜，谢天谢地，终于醒过来了！"说着，又流下了眼泪。

望着一身白色的护士服、泪流满面、仍然十分美丽的妻子，杨宏涛的脸上绽开了幸福的微笑，怜爱地轻声说："不要再哭了，我不是活着回来了吗？"

"可是你受了重伤啊……"

"打仗哪有不受伤的？……哦，刚才我好像听见你在叫'宏涛，宏涛'，于是我就醒来了……"

说着，便想抬起没有受伤的左手为琬玉拭泪，但身体实在太虚弱了，连抬起手臂的力气都没有。

宋琬玉摸出怀里的手帕擦擦眼泪站起身说："你的身体还很虚弱，不要再说话，我去叫医生，告诉他们你醒了！"说着便亲亲杨宏涛的脸跑了出去。

杨宏涛到底是怎样受伤的？送他来医院的少校曾经这样告诉宋琬玉：

在豫湘桂会战中，长沙失守后，蒋委员长曾亲自打电话给驻守衡阳的第十军军长方先觉，命令必须在衡阳坚守十天到十四天，以消耗日军的兵力，配合其他友军内外夹击，把日军的主力消灭在衡阳附近的地区。蒋委员长还在电话里对方军长说："此次会战关系国家民族存亡，衡阳得失尤为此次胜败关键，希弟安心死守，余必督促陆空助弟完成空前大业。"

当时第十军的总兵力实际上只不过一万七千多人。方军长受命后便命令部下认真建设了衡阳的防御工事，还按预定计划把湘江大铁桥炸断，准备死守衡阳，弟兄们也都下了誓死保卫衡阳的决心。

日本鬼子首先组织了一千多人的敢死队，倚仗精良的武器占领了防守薄弱的衡阳机场，然后又组织两个师团从衡阳的南面和西面同时发动进攻。我们一个团和日本鬼子激战了两天两夜，在众寡悬殊的情形下，硬是用刺刀和手榴弹打退了敌人的进攻。于是日本鬼子便施放毒气，我们没有防毒的装备，好多官兵都被毒死，有的甚至整个连的将士都中毒惨死。

在争夺制高点张家山的战斗中，仗打得更加惨烈。日本鬼子动用了个"黑赖联队"——据说是一支"最强悍"的队伍，阵地上形成了拉锯战，不到四百米宽的一个阵地竟反复争夺了二十多次。黑赖联队被多次打退后，便集中了二十多挺机枪和十几门大炮向阵地猛轰，炮弹怪叫着扑向我军，浓烟骤起，巨响轰隆，土地像被翻了过来，弟兄们死伤惨重。杨师长得知后便亲自率领师部的两个连赶到前线支援。在战斗中他身先士卒，经过几十分钟的激战，终于把日本鬼子再次打退。杨师长手臂受伤了，但他只简单包扎了一下，继续在前线指挥战斗。

日军动用了两个师团的兵力近四万人，加上飞机、重炮向衡阳猛攻，在敌众我寡的情形下终于攻进了衡阳城。日本鬼子攻进城后，我们便和敌人展开了巷战，一条一条街道、一间一间房子地争夺。日军再次施放毒气，不少连长、营长乃至团长阵亡……日军再次被赶了出去。

经过十天的激战，日本鬼子没有拿下衡阳，他们再次调整部署，从西南和北面发动进攻，所有的野战重炮、加农炮、榴弹炮等全部向衡阳猛轰，飞机也进行轰炸，整个衡阳城变成了熊熊燃烧的火海，所有的工事和百姓的房屋都被烧毁炸毁，全城甚至没有剩下一棵树……但是我们仍然在废墟中顽强地进行巷战，在巷战中，杨师长受了重伤……

这次衡阳保卫战，我们足足坚持了四十七天，听说这是抗战以来国军固守时间最长的守城战，大大超过了委员长要求的天数……但让我们不懂的是，我们曾多次请求支援，据说委员长也曾三次下令，但不晓得为啥，援军始终没有出现……

在含泪听着少校的诉说时，宋琬玉的心情一直十分复杂，不但心疼自己的男人，也为他感到骄傲，能被这样的人爱，能嫁给这样的人，她觉得这一辈子真的值了。

杨宏涛不但全身多处受了重伤，而且伤口早已感染，在住院的十来天里，他时而清醒，时而昏迷，宋琬玉的心也随着他伤情的起落受尽折磨，时而看到了希望，时而又掉下绝望的深渊……

这天傍晚，杨宏涛的情形似乎又出现了好转，他神志清醒，目光炯炯，还喝下了宋琬玉找来的半杯牛奶。他微笑着伸出左手把宋琬玉拉在身边坐下，用爱抚的目光望着她，怜爱地说："这些日子辛苦你了，看，下巴都尖了，脸上只看见两只大眼睛！"

"为了你，再辛苦也值，我愿意！……伤口还痛吗？"

杨宏涛忍住剧痛，努力地微笑着回答道："没啥感觉，看见你，一切都好了！"他温柔地握着她的一只手，叹了口气，"对国家，我可以说是无愧，而对你，我是有愧的……我最不放心的就是你，如果有来生，我愿意再做你的男人，好好地疼爱你、保护你……要是我不在了，你一定要好好地活下去，你还年轻，应该再找个好男人好好过日子……"

宋琬玉急忙伸手掩住了他的嘴，佯嗔道："你说些啥子呀？你亏欠了我啥？自从认识了你、嫁给了你，我就心满意足了，觉得一辈子没有白活，你好我也好，你不在了我活着还有啥意思？我马上就会去找你的！以后不准再说这些莫盐莫味的话！今天你精神好了些，阿弥陀佛，天老爷保佑，你快点好起来吧……现在快闭上眼睛休息，我坐在这里陪着你！"

杨宏涛刚闭上眼睛，忽然又睁开问了句："阳阳还好吗？长高了吧？"

宋琬玉一面给他掖了掖铺盖一面回答道："你放心，阳阳在他亲妈那里不会受苦，长得跟他妈一样高了，书也读得，成绩总是前三名，学费、伙食费和平时的开销族长都按我的嘱咐找人按时送去的……"

杨宏涛再一次闭上了眼睛，这一次再也没有睁开，他走了，临走前只喃喃地说了句："琬妹……难为你了……"

宋琬玉哭得死去活来，痛哭一场后便冷静地开始张罗后事。烧了"落气钱"，亲自给杨宏涛擦洗全身，换上了崭新的寿衣，经佑着买了柏木棺材，请了吹鼓手，把遗体送回了酒寨，设了灵堂，族里和县里都举行了公祭……还请娘帮着在庙里找了和尚们来念经。出殡时，让阳阳端着他爹的灵牌，执幡引路。在经历这一切时，宋琬玉没有再哭，也很少说话……人们不知道，在医院里她曾听人说，张自忠将军殉国后，他的夫人绝食七天后也随他而去，于是两人合葬；她便暗暗地下了决心，要和张夫人一样。最初，人们只看到她在忙于丧事，并没有注意到她的异常，"头七"过去，她终于倒下，这时人们才发现，其实她已经绝食多日……

年轻、美丽的宋琬玉终于伴着心爱的男人走了，临死前留下遗书，除捐出的家产外，其余都留给阳阳，希望阳阳能和他爹一样，长大后做一个捍卫国家、顶天立地的人。

宋琬玉绝食自尽的消息震动了酒寨，男人们叹息着，女人们哭了。她和杨宏涛合葬那天，全酒寨的男人和女人都来送行，连孙秀琴也特地让儿子阳阳来给她磕头。宋岚闻讯后,特地从成都赶回酒寨,在坟前把酒祭奠,痛哭了一场……只有已经皈依的琬玉娘倒不很悲伤,虽然丈夫和女儿都已经离她而去,但她似乎已经大彻大悟,认为生、老、病、死只不过是轮回之苦,"臭皮囊"值不得留恋。

  这座夫妻坟和过去的九姑坟一样,成为酒寨人引以为傲、久久传诵的传奇,世世代代活在酒寨人的心里……

第十一章 胜利与溃败

一 一寸山河一寸血，十万青年十万军

抗战已经进行了六年多，一半国土沦丧，战争进入了最艰难的时期。一个知识青年服兵役的运动如火如荼地在大后方兴起。

"一寸山河一寸血，十万青年十万军"的口号响彻后方各地，大街小巷出现了各种动员知识青年参军的标语，报纸以此为题，在头版头条发表社论，大学、中学纷纷举办各种报告会、演讲会、座谈会，许多学校在操场上设立了"知识青年从军处"……

《兵役法》本规定大专学生、公教人员是免服兵役和缓服兵役的，为何突然会如此声势浩大地动员知识青年参军呢？

原来，中国远征军第一次入缅抗战失败后（十万人只剩下四万多），一部分撤往印度，一部分撤至滇西边境，日军乘胜攻占了云南怒江以西的德宏州及保山、腾冲等大片地区，彻底切断了滇缅国际运输线，完成了对中国的包围，让盟军不得不开辟十分艰险的驼峰航线。

而当时盟军在北非和欧洲也都陷入了困境，苏德战争处于关键时刻，而德国在东欧又发动了新的攻势，威胁着苏联南部工业区。

特别严重的是，侵入云南的日军如继续北侵，中国的西南大门将被打开，中国的抗战形势将会发生巨大变化，整个世界的反法西斯战场也会随之变化，日本的"大东亚共荣圈"可能形成，征服亚洲后，日德法西斯将可能实现会师中东、进而征服世界的美梦。

在如此严峻的形势下，为了保证亚洲战场对法西斯作战的胜利，就必须让中国紧紧牵制住日本的兵力，于是反攻缅甸、开辟另一条交通线——中印公路，让中国获得更多的援助，便被提上了议事日程。

东南亚盟军副总司令、中国战区参谋长、美国的史迪威将军一直认为，中国士兵吃苦耐劳、作战勇敢、不怕牺牲，具有强烈的爱国精神，问题是缺乏训练，装备太差，如果能给予良好的装备、进行严格的训练，并在生活上给予保证，一定能成为打击日军的劲旅。于是他向蒋介石建议，征调知识青年从军，空运至印度，接受美军训练和装备，迅速建设一支优于日军的新型部队，消灭日军、夺回缅甸。

蒋介石同意了这个建议，于是"一寸山河一寸血，十万青年十万军"的号召出现了，蒋介石还下达了紧急手令："三个月内发动十万知识青年从军，必须如期如数完成！"

最初，一些兵役机关和军、师管区的负责人都认为这是一个无法完成的任务，有的人甚至干脆在听候撤职严惩了。

谁知一经动员，热血沸腾的青年们便积极响应。从东北辗转经北平、西安，最后迁到四川三台县的东北大学首先掀起了报名参军的热潮，紧接着成都的四川大学、华西联合大学，重庆的中央大学、国立政治大学，昆明的西南联大……也都出现了投笔从戎的热潮。许多学校在操场上设立了"知识青年从军处"，壁报上贴着有关知识青年参军的报纸和标语，扩音器里播放着抗日歌曲，只要有人报名参军便鼓声大作，扩音器里立即高声播出"×××报名参军"以示赞扬和鼓励……

宋岚的邻居——在孙家草房租房居住的三个大学生都报名参军了。其中一个姓高的学生，弟兄三人，两个哥哥早已到了前线，大哥已经牺牲，报名时他说："国难家仇集于一身，抗日救国义不容辞！"另一位姓李的学生本来已经定好了婚期，准备寒假过年时结婚，但他毅然给父母和未婚妻写了信，要求推迟婚期，在给未婚妻的信中说："覆巢之下，焉有完卵？如今日寇未灭，何以家为？你若愿意等待，请俟我胜利归来后再结连理；如不愿等待，即无须以我为念，尽可另觅佳偶，我在此遥祝你的人生幸福、美满……"

收到录取通知后，这三个大学生都非常高兴，他们把这个"好消息"告诉了宋岚并前来辞行。宋岚既替他们高兴，也被他们感动，便特地让江奶姆炖了一只鸡、炒了一大盘回锅肉为他们饯行。

宋岚任教的省女中，也受到了参军热潮的感染，许多女生申请从军，但因《兵役法》规定，女子没有参军的义务，于是都被兵役单位婉拒。从东北流亡到成都的沈瑶琴和从上海流亡到成都的谢芳菲，在省女中毕业后，双双进入了四川大学，都申请从军，被征兵的人婉拒后，谢芳菲气得当场哭了起来，沈瑶琴气愤地质问道："如今男女平等，爱国自应不分男女，女子为何不能参加抗战？为何不能抗击日寇？"以后两人又联名送上了请缨呈文："生等皆自沦陷区来，曾目睹国破家亡的惨状，每念及此寝食不安。虽身为女子，但亦知天下兴亡，匹夫有责，现国家面临生死存亡，生等岂能置身事外？古有花木兰、梁红玉从军杀敌，今人为何尚不如古人？秋瑾女侠曾有诗《咏秦良玉》：'莫重男儿薄女儿，平台诗句赐蛾眉。吾侪得此添生色，始信英雄亦有雌！'如今山河破碎，疮痍满目，生等自当奔赴前线，以身报国，流血牺牲，虽死犹荣……"

在她们的一再恳求下，最后被批准到部队的战地医院去当护士了。出发前，她们再次来看望了宋岚，感谢长期以来老师对她们的教诲和关心。

参军知识青年中，甚至不乏一些平日"养尊处优"的大少爷。他们或从家里翻墙外出，摸黑进了军营；或早晨穿着校服出了门，到军营后换上了军装……一些教授和地方行政长官也送子参军，四川省主席张群的儿子从美国留学归来后在四川大学任教，也报名参了军……

短短几个月内，仅四川就有四万多名知识青年报名参军，全国登记参军的约十五万人，四川占全国第一。

于是每天从驼峰航线返空回印度的飞机，都会从中国空运四五百人到印度的兰姆伽——这个地方是唐僧取经时的圣地如加雅城，美国在这里开办了战车学校、通信学校、工兵学校、指挥学校、后勤保障学校……中国士兵来到后首先将原先的武器、衣服全部扔掉，然后洗澡、换装，发给美国的加兰德步枪、汤普森冲锋枪……英国殖民者为中国士兵提供的伙食比美国兵差了一等，但充足的面包和牛肉罐头仍然比国内好多了。

一年中，中国士兵先后到兰姆伽基地进行训练的达到了十万人，国内师以上高级指挥三分之一曾接受过短期培训或合成训练，士兵的素质大大提高。

经过激烈的战斗，中国驻印军和美国的一个支队翻越野人山的原始森林，攻克了缅北第一重镇密支那，把日军赶出了缅北。与此同时，滇西的中国远征军强渡了怒江，翻越了高黎贡山，光复了松山、腾冲、龙陵。1945年元月，中国驻印军和中国远征军在缅甸芒友会师，打通了中印公路。到3月底，反攻缅甸的战争胜利结束，歼敌近七万，取得了战略大反攻的全面胜利。

反攻缅甸之战进行得异常惨烈，日本军方认为，二战中在亚洲战场上，他们只有三次"玉碎战"，即滇西的松山、腾冲和缅甸的密支那。这三次战役都是中国远征军和盟军浴血奋战的硕果。

二 总司令之死

和反攻缅甸取得巨大胜利截然相反的，是国军在豫湘桂会战中的节节败退，蒋介石亲信、军事统帅陈诚曾愤怒地指出，这次大溃败的原因是"将帅不和，军政不和，军民不和，官兵不和"！

宋岚和省女中的教师们，曾率领学生参加过四次追悼会，除刘湘的追悼会外，一次是王铭章将军，另两次则是张自忠将军和李家钰将军。除张自忠将军外，其余三位都是四川人。

在追悼会上，宋岚听到了关于李家钰事迹的介绍。

李家钰是成都附近的蒲江县人，辛亥革命时组织过学生军，后来参加反袁，曾任四川边防军总司令，抗战前任川军四十七军军长，抗战后任第三十六集团军总司令，是在战场上牺牲的川军最高将领。他牺牲的消息曾震动了全国。

"七七"事变后，李家钰当月便致电军事委员会最高当局，要求动员全民，共同抗战，电文为："国难至此，已达最后存亡关头。应恳钧座立即下令全国，一致动员，挥师应战，还我河山，严惩群奸，以雪公愤。职军正事整编，士气激昂，倘蒙移调前方，誓当投戈赴难。迫切陈词，伫候训示！职李家钰叩，卅卯"

当年9月，李家钰便率领两个师一万八千多人从西昌出发，沿川陕路徒步北上，翻越秦岭，年底到达山西东南抗日前线。和川军将领唐式遵一样，行前也曾赋诗："男儿仗剑出四川，不灭倭寇誓不还。埋骨何须桑梓地，人间到处是青山。"

四十七军出川的时候正值农历中秋，长途跋涉四十多天、四千多里，抵达黄河北岸时已是初冬，北风怒号，天寒地冻，而官兵们还穿着单衣草鞋，许多人被冻病，直到春节才穿上棉衣……

在长治，四十七军迎战了进犯晋东的日军。当时川军使用的步机枪、迫击炮等都是川造，命中率低，还经常卡壳，和日寇的武器根本无法相比，全凭高昂的士气，以血肉之躯和日寇拼杀，激战两天，敌我伤亡都在千人以上，我军守城司令、副司令、参谋均身负重伤，一些营长、连长和士兵受重伤后不愿当俘虏，纷纷举枪自尽殉国。

以后，川军连续转战山西各地。据《新华日报》报道，山西民众对四十七军纪律严明、英勇抗敌的精神十分感佩，黎城县县长何公振曾在发给四川的公函中称："东阳关之役，川军官兵英勇抗敌，经一周血战，日寇伤亡千余。我忠勇官兵作战壮烈牺牲者也在两千人以上。黎城民众对此可歌可泣之事迹极为崇佩敬仰！"黎城为川军阵亡官兵举行了追悼会，建了"川军抗日死难纪念碑"和"川军庙"。

国民党中央通信社曾报道："李家钰部前在东阳关、长治一带抗战，其可歌可泣之事甚多。该军器械不如敌军之优越，然官兵牺牲之精神，莫不令人敬仰。在长治城中，全团殉国死节，子弹完后，继以枪头拳脚与敌巷战肉搏，毙敌达两千左右。官兵宁愿饿死，不愿掠夺，深为民众所景仰。现潞城至黎城途中，民众自愿为该军修建庙宇及纪念碑甚多，大小庙宇皆立该军阵亡将士神位，堪为我军之表率！"

四十七军在山西转战两年多，击毙、击伤日寇近万人，李家钰升任第三十六集团军总司令兼四十七军军长。以后奉命东移，担任黄河沿岸防卫任务。

中国远征军在国外和日寇鏖战的同时，欧洲、太平洋两大反法西斯战场都相继进入了战略反攻阶段，随着在海战上的连连失利和美军的连续反攻，日军的海上交通已被切断，以致侵略东南亚的近五十万日军陷入了孤立无援的境地。为了摆脱困境，日军便把突破点放在了中国，制定了一个《一号作战纲要》，企图在中国打通一条"大陆交通线"，贯通南北，连接南洋，并摧毁美国的空军基地，使侵入南洋的五十万日军摆脱困境，从而扭转战争的形势。

1944年春，日军发动了"中原会战"（豫湘桂会战），战争首先在河南打响。豫中会战中国投入兵力四十万，日军投入十余万，但由于陈诚后来所说的"将帅不和，军政不和，军民不和，官兵不和"，特别是战区司令长官蒋鼎文和副司令长官汤恩伯指挥失误，虽然有的部队也曾浴血奋战，但在近四十天的战斗中，却连续丢掉了郑州、洛阳、许昌等大小城市三十八座……

汤恩伯部的十三军溃败时，还沿途抢劫百姓，百姓竟缴了他们的枪。

在宜阳、韩城、洛宁相继沦陷后，日军便向李家钰三十六集团军的阵地扑来。面对汤恩伯部的溃败和来势汹汹的敌寇，李家钰向全军的师、团长们说：

"我们南渡以来，吃了河南老百姓四年的饭，现在不能见了日本人就跑，否则，怎么对得起老百姓？日本人有啥子可怕的？也不过是一个脑壳两只手！他们来了，我们就和他们打。狭路相逢勇者胜，别的部队怕跑在后面挨打，我不怕，我愿意殿后！"

他主动要求部队撤退时由三十六集团军殿后，蒋介石得知后曾打来电话说："其相兄（李家钰号'其相'），重托了！"

李家钰亲自到前线督战，官兵们士气高昂，在云梦山和日军展开了白刃战，死伤近千人，为战区后撤友军赢得了一天的宝贵时间，所有部队安全撤离。

在陆续掩护友军撤离后，李家钰率集团军总部向陕县进发，但日寇早已注意到这支殿后的部队，在蔡家坡附近，部队被日军团团包围。激战中李家钰壮烈殉国，总部上至集团军总司令，下至士兵，生还的仅仅两人！

李家钰的遗体被驰援的一○四师师长杨显名率部血战后抢回，忠骸运回成都后，四川省各界民众代表、民众团体、成都行辕、省政府、川康绥靖公署、中央军校等联合举行了公祭。

国民政府下令追赠李家钰为陆军上将，褒扬令中称："陆军上将，第三十六集团军总司令李家钰，器识英毅，优娴韬略。早隶戎行，治军严整。绥靖地方，具著勋绩。抗战军兴，奉命出川。转战晋、豫，戍守要区。挫敌筹策，忠勤弥励。此次中原会战，督部急赴前锋，喋血兼旬，竟以身殉。为国成仁，深堪矜悼。应予明令褒扬，交军事委员会从优议恤，并入祀忠烈祠。生平事迹，存备宣付国史馆，用旌壮烈，而励来兹。此令！"

在日本军队进入豫西山地后，中国军队进行了反攻，中国空军也进行了猛烈的空袭，原李家钰部官兵头缠白布奋勇杀敌为将军复仇，迫使日军不得不从河南分批退回山西境内。撤退途中，日军"地"兵团司令官被地雷炸死，这是日军发动这次攻势以来，被打死的最高级别的指挥官。

三 "再次迁都？"

豫中会战，日本不仅打通了平汉线，而且控制了河南境内的陇海线。继豫中会战之后，日军又调集二十余万兵力、飞机六百多架，进行长衡会战，长沙、衡阳相继陷落。紧接着日军又向桂林和柳州进攻。进攻桂林时，日军久攻不下，便将中国军队千余人围堵在七星岩溶洞内施放毒气,守军全部中毒身亡……桂林守备部队师长阚维雍为实践自己"与城共存亡"的誓言,自杀殉国……桂林沦陷后,柳州相继陷落。

以后,肇庆、桂平、宜山、南宁相继失陷,日军南北两路胜利会师,大陆交通线被完全打通。1944年12月初竟逼近贵州的独山,独山守军弃城而逃,日军不战而下独山。另一支日军离贵阳也只有十几公里。

独山素有重庆"南大门"之称,独山失守震动了陪都重庆乃至整个大后方。当时中国军队的主力正在滇西和缅北鏖战,无法撤回救援,英美要求撤侨,美国顾问不仅建议蒋介石将在缅甸的一部分部队抽调回国,而且建议"应有再迁都的准备"……

豫湘桂溃败后,国军有的已经在广西的十万大山开始打游击。鉴于形势危急,中共中央南方局决定,如果日军攻入四川,应在川东坚持游击战争,于是便与川军将领刘文辉联系,并派人到川东地区培养武装斗争骨干。云南的龙云来电征求刘文辉的意见,刘文辉和"唯民社"(以他为首的秘密政治团体)的成员们商量后答复,"如果日寇继续西侵滇康,我们就要动员地方力量抗战到底,万一抵不住,就上山打游击,决不能有任何动摇"。龙云同意。

独山失守后,四川的民众深切地感受到了"国破家亡"的威胁,重庆许多学校的师生纷纷准备组织义勇军或游击队,一些学校已经请来军队的教官进行训练,随时准备走上战场。成都也是如此,连宋岚任教的女子中学,不少女教师和女学生都准备参加战地服务队。

面对如此危急的形势,宋岚本想和赵俊扬认真商量一下应该如何"应变",同时也挂牵着老太爷去世后一人回了娘家的钱氏,但赵俊扬一直没有回家。于是,一个星期天的上午,她便带着齐齐到华西坝旁的济蜀中学了。

赵俊扬在济蜀中学有一间单独的宿舍,他很花了些心思,把宿舍布置得舒适而体面,房里有崭新的沙发,漆得锃亮的立柜,床上有厚厚的毛毯和锦缎绣花被面,写字台上摆了个大大的花瓶,里面插了几枝发出阵阵幽香的蜡梅……这里俨然是他新的家了。

当宋岚和齐齐到来时,他还刚刚起床——昨晚去舞厅跳舞,深夜才归。工友给他打来了开水和洗脸水,他便趿着拖鞋在宿舍门口刷牙。

看见宋岚母子俩,赵俊扬只淡淡地、略带诧异地问了句:"你们怎么来了,有事吗?"

孩子是敏感的,齐齐早就觉察出了爸爸的变化,看见久别的爸爸时并没有像过去那样亲热地扑上去,只忽闪着大眼睛,怯怯地低低叫了声:"爸爸!"

赵俊扬终于露出了微笑,摸摸齐齐的小脑袋说:"齐齐,你好像又长高一些了,在沙发上坐吧……"又偏头向着宋岚道:"你怎么找到学校来了,有啥事?"

"你不晓得独山失守后大家都在商量以后应该咋办吗?家里有老有小,我们不也应该商量一下吗?"宋岚一面从提包里拿出他过去爱吃的红豆腐和节节菜,一面回答道。

"这有啥好商量的?日本人真打进了四川,华西大学肯定是要搬迁的,济蜀中学或者解散或者搬迁,我到时候再说。要是搬迁呢,我就跟着走;要是就地解散呢,我看就只有当顺民了!仗打成这样,还有啥可说?反正天塌了还有长子撑着哩,我们只不过是小小老百姓,操那么多心有用吗?"说着便去洗脸,又对着镜子准备刮脸。

宋岚本想立即反驳他,但不愿意让孩子听到父母间的争吵,便从手提包里拿出一个花皮球对齐齐说:"齐齐,妈妈要和爸爸谈重要的事,你到外面去玩儿皮球吧!"

齐齐接过皮球,看看妈妈又看看爸爸,到门外去玩了。

齐齐出去后,宋岚便对赵俊扬说:"想不到你竟能心平气和地说出这样的话,愿意当日本鬼子的顺民!你不是也给学生们讲过抗日救国的道理吗?如今好多人都在准备组织义勇军或游击队,各学校许多师生都在准备投笔从戎,连我们学校的女学生也想参军,难道你们济蜀中学是世外桃源,就没有一点动静?"

"咋会没有动静?济蜀也有一些激进分子在鼓吹组织义勇军和游击队,只不过对这些事我有自己的看法而已……"

"要是日本鬼子打进四川了,我是会去参加战地服务的,齐齐咋办?还有钱妈妈呢,应该托付给哪个?我们总得事先商量好吧!"

赵俊扬皱了皱眉,一面在脸上涂着香皂一面回答道:"要是干部训练班的同人组织起了义勇军,我也许会考虑参加的……至于你和我呢,俗话常说,夫妻本是同林鸟,大难来时各自飞,也只能各顾各了!你是齐齐的妈妈,齐齐自然要跟着你。至于钱妈妈呢,自有她娘屋人管,我们也不用多操心!走一步看一步吧,何必杞人忧天呢?"

沉吟了一下赵俊扬又说:"对不起,我今天中午还有个重要应酬,这事以后再商量吧!"

听了这话,宋岚一切都明白了,起身在门外招呼着齐齐,扭头走了。

这天晚上,宋岚叫上江奶姆,又搂着儿子齐齐,神色凝重地对他们说:"日本鬼子要打来了,他们比野兽还坏,烧、杀、奸淫无恶不作,我们不能守在这里,任凭他们欺负、侮辱、残杀。我虽然是个女人,不会打枪放炮,但也决定像齐齐的琬玉孃孃一样,去伤兵医院或野战医院为受伤的将士们服务。我走后,齐齐只有拜托江奶姆你帮我照看了!万一日本鬼子打进了四川,江奶姆,你就带着齐齐逃难吧!记住,陪都迁到哪里,你们就跟到哪里!万万不可留下当亡国奴,不能向鬼子低头,当他们统治下的'顺民'。不管多困难,也要记住自己是中国人!齐齐,你虽然年纪还小,但也要懂得'抗日救亡'的道理,长大后一定要向杨宏涛爷爷、乐云辉叔叔、江有才哥哥学习,做一个堂堂正正的中国人,为国家雪耻,为民族献身!……江奶姆,你也要和老二江有仁商量一下,看他准备咋办……"

听着宋岚的话,江奶姆早已泪流满面,她用围腰擦擦眼泪道:"老二已经成人了,我倒不担心他!大不了和他哥一样也去当兵打鬼子!我最担心的还是这个小弟娃儿齐齐。宋先生,你放心,尽管把他交给我,哪怕天塌下来,我也给他顶着!只要我还活着,就不会让小弟娃儿落难!实在不行了,我就带着他去找游击队!我就不相信,这么大个中国,会被一个小日本吞掉!"

宋岚点点头说:"这些年,我攒下了一些银圆和首饰,都交给你们。江奶姆,你赶紧缝几个可以绑在腰上的'裹肚儿',银圆和首饰就放在里面捆在各人的身上,万一跑散了,你和齐齐才好各自想办法活下去……齐齐,再困难你也要记住,你是一个中国人,是妈妈的好儿子!"

在小学读书的齐齐,已经懂得了许多关于抗战和打日本的道理,听了大人们的话后便握着小拳头,瞪着一对明澈的大眼睛说:"妈妈,我也要去打鬼子!"

宋岚摸着儿子的小脑袋,爱抚地说:"儿子,你快快长大吧,长大后就可以打鬼子了!"

但日军占领独山后,虽然曾大肆烧杀抢掠,烧毁了一万六千多座民房,屠杀了两万多人,然而已是强弩之末,以战养战的目的并未达到。战线过长,兵力不足,补给困难,寒冬12月雪花纷飞中还穿着单衣,甚至武器也要靠缴获中国军队的武器维持。在美国空军的强势攻击下，空中优势又已荡然无存，甚至日本本土也多次遭遇美机的轰炸。于是日军占领独山后不得不主动撤退，进攻重庆的想法化为泡影，中国军队乘机收复了独山、八寨、南丹等大片失地。

历时八个月的豫湘桂战役，中国丧失了二十万平方公里国土、六十万兵力，又有六千余万同胞沦陷在侵略者的铁蹄下，河南、湖南、湖北、广西、广东、福建等大部和贵州、浙江一部分土地沦陷，国民政府曾准备再次迁都。

这次大溃败激起了国人的愤怒。

唯一可以告慰民众的是，地面部队虽然溃败，但中美空军却取得了优势，河南战场上一举便击毁日机一百六十六架，在滇西的松山战役中，日本已经彻底丧失了制空权。

与豫湘桂战役中的溃败相反，在缅甸战场上，中国驻印军和中国远征军却取得了节节胜利。乘缅甸战场胜利之威，国民政府军事委员会决定发起反攻。历时约两个月，具有美式装备的中国军队士气高昂，在空军的配合下，相继收复了南宁、柳州、桂林等重镇，日军被迫在西南各省实行总退却。

与此同时，八路军、新四军和抗日游击队也在敌后发动了大规模的春季攻势和夏季攻势。

第十二章 乱世乱象

一 陪都歌舞几时休

有人浴血奋战，为国牺牲；有人醉生梦死，荒淫无耻。抗战后期，后方民众中流传着这样一些话："前方吃紧，后方紧吃。""人吃人，钞买钞，贼做官，官做贼。"还有一首歌《你这个坏东西》在学生和市民中流传甚广："你，你，你，你这个坏东西，囤积居奇，抬高物价，破坏抗战，都是你……"省女中许多女学生常常哼着这首歌。

虽然蒋委员长在大谈"抗战建国"，提倡"新生活运动"，但国民党内的权贵家族和社会上一些既得利益集团却互相勾结，贪污腐败，极力榨取民脂民膏，发"国难财"是他们最重要的致富手段。

珍珠港事件发生后，两大阵营形成，一方是侵略者，而另一方是反侵略者，中国艰苦的抗日战争得到了国际上的更多援助。于是在重庆的大街上常常可以看到风驰电掣的美国吉普，在成都华西坝的小洋楼内可以看到入住的美国空军。街上尼龙丝袜、蜜斯佛陀口红、香粉和各种进口商品多起来了。常常有一些穿着进口尼龙丝袜、挎着进口提包、踏着高跟鞋、穿着海虎绒大衣的时髦女人招摇过市。

重庆成为陪都之后，各色军政要员、豪门贵胄、富商大贾云集，奢靡之风逐渐泛滥。前方在高呼"大刀向鬼子们的头上砍去""把我们的血肉筑成我们新的长城"，陪都的舞厅里却在唱着："香槟酒气满场飞，钗光鬓影横来回，爵士乐声响，对对在满场飞……你这样对我媚眼乱飞，害我今晚不得安睡……"大轰炸期间，有的官员竟把防空洞当成"艳窟"，公然在里面玩耍女人。

正是"山外青山楼外楼，陪都歌舞几时休"了！

重庆有一高级军官的公馆，被称作"安乐窝"，公馆内舞厅、烟榻、赌具样样俱全，有吃，有喝，有赌，出入的都是军政要员和金融界巨子。这里不但聚众赌博，而且公然吸食鸦片，走私贩毒。赌博时输赢动辄上万，众人围观，呐喊助威，声震四邻，输了钱便写个条子强迫银行支取。有的军政要员还和青帮、袍哥乃至戴笠合作，通过财政部长孔祥熙拿到毒品放行的证件，大肆贩运鸦片和吗啡。

蒋介石的连襟孔祥熙主管财政，直接控制或经营着中央银行、中央信托局、储金汇业局，以及复兴、祥记广茂新、晋丰泰、大成、利通、嘉陵等公司行号。他的女儿孔二小姐更是个有名的"女魔头"，通过走私和卖官鬻爵大量聚敛财富，在四川的街头巷尾、茶馆酒楼中，常常可以听到关于她的笑话和龙门阵。

据说有一次，美国救济总署支援了中国卡车几百辆，要求尽快装运军用物资以及后方急需的医药用品、食品罐头、御寒衣物。当时，交通部、主管军事后勤运输的联勤总部、抢运民用物资的中信局运输处，以及戴笠的运输统制局等都争着要车，但孔祥熙却把这些车全部批给了自己掌管的中央信托局运输处，并让亲信林××去负责办理。

林××在缅甸仰光接到了百多辆车，为了讨好孔祥熙，竟用其中一半装运了孔二小姐的走私货。戴笠本来就对这批车辆的分配极为不满，接到密报后，便命令军统昆明站，在林××到达后立即将其逮捕，连同车辆一起解到重庆。为防孔二小姐去找干妈宋美龄说情，还故意下令把运走私货的汽车开到蒋介石官邸的公路边，并把车上装运的胭脂口红、尼龙丝袜、高级衣料及各种奢侈品一一摆出。蒋介石汽车一到，戴笠即称："报告委座，中央信托局接收了大批美国汽车，在仰光拒运军用物资，却装载了大批走私货……请委座过目。"蒋介石一看，气得大骂，立即命令："将主犯送军事法庭审判，枪毙！"林××被枪决了，汽车和走私物品都给了军统。

这件事曾被宋轻雪和许多记者报道，成为一大丑闻。

四川抗战时，难民流离失所，交通异常困难，许多人辗转几千里甚至上万里，才能来到大后方。但孔二小姐却让国民政府派了专机去香港抢运她的狗。这件事在民间也轰动一时，引起许多人的义愤。

权贵们甚至强迫在"驼峰航线"上运送军用物资的飞机，为他们从美国运回高档家具、时装和化妆品。

抗战初期，物价还比较稳定，但随着战争的进行，物价几十倍、成百倍地上涨,而收入却在减少,捐税又连年增加,再加上大官大贪,小官也大贪,百姓生活便十分困难。成都附近华阳县的乡民王洪育等十四人曾联名向省主席张群上书称,民国三十年(1941)后征收实物,负担加重,又连年受旱,几至有种无收,而各乡长、经收员及斗手等"串弊操纵其间,收粮时任意力枫,把好谷从工仓、枫尾枫出(三头出),又冒口高刮,而发出之谷又按紧凹刮,欺上罔下,朋比为奸……"

名山县三个田粮处长,第一个叫"公爷"——一年多只到名山一次,其余时间都在成都耍;第二个,全县十八个乡,按规定要设十八个征收处,经费由上面拨,他一个不设,却虚报已经设了,经费全部贪污,事情交给乡长办理;第三个更凶,不但吃了征收处的经费,还拿"征收处主任"的官衔卖钱,三百元至五百元一个。当时的征收处主任,只要找到了一个好"斗手",大斗进小斗出,一年便有几百石的"欺头",还美其名曰"仓余"。

从民国三十年(1941)开始,国民政府在四川除征粮外,还向民众购粮、借粮。最初规定民国三十年借的粮谷到民国三十二年开始还本,每年还五分之一,在当年征额内抵扣。但这规定只实行了一年便改为发还现款了。法币贬值,还款时粮价已经涨了三倍,一石谷子的钱只够买三斗谷子。后来省政府、省参议会互相勾结,连这笔现款也不归还,他们成立了个机构庞大的"川康经济建设委员会",说是要把这笔款作为"建设经费"。但由于物价飞涨,机构成立后连买机器的运费都不够了,最后才决定把此款还给老百姓。贪官们在这个过程中捞取了许多好处,百姓向国民党中央党部、国民政府、国民参议会多次请愿,报纸上也曾呼吁,但最后仍不了了之……

烟毒也是大后方的公害之一。日本是极力推广鸦片的,情报头子土肥原贤二便计划用毒品彻底征服中国,在中国大肆制毒、贩毒,烟馆由日本专营,种植罂粟免征土地税和兵役,还发给奖状,以致伪满洲国三分之一的居民染上了鸦片烟瘾。

抗战时,四川、云南、贵州都大量种植鸦片。参议员黄炎培先生参加"青康考察团"到西昌后曾写道:"我行郊甸,我过村店,车有载,载鸦片,仓有储,储鸦片,父老唏嘘向我曰'杀人哉鸦片!'青年痛哭告我曰'亡国哉鸦片!'"

据宋岚了解,学生家长中是"瘾君子"的颇不少,丈夫赵俊扬的父亲赵实夫生前也是长期抽鸦片的。

四川的"鸦片大王"曾俊臣,因为鸦片,五年成为巨富,收买了蒋介石的"十三太保"之一贺国光,贺国光入川后任重庆行辕主任兼市长,他"入股"和曾俊臣一起做生意,"庆康"土行的烟,在长江上、中、下游均通行无阻。

由于贩卖鸦片可以赚大钱,成都做鸦片烟生意的人不少,线香街就是贩卖鸦片最集中的地方。这里有许多烟馆,低级烟馆多设在澡堂子和理发店内,高档烟馆就设在大饭店里,交易量更大,更加有恃无恐。许多军阀和高官的家里也有舒适宽敞的吸毒室,烟榻边还有会烧"烟泡"、专门捶腿打脚、端茶送水的漂亮丫鬟侍候。

线香街不但烟馆林立,还是毒品的集散地。这里的鸦片一部分流向成都的大小烟馆,一部分通过各种渠道运往成渝之间最大的毒品交易市场简阳。尽管到处都设有毒品检查站,但只要肯"塞包袱",就啥事也没有了。

国民政府也曾搞了个"六年禁烟计划",民国二十九年(1940)已是最后一年,政府为标榜政绩,便大肆宣传鸦片烟"已完全禁绝",还把"禁烟督办公署"改为"禁烟善后处",并训令各地庆祝这一政绩。

于是便出现了不少笑话和丑闻,宋轻雪曾在报道中披露了这样一件事:

这年的6月3日"禁烟节"这天,某县举行庆祝大会,会场上特地烧了一堆火——据说烧的是两千多两鸦片,县长在会上讲了话,会后还在北门外枪毙了两个"烟犯"。不久后,这位"成绩卓著"的县长升了官,从三等县长擢升为一等县长了。

而实际上据调查,就在举行"庆祝大会"时,距会场仅五十步的大烟馆里,瘾君子们就在吞云吐雾;而县长在会上的演讲稿是他的秘书——大"烟灰"卢某写的;主席台前站着的六个军装笔挺、神气活现的乡保人员训练班教官中,有五个是大烟客。更有甚者,据说会场上烧的"烟土"只是由桐油脚子、锅烟墨和灰面搅拌而成,县长把真正的烟土早就卖给私烟馆了!

也就是这一年,孔祥熙打着"体恤民艰"的招牌,到西昌附近安宁河一带以平价收购烟土,甚至枪毙了交不出烟土的百姓……

陪都重庆曾发生了一起将人杀害后,利用尸体运毒贩毒的大案。贩毒集团用各种手段骗人上门,杀死后借出丧把鸦片运出去。案件是偶然间暴露的,罪犯早已逃之夭夭,一个也没有抓到。

二 "万民伞"和"永不叙用"

因贵凭势，卖官鬻爵，裙带关系，瞒上欺下，已是大后方官场的痼疾，清廉正直的人为龌龊的官场所不容，自会受到排挤和打击。

宋峰自任茗县县长后，曾花了很大力气禁绝鸦片，也取得了效果，老百姓不种烟了，县城里也莫人开烟馆了，但几年后，在外地的影响下，烟毒又悄悄地回到了茗县。

抗战中期以来，一个认真做事的县长，政务是十分繁忙的。一是要输送壮丁、上交捐税以及接送和优抚壮丁家属；二是要对付死灰复燃的匪患——一些过去的土匪头子，伺机网罗了各地躲避壮丁的青壮年，重操旧业，又拉起了土匪队伍；三是烟毒泛滥，要真正实现禁烟，十分不容易。

茗县山里一个外号"罗歪嘴"的土匪头子，本是被枪决的土匪头子"四大金刚"的把兄弟，前两年在宋峰的打击下，本已销声匿迹，但现在又卷土重来，啸聚了百余人，经常在茗县附近、川黔交界的地方活动，搞些"撬路板""劫场"和"拉肥猪"之类的勾当。茗县地处川、滇、黔交界处，历来是烟帮往来之地，由于贩卖烟土可以赚到大钱，罗歪嘴便和一些烟帮勾结，贩卖鸦片，而茗县一些士绅也偷偷地吸起鸦片烟来，并参与了烟土买卖。

宋峰不得不和土匪、烟毒再次作战。他明白，要肃清土匪和烟毒，靠自己单枪匹马根本办不到，必须有"枪杆子"扎起，过去通过北大同学顾建文调来了刘湘的部队，现在刘湘死了，顾建文已经远赴延安，他能依靠谁呢？

他曾向省政府报告，但所有的报告都石沉大海，没有任何反响……

妻子李菡蕾感觉到了丈夫的忧虑，多次安慰他说："现在拼命贪污，拼命发国难财、刮地皮的官员比比皆是，而你不愿同流合污，一直洁身自好，在茗县做了许多好事，算是已经尽到自己的责任了。世事如此，以你一己之力是无法扭转的，又何必自寻烦恼呢？"

话虽如此，但宋峰仍然认为自己失职，仍然苦苦思索着怎样对付沉渣泛起的逆流。

正当他忧心忡忡苦思对策时，却意外地接到了顾建文的来信，信中除了谈到一些抗战的形势外，特别向他介绍了一位名叫万昌辉的好友，说此人自"九一八"后便投笔从戎,在淞沪会战、武汉会战等大战中打了几场硬仗,屡立战功,如今已是师参谋长了,现正带了部队回四川休整,休整后将远征东南亚。如今这支部队正驻扎在离茗县不远的青龙滩,万昌辉为人正直,茗县有事可找他帮忙……

接到这封信后,宋峰和李菡蕾都喜出望外,宋峰立即赶到青龙滩去拜望。听说是顾建文的好友,万昌辉便热情接待了。

青龙滩在乌江旁边,盛产鱼虾,这里的"软烧大蒜鲢鱼"和"酸菜鱼""糖醋脆皮鱼"等远近闻名,万昌辉便找了江边的一个馆子招待他。

两人一面喝酒吃鱼一面摆龙门阵。万昌辉外貌文质彬彬,颇有儒将风度,但性情直爽,言谈举止仍然流露出一股英武的军人气概。谈起抗战的前景,他很有信心,还特别提到曾拜读过毛泽东的《论持久战》,同意这位中共领导人的论断,以空间换取时间,最后胜利必将属于中国,再加上"同盟国"阵营已经形成,美国参战后,日本的溃败会更加迅速。而自武汉会战后,日本已开始暴露出衰颓之势,战线太长、兵力不足的弱点日益显现。只是谈到统帅的指挥失误,一些将领打小算盘保存实力抵抗不力,以及后方的腐败现象时,十分感慨。

谈话间,万昌辉曾直言不讳地说:"一个东洋小国,竟占领了我华夏大片河山,其中的原因很多。除了装备落后、士兵缺乏训练外,还有统帅的胸襟、眼光,甚至性格方面的局限,等等。有的将领根本算不上真正的军人,他们没有军人的荣誉感,只是卑鄙的政客,只想安于现状,保有自己的利益,对国家、民族一概置之不顾!而后方的腐败也大大影响了前方的士气。我们在前方和日本鬼子拼刺刀时,想的是宁为战死鬼,不做亡国奴,马革裹尸是军人的荣誉;但到后方看到国府那些醉生梦死、成天盘算着发国难财的大员时,不免会产生许多困惑、不平乃至愤怒,只能用我不是为这些人而战,而是为国家、为民族而战的想法安慰和说服自己……"

"不只前方流血牺牲的将士,就是后方的老百姓也有许多困惑和不平啊!"宋峰接口道,"以壮丁为例,'七七'事变后,百姓怀着'天下兴亡,匹夫有责'的想法,踊跃奔赴前线,茗县就出现了许许多多父亲送儿子、妻子送丈夫上前线的事例,征兵数额提前超额完成。抗战以来,一个小小的茗县已有上万人当兵,许多人为国捐躯。但现在,征兵、募兵都无人响应了,竟成为到处'抓壮丁'……有人还做起了买卖壮丁的生意,壮丁的处境更惨不忍睹……匪患和烟毒也趁机死灰复燃了！"

宋峰说着便把茗县匪患和烟毒的情形向万昌辉一一介绍，最后便说："为了打击这股逆流，我此番前来请教，正是为了请求参谋长鼎力相助呢！"

"你要我怎样帮助呢？"万昌辉问道。

"其实也很简单，用不着贵部大规模投入战斗，主要是起个震慑作用。剿匪我已向重庆卫戍司令部报告，他们表示支持，如果贵部能派来一个连，加上茗县各乡的警察、团防，剿匪的力量也就差不多了。至于禁毒呢，我想再次召开个全县禁毒大会，当众再次烧毁鸦片和烟具，并枪毙一两个大烟贩，足下只须亲自出席并派出少数战士来到会场，做出支持禁烟的姿态也就行了。"

万昌辉爽快地答应了。

两人约定日期后，万昌辉便派了两个连来到茗县，加上重庆卫戍司令部和县、乡的力量已近千人。万昌辉派出的战士都是久经沙场的正规军，百来人枪的土匪队伍本是乌合之众，只会欺负老百姓，哪里是他们的对手？开火后双方刚一接触，许多土匪便鸡飞狗跳地忙着逃跑，而匪首罗歪嘴也受伤被俘。

紧接着，根据宋峰的安排，便召开了全县的禁烟大会，万昌辉风度儒雅，器宇轩昂，在台上一坐不怒自威。宋峰郑重地向士绅和民众介绍了这位战功显赫的师参谋长，并欢迎他讲话。万昌辉即席介绍了部队在前方浴血奋战、壮烈牺牲的情形，希望茗县的士绅和民众团结一致，坚持民族大义，众志成城，继续努力支援前线，早日收复失地，把日本鬼子赶出中国。

会上烧毁了一批缴获的鸦片和烟具，会后枪毙了匪首罗歪嘴和两个大烟贩，百姓拍手称快，匪风和烟毒终于再次被扑灭。

以后，宋峰又加强了兵役方面的工作，严查买卖壮丁的不法行为，组织民间团体和学校师生慰问和欢送壮丁出征，对确有困难的壮丁家属给予救济，对牺牲的烈士在全县举行公祭并落实抚恤……于是，茗县的征兵工作一直能够顺利推进。

但是，宋峰的做法也得罪了一些人，几个涉足烟毒生意的豪绅便暗地串通，想办法要扳倒他。一些好心的士绅曾提醒他有人要对他"下黄手"，明枪易躲，暗箭难防，让他千万小心。但宋峰认为自己既当了地方官，已是"过河的卒子"，根本没有退路，个人安危只能听之任之了。

刚好这段时间，他遇到了一件特别的事，让这些人找到了扳倒他的机会。

原来，抗战开始后，四川不少地方都建立了共产党的组织，但自皖南事变后，抗日统一战线形势陡变，四川也搞起了特务统治，许多县都视共产党为非法组织，川南一带已有不少共产党员被捕和被杀害。为了保存革命力量，中共川南党组织被迫转入地下，并决定立即将一部分骨干转移到比较安全的地方。茗县邻近的一个县是镇压共产党人的"重灾区"，已有多名共产党人被捕和被杀害，亟须转移，经过郑重调查，反复比较，川南党组织便想将他们转移到茗县，于是便派人向宋峰求援。

宋峰曾和车耀先、顾建文等进步人士往来甚密，虽没有加入共产党，但却一贯拥护中共"团结抗日，一致对外"的主张，对国民党一些党棍的行为十分反感，对无端被屠杀的共产党人十分同情，许多共产党人也了解他的性情和品德，因而敢于向他求援。

川南党组织的负责人和宋峰秘密接触后，宋峰答应了他的请托后问道："这次转移一共有多少人呢？"

"第一批是十七八个，以后陆陆续续还会有一些人来。"

一下子要来这么多人，宋峰觉得安排吃住都莫得问题，但对外应该怎样解释呢？是亲戚、是朋友，都不妥，想来想去，他终于想出了个主意。

原来，当时县里正准备对县立中学的几间快要倒塌的教室拆除后重建，由于经费缺乏，工价压得很低，找了几起修房子的人，谈了好几次，都嫌没有油水，一直没有谈拢。于是他灵机一动，便让川南党组织把需要转移的人员假扮成一支修房队来到茗县，又找了几位信得过的木匠、泥水匠等老师傅对他们进行指导。还特意当众嘱咐这支"建房队伍"："旧房子的材料拆下来后还有用，你们慢慢拆，不用赶工，要紧的是，千万不要把材料损坏了！"

这些人来到茗县后，白天参加拆除旧房，晚上便在一起商讨抗日救国，还秘密组织了一些抗日活动。房子连拆带修搞了半年多，人员来来往往，不少人经过这里去到延安或敌后抗日根据地，茗县成了共产党人躲避腥风血雨的地方，成了地下党人的落脚点、食宿点、物资供应点和联络点。

但是，这支不平常的建房队伍终于引起了一些人的怀疑，国民党县党部多次派人进行调查，虽然没有查出啥名堂，也没有抓到啥把柄，但经过几个豪绅的活动，宋峰还是被安上了"通共"的嫌疑，在公务员惩戒委员会进行的考核中，以"不合格"为由，"永不叙用"了。

宋峰被"撤职"的消息传到茗县后，全县哗然，百姓纷纷为他喊冤，一些正直的士绅联名向省政府上书反对；离开茗县时，民众集资送了把"万民伞"，上面写了"仰不愧天"四个大字，表达对他的景仰和感激，许多百姓含着眼泪依依不舍地送到了几十里之外……

离开茗县后，他回了趟酒寨，在父母亲的坟前祭拜后把"万民伞"送到了祠堂。以后便到了成都，他再也不想进入污浊的官场，抗战后期四川大学从峨眉迁回成都，院系扩大，师生增加，宋峰接到聘书，便到四川大学法学院的法律学系去任教了。

三 抓壮丁

抗战初期，百姓保家卫国、抗击外侮的热情高涨，许多人踊跃参军，而随着战争长久而惨烈地进行，战火从黄河流域燃烧到长江流域、珠江流域，中国参战的部队已达二百个师以上，经过一系列重大战役后，伤亡的官兵越来越多，前方不断地需要补充兵源，而随着沦陷区的扩大，可以征兵的地方又越来越少，于是大后方的征兵负担便越来越重，四川更居全国第一位。

川军作战英勇，在全国各大战场上都有川军的足迹，出现了许多以落后武器与装备精良的敌寇殊死搏斗的事例：有的官兵浑身绑上手榴弹冲入敌阵，与敌人同归于尽；有的身负重伤，最后时刻引爆了手中的手榴弹自杀殉国……

但和这些形成鲜明对比的却是，前方战士拉响怀中的手榴弹和敌人同归于尽，而后方一些人却怀里抱着妖娆的女人醉生梦死。物价飞涨，百姓生活困难，而一些权贵却大发国难财，于是响应征兵、募兵的民众越来越少，补充兵源便只有靠"拉兵"——"抓壮丁"了。以后壮丁在发国难财人的手里居然也成为"奇货可居"的商品，最初十块大洋可以买到一个壮丁，后来便涨到二十块、三十块……有人便做起了买卖壮丁的生意，也有人多次出卖自己——当了壮丁后逃跑，逃跑后再次当壮丁，再次逃跑，借此养家糊口。

连队直接抓，警察帮助抓，保甲长乱抓，苛捐杂税、烟毒横行和抓壮丁，被大后方的民众称为"三害"。

虽说政府规定了"三丁抽一，五丁抽二"，后来由于兵源紧张又改为"两丁抽一"，但不管咋样改，这些规定都是针对无钱无势的穷人。有权有势的人不会当壮丁，有钱无权的人可以花钱去买壮丁或交钱顶替，而无钱无势的人，有的十一二岁就被拉了壮丁，有的父子两人都被拉，年轻的当壮丁，年老的当伙夫。壮丁被抓走了，留下的家人还要交"壮丁费"……

于是，穷人家的青壮年不得不东躲西藏，甚至一些五十来岁的"半蔫子"老头儿也不敢随随便便地单身一人在街上行走。

酒寨一位姓杨的婆婆，年轻时就守寡，守着一个独生儿子，儿子在县城拉黄包车，媳妇帮人洗衣裳，家里没有房子，一家人都住在篾棚棚里。儿子被抓了壮丁，杨婆婆气得上了吊，媳妇疯了，小孙子流落为沿街乞讨的叫花子。

另一个姓李的人家，三个儿子被抽走了两个，剩下一个怕又被抽走，自己咬着牙用石头打断了脚杆，但仍然要交壮丁费……

负责集中壮丁的"新兵转运站"实际就是一个人贩子摊摊，把壮丁收来后总要三五个月甚至七八个月后才会交给部队。为啥要这样拖延？为的是在这段时间里可以克扣和贪污壮丁缺额的粮饷。

更加令人发指的是对壮丁的种种虐待。

抓丁的人把壮丁们当成了犯人——甚至连犯人都不如，就这方面的情形，记者们曾写过不少报道：保甲长抓人后先五花大绑送到新兵站，到站后双手仍然反绑，一根绳子绕到颈子上再拉下来，然后再用一根又粗又长的绳子把壮丁们串联起来，五个或十个人一串，怕他们逃跑，还不准穿裤子，下身只用一块破布遮羞。壮丁中，有的头发都已经花白了，有的还是半节子娃娃。押解的路上每隔七八步就有一个端着刺刀的人监视，不给吃的，壮丁们饿得东倒西歪，一个人倒下去便会拖倒一大片，倒下的就要挨枪托、被脚踢，被打死后解开绳子踢到路边喂狗了事……负责押送的人一路走一路抓人，能抓上十个八个就发财了。

壮丁先集中关押起来，人数够了再押往县城，最后送往前线。这样的壮丁，哪里还谈得上"战斗力"？

茶铺和寺庙常常是临时关押壮丁的地方，门口有兵端着枪看守。上下午各给一顿稀饭，十冬腊月光着屁股三五个人挤在一起……学校的操场是"训练"壮丁的坝坝，幸存的壮丁们便穿上了军装进行操练，这些饱受虐待、身体极度虚弱的"壮丁"，每天都有几个死在操练里。想逃跑，就当场打死，或在操场边挖个坑活埋。

到达新兵转运站后，壮丁们吃的是掺有沙石的糙米和霉米，菜金被层层克扣后，只有最便宜的水煮厚皮菜、莲花白，每个月仅三五天有点清油炒菜，吃肉更是梦想……有的壮丁在半路上就被拖死了；有的害了病，打摆子、发高烧、拉红白痢……人人都长了一身脓包儿疥疮子，虱子在衣裳缝缝里牵线线。许多转运站都是在一间窄窄的房间里塞了二三十个人，几根谷草、一床草席扔在地上，壮丁们头挨头、脚抵脚地挤在一起，白天黑夜都不准出门……

押到简易兵营后，住的地方宽了一点，但经过长时间的折磨后，患病的人便越来越多，莫得人给药吃，有的拖十几天后也就死了。

在开拔的路上，军官们坐滑竿，壮丁们步行，绝大多数骨瘦如柴，身体稍好一点的，还要让你背上几十斤盐巴或别的东西——这是替长官背到外地倒卖赚钱的……一天只有早晚两顿饭，不但是糙米加沙子，分量还很少，根本吃不饱。走着走着有的人就倒在地上死去，班长就叫大家铲几铲泥巴胡而马之地盖一盖，连手脚都还露在外面……由于军民关系不好，老百姓一听说"过兵了"，家家关门闭户，找点水喝都不容易。

有的病兵实在走不动了，当官的就会说他们在装病，下令枪毙了！

有的人实在受不了虐待就想逃跑，但被抓住后先是当众抡起扁担毒打一顿，然后是枪毙。即使这样，仍然有人冒死逃跑。壮丁们死的死、逃的逃，还没到前线兵员就大大减少。

抗战后期，军政部兵役署署长程泽润以"虐待新兵"之罪名被枪毙。其实这件事里面大有文章。

原来，据军统情报，何应钦的军政部出现了"反蒋（蒋介石）拥何（何应钦）"的言论，认为战争失利的原因是"领袖指挥不当"，这言论就出自何应钦"四大金刚"之一、军政部兵役署署长程泽润之口。蒋介石得到情报后便让蒋经国前去调查，借口是："据报有虐待新兵之事，这里也有一个新兵站，你去看看。"

蒋经国去后发现这新兵站设在一个破旧的院子里，门口警卫森严，进去后只见一些瘦得皮包骨头的"壮丁"挤在一个屎尿遍地、臭气熏天的天井里，有的还用绳索绑着，有的睡在屋檐下的草席上已经奄奄一息。回去后便据实向蒋介石报告，蒋介石亲自赶来查看，看见地上躺着呻吟的壮丁便气冲冲地吼道："谁在负责？谁在负责？"没人答应，便令侍卫官去传唤兵役署长程润泽。

也是程泽润合该倒霉，这一天他刚巧没到署里办公，却在家里准备庆祝新公馆落成和自己的四十八岁生日。侍卫官从家里把他带到了新兵站，蒋介石怒斥道："你来看看，你来看看，这就是你抽来的新兵，你就是这样对待壮丁的！"说着用手杖指着他。

程泽润一贯骄横，当时便顶撞道："报告委座，这是部队的新兵转运站，不属我们兵役署！"

蒋介石更是火冒三丈，怒吼道："你强辩，强辩！"

程泽润被捕了，虽然家属多方托人说情，但最后还是被枪毙了。报纸曾大量报道，成为轰动一时的大新闻。

由于抓来的壮丁不断逃亡，再去抓又很困难，于是一些营连长便干脆在逃亡后不予补充，在花名册上虚报名额，借此窃银取饷，这便是风行一时的"吃缺空"，地方杂牌军中尤其严重。甚至美国驻中国陆军司令兼盟军中国战区参谋长魏德迈经调查后都认为，当时国民政府的陆军已达三百多个师，但由于空额太多，装备又差，往往一个师仅相当于一个满编的团，而且后勤补给系统的问题十分严重，尤其在"克扣军饷、专吃空缺、虚报冒领方面比前线野战部队更甚"。

为了杜绝"吃缺空"的现象，每到发军饷的日子，部队高级军官便要抽调一些人组成"点发组"，到各营连按人头点名发饷，但"道高一尺，魔高一丈"，在点名发饷的前夕，一些营连长便会想出各种办法突击拉人凑够名额应点，应点后依然长期吃缺空，这已是公开的秘密。其中也不乏出现了拉错人的笑话，甚至有的"点发官"竟被拉去冒名应点，某师管区司令部的一个文书被新兵站的排长误抓后亮明身份，排长怕他向上揭发，竟杀人灭口……

种种腐败现象，不仅让老百姓失去了自愿参军的热情，而且认为被抓了壮丁就是进了鬼门关。

想不到，大儿子在前线牺牲后，"抓壮丁"的厄运又落到了江奶姆的小儿子头上。

这天傍晚，江奶姆突然得到开理发店的张幺嫂吕玉芬送来的消息："你的老二江有仁被抓壮丁了！"

江奶姆一听，便号啕大哭起来。

原来，在宋岚的帮助下，江奶姆的小儿子江有仁本来在学校念书，初小毕业后，宋岚曾想帮助他继续升学，但江奶姆觉得，炮火连天的，这仗不晓得要打到哪一天，靠宋岚帮助不是个长法。再说，穷人家的娃娃已经会写自己的名字，已经认得清钞票上的字，还学会了打算盘算账，就很有出息了，以后还是学个手艺好。俗话说"天干饿不死手艺人"，在乡坝头，手艺人比莫得手艺的人日子好过得多。碰巧过去的邻居绞脸张么嫂吕玉芬开的理发店需要人手，便把儿子送去当学徒了。

在吕玉芬的店里，江有仁最初做的只是挑水、煮饭、打扫清洁、给客人洗头这一类粗活路，后来吕玉芬见他勤快、聪明、性情又好，莫事时总是捧着一本书，从不到外面惹事，便很喜欢他，开始教他一些剃头、修剪的技术。

这一天正是八月十五中秋节，吕玉芬早早地关了店门，给两个徒弟一人发了封月饼，打发他们回家过个团圆节。

哪晓得江有仁和师兄田老大刚走出店门不远就碰见了抓壮丁的，师兄年纪大一些，一见火色不对，喊了声"快跑"，便扭头向旁边的一条小巷子跑去，而江有仁却摸不倒火门，还在莽头莽脑地往前冲，就被抓走了。

田老大在小巷里一家公馆敞开的大门后面躲了一会儿，不见江有仁跟来，只听见他喊叫的声音："我哥早就当兵在前线阵亡了，你们凭啥子还要抓我？"便明白他被抓壮丁了，于是赶紧飞跑回店里告诉了吕玉芬，吕玉芬又急忙跑来告诉了江奶姆。

一听小儿子被抓了壮丁，江奶姆便眼前一黑，差点晕倒，接着便大哭起来。宋岚正在房里换衣服，这天晚上她本来准备和宋轻雪一起去"三益公"观看白杨演出的《日出》，这次演出在成都已经轰动一时，被街头巷尾热议。听见江奶姆的哭声后连忙走出房间询问，知道原委后便愤怒地说："太不像话了，你家只有两个娃娃，一个已经在前线牺牲，难道还要再抓一个吗？"又安慰道："不要紧，我一定帮你想办法，一会儿宋轻雪来了，她认识的人多，会有办法的！"

两人正说着话，宋轻雪来了。自从丈夫乐云辉在驼峰航线上牺牲后，她的心便被刺上了一把尖刀，而且这把尖刀还在时时刻刻地搅动，让她痛不欲生……万幸的是，这时她已经怀有身孕，腹中的小生命支撑着她，和她一起度过了那段最痛苦的日子。每当她陷入极度的悲伤，甚至恨不得马上随他而去时，腹中的小生命便会提醒着她，让她想到这是他生命的延续，是他留在这个世界上最宝贵的东西，她不能辜负为国献身的他……于是便强忍悲痛，努力克制自己，强迫自己振作起来。

宋岚了解她的痛苦，总是常常抽时间去看望她、陪伴她，今晚邀她去看《日出》，也是想让她散散心。晚饭后，宋轻雪穿了件宽大的蓝底白花洋布旗袍坐着黄包车来了。

听见她的声音，宋岚和江奶妈都迎了出来，看见一向爱说爱笑的江奶妈在不断地牵起围腰擦着眼泪，宋轻雪便诧异地问道："江奶妈，你咋了？"

宋岚便把江有仁被抓壮丁的事告诉了她，并且说："我晓得你认识的人多，赶紧想办法帮帮忙吧，娃娃年纪还小，哥哥已经在前线牺牲……"

江奶妈也流着眼泪求告："宋先生，您做做好事，救救我娃娃吧，我们不是不爱国，只是他哥已经在前线被打死了，有仁娃儿年纪还小，不能又抓他去打仗啊！"

说着，宋岚便揽着宋轻雪的肩膀和她进屋坐下，江奶妈端来了茶。正在院子里和隔壁几个娃娃玩"拍洋画"游戏的齐齐看见宋轻雪来了，也过来招呼了声："宋孃孃！"

宋轻雪曾写过有关乱抓壮丁的报道，很清楚这方面的黑幕，端着茶杯摇摇头感慨地说："如今乱抓壮丁已经成为后方的公害了！"她凝神想了一下后又说："我倒有一个简单的办法，如今保甲长和许多军官都是袍哥，穷人要想不当壮丁，只有去嗨袍哥，刚好前两天采访时我认识了一位同义社仁字号的王大爷，听说此人在码头上很吃得开，他拍着胸口说，有事尽可以找他，还给了我一张名片……"说着便从手提包里拿出来一张名片，递给江奶妈道："你拿这张片子去找新兵站的人，就说你是王大爷的亲戚，他们会放了你儿子的！要是不放，我再想别的办法。总之，你莫着急，这件事包在我身上了！"

宋岚和江奶妈都不相信一张名片会有这么大的威力，宋岚好奇地拿过名片看了看，见上面印了好几个闻所未闻的头衔，只有一个头衔她晓得一点，就是宋轻雪说的"同义社仁字号大爷"。

宋轻雪看出了她们的怀疑，便催促道："如今是乱世，这袍哥的名号管用得很，赶快去吧！"

江奶妈怕自己一个人去办不好，便央求宋岚陪她去，宋轻雪便说："你就陪她去吧，我在这里陪齐齐，等你们回来。《日出》今天不看了，明天再看！"

宋岚和江奶妈两人便先去到院子对面的甲长家打听新兵站的地址。甲长一听抓了江奶妈的小儿子，又接过宋岚手里的名片看了看，便赔笑道："真是瞎了眼睛，抓错人了！宋先生，咋能让您亲自跑一趟呢？我陪老姐子去就行了。您放心，有了这张名片，保险去了就放人！"

新兵站在一个旧庙里，去了后甲长让江奶姆先在门口等一等，自己拿着名片进去了。果然，不一会儿就领着江有仁走了出来，一个穿着军服的人跟在他们的后面，甲长对江奶姆说："这是王连长！"江奶姆正想跪下道谢，王连长一把扯住她"呵呵"笑着说："老姐子，对不住，不晓得你是王舵把子的亲戚，得罪了！让小兄弟快回家吧！"

江有仁跟着江奶姆回家，江奶姆向甲长道谢后，又嘱咐儿子道："这回仗着王大爷的面子才把你保出来了，以后少在外面跑，不要又给人抓了壮丁……"

江有仁低声嘟囔道："我哪里在外面跑？是他们乱抓人……"

甲长接口道："这事不能怪小兄弟，如今兵源紧张，到处都在抓壮丁。老姐子，你不要担心，有王大爷的面子，抓进去也得放出来！"

但江奶姆却在心里想："要是莫得王大爷的片子呢……"

四 被老鼠咬碎的"梦"

抗战初期、"皖南事变"之前，国共合作、一致抗日的气氛较好，郭沫若又掌握了军事委员会政治部第三厅以及文化工作委员会，抗战文艺蓬蓬勃勃十分活跃，出现了许多脍炙人口的作品，包括郭沫若自己创作的《屈原》《虎符》等新编历史剧。

"皖南事变"后，气氛慢慢地不同了。

以写社会言情小说著名的作家张恨水曾应邀到重庆的"沙磁文化区"（沙坪坝到磁器口一带大学和研究机构聚集的地方）和成都的华西坝发表演讲。

张恨水曾被称作"鸳鸯蝴蝶派作家"，但抗战后来到四川，却写出了一本风格迥异的讽刺小说《八十一梦》，借"梦"讽刺和揭露国民政府官员贪污腐败、奸商囤积居奇、老百姓挣扎在死亡线上的情景。新闻书刊检查大员看后不满，大笔一挥一下子便把他的七十多个梦砍去，剩下的不到十个"梦"了。出版时张恨水在《楔子》中称，那些梦"被老鼠咬碎了"……他到中央大学演讲时，学生们问起了那些"被老鼠咬碎"的梦，穿着一身浅色长衫、潇洒飘逸的张恨水回答："它们都已随风飘去，无处寻觅了……"

幸而一神通广大的书商设法得到了原稿并将其付印，于是此书广泛流传，宋岚曾在街上的小书摊上购得一本，看了后又借给了学校的同事，借来借去，后来不晓得借到哪个手里了。

卢作孚大力建设的北碚，抗战时期有"民主特区"之称，许多文化人都聚集在这里，戏剧界的进步人士组织了"中华剧艺社"后，在这里演出了《天国春秋》，刚演了第一幕，剧社的负责人就被抓进了宪兵队。北碚管理局随即派人和宪兵队交涉，据理力争，迫使宪兵队放了人。

以后郭沫若创作的大型历史剧《虎符》上演前，为防特务捣乱，北碚管理局便抽调了大批士兵和工人在剧场维持秩序。

特务对北碚民教馆馆长说："中央图书杂志审查委员会不准上演此剧！"

馆长回答："演出是北碚管理局一手安排的，我无权取消！"演出时，这位馆长还以"监督演出"为名，在戏台前坐镇，实际上是防止特务捣乱。

《屈原》在北碚演出时也是如此。

随着政治上的专制主义，随着对共产党员和进步人士的迫害，大后方的文化界逐渐变得沉寂了。以演出进步话剧著称的"剧艺社"被迫离开了陪都，到各地去巡回演出，曾有两年多留在成都，租用了"三益公"戏曲园子，演出过曹禺的《日出》等名剧，宋岚、宋轻雪都多次前去观看，对白杨的演技十分赞赏。

进步报纸《新华日报》等被打压，重庆一些师生想订《新华日报》，但上面规定私人不准订，一位从海外归来的教师订了份《新华日报》，第二学期学校就不续聘他。而一些国民党控制的报纸办报水平却极差，闹出不少笑话：成都的两家报纸曾在中缝登出这样的标语："人人当兵，抗战必输"，致使舆论哗然；英驻华大使由重庆到成都度假，一家报纸的三号字标题竟把"大使"印为"大便"，以致大使提出严重抗议……

为防特务们无孔不入，茶馆的墙上都贴有"莫谈国事"的标语。

著名经济学家马寅初是重庆大学商学院院长，对大后方通货膨胀、官员们投机倒把发国难财很有看法，一些外国记者采访他时，办公室里竟坐着三个进行监视的特务。由于马寅初完全用英语和对方交谈，特务们一头雾水，一句也听不懂，才灰溜溜地走了。

后来马寅初在演讲中愤怒地说："过去几年抗战，政府是用发票子掠夺工人、农民和工薪阶层的实际收入来打仗的，而官僚资本却在乘机大发国难财，做猪狗不如的黄金、美钞投机生意。今后应当对他们开征临时财产税，让豪门巨富拿出钱来打仗！"蒋介石便下令逮捕了马寅初，并没收了刊登他演讲的报刊。

许多大学、中学包括宋岚任职的女子中学，都一直在特务们的监视之中。

女子中学有一批来自沦陷区、思想进步的教师包括很受宋岚敬重、学生欢迎的武秉钧等，他们在学生中组织了读书会，还开展了抗日歌咏比赛、诗歌朗诵、演出抗日话剧等活动。女中的音乐老师是从沦陷区来的，参加过抗敌话剧团，便教学生唱了一些从延安传来的新歌，如《保卫黄河》《延安颂》（教唱时改名《古城颂》）等。除了教育部钦定的教科书外，老师们又结合抗日救国新编了一些教材和讲义，很受学生的欢迎。

学校里有个教"公民"课的教师王某，是特务机构专门安插进入的，他经常鬼鬼祟祟地监视着教师和学生们，专门刺探和收集教师们讲课的内容以及师生们的言行向上禀报。

宋岚的班上有个女学生为逃避家里的包办婚姻便想从军，但《兵役法》规定，女子无从军义务，便一直被征兵机构拒绝，她在作文中写出了自己内心的苦闷。宋岚知道她的想法和苦闷后，便在作文的批语中写下了一段安慰和鼓励的话："冬天到了，春天还会远吗？把这颗种子埋在地下吧，等待春天的来到。在温暖的春风中，希望的种子经历了严冬后，也会发芽的！"

特务王某为了获取教师们"不轨"的材料，便经常在教师们批改的作业里仔细地东翻西寻，当发现宋岚的批语后如获至宝，立即把作文本悄悄拿走，连同平时收集到的进步歌曲歌篇和一些教材、讲义以及进步教师的黑名单等，一并交给了军统在成都设立的稽查处。

事有凑巧，国民党《中央日报》的一位记者，表面上是一个不关心党派之争的超然派，实际上却具有正义感，很讨厌特务们的行径。此人和宋轻雪关系不错，很喜欢她眼光独特、措辞犀利的报道。利用《中央日报》记者的身份，他常常出入军统的稽查处，无意间便看到了特务提供的女子中学材料，在黑名单上发现了宋岚的名字。这位记者曾在宋轻雪处见过宋岚，对这位美丽、朴素、优雅的女教师留下了很好的印象，于是便记下了特务的姓名，打听了他的背景后，赶紧把各种情形告诉了宋轻雪，让她提醒宋岚要"注意提防"。

宋岚听了宋轻雪带来的嘱咐后，只微笑着摇头回答："我写的那句批语只不过是为了安慰和鼓励那个反抗包办婚姻的女孩子，丝毫也没有涉及'国事'，这位特务先生实在是神经过敏了!"

但那位音乐教师却是个性情直爽、血气方刚的年轻人,眼里揉不得沙子,听说这件事后立即找到王某当面质问:"我教学生唱的哪一首不是抗日救亡歌曲?难道爱国有罪、救亡有罪?你为什么不当面和我辩论,却要暗地里告密,从背后捅刀子?"

告密者当然不肯承认自己有错,两人激烈地争吵起来,一些被告密的教师也纷纷出面指责王某。王某理屈词穷,最后竟气急败坏地威胁道:"你们这些危害党国的异党分子不要烧搅,总有一天要把自己弄来网起,脱不倒爪爪!"

宋岚怕特务真的要进行迫害,便暗中嘱咐几位被告密的教师赶快请假,去外地躲一躲。但那几位教师带着简单的行李,刚到牛市口水码头,还没上船,就被一群穿着便衣的特务抓走了。

宋岚没有走。她曾仔细想过,自己既没有参加共产党,给学生写的批语也没有什么问题,如果为此就躲藏起来,反而会让对方找到口实,从而"坐实"了罪名。她把自己的想法告诉了宋轻雪,宋轻雪想了想也同意了,并说:"如果特务真的要迫害你,我一定把事实真相公之于众,陪你打这场官司!"

本来,秘密逮捕是没有希望被释放的,抓他们的特务就曾趾高气扬地宣称:"你们老实一点,我们这里向来是只管进不管出的!"然而,抓捕这些老师时,刚好被送行李的工友看到了,工友回来后传开了这件事,师生们义愤填膺,纷纷要求学校设法营救。宋岚也立即告诉了宋轻雪,宋轻雪便建议大家去找"中华文协"成都分会,请他们出面。

"中华文协"成都分会的负责人是李劼人、罗念生、沙汀、朱光潜、萧军、叶圣陶等,常务理事有老舍、胡风、郁达夫、楼适夷等人。文协除了召开各种纪念会和文艺晚会、欢迎中外来访作家、出版刊物《抗战文艺》、组织征文评奖以及派作家参加战地访问团并捐犒劳军外,还有一个重要职责就是营救被捕的进步作家和会员。文协分会了解女中教师们被捕的情形后,立即电告了重庆中华文协,中华文协通过郭沫若告诉了八路军驻渝办事处。在宋轻雪的活动下,成都和重庆的一些报纸又纷纷用大标题报道了几位老师被秘密逮捕的消息。当时美国正派了一位特使镇守重庆,调解国共两党的矛盾,还派了一个司法行政考察团来到重庆,秘密抓捕的消息一经披露,便让国民党十分被动,在"中华文协"的斡旋下,不得不下令放人了。

释放这几位教师时，稽查处处长打着"哈哈"对他们说是"误会，误会"，又说自己会看相，认为他们几个人命中注定该有此一劫，以后为人处世还应小心谨慎，不能得罪人，更不能妄议国事，以免再遭不测云云。

被释放后这几位教师都先后离开了省女中，有的去了重庆，有的去了延安。而自此事以后，宋岚也被稽查处挂了号，受到秘密监控了。

第十三章　物是人非

一　"六腊战争"

抗战以来，大后方普通百姓包括普通公教人员的生活都是极其艰难的。

成都民众有"升升米，把把柴"之说：由于收入微薄，穷苦百姓买米时一次买不起一斗（三十斤），只能买一升（三斤），有的甚至连一升都买不起，只能买一合（半斤）。一合米只有一小碗，于是又有了"碗碗米"之称。烧柴呢？一次也只能买一小把，这就是"把把柴"的由来。

米铺里的米有好坏之分。好米价钱贵，老百姓吃不起，常吃的是"平价米"，这是陈仓霉米或红花糙米，里面少不了碎石、泥沙、米虫和耗子屎之类。公教人员定量供应的也是这种米，宋岚天生怕虫，吃饭时每一看到碗里有浑身长毛的米虫，就宁肯饿着，也不愿再吃了，因此江奶姆在淘米时总是格外把细。

而对一般百姓，平价米也不能保证供应，买时要排队，每次最多只能买两升（六斤）。为了排队买平价米，常有人被踩伤，甚至有老年人为此送了命。

粮价不断上涨，米商、粮户、军政大员囤积居奇，城里人日子难过，乡坝头则更甚，特别在春天青黄不接的时候。为了保证给国家上交公粮支援前方抗战，有的农民甚至吃起了"观音土"，民谚有："胡豆青，大人娃娃饿断筋；胡豆黄，判官小鬼催命忙。"

除了人祸还有天灾，四川几乎年年都要发生干旱。为了求雨，成都武侯祠门前搭起了高高的祭坛，政府宣布"断屠"，袍哥们耍起了水龙……农村人一个个头戴柳条圈，手执旗幡香火，簇拥着从庙里请来的"川主菩萨"塑像，押着一丈多高、面目狰狞的旱魃，高唱着《祈雨歌》：

苍天，苍天，老百姓可怜。

求天下雨，救救秧田。

青龙头，白龙尾，今晚些，落大雨，明早晨，涨大水。

大雨落在田中间，小雨落在菜园边……

宋轻雪在采访中，曾遇到过一位勤于政务的县长，这位县长对她感叹起了百姓生活的艰辛："税赋太重，衣食不足，征役繁苛，盗匪抢劫，贪官污吏之剥削，诉讼上之困难，凡此种种皆造成民不聊生，遇天灾则逃荒或靠邻县进高价黄谷以瓦罐熬米汤加野菜勉强维持……后方许多官员腐败透顶，遇事只知推诿、延宕，连委员长都气极、怒极。上面雄心万丈，下面一团乱麻。想从贪官嘴里抠出点钱打赢这场艰难的仗，让前线的战士吃饱点，少点伤亡，但开会时人不到，等两小时也不见人来……还有一些贪官只想大家给他抬轿子，督导员都是自己的亲朋好友……甚至做'纪念周'时，唱国歌不合拍，读总理遗嘱不会断句，静默三分钟时还东张西望……"

民间也有这样的讽诗："科长科员同办公，辰时开始酉时终。等因奉此篇篇有，相应函达处处同。事出有因休着急，查无实据可通融……"

有人写了这样的对联讽刺贪官们：

修竹千竿，横拖直扫，扫金扫银扫钱币；

小轩一角，日煮夜烹，烹鱼烹肉烹民膏。

不仅一般的下力人，就是一贯受人尊敬、在堂屋的牌位"天地君亲师"上占有一席之地的教书先生，虽桃李满天下，谋生却也十分不易，宋岚和同事们便常常感叹成都少城公园内那著名的"六腊战争"。

民间已有"穷不习武，富不教书"之说，"教师"已被贬为"教书匠"了。但在物价飞涨、民不聊生的时候，能当上"教书匠"到底可以勉强糊口，而要想得到这一职务也并不容易，于是便出现了"六腊战争"。

四川话中"六"与"泸"同音，"六腊战争"有个典故——是"泸纳战争"的谐音。原来，袁世凯称帝时，蔡锷组织护国军入川，在泸州、纳溪一带和当时的北洋军进行了激战，史称"泸纳之战"，于是幽默的成都人便以此为教书匠们寒假和暑假中的激烈竞争命名。"六"指的是农历六月，"腊"指的是农历腊月，这两个月是学校放暑假和寒假的时候，也是许多教师待聘的时候。为争取下期能有人聘请，教师们不得不进行激烈的竞争，其中六月的竞争尤其激烈。原因是学校一般年聘多、期聘少，暑假时往往有一批教师年聘到期后由于各种原因被解聘，而寒假面临"年关"，假期又比暑假短得多，于是一些校长，特别是外县的中学校长，往往更多时候在暑假期间来成都物色教师。

被解聘的教师常常聚集在少城公园的"浓荫""鹤鸣""绿天"等茶馆里，寻找就业的机会。一些已经被续聘的教师或成都本地的教师，也会来这里摸摸"行情"，或是探亲访友，帮忙疏通。

如果来的校长是熟人，求职者便可以厚着脸皮打招呼，毛遂自荐。如果素不相识呢，便只有想办法找关系，托人疏通了。校长和教师会晤时，涉及教学方面的谈话一般都不多，双方讨价还价谈得最多的是薪水多少、米贴多少、路费多少，以及是"双专任"或"三专任"之类。

何谓"双专任"或"三专任"呢？原来，这是指担任课程的多少。家境富裕的——有祖上遗留的田产或有别的生财之道，很少担任"双专任"或"三专任"，而许多生计窘迫的教师，便不得不把原本应该由两个或三个教师担任的课程，自己一个人顶了起来，这就是"双专任"和"三专任"的由来。还有一些教师为了生计同时要在好几所学校上课，暑假时还要去补习学校任教。

宋岚的一位同事，由于上有年迈的双亲，下有患病的妻子和襁褓中的幼儿，竟担任了"四专任"。一个专任规定要上课二十至二十二节（国文课由于要批改作文，钟点另计），三个专任至少六十节，而四个专任就八十节了！正课时间不够，学校不得不在课外活动和晚自习时间也给他排上了课……这个教师累得上课时当场吐血……

"六腊战争"后，也有一些没有接到任何聘书的教师，这些失业的教师到哪里去任教？当然，最好还是留在成都，继续寻找机会，否则便是去到大一些的、离省城近一些的县份，实在无法，为了生活，也只能到一些边远的地方。

宋岚幸运地没有遭受过失业之苦，原因一方面是她毕业于四川大学，在学校便引人注目，有"才女"之称，学习成绩优异，而成都又有不少毕业于川大的校友，包括许多教师和校长，校友间免不了互相有所照拂；另一方面则是由于她教授的国文课极受学生欢迎。上课时她不像有的教师只是死板地照本宣科，而是旁征博引，妙趣横生，有故事，有比喻，有典故，也有警语，既生动有趣又给学生留下了思考的余地。批改作文时也极其认真，总能言简意赅，击中要害，让学生获益匪浅。因此不仅在省女中，在成都教育界也小有名气。

而失业教师的生活就苦不堪言了，特别是一些老教师。

宋岚任教的女子中学，有一位姓廖的老教师，满腹诗书，为人十分老实正直，二十多岁便开始教书，现在六十岁了，真正是"桃李满天下"。他只有一个独子，"七七"后投笔从戎，在前线战死。但这年暑假后老先生就没有接到任何聘书……

这一天宋岚下课后回家，江奶姆对她说："宋先生，有人来找过你，我请她等一哈儿，她说一哈儿再来……"

"是哪个，你认得吗？"

"认不得，是个老婆婆，没来过的。"

吃过晚饭，天色已经暗了下来，打麻子眼儿时那位老婆婆又来了，穿着一身粗蓝布短衫，脸色很不好，抖抖索索地站在门口，看样子六十多岁了。江奶姆把她迎进门后，又赶紧倒了杯茶递到手上，宋岚站起身柔声道："婆婆请坐，您贵姓？找我有事吗？"

老婆婆在藤椅上坐下了，没有开口就流下了眼泪，她用衣袖擦了擦泪水低头断断续续地说："我是廖敬轩的妻子，他得了痨病，吐血，学校又不发薪水了，莫钱给他捡药……实在莫办法，才瞒着他厚起脸皮来找宋先生……"

"您是廖老先生的夫人？"宋岚吃了一惊。

"是。我姓张，原先也在小学教书，只是年纪大了，前些年就被解聘了……"

老婆婆一面回答，一面从衣襟里掏出来一个小包，解开一层又一层，最后从里面拿出了一只小小的、翡翠镶金的戒指，红着脸说："宋先生，这还是我出嫁时，娘家给的陪嫁，实在是山穷水尽莫法了，昨天拿到当铺去想换点捡药的钱，这只金箍指本来是赤金镶嵌，当铺却硬说是'淡金的'，镶的是翡翠，他们硬说是'石料'，求告了半天，只答应给五块钱……五块钱只够捡两服药啊！莫奈何，听敬轩说宋先生心肠好，肯帮忙，我就厚起脸来求您能不能买下它……"

说着把金戒指捧给宋岚，又用衣袖擦着眼泪。

宋岚听了廖夫人的话只感到心酸和不平。她对廖老先生一向十分敬重，早就知道他的独生子是为国牺牲的，想不到这位教了一辈子书的爱国老人晚景竟如此凄凉……她看了看廖夫人递过来的戒指，果然是赤金嵌翡翠的，制作十分精巧，拿到手里沉甸甸的，分量不轻，于是一面把戒指还给廖夫人一面用安慰的口吻说："廖夫人，您不要太心焦，我和廖老先生是同事，他有困难，我们理应帮助，我怎能乘人之危要您的传家宝呢？这金戒指您还是拿回去……这样吧，我先送廖老先生二十块钱，您赶紧先给他看病、捡药，杯水车薪，只是表达一下我的心意……明天我去学校，便把廖老先生的情形告诉校长，希望大家再想想别的办法……"

说着起身，从放在床头的小皮包里取出了钱。

廖夫人正要推辞，宋岚便站起身说："救人要紧，廖夫人您赶快去捡药吧，我就不耽搁您了！"说着硬把钱塞进了她的手里。廖夫人含泪接过了钱，还想把戒指留下，但在宋岚的坚拒下只得收回，临走前，宋岚还问清楚了廖家租房的地址。

第二天宋岚早早地来到学校，把廖老先生的窘境向校长说了，并说希望学校给予这位老教师和烈士家属一些帮助。

校长皱着眉头沉吟了一会儿回答道："廖老先生的处境的确让人同情，但学校也有学校的难处啊！说句老实话，这两个月，教师们的薪水就差点发不出了……对解聘后的教师哪还有力量照顾呢……"

"廖老先生在教育界服务多年，独生子又为国捐躯，论天理、论人情，对病重的他，我们都不能袖手旁观……要是对这样的人都置之不理，我们又咋样教育自己的学生呢？"

说来说去，校长语塞了，最后说："学校这个口子我实在不敢开，你也晓得，如今生活困难的教师比比皆是，维持办学已很困难，哪还有力量去帮助失业的教师？……这样吧，看在同人之谊，我私人帮助廖老先生二十块钱……这只是我个人的一点点意思……"

宋岚又向学校的教师们求助，廖老先生教过课的学生闻讯也送来了一些捐助，有的五毛，有的一元，两天内共凑了一百九十元零五毛，宋岚自己又添了九元五毛，凑足两百元，这天放学后便给廖老先生送去了。

廖老先生的家在离城墙边不远的南河边。城墙边住的都是极穷的人，大家用麻袋、草帘子、篱笆笆、烂木板、树枝枝等等搭成一个个勉强可以遮风避雨的棚棚，实在不能称之为"房子"。这里的许多人靠捡破烂为生，栖身的棚棚周围一年四季都被捡来的各种垃圾包围着，屎尿遍地，蚊蝇成群，空气中总是弥漫着特别的臭味。

城墙边也是成都许多乞丐栖身的地方,有的乞丐甚至就倒毙在城墙角角上,尸体根本无人掩埋……宋岚沿城墙边走着、走着,在一堆破烂里,突然看见露出了两只直挺挺的、瘦骨伶仃的脏脚,她以为遇到了死尸,吓得打了个冷战,差点儿惊叫起来……陡地,一个面孔瘦得像骷髅一样的人从破烂堆里钻了出来,瞪着一对白多黑少的眼睛望着她……

她一边走一边打听,好不容易终于找到了廖老先生租住的地方。这是南河边的一间草房,隔壁左边是打布壳的,右边是捡破烂的,空气中飘浮着一种特殊的臭味。宋岚在西门外租的草房有玻璃窗和地板,房上的草也盖得很厚实;而这里的草房既没有窗户,也没有地板,又矮又黑又潮湿,黑洞洞的,即使大白天,进门也得点灯。宋岚感触地想:"可能因为租金便宜吧,廖老先生才会住在这种地方……"她站在门边,伸头往里看了看,根本看不清屋里到底有没有人,于是便喊了声:"廖老师!"

听见喊声,廖老先生的妻子张婆婆迎了出来,看见宋岚后连忙说:"原来是宋先生,劳烦您费心了,还找到了我们的家,这地方不好找哩!快请进快请进!"

宋岚跟着张婆婆进了门,一时之间只觉得眼前黢黑,啥也看不见,张婆婆连忙摸出怀里的洋火,划着后点燃了一盏清油灯,宋岚才大致看清楚房里的情形了。

这是真正的家徒四壁,而且这"壁"还只是一个篾笆折折。屋里没有一件像样的家具,一张老式的旧方桌看样子不晓得已经用了好多年,桌面已经坑坑洼洼,桌前有两张旧板凳,床是用几根木头和几块木板支起来的,麻布罩子上面有几个大大的补丁……廖敬轩躺在床上,脸色白得像纸,没有一点血色,而且瘦得脱了形……看见宋岚进来,便转了转眼珠,嘴唇翕动着,似乎在说话,但声音太低,听不见说了些啥,还是靠张婆婆在旁边翻译道:"他说难为您了,宋先生,快请坐!"

说着便用手掌使劲抹了抹桌前的板凳,邀宋岚坐下。

宋岚坐下后,一时之间竟不晓得该怎样安慰这一对贫困至极的老教师,定了定神才说:"学校的同事和学生知道廖老先生患病后都很关心,好些人都想来看您哩……大家凑了两百块钱,托我带来,请廖老先生抓紧时间治病,以后有啥困难,大家再想办法……总之,希望廖老先生千万保重!"说着,便把钱从手提包里拿出来交给了廖敬轩的妻子。

两行泪水,顺着廖敬轩苍白的面庞流了下来,张婆婆也撩起衣襟擦着眼泪……

宋岚回去后又把廖老先生一家贫病交加的处境告诉了宋轻雪,宋轻雪便以"老教师贫病交加 烈士家属求告无门"为题进行了报道,在社会上引起了强烈反响,参议员们提出质询,民政部门派人进行慰问并送来了慰问款……

但病入膏肓的廖老先生仍然去世了!

他年迈的妻子不久后也随他去了!

二 沦落的舞女

暑假,姚梦茹从叙府来到成都了,她已经在叙府女子中学任校长,她告诉宋岚:"自从同济大学和中央研究院迁到李庄后,如今李庄已经有了幼儿园、小学、初中、高中直到研究生,还准备办女子中学哩……"

这天下午,宋岚陪她到春熙路去看电影和买衣料。

到春熙路后,按姚梦茹的意思,两人先到对面的商业场转了一圈,在绸缎铺里姚梦茹经过反复比较又征求宋岚的意见后,挑选了一截做旗袍的深蓝色彩花织锦缎,给丈夫赵昌明挑选了一截做大衣的藏青色毛哔叽,然后指着一匹软缎向宋岚道:"我看这匹软缎的花色很不错,银灰色底子上有紫色的菊花,艳而不俗,做件旗袍你穿上一定很好看,不想买吗?"

宋岚笑着摇了摇头:"我不像你,伉俪情深,我已经很久没有做过新衣服了……"

姚梦茹听出了她话里的弦外之音,便没有再说下去。

两人漫步在繁华的春熙路上,她俩并没有刻意打扮,穿着也并不豪华,更没有搔首弄姿地故意惹人注意,但宋岚的秀丽脱俗、姚梦茹的活泼大方,再加上两人优雅的风度,在美女云集的春熙路上,仍然吸引了许多路人的目光,竟有人尾随着想伺机搭讪了。

买了衣料后,两人便去基督教青年会欣赏了里面举行的"抗日救亡漫画展",然后又看了场电影《夜半歌声》。电影的拷贝旧了,以致画面并不很好,宋岚曾经看过,主题曲《夜半歌声》是她极喜欢的,因此便再看了一遍。

出了电影院已经是吃晚饭的时候了，宋岚惦着儿子齐齐便想早些回去，于是邀姚梦茹到家里去吃便饭，但姚梦茹回答道："我早就饿了，好久没吃过'钟水饺'了，走，我请你！吃完了再回家，你家有江奶姆哩，还担心啥？"

宋岚点点头同意了，并说："好吧，应该是我请你！"于是两人便向总府街的"钟水饺"走去。刚走到春熙大舞台前面，宋岚"咦"的一声突然停住了脚步——原来，一个化了浓妆、穿着粉红西式长裙、踏着红色高跟鞋、鬓边别着一朵红色的假花，衣着入时而又有些"苕气"的"摩登"女郎迎面走到了她们身边，一阵廉价的香水味扑面而来……

"摩登"女郎也陡地停下了脚步，她也注意到宋岚和姚梦茹了。

"摩登"女郎认出宋岚了，叫了声："宋先生！"声音有些沙哑。

"果然是你，蜜斯濮！"宋岚惊奇地回应道，"好久不见了，你还好吗？"

"摩登"女郎低下了头，眼圈红了，轻声回答道："一言难尽哪！"抬头看看姚梦茹又说："宋先生，我很想你呢，你现在住在哪儿？还在女中教书吗？过两天我去看你，和你摆摆龙门阵，今天我还有事，就失陪了！"

宋岚把自己的住址告诉了她，"摩登"女郎便匆匆走了。

"摩登"女郎走后，姚梦茹有些诧异地问宋岚："看她这一身打扮，有些特别，不是一般的人！她好像和你很熟呢，是你的朋友吗？"

"是熟人，也算是个朋友吧，这也是个苦命人，她姓濮，名叫濮亦萍，原先在女中隔壁的小学教音乐课，会唱歌跳舞，曾来女中帮助抗日宣传队排练节目，我们就认识了。我没有去过她家，但她有时会来我家摆摆龙门阵、诉诉苦……听说她是重庆人，父母亲在日本鬼子的大轰炸中双双遇难，家里再没有亲人了，我很同情她……"

"她是单身，没结婚？"

"结婚了，丈夫姓康，是警察局的一个股长，还是个袍哥大爷，也可以说纯粹是个流氓头子。她刚从重庆到成都时，两人相识了，姓康的见她年轻、有几分姿色，便大献殷勤，她一个小女孩儿，举目无亲，就和他结婚了。姓康的本就是个'色鬼'，酷爱拈花惹草，婚后不久就变了心……她曾经怀上一个娃娃，但后来因身体虚弱小产了，姓康的便以此为由，常常对她拳打脚踢，不但经常在外面鬼混，甚至去台基嫖妓……家里请了个二十来岁、干活路的女用人，有天半夜，她忽然发现身边的男人不见了，起身查看，男人竟在那个女用人的床上……这些都是她向我哭诉的……"

"哦,妇女解放,男女平等,中国的妇女到底哪一天才能够真正和男人平等啊!"姚梦茹也禁不住感慨起来。

"不只男人对她不好,雪上加霜的是,由于没有背景,又不会拍马屁,在男人的暗地指使下,学校竟把她解聘了。解聘后,她曾到我家来过一次,哭得很伤心,后来就再也没有音信,我曾到小学打听过,但他们说,不晓得她去了哪里……今天和她意外相遇,看她的穿着打扮,不像公教人员,也不晓得到底在干啥……"

说着,两人都叹息了一番。

一周后,一个星期天,濮亦萍一大早就来找宋岚了。

这一天,她并没有浓妆艳抹,也没有穿时髦的洋装,只穿了件半旧的鸭蛋青洋布旗袍,瘦精精的身材、苍白的面庞、失血的嘴唇、高耸的颧骨,显得十分憔悴。进门后,宋岚没有让她坐在堂屋里,而是像过去一样,领她进了自己的卧房,让她在床前的藤椅上坐下了。

江奶妈还认得她,招呼了声:"濮先生,你好久不来了,瘦多了!"送上茶后见宋岚要和她说话,便把齐齐领走了。

刚刚坐下,濮亦萍就从手提包里拿出手帕掩面痛哭起来。

宋岚望着她,并没有劝止,因为宋岚知道,这位可怜的女人内心里一定有说不完的痛苦和委屈,让她痛哭一场,也许会让她的痛苦减轻一些。

好一阵,濮亦萍终于止住了哭声,一面用手帕擦着眼泪和鼻涕,一面对宋岚说:"对不起,宋先生,我已经好久好久没有这样痛痛快快地哭过了!"

不待宋岚询问,濮亦萍便主动说出了自己的遭遇。

"姓康的早就见异思迁想和我离婚了,骂我打我都是家常便饭,我被学校解聘后,他又狠狠地打了我一顿,后来便提出离婚,我同意了……"

"你同意离婚是对的,这样的婚姻实在不值得再维系下去……他首先提出离婚,就应该给你一些补偿,他给了吗?"

"他是个十足的流氓,哪会给我啥补偿。我只拿了几件旧衣服就被赶出家门,连几件新一些的、我自己花钱买的衣服,他都不让拿……"

"真太欺负人了!你该去找个律师和他打官司!"

"我莫得钱,又莫得背景,哪个律师会帮我打官司呢?"可怜的女人又哭了。

宋岚沉默了一会儿又问道:"那你现在在哪儿做事呢?那天在春熙路碰到你……"

濮亦萍脸红了,好一阵后才吞吞吐吐地回答:"我……我实在莫法……就进了春熙路旁边的'广寒宫'……"

"广寒宫?"宋岚吃了一惊,那不是个舞厅吗?她在那里能做啥呢?宋岚突然明白了,难怪那天见她时,是那样的穿着打扮,她应该是当了"舞女"!

过去的小学教师、战争中父母双亡的受害者竟被逼当上了被男人们玩弄的"舞女",这和卖笑有多大区别呢?社会是何等残酷和不公啊!望着面前这个病病哀哀、哭得泪人一样的女人,宋岚真不晓得应该说啥了!能安慰她吗?怎样安慰呢?能帮助她吗?自己又有啥力量帮助她呢?

无数的问题在宋岚的脑海里盘旋,但她清楚地知道,必须想办法帮助这个年轻的、孤苦伶仃的女人,不能让她被这个可怕的社会吞噬,不能让她真正地堕落下去!

她想到了哥哥宋峰,他能帮助她吗?最近他来信说,因为禁烟,他得罪了茗县某些有势力的人,他们正准备对他兴师问罪……她又想到了宋轻雪,宋轻雪交游很广,认识的人很多,可能有办法帮助濮亦萍,但自从乐云辉牺牲后,宋轻雪精神和身体都不好,遗腹子出生后,她的身体更一直没有恢复,宋岚不愿再去麻烦她……

思来想去,她想到了前几天曾来成都的姚梦茹,姚梦茹说李庄已经办起了幼儿园、小学和中学,那里缺不缺教员呢?濮亦萍本是小学教员,能不能请姚梦茹介绍到李庄的幼儿园或小学去任教呢?

见她沉默着没有说话,濮亦萍便站起来轻声说:"宋先生,打扰您了,我不该对您说这些……对不起,我走了……"

宋岚站起来把她又按在椅子上坐下,认真地说:"我们是老朋友,你说这些就见外了!你并没有打扰我,我欢迎你常来摆摆龙门阵哩!以后你不要再叫我'宋先生',叫宋姐和宋岚都可以,我也就叫你亦萍妹妹……好吗?刚才我是在想,你在'广寒宫'终究不是一个长久之计,那样的地方少不了会有人来捣乱,来欺负你,你孤零零的,哪个对付得了?我有个同学在叙府当中学校长,她说那里一个叫李庄的地方新办了幼儿园和小学,我想那里可能会缺少教师,想请她帮忙推荐你去,不晓得你愿不愿意离开成都?如果愿意,我就告诉她……"

濮亦萍憔悴的面庞上终于绽开了一丝微笑，立即回答道："我愿意，我愿意！宋先生……宋姐，太感谢您了，我并不想当男人们的玩物，早就想跳出'广寒宫'这个火坑了……只是，只是不晓得他们会不会收下我呢……"

"事在人为嘛，如果叙府不行，我再帮你想别的办法。总之，希望从今天起，你再也不要去'广寒宫'那样的地方了！"

"谢谢你，宋姐，从今晚起，我就再也不会去'广寒宫'了！"濮亦萍认真地说。

临走时，濮亦萍带着有些犹豫的神色又对宋岚说："宋姐，有件事我想告诉你……你们赵先生常到'广寒宫'跳舞哩，过去同他来的是一些很摩登的女士，最近换了，是位年轻的，看样子只有二十来岁的，长得并不漂亮，但穿着很豪华……两人很亲热，还不是一般的亲热……宋姐，这事您晓得吗？"

宋岚的心一沉，摇了摇头，没有说话。

送走濮亦萍后，当天晚上宋岚就给姚梦茹写了封信，没有提到"广寒宫"，只说濮亦萍过去长期在小学任教，如今被学校解聘，境遇很困难，父母都在大轰炸中遇难，本人又失业了，她愿意到叙府或李庄的幼儿园、小学当教员，希望姚梦茹能尽力帮忙推荐……第二天便用快信挂号把信寄了出去。

暑假过后，濮亦萍离开成都，到李庄小学去当教员了。

三　破碎的爱情

能够帮助濮亦萍，让宋岚感到了一丝安慰，抑郁的心情好了一些。但赵俊扬相当一段时间的表现和濮亦萍告诉她的事，仍然烦扰着她，一连多日，她都失眠了。

在这些不眠之夜里，她努力仔细地审视和反省着自己的婚姻，回忆着和赵俊扬从相识、相爱到结婚的整个过程……

在大学里，他对她是一见倾心，曾想尽一切办法博取她的欢心，每天都追随着她的足迹、她的背影。曾经无数次痴痴地等待在路旁，只为了能看见她从身旁走过；英文系的他特地选修了大量中文系的课程，目的只是为了能有更多的机会和她相遇……痴情的目光，一束束馨香的、带着露珠的鲜花，火热的言语和一封又一封甜蜜的情书……但这一切在相当长的时间里并没有打动她，因为内心深处她一直认为"尊敬"和"爱"都是恋人们感情的基础，有了"尊敬"，感情才切实可靠。她希望所爱的男人是一个能让自己仰望、自己尊敬、自己佩服的人，比自己更坚强、更有见识，更能懂得生活的哲理和做人的道理，能给予自己信念和力量。而赵俊扬并不是这样的人。于是她长久地犹豫着，不愿接受他固执的追求……

到底是什么原因让自己最终和他走到了一起呢？宋岚尽量冷静地回忆着——是病中无微不至的体贴？是他赶到酒寨的探望，包括给母亲送上的铜烘笼？还是他写的那封血书？

她的眼前又出现了那封血书：在一方白绸手绢上，有鲜血写下的"天长地久，至死不渝"八个红色的大字……当时望着这用鲜血凝成的字，她的心颤抖了……她曾经不相信他真的在用鲜血向自己表白，但后来看见他手指头上裹着胶布，追问后他说，写信时曾经用针扎过，但流的血不多，后来又用小刀割了一下……她流泪了，终于决定了要嫁给这个挚爱自己的男人……

除了这封血书外，宋岚也许没有意识到，在她的内心深处，赵俊扬外貌上和蔡仲瀚老师的某些相似，对她的决定也起了一定作用。同时，她也并不了解，赵俊扬对她的感情和固执的追求，除了爱慕外，一定程度上是为了满足自己某些方面的虚荣心……

当然，直到现在她也没有想到，赵俊扬的"血书"其实只是演了一场戏，那些血并不是从他手指上流出的……

如今这封"血书"还被她珍藏在箱子里，但已经"物是人非"了！

结婚后，出于对异性肉体的痴迷，他曾经失魂落魄，终日死死地缠着她，似乎永远不知道满足，在枕头边、在神魂颠倒中曾有过许许多多甜言蜜语、海誓山盟……甚至直到儿子齐齐出生时，他仍然是体贴的丈夫，慈爱的父亲……

但是，随着岁月的流逝，随着环境的变迁，随着虚荣心的满足，这一切终于逐渐逝去。在赵俊扬的眼里和心里，宋岚"女神"的光环渐渐褪去，随着一天又一天的相处，他慢慢发现宋岚并不是自己理想的女人，在为人处世的方方面面两人间常常有着巨大的差异，于是隔阂和不满在他的心里慢慢滋生了。

而善良的宋岚并没有及时察觉赵俊扬内心深处的变化。

去"青年干部训练班"和"特训班"受训更成为一种"催化剂"，赵俊扬自认为在那里"眼界大开"，"见了世面"，接触和结交了一些过去从来没有交往过的人。这些人有深厚的家庭背景，家族是在军政界有实力的人物；他们有雄厚的财力，往往一掷千金；他们的人生哲学是"人不为己，天诛地灭"，决不会讨论什么"国难日亟，时不我待""英勇杀敌，保卫国家"之类的沉重话题。他们沉醉于敛聚财富和豪奢的生活之中，主张"今朝有酒今朝醉"，甚至认为，"国家亡了怕什么？只要有钱，在外国一样能过舒服的生活！"他们细心地经营着各种"关系"，"裙带关系"更是许多人飞黄腾达的捷径……他羡慕这些人，认为过去自己太幼稚，竟会满足于父亲留下的几百挑谷，甘心当一个平平庸庸的"教书匠"……他还认为，从酒寨那种小地方出来的宋岚根本没有见过世面，因而愚蠢地故作清高，当一个平庸的"教书匠"还自鸣得意，高唱什么"抗日救国"，什么"天下兴亡，匹夫有责"，根本不懂得真正的社会和人生！特别是宋岚拒绝到省教育厅当秘书长后，他对她便彻底地失望了！

他渴望自己能够飞黄腾达，于是努力地寻找着机会，但是宋岚对这些想法一贯嗤之以鼻，更不会助他一臂之力，这让他失望，也让他愤怒，夫妻俩真正是同床异梦了。

于是，赵俊扬便借口自己工作太忙，学校离家太远，搬到学校去住了。最初，宋岚考虑到对孩子齐齐的影响，不愿意夫妻不和，她甚至反省和责备自己，觉得自己也许过多地注意了孩子和教学，而忽略了对赵俊扬的照顾和体贴，虽然家里有江奶妈，但毕竟和妻子不同。于是便特意亲自给他送去干净的衣服和铺盖，又常常亲自下厨做一些他极喜欢的菜肴送去……但每一次见面时，赵俊扬都是冷冷的，总是厌烦地说："我这里不缺啥，你以后不要麻烦了！"她想和他推心置腹地摆摆龙门阵，让彼此都了解对方真正的想法，但他总是拒绝道："我很忙，莫时间和你扯闲条……"她劝他注意饮食起居，最好还是回家住，但他总是以各种理由推辞，最初，星期天还回家看看齐齐，后来，连星期天也不回来了。

而且，像公鸡炫耀自己的羽毛一样，他更加注意自己的穿着和打扮，任何时候都像在出席宴会。抹了头油的头发亮得像成都人常开玩笑说的"蚂蚁爬上去都要拄拐棍儿"，西装笔挺，皮鞋锃亮，颜色鲜艳的领带换了一条又一条——有的西装和皮鞋还是洋货。赵实夫去世时，由于对乱伦的老大赵俊文极端厌恶，因此除留给继室钱氏一些田产外，绝大部分家产包括田产、房产都给了赵俊扬，所以他手中一直相当宽裕，再加上宋岚又从不伸手向他要钱，因此他比一般靠薪水过活的教员，日子好过得多，可以经常出入舞厅和高级饭馆了。

而宋岚呢？她从来不把嫁人当作女人最好和最后的归宿。当然，她也渴望爱情，也憧憬着真爱。她和所有的女人一样，希望被人宠爱——这也是她嫁给赵俊扬的主要原因，但她同时也憧憬着高尚的精神生活，并不仅仅迷恋于肉体和物质上的满足，也不会把自己当作男人的附属品。父辈和老师们的追求以及他们的情怀，已经在她的身上打下了深深的烙印。从少女时代起，她就轻视物质上的享受，从来不把美丽的外貌当作一种"资本"，而是努力自立自强。在精神上，她也不承认女人天生就是弱者。因此，赵俊扬的冷淡和背叛虽然对她造成了巨大的伤害，但不会让她一蹶不振。

当然，她仍然是痛苦的，内心里有一种被深深伤害后的感觉。从相识到如今，她和赵俊扬已经经历了漫长的十余年，其中包括了最宝贵的青春年华，而人生又有多少个十余年、多少个青春年华呢？在这十余年中，最初她对他并没有什么感觉，甚至暗地里还和女同学们嘲笑这个十分注意自己外表的男人像只爱惜羽毛的"大公鸡"，是个"绣花枕头"，然而他顽强的、锲而不舍的追求，特别是她病中对她无微不至的体贴乃至那封有着斑斑血迹的血书，终于触及了她心中最柔软的地方，虽然并不尊敬，但却被他感动，终于委身于他，并相信了他那些"天长地久""比翼双飞"的情话。

前思后想，苦苦思索一番后，宋岚强迫自己冷静下来，她对自己说："这不仅仅是为了爱情，更重要的是，为了孩子！"自小丧父的她，懂得父爱的珍贵，特别是当处于困境的时候，更希望能得到父亲的呵护和帮助……多少个更深夜静的时候，为了对父亲的思念，她曾经痛哭失声……她不希望齐齐再重复这种痛苦和遗憾，为了孩子，她必须努力挽救这个受到威胁、即将破裂的家庭。

为此，她首先必须弄清楚赵俊扬是不是真的已经背叛了家庭、背叛了爱情，如果真的背叛了，那就应该弄清楚背叛的原因。

她反省着自己，陡地意识到，自己可能已经觉察得太晚，没有防微杜渐，没有注意到她和赵俊扬之间最初的、细小的裂痕。同时，她也明白，要修补破碎的爱情和破碎的家庭，是异常艰难的，而且没有人能帮得了她……

丈夫供职的济蜀中学紧邻美丽的华西坝，宋岚曾在华西坝听过一些讲座，也参加过一些学术会议，因而结识了一些朋友。其中一位名叫李秀珠的，是济蜀中学的英文教师，这位活泼、直爽的女教员，是四川大学的"学妹"，比宋岚晚两届，在结识宋岚后曾笑着告诉她："岚姐，在大学里您没有注意到我，但我和好多同学一样,早就注意到您了。您晓得吗?男同学们背后给您取了个外号——'人面桃花',大家公认您和宋轻雪是川大的一对'校花',所谓'春兰秋菊',各一时之秀。您和赵俊扬结婚时,好多男同学又嫉妒又羡慕,有人甚至说,想不到这个'绣花枕头',竟有福气娶上'校花加才女'!"

李秀珠的话里话外,明显地表现出对赵俊扬的调侃。

听了这话,宋岚摇摇头笑着回答:"学妹,你就不要取笑我了,川大漂亮的女生多得很,就拿你刚才提到的宋轻雪来说,就比我漂亮得多,你们英文系也有很漂亮的,我哪里算得上啥'校花'呢?"

"宋轻雪的确很漂亮,有点像西洋人,高高的鼻梁、大大的眼睛,又热情又活泼,也有不少男生喜欢她;而你,是典型的东方美人,眉目如画,有一种难得一见的古典美,所以我说你们俩是春兰秋菊……至于我们英文系的那几个女生呢,说句不客气的话,她们靠的是精心的打扮和精致的化妆,哪能和你们的天生丽质相提并论呢?"

前些日子两人又见面时,这位学妹曾叹着气对宋岚说:"我就不明白,为啥男人们总是得陇望蜀,见异思迁,连赵俊扬也不例外?"

当时宋岚正忙着记录讲座的笔记,因而并没有注意她的话,如今"得陇望蜀,见异思迁"和"连赵俊扬也不例外"这两句话竟突然被宋岚想了起来。李秀珠的话分明有弦外之音,她到底指的是什么呢?宋岚觉得有必要问个明白了。

她本来想径直到济蜀中学找李秀珠,把她的弦外之音弄清楚,但后来觉得这样做太冒失,赵俊扬毕竟是济蜀中学的教务主任,万一李秀珠只是听了些流言蜚语和不实之词呢?她这样郑重其事地前去"理抹",传出去岂不是个笑话?对自己、对赵俊扬都不好。

于是,一直等到又一次听讲座时,才笑着对李秀珠说:"学妹,听了讲座后,我请你喝咖啡……"

华西坝有好几家精致的咖啡店,学校的外籍教师和部分中国师生都常来喝咖啡,也是一些谈恋爱的人常常相聚的地方。两人找了家僻静的、人少的店坐下后要了两杯咖啡,李秀珠一面用勺子搅着杯子里的咖啡,一面望着宋岚笑道:"岚姐,我猜你今天不会无缘无故地请我喝咖啡,有啥事你就直说吧,我一定知无不言,言无不尽……"

"好,学妹,既如此说,我也就不绕弯子了。前些日子你对我说过一句话,说的是男人们总是得陇望蜀，见异思迁，连赵俊扬也不例外……这是随便说说，还是真有所指呢？我想问个清楚。这件事对我很重要，希望你能坦白地告诉我！"

李秀珠低下头端起杯子，喝了一口咖啡后有些迟疑地回答道："岚姐，那天的话是我随便说的……希望你不要放在心上……"

宋岚望着她，叹了口气道："我明白，你这是推口话……我们既是校友，又都是女人，女人的处境和困难是相同的，我只想你能把自己知道的事坦白地告诉我，让我能有一些准备，这样对我、对孩子更好，你不能帮帮我吗？"

李秀珠低头望着咖啡杯，沉默了一会儿后，抬头掠掠鬓边的卷发，叹口气反问道："宋岚姐，你是不是已经觉察到了……是不是你发现了一些不太正常的地方？"

"我确实听到了一些有关俊扬的闲话，但我不晓得这些话是不是真的……"

"其实，我早就想告诉你了，关于赵先生的一些闲话早就在济蜀中学传得沸沸扬扬，而且并不是空穴来风。他已经结交过好几位'女朋友'，其中一位是从沦陷区来的英文教员，很漂亮，很洋气。而最近和他来往密切的是一位高二班的女生，名叫戴瑛瑛，十九岁，戴着近视眼镜，并不漂亮，但听说极有背景，叔父和委员长是拜了把子的兄弟……教师们在背后议论说，赵俊扬早就在运动，想当校长或是到教育厅从政，可能就是为了这个目的才会去追求戴瑛瑛。而戴瑛瑛呢？这个涉世不深、相貌平平的女孩子，被风流倜傥、温柔体贴的老师迷住了。两人不但在学校里眉来眼去频繁接触，而且据说在校外也常常成双成对地出入公园、电影院乃至跳舞厅……"

听了这话，再想到濮亦萍说的，在"广寒宫"遇到赵俊扬带着一个年轻女人跳舞的事，宋岚一切都明白了。

一种奇异的感觉向她袭来，极度的失望、极度的屈辱、极度的愤怒和悲伤，还有强烈的懊悔……这些感觉混杂在一起，刹那间让宋岚说不出一句话来……望着她不同寻常的神情，李秀珠急忙安慰道："岚姐，你不要着急，也不要太难过，这种事在男人中间发生得太多太多了！世界上，有多少罗密欧和朱丽叶呢？其实，赵俊扬的做法，让济蜀中学的同事们都看不起，尽管我们是同学，他还是学长，我也看不起他……不过，我想，他也只是想利用利用戴瑛瑛而已，是不敢也没有理由和你公然离婚的……"

宋岚只痛心地摇了摇头，没有说话。

回到家后，江奶姆看见她的脸色吓了一跳，问道："宋先生，你是不是病了？脸色好难看哟！"

齐齐看见妈妈回来了，连忙跑过来拉着妈妈一只手说："妈妈，今天老师抽我背唐诗，我都背对了，老师说我乖；我写的大字、小字也得了好多红圈圈，妈妈，你快看呀……"

说着拿出了习字本。宋岚仔细地看了看，齐齐一个一个地数着上面的红圈圈——这是老师画的，数完后伸出两只小手比画着高兴地说："妈妈，你看，我今天得了十二个红圈圈哩，比昨天又多了一个，明天我还要得更多！"

"齐齐真乖！"宋岚在儿子的小脸上亲了一口，"妈妈有些不舒服，要在床上睡一哈儿，你先去找隔壁的小朋友耍，好不好？等哈儿妈妈给你讲故事。"

"好！"齐齐跳跳蹦蹦地跑出去了。

江奶姆像是明白了什么，低声对齐齐说："小弟娃儿乖，妈妈不舒服，你小声点，不要吵到她了！"

一个人坐在床边，宋岚百感交集，今天她终于彻底明白了夫妻感情破裂的真正原因，结婚十余年，直到现在她才真正明白了赵俊扬的追求乃至他的人格——原来，他只是一个追逐名利的势利小人。于是一种无可言表的痛苦啃啮着她的心，深深地悔恨自己有眼无珠竟嫁错了人，这似乎比失去爱情更让她痛苦。回想到那次和教育厅长的相会以及以后赵俊扬的所有举止，她突然明白了，他对她并没有那种"真正的、刻骨铭心的感情"，当初那些死乞白赖的追求，也只不过是为了满足他自己的虚荣心。事过境迁，如今他追逐权势的虚荣心正在膨胀，对戴瑛瑛的追求，不正是为此吗？

对这样的人，难道还能指望携手偕行，白头到老？对这样的婚姻，难道还能认为是幸福的？

自立自强、希望能和男人一样受到尊重的愿望，以及对完美人格的追求，自幼便深深地植根在宋岚的灵魂里，如今赵俊扬已经选择了新的人生道路，宋岚认为，这是对婚姻的羞辱、对爱情的羞辱，更是对人格的羞辱……

而最让她痛苦以至委决不下的是婚姻破裂后对齐齐的伤害。作为母亲，她一直希望能给孩子一个安定、幸福、完美的家，让孩子有一个无忧无虑的童年，能充分享有来自父亲和母亲的教育、关心和宠爱。她知道，齐齐虽然年纪还小，但在他小小的脑袋里已经有了自己的许多想法、困惑甚至痛苦。——一天夜晚，在宋岚给他讲完故事，搂着他上床睡觉时，他曾突然认真地说："妈妈，我想爸爸了，为啥他不回来看看我们呢？他不喜欢妈妈和齐齐了吗？是不是嫌齐齐不乖？妈妈，你去叫爸爸回家吧，跟他说齐齐很乖……"

当时宋岚紧紧地搂着齐齐，拼命地忍住快要流下的眼泪，好不容易勉强回答道："爸爸晓得齐齐很乖，他也想齐齐哩，只是为了让学校里的大哥哥、大姐姐们能读好书、学好本事，爸爸太忙了。等他不忙了，就一定会回来陪齐齐的！"

齐齐眨了眨清澈明亮的大眼睛，没有再说话，但宋岚在孩子的眼睛里却看到了不安。

以后齐齐又问过几次："妈妈，爸爸还不回来吗？""妈妈，爸爸还在忙吗？"她的搪塞让孩子一次又一次地失望，最后，孩子终于不问了……

"道不同不相为谋"，何况是夫妻。宋岚认为，既然赵俊扬已经选择了另一条道路，两人的追求各不相同，强扭的瓜不甜，就不应该再勉强维系这种名存实亡的婚姻。但是孩子咋办？一定会给他幼小的心灵带来深深的伤害，她到底应该怎么办呢？

反复思考之后，她决定找哥哥宋峰谈谈，宋峰从茗县离任后已经回到成都，李菡蕾带着孩子和他一起回来了。宋峰虽然当了几年县长，但并没有像许多人一样"刮地皮"，因此一直买不起房子。他们家的房子还是妻子李菡蕾的"陪嫁"——结婚时，宋峰本想租房住，但李菡蕾的父亲心疼女儿，又颇为喜欢正直、老实的女婿，便把少城长发街一座废置的小院修葺后给了他们，说是"给女儿的嫁妆"。院子不大，但很清幽，三间正房，两间厢房，院坝里种了石榴、桂花、蜡梅和垂丝海棠，廊下有几盆兰花。

这个星期天，赵俊扬和往常一样，没有回家，宋岚便带着齐齐来到长发街。进门后看见李菡蕾正和女儿丽丽坐在石榴树下的小板凳上挽着毛线，穿着白麻布长衫的李菡蕾，肚子又大了，看样子又怀有身孕了。宋岚叫了声"嫂嫂"，齐齐也乖巧地跟着喊了声"舅娘"，李菡蕾抬头看见了宋岚母子俩，马上起身高兴地说："妹妹来了，稀客，稀客！快请进屋里坐！"又对女儿说："快叫姑姑！"丽丽便站起来脆生生地叫了声"姑姑"。

宋岚从手提包里把两本崭新的儿童故事书拿了出来，递给丽丽道："丽丽，这是姑姑送你和哥哥的！"李菡蕾忙说："丽丽，快谢谢姑姑了！"丽丽接过故事书，看着彩色的封面，高兴地说："谢谢姑姑！"

李菡蕾仔细地看看齐齐，笑着称赞道："妹妹，你这儿子长得太可爱了，眉眼像你，鼻子和嘴巴像赵俊扬，长大后，恐怕比他爸爸还要漂亮哩……"

"你的两个娃娃长得也很乖啊，你看丽丽的这对眼睛……"

宋岚一面跟着李菡蕾走进上房正中的堂屋，一面问道："哥哥呢？他在家吗？"

李菡蕾笑着伸手指指东边的厢房说："在书房里，给儿子讲算术题哩！"

宋峰已经听到了外面的说话声，从玻璃窗里看见是宋岚来了，便放下书本和儿子小明迎了出来，笑着招呼了声"妹妹"，又看看齐齐说："齐齐长高了。"

齐齐规规矩矩地叫了声："舅舅！"宋峰的儿子也招呼了声："姑姑！"

宋岚对宋峰说："哥，我是无事不登三宝殿，今天有件重要的事要找你商量商量……让小明带着齐齐去耍吧……"

听了这话，齐齐马上走过来拉着小明的手去到院子里，三个孩子凑在一起，翻看着宋岚带来的故事书。

宋峰把宋岚领进了书房里，李菡蕾站在门口探头进来笑道："妹妹，这兵荒马乱的，实在买不到啥好东西，我今天给你做米粉蒸肉，你和齐齐还想吃啥？我给你们做！"

"早就晓得嫂嫂会做菜，我和齐齐今天有口福了！难为你了，齐齐就喜欢吃米粉蒸肉哩，我也喜欢！"宋岚回答道。

李菡蕾到厨房去了。宋岚感叹道："想不到菡蕾这个娇小姐竟成了贤妻良母，既能在学校教书，又会做家务，哥，你好福气啊！看见你们恩恩爱爱、和和气气的一家人，妹妹真是羡慕啊！"

"妹妹，你脸色不好，瘦了，也憔悴了，发生了啥事呢？你说吧！"

于是，宋岚便把有关赵俊扬的一切都告诉了宋峰，最后还难过地说："我总在想，这种名存实亡的婚姻还有啥意思呢？再说，赵俊扬可能早就想另找一个能帮助他飞黄腾达的女人，而我和他的人生追求根本不同……只是一想到齐齐，想到孩子小小年纪就要失去父亲，我就不晓得应该咋个办……哥，你说我应该咋办呢？是维持现状，继续拖延下去，还是快刀软乱麻，结束这不幸的婚姻呢？"

宋峰皱着眉头沉吟了一会儿问道："岚妹，你和赵俊扬开诚布公地谈过吗？他到底是怎样想的？"

"我几次想和他谈谈，他都拒绝了，过去我想不通他拒绝的原因，现在总算明白了……"

宋峰叹口气道："岚妹，你和赵俊扬的结合，从一开始我就不看好，总觉得此人太浮，像个人们说的'绣花枕头'……但看他那样死死地追求你，便想爱情可能会改变他。看来我的想法错了！我觉得你最初好像也并不太喜欢他……都怪哥哥没有及早提醒你甚至阻拦你……"

"哥，这事咋能怪你呢？有人说，恋爱中的女人是愚蠢的，我当时在他花言巧语的进攻下也就变得愚蠢了，即使你会提醒、会阻拦，可能我也不会考虑的。我知道，夫妻间除了'爱'还应该有'敬'，仔细想想，我似乎从来没有觉得他有啥让我佩服和敬重的地方，这样的婚姻真是悲剧……"

"但是，你刚才说得对，结束这不幸的婚姻对娃娃确实有相当大的影响，许多女人或男人在这个问题面前不得不让步。你读过托尔斯泰的《安娜·卡列尼娜》吧，卡列宁不正是利用安娜对儿子的爱，一步一步地把她逼入了绝境……我不希望这种悲剧在你身上重演！"

"不过，赵俊扬和卡列宁是不同的，伪善的卡列宁不愿离婚，而赵俊扬却巴心不得赶快离婚，让他可以毫无后顾之忧地去追求自己渴望的一切，我的存在已经是他攀龙附凤的绊脚石！"

"可能正是这样……不过，我还是劝你努力让自己冷静一些，为了郑重，也为了不致做出让自己后悔的事，还是一定要找赵俊扬彻底地谈谈，弄清楚他真正的打算。如果他真的已经决定背叛家庭、抛弃孩子，那当然值不得再留恋，因为离婚是解决错误爱情和错误婚姻最好的办法，而且父母间的不和、名存实亡的婚姻，对娃娃也是一种伤害。不要以为小娃娃们啥也不懂，其实他们比大人们想象的更敏感、懂得更多……除了考虑娃娃的感觉外，哥还要提醒你，在中国，对女人是十分苛刻的，尽管造成离婚的过错不是你，但在世俗的眼光里，仍然会原谅男人、苛责女人，认为一个离了婚的女人，总是有错甚至有罪的。有人会背后说闲话，有人甚至会当面表示'鄙视'，对于这些，你想过吗？受得了吗？"

"我想过，我也不怕人家的闲话和鄙视的眼光，我只想坦坦荡荡地做人。男人和女人应该是平等的，女人也应该有做人的尊严，中国女人受了几千年的压迫，难道直到20世纪仍然只能逆来顺受吗？不过，哥，你说得对，出于各种考虑，我都应该和赵俊扬彻底地谈一谈！"

宋峰叹道："有人说女人'多学则智，自立则强'，岚妹，你就是这样的女人了!"

于是回家后,当天她就给赵俊扬去了封"快信挂号",信中说:"你我相识已逾十年,如今是否缘分已尽?你已久不归家,究竟有何打算,尽可当面明白告我,缘分虽尽,但彼此亦不须恶语相加或视为路人,尽可如俗语所云'好说好散'也。究竟如何,希尽快告知。"

接到这封信后,赵俊扬心情十分复杂,有欢喜,也有犹豫,翻来覆去地想了好几天,回想到宋岚的种种好处,心里也有些不忍,再想到聪明、可爱的儿子,便更加犹豫,但一想到戴家的权势地位,对宋岚的歉意和对儿子的思念便又淡了许多……

正在他犹豫不决时,这天中午趁教务处的教职员都已经回家吃饭,戴瑛瑛便蹑脚蹑手地走进了办公室,笑着轻声说:"俊扬哥,我在华西坝的西餐厅等你,有好事告诉你,快来啊!"说着在眼镜后飞了个媚眼去了。

赵俊扬知道,华西坝这家西餐厅是一些外国人常去的地方,由于收费昂贵,济蜀中学的师生是很少光顾的,为了讨好戴瑛瑛,他曾陪她去过几次,这里的焗蜗牛、鸡肝牛排等法式菜都是戴瑛瑛喜欢的。看见戴瑛瑛神秘而兴奋的表情,他心里一动,想到托她办的事,便把领带正了正,从抽屉里拿出小镜子照了照,又拿出刷子刷了刷刚上身不久的银灰色派力斯西装,匆匆赶去了。

戴瑛瑛已经在西餐厅一个角落里坐着等他。这个角落里有两株枝叶婆娑的绿色植物正好把他们遮住,闹中取静,是情人们会面时常常选择的座位。看见赵俊扬来了,而且"玉树临风"般的潇洒,戴瑛瑛心里得意,便站起来偏着头撒娇地说:"俊扬先生,今天是我请你呢还是你请我?"

"瑛瑛,你又顽皮了,当然是我请你,你还是学生呢,老师好意思让学生请客吗?"赵俊扬笑着回答。

"你太小看学生了,我的零用钱不比你的薪水少哩,不过今天我非让你请我不可!"戴瑛瑛娇声回答。

"理由呢?"赵俊扬从桌上伸出一只手去握住了戴瑛瑛的手,带笑问道。

"昨天我特意到叔叔家里去,把你的事告诉了他,请他帮忙活动一下,你猜叔叔咋说?"说着眼镜后面的一双小眼睛盯着赵俊扬。

不知怎的,一瞬间赵俊扬突然想起了宋岚,而且觉得,戴瑛瑛的相貌和宋岚相比,的确是天上地下。但年轻女人不管相貌如何,在十八九岁的时候,总有一种可爱的风韵，沉浸在恋爱中的女人更是如此。再说，他还常常这样安慰自己——女人在熄灯后还不都是一样？而戴瑛瑛家让人羡慕的显赫背景，足以补偿她面貌上的不足，这是宋岚无法企及的，戴瑛瑛能看上他，是他天大的福气和难得的机会啊，他必须抓牢它！

赵俊扬还没来得及回答戴瑛瑛的问话，侍者过来了，于是他便用"含情脉脉"的目光注视着戴瑛瑛，柔声问道："瑛瑛，你想吃点啥呢？"

"随便，只要是你点的，我都喜欢！"

于是，赵俊扬便按她平日的喜好，点了焗蜗牛、番茄烙明虾、奶油蛤蜊汤和苹果沙拉。

他并没有马上询问戴瑛瑛那位神通广大的叔叔到底说了些什么，只是轻轻地握着她的一只手，目不转睛地注视着她，轻声赞叹着："瑛瑛，你不晓得，你是个多么可爱的姑娘啊！"

相貌平平的戴瑛瑛从来没有这样被人称赞过，她受宠若惊，欢喜得双颊飞红，不待赵俊扬询问便迫不及待地主动说："叔叔问我，这样关心你，和你是啥子关系，我回答说，你是我们学校最好的老师，道德、文章都好，年轻有为，已经当了多年的教务主任，叔叔又问我……是不是喜欢你了……"

"你咋个回答呢？"

"我能咋回答？见我脸红了，叔叔明白了，又问我你结婚没有，我只有硬着头皮撒谎，说你忙于事业，一直住在学校里，没谈恋爱，也没结婚——对爸爸妈妈我也是这样说的。于是叔叔便说，想当中学校长，他打个招呼就行了，如果想离开学校到教育厅或别的部门，他也可以打个招呼……我骗了叔叔和爸爸妈妈，真怕他们找人调查，你得赶快把家里的事了结掉，要是你自毁前程，让我丢脸，我饶得了你，叔叔和爸爸妈妈恐怕是饶不了你的！"

侍者把赵俊扬点的西菜送上来了，戴瑛瑛拿起了刀叉，赵俊扬一面拿起刀叉一面望着戴瑛瑛深情款款地说："瑛瑛，你放心，我一定不会辜负你的，一定会快刀斩乱麻，把家里的事赶快解决掉！谢谢你了，我的事让你费心了！我想过，到教育厅或别的政府部门以后再说，还是先当济蜀中学的校长过渡一下，这事还要请你催叔叔快些落实。现在已经放暑假了，最好在新学期开学前能落实。济蜀虽然只是个中学，但在成都的影响不小，学生很多都是名门之后，校长历来是留学英、美归国的，教师中也有不少是在教育界赫赫有名的人物，想当济蜀校长的人不少哩！"

和宋岚不同，赵俊扬从来没有把教书育人当作自己终身追求的目标，之所以到学校教书，一方面是为了暂时找个事混混，另一方面更多的是当时为了迁就宋岚。内心深处，他其实认为当个"教书匠"是没有出息的，他希望的是能够青云直上，出人头地。鉴于当时不少人是从中学校长走上仕途或成为名流，因此他认为当上济蜀中学校长便是他踏上仕途、青云直上的重要阶梯，以后再到别的机构任职，履历上便有了"本钱"。而要想当上济蜀中学校长，如果没有背景、没有得力的人扶持，便绝无可能。

他知道地处华西坝的济蜀中学，不少女生都来头不小，也曾试探着向几个女生献殷勤，希望施展自己风流倜傥的魅力，博得她们的青睐，但那几个女生不晓得是装傻还是眼睛都长在头顶上，对这位男教师的殷勤似乎浑然不觉。只有他并没有看中的戴瑛瑛，主动找借口和他亲近，多次在上自习的时间找他单独辅导英文作业。作为情场老手的赵俊扬，自然觉察出这个情窦初开的小女生已经迷上了自己，而他经过仔细调查，也看中了这个学生的家庭背景，因此不长时间两人便从眉目传情到难舍难分了。

戴瑛瑛为啥会迷上赵俊扬？原来，戴瑛瑛因为相貌平平，自小在家里便不被父母宠爱，妈妈常常当着她的面叹息着："你咋个长得既不像爹也不像妈？姊姊妹妹中就数你长得最差，二天咋个能嫁个如意郎君啊！"于是，自小戴瑛瑛便有些自卑。到济蜀中学后，一些女生夸英文老师兼教务主任赵俊扬一表人才，戴瑛瑛也觉得这个男教师就是自己喜欢的人。但最初她没有想到赵俊扬会看上自己，随着双方接触的增加，发现赵俊扬竟对自己表现出了某种"殷勤"——包括在课堂上公开称赞她，时时走近她的座位低头检查她的笔记，课后对她辅导时特别仔细甚至特别温柔等。

有一次，戴瑛瑛感冒了，上英文课时忍不住咳嗽起来，课间休息时，赵老师竟特地给她送来了药，并且深情款款地嘱咐道："害了病就应该休息啊，不要硬撑，快请假回家吧！记住，要躺下休息，还要多喝点水……落下的功课我会给你补……"

于是，情窦初开而又缺乏恋爱经验的戴瑛瑛，从受宠若惊到落入情网，死心塌地由他摆布了。

了解到戴瑛瑛家巨大的财富以及在官场上的背景后，赵俊扬认为，只要把这个未经世事的"瓜女娃子"搞到手,自己后半生便会扬眉吐气,出人头地,和训练班那些出身"名门"的同学相比,再也不会低人一等。至于宋岚呢,仔细想来,似乎有些对不起,但自相恋以来,自己对她总是百依百顺,也算功过相抵了。况且男人为了事业和抱负,为了成功,自古以来"休妻"就不是啥稀罕事,只有一个包黑子肯为秦香莲打抱不平。儿子呢?齐齐确实又可爱又聪明,是个乖娃娃,宋岚肯定要把他带走,这样的儿子确实也让他有些不舍,但再婚后,戴瑛瑛那么年轻,儿子还会有的,可能还不止一个。为了一个娃娃牺牲自己后半生的锦绣前程,太划不着,哪是大丈夫的明智之举?

如此这般思前想后地盘算了一番,赵俊扬心情舒畅了,也下了决心,不仅要和宋岚离婚,而且要快刀斩乱麻,动作要快,免得夜长梦多,万一戴瑛瑛方面有了变化,煮熟的鸭子就会飞了。

于是这天晚上他回了家,路过焦家巷时,还特地买了几个齐齐喜欢吃的烤红苕。

孩子是敏感的,走进家门,齐齐看见他时,只是远远地、怯生生地站着,不说一句话。

宋岚对跟在赵俊扬后面的江奶姆说:"把齐齐带出去耍吧!"

赵俊扬把烤红苕递给江奶姆说:"齐齐,爸爸给你买了烤红苕,甜得很哩,去吃吧!"

齐齐眨了眨眼睛,点了点头,看看爸爸又看看妈妈,仍然没有说话。

屋子里只剩下两个人了,宋岚沉默地盯着赵俊扬,气氛有些让人窒息,最后还是赵俊扬吞吞吐吐地先开了口:"你的信我收到了,我对不起你……"

"为什么说对不起呢,能解释一下吗?"宋岚冷冷地问道,她并没有提高声音,语音和神情都冷静得出乎赵俊扬意料,一时之间,他竟不敢抬头正视她那双美丽的眼睛了。

"我同意你那句话,我们还是好说好散吧!"

虽然早已料到了这个结果,但当面听到这句话,宋岚的心仍然像被刀剜了一样,眼泪已经浮上了眼眶……她努力控制住自己,使劲把眼泪咽了回去,继续轻声问道:"你能说说原因吗?"

赵俊扬心一横,回答道:"我……我爱上了别人……"

宋岚苦笑了一下:"哪一个?是不是你的学生?"

"你既然晓得了，就不要再逼我了……"

"你这话说得太岂有此理！是我在逼你，还是你在逼我呢？"

"我承认，是我对不起你，你说过，我们有十多年相处的情分，如今既然缘分已尽，还是分手吧！"

"你应该明白，我并不是那种必须依靠男人才能生活的女人；而且我还明白，爱情是婚姻的基础，如今爱情既然没有了，婚姻的基础也就失去了……但是，我仍然珍惜这个家，因为如今在这个家里，已经不只你和我两个人，还有孩子……"

"我也晓得，我不但对不住你，也对不住孩子……但是……但是我没有办法……"

宋岚又苦笑了一下："你没有办法？是有人强迫你离开这个家吗？是哪一个？……我想，不是别人，而是你自己，是你那攀龙附凤、妄想出人头地的虚荣心！你太自私了，你伤害的不只是我，还有我们纯洁无辜的孩子，他还那么小，你就要强迫他失去父亲！你应该明白，离婚，受到最大伤害的是孩子！而孩子，并不只属于我一个人，也属于你。你是他的父亲，本来应该好好地保护他，让他快快乐乐、健健康康地长大成人，但你却要用最残酷的方法伤害他！他还那么弱小，根本没有任何抵抗伤害的力量，你想过吗？"

说到这里，宋岚的眼泪终于忍不住流了下来，她掏出手绢狠狠地擦去泪水，但不断涌出的泪水不一会儿便把手绢浸透了……

"请你饶恕我吧，你可以把齐齐带走，我愿意多给一些抚养费……"

"这种刻骨铭心的伤害，难道用金钱可以补偿？"

……

一切都结束了，经过这样的几次谈话和痛苦的争执后，在银杏叶一片金黄、菊花和芙蓉灿烂开放的深秋，宋岚和赵俊扬离了婚。

在赵俊扬面前，宋岚尽力保持着自己的尊严，不像"弃妇"那样可怜巴巴、怨天尤人，但在没有人的时候，她却无法掩饰自己心力交瘁、意志消沉的感觉。她实在想不通为什么地位和金钱竟会有那么大的魔力，会让人置爱情、亲情于不顾；也想不通十余年的朝夕相处转眼之间竟会成为路人……

得悉他们离婚的消息后，在外地采访的宋轻雪特地寄来了一封信。信中说："我找不到恰当的语言可以解除或减轻你的痛苦，但在为你惋惜的同时，我又为你庆幸。因为德国人有句名言:'婚姻若非天堂,即是地狱。'解除没有爱情的婚姻关系,对你并不是一种痛苦,而是一种解放。我想,我们都有工作,有能力,并不依靠男人养活;我们还有可爱的孩子,他们依靠着我们,但也是我们的希望……乐云辉牺牲时,我曾安慰自己,一切的不幸、一切的艰难总会过去的,现在我也把这句话送给你!愿你能勇敢地走自己的路,不要怕别人的冷眼和闲话,勇敢地去追求真正的幸福!"

望着宋轻雪的来信,想到乐云辉的殉国,宋岚更加觉得自己的不幸——她和宋轻雪都失去了丈夫,但原因却如此不同,乐云辉如此铁骨铮铮,而赵俊扬却如此卑鄙委琐。她恨自己有眼无珠,终究还是个缺乏胸襟和眼光的小女人,以致竟会委身于赵俊扬这样的男人。

离婚后不久,赵俊扬便向戴瑛瑛正式求婚,戴瑛瑛本人和她的父母都答应了,于是戴瑛瑛辍学结婚,婚后不久便怀了孕,没有再进学校。而赵俊扬在当年寒假后也顺利地当上了济蜀中学校长,一年后又顺利地出任了省教育厅副厅长,以后还当了厅长,满足了他飞黄腾达的欲望……只是每年桃花盛开的时候,他偶尔会想起那个被男生们称作"人面桃花"的女人和那个聪明可爱的孩子……

第十四章 梦断残阳

一 一片降幡挂城头

民国三十四年（1945）8月15日，日本政府正式宣布无条件投降。

自"七七"卢沟桥事变已是漫长的八年，而自"九一八"事变更是漫长的十四年。

为了这一天的到来，多少优秀的中华儿女前仆后继，英勇献身；而又有多少无辜的百姓，上至耄耋之年的老人，下至襁褓中的孩子被夺去了生命，其中也包括部分日本人。

一个强大的工业国并没有战胜一个落后的农业国，中华民族付出了惨重的代价后，近百年来终于第一次打败了入侵的强敌，于是大江南北、长城内外，锣鼓喧天，鞭炮轰响，大小城镇都万人空巷，自发游行，欢庆胜利。沦陷区一面面日本的红膏药旗，在欢呼声中，被扔进了火堆……

其实，早在8月10日，日本投降的消息已经在重庆、成都等地传开。

8月10日下午，东京已经广播："日本政府准备接受中、美、英三国政府领袖于1945年7月26日在波茨坦所发表其后经苏联政府赞成之联合宣言所列举之条款……"这天下午五点多，重庆的盟军总部收到了一条英文广播，内容是日本外相代表日本政府宣布接受波茨坦公告，无条件投降。重庆各新闻机构闻讯立即将这个消息进行扩散：中央通信社把巨幅号外"日本投降了"贴在社外的墙上，墙前立即人山人海地挤满了围观的百姓；多家报纸纷纷发出"号外"；一群记者踏着三轮车在街上敲锣打鼓地宣传……到处都是"号外！号外！"的喊声，到处都有人在抢购报纸。下午六点，重庆的中央广播电台收到了从日本和欧美传来的新闻后随即郑重地播出了日本投降的消息……

一群老百姓是在重庆崇文镇一家小杂货铺门外听到这个消息的。

崇文镇住了不少官员和军政机关，但收音机全镇仅有三四台，其中一台还是杂货铺老板儿子自己组装的。不晓得是元件还是组装技术的原因，这台收音机打开后常常会发出刺耳的尖声怪叫，以致除老板本人外，别的人都避之唯恐不及。但这一天，它却成了个"宝贝"，杂货铺前里三层外三层地挤了两三百人，大家不顾刺耳的怪叫，只尖起耳朵听着收音机里播音员传出的声音……听了一遍又一遍，有的人听着听着哭了起来，有的人听着听着鼓掌欢呼，有的人跳起来高举双手大声喊道："日本鬼子投降了！日本鬼子投降了！"

这天晚上七点左右，日本投降的消息被美国新闻处证实，从美军总部立即涌出大批欢笑的美国官兵，他们开着吉普车在重庆的街道上奔跑，有的吉普车后面还拖着一辆黄包车，黄包车夫坐上汽车和美国军人一起喝酒，互相用手势比画着喜悦的心情……

一辆公共汽车全身扎满了红色的彩带，上面站着一个个化了妆的人，路人和儿童纷纷爬了上去，还爬上了一位"和平女神"——她白衣白裙，扎着一对大翅膀，一只手高举火炬，一只手舞动着中、美、英、苏四国的国旗……

顷刻之间，街头到处亮起了象征胜利的"V"形霓虹灯，看电影的人们一哄而散，各娱乐场所门前人山人海，在大轰炸中象征着重庆精神的"精神堡垒"周围，人们聚集着唱歌跳舞，一些年轻的女士热情地主动邀请盟军将士和她们一起跳起舞来，围观的人们欢笑着纷纷伸出食指和中指，做出了代表胜利的"V"形手势。美国吉普车所到之处，人们都向着车上的美军欢呼，士兵站在车上跷起大指拇，高兴地喊着："顶好！顶好！"

鞭炮卖尽，餐馆免费，餐馆把过去"轰炸东京""踏平三岛"一类菜名换成了"普天同庆""金瓯一统"，还做出了"凯旋面""胜利饺"，敞开大门，让人们免费品尝。

大街上挤满了欢乐的人群，汽车走不动了，警察出来维持秩序，人们抢着和他们握手。一些操着外地口音的人兴奋地高呼着："日本投降了，我们可以回去了！"

8月15日上午，在日本裕仁天皇广播里向中、美、英、苏等盟国宣告投降前，国民党总裁、国民政府主席兼军事委员会委员长蒋介石，一身戎装来到了重庆市中央电台播音室，发表了《抗战胜利对全国军民及全世界人士广播演说》并宣布放假三天。

接受日本投降书后，重庆市隆重地召开了"陪都庆祝胜利大会"，蒋介石率文武百官在国民政府花园内向东朝中山陵垂首，并宣读了祭文，然后在较场口会场举行了庆祝大会。会后举行了盛大的游行。从都邮街到较场口，到处是爆竹声，到处有舞龙的队伍，到处都矗立着一座座雄伟的胜利牌坊……晚上，在较场口广场的露天演唱会上，万人合唱起了《义勇军进行曲》："起来！不愿做奴隶的人们！把我们的血肉筑成我们新的长城！中华民族到了最危险的时候，每个人被迫发出最后的吼声。起来！起来！起来！我们万众一心，冒着敌人的炮火，前进！冒着敌人的炮火，前进！前进！进！"

雄壮的歌声、胜利的歌声响彻云霄。

在成都，8月10日这天早上八点，电信局的职员刚上班，"成都—西安"的电路上便传来了紧急呼叫，值班长连忙抄录："由于苏联出兵东北对日作战，广岛、长崎遭到美国原子弹的毁灭性袭击，所以日本宣布无条件投降。请注意这是千真万确的消息。为此，让我们停机十分钟，以示欢庆！"

喜讯通过电波，迅速传送给康定、拉萨、汉源、西昌、松潘……

8月15日，日本正式宣布投降这天，成都和全国各地一样，"日本投降了！"的欢呼声响彻全城，人们含着眼泪欢喜地奔走相告，连互不相识的人们也握手、拥抱。家家户户都挂起了国旗，到处敲锣打鼓、张灯结彩，到处都在放鞭炮，还有许多人赶紧买来各色彩纸和蜡光纸做成灯笼、扎成彩球……男女老少都涌上街头，大街上挤满了人，祠堂街、西御街、盐市口、春熙路……更是人山人海，有踩高跷的、耍龙灯的、逗车么妹儿的……尽管到处都挤得水泄不通，但并不影响人们欢乐的心情。小酒馆的老板儿和伙计把酒坛子抬到了人群里，请大家免费喝个痛快；街边的小吃店做出了各种小吃，老板高声喊着："欢迎欢迎，快来吃呀，庆祝胜利，不要钱，不要钱！"而顾客们不但要给钱，而且给得更多，老板和顾客都欢笑着，互相祝贺着……

捡瓦的李二嫂、帮人缝衣服的王大嫂和男人们都挤在人群里，开理发店的吕玉芬（原先的张么嫂）也含着眼泪、扶着在战场上被打断一条腿的男人站在家门口看闹热。宋岚曾任教的省女中，师生们正在参加慰问伤残抗日荣誉军人的演出，忽然听见外面有报童在高喊："号外，号外，美国的原子弹炸得日本鬼子投降啦！抗战胜利了！"于是人们——包括演员和观众——一下子都涌到了大街上，抢过号外，欢呼流泪，拥抱跳跃。

人群彻夜狂欢,直到第二天天亮后才慢慢散去,但各校的学生们大多没有走,又狂欢了一整天,直到第二天的傍晚才回家去。以后的好多天,整个城市仍然沉浸在狂欢中。

在灌县青城山养病的军事委员会副委员长冯玉祥,听到日本投降的消息后,这个曾叱咤疆场的老将军顿时泪流满面,感慨地说:"这个胜利是四五千万条人命、几百万条腿、几百万只胳膊、流了条大河样多的鲜血才换来的呀!"他到成都参加庆祝胜利大会,外国人请他到教堂顶上去敲响胜利之钟,他一口气敲了一百零八下,激越的钟声响彻全城……

成都东门的城门洞前矗立着"川军抗日阵亡将士纪念碑"——市民称之为"无名英雄铜像",是雕塑家刘开渠的作品。这个穿着短裤,打着绑腿,脚踏草鞋,手握步枪,胸前挂着两颗手榴弹,身背大刀、斗笠、背包的军人,正俯身跨步正视前方,像冒着敌寇的枪林弹雨即将冲锋,这是川军士兵的真实形象。在抗战中,四川提供的兵源达三百多万,几乎参加了所有的大型会战,伤亡六十多万人,兵源总数和牺牲人数都占全国第一。

关于这个"无名英雄铜像"成都还有个家喻户晓的传说:东门城门洞边有个卖汤圆的小摊,一个寒冬腊月的夜晚,一个穿着单薄的旧军衣的军人来到了小摊前,要了碗汤圆低头吃了起来。这个军人似乎又冷又饿,汤圆吃了一碗又一碗……但眨眼间这个人就不见了,卖汤圆的老头想了想,这人不正是那个"无名英雄"吗?是他回来吃汤圆啊!这件事迅速在成都的百姓间传开了,人们纷纷哭着说,出川抗战的川军苦啊,天冷了,他们又冷又饿,他们想吃家乡的汤圆啦!于是人们纷纷煮好汤圆,一碗又一碗地送到了铜像前……

8月15日这天,"无名英雄铜像"前更是人山人海,人们争相用胜利的消息告慰英灵。

在延安,杨家岭清凉山上的窑洞里,新华通讯社的报务员从收音机里听到了路透社的新闻:"日本投降了!"他飞跑着把这个消息送到了每个窑洞。正在延安采访的宋轻雪写下了通讯《延安的欢笑》:

> 在这个宁静的夏夜,许多人已经进入了梦乡,但忽然宝塔山上有人在欢呼,瞬间,山上山下人声鼎沸,人们从一个山头奔向另一个山头,欢呼声响彻云霄:"日本投降了,日本投降了,我们胜利了!"

男女老少都涌出了窑洞,所有的房门都打开了,到处都响起了震天的锣鼓声,一些人甚至欢笑着用力敲着手里的铜盆。《保卫黄河》《延安颂》《在太行山上》《义勇军进行曲》……激越而欢乐的歌声从四面八方响起。延河两岸、山冈上下到处跳动着、闪亮着灿烂的火焰。人们高举着火把,甚至点燃了扫帚、草褥。笼屉被拆下当成了火把;棉衣、棉被里的棉花扯出来缠在树枝上,蘸了油,点起了火……跳跃的、红红的火光照亮了整个天空,也照亮了整个大地,金光闪耀的延河映照着人群的笑脸,涛声里回响着人们的欢呼……

"好战必亡",侵略者的下场终究是灭亡!笑声和火光中有含泪的眼睛,闪现着一个又一个刻骨铭心的记忆。

人们忆起了那些"母亲叫儿打东洋,妻子送郎上战场"的日子,忆起了在敌后方艰难开辟的抗日根据地和游击战争,忆起了百团大战和南泥湾垦荒……多少亲人、多少优秀的中华儿女,以血肉之躯抵抗着侵略者的飞机大炮,在这场相差悬殊、艰苦卓绝的战争中,献出了宝贵的生命……

美军观察组的院子里也灯火通明,人们举起了卡宾枪,一串串曳光弹欢乐地腾空而起,和夜空中的星星交相辉映。

抗日战争的胜利,不仅决定了中国,也决定了人类的命运。

延安城的南关、东关曾被日机炸成废墟,人们打着火把踏着废墟尽情地唱歌跳舞,让遍体伤痍的废墟变成了欢乐的海洋。花篮舞、大秧歌舞、龙灯舞、跑驴舞、狮子舞……轮番表演,高跷队、旱船队、秧歌队伴着激越的锣鼓和人们的欢笑大显身手……

农民和卖水果的小贩们把一筐筐红枣抛向欢乐的人群;杂货铺里的糖果、烈酒、鞭炮、红烛、灯笼、剪纸及所有的喜庆用品都被抢购一空,人人的心中都被胜利的喜悦和胜利的自豪填满。

这是一个充满欢笑,充满回忆,充满自豪,也充满泪水的不眠之夜,边区人民尽情地宣泄着内心里的激情,几天几夜,延河两岸、宝塔山下处处都是欢呼,处处都是歌声……

据宋轻雪报道,在举国欢腾中,有个小镇上的一家人阖府老少手牵手、肩并肩地走到了大街上。他们步伐整齐,走得泰然而从容。他们说,过去八年,在侵略者的铁蹄下，在自己的土地上，已经很久很久没有这样泰然而从容地走过路了……走着走着，小镇上的许多人也加入了他们的行列，人越来越多，有士绅、教师，也有种庄稼的人，连一些从来不出门的老公公、老婆婆也加入了这支队伍，竟足足有了两万来人！

诗人艾青创作了诗歌《人民的狂欢夜》：

"日本投降了！"
没有话比这
更动人
更美丽！

音乐家创作了歌曲，歌词有："好音从天降，欣喜若狂，尝够了流离滋味，准备还故乡。……卷诗书、整行囊，上征途，意气扬，江流似箭，怎及我归心更急，恨不得插翅飞翔……待看，重整家园，天伦欢聚一堂，重建新中国，共乐安康！"

这首歌迅速风靡一时。寄卖店生意红火，许多急于返乡的人干脆摆起了地摊，晚上每家点一个电石灯，把一切带不走的东西都拿出来变卖，从家具到钵钵碗碗、坛坛罐罐……

编辑、记者们各显神通，当时各报的大标题都独具特色。

《中央日报》的标题是"面对毁灭绝境 日本请求投降"。

《新蜀报》是"东京士气惨然收 一片降幡挂城头"。

《大公报》是"日本投降矣！"——这几个字和惊叹号都特别大，是临时现刻的，因为字盘里原先根本没有这么大的字。紧接着，《大公报》又发表了社评，用杜甫诗《闻官军收河南河北》中的"剑外忽传收蓟北，初闻涕泪满衣裳"开头，文章中说："自从记事以来，谁不是满头满脑满心灵的日本对我们的劫夺欺压以至不堪言说的凌辱？"逐一点名痛斥了土肥原贤二、冈村宁次等战争罪犯罄竹难书的罪行；历数八年来北起大青山，南至海南岛，东起海滨，西至鄂西，迂回至湘桂、黔南的步步血腥，处处罪行……社评中还称："以本报同人来说，'七七'变起，平津失陷，我们的津版先断；'八一三'变起，大战三月，淞沪沦陷，我们的沪版又停；翌年武汉撤退，我们的汉版迁渝；太平洋战起，我们的港版沦陷；去年敌军长驱入桂，我们的桂版也绝。八年来颠沛流离，只剩渝版，坚卫抗战大纛，以迄最后胜利到来！"

胜利后，重庆市政府在原"精神堡垒"的地基上建了一座"抗战胜利纪念碑"，刻上了《抗战胜利纪功碑文》，内容为："二十六年七月七日卢沟桥事起，国民政府西迁入蜀，重庆建为陪都，巍然系中华民族之枢机……在此八年之中，国际舆论目重庆为战斗中国之象征，其辉光实与历史同永久！……战争前期三四年中，闹市为墟，伤亡山积，然而重庆百万以上市民，敌忾愈强，信心愈固，物力财力之输委，有逾于自救其私，实造民族精神之峰极！古人有言：国于天地，必有与立。重庆之所以无忝为陪都，不仅以其地理形势使然，亦此种卓越之精神有以付之也。"

当然，这种卓越的精神不仅属于陪都，也属于整个中华民族。

二　遥寄英灵

日本投降的消息传到酒寨，酒寨人也是彻夜狂欢，许多人家杀鸡宰鸭，家家户户都摆出了家酿的好酒，豪爽地供来往的行人痛饮。杨宏涛带出去的三千"义勇军"无一生还，全部为国捐躯，后来出川的壮丁绝大多数也死在了战场上，经宋姓族长提议，便特地请来莲花寺的高僧为殉国者做了七天"荐亡报恩填还道场"，设坛请水、迎送城隍土地、冥司地府、亲族神灵，唪经拜忏，装簧化帛，申文贡表，念诵了《金刚经》《观音经》《弥陀经》等，追荐逝者英灵往生西方极乐。

寨里本有一座纪念辛亥革命中为国捐躯的忠烈祠，现在又由众人集资进行扩建。众乡民有的出钱，有的砍下房前屋后上百年的柏树，有的背来粮食，修了座气派堂皇、规模更大的忠烈祠。不管是不是宋姓本家，只要是打日本牺牲的，一律在祠里立了牌位，世世代代供奉。

乐云辉虽不是酒寨人，但他是宋轻雪的丈夫，是酒寨的女婿，忠烈祠里也有他的牌位。

在忠烈祠落成，酒寨大做水陆道场的时候，莲花峰上的金莲陆地开放，灿烂的金光映照着远近山峦和半个天空，远远近近几个场镇都看得清清楚楚，有人还说，听见半空中响起了鼓乐声……

宋岚和赵俊扬离婚后离开成都去了叙府——原来，得悉他们婚变的消息后，姚梦茹便特地到成都看望了她，并且告诉她李庄准备创办女子中学，她有意向有关方面推荐宋岚任校长，问宋岚愿不愿意。宋岚本想换个环境，再加上对李庄留下了深刻的印象，和哥哥宋峰、好友宋轻雪商量后便答应了。江奶姆不愿离开宋岚和齐齐，也带着小儿子江有仁一起到了李庄。江有仁已经出师，便在李庄租房开了间小理发店，生意不错，可以维持生计了。

新的忠烈祠落成时，他们便一起回到酒寨。宋岚除了祭奠父母，还特地领着江奶姆、齐齐和江有仁到忠烈祠敬香，并到墓地祭奠了杨宏涛和宋琬玉。

仅仅几个月，杨宏涛和宋琬玉的坟上已经长满了青草，乡人们还在坟地周围种植了松树和柏树，听说杨宏涛的前妻孙秀琴也曾带着儿子阳阳来上过坟。在坟前，宋岚流着泪说："表叔，琬妹，你们放心吧，日本鬼子已经被赶出中国了，希望你们来世还做夫妻，能够平平安安、恩恩爱爱地白头到老！"

在忠烈祠敬香时，宋岚曾严肃地对儿子齐齐说："齐齐，你一定要记住这里的烈士们，是叔叔、伯伯们用鲜血、用生命保卫了我们的国家、我们的民族，也保卫了妈妈和你，你一定要学习他们，长大后做一个对国家、对民族有用的人！"

除了回酒寨祭奠，宋岚还兑现了自己的诺言，特地陪江奶姆和江有仁去了趟西陵峡边的石牌，希望能找到江有才的遗骨并带回家乡。但是，当年的战场已不复存在，到处只有萋萋的青草和盛开的野花，虽然还可以看到一些战壕的痕迹和被战火摧残的大树，但有的地方已经种上了庄稼，有的地方新生的树木已经一人多高……而且，石牌一战，为了保卫陪都，保卫大后方，牺牲的中国军人实在太多太多，根本无法找到一个"小排长"埋骨的地方。青山凄兮，江水呜咽，宋岚找不到任何言语来安慰这个失去儿子的母亲……

真应了抗日官兵们出发前的那句话："埋骨何须桑梓地，人生何处不青山！"

在悲伤和失望中，江奶姆领着江有仁望着巍峨的石牌跪下了，含泪祷告道："山神菩萨、土地爷爷，请保佑保佑我的儿子吧！请你们给他说，娘想他，来看他了，让他的魂魄跟娘回家吧！"磕了三个头后又凄然说："儿啊，娘白天黑夜都在想你啊！你是娘的好儿子，给娘争了光，如今日本鬼子已经被打跑了，你就跟娘回家吧！……"

临走，江奶姆又掏出怀里的手帕，郑重地捧了几捧战场上的泥土带走。一路上，每逢过河过桥的地方，她都要低声叫着："江有才，跟娘回家了！""儿子，跟娘回家了！"让宋岚听到后十分心酸……

江奶姆是酒寨人，经宋岚告诉族长，她的儿子江有才的牌位也进了酒寨的忠烈祠，这让江奶姆的心得到了很大安慰。

宋轻雪来到了白雪皑皑、冰峰连天的世界屋脊喜马拉雅山脚下，目的是凭吊在驼峰航线中牺牲的丈夫乐云辉。她本想带儿子乐念念一起来，但儿子太小，怕他适应不了这里强烈的高原反应，只得罢了。

她曾多次梦见过乐云辉，在来到高原的当天晚上，她又梦见了他。他轮廓分明的脸庞仍然是那样英俊潇洒，炯炯的目光里仍然满含着对爱妻的情意。他含笑望着她，伸出了双手……她向他扑了过去，但他突然飞到了空中，而且越飞越高，越飞越高，飞到了冰峰上，飞到了蓝天里，她拼命地追赶着、叫喊着，但是只看见天空中他那雄鹰一般的身影……

她多次做过相同的梦，醒来后总是泪湿衾枕。

她知道，她已经失去了他，而且永远地失去了他！虽然明明懂得他是为国献身，但是一种痛彻肺腑的感觉仍然时时紧紧地攥住了她。

谁也无法告诉她，他的遗骸到底在什么地方，面对直刺蓝天的冰峰，她大声说："亲爱的，我来了，你到底在哪里？"四面的高山响起了回声，但是他到底在哪里呢？

在驼峰航线上牺牲的勇士，极少数被后人找到了飞机和他们的残骸，绝大多数都永远消逝在世界屋脊的雪山和冰峰之间，孤独地永远与雪山冰川相伴，但宋轻雪相信，他们的英名将与世长存，人们永远不会忘记他们……

在雪山下祭奠了乐云辉后，宋轻雪匆匆地赶到了滇西曾发生过激战、让日军"玉碎"的腾冲，原因一方面因为战地记者们曾对腾冲之战写出过多篇报道，引起了她强烈的关注；另一方面却是想借助强烈的刺激，转移一些对乐云辉痛苦的思念。

腾冲本是云南西南对外贸易的中心，也是我国西南国防的锁钥。这个仅有二十多万人口的小城民风淳厚，历年绝少兵祸，但在日军的铁蹄下却遭到了浩劫。侵略者曾一次在怒江渡口用机关枪屠杀了三百多个手无寸铁的腾冲平民。日军进入腾冲后，绝大多数百姓都逃往附近的山上，日军便贴出布告，称房屋如无人居住便要放火烧掉，逼得百姓只得回家。回家后，日军除征粮、抓劳工外，还上门抢劫、屠杀，一些年轻妇女被强奸后又遭杀害，包括她们幼小的孩子。

日军在腾冲两年间修筑了几百个堡垒及大量坚固的防御工事，城垣上每隔十米便有一个堡垒，城墙内外都有战壕；城内不但堡垒林立，而且每座房屋都用坑道相连，防空洞和地下仓库都极为坚固、完善；城周的高地上也修筑了环形碉堡及工事，山炮、步兵炮、重机枪阵地及指挥所、掩蔽部均为半地下设施，四壁及顶部用直径四十多厘米的原木覆盖，再盖上厚土，各据点阵地都以轻重机枪构成交叉火力网，没有留下任何射击死角；地下挖有横贯东西的交通壕，宽一米五、深两米，连贯着无数散兵坑；阵地前沿六十多米内有三道电网，大树上还有"雀巢机关工事"，电网上挂着铁筒、响铃，一有风吹草动便会报警。

　　日军决心死守腾冲，绝不放弃。在登城战斗中，中国远征军大量牺牲。后来经美军第十四航空队炸开缺口后，远征军的敢死队才再次突击登城，在城内和日军展开了激烈的肉搏和巷战。

　　腾冲之战进行了两个多月，战况异常惨烈。日军倚仗坚固而完善的工事、贮存的大量粮弹和从四乡掠夺的物资，在地堡中顽强抵抗。第二十集团军总司令霍揆彰，曾仿唐代散文大家李华的《吊古战场文》，在《腾冲会战概要》中这样描述："尺寸必争，处处激战，我敌肉搏，山川震眩，声动江河，势如雷电，尸填街巷，血满城沿……"由于敌暗我明，而且日军做"困兽之斗"，"虽一墙一屋亦必顽抗死守"，以致远征军大量伤亡。

　　一位美国陆军航空队的中校来腾冲后，在《腾冲挽歌》一文中曾描写了战后腾冲地狱般的景象："每一幢建筑、每一个生物都遭到了空前彻底的毁灭。死亡的波涛冲刷洗礼着这座古城，拍打着城北、城西的城垣。腾冲死了。……暴尸的气味难以形容……我捡起一顶日本钢盔，它所保护的头颅早已被击得粉碎。在右边几码的地方躺着一个死亡了一个多月的日本军官尸体，除了腰带，其他部分已无法辨认。三株粉红色的牵牛花已经在这个腐烂发臭的胸口上发芽开花……"

　　一个日本兵曾在自己的日记中写道："道路两旁到处散落着被炸飞的友军尸体，有的没了手，有的没了脚，有的头颅被炸飞。血淋淋的手、脚和肉片被大风吹着在地面上到处滚动。还有两三个没有死的士兵，表情痛苦地伸出满是血污的手向我求救……对于这种地狱般的现状，我也束手无策……"

　　正是侵略者把原本宁静、富裕的地方变成了地狱，不但给被侵略的人民带来惨绝人寰的浩劫，也给本国的百姓带来巨大的伤害，不知道那些处心积虑发动战争的人，看了自己士兵这样的日记后会做何感想。

走进劫后的腾冲，宋轻雪震惊而痛心地发现，这座曾经安静、富裕的小城，已经完完全全变成了名副其实的"废墟"，没有一幢可以暂避风雨的房屋，甚至没有一株躲过战火的树木，大大小小、各种各样的生命都被彻底毁灭，留下的只有遍地弹坑，漫天尘土，以及日本士兵的堆堆白骨……这些白骨是尸体腐烂后在风吹日晒中留下的。

她想起了一位诗人的话："历史曾在此走过"，但这是多么沉重、多么可怕的历史啊！

在腾冲之战中，日军被歼三千余名，我军伤亡五千余人。

在小城的废墟上，同行们向她讲述了关于野人山的故事。这条在中印缅交界处绵延千里、纵深两百多公里的高山，古树参天，丛林中不见天日，毒虫猛兽成群，毒蚁竟有蜻蜓大小，嗜血的蚂蟥一只竟一次能吸一斤血，几个小时一个活人就会变成一堆白骨，以致竟出现了一条"白骨小道"……中国远征军第一次入缅撤退中进入野人山时正逢雨季，电台受潮后不能使用，一切物资无法补给，只能吃树皮草根，一千五百多伤员无法跟随，最后集体自焚……抗日名将、师长戴安澜在丛林中被日军机枪击中，无药医治，殉国时年仅三十七岁……

听着这些可怕的故事，宋轻雪想起了中国远征军一位将军对日军俘虏说过的话："战争对人类来说，是一件非常痛苦和不幸的事。……你们和我们同是亚细亚同胞，然而，彼此之间却进行了这么长时间的不幸的战争……"

是的，为什么人类要互相残杀？为什么号称"万物之灵"的人类会用最残酷的手段把痛苦和不幸强加给自己的同类，甚至沉迷于一而再再而三地把科学技术的成果变为残杀同类的利器，随便找个借口便让千千万万的人丧命？为什么侵略者会以杀死同类为乐，既蔑视别人的生命，也蔑视自己的生命？为什么"人性"中竟有如此阴暗和丑恶的部分？

宋轻雪再一次沉重地思索着。

除此之外，她还思索着另一个重要的问题：日本侵略者为什么如此蔑视中国？是什么样的文化和信仰让他们敢于悍然发动战争，并妄想吞并中国称霸世界？

认真地检视历史，她知道，日本的先民是来自大陆的，他们是蒙古人种。一千多年前，日本还没有历史和文字，他们的文字、宗教、建筑，甚至律令、官阶都来自中国。他们学习中国文化，《论语》《史记》《孙子兵法》《资治通鉴》《三国演义》乃至李白、杜甫的诗歌都被人反复阅读、学习、研究。但是，自从清兵入关，特别是鸦片战争以后，日本人对中国的看法彻底改变了，他们不再尊敬这个老大的国家和故步自封的中国人了。与此同时，"武士道"精神已经成为许多国民至高无上的信仰。这种信仰让他们对生命极端蔑视，并认为强者决定弱者的命运就是公平；认为军人的责任重于泰山，军人的死轻如鸿毛；杀人不是罪恶，而是对天皇和国家的忠诚。甚至把暴力和杀戮赋予了一种宗教般的神圣光环。

正因如此，中国人的生命在他们的眼里已如蝼蚁，甚至不如蝼蚁，可以肆无忌惮地进行侮辱和残杀。也正因如此，他们得寸进尺，毫无顾忌地侵入别国的领土。

正因如此，大多数侵华日军最初都相信他们进行的是一场正义之战，为了效忠天皇，为了大和民族，为了大东亚共荣，"杀人不是罪恶，而是对国家的忠诚""日中战争是圣战，战死后进入神社，会享受世世代代的敬奉"……

正因如此，他们不能容忍投降，遵从"武士道"传统，学习着如何杀人，蔑视着所有的生命，包括别人的，也包括自己的。

而中国人呢？

宋轻雪痛切地反思着鲁迅先生曾经剖析过的"国民性"——虽然革命志士们在抛头颅、洒热血，但更多的人却沉醉于盲目的自欺欺人中，颠顶、腐朽、自满、自大，对国家民族危如累卵的情形漠不关心，没有继承前人留下的优秀文化，倒把一些糟粕死死抓住并发扬光大，小的方面有"各人自扫门前雪，休管他人瓦上霜""人不为己，天诛地灭"……大的方面则是，内斗不断，兄弟相残，"攘外必先安内"，等等。

生于忧患，死于安乐，宋轻雪想，从某种意义上说，十四年的抗日战争，也是一种充满血和泪的"启蒙"吧？"闹市为墟，伤亡山积"，终于刺激和惊醒了这个沉睡中的民族，以致同仇敌忾，前仆后继，用血肉筑起了新的长城。而战争的胜利，在某种意义上，也会为以后中华民族的复兴打下基础吧？

三 历史的十字路口

抗战胜利后的中国，本应迅速投入战后重建，群策群力，团结一致，努力治愈被摧残得千疮百孔的家园，让历尽浩劫、千辛万苦的民众过上安定、幸福的生活。然而，历史并没有像人们的愿望那样发展。

一位中国远征军中的副军长，战争结束前夕曾在日记中写道："亡国之现象处处皆是，复兴之现象丝毫无踪影，可悲可泣。思到这些问题，坐卧不安。余亦可谓多事，主国家大政者，尚不顾及，似余空手白拳之人，忧死亦无补于事。"

1944年在滇西会战中，一位美国记者曾发电报称："美国运华物资（武器弹药器材）未能全部用于对日战事，其中或有一部分被控制，准备用于对内作战。"

这位外国记者分析得很对，日本投降后，同室操戈的阴影便又笼罩着中华大地。

日本正式宣布投降的头一天——8月14日，蒋介石曾故作姿态地给毛泽东发出电报，邀他来渝"共商大计"，"如何以建国之功，收抗战之果"，以后又再次发出邀请。但实际上，在这些电报发出之前，蒋介石已致电第十八集团军总司令朱德、副总司令彭德怀，宣称国民政府已统筹决定受降事务，严令该部"应就原地驻防待命，勿再擅自行动"——公然剥夺了坚持抗战的中国共产党接受日本投降的权利。更为荒谬的是，竟命令日军、伪军继续"负责维持地方治安"，等待国民党军受降收编。

曾经的国都、抗战中遭受"屠城"浩劫的南京市民，8月10日听到伪政府广播电台播出了日本接受波茨坦公告无条件投降的消息后，全城一片欢腾，鞭炮声响彻云霄，市中心新街口马路上鞭炮的纸屑竟足足堆了半尺高，商店的玻璃门窗上都贴上了大大的、标志胜利的"V"字，灯罩、霓虹灯罩尽皆摘去，到处一片光明。而日本兵，有的大哭，有的切腹自杀……但指挥官冈村宁次却收到了蒋介石这样一道命令："日军可暂保有其武器和装备，保持现有态势，并维持所在地之秩序及交通，听候中国陆军总司令何应钦命令。"于是日本官兵又神气起来，困惑的南京民众重新陷入沉寂，直到半个多月后中央军进入南京，日军开始撤离，民众才再次狂欢起来。

进步人士要求组织联合政府，而国民党重新把共产党视为不共戴天的"最大仇敌"，杀气腾腾地宣称："宁肯错杀一千，不可放走一人。"

共产党也洞察了国民党决心发动内战的企图，日本准备投降的消息传到延安后，毛泽东便立即为中共中央起草了致鄂豫皖湘赣区委、新四军及华中局电，要求"乘机扩大地区，夺取武装，夺取小城市，发动群众，准备对付内战"。

日本投降一星期后，蒋介石命人抢先接管了东北、华北、华东的各大城市。

而延安也派出大批人员奔赴新开辟的解放区……

山雨欲来风满楼，多灾多难的中国再一次走在了历史的十字路口……

抗战结束后不到一年，国民党三十万大军向中原的李先念部队进攻，大规模内战爆发。

祸兮福之所倚，福兮祸之所伏，内战的结果是导致了新中国的诞生，而多灾多难的中华民族，自此走上了民族复兴的康庄大道！

尾　声

抗战胜利已匆匆过去了十年，在秋高气爽的 10 月，宋岚和宋轻雪这一对青年时代的好友在北京再次相逢。相逢的契机是，宋轻雪的新著《战争——贪婪的魔影》在京举行首发式；而宋岚却是因为被评为"模范教师"到北京参加表彰会。

她俩虽然一直保持着通信联系，但却已近十年没见面了，彼此都有了许多改变。从外貌看来，她们仍然是美丽的，只是宋轻雪已经不再像当年那个"燃烧的火焰"，变得沉稳、睿智了许多；宋岚已不再是"人面桃花"，但骨子里的优雅和成熟，让她增添了另一种迷人的风韵。

她俩感慨地谈起了当年在大学里的另外两位室友：姚梦茹在四川解放前夕，随丈夫赵昌明的飞机修理厂去了台湾，行前曾痛哭着和宋岚话别，此后便音信渺无；王丽珠在丈夫孟长风遇难后，一直郁郁寡欢，以后便长期患病，经宋岚向老师黄骏飞推荐，曾去北碚一所中学任教，但抗战胜利前夕终于病逝……

而宋轻雪呢？在雪峰下祭奠了乐云辉后，便带着年幼的孩子去了延安，以后她不再从事记者工作，成了一位专业作家，曾走遍全国，也曾到过国外许多被战火洗劫的地方。陆续写出了《战争——人性的变异》《战争——文明的浩劫》以及《战争——贪婪的魔影》等著作，用大量翔实的资料和自己的亲身经历，揭露侵略者反人类的暴行，对战争——这种人类丑恶的、自相残杀的悲剧，进行了深刻的剖析和反思，呼吁保卫和平。

她的作品在国内外都拥有相当数量的读者。

战争让宋轻雪失去了至爱的亲人，战争的残酷和惨烈不仅让她悲痛，也让她进行理性的思索。

她曾在作品中记录了发动战争的侵略者让人发指的种种罪行：

在一个小村里，日军曾把四百多个老百姓包围起来，让男人全部跪下后用机枪扫射，女人们留下准备进行轮奸后杀害，为避免受到日军的凌辱，几十个女人毅然跳入了波涛汹涌的江水，有的还抱着襁褓中的孩子；

日军抓到中国军队的一个侦察员后，把他倒吊在树上，浇上汽油，活活烧死；一些中国军人受伤被俘后，被一刀一刀地凌迟处死，执刑的日军还得意地哈哈大笑……

日军突然占领了一所学校，当时学生们正在上课。日军抓着一个学生指着墙上的总理遗像问道："这是谁？"学生庄严地回答："这是我们的国父！"日本军官立即举刀一挥，砍下了他的头；又问第二个学生，同样的回答，又被砍下了头……一直问到第七个学生，仍然大声庄严地回答，日军便挖了他的双眼；再问，仍然是同样的回答，于是便割了舌，砍断了双腿……

在一个名叫厂窖的小镇上，日军用刺刀、手枪、步枪和机枪屠杀了三万多人，其中绝大部分是当地的平民百姓，包括白发苍苍的老人和正在吃奶的孩子，少数是被俘虏后已经解除武装的中国士兵。很多妇女被强奸和轮奸后又用刺刀捅死。这场大屠杀让流淌的河水不但变成了红色，而且被尸体阻断。

这些惨绝人寰，让人难以想象的罪行罄竹难书。

她曾读过诗人穆旦的一首诗《森林之魅——祭野人山死难的兵士/祭胡康河上的白骨》：

> 是什么东西呼唤？有什么东西
> 忽然躲避我，在绿叶后面
> 它露出眼睛，向我注视，我移动
> 它轻轻跟随。
> 像多智的灵魂，使我渐渐明白
> 它的要求温柔而邪恶，它散布
> 疾病和绝望，和憩静，要我依从。
> 在横倒的大树旁，在腐烂的叶上，
> 绿色的毒你瘫痪了我的内心和血肉……

诗人还说：

历史曾在此走过，
留下了英灵化入树干而滋生……

宋轻雪希望人们能正视这样的历史，让这样的悲剧永远不要再发生。

她把对丈夫乐云辉的深情和怀念倾注到了儿子乐念念的身上，为了继承乐云辉对中国航空事业的热爱和追求，她希望儿子能成为一个飞机设计师。在她的家里，到处都可以看见有关飞机和飞机场的玩具、画册和书籍。而念念从小似乎对别的玩具都不感兴趣，喜欢的只有飞机。（成人后他果真进入了航空学院，最后终于成为一个著名的飞机设计师。）

抗战后，迁到李庄的同济大学和各研究所陆续返回上海、南京、北平等地，李庄的女子中学也迁到了宜宾县城内。宋岚是这所学校的校长，对这个工作她不但喜欢，而且"痴迷"。

她一直把教书育人当作一种伟大的事业，认为不但人的命运取决于教育，而且国家的命运也取决于教育。而作为中国的女人，她更认为，必须通过教育才能改变命运。当地县城和一些乡镇的人曾普遍认为，送女儿去读小学已算"开通"，小学毕业后便让她们留在家里等着嫁人。为了让这些女孩子能继续学习，宋岚曾多次亲自登门拜访，说服她们的父母，有时甚至往返步行几十里。

女子中学刚搬到县城时，学校被安排在一所旧庙里，教室是两间破旧的殿堂和一些过道和走廊。为改善教学条件，宋岚多方奔走，在姚梦茹夫妇的帮助下，结识了一些社会贤达和县参议员，通过大家共同呼吁，县政府终于把庙旁的一块荒地划给了学校。宋岚亲自带领教职员工和学生除去杂草、平整土地，准备建设新的学校。她的行动感动了许多人，士绅们纷纷捐助，在社会舆论的压力下，县政府也拨给了少量资金，荒地上终于出现了一批灰瓦白墙的教室和一个有跑道、沙坑和篮球架的操场。

为了办好学校，宋岚对教师的挑选十分严格，而一经聘请便十分尊重，决不轻易解聘。每到寒暑假时，她必会提前把下学期的大红聘书亲自送到每一位教师家里，让他们不致为"六腊战争"担心，从而安下心来准备下学期的教学。

新中国成立前，一些中学校长也沾染了"吃空缺"之风，以致大大加重了教师们的任课负担；有的还克扣教师们的薪水，一学期六个月的薪水只给五个月甚至四个半月。宋岚对这些行为深恶痛绝，不但从不克扣，而且考虑到法币贬值，还把货币月薪改成了实物月薪。又亲自带领工友、学生搞起了勤工俭学，种植蔬菜、养鸡喂猪，改善师生们的生活。教师生病了或家里发生了特殊困难，她必会千方百计给予帮助和补贴。

于是，女子中学留住了大批优秀的教师，一些人甚至拒绝了成都一些名校的聘请。

教师出身的宋岚喜欢授课的讲台，当了校长后，虽然事务繁忙，仍然坚持亲自为学生讲课。她认真备课，认真批改作文，和在成都时一样，她的课程仍然深受学生们的欢迎，成为一些教师观摩的对象。

她把所有的学生都当成自己的孩子，细心地教育和呵护着她们，为了鼓励她们努力学习，规定每学期期终考试前三名、操行甲等者，下学期便免交学杂费和伙食费。而对一些家境困难、实在无法缴纳学膳费的学生，她常常会为她们代缴。许多学生是在她的帮助下才完成学业，以后成为教师、医生或科学家的……

一位名叫孙秀娟的女生，幼年丧母，父亲既抽鸦片还患了病，卧床不起，后母便打算把她卖给附近一位驻军的军官做小老婆，孙秀娟在教室里痛哭，甚至打算自杀……宋岚知道后毅然把她带回自己家里，安慰开导后在自己的卧室里给她铺了一张床，安排她住下后，一面帮着她向县政府备案，要求脱离家庭关系，一面发动全校师生捐助……她把师生们捐助的钱郑重地交给了一位老师代管，按时为孙秀娟支付各种费用。在宋岚和师生们的帮助下，孙秀娟刻苦学习，多次在考试中名列前茅。中学毕业后，宋岚亲自送她到成都考上了四川大学，毕业后成了一名优秀的生物学家。

一位名叫张淑芬的学生，父亲早逝，年届五旬的母亲靠帮人浆洗缝补为生。宋岚便动员她先读师范班——可免交膳宿各费，又安排她的母亲在学校食堂里帮工，有了固定的收入。张淑芬毕业后当了小学教师。

类似这样的事例很多很多。

抗战胜利前，宋岚还推荐学生们阅读邹韬奋主编的《生活周刊》《大众生活》等进步刊物，让学生们打开眼界，认真学习，学好本领，准备建设一个崭新的中国。

在宋岚的努力下，女子中学声名鹊起，成为名校之一。

全国解放前夕，宋岚因为抗议学校的进步教师遭特务秘密逮捕愤而辞职，解放后重新回到女子学校继续担任校长。

她的儿子赵思齐中学毕业后考入清华大学建筑系，成为梁思成的学生。

江奶姆母子留在了李庄，江有仁和李庄一位可爱的姑娘结了婚，成为李庄的女婿。他们全家一直视宋岚一家为亲人，互相保持着密切的联系。

再婚后，赵俊扬又有了三个孩子，新中国成立后，他不再担任省教育厅厅长，"肃反"中被管制，有人曾看见他在街上拉板板车……

附记:《感谢四川人民》

抗战胜利后,中共机关报《新华日报》曾发表社论《感谢四川人民》,文中称:

"在八年抗战之中,这个历史上最大规模的民族战争的大后方的主要基地,就是四川。自武汉失守以后,四川成了正面战场的政治、军事、财政、经济的中心,随着正面战场内移的军民同胞大半居于斯、食于斯、吃苦于斯,发财亦于斯。现在抗战结束了,我们想到四川人民,真不能不由衷地表示感激。

"四川人民对于正面战场,是尽了最大最重要的责任的,直到抗战终止,四川的征兵额达到三百零二万五千多人;四川为完成特种工程,服工役的人民总数在三百万人以上;粮食是抗战中主要的物质条件之一,而四川供给的粮食,征粮、购粮、借粮总额在八千万石(注:每石十斗)以上,历年来四川贡献于抗战的粮食占全国征粮总额的三分之一,而后征借亦自四川始。此外各种捐税捐献,其最大的一部分也是由四川人民所负担。仅这些简明的统计数字就可以知道四川人民对正面战场送出了多少血肉,多少血汗,多少血泪!"

为抗日,川军执行了蒋介石"军队国家化"的指令,接受了国民政府的整编。从此川军足迹遍布全国抗日战场。抗战八年中,平均十五个四川人中就有一个在前线作战,在正面战场上,每五六个士兵中就有一个是四川人,因而有"无川不成军"之说。伤亡人数为全国抗日军队伤亡总数的五分之一,居全国之冠。出川抗日的三百多万人中,伤亡六十四万余(其中阵亡约二十六万四千人)。参战人数之多、牺牲之惨烈均为全国之首。共转战全国十三个省区,参加了二十八个大型会战和著名战役,守卫了前线战场上五分之一的国土。抗战中牺牲的高级将领,全国有张自忠,四川有集团军总司令李家钰,师长有饶国华、王铭章、许国璋。卢沟桥事变后,首批出川抗战的有十四个整编师,二十多万人,第一批出川的四百多位团级军官基本全部阵亡。

抗日战争最困难的时期,四川负担了国家财政总支出的30％至50％。八年国家共支出14640亿元(法币),四川就负担了4400亿元。仅1941年至1945年五年间,中央便向四川征借粮谷8228.6万石,占全国征收稻谷的38.75％、稻麦总量的31.63％。

抗战期间四川共征用民工三百多万人,在全川建机场三十三处,供中美混合团和美国航空大队的飞机使用。1944年初,为了对日本进行远程攻击,四川紧急抽调五十五万民工,用最原始的工具,凭肩挑背扛,半年内建成了四个大型军用机场,扩建了三个军用机场。当年6月美国空军从成都起飞,第一次轰炸了日本本土。由于男人们大量当了壮丁,修建机场的民工中有许多女人和"童子军"。

抗战中,四川的兵工厂共生产枪弹八亿五千万余发,步枪二十九万余支、轻机枪一万余挺。

2015至2020年元月